AARONS RING

Die Namen der handelnden Personen sind, sofern nicht historisch verbürgt, frei erfunden. Jede Übereinstimmung oder Ähnlichkeit mit lebenden oder verstorbenen Personen ist zufällig und nicht beabsichtigt.

Militärhistorische, wienerische, jüdische, türkische und andere Begriffe und Redensarten werden in einem Glossar am Ende des Buches kurz erläutert.

Impressum:
ISBN: 978-3-901761-99-7
2008 echomedia verlag ges.m.b.h.
A-1070 Wien, Schottenfeldgasse 24

Produktion: Ilse Helmreich, Helmut Schneider
Produktionsassistenz: Brigitte Lang
Gestaltung: Rosi Blecha
Layout: Elisabeth Waidhofer
Lektorat: Thomas Hazdra
Repro: mPg medienProduktionsgesmbH
Druck: Agensketterl Druckerei GmbH, Mauerbach

AARONS RING

DES PRINZEN ROSSKNECHT

Hans König

echomedia

1. August 1664, Mogersdorf an der Raab. Nachts

Der Himmel hatte alle Schleusen geöffnet. Der feuchte Ufermorast in den Flussschlingen der Raab und der prasselnde Regen unterdrückten den Blutgeruch, der noch vor wenigen Stunden auf der sommerdurchglühten Landschaft gelastet hatte. Eine der wichtigsten Schlachten zwischen den Osmanen und dem Heer des Kaisers war vorbei. Gerade hier, im steirisch-ungarischen Grenzland, war der unvermeidlich gewordene Zusammenprall zweier Welten eskaliert. Noch brüllten und heulten tausende Schwerverwundete, immer leiser werdend, ihr Klagelied in diese Nacht des Infernos. Noch zahlreicher aber waren die schweigsamen Leiber der Gefallenen, deren Leichenstarre bedingt durch die Regenschleier verzögert einsetzte. Am Horizont rauchten die letzten Reste von Mogersdorf, zischend durch den Regen gelöscht.

Durch die nassen Leichenberge suchten sich vier schmutzige, gierige Hände ihre Ziele. Unter dichtem Uferbuschwerk hatten sie gerade einen Haufen toter Janitscharen entdeckt. Ja, es konnten nur Janitscharen sein. Ihre hohen Messingkopfreifen mit der Federhülse, der Börka und dem langen weißen Kopftuch lagen verknautscht neben ihnen im Dreck. Der eine Mann, von dem nur ein massiger dunkler Schatten zu erahnen war, stemmte sich gegen die Büsche. Die Tropfen durchnässten seinen nur halb so umfangreichen Nachbarn.

„Scheißdreck, elender!“, knurrte der, sich heftig schüttelnd.

„Dann wart halt auf ein Mailüfterl“, brummte der dunkle, mächtige Schemen und wischte sich dabei seine blutüberströmte Hand im Morast ab. Er war soeben in den offenen Hals eines erbeuteten Christenschädels hineingetreten, der noch vor wenigen Stunden am Gürtel eines Janitscharen gebaumelt war.

Viele Gefallene auf beiden Seiten waren noch junge, unerfahrene Burschen gewesen. Mit einer überraschenden Kriegslist hatten sich in der vergangenen Nacht über viertausend Spahis, die adeligen Lehensreiter der Osmanen, und nochmals so viele aufgesessene Janitscharen, deren selbstmörderische Infanterieelite, über eine Furt der damals noch kümmerlich dahinplätschernden Raab an das Hauptlager des Generalfeldmarschalls Raimondo Montecuccoli geschlichen.

Wie schrecklich war das Erwachen der Kaiserlichen gewesen, mitten in der Nacht, zu einer Zeit, zu der kein Christenmensch eine Schlacht geführt hätte. Da waren plötzlich die Streitkolben fürchterlich in Schädel gekracht und scharfe Yatağane hatten die noch schlaftrunkenen Häupter von den Leibern getrennt. Jeder Schädel am Gürtel bedeutete für einen Yeni çeri bei der Rückkehr Anerkennung und eine fette Sonderprämie. Da hatten keine erhobenen Hände genutzt. Kein Gejammer des Ergebens. Es waren keine Gefangenen gemacht worden. Das ohrenbetäubende Allahgeschrei hatte ein Übriges getan. Das war neu gewesen für die kaiserliche Truppe. Panik hatte sich breitgemacht. Die Urgewalt dieses Massenangriffs hatte einen Großteil des kaiserlichen Lagers sich in alle Winde zerstreuen lassen.

Aber die Gier des Siegers nach Beute, das zu früh begonnene Plündern in der Zeltstadt des kaiserlichen Hauptquartiers und in den Mogersdorfer Katen, hatte den bisher so erfolgreichen osmanischen Angriff verzögert.

Das Überleben der letzten Kaiserlichen war auf des Messers Schneide gestanden und der tatkräftige, allerdings noch kriegsunerfahrene Großwesir Köprülü Mehmed Pascha hatte schon triumphierend seinen Herrn gepriesen.

Montecuccoli hatte gekämpft wie ein Berserker, hatte auf die panisch zurückweichenden Soldaten eingeschlagen. „Wir sind verloren!“, hatte ihm ein pferdeloser junger Dragoner voll Panik ins Gesicht geschrien, worauf Montecuccoli ihn wieder zurück in die Vernunft gebeutelt hatte: „Zuerst kämpf einmal, du Hurensohn!“

So hatte er in der kurzen Verschnaufpause seine Truppen umzudirigieren vermocht. Und durch schneidige Attacken der deutschen Kürassiere von den Flanken her, nur mit blankem Pallasch in die Feindeshaufen galoppierend, waren die osmanischen Streiter in die Raab getrieben worden. Ins Wasser, das durch den Gewitterregen, der kurz zuvor eingesetzt hatte, zu einem reißenden Fluss geworden war. Zu Hunderten waren die Reiter ertrunken, die das aufgeweichte und unterspülte gegenüberliegende Ufer nicht mehr hatten erreichen können. Zu groß war die Habgier der Fußtruppen gewesen, um von ihrer Beute zu lassen. Jämmerlich ersoffen die Janitscharen in den Wellen. Mit ihren weit ausgebreiteten Mänteln, die wie schaurige, helle Fledermausflügel anmuteten, trieben die Leichen der Spahis flussabwärts.

Die beiden Leichenabstierer wühlten sich weiter durch die Berge von Toten. Sie fühlten ihre Sternstunde gekommen. Hans Mayr, der mächtigere der beiden Schnapphähne, hatte blutunterlaufene, vor Gier glitzernde Augen. Unter seinem speckigen Filzstumpen sammelte sich der Schweiß, rann die schütteren Haare entlang und tropfte, mit Regen vermischt, in die tränenden Augen. Auf seiner Stirn hatte sich durch die gierleckende Anstrengung eine steile Dreierfalte, wie eine aufgerichtete Mistgabel, geformt. Die osmanischen Fußtruppen mussten beim Plündern des kaiserlichen Lagers fette Beute gemacht haben. Jetzt war alles sein. Im breiten Ledergürtel der Leiche, die er gerade untersuchte, erstocherte er einen vollen Geldbeutel und ließ ihn schnell in seinem Schnappsack verschwinden. Hier musste noch mehr zu finden sein. Das hätte seine Mutter selig noch erleben müssen. Die arme, ausgemergelte Landstörzerin! In einem Straßengraben im Münsterland war sie, als er noch ein hungriges Bürschchen gewesen war, elend krepiert. Unter ein paar Steinen hatte er sie verscharrt. Wenigstens ein prächtiges Leichenbegängnis würde er ihr nun spendieren können. Mit sieben fetten Pfaffen und hunderten Seelenmessen und Kerzen. Er würde es nachholen. Nichts hatten sie mehr zum Beißen gehabt, als der Frieden bei Osnabrück verkündet worden war. Mühsam durchgeschlagen hatte er sich. Nichts mehr zu stehlen, nichts einzusacken. Ein Wunder war es, dass er es zurück in seine Heimatstadt Wien geschafft hatte, die während des langen Krieges nicht zerstört worden war. Wo es genug zum Fressen und zum Saufen gab. Und für ehrlicher Hände Arbeit gesorgt war. Wenn auch nicht nach seinem Geschmack. In der Badstube beim Stubentor hatte er Feuerholz gespalten, Wasserzuber geschleppt und gelernt, besoffene Gäste rauszuwerfen und auszunehmen. Seine Kraft hatte ihm Respekt verschafft. Nur das vermaledeite Würfelspiel hatte er nicht lassen können. Ein behagliches Auskommen bei der gierigen Badevettel und ihren verblödeten Badhuren hätte er gehabt. So aber hatte er vor der Stadtguardia untertauchen müssen, um sich bei einem aufgedunsenen Metzger weit vor den Toren Wiens, bei den „Fünf Häusern“ am Wienfluss, zu verdingen. „Zum Teufel mit allen fetten Fleischern! – Pest und Syphilis auf alle Weiber!“, knurrte er hasserfüllt.

Sein hagerer, vogelgesichtiger Kumpan grub unterdessen aus dem Leichenhaufen den Körper eines zarten Offiziers aus. Eine prächtig ziselierte, sichelförmige Axt und ein steinbesetzter Kiliç, das breite Offiziersschwert, lagen unter dem Leib des Beğs. Dann grapschte er sich die Tapferkeitsaigrette an der goldverzierten Börka des Toten. Mayr stutzte. Schnell ließ er eine massive Goldkette in seinem Sack verschwinden, dann knurrte er argwöhnisch und drohend in Richtung des Dürren: „Wer an Mayr veroascht, geht selber in Oasch!“

Sein hagerer Kumpan brummte nur verächtlich zurück. Er war der Ältere der beiden. Schon im Dreißigjährigen Krieg hatte er sein Handwerk erlernt. Und immer hatten ihn Schlachtfelder wie dieses gut über Wasser gehalten. Kriege gab es überall. Marketender ebenso. Und Soldaten brauchten eben Branntwein, Knaster, Würfelspiel, Dinge des täglichen Bedarfs und Huren. Überall konnte man überleben, wenn man nur listig war und wusste, wie. „Mayrburli, net auf dei Herrl schnappen!“, wies er ihn zurecht.

Der Mayr Hans war ein Bulle von einem Mannsbild, ein fortgelaufener Metzgergehilfe, der damit protzte, die Tochter seines Herrn mehrmals hintereinander vergewaltigt zu haben, und dann noch die Mutter dazu. Aufgegabelt und als Lastenträger angeheuert hatte er ihn vor diesem Kriegszug. Eine vierschrötige Kraftmaschine, die ein Rind mit einem Axtschlag töten konnte. Aber viel zu impulsiv, zu bestialisch und noch zu wenig verschlagen, um sich in dem gefährlichen Beruf zu bewähren.

Überlegen grinste er zahnlückig vor sich hin und spuckte aus. Nach diesem Raubzug würde er ein gemachter Mann sein. In seinem Kopf leuchteten ein friedlicher Weingarten an der Donau, ein gemütliches Hauerhaus. Klatschend holte ihn ein neuerlicher kalter Regenguss in seinen Mantelkragen in die Gegenwart zurück. Mayr robbte sich kotüberspritzt durch die Leichen heran. Sein Weinbrand-Atem waberte. Mit einem Fußtritt schleuderte er den Rundschild eines Reiters ins Dunkel. Wie lange waren die Feigenruten in Marmaris gewachsen, um, mit roter Seide umwunden, zu diesem Schild geflochten zu werden? Eine Woche lang hatte die Familie eines Stambuler Ziseleurs gebraucht, um die Koransuren in den Messingbuckel des Schildes zu treiben. Plunder. Heidenzier. „Such drüben weiter, Hans!“, mahnte ihn der Erfahrene. „Ich glaub, dort liegen auch kaiserliche Offiziere. Gute Beute.“

„In Oasch mit deine Offizier!“, schrie Mayr zurück. Mit einer mächtigen Schaufelbewegung seiner dicht behaarten Pratzen wirbelte er den nächsten toten Türken auf den Rücken, sodass dessen Halswirbel knackten. Ein juwelenbesetzter Kinkaldolch wanderte in seinen Sack. „Net frech werden, Burli! Mach, was ich dir sag! Ich rat dir's gut!“, zischte Vogelgesicht dämonisch. Solche Raubzüge waren immer eine Gratwanderung. Wie viele alte Kumpel hatte er schon ausgetrickst. Und hatte überlebt. Vorsicht und Geschwindigkeit war sein Überlebensmotto. Dabei tastete der Alte an den Fingern des kleinen Beğs herum. Kaum traute er seinem Gefühl, darum wiederholte er die Tapserei. Was für ein Ring, den der an seinem Zeigefinger trug. Wem er den gefladert hatte? Riesig! So etwas hatte er in seinem ganzen Beuteleben noch nicht gespürt. Woraus war der Stein? Wie ein großer Hirschkäfer. Es gab keinen Vergleich in seiner reichen Erinnerung. Das Morgenlicht würde es zeigen. Tief beugte er sich über die regennasse, aufgequollene Hand und werkelte an ihr umher. „Sapperment!“ Der Ring hatte sich in einen wasserquatschenden Ärmelstoff verhakt.

Kaum nahm er den Pfiff des Windhauchs wahr, erschrak er und wollte rasch zur Seite rollen, da traf ihn schon der Beilhieb. Anstelle des Aufschreis rang sich nur ein Röcheln über seine Lippen. Seine Schulter hatte den Schlag zwar abgelenkt, der Streich, seitlich geführt, war aber derart wuchtig, dass sich die Schneide bis zu seiner Kehle in den Hals furchte. Sein hasserfüllter Protest war kaum mehr vernehmbar, da sauste ein zweiter Hieb Mayrs in seine Halswirbel. Mit einem schrecklichen Knacken wuchtete der junge Riese das Beil aus dem Hals des Alten. Kein Zucken mehr. Zu langsam, der Greis. Mayrs breite Stirn legte sich in Falten über die wulstigen Augenbrauen. Fieberhaft konzentrierte er sich nun auf den Ring. Wieder blitzte die Axt und höhnisch grinsend ließ Mayr die fingerlose Hand los. Ein paar Mal musste er im Morast tasten, dann fand er den weichen, aufgedunsenen Finger mit dem riesigen Ring wieder. Befriedigt grunzte er, als er den jetzt nutzlosen Körperteil fallen ließ und das Schmuckstück in Augenschein nahm. Das war der Fund seines Lebens. Egal welcher Stein da dran war. Es musste jedenfalls ein besonderes Juwel sein. Jetzt war er reich! Unermesslich reich! Mit drei Streichen. Mitten im strömenden Regen führte er einen Freudentanz auf. Dreihundert Seelenmessen für seine arme verscharrte Mutter. Der Taumel währte aber nur kurz. Denn plötzlich klatschte es aufspritzend im Wasser hinter ihm. Erschrocken wandte er sich um. Gott sei Dank, nur Frösche! Ein Nachzügler quakte seinen Protest in die Nacht.

Bis zur Morgendämmerung musste er die zwei schweren Schnappsäcke durch die Linien weit ins Steirische geschleppt haben. Verächtlich verzichtete er auf seine Habseligkeiten in der Etappe. Es keuchte in ihm: „Nur fort! Weg!“ Die rauschende Raab und ihre Leichen in seinem Rücken lassend, hastete er, immer wieder stolpernd, in die Dunkelheit.

Drei Jahre später, Wien, Sommer 1667

Die mollige, gutmütige Barbara hasste drei Dinge: Hunger, Hitze und Hans Herkomber, ihren gockelgleichen Vormund. Und es war glühend heiß in jenem Sommer des Jahres 1667. Eine bleierne Hitzeglocke lag über der Stadt. Die Vorfreude, ein wenig das kühlende Nass der Donau genießen zu können, beflügelte ihre Schritte. Lächelnd erwiderte sie den ehrerbietig entrichteten Gruß einer jungen Frau, die, mit einem Stoffballen beladen, schwitzend an ihr vorübertaumelte.

„Ob diese Höflichkeit wohl mir oder dem Geldbeutel meines Vormundes gegolten hat?“, durchzuckte es ihre Gedanken.

Sie straffte ihre Schultern und mit einer energischen Geste schob sie die sich aus ihrem Haarknoten lösende Strähne zurück an ihren Platz. Dieser Hans Herkomber war ein herrischer, derber Wichtigtuer, aber er hatte sie nach dem Tod ihrer Eltern ohne Murren in sein Haus aufgenommen. „Ist die Pflicht eines Christenmenschen“, hatte er gesagt. Und wie musste sie dafür büßen!

Sie warf einen langen Blick auf die wagemutige Holzkonstruktion, die in einiger Entfernung vor ihr lag. Es war der einzige feste Zugang zur Stadt. Und ihr Vormund war der Herr und Mauteinnehmer dieser Brücke.

Seine Knechte wachten Tag und Nacht über alles, was darüber schritt, rollte und getrieben wurde. Alle Waren aus dem Norden mussten hier passieren. Jeder, der die Schlagbrücke überschritt, musste hier seine Maut bezahlen. Herkomber wusste durch seine Kontrolle immer, was aus dem Reich, aus Stockerau und Korneuburg, aus Prag oder Brünn, gar aus dem fernen Polen in die Stadt kam. Immer war er auf dem Laufenden. Und erfuhr er etwas nicht aus erster Hand, so saß er doch oft genug in einer der vielen Schenken an der Brücke oder gegenüber an der Stadtmauer, wo man das Neueste an den gemeinsamen Tisch brachte. Seinen listigen Äuglein entging wenig, seine Ohren unter der schweißtreibenden Perücke waren scharf genug, jedes Gerücht aufzuschnappen, um sich einen Reim darauf zu machen. Dann konnte er wieder mit seinen Neuigkeiten prahlen.

Ob er jetzt wohl wieder drüben in der Weinschenke „Zum grünen Baum" in den Kasematten des Neutors saß? Der Frau des Vormunds behagte die Gesellschaft nicht, mit der er sich dort herumtrieb. Auch nicht die feilen und zugleich geilen Weiber, an denen der alte Sack so gern herumfummelte.

Stolz schaute Barbara auf die starken Mauern jenseits des Flusses. Nur wenige Dächer und Türme ragten über die Vorwerke, Basteien und Befestigungen. Trotz der häufigen Schmähworte ihres Vormunds über die zweifelhafte Wehrhaftigkeit des Mauerwerks der Basteien: Dieses Wien war eine Festung, wie es sie in ihren Augen wohl weit und breit kein zweites Mal gab. Dieser Ausblick vom Norden, über den Strom, auf ihre Stadt war überwältigend.

Sie war an ihrem Ziel angekommen und mit einem Seufzer der Erleichterung nach der Wanderung in der Hitze entledigte sie sich des Vorder- und Rückteils ihres obersten Rocks, legte sie auf das üppig wuchernde Gebüsch der Uferböschung und ließ sich nieder. Der Strom führte Niedrigwasser. Jeder neue Wirbel am Ufer ließ einen schlurfenden Ton der Donaukiesel aufsteigen. So rasch der Fluss auch in der Mitte dahinfloss, hier am Ufer verfing sich sein Druck. Aber das Donaurauschen, dieser tief brummende Urlaut, übertönte jetzt alles. Drang in alle Poren. Der Donauduft zog in sie ein. Erfasste alle ihre Sinne.

Genussvoll patschte sie mit ihren nackten Füßen im Uferschlamm. Sie reckte ihren Kopf. Johlen von der Strommitte her ließ sie aufblicken. Ein plumpes Holzschiff – eine Ulmer Schachtel mit ihren langen Steuerstangen an Bug und Heck – trieb rasch vorüber. Die gelben Streifen am schwarzen Rumpf zeigten ihr, dass die da drüben aus dem Bayrischen kamen, einen Teil ihrer Fracht gegenüber am Schanzel losgeworden waren und es nun rasch weiter nach Hainburg ging. „Vielleicht noch am Abend könnten sie dort sein“, dachte sie.

Hainburg – Grenzland. Bald danach kam schon Ungarn – wie weit weg das von hier schien, und doch nur eine Tagesreise mit dem unförmigen Schiff. Sie beobachtete, wie geschickt die Steuerleute sich in die Ruder legten, um den Strudeln an der weiter stromabwärts liegenden Schlagbrücke zu entgehen. Laut schallten ihre Rufe über das Wasser, als sie einen Fährmann mit seiner Überfuhr passierten. Übermütig tönte ihr Hohn, als die von Wind und Wetter gebleichte kleine Zille in den Wellen des vorüberrauschenden größeren Gefährts zu schwanken begann und die Passagiere protestierend zeterten.

Barbara kniff die Augen zusammen. Kaum konnte man die Sonne hinter den bleiernen Wolken erkennen, und doch blendete sie hier am Wasser. Kein Lufthauch regte sich. Kein Vogel sang. Es war wieder einer dieser lähmenden Augustnachmittage, die man nur im oder wenigstens am Wasser überleben konnte.

Sie setzte ihre neugierige Wanderung im Seichten fort, wischte mit ihrer Linken die störend überhängenden Weidenzweige vor sich weg und stieg mit geschürzten Unterröcken ein wenig tiefer ins gurgelnde Nass. Das Wasser floss hier schneller und war bedeutend kühler. Ein tieferes, zitterndes Schmurgeln der Donaukiesel tönte unter ihren Füßen, ließ ihren Körper leicht vibrieren. Über der Flussaue lastete die feuchtschwüle Luft. Tief sog sie den leichten Modergeruch ein.

Beinahe wäre sie über ein Bein gestolpert, das vor ihr halb im Matsch festgesaugt war. Eine weiße Wade lag zur Hälfte bloß, über der schlammverschmierten Kniehose schwarzes Tuch. Das andere Bein war, seltsam abgewinkelt, im Weidendickicht sichtbar.

Rasch drang sie in das von Mücken- und Fliegengesumm wimmelnde verhangene Gezweig ein.

„Jesus und Maria, ein Toter!“, entschlüpfte ihr ein Ruf des Entsetzens, und das aufgeregte Pochen ihres Herzens übertönte für Sekunden das Rauschen des Wassers. Noch hatte sie ihre Faust an den Mund gepresst, als sie ein leises Stöhnen zu vernehmen glaubte, das aus dem dunklen Stoffbündel kam. Mühsam, auf den nassen Steinen Halt suchend, wagte sie sich näher heran.

Ein schmaler, schwarzhaariger junger Mann lag bäuchlings vor ihr, der Ärmel seines Überrocks war zerrissen, auch das Hemd an der Schulter. Blut sickerte aus den langsam verschorfenden Wunden am Hals und am Schulterbein.

Wie weiß seine Haut ist, dachte sie, und der Kontrast zum roten, in den grauen Sand tröpfelnden Lebenssaft war trotz des schattigen Halbdunkels ein Eindruck, der sie noch Jahre verfolgen würde.

Der Mann lag mit der rechten Wange tief im Sand, seine blutige, aber feingliedrige Rechte hatte sich im Gezweig verfangen und das dichte schwarze Haar breitete sich über sein Gesicht aus, wie um es vor den Blicken Neugieriger zu schützen.

Sie kniete neben ihm nieder, strich ihm mit sanfter Hand die nassen Haare aus dem Gesicht und bemerkte die Schläfenlocken vor seinem Ohr.

Ein Jud!, fuhr es ihr durch den Kopf, und schlagartig tönte die Stimme des von der Kanzel drohenden Paters Abraham a Sancta Clara in ihrem Ohr: „*Ob schon die verstockten Hebräer und Mauscheln Christum in alleweg und allezeit fluchen und schmähen*“ oder so ähnlich. Verwirrt rasten ihre Gedanken hin und her. Durfte sie ihn überhaupt berühren?

Unsicher hob sie ihren Kopf und ließ ihre Blicke schweifen, um sich zu vergewissern, dass kein Übelwollender sie beobachtete.

Wieder vernahm sie dieses schmerzvolle Stöhnen und sich an die Worte des Beichtvaters Mauritius erinnernd, der alle Schöpfungen des Herrn gepriesen und Liebe gepredigt hatte, zerrte sie ein verschwitztes feines Leinentüchlein aus dem Ausschnitt hervor und tupfte die blutenden Striemen an der Schulter ab.

„Sch-sch", flüsterte sie und strich ihm zart über das blasse Gesicht. „Ich hole Hilfe."

Sie erhob sich. Wegen ihrer Körperfülle ein wenig ächzend, stemmte sie sich empor und kleine Schweißtröpfchen standen auf ihrer Oberlippe. Unter ihrem Busen spürte sie ein verschwitztes Bächlein bis an den Unterrock austreten. Sie eilte am Ufer zurück, wo sie bei einer kleinen Schotterhalbinsel ihre Holzpantinen und die Überröcke gelassen hatte. Mit raschen Strichen reinigte sie die verschmutzten Unterkleider und Überschürzen.

Erleichtert bemerkte sie, dass niemand an diesem heißen frühen Sommernachmittag am Wasser unterwegs war. Nur weit weg, noch hinter dem Schiffsstadel am Ufer, beim kaiserlichen Waschstadel zankten keifende Weiberstimmen.

Sie lief keuchend nach Hause, in der Hoffnung, nur auf die alte Magd zu treffen, um Verbandszeug und Heilmittel zu besorgen.

Das Haus des Hans Herkomber war ein beachtlicher Bau. Ein mächtiges Eckhaus am Ende der Großen Ankergasse, mit schweren Grundmauern. „Mizzi!", rief Barbara leise, ohne jedoch den Wunsch nach einer Antwort zu haben. „Ich bin's nur."

Gott sei Dank war die alte Magd zu Hause, denn als Mündel hatte Barbara keinen Schlüssel. Durch die breite, etwas düstere Einfahrt, die von einem Kreuzgratgewölbe überfangen war, gelangte man in einen gepflasterten Hof. Rund um den Hof liefen im ersten Stock solide Holzbalkone. In Wien sagte man Pawlatschen dazu. Ein nasser Fleckerlteppich hing zum Trocknen an einem Geländer.

Ein fast schadenfrohes Grinsen bemächtigte sich ihres Gesichts, als sie das Greinen Evas, der kleinen Tochter ihrer Vormunder hörte.

Welch ein Glück, dass die Frau Vormund mir den Balg heute nicht zur Aufsicht umgehängt hat, dachte sie beim Anschleichen in die hinteren Vorratskammern. Und die Mizzi ist jetzt mit dem kleinen Unhold beschäftigt.

Barbara trat in die Kräuterkammer. Von den Holzbalken an der Decke hingen dicke Büschel von Bohnenkraut, Salbei und Knoblauchzöpfe. Auf eigenen Darren waren Kamillenblüten, Melisse und Ringelblumen zum Trocknen ausgebreitet. Vieles davon hatte Barbara selbst von ihrem Pater Mauritius von den unbeschuhten Karmelitern erhalten und vor dem Haus auf der freien Fläche, die „Auf der Heide“ genannt wurde, zusammen mit Süßdolde und Rhabarber, gleich neben dem riesigen Holunderstrauch angebaut. Auch der Mieter ihres eigenen, von der Mutter vererbten Hauses, der gute Onkel Bonaventura, ihr „Bonibácsi“, hatte viel zu den Kräuterschätzen beigesteuert.

Die Magd Resi war ein unerschöpflicher Quell der Kräuterkunde und Barbara hatte deshalb vor einiger Zeit begonnen, ihre in oft seltsamem Singsang vorgetragenen, manchmal schwer verständlichen Heilsprüche und Rezepturanweisungen heimlich aufzuschreiben. Denn Resi wehrte sich entschieden, ihr Wissen einer Schrift anzuvertrauen: „Wenn es geschrieben steht, dann wirkt es nicht mehr!“, meinte sie immer.

Den Verwundeten im Sinn, stand Barbara nun vor der Entscheidung, Arnikatinktur oder Ringelblumensalbe zu wählen, und entschied sich für Erstere. Aber ein wenig Fett konnte nicht schaden, da die Schrammen des Verletzten schon verschorft waren. Der Topf mit Gänseschmalz musste herhalten.

Hier war er – unten auf dem kühlen Boden aufgestellt. Rasch schöpfte sie das leicht flüssige Fett, das eigentlich für nächste Woche zum Füllen vorbereitet war, in einen kleinen Tiegel.

Ja, Gänseschmalz, das ist das Rechte, denn Gänse fressen nur gute Kräuter, ging es ihr durch den Sinn. Der arme, hübsche Mann sollte nur das Beste erhalten. „Schweineschmalz hat zu viele Grammeln, die kratzen beim Einreiben", lobte sie ihren Entschluss. Trotzdem konnte sie sich nicht zurückhalten, ihren Zeigefinger mit einem raschen Schlenker in das Schweineschmalz zu tauchen und mit Genuss die daran haften gebliebenen Grammeln zwischen ihren Zähnen geräuschvoll zu zermalmen. Verstohlen blickte sie sich um. Zum Glück hatte sie niemand bemerkt. Schnell tunkte sie nochmals ausgiebig, diesmal mit Mittel- und Zeigefinger, in das Gefäß und holte einen dunkelbraunen Grammelpatzen heraus. Schnell war auch der verschlungen. Wie das Salzig-Kratzige beim Schlucken kitzelt!, stellte Barbara fest. An einem Lumpen wischte sie ihre fettigen Finger ab. Gut, dass das die Vormundin nicht gesehen hatte. Immer schalt sie sie für ihre Naschsucht, und wie oft hatte sie ihr mit erhobenem Zeigefinger prophezeit: „Mit deinen Proportionen wirst du höchstens als Ehefrau eines Gastwirts oder Krämers enden! Wo sich doch mein Mann so um einen gelehrten Doctor der Rechte oder gar um einen Sohn eines hohen Ratsbürgers die Augen ausschaut!"

„Sie hat wirklich recht!", seufzte Barbara, aber das Naschen war ihr nun einmal angeboren. Auch ihre Frau Mutter selig war mit einem beachtlichen Umfang gesegnet gewesen. Noch hatte sie das stoßweise, feuchte Keuchen ihres warmen Atems im Ohr, wenn sie ihr das lange, blonde Haar vor dem Nachtgebet gekämmt hatte. Die Augen schwammen ihr ein wenig bei der Erinnerung daran. Dann stieg ihr das Bild vor die Augen, wie sie als kleines Mädchen an der Hand der Frau Gevatterin und Patin ans Sterbebett der Mutter geführt worden war. Wie ein riesiger schwarzer Klumpen war die Mutter dagelegen, violett im Gesicht, die Augen unter den ödematösen Lidern weit aufgerissen, die Adern am Kopf geschwollen. Mit ihren wassersüchtigen Fingern, die zu platzen schienen, hatte sie eine segnende Geste gemacht. Scharfer Uringeruch war Barbara in die Nase gedrungen, als sie, aufschluchzend, ihren Kopf in die verschwitzte Bettdecke gedrückt hatte. Das Rasseln der Körperflüssigkeit in den schwer zusammengedrückten Lungen der Sterbenden würde sie wohl nie vergessen.

Rasch aber schüttelte sie nun ihren runden Kopf, um den Alb zu verscheuchen. „Jetzt reiß dich zusammen!“, ermahnte sie sich. Sie hatte einen Auftrag zu erfüllen, ja, eine Christenpflicht, insgeheim vermischt mit neugieriger Abenteuerlust und einem magischen Gefühl, das ihr neu war. Sie drückte schnell die Augen zusammen, um das Feuchte darin auszupressen, atmete ein paar Mal tief durch, schluckte, bis der Knödel im Hals verschwand, und machte sich schleunigst auf den Rückweg.

Hoffentlich traf sie keine Freundin, die sie ansprechen würde. Oder gar den Vormund. Aber das war die geringste Gefahr, denn der saß gewiss in seiner Schenke.

Zielstrebig kehrte sie zu ihrem Schützling zurück. Noch immer lag er so da, wie sie ihn verlassen hatte. Vorsichtig rieb sie die Arnikatinktur auf die verschorften Wunden. Der Arme stöhnte und knirschte. Im Zusammenzucken richtete er sich ein wenig auf. Ein Auge war farbig verschwollen. Erschrocken versuchte er es zu öffnen. Dann, eine Frau erkennend, ließ er sich erleichtert in den Sand zurücksinken. Aber gleich darauf stöhnte er wieder auf, als Barbara ihm die Arnikatinktur auf eine Beule am Hinterkopf einrieb, die er erst jetzt durch das Brennen bemerkte, und mit dem mitgebrachten Fett zu hantieren begann.

Zart hauchte sie: „Bleib ruhig, mein Bub – es ist nur Gänseschmalz!“

Er hörte den beruhigenden Klang ihrer Stimme, fühlte die weichen Hände, die sorgsam seinen geschundenen Kopf versorgten, und ließ sie gewähren, trotz der Ahnung, dass er damit einen Verstoß gegen die Kaschrut beging.

Trotzdem tat es gut, als sie mit ihren weichen Händen das Leinen um ihn legte. Nur beim Festziehen zuckte er wieder.

„Wie heißt du, mein Bub?“, durchbrach ihre Stimme seine Gedanken. – Wieso nannte sie ihn ‚mein Bub‘? Was erlaubte sich das Mädel? Er war schon lang ein Mann. Aber dann sank er wieder still in sich zusammen. Mit leiser, brüchiger Stimme flüsterte er: „Aaron.“

Doch ihre Neugier war noch nicht gestillt. Während sie an seinem zerrissenen Hemd nestelte, fragte sie: „Und wie noch?“

„Was heißt wie noch?“, stöhnte er verwirrt und blickte in das runde Gesicht mit den großen fragenden Augen.

„Na, du wirst doch auch einen Familiennamen haben.“

„Ich bin aus der Familie der Fränckl, derer, die an der Ecke der Großen und der Mittleren Gasse ihr Haus haben.“

„Soso, ein Fränckl“, meinte sie nur kurz. „Komm, ich helf dir auf die Beine.“

Stöhnend richtete sich Aaron auf. Mit schmerzverzerrtem Gesicht griff er sich an den Hinterkopf. „Danke, dass du mir geholfen hast.“

Er wollte aufstehen, taumelte aber und fand Halt an Barbaras üppigem Busen, der seinen Sturz mit weiblicher Wärme abfing.

„Verzeih mir“, flüsterte er leise.

„Schon recht“, antwortete sie jetzt mit einem neckischen Lächeln und richtete ihr Mieder.

Sie hatte noch nie einen Mann berührt, noch dazu einen, der so viel Fremdes an sich hatte. Seine langen Schläfenlocken hingen ihm wirr vor den schön geformten Ohren. In seinen dunklen Augen lag ein magischer Schimmer, der Barbaras bewundernden Blick anzog. Langsam, fast ein wenig besitzergreifend, strich sie über die verwundete Schulter.

„Wer hat dich so zugerichtet?“, wollte sie wissen.

„Studenten!“, stieß er zornig heraus. „Sie haben mich vor dem Pontonstadel erwischt. Betrunkene Studenten, die ihren Tag des Herrn durch meinen Anblick verunreinigt sahen. Mit ihren ‚Hepp, hepp‘-Rufen waren sie über mir“, dabei wischte er sich seine Haare aus der Stirn. „Und einer hatte einen schweren Prügel. Ich bin dann ins Wasser gesprungen, und irgendwie habe ich mich hierher geflüchtet.“

Barbara sah Aaron direkt und doch voll Mitleid in sein zerschlagenes Antlitz. „Armer Kerl“, flüsterte sie. Die Studenten waren oft üble Burschen, die meist von der Hand in den Mund lebten, fahrendes Volk, das zu jeder Schandtat bereit war. Judenhatz war ein gängiges Sonntagsvergnügen.

„Gerade dich mussten sie erwischen“, seufzte sie. „Hast du Geschwister?“

„Nur eine kleine Schwester, Sarl, sie ist erst zwei Jahre alt. Früher war da noch Fejtl – ein zartes Mädchen, aber sie ist voriges Jahr gestorben. Für meine Mutter Rebecca war es ein schlimmer Verlust. – Und wer bist du?“

„Ich bin die Barbara Danner!“

Fast verschämt hauchte er das erste Mal ihren Namen über ihr blondes Haar: „Barbara.“ Sein „r“ war ein wenig kehlig, sonst kam ihm, im Gegensatz zu seinem Vater, die Wiener Mundart leicht und selbstverständlich über die Lippen.

Verdutzt sah sie zu ihm auf. Er hat mich beim Namen genannt!, schoss es ihr durch den Kopf. Ein Band ist geknüpft – die Namensmagie wird ihn nicht loslassen! Ich will es ihm gleichtun. Sie nahm einen kleinen inneren Anlauf, probte in Gedanken das Wort Aaron, um sich ihm gleich darauf mit einem strahlenden Lächeln zuzuwenden: „Ja, Aaron?“ – Es hat gewirkt! Er sieht mich versonnen an. Welche abgrundtiefen und doch glänzenden, schwarzen Augen er hat! Und erst seine langen Wimpern!

Allein seine Augenbrauen verängstigten sie ein wenig. So viele schwarze Borsten – und fast waren sie zusammengewachsen. Die alte Magd hatte sie einmal gewarnt, Menschen, deren Augenbrauen zusammenwuchsen, seien des Teufels. Und Juden besonders. Aber die Neugier war stärker. „Was soll ich dir von mir erzählen?"

„Hast du Geschwister, und wer sind deine Eltern? Hast du einen Bräutigam?"

„Nein!", stieß sie ein wenig erleichtert aus. „Ich bin allein. Meine Eltern sind schon gestorben. Mein Vater war zuerst Fischhändler, dann hatte er eine Branntweinschenke und so auch bald die Leberfäule. Kurz danach, ich war erst zwölf, folgte ihm meine Mutter nach. Aber", und hier, hob sie stolz das Kinn, so dass ihr kurzer Hals fast schlank wirkte, „sie hinterließen mir ein schönes Haus, nicht weit von hier und ich kann davon allein zu Georgi und Michaeli Miete nehmen. Das heißt – mein Vormund, der Herkomber – nimmt sie für mich. Ich wohne bei ihm und seiner Frau, die meine Patin ist."

Er wiederholte fast ehrfürchtig: „B-a-r-b-a-r-a." Dann berührte er ihr zartes goldenes Haar.

„Ich weiß schon", flüsterte sie und senkte das Haupt, „jetzt willst du ‚Waberl' sagen." Sie war sich der Dialektform ihres Namens wohl bewusst, der im Wienerischen auch einen geringschätzigen Beigeschmack hatte. Oft war sie deshalb von ihren Freundinnen gehänselt worden. Besonders wegen ihrer Figur riefen sie ihr „Blunzenwaberl!" nach. „Aber meine Namenspatronin war eine tapfere Frau" – leicht blitzten ihre Augen dabei. „Eine von den drei Heiligen Mädl'n", setzte sie stolz hinzu, „und eine der Vierzehn Nothelfer. Sie war so schön, dass ihr Vater, ein böser Heide" – jetzt hätte sie sich am liebsten auf die Zunge gebissen – „sie in einen Turm einschloss, damit sie immer bei ihm bliebe. Sie konnte lesen und schreiben, so wie ich auch, und da hat sie einmal, weil sie so neugierig war, einem Heiligen ich weiß nicht mehr wohin – ins Mohrenland geschrieben. Der hat ihr einen heiligen Arzt namens Valentin geschickt, um sie zu taufen – heimlich natürlich." Die beiden letzten Worte hatte sie noch schnell hinzugefügt. „Aber ihr Vater kam dahinter, und es ist ihr schlecht ergangen. Zum Schluss wollte er ihr gar den Kopf abschlagen – oder hatte er ihr ihn gar schon abgeschlagen?" Ein wenig unsicher starrte sie ins Wasser, als ob dort die Antwort zu finden wäre. Aber nur ein Baumstamm trieb dort, wie eine fahle Wasserleiche, vorbei. „... als ein Blitz sein Schwert traf und ihn tötete. Da ich am 4. Dezember getauft wurde, erhielt ich ihren Namen von der Frau Patin. Sag aber immer Barbara zu mir, nicht Bärbel oder gar Waberl, das will ich gar nicht leiden." Verschämt und leicht errötet wandte sie ihren Blick ab. Besonders wegen der vorschnellen Betonung des „immer". Schon hatte er es bemerkt.

„Immer", wiederholte er vorsichtig. „Glaubst du, dass wir uns noch einmal sehen werden?"

Nun musste sie ein Signal setzen. „Das glaub ich doch", antwortete sie resolut. „Auch wenn es heimlich ist" ... „du schöner fremder Bub", setzte sie im Geist dazu.

Er schwieg. Alle seine Erfahrungen rasten ihm durch den Kopf. Zwar gab es keine bestimmten Verträge, aber Andeutungen seines Vaters. Zweimal hatte er den Schadchen Jossel schon das Haus betreten gesehen und auch die Mutter Rebecca hatte ihm gegenüber von den Töchtern Jakob Schlesingers in lobe den Tönen gesprochen. Mit einer vagen Handbewegung wischte er über die Stirn. Sein Puls schlug schneller. Jetzt sollte er ihr ein Kompliment machen. Aber er war wie vor den Kopf geschlagen.

In diesem Moment schlug leise das Glöckchen vom Kloster zu den unbeschuhten Karmelitern.

Barbara sprang auf. „Schon so spät!“, entfuhr es ihr. „Ich habe der Frau Vormundin versprochen, sie zur Vesper zu begleiten. Ich will dich aber wiedersehen“, versicherte sie vielleicht ein wenig zu bestimmt.

„Mir geht es genauso!“, rief er ihr freudig zu. „Warte noch! In zwei Tagen komm ich früher aus dem Gewölbe am Kienmarkt. Mach es möglich, dass wir uns hier treffen, wenn die Sonne über dem Sauberg steht.“

Sie nickte still, reichte ihm ihre Hand und streichelte zart über seine Schulter. „Werde bald gesund.“

„Danke für alles, du tapfere Barbara, und bis übermorgen, ja?“ Versonnen blickte er ihr nach, wie sich ihre Silhouette gegen die bleierne Sonne abzeichnete und in der Ferne verschwand.

Keuchend zu Hause angekommen, warf sich Barbara ein einfaches Schultertuch um, mit dem sie auch ihre blonden Haare bedeckte, nahm ihr Gebetbuch aus der Schublade, wischte sich den Schweiß von der Stirn und tupfte sich ein wenig Lavendelöl, ein Geschenk ihres persischen Hauptmieters Doctor Schahin, hinter die reizvoll gebogenen rosigen Ohrmuscheln.

Unten rief die Muhme: „Was ist denn Barbara, bist du überhaupt zu Hause?“

Sie entgegnete ein kurzes „Ich komme schon!“ und versuchte ihrer Stimme einen natürlichen Ton zu geben. Aber in ihren Ohren dröhnte es, das Herz pochte und immer wieder hörte sie es raunen: „Aaron, Aaron!“

Verwirrt trat sie in die, Gott sei Dank, einsetzende Kühle, die von der Donau zur Stadt heraufschlich. Sie nahm die unentzündete Laterne, und als die Muhme, ihre Patin, aus dem Tor schritt, schloss sie sich ihren schnellen Schritten an.

Nur wenige Schritte vom Haus entfernt lag die schöne Kirche „Zur heiligen Jungfrau vom Berge Karmel und der Heiligen Theresia von Avila“. Oft hatte sie es von ihrem so verehrten Bruder Mauritius gehört. Der war ein wirklich fescher Mönch, mit seinem dunklen Haar, seinen edlen schwarzen Augen, seiner vollen Stimme und seinen eleganten Handbewegungen. Nicht zuletzt deshalb hatten seine Messen und Predigten einen starken Zulauf durch das weibliche Geschlecht. Von weit her kamen diese Frauen herangepilgert, um sich unseren Mauritius anzuhören – und zu schauen, entrüstete sich Barbara in Gedanken.

Heute war sie aber ein wenig zerstreut. Darf ich ihn fragen, wer in der Bibel Aaron war? Er wird mich sicher schelten, weil ich nicht aufgepasst habe. Hat Aaron irgendetwas mit Moses zu tun? Sie wankte in ihrem vorgefassten Entschluss, ihn nach der Messe, in der Sakristei, wo Mauritius immer Hof hielt, zu fragen. Sicher wippt er dann wieder mit seiner wohlgeformten, großen Zehe in der Sandale. Eine Bewegung, die die lokale Weiblichkeit mit besonderer Aufmerksamkeit zur Kenntnis nahm. Eigentlich hatte sie sich noch vorgenommen, vor dem Gnadenbild der Maria mit dem geneigten Haupt zu beten. Diese Ikone war besonders wundertätig. Vielen Mädchen hatte das Gebet vor diesem Gnadenbild in persönlicher, grausamer Not geholfen. Und schon Kaiser Ferdinand II., der, vermittelt über dieses Bild, Maria angerufen hatte, war bei einem Schiffsunglück auf der Donau im Jahre 1631 gerettet worden.

Hastig huschte sie mit ihrer Frau Vormundin in den Kirchenraum, als gerade der Gottesdienst begann. Die letzten Strahlen der Sonne warfen seltsame Schatten auf die weibliche Gemeinde. Die Weihrauchwolken wurden durch die untergehende Sonne plastisch modelliert und verschmolzen mit den frühbarocken Kumuluswolken aus Alabastergips auf dem Hauptaltar. Strahlend leuchteten die Englein und Putten auf dem Tabernakel. Eines davon, ein besonders pausbäckiges, das war für sie ihre liebe Frau Mutter, und oft hatte sie gerade diesem Englein ihr Leid geklagt.

„Liebe Mutter, was war das heute Nachmittag? Ich habe einen Juden getroffen. Einen schönen Mann. Einen armen Mann in Not. Ich habe ihm geholfen, weil er verwundet war und weil ... Ach, das weißt du ja sowieso. Aber wenn du da oben alles weißt, sag mir, was ich tun soll!" Vielleicht gab ihr die Mutter einen Fingerzeig, wenn sie in den Umgang ging? Die Abendsonne stand tief, hatte ein Band von Wolken durchbrochen und ließ das Altarblatt nicht mehr erkennen. Nur unten beleuchteten vier Kerzen die Vision der heiligen Theresia von Avila, den großen Kaiser Ferdinand und die Dreifaltigkeit. Das Symbol der habsburgischen Reichskirche, dreieinig und dreifaltig: Österreich, Ungarn und Böhmen. Irgendwie mochte Barbara diese heilige Theresia von Avila nicht. Sie war ihr zu ernst, zu streng, zu ziegengesichtig.

Aber da stieg schon Pater Mauritius mit federnden Schritten auf die Kanzel. Gerade rechtzeitig, um ihn durch die letzten Strahlen des untergehenden Balls in ein überirdisches Rot zu setzen. Blinzelnd wandte er sein Gesicht den letzten Augenblicken des Sonnenuntergangs zu. Auf dem Schalldeckel der Kanzel über ihm thronte Maria mit dem heiligen Johannes vom Kreuz und der heiligen Theresia, und er stand da: übergroß, schlank. Seine langen schmalen Finger spielten ein wenig auf den Häuptern des Bibelübersetzers Hieronymus und des heiligen Augustinus auf der Kanzel. Unter ihm stand der Satz: Wer aus Gott ist, hört auf Gottes Wort. Eine schönere Kulisse konnte man sich für Mauritius nicht vorstellen. Es war atemberaubend. Mit offenem Mund starrte die weibliche Zuhörerschaft auf den Prediger und seine überirdische Erscheinung. Er hätte das Einmaleins aufsagen können, für die wie Butter Schmelzenden unter ihm wäre es ein Halleluja gewesen. Doch wie er sprach, tönte es wie die tiefen Pfeifen einer Orgel, verstärkt durch den Schalldeckel. Und was er sprach: Es saugte sich fest in den Herzen der Frauen. Auge und Ohr, Herz und

Geist waren betört. Selbst der Geruchssinn wurde gekitzelt: Der verschwenderisch im Raum verteilte Weihrauch übertünchte den sauren Schweißgeruch und den scharfen Harndunst, der sonst noch in der Luft lag. Alle Sinne und auch die Gehirne waren buchstäblich umnebelt. Es war dieser weihrauchwolkige, katholische Wiener Hirnnebel. Schöner heiliger Schein und so süß scheinheilig.

War es Aaron, der da plötzlich zu ihr sprach? Sie wusste nicht mehr, redete der da oben auf der Kanzel vom Weinberg oder von der Liebe, von den Beladenen oder von denen, die ein reines Herz haben? – Jetzt sagte er, dass alle satt werden würden. Barbara spürte auf einmal einen schrecklichen Hunger. Der Magen drehte sich in ihr um, ihr wurde kurz schwindlig, bis sie sich dann doch wieder fand und nach oben blickte. Wie groß dieser Mauritius – oder war es doch Aaron – von oben heruntersprach!

Nach der Vesper drängte Barbara wieder in die Sakristei. Dort saß, direkt unter dem Wappen mit dem Horn der Fürsten Liechtenstein und dem Gnadenbild Maria Mater et Decor Carmeli, Pater Mauritius und wippte herrlich mit seinem Zeh. Inmitten der schön geschnitzten Schränke genoss er seinen Messwein und die Anbetung durch die versammelte holde Frauenschar.

Nein! Barbara konnte das nicht mehr aushalten. Wie sollte sie ihn unter all den Verzückten nach dem biblischen Aaron fragen? Morgen war auch noch ein Tag. Und da Mauritius am Montag nach dem zwar nicht behördlich angeordneten, aber privat geduldeten Unterricht in Schreiben und Lesen im Klostergarten spazieren würde, könnte sie zufällig mit einem Blumenwunsch daherkommen. Sie folgte der ungeduldigen Muhme mit dem entzündeten Licht.

Zur gleichen Zeit, Wien, Sommer 1667

Die Kaiserinwitwe Eleonora Gonzaga von Mantua-Nevers beglückwünschte sich zu der gelungenen Soiree, zu der sie in die prunkvollen Räume der Favorita, ihres Sommerschlosses vor den Toren Wiens, geladen hatte. Endlich eine Abwechslung in ihren lähmend verrinnenden, eintönigen Witwentagen. Sie hatte eines ihrer neuen Gedichte zum Besten gegeben. Der frenetische Applaus, den sie dafür erhalten hatte, ließ sie zweifeln, ob er ihrem literarischen Können oder eher ihrem Stand als Witwe ihres vor fast zehn Jahren verstorbenen Gatten, Kaiser Ferdinand III., gegolten hatte. Eleonora fächelte mit einer raschen Bewegung Luft über ihre hohe, weiße Stirn.

Noch größer aber als die Freude über den Beifall war ihre Neugier, die der Vortrag des Generalfeldmarschalls Graf Raimondo Montecuccoli in ihr geweckt hatte. Er hatte Ausschnitte aus seiner noch unvollendeten Dichtung „De beatitudine" rezitiert. Mit einer freundlichen Geste bat sie den sichtlich Erstaunten in einen der Nebenräume, um ihn ungestört auszufragen. Hier war es auch ein wenig kühler. Eleonora schloss die schwere Tür hinter sich. Ihre mit ausgewählten Perlen bestickte Samtrobe fegte leise über die gewachsten Bodenbretter. Ihr kleines Hündchen trippelte hinter ihr her. Durch einen leichten Druck ihrer energischen weißen Hände nötigte sie den alten, treuen Kavalier in einen weich gepolsterten Stuhl. Montecuccoli ächzte vor Anstrengung. Schmerzgeplagt von Gicht und dicken Hämorrhoiden, die brennend stachen, krümmte er sich in die lindernden Kissen. Ein bitteres Erbe seines langen Reiterlebens zwischen Völlerei und entbehrungsreichen Monaten im Sattel.

Sein rundes Gesicht war rot angelaufen, und immer noch schämte er sich vor der noch jungen, jetzt erst siebenunddreißigjährigen Eleonora, seine Gebrechen zu zeigen. Ein unwürdiges Schauspiel für einen noblen Lebemann und tapferen Kämpfer.

Mit seinen knotigen, schweren Händen stützte er sich an der Tischkante ab. Amüsiert beobachtete sie, wie seine Perücke durch die Aktion ein wenig verrutschte. Gleich wird er sich wieder an seinem modischen Unterlippenbärtchen zupfen!, belustigte sie sich innerlich. Ich zähle bis drei, und dann habe ich gewonnen! Eins, zwei, halb drei? ...

Montecuccoli hob die Hand an seine Unterlippe. Er wollte sich gerade räuspern, aber die Kaiserin musste ihn zuerst ansprechen. So unterließ er seine berühmte Geste, die Hand blieb in der Luft hängen. Eleonora zog einen Schmollmund. Verloren!, bedauerte sie sich selbst.

„Sind Carissime wohl? Trinken wir noch einen Schluck nach dieser anstrengenden Riunione!" Ihr Herz hüpfte ein wenig – endlich wieder mit einem engen Landsmann bei Tisch zu sitzen. Die Burg der Montecuccoli aus dem benachbarten Modena war zwar ein kleiner Falkenhorst im Vergleich zur Herrschaft ihrer Eltern, die über Gonzaga, Mantua, Guastalla und Nevers geboten. Aber sein Italienisch hatte dieselbe Färbung wie ihres. Sein typisches Abschleifen der Wortenden und die weichen, gesungenen Vokale beim Vortrag seiner Dichtung ließen in ihr kurz einen Hauch von Kindheitserinnerung aufkommen. Genügten nur ein paar Worte, um ganze Bildkaskaden des heimatlichen Mantua aufzutürmen?

Sie läutete kurz mit dem Tischglöckchen. Ein kurzer Wink, und ihr schlanker Page servierte unaufgefordert eine Kanne schweren, roten Weines. Mit einer leichten Kopfbewegung und einem kurzen Schlag ihrer Lider entließ sie ihn, schenkte sich selbst ein und nahm einen winzigen Schluck aus dem Glas. „Euer Vortrag hat diesem literarischen Abend besonderen

Glanz verliehen, lieber Graf!“, lobte sie Montecuccoli. Sich leicht erhebend, beugte dieser sein Haupt.

Sie selbst hatte eine Gesellschaft vornehmer Persönlichkeiten ins Leben gerufen, die sie „Illustrati“ getauft hatte. Ihr Lustschloss, die Favorita, die Bevorzugte, war so recht der Rahmen dafür.

„Ja, die Glückseligkeit“, seufzte sie, auf seine Dichtung „De beatitudine“ anspielend, „ist eine auf Zephirswolken dahinfliehende Göttin! Wie einfühlsam Sie ihr Werden loben und ihr Verschwinden bedauern konnten, lieber Marschall!“

Sie tätschelte liebevoll seine langen, verformten Fingergelenke. „Und wie gesetzt die Worte waren“, fügte sie hinzu.

„Das kommt von einem langen Leben, das mir Gott geschenkt hat und in dem ich so viel Jugend und Schönheit aufsteigen und allzu schnell wieder schwinden sah“, entgegnete der Graf.

„Aber was meinten Sie mit dem grünen Stein, dem edlen Smaragd im vollkommenen Ring?“, wollte sie von ihm wissen, während sie mit ihren Fingern ihren hohen, weiß gepuderten Haaransatz raffiniert nach hinten straffte.

Ihr halbgeöffneter Mund, den die roten, vollen Lippen selbst zur Zierde machten, unterstrich ihren Protest: „Schmuck vergeht doch nicht. Gerade Edelsteine werden durch des Menschen Hand erst funkelnd und sie bleiben es eine Ewigkeit. Wie kommen Sie darauf, lieber Graf? War es vielleicht ein Gleichnis, welches mir verschlossen blieb?“

Schmerzlich das Gesicht verziehend, dabei auch seine Hämorrhoiden verfluchend, richtete sich der italienische Edelmann kerzengerade auf und zog seinen linken, dicken Augenwulst hoch.

„Majestät! Viel Gnad’ hab ich in meinem Leben erfahren, viel Titel und Ehren durch die Gunst Ihres geliebten Gatten und Ihres teuren Stiefsohnes bekommen. Aber ein Schmuckstück von solcher Schönheit, Größe und Gestalt, welches ich erhielt und auch verlor, wird es nicht wieder geben", seufzte er.

„So erzähl' Er mir doch davon", ermunterte sie ihn und schenkte ihm Wein nach.

Er legte den Kopf zurück, um sich noch einmal auf das Schmuckstück zu konzentrieren.

„Eine Zier, die es würdig war, an kaiserlicher Hand zu funkeln, die es wert ist, zum Gedenken an ihren Verlust eine traurige Ode zu schreiben. Der Wert dieses Edelsteins ist vielleicht in Gulden auszudrücken, ein schmuckes Schloss, eine Hofhaltung über ein Jahr wären es vielleicht. Seine Fama und seine Herkunft aber machen ihn unschätzbar. Er stammt", und damit beugte er sich ein wenig vor, um näher an ihrem Ohr zu sein, und senkte die Stimme, „von jenem Heidenkönig Moctezuma drüben in Indien, oder Neuspanien, den der wackre Cortés schlug und damit der Casa d'Austria ein Weltreich dazugewann."

„Nein!", entfuhr ein Laut des Staunens ihrem Mund und mit koketter Geste hob sie das spitzenbesetzte Fazolett zu ihrem Mund, um den winzigen Tropfen Wein von ihren Lippen abzutupfen.

„Einst habe ich dem Herzog von Modena – mein Gott, mehr als zwanzig Jahre ist es her – zu großem Sieg verholfen, der sein Reich wieder einte und gefestigt hat! Die Schlacht bei Nonantola über die Päpstlichen ...", fuhr er erklärend fort und zupfte in Gedanken verloren an seinem Unterlippenbärtchen.

„Und wie kam der Ring in Seine Hände?" sollte ihr Montecuccoli verraten. Neugierig wie ein Schulmädchen rückte sie ihren Stuhl näher. Wieder nippte sie an ihrem Glas, und ihre Stimme vibrierte leicht, als sie Näheres über das Aussehen des Ringes erfahren wollte.

„Das war kein Smaragdring, wie man ihn in Augsburg gegen gutes Geld bestellen kann", betonte der Graf, „sondern groß, wie eine lange Nuss, und ein Feuer ...!"

Ein tief aus seiner Kehle kommender Schnalzlaut seiner Zunge unterstrich seine Aussage und in Eleonoras Augen schlich sich der Glanz, der den Schimmer des beschriebenen Ringes widerspiegelte.

„So sprich Er doch weiter", drängte sie Montecuccoli mit vor Erregung heiserer Stimme. Und so erzählte er von jenem spanischen Entdecker namens Hernán Cortés, der mit nur wenigen hundert Mann den sagenumwobenen Herrscher der Azteken, Moctezuma, besiegt hatte, der ihn zuvor hatte reich mit Schätzen beschenken lassen.

„Hat jene wilden Geschenke nicht Albrecht Dürer beschrieben?", fragte sie interessiert und kraulte dabei ihren Schoßhund.

„Majestät kennen die Liste mit den hunderten Stück, die neben den vielen indisch' Sklavenmohren an den Hof kamen?" fragte er zurück.

„Ich habe davon gelesen", erinnerte sie sich. „Und auch von den seltsamen Gewändern aus noch nie gesehenen Vogelfedern, von möhrischen Hütlein und Gemäntel, Schilden aus grünen Federn, schrecklichen Götzenbildern aus purem Gold und Waffen von scharfkantigem Stein, wie sie bei uns fremd sind."

„Damals", setzte Montecuccoli seine Schilderung fort, „als Cortés dem großen Kaiser Carolus V. diesen Schatz zu Füßen gelegt, befand sich dabei auch ein Fels in Stufenform. Mehr als eine große Handspanne hoch und ebenso breit. Inkrustiert in diesem Fels, wie graues Pech, waren riesige Smaragdquader. Unbeschliffen, aber von einer Reinheit der Farbe, wie sie niemals je ein Mensch bewundert hat."

Er wischte sich über die Stirn. Die Perücke, die Erzählung und seine Gefühlswallung ließen ihn schwitzen.

„Und wo sind die Steine jetzt?", konnte Eleonora ihre Neugier nicht mehr verhehlen.

„Tja, wohl in guter Hand, in des Kaisers Schatz, vielleicht in Schloss Ambras' tiefen Kellern? Ich weiß es nicht. Einen Smaragdstein ließ Kaiser Carolus von einem Brüssler Goldschmied herausbrechen und zu einem massiven Ring umarbeiten. Diesen schenkte er dann dem Herzog von Modena für guten Dienst und wohl auch, weil er damals nicht liquide war und dieser ihm aushalf – der Krieg, der Vater aller Dinge, frisst viel gutes Geld. Nur einen zweiten Stein aus diesem Stufenfels ließ dann Rudolfus II. anfertigen und übergab ihn dem Fürsten August von Sachsen als Präsent."

Montecuccolis Sang verlor sich fast zu einem heiseren Flüstern. Wiederum Bärtchenzupfen, dann ein tiefer Schluck aus seinem Pokal, bevor er fortfuhr: „Wohl über hundert Jahr' ruhte der Ring in den Truhen der Modenas, bis er mir an Zahlungs statt geschenkt wurde. Und ich schwor mir, ihn meiner Familie als unveräußerlichen Schatz zu spenden."

Eleonora hakte nach: „Und welch tragisches Schicksal hat Euch dieses Schatzes beraubt?"

Nochmals sich aufsetzend und schmerzlich zuckend, schloss Montecuccoli für einen Moment die Augen und berichtete mit verzweifelter Miene weiter:

„Wir zogen nach Mogersdorf, als die islamischen Mannen unter dem Großwesir Köprülü Mehmed Pascha wieder aus dem Süden kamen. Mein Tross war gut behütet und bewehrt. Ich verlor keinen Gedanken daran, dass ich die Schlacht gewinnen, dabei aber mein gesamtes Hab und Gut, samt diesem Ring abhanden kommen würde."

„Fasst Euch, mein lieber Montecuccoli!", unterbrach ihn Eleonora. „Ich retirier' mich kurz, dann sollt Ihr mir weitererzählen." Sie erhob sich, von einigem Druck gequält. Und warf ihm über den Puffärmel ihrer Schulter zart und kokett ein Handwinken zu, bevor sie den Raum verließ. Er machte eine Andeutung eines Erhebens und ächzte.

Allein gelassen und von seiner Erzählung bis aufs Äußerste echauffiert, versuchte er den einengenden Spitzenkragen vom Hals zu lösen.

Ja, Mogersdorf, dachte er, war, nach all den Schlachten sicher die Krönung meines Lebens und die wichtigste der letzten Jahre für das Heilige Römische Reich.

Sein Kopf nickte vornüber. War es der Wein, war es die Wärme im Raum oder die Anstrengung seines wohl gelungenen Vortrags? Er seufzte voller Erinnerung.

Mogersdorf, da war es wieder. Die Raab, mit ihren vielen Mäandern. Wieder wallte das Blut in seinen Halsschlagadern, als er daran dachte, wie er damals mit seiner Armee nur widerwärtig langsam vorwärts gekommen war. Wie er den Befehl gegeben hatte, die Artillerie und die Infanterie zurückzulassen. Nur begleitet von Kürassieren und Dragonern und mit leichten Feldgeschützen hatte er sich auf den Weg gemacht, stets das Ziel vor Augen, die Raab früher zu erreichen als der Feind. In der Nähe des Zisterzienserklosters St. Gotthard hatte er mit den Seinen über die Raab übergesetzt, war nach Osten gezogen, dem Feind direkt entgegen. Zahlenmäßig war seine Truppe stark unterlegen gewesen, verglichen mit der Macht des Großwesirs! Es war bei Körmend gewesen, dem festen Sitz des Batthány, als er die Attacke anritt, um das Übersetzen der Osmanen zu verhindern. Jetzt spürte er im Traum den Sattel wieder, in dem er bis Csákanydoroszló im Gewaltritt vorgedrungen war, um ein zweites Übersetzen der Osmanen zu vereiteln.

Er schrak auf, als der Page mit seiner samtenen, leisen Stimme fragte, ob er noch etwas von dem Rebensaft kredenzen dürfe.

„Bring noch einen Krug“, befahl ihm Montecuccoli mit herrischer Stimme, noch immer gefangen in seinen Erinnerungen an die Schlacht bei Mogersdorf.

„Con piacere, Illustrissime!“, flötete dieser und hörte noch den harschen Zuruf, er solle auch frische Luft hereinlassen.

Aus dem wäre nie ein richtiger Soldat geworden, dachte der alte Generalfeldmarschall, dem rasch aus dem Zimmer huschenden Pagen nachblickend, und fand auf dem dicken Sitzpolster eine Stellung, die seine Schmerzen etwas erträglicher machte. Eine kühlende Abendbrise drang vom Wienerwald ins Zimmer, ließ die Vorhänge wehen und die Kerzen flackern.

Wieder kehrten seine Gedanken zurück zu seinen Männern, mit denen er Seite an Seite die Türken zurückgedrängt hatte, die sich zurückgezogen hatten, um sich weiter westlich, flussaufwärts zu formieren. Montecuccoli hatte damals Zeit gewonnen. Und seine Artillerie und die Fußleute waren eingetroffen. Im Mündungswinkel der Lafnitz in die Raab, einer durch die beiden Flüsse in der Ostflanke und in der Front geschützten Verteidigungsstellung, hatten sie ihr Lager aufgeschlagen: 25.000 Mann. Ihnen gegenüber hatten 120.000 Türken auf sie gewartet; davon hatte allein die Hälfte aus den besten Janitscharen und den Spahis, der gepanzerten adeligen Reiterei, bestanden. Die Aufstellung der deutschen Reiterei, die Flügelfestlegung, wie war sie damals gewesen? Freiherr von Sporck tauchte jetzt vor Montecuccolis Augen auf.

Der gute Sporck. Wo er jetzt wohl sein mochte, der Wackere? Ein Westfale, der später bayrischer Reiter geworden war. Und dann Kaiserlicher. Und später Reichsgraf noch dazu. Dieser grobe, ungeschlachte General, der allein ein Gefecht entscheiden konnte. Stank er nicht immer, wie eine tote, abgelegene Gämse? Sein bockiges Gamslederkoller war in der Armee legendär geworden, nicht nur wegen des Odeurs. Die speckige Patina enthielt die Speisekarte seines Reiterlebens, aber auch Schichten mit dem Blut vieler Gegner. Und dann erst seine Sprache. Er redete kaum etwas, aber wenn er etwas sagte, dann war es meist unverständlich. Ihm genügte nur ein Wort, um aus einem Soldaten einen Offizier zu machen, so, als er damals nur „Cornet“ gebrummelt hatte, um den armen Christoph Rilke zu befördern.

Oder der für ihn lange Satz bei Sankt Gotthard: „Söllt wy dat hilige Kruiz, Saldoten, van deän Turk kuinairen loten?“

Montecuccoli war ein wenig eingenickt und schmunzelte jetzt im Traum über die Sprachschöpfungen seines Generals. Doch schon verwischte sich der heitere Ausdruck, und da war er wieder, wie so oft, sein persönlicher Albtraum.

Diese Erinnerung an jene Nacht des 1. August 1664, als er und seine Truppen sich eine kurze Ruhepause gegönnt hatten. Plötzlich war da in den Raabauen türkische Artillerie gestanden. Es war weniger die Trefferquote als der moralische Effekt der heulenden Kanonenkugeln und der Überraschung gewesen. Heillos war es damals durcheinandergegangen! Abermals tönte das Allahgebrüll in seinen Ohren. Die Pfeile hatten unerbittlich getroffen, die Krummsäbel waren durch die Luft gezischt, die Streitkolben auf seine verwirrten, mit der osmanischen Angriffstaktik nicht vertrauten Kaiserlichen niedergesaust. Und er hatte seine Kavallerie kurz davor zum Fouragieren geschickt. Die vielfarbige türkische Reitertruppe hatte blitzartig Mogersdorf und sein Hauptquartier besetzt. Das schöne Tafelgeschirr, die Prunksättel, seine Prachtwaffen, die Prunkgewänder, die Kassen und gar sein Schmuck! Alles war in wenigen Minuten geplündert worden. Welche Mühe hatte es gekostet, schnell zwei Reiterregimenter und drei zu Fuß, bunt zusammengewürfelt, gegen den Feind zu führen. Da hatte es keine Gefangenen mehr gegeben. Und plötzlich – welch Gottesgeschenk! – war Sporck mit seiner Kavallerie aufgetaucht und mit blanker Waffe im Galopp vom rechten Flügel herangeritten. Montecuccoli schauderte im Schlaf. Wieder spürte er die klamme Nässe der Nacht unter seinem Koller. Schlammverklebt. Die Pistolen unbrauchbar, die schweren Regenschleier, die den Lehm nicht mehr abwaschen konnten, und der gluckernde, tiefe Morast. Wie hätte er den Türken damals nachsetzen können? Gerade das hatte man ihm ja später vorgeworfen. Die Schlacht war jedenfalls gerettet. Köprülü war es verwehrt, Wien zu erreichen, um die reife, viel zu wenig verteidigte Frucht des „Goldenen Apfels" zu pflücken. Vorübergehend war Zeit gewonnen. Doch all seine Habe und sein teurer Ring waren weg, verloren. Welcher heidnische Höllenhund erfreute sich nun an seinem Besitz? Ein Osman? Ein Tatar? Fluch über den Dieb! Vorbei woben die Unheilschemen der vormaligen Besitzer des Smaragds. Der gesteinigte Moctezuma, der gallbitter gekränkte, siechende Cortés, der greise, umnachtete Mönch Carolus in seiner Zelle in San Yuste, der lebensschäumende Modena, mit gebrochenem Genick, unten an seiner Turmtreppe hingestreckt. Und er?

Ein dunkler, auf ihn zurasender Schatten in seinem oberen Gesichtswinkel ließ seinen Kopf schmerzdurchzuckt zurück in die Lehne sacken.

Eleonora schlüpfte wieder in den dunkel gewordenen Saal. Die wenigen Kerzen flackerten, und der alternde Held lag mehr als er saß in seinem Lehnstuhl. Sie winkte ihrem Pagen und ordnete an: „Führ ihn in eines unsrer Gemächer und", leicht seine Brust streifend, „sei fürsorglich. Unser Landsmann hat es verdient." Beide traten näher an den Feldherrn heran.

Montecuccolis Augen waren geschlossen, sein linker Mundwinkel hing halb geöffnet herab, und Speichel tropfte auf sein Spitzenjabot. Die Hände hingen schlaff über den Lehnen und wiesen zum Boden. Ein dunkler, nasser Fleck zwischen den samtenen Beinkleidern sprach eine deutliche Sprache. Eleonora presste ihr Fazolett mit beiden Fäusten gegen den Mund. Sie stieß einen Schreckensschrei aus: „Oh Gott, ihn hat der Schlag getroffen!", fasste sich aber, wie es ihre praktische Art war. Sie atmete tief durch.

„Luigi!", rief sie und zwang ihre Diskantstimme wieder eine Oktave tiefer. „Atmet er?" Der Page beugte sich vor den halb geöffneten Mundwinkel und lauschte. „Ja, Majestät!", entgegnete er, woraufhin Eleonora befahl: „Zuerst bring Wasser, rasch, und dann lass sofort in die Hofburg schicken, der Leibmedicus seiner Majestät, der Doctor Managetta, soll ehest kommen!" Luigi eilte hinaus. Eleonora zog ihren Stuhl näher an den Schwerkranken, tätschelte seine fahle Wange und fächelte ihm mit ihrem Tuch Luft zu. Ein Vers formte ihre Lippen: „Anulus, causa et finis beatitudinis …"

Zur selben Zeit, im „Grünen Baum",
tief unter den Wällen der Stadt

Der Abschnitt der großen Stadtmauer, der neben dem Neuen Tor lag, war eigentlich eine Kurtine. Sie verband die Elendsbastei mit der „piatta forma", der großen Gonzagabastei. In den Mauern selbst befanden sich zahlreiche Gänge, Gewölbe und Kasematten. Einer dieser Räume wurde als Weinstube geführt. Zwar schenkte man in fast allen Wiener Bürgerhäusern eigenen Wein in großen Mengen aus – viele achtbare Bürger besaßen Weingärten vor den Toren der Stadt –, doch florierten die Schenken und Keller trotzdem, weil der Rebensaft außerhalb des eigenen Hauses schon immer besser gemundet hat. Dazu kam die Gesellschaft Gleichgesinnter oder Standesgenossen. Jede Wirtsstube hatte ihre eigene Klientel. Auch war der Wiener Wein als Volkskonsummittel äußerst preiswert und gesünder als das Wasser.

Der „Grüne Baum" war daher gern und gut besucht, weil man sich beim Ausschank nicht geizig zeigte und der Wein für Wiener Begriffe hervorragend war. Darüber hinaus galt sein glupschäugiger Wirt als stadtbekanntes Original. Georg Schostaritsch war ein Riese von Gestalt, in Länge und Bauchäquator gleichermaßen. In krassem Gegensatz dazu stand sein Sprechorgan: eine gequetschte Fistelstimme. Auch stieß er mit der Zunge heftig an den einzigen oberen Schneidezahn, wobei er bei Überforderung zudem heftig stotterte. Da er armen Waisenmädchen zu einer guten Partie verhelfen wollte, spendete er die Trinkgelder für deren Aussteuer. Bei jeder Trinkgeldgabe schmetterte er daher dem edlen Spender ein tremolierendes und ohrenzerfetzendes „Danke theer, meine Lieben, fier die

Auththtattung“ entgegen, so dass sich das ganze Lokal dem Trinkgeldgeber zuwandte. Für diese artistische Leistung, die bei den Gästen hohen Unterhaltungswert hatte, wurde er reichlich belohnt, und darum bestellte man öfters kleinere Quantitäten, um Georg Schostaritsch zu immer neuen Flötentönen anzuspornen. Trotz seiner kindlichen Stimme war er ein Pfiffikus, der gerne manches Geschäft, wie es in Wien hieß, „unter der Budel“, also schwarz, abwickelte. Dies nahm ihm auch niemand krumm, denn die Zoll- und Steuerbehörden hinters Licht zu führen, war nicht nur im alten Wien ein Volkssport. Daher wurde dieses Lokal auch gern von Strawanzern besucht, die in Wien bekanntermaßen „auch vom Himmelvater nicht gefressen werden“.

Natürlich kam es vor, dass echtes Gesindel hier seinen Durst löschte, aber wer kann schon in einen Menschen hineinsehen!

Unser Hans Herkomber hatte gleich nach dem reichlichen Mittagsmahl seine Schritte über die von ihm kontrollierte Schlagbrücke getan. Da er ständig im Dienst war, hatte er auch gleich die Gelegenheit genutzt, seine Mannschaft beim Nachmittagsschlaf zu überraschen. Tief befriedigt über den gehörigen Rüffel, den er soeben ausgeteilt hatte, passierte er das Gehtor des spitzdachigen Roten Turmes mit seinen charakteristischen vier Ecktürmchen. Heute freute er sich aus vier Gründen, in den Grünen Baum kommen:

Erstens wollte er seinen Busenfreund Johann „Schani“ Pfeiffer wiedersehen. Dieser war zwar sein Nachbar, wohnte aber im Sommer gerne in seinem eigenen Haus am Wiener Donauarm, nur fünfzig Schritt von seinem Heim entfernt. Dazu besaß er außerdem die berühmte „Blaue Apotheke“ am Graben. Neben seiner Beisitzertätigkeit am Stadtgericht war er Superintendent des Wiener Bürgerspitals. Mit Fug und Recht ein vielbeschäftigter Tausendsassa. Eine Woche war er fort gewesen. Sein Cousin, der niederösterreichische Taxamtsgegenhandler gleichen Namens, war im vergangenen Jahr verstorben. Und da er ihm im Testament ein kleines Gut bei Sankt Pölten vermacht hatte, war es an der Zeit gewesen, nach dem Rechten zu sehen und es formell in Besitz zu nehmen. Herkomber hatte ein paar wichtige Neuigkeiten für ihn, die sich vielleicht in klingende Münze umsetzen lassen konnten.

Zweitens wollte er endlich über den Sohn Pfeiffers sprechen. Franz hieß dieser junge Mann. Der einzige Erbe. Und gerade an der Schwelle zum heiratsfähigen Alter. „Ich werde ihn listig um den Finger wickeln", redete er sich ein, wohl weil es noch Unsicherheiten gab. Immerhin war sein Mündel, im Gegensatz zu Pfeiffers Franz, mollig und ansehnlich und noch dazu eine gute Partie.

Dann wurde es langsam Zeit, über seine Anwartschaft als Mitglied des Inneren Rates der Stadt zu sprechen. Am St.-Thomas-Tag im Dezember wird darüber beschlossen. Es ist überfällig, dass ich mich verbessere, dachte er. Herkomber war fest entschlossen, seinen Aufstieg vom Brückenaufseher und Mitglied des Äußeren Rates von Wien zum Unterkammeramtsleiter und Mitglied des Inneren Rates in die Hand zu nehmen.

Und viertens gab es heute etwas Feines zu trinken. Dem lispelnden Wirt war es gelungen, den für durchschnittliche Bürger in Wien verbotenen „wällischen" Wein, den guten Tropfen aus Italien, an der Aufsicht für Importwaren, dem Hansgrafen, vorbeizuschmuggeln. Da der Hansgraf ein Vertreter des Landesherrn war, vergönnte ihm der städtische Beamte Herkomber dieses Privileg. Hätte doch der alte, magenkranke Geizkragen die Fässer beschlagnahmen lassen. Die konfiszierten Güter durfte er laut Gesetz behalten. Und da er magenkrank war, hätte er den Wein nicht mit Kollegen probiert, sondern samt und sonders an die kaiserliche Hofkammer verscherbelt. Denn dem Hofadel war der Genuss des südlichen Rebensaftes erlaubt. Was heißt erlaubt? Fast ausschließlich tranken das angestammte

Herrscherhaus und die Herren der Hoftafel italienischen und spanischen Wein.

Kurz hielt er inne, als er die Stufen hinuntereilen wollte, sah sich misstrauisch um, ob niemand seine Schritte verfolgte, und blickte Verzeihung heischend, stellvertretend für das Himmelsgewölbe, zur Wölbung der Treppe, um Vergebung für seine gedachte Majestätsbeleidigung zu erbitten.

Er bog um den letzten Treppenabsatz. Im Gastraum saßen zu dieser Zeit nur wenige Gäste. Der Raum bestand aus einem gewaltigen Tonnengewölbe aus unverputztem Ziegelwerk. Es wäre auch purer Luxus gewesen, diese für Kriegszwecke geplante Kasematte mit Mörtelputz zu versehen. Wo sonst bei einer Belagerung die Tagesration an Munition und Pulverfässern, Lunten, Sandsäcken und Wassereimern lagerte, erfreuten sich nun im Frieden die Wiener und ihre Besucher am grünlichgelben Inhalt der Weinfässer. Vier der einfachen Holztische waren besetzt. An einem kleinen „Katzentisch" waren die zwei von der Schlacht von Mogersdorf übrig gebliebenen türkischen Gefangenen zusammengedrängt.

Als vor zwei Jahren die Friedensdelegation des Sultans über ein Jahr lang in Wien geweilt hatte, hatte keiner der einflussreichen türkischen Herren die armen Teufel freikaufen wollen. Vor die Wahl gestellt, auf venezianische Galeeren verkauft zu werden oder sich taufen zu lassen, hatten beide das Letztere gewählt. So war aus dem Alibascha ein christlicher Joseph Alibassa geworden. Der andere Türke hatte einst Abr geheißen und war aus Luristan in Persien gebürtig. So hieß er nun, wie konnte es in Wien anders sein, Leopold. Beide standen im Dienst des Grafen Franz Anton Weissenwolff.

Leopold prostete gerade seinem Gegenüber Joseph zu. So dankten der frühere Schiit und der vormalige Sunnit ihren jeweiligen Propheten Ali und Mohammed für ihr derzeitiges gemütliches Schicksal, statt süßem Scherbet sauren Wiener

Wein trinken zu „dürfen“. Beide erhielten ab und zu ein für ihre Begriffe nicht unerhebliches Geldgeschenk von dem am Nachbartisch leise flüsternden kaiserlichen Unterdolmetsch Franz Georg Koltschitzky. Die 45 Kreuzer Tagessold, die dieser dafür bezog, türkische Briefe zu übersetzen und allfälligen Botschaftern aufzuwarten, hätten wohl nicht gereicht, Geldgeschenke zu verteilen. Aber seit dem Frieden von Vasvár gab es für den Armenier Koltschitzky Geschäfte, die wie Pilze nach einem warmen Sommerregen aus dem Boden schossen.

Eine dieser nicht astreinen Machenschaften bahnte sich soeben an. Koltschitzky gegenüber saß bei einem Becher Wein ein stiernackiger, hünenhafter, fast kahlköpfiger Mann mit tiefer Stimme und furchteinflößenden Pratzen. Seine drei vertikalen Stirnfalten gaben ihm ein dämonisches Äußeres. Es war der Marketender und Leichenabstierer Hans Mayr. Er hatte sich in den letzten Monaten an der Rheingrenze herumgetrieben und dem Aufmarsch Ludwigs XIV. gegen die Besitzungen der spanischen und österreichischen Habsburger im Devolutionskrieg um Brabant seine merkantile Aufmerksamkeit gewidmet. Gerade hatte er seinem Gegenüber die weiteren Vorbereitungen Frankreichs zur Besetzung Lothringens geschildert.

Dieser setzte gerade an, dem mit allen Wassern gewaschenen Mayr einen miesen Handel zu unterbreiten, da erschien Hans Herkomber am Ende der Treppe. Mit ihm drang ein Hauch heißen Sommerglasts in die düstere kühle Kasematte. Das alte Freudenmädchen, das seine Arbeit durch Schließung der Badstube auf der Hohen Brücke verloren hatte, erhob sich von seinem Schemel und setzte eine berufsmäßig freudige Miene auf. Gleichzeitig fuchtelte Herkombers ersehnter Spezi Schani Pfeiffer, der schon aufgeregt auf seinem Stuhl hin und her gerutscht war, heftig mit beiden Händen in der Luft. Obgleich es keinen Zweifel gab, krähte er ein freudiges „Hier bin ich, Hansl!“

Georg Schostaritsch rückte mit seinen Würstelfingern das Wirtskäppchen zurecht, wedelte mit der in der anderen Hand befindlichen Serviette von undefinierbarer Farbe und leckte sich erwartungsvoll die Lippen, um seinen Willkommenstriller loszuwerden: „Gott grüth Euch, tho recht von Herthen“, tirilierte er wie eine chinesische Nachtigall und verdrehte dabei die Augen zum Himmel. Zugleich schwang er seinen Bauch watschelnd hinter der Budel hervor.

Herkomber fächelte sich zunächst ein wenig Luft zu. Der Schweiß rann ihm unter seiner Sonntagsperücke in sein zweitschönstes Gewand. Er wuchtete sich zu dem aufgesprungenen Pfeiffer, und beide umarmten sich, als ob sie sich Monate nicht gesehen hätten. Nachdem das Rücken- und Schulterklopfen langsam abgeebbt war, rutschte der zierliche Schani hinter den Ecktisch, wobei er als ausgewachsener Sitzzwerg hinter der dicken Tischplatte verschwand. Herkomber nahm seine bisherige Sitzgelegenheit, den prächtigen Stuhl, der Schostaritsch drei Gulden gekostet hatte, mühsam ein. Der Stuhl und die prallvoll gefüllte Kniehose ächzten im Duett. Pfeiffer schob dem Neuankömmling den Humpen mit dem neuen Wein und einen leeren Weinbecher hin und rief ihm zu: „Brüderl, kost’ den Heurigen!“ Mit dem Stolz des Wissenden und einer weit ausholenden, herrischen Geste wies Herkomber das Dargebotene von sich. Mit der Linken gebot er dem Serviermädchen, ihm vom umfangreichen Leibe zu bleiben, und deutete Schostaritsch mit einem Fingerschnipsen an, zu ihm zu kommen. Hämisch ließ er den bekannen Witz los: „Schurl, lass deinen Dreimännerwein – einer trinkt und zwei halten sein Hemd, damit es ihm nicht hinten reinrutscht – also lass dein Sauerampferwasser den Kimmeltürken rüberbringen! Du weißt ja: Überraschung!“

Schostaritsch beugte sich an die Stelle der Perücke herab, wo er das schwitzende Ohr des Neuangekommenen vermutete, und lockte ihn: „Schafft der Herr Mauteinnehmer den Wällischen?"

„Mein Sohn", entgegnete dieser, „den Nämlichen!" Herkomber wandte heimlichtuend sein Gesicht dem erschrockenen Pfeiffer zu: „Der Schostaritsch hat zwei Startin Cillischen Maßes Wein von den Wällischen am Hansgraf vorbeigeschmuggelt. Ich weiß davon, er weiß, dass ich es weiß, nur der Hansgraf weiß nichts. Er soll uns munden."

Schostaritsch erschien gravitätisch schreitend mit einem schön verzierten Deckelkrug aus Majolika. Mit einem schnellen Blick aus dem Augenwinkel wies er das übergebliebene Mädchen an, sich anderweitig still zu betätigen. Vorsichtig goss er aus dem Schnabelkrug die Becher voll. Er selbst hatte sich ein Seitel mitgebracht, in das er das rote Gold träufeln ließ, und hob stotternd zum Trinkspruch an. „Ther thum Wohl, meine Herren."

Sie stießen bedächtig an, schnüffelten am Becherrand, sogen den Veilchenduft in sich auf, kosteten den ersten, teuren Schluck, spülten ihn in der Mundhöhle hin und her und gestatteten erst dann der Speiseröhre, sich zu öffnen. Alle drei hielten die Augen geschlossen und schnalzten mit der Zunge. Als sie die Augen wieder öffneten, formten der Bass Herkombers, der krähende Tenor Pfeiffers und als Obertöne die Falsetttriolen Schostaritschs einen seltsamen Dreiklang: „Ah!" Alle drei nickten beifällig.

„Dieser Tropfen ist Seiner Apostolischen Majestät würdig!", stellte Pfeiffer fachkundig fest.

„Mein Rechenkünstler", fragte Herkomber, „wie viel sind deine Startin in Wiener Maß?"

„Achtzehn Wiener Eimer", antwortete blitzschnell der Wirt. Diebisch rieb er sich die Hände.

„Heute Nachmittag wirst du ein paar Krüge weniger haben", stellte Herkomber fest. „Du weißt: Eine Hand wäscht die andere."

„Thehr wohl, Euer Gnaden.“, buckelte der Wirt. „Eth wird mir eine Ehre thein.“

Da schob ihm Pfeiffer gnädig einige Münzen über den Tisch.

„Danke thehr, meine Lieben, Auththtattung!“, tirilierte der Hocherfreute.

Pfeiffer rutschte wieder unruhig auf seinem Stuhl hin und her. „Was gibt's Neues?“, stieß er nervös hervor. Der Hansdampf in allen Gassen zersprang fast vor Neugier. Er war ein zierliches kleines Männchen, das nicht eine Sekunde stillhalten konnte. Trotz seiner wenig imposanten Erscheinung und seiner Zappeligkeit erweckte er in jedem Gesprächspartner das Gefühl der Unterlegenheit. Er wusste es und genoss diesen Umstand. Darum war ihm Hans Herkomber, der Dicke und zugleich eine der neugierigsten männlichen Klatschbasen der Stadt, auch als Spezi so recht. Wissen ist Macht, Herkomber riss die Neuigkeiten auf, er, Schani, wusste sie zu verwerten. Und wenn dann Herkomber, nachdem ihm, Pfeiffer, wieder ein überraschender Coup gelungen war, ein Quäntchen vom erzielten Gewinn einstreifte, dann bedeutete dieser dankbar erstaunte Dackelblick sowohl Genugtuung als auch Bestätigung. Nicht umsonst saß er, trotz seiner erst achtunddreißig Jahre, schon im Inneren Rat seiner Heimatstadt, so wie sein Vater und vor ihm der Großvater.

Dazu trug er außerdem das von seinem Vater ererbte Adelsprädikat „von Schallamheim“. Sein Wappen strotzte nur so von Adlern und Löwen, diesen heraldischen Kraftakt hatte er als Ozwickter, als laufende Vierellenfigur, bitter notwendig. Sein Selbstwertgefühl wurde durch dieses Wappen entschieden gestärkt. Nur wenigen Kollegen im Inneren Rat war es gelungen, ein Adelsprädikat zu erhalten.

Schani flüsterte: „Du hast sicher schwerwiegendere Gschichtln auf Lager.“

„Und ob!“, triumphierte Herkomber und setzte hinzu: „Ich habe dir zwei Geschäfte vorzuschlagen. Da mir bekannt ist, dass du schnelle Entscheidungen zu Geld machen kannst, habe ich mir ohne deine Zustimmung erlaubt, einen jungen Deutschen aus Speyer in den Heiliggeistkeller zu bestellen. Wenn du nichts dagegen hast, können wir ihn am späten Nachmittag dort treffen."

„Wie heißt er denn?", hakte Pfeiffer nach und Herkomber gab ihm zur Antwort: „Johann Joachim Becher. Ich habe ihn auf der Schlagbrücke kennengelernt. Er ist vor wenigen Tagen aus Bayern eingereist und scheint mir ein kluger Kopf zu sein."

„Und was sollen wir mit ihm besprechen?", fragte ihn Pfeiffer weiter aus.

„Der Becher ist nicht nur Medicus – das Wissen hat er sich übrigens selbst beigebracht –, er ist auch Merkantilist. Er wird Seiner Majestät die Schaffung eines Kommerzienkollegs vorschlagen. Du weißt ja, dass die Staatsfinanzen wieder im Keller sind. Da wird es dem Kaiser nur recht sein, wenn einer mit neuen Ideen kommt."

„Und für welche Idee soll ich mein Geld hineinstecken?",

Herkomber kam gleich zur Sache: „Ich habe zwei Projekte in Aussicht, die viel Gewinn versprechen. Das eine ist die Gründung einer österreichisch-orientalischen Handelskompagnie. Es geht doch nicht an, nachdem wir jetzt Frieden mit den Türken haben, dass der Handel mit dem Orient ausschließlich von den Venezianern und Armeniern kontrolliert wird. In Kriegszeiten sehe ich das noch ein. Aber jetzt sollten wir selbst in den Orienthandel investieren. Die Hofkammer wird einen solchen Schritt wieder jahrelang prüfen, um dann festzustellen, dass kein Geld da ist. Jedenfalls glaube ich, dass es sich auszahlen müsste, direkt in eine solche Kompagnie zu investieren. Der Gewinn müsste enorm sein. Ein weiteres Geschäft, das an uns nicht vorbeilaufen sollte, ist die Gründung von Manufakturen."

„Ich habe davon schon gehört“, bestätigte Pfeiffer. „Im Unterderennsischen soll es schon zwei solcher Fabriken geben. Ich glaube, sie produzieren in Walpersdorf sogar Seide.“

„Richtig“, bestätigte Herkomber, „und in Traismauer auch Taft. Wenn wir als Bürger schon keine Seide und keinen Taft aus dem Orient tragen dürfen, so sollte es wenigstens solche Stoffe geben, die hier produziert werden.“

„Alles recht schön und gut“, meinte Pfeiffer, „aber woher kommen die Arbeiter?“

„Jetzt kommt die Idee Bechers!“, trumpfte Herkomber auf und fragte zurück: „Was geschieht mit all den Waisenkindern und Bastarden, die die Soldaten hinterlassen? Wenn es gut geht, schnappt sie sich die alleinseligmachende Mutter Kirche und verwandelt sie in Mönchlein. Ist dir schon aufgefallen, dass wir schon über dreitausend nutzlose Mäuler stopfen, die nur Weihrauch und Gebete von sich geben. Und jetzt kommt es“, dabei beugte er sich verschwörerisch vor: „Wenn wir ein kaiserliches Privileg hätten, würden wir ein Waisenzuchthaus gründen. Dort könnten wir die Bälger zu echter christlicher Arbeit erziehen. Zugleich wäre es ein guter Ort für all die Bettler, Müßiggänger und Ausländer, die heute an allen Ecken Maulaffen feilhalten.

„Nicht übel“, bemerkte Pfeiffer und wiegte bedächtig mit dem Kopf. Man hörte förmlich, wie hinter seiner hohen Stirnwand die Gulden klimperten. Mit den dünnen Armen stemmte er sich gegen den Tisch und lehnte sich zurück. „Den Becher schauen wir uns an!“, entschied er. Mit einem energischen Zug spülte er den letzten Roten hinunter. „Der Becher da ist sowieso schon leer.“ Über diesen spontanen Wortwitz schüttete er sich vor Lachen aus. Herkomber lächelte beifällig und gähnte beiseite.

Pfeiffer gluckste noch immer, als sie sich erhoben, um ihren Standort zu wechseln. „Bist ein Teufelskerl, Hansl!“, rief er begeistert aus und klopfte seinem Kumpanen mehrmals anerkennend auf den Rücken, denn bis zur Schulter des Bären reichten seine Extremitäten nicht. Herkomber winkte beim Hinausgehen dem buckelnden Schostaritsch gnädig zu. Kurz vor der Treppe hielt er nochmals an und wurde ernst: „Übrigens, Schani, wie geht es deinem Franz?“

„Das ist ein Thema“, erwiderte Pfeiffer, „über das ich mich sowieso schon lange mit dir unterhalten wollte. Gehen wir!“ Er deutete aufmunternd mit dem Kopf nach oben, ahnend, wohin der Hase lief.

Am gegenüberliegenden Tisch hatte der geschäftige Armenier Koltschitzky ein ähnliches Thema behandelt. Er hatte schon vor einiger Zeit von einer geplanten österreichisch-orientalischen Handelskompagnie gehört und sah dadurch seine und die Felle anderer Armenier davonschwimmen. Jahr für Jahr brachten armenische Familien, denen sowohl vom Sultan als auch vom Wiener Hof Pässe für den Handelsverkehr ausgestellt wurden, zentnerweise orientalische Güter nach Wien. Und umgekehrt exportierten sie Wiener Waren in die Türkei. Da schon der Vater Kaiser Leopolds I., Ferdinand, den Juden verboten hatte, Handel mit Waren aus dem Osmanischen Reich zu treiben, besaßen die Armenier ein Monopol auf diesen Warenverkehr. Der Hof misstraute den als Geldleihern und Financiers ansonsten recht nützlichen Hofjuden. Als, wie man sagte, geschworene Feinde der Christenheit setzten sie sich aber von vornherein dem Verdacht aus, Spione des osmanischen Antichristen zu sein. In diese Lücke stießen die Armenier, die als Christen bei den Türken nur Duldung erfuhren. Viele Armenier hatten sich daher polonisiert und im galizischen Lemberg ein Zentrum der armenischen Diaspora gegründet. Ihre Namen veränderten sie mit polnischen Suffixen wie -insky oder -itzky anstelle des armenischen -ian.

Koltschitzky war gerade dabei, Hans Mayr Folgendes vorzuschlagen: In Wien lebte ein Händler namens Hans Volland, der einige Häuser in der Stadt besaß und seinen Reichtum derart protzig zur Schau stellte, dass er mit den Luxusgesetzen schon mehrmals in Konflikt geraten und empfindlich bestraft worden war. Dieser Volland hatte Koltschitzky in der jüngsten Vergangenheit zudem mehrere Male heimlich bei der Mautbehörde angezeigt, mehr und teurere Ware nach Österreich eingeführt zu haben als deklariert. Tatsächlich hatte man bei scharfer Durchsuchung durch den Raaber Mautner Dreissiger viel Schmuggelgut in den Sendungen Koltschitzkys gefunden. So war es umso verständlicher, dass er sich dafür rächen wollte.

Koltschitzky beschwor sein Gegenüber: „Mayr, du wirst mit einigen guten Männern doch in der Lage sein, die nächsten Lieferungen Vollands, wenn sie von Wien nach Kremsier transportiert werden, sagen wir, umzuleiten und mir auf sicheren Wegen zuzuführen?“

Jetzt begann er zu flüstern: „Die Lieferungen sind nicht einfach ein paar Ballen Tuch. Die nächsten, habe ich erfahren, bestehen aus persischem Silber. Darum gehen sie auch nach Kremsier; dort befindet sich die böhmische Münze. Wenn es mir gelingt, sie umzuschmelzen, kann ich sie dem Juden hier in Wien, dem Münzmeister, preiswert anbieten, und du verdienst daran noch einmal.“

Mayr spitzte die Ohren. Er wog zwar bedächtig Vor- und Nachteile ab, klammerte sich aber trotzdem an diese Chance, endlich an großes Geld zu kommen. Die Marketenderei hatte in der letzten Zeit wenig Gewinn abgeworfen. Und er hatte ein Laster. Neben seiner ständigen Gier nach Gold wurde er auch vom Spielteufel beherrscht. Immer wieder träumte er vom großen Coup, mit dem er sich zur Ruhe setzten konnte. Immer wieder war ihm sein Ergaunertes und Erworbenes unter der Hand zerronnen. „Es gilt!“, sagte er deshalb entschlossen – und stellte Bedingungen: „Aber ich will den dritten Teil des Silbers, das ich mir erarbeite, und den zehnten deines Gewinns beim Juden." Das war Koltschitzky gar nicht recht. Hin und her wogte die Diskussion. Dann wurde man handelseins: Mayr begnügte sich mit dem Drittel der Beute, die er auf dem Weg nach Kremsier machen sollte. Und zwar bald. Spielschulden drückten ihn. Sein Keusche draußen bei den Fünf Häusern war bereits überschuldet. Die Beute, die er mit seiner Leichenfledderei im Türkenkrieg zusammengerafft und von der er auch sein Häusel erstanden hatte, war längst dahingeschrumpft. Und unlängst hatte ihm in der Badstube „Zur Wollzeyl" ein gedungener Spanier mit einer Drahtschlinge so zugesetzt, dass er davon bis heute tiefblaue Striemen am Hals hatte. Mit herausgequollener Zunge und ausgetretenen Augen hatte er keuchend einen überhöhten Schuldschein unterschrieben, den er seinen falschen Beinwürfeln verdankte.

„Ich will dir noch was zeigen, Gevatter!", hauchte er Koltschitzky an. Umständlich nestelte er einen Lederbeutel unter seinen blauroten Striemen hervor. Er lugte nach rechts und links und flüsterte: „So etwas hast du noch nicht gesehen!" Damit wollte er außerdem demonstrieren, dass er auf Koltschitzkys Almosen nicht angewiesen war. Mit fahrigen Bewegungen zog Mayr einen Ring hervor. Ein riesiger walnussgroßer Smaragd von wunderschönem Feuer und absoluter Reinheit schimmerte in seiner schmutzigen Pranke. Als Koltschitzky gierig danach griff, zog er ihn in seiner geschlossenen Faust zurück. „Gemach, gemach!", zischelte er. Wieder zauberte er ihn hervor. Er hatte sich vergewissert, dass die zwei Osmanen schon vornübergebeugt im Schlaf der Weinseligen schlummerten. Die edle Spende Herkombers hatte ihnen den Rest gegeben. Der Wirt und seine Servierblüte waren in einen Nebenraum verschwunden. Koltschitzky schnalzte mit der Zunge. „Bruderherz, da besitzt du ein schönes osmanisches Stück!", lobte ihn Koltschitzky. „Das müssen über hundertfünfzig Karat sein, oder mehr!"

Mayr reagierte schnell: „Sag hundertfünfundsechzig und du hast recht. Ich trenne mich nicht gern von ihm, aber wenn dein Geschäft platzt, muss ich es wohl tun“, seufzte er und schob die drängende Frage nach: „Kennst du einen Glaubensbruder, der mir Geld darauf leihen würde?“

„Von unseren Freunden keiner“, antwortete kopfschüttelnd der angebliche Pole, wohl wissend, dass damit seine Armenier gemeint waren. „Aber geh doch zum Juden!“, riet er, worauf Mayr einwand: „Nicht gern, denn wer wäre nicht von Ihnen übervorteilt worden?“

„Sie sind aber die Einzigen, die so viel Geld zusammenbringen, auch wenn sie dir nur einen Bruchteil des Wertes geben! Ich kenn welche, die reell sind. „Zum Beispiel ...“, er lehnte sich zurück, um besser nachzudenken. „Geh zum Kienmarkt, frag nach dem Gewölbe der Familie Fränckl. Noch nie habe ich gehört, dass sie Pfandgut nicht herausgegeben oder mit der Zahlung gezögert hätten. Sie haben ihre Vettern in Europa, von Hamburg bis Venedig. Sie werden auch das Geld haben.“

Mayr nickte: „So soll es sein. Danke für den Zund. Zuerst aber machen wir unseren Handel. Du weißt, wo du mich erreichen kannst.“

Koltschitzky erläuterte ihm seinen Plan: „Halt dich in zwei Tagen bereit. Du brauchst vier gute Männer. Der geizige Volland lässt nur drei reiten. Auch um keinen Verdacht aufkommen zu lassen. Morgen wird das Schiff aus dem Ungarland erwartet. Aber die Vollandschen Reiter werden gut bewaffnet sein. Da brauch ich mich bei dir nicht zu sorgen. Sie werden Richtung Wolkersdorf reiten.“

„So weit werden sie nicht kommen“, grinste Mayr hämisch. Er spülte den Becher Wein auf einmal durch die Gurgel und ignorierte die Flecken, die der herabtropfende Rebensaft auf seinem braunroten, speckigen Wams hinterließ. Koltschitzky rieb sich die Hände. „Der Volland soll bluten!“, freute er sich.

Am selben Tag, abends

Mit purpurner Gewalt brach die Sonne unter den dunklen Wolken hervor, ziselierte die Silhouetten der Sträucher und Gräser, die runden Kuppen der Wellen des breiten Stroms und auch die armseligen Dächer der Judengemeinde im Unteren Werd mit einem goldenen Rand.

Gerade in diesem Moment stolperte Aaron aus dem Weidengebüsch, wo er so lange gelegen war. Schmerz und Wut tobten in ihm. Aber auch Scham, so erniedrigt worden zu sein. Einerseits war es schlimm, überlegte er, andererseits habe ich Barbara kennengelernt. Ohne wirklich an seine Schmerzen zu denken, hatte er das Gefühl, goldene Schwingen zu besitzen. Das erste Mal in seinem Leben war er für seine Umwelt nicht mehr nur ein fremder Jude. Er hatte ein weibliches Wesen kennengelernt. Noch dazu eine Christin, die so eine liebe, natürliche Art hatte. Vielleicht ein wenig zu direkt. Aber so süß. Zum ersten Mal hatte er mit einem Christenmenschen einen Kontakt geknüpft, der nicht geschäftlicher Natur war. Kein Abwägen von Risiko und Wertzuwachs, kein bedächtiges Sprechen, um Zeit zu gewinnen, kein Beantworten von Fragen mit Gegenfragen. Belehnungen und Geldwechseln, Ballen messen, Gewichte in die hölzernen Behältnisse legen, Inventarlisten schreiben, Wechselbriefe ausstellen. Das war seine Außenwelt. Der kleine Kosmos hier am Strom, das Ghetto, war seine Innenwelt. Dieser Teil war zwar räumlich beengt, schmutzig und, verglichen mit den Palästen der reichen Wiener Bürger, mehr als armselig. Dafür war seine geistige Welt riesengroß. Dort vor ihm, wo sich das Tor zum Ghetto öffnete, lag schon die Kette zum Abschließen bereit. Zwischen dem Haus des Veit Munk zur Rechten und dem des Salomon Misslitz zur Linken trat er in die miefende Enge des Ghettos ein. Auf engstem Raum lebten hier rund zweitausend Personen, die auf über fünfhundert Familien verteilt waren. Diese wiederum wohnten in einhundertsechsunddreißig Gebäuden, die vielleicht zur Hälfte nicht einmal die Bezeichnung Haus verdienten. Manche besaßen nur Stube und Kammer, weder Küche noch Abtritt. Aber es war seine Welt. Sein Kosmos. Es wurde philosophiert, Gebete wurden gesprochen, Lieder gesungen, Märchen erzählt, Feste gefeiert. Das aufzugeben, auf diesen Glauben und diese Traditionen zu verzichten, war unmöglich. Dieser Glaube brauchte keinen Boden und keine Heimat. Er war die Welt.

Aber einen Ort muss der Mensch haben. Es kann kein Mensch ohne einen Ort und ohne Heimat leben. Wenn die Welt ihm den Ort versagt, verlegt er die Heimat in sich selbst. Wenn die Wirklichkeit sich verschließt, greift er zur Fiktion. Solange der Wille zum Leben noch nicht gebrochen ist, kann der Mensch an etwas Einmaligem bauen: an dem inneren Ort.

Die äußere Hülle dieses Orts ist austauschbar, wie die Schnecke des Einsiedlerkrebses. Aaron wusste derzeit kein anderes Schneckenhaus als das Ghetto im Unteren Werd, ahnte aber in der frühen Reife seiner neunzehn Jahre, dass jeder Ort nur eine Durchgangsstation des irdischen Wanderns sein musste.

Gerade ging Aaron am Haus des Judas Polack vorbei. Er kannte es gut, denn der Sohn Simon war sein Nachbar in der Jeschiwe gewesen. Neben der gewölbten Einfahrt befand sich links das Geschäftslokal – das Gewölb – mit einem kleinen Erdkeller. Rechts schliefen die Eltern Pollackh hinter der Stube. Im Hof hinter der Küche lag das Kammerl seines Freundes Simon, von wo aus man gleich in die staubigen Löberhütten kriechen konnte. Oft hatten sie hier ihre kurze Zeit zwischen Schul und Geschäft verbracht und sich im Reiche Salomos gewähnt. Das Haus war zur Gänze mit Schindeln gedeckt, die Beschäftigten – weitschichtige Verwandte – wohnten hinten im Hof. Es war ein durchschnittliches Ghettohaus, nicht ärmlich, aber auch nicht so prächtig wie die Gastwirtschaft der Pyrschenkin Ida Löbl oder das Haus des Rosshändlers Jakob Tröstl.

Schon an der nächsten Ecke lag sein Vaterhaus. Salomon Fränckls Vater Abraham hatte es neu errichten lassen. Bequem und sauber. Vielleicht ein wenig zu schmal an der Vorderseite zur Hauptgasse. Aber das Grundstück war nun einmal lang und schmal. Das Gewölbe war dadurch sehr langgestreckt, und schon nach wenigen Metern musste man Tag und Nacht die Talglichter brennen lassen. Auch der Hof präsentierte sich eng und langgezogen. Er hatte an einer Seite keine Stützmauer, sondern wurde durch die hohe Rückwand des „anderen Pollack-Hauses“ gebildet.

Leute, die Pollak hießen, gab es viele im Ghetto. Die Namen bezeichneten nur ihre Herkunft, oder die der Vorfahren – in diesem Fall Polen. Es war nicht mehr üblich, wie im ersten Ghetto vor vielen hundert Jahren, reine hebräische Namen zu führen, wie Schalom ben Izchak oder Izchak Or Sarua.

Aaron scheute sich ein wenig, das Haus seiner Eltern in seinem derzeitigen Zustand zu betreten. Er legte das Leinentüchlein ab und rieb sich an der Schulter. Wie sollte er seinem Vater die Geschichte von der schönen Heilerin beibringen? Natürlich würde er sich rituell reinigen, aber es war noch zu früh, mit der vollen Wahrheit herauszurücken. Beim Gedanken an Barbara begann sein Herz seltsamerweise schneller zu schlagen. Er sah sie vor sich in der beginnenden Dunkelheit, wie sie sich über ihn gebeugt hatte. Er fühlte noch, wie ihr Atem sein Haar gestreift hatte, konnte den Druck ihrer zarten Hände nachempfinden und sah vor sich die Fülle ihrer Hüfte, die wie ein reifer Kürbis seinen Körper beschattet hatte. Gedankenverloren berührte er die Mesuse am Türpfosten. Er öffnete vorsichtig die Tür und versuchte in seine Kammer zu schleichen.

„Aaron“, hörte er den tiefen Bass seines Vaters aus dem Gewölbe tönen, „bist du es?“

Als er den dunklen Raum betrat, wusste sein Vater alles und dankte Gott für das Überleben seines Sohns: „Der Name des Ewigen sei gelobt!“ Aaron versuchte zwar seine schmerzende Schulter im Dunkel zu halten, aber er hatte sein Gesicht noch nicht selbst gesehen. „Wer war das?“, entrüstete sich Salomon, von seinem unvollendeten Brief aufblickend. Und nun öffneten sich die Schleusen, die seine Zurückhaltung gegen Scham und Wut und Ohnmacht nicht mehr dämmen konnte. Er warf sich seinem Vater zu Füßen. „Warum, nur warum?“, stieß er schluchzend und mit bebenden Schultern mehrmals hervor.

Sein Vater hatte das Schreibzeug niedergelegt und streichelte sanft über das Haar seines Kindes. Er wusste, es war kein Trost, aber trotzdem versuchte er ihn zu beruhigen:

„Die Welt ist unsere Heimat. Und weil die Welt groß und weit ist, ist alle Weite mit dem Stigma der Fremdartigkeit verbunden. Der Mohr im Morgenland und der Jude aus aller Welt sind immer Gegenstand befremdlichen Staunens bei den Christen. Wenn Staunen mit Unkenntnis von Sitten und Gebräuchen zusammentrifft, entstehen Hochmut und Dünkel der eigenen, kleinlichen Überlegenheit bei jenen, die nur ihr eigenes Umfeld kennen. Wenn dann eine solche Fremdgestalt nicht nur auf Jahrmärkten auftritt und dann vorüberzieht, sondern sich auf Dauer niederlässt, wachsen aus der Fremdartigkeit Feindseligkeiten, vermischt mit einem versteckten Grauen. Früher hat man uns noch mit spitzem Hut und einem runden, gelben Fleck wie Aussätzige gezeichnet. Heute müssen wir diese Attribute nicht mehr führen, aber dennoch schieben wir die Absonderung vor uns her.“

Aaron kannte die von seinem Vater gesungen vorgetragene Geschichte auswendig, die man die Wiener Geserah, die Wiener Klage nennt. Die Geschichte der Vertreibung aus dem ersten

Ghetto. Das war ihm kein wirklicher Trost. Das Leid seiner Vorfahren konnte seine Wut über die Burschen, die ihn hatten umbringen wollen, nicht dämpfen. Das Feuer, das die 212 Glaubensgenossen verbrannt hatte …

„Der letzte Funke war noch nicht verglommen, da stürzte das Volk zur Asche, um sie nach Gold und Silber zu durchwühlen. Und was sich damals ereignet hat, kann sich immer ereignen. Nein, wird sich immer ereignen, auch wenn uns das Land gehören sollte, das uns verheißen ist." Salomon hatte die Augen geschlossen. Er atmete schwer. „Darum", fuhr er erschöpft fort, „klammere dich nicht an Gut und Boden, ob es in Wien, in Worms oder in Istanbul sein sollte. Beherrsche deinen inneren Hausrat, deinen seelischen. Alles, was in deinem Gehirn ist, kannst du mitnehmen. Darum studiere und lerne, halte dich an unser Gesetz!"

Aaron entgegnete: „Aber Vater, es steht doch geschrieben, Er wird uns helfen und unsere Feinde bestrafen. Warum also geht es uns trotzdem immer schlecht und unseren Mördern geschieht nichts?"

Salomon hatte die Antwort sofort parat: „Du weißt, das ist nur im Diesseits so. Im Jenseits wird es uns dafür gut gehen und unseren Mördern schlecht …"

Aaron lachte bitter auf. „Was lachst du?", wollte der Vater von ihm wissen und blickte ihn drohend an.

Nach langer Pause seufzte Aaron mit sarkastischem Unterton: „Das heißt, gelacht hätt' ich, wenn es auch im Jenseits so wäre!" Salomon unterdrückte eine zornige Regung und strich über Aarons Scheitel. Er forderte ihn auf: „Mach keine Witze über unsere Hoffnung! – Und jetzt geh und bete – und preise IHN, dass du noch lebst."

No, das wäre auch eine Möglichkeit gewesen, an diesem Nachmittag sein Leben zu beenden, dachte Aaron. Schlechter kann es immer noch kommen. Jetzt noch Barbara ins Spiel zu bringen, wäre nicht gescheit, winkte er im Geiste ab. Später wird es noch eine Gelegenheit geben. Barbara! Der Gedanke an sie hellte seine Stimmung auf. Was für ein wonniges Mädel! Und anders als die Schlesingerischen.

Erstaunt über Aarons tänzelnde Schritte ins Hinterhaus schüttelte Salomon seinen Kopf und vertiefte sich wieder in seine Schreibarbeit.

Zur selben Zeit, im Haus hinter dem Schiffamt

Als Barbara beim Hauptmieter im Erdgeschoß ihres Erbhauses, dem Doctor Bonaventura Schahin, eintrat, war ihr sofort leichter ums Herz. Hier webte eine Welt der Ferne, die ihr von klein auf so bekannt war. Hier war sie auf einer Insel, einer geheimnisvoll duftenden Insel des Orients, mitten in der ohnehin schon orientalischen Insel der Vorstadt Unterer Werd. Er, dem sie ihr Herz ausschütten wollte, stand mit dem Rücken zu ihr, nein, breitete sich aus. In einen reich mit Motiven, die astrologischen Symbolen ähnelten, bestickten hellblauen armenischen Antereu gekleidet, auf dem massigen Kopf ein auberginefarbenes, gewickeltes Musselintuch, strahlte Bonaventura allein durch seine Anwesenheit Ruhe, Heiterkeit, Gelassenheit und Zuversicht aus. Der personifizierte Khif, das ist die Seelenfreude. Der liebe, gute Bonibácsi, der seit ihrer Kindheit immer ein süßes Stückchen, ein Zuckerl, für sie hatte, ein gutes, ruhiges Wort und manch seelische Streicheleinheit für eine geängstigte Kinderseele. Guttural tief tönte er, mit einer leichten Hebung der Stimme am Schluss, ohne sie anzusehen: „Mein Fräulein?“ Schon als Kleinkind war sie „mein Fräulein“ für ihn gewesen. Nur wenn sie weinend zu ihm gekrochen kam, nannte er sie „meine Seele“.

Er blickte unverwandt auf sein Lieblingsbild, das an der Wand hinter seinem Schreibtisch hing, als hätte er es zum ersten Mal gesehen. Er hatte Barbara schon auf dem Flur an ihrem Schritt erkannt. „Wart’ ein bissel.“ An ihrem Gang hatte er schon gewusst, dass ihr wieder eine wichtige Frage unter den Nägeln brannte. Aber zuerst einmal ausschnaufen. Das half schon prophylaktisch bei jedem Seelenpatienten. Ein letzter Blick auf das alte Bild des Sarkis von Van, das die Vardananz, die letzte Schlacht des Vardan Mamikonian gegen die Perser, darstellte.

Schwer aufseufzend, drehte er sich um. Die hellrosa Leibschärpe folgte seiner Drehung. Ein zarter Zitrusduft, mit Sandelholz gemischt, wehte Barabara entgegen. Schuldbewusst senkte sie ihren Blick. Sie wusste, sie hatte den Mann in seinen tiefsten melancholischen Anfällen über das traurige Schicksal seines Volkes gestört. Aber ihr kindliches Vertrauen zu ihm, ließ das Schuldgefühl bald schwinden.

Vor ihr stand die breite Masse von Kalust Nurveli Dschughatzin. Im Laufe seines bewegten Lebens hatte er bemerkt, dass der Name Kalust in allen Ländern, die er bewohnte, kaum gebräuchlich war. Deshalb hatte er ihn auf ähnlich Klingendes wie Calixtus – Kelch – gändert. Kalust ist auf Armenisch die gute Ankunft, die Herabkunft des Heiligen Geistes. Darum hatte Schahin diesen pfingstlichen Namen in das im Italienischen gebräuchliche Bonaventura übersetzt. Nurveli war ein aus den Bestandteilen nŭr – Licht – und velĭ – Gottesfreund – gebildeter persischer Name. Der häufig vorkommende persische Name Schahin – Königsfalke – war demnach nur ein von ihm geführter Beiname. Sein ehedem markantes Antlitz war durch die weltlichen Freuden feist geworden. Ein langer, schon mit ersten eisgrauen Fäden durchzogener Bart wallte über den Stehkragen des Antereu. Eine lange, im Gegensatz zu seiner Statur schmale Nase zierte im unteren Drittel ein Augenglas. Dieses drohte ständig abzustürzen und ließ seine Augen auf seltsame Weise größer anmuten.

Er ging Barbara entgegen, drückte sie, seinen Bauch so gut es ging einziehend, an seine breite Brust, küsste sie auf ihren Scheitel und genoss, tief einsaugend, den Geruch ihres Haares. Barbara, die kleine Vogelseele seines Herzens – immer schien es ihm, als würde seine Tochter vor ihm stehen, seine Tochter, der Grund für den Tod seiner lieben Gattin. Wo war seine eigene

Tochter jetzt? Jahrelang hatte er sie suchen lassen, ohne Erfolg. Als er sich im Haus der Anna Danner eingemietet hatte, hatte er das kleine Töchterchen der Hauswirtin kennengelernt. Dieses Mädchen war ihm wie eine Wiedergeburt der Verlorenen erschienen. Als er sie so in seinen Armen wiegte und gedankenverloren selbst zu schaukeln begann, war er wieder in seinem Nor Dschura oder Neu Dschulfa – der safawidischen Hauptstadt Isfahan, dort, wo den Armeniern die neue Vorstadt zugeteilt worden war. Sie hatte den Namen des alten Handelszentrums von Nachitschewan erhalten, der Heimatprovinz der meisten zwangsumgesiedelten Armenier. Nachdem der Schah ihnen den Frondienst erlassen und Häuser zugewiesen hatte, hatten sich dort seine merkantilen Erwartungen erfüllt. Nor Dschura, das bereits in der ersten Hälfte des 17. Jahrhunderts dreißigtausend Armenier gezählt hatte, hatte sich rasch zum wichtigsten Zentrum im Fernhandel zwischen Persien, Russland, dem Osmanischen Sultanat und den Niederlanden entwickelt. Ja, Nor Dschura bei Isfahan, wo er studiert hatte. Das große geistige Zentrum, das ihm alles ermöglicht hatte.

Barbara unterbrach abrupt seine Träume durch den Zuruf: „Bonibácsi, bitte, hast du ein wenig Zeit für mich? Ich bitt gar schön!“ Mit ihren liebsten, treuherzigsten Augen schaute sie zu ihm auf und setzte dazu: „Du bist mir auch nicht böse wegen der Störung?“

Als Antwort schaukelte er sie weiter, jetzt schon an seinem wieder herausgelassenen Bauch. „No, no!“ Die Druckwellen dieser tiefen Brummtöne übertrugen sich beruhigend auf die Jungverliebte. „Ein Stückchen Rahat Lokum gefällig?“, fragte er sie. Damit war der Bann gebrochen. Sie griff schon blind in die Schale auf dem Tisch hinter ihm, steckte die Leckereien in den Mund und lutschte genüsslich an dem süßen, klebrigen Zeug, das zwischen ihren Zähnen haften blieb und sie nur Unverständliches stammeln ließ. Sein nach dem Rezept des

Hadschi Bekir aus Rosenwasser, Stärke und Traubensirup, kleinen Nussstückchen, Pistazien und Haselnuss selbst gekleistertes Konfekt linderte auch den quälendsten Schmerz. „Was bricht meinem Vögelchen, meinem kücükkuş, das Herz?", fragte der Vertraute, und sie schilderte ihm das tiefgehende Ereignis: „Stell dir vor, Bonibácsi, ich glaube, ich habe mich verliebt!"

Worauf er freudig reagierte: „No gratulier ich dir, oder wie?"

Barbara musste nun das entscheidende Detail loswerden: „Es ist ein Jude!"

„Sajnálom! Das tut mir aber leid!", war seine spontane Reaktion. Abrupt und selbst überrascht änderte er nun seinen Gutenonkelbass in Ränkebariton. Bei negativen Empfindungsäußerungen driftete er sprachlich meistens ins Ungarische, das er als Leibarzt am Hof des Paschas von Ofen einige Jahre hatte lernen dürfen. Hunderte Jahre genügen für keinen Menschen der Welt, um Ungarisch wirklich zu können, aber die wichtigsten Gefühle des menschlichen Zusammenlebens, besonders Ausbrüche der Trauer, prägen sich einem Adepten dieser Sprache tief ein. In keinem Idiom der Welt kann man so gut mitfühlende, traurige Empfindungen ausdrücken wie im Ungarischen. Und dabei klingen sie immer so wohltuend, tröstend. Allein das „Sajnálom" ist eine phonetische Welle des Mitgefühls, das bestens geeignet ist für individuelle Tragik, aber auch als Ausdruck des allgemeinen Weltschmerzes, mehr noch, des ungarischen Patriotenkummers. Dieser zeigt sich im treffenden Satz: „Sírva vigad a magyár." – „Weinend amüsiert sich der Ungar."

Er wollte schon in den Ausruf: „Und grad a Jud!" ausbrechen, fasste sich aber rechtzeitig. „Um was für einen Schönling handelt es sich denn?", bohrte er schließlich nach. Schön musste er wohl sein – und interessant obendrein. Das war das Mindeste, das für seine Barbara in Frage kam. Ein leichter Zorn stahl sich in seinen musselinbedeckten Schädel. Da wagte es jemand, diesem Täubchen das Herz zu stehlen, und war dann noch eine aussichtslose Partie. Keine Dromedarladungen, keine Piasterbeutel des Sultans konnten das Herz dieses Kindes aufwiegen. Kein Adelsprädikat des speicheltriefenden, kamellippigen Kaisers Leopold. War es ein kleiner Stich Eifersucht, der sich in sein Onkelherz hineinstahl? Stoßweise kam die Geschichte heraus. Wie ihr raten, wo kein Rat war? So viel hatte er ihr schon erklärt, seine ganze Weltweisheit hatte er aufgeboten, als sie noch ein kleines Mädchen gewesen war.

Und jetzt. Jetzt stand sie da. Und auch er. Wortlos. Tonlos. Aber voll tiefer Gefühle zueinander. Schon wollte er zum großen Vergleich der Religionen anheben, den guten Menschen in der einen und der anderen hervorheben, den Glauben an den einen Gott zurechtrücken, da sagte ihm sein altes Wissen: „Schweig!" Er drückte sie nur fest an sich und raunte ihr ins Ohr: „Wenn Gott es will, dann ist es gut, wenn du und der Deine es wollen, dann ist es gut! Dann seid ihr gesegnet. Auch gegen den Rest der Welt."

Lange standen sie so aneinander gepresst. Onkelvater und Nichtetochter. Und ahnten beide, dass nichts gut war und nie gut sein würde.

Am übernächsten Tag

Wieder war es ein glühend heißer Tag gewesen, die Sonne stand jetzt nicht mehr so hoch am Himmel und ihre Strahlen warfen schwere Schatten.

Aaron hatte es heute besonders eilig gehabt, das Gewölb am Kienmarkt zu schließen, um über die Schlagbrücke zu kommen. Noch durfte die Judengemeinde auch in der Stadt ihre Geschäftslokale, die Gewölbe, führen. Nur bei Sonnenuntergang, wenn der Eingang des Ghettos mit einer Kette versperrt wurde, durfte sich kein Jude mehr in der Stadt aufhalten. Aaron musste die restliche Zeit nutzen. Den ganzen Tag über hatte er dem Treffen mit Barbara entgegengefiebert.

Er saß nun unter den Zweigen der Uferbüsche, dort, wo sie sich verabredet hatten. Leider schien aber die Stimmung an der Donau viel unruhiger und weniger abgeschieden als vor zwei Tagen. Am gegenüberliegenden Ufer versammelten sich immer mehr Leute. Über das gurgelnde Wasser scholl es zu ihm herüber. Aaron blinzelte in den Sonnenglanz. Die Menschen zogen alle stromaufwärts, die kurze Strecke in Richtung Rossau. Schnapsausschenker und Salamibuben riefen mit überkippender Stimme ihre Kaufrufe. Da fiel es ihm wieder ein. Er hatte es vor lauter Schmach und Scham nach dem Attentat, aber auch verzückt durch die Aussicht auf ein Wiedersehen mit Barbara vergessen. Drüben am Donauufer war heute der lange Balken aufgerichtet worden, an dem ein hölzerner Käfig hing. Noch ragte er nicht über das Wasser. Aber heute, bald schon, sollte der Steindlbäck in diesem Käfig siebenmal geschupft werden. Immer wieder waren Klagen über das Untergewicht seiner Brote, Semmeln, Stangerln und Kipfel geführt worden.

Vielleicht auch ein wenig zu laut, da die Konkurrenz sicher mit milden Gaben bei den Richtern nachgeholfen hatte. Das war nun mal so im Geschäftsleben. Dabei hatte der Steindlbäck, wie ihm seine christlichen Kunden erzählt hatten, die besten Kipfel in der Stadt. Angeblich waren diese nach der Befreiung von der Türkennot im Jahre 1529 als Symbol des Halbmondes vom Bäckermeister Wendler erfunden worden. Aber für die Gojim ist alles gut, was die Osmanen lächerlich machen kann, dachte er. Und Kipfel wird es schon früher in Wien gegeben haben.

Wo nur Barbara blieb? Die Sonne stand schon fast über dem Sauberggipfel. Würde sie überhaupt kommen? Vielleicht wollte sie mit einem Juden doch nichts zu tun haben, grübelte er. Aber, wie hat sie gesagt? „Immer sollst du mich Barbara nennen!“ Sie hatte die Betonung auf „immer“ gelegt. Was heißt das – „immer“? Würde er immer in Wien leben können? Wie schwer es hier doch war! Dabei hatte er von den armenischen Orienthändlern, aber auch von den Kontaktleuten in Polen erfahren, dass die Juden unter dem Sultan angeblich sicher und frei von Verfolgung leben durften. Er, Aaron, war zwar ein Aschkenasi, ein so genannter „deutscher“ Jude, aber auch solche konnten ohne Widerwärtigkeiten unter dem Halbmond leben. Wer seine Steuern zahlte, blieb vom Kadi unbehelligt. Und andere Sprachen konnte man lernen.

Auch die Anhänger ihres angeblichen Meschiasch Schabbatai Zewi, von denen es viele in seiner Gemeinde im Unteren Werd gab, schwärmten von der Metropole Izmir, wo es eine riesige Gemeinde geben sollte, die frei von Not und Elend, direkt an der Quelle des Lichts und des Wissens der Lehrer, der Chachamim, leben konnten. Wie oft gab es jetzt unter ihnen Diskussionen in der Gemeinde, ob sie alles verkaufen und nach Izmir pilgern sollten. Sein Vater war strikt dagegen. „Zu oft sind wir von den Gauklern und Falschen betrogen worden“, hatte er geseufzt. Salomon Fränckl war 1648 Zeitzeuge gewesen und hatte die Verzückung, auch der Wiener Juden, in jenem Jahr miterlebt, da der Meschiasch erscheinen sollte. So genau war es berechnet und geschrieben worden, eine Prophezeiung aus dem Sohar, dem großen Grundwerk der kabbalistischen Welt. Der Sohar verkündete: „Im nächsten Jahrtausend, nach Ablauf von 408 Jahren, werden alle Bewohner der Unterwelt zu neuem Leben erweckt werden.“ Das Jahrtausend, das hier gemeint war, war das fünfte der jüdischen Zeitrechnung. Es handelte sich also um das Jahr 5408, und das entsprach dem Jahre 1648 der christlichen Zeitrechnung. Aber nichts war geschehen. Niemand hatte den Ruach Ha'kodesch, den Geist des Heiligen, gespürt.

Die, die aus Wien nach Izmir aufbrechen wollten, blieben, vertrösteten sich und andere auf das nächste Mal. Und heute tanzten sie wieder, jubelten, freuten sich, denn der Meschiasch war wieder verkündet. Der Münzhändler Leeb Jonas hatte ein Buch mitgebracht. *Ein schön' neu Lied vom Messia, dem Schabbasi Zewi zu Ehren aufgesetzt von Jacob Taussk in Amsterdam.* In dieser Stadt befand sich die größte westliche Gemeinde der Juden. Und auch im Ghetto träumten sie wieder vom Meschiasch – sie, die Neustädtls, die Familie des Aaron Lembl, die des Simon Brodt, und sangen: „Die Welt wartet auf den Meschiasch“, und in Izmir wartet er auf sie alle.

In dieser Welt der Missgunst und der Neider in Wien, namentlich des Magistrats und seiner Handlanger, des Abraham a Sancta Clara und des Neustädter Bischofs Kollonitsch, der spanischen Hofschranzen und Geistlichen, die mit der jungen, neuen Frau des Kaisers seit kurzem in Wien das Sagen hatten, klang es auch für Aaron zunehmend einleuchtend: Fort von hier, neu anfangen, und zwar dort, wo ihr Glaube den Anfang genommen hatte. Zurück in die Heimat, wo der Erzvater Abraham noch immer unter ihnen war. Wo die Nachlese der Ernte auf dem verlassenen Acker noch auf sie wartete. Der Acker wartete auf sie, die Armen, die nichts mehr besaßen als den phantastischen Raum, der Tradition heißt und den man im Herzen bewahren kann.

Plötzlich riss ihn ein Schrei in die Gegenwart zurück. Drüben in der Rossau johlte die Menge. Kreischte mit einer einzigen geifernden Kehle. Der Delinquent war ins Wasser getaucht worden. Und insgeheim hofften sie auf seinen Tod. Schon mehrmals war solches geschehen. Der Letzte, der auf diese Weise des Lebens beraubt worden war, war der Bäcker Schriefl gewesen. Und wieder brüllten sie: „Länger, länger!“ Die drei Henkersbuben hingen hoch in der Luft, als sie am kürzeren Teil des Balkens mit den Beinen strampelten, um den Bäcker für das nächste Mal hochzuziehen.

Da raschelte es neben ihm. „Aaron, welch schlimmen Tag haben wir uns ausgesucht!“, flüsterte Barbara. Sie setzte sich neben ihn, nachdem er ihr rasch Platz gemacht hatte. Sie hielten einander die Hände, keiner von beiden wollte die Berührung beenden. Welch warme, weiche Finger sie hat!, fühlte Aaron. Wie schön lang und feingliedrig seine Finger sind!, bemerkte Barbara. Die Nägel – lang mit deutlichen Monden. Wenn er mich nur auch woanders berühren würde!, hoffte sie und fragte besorgt: „Schmerzt es dich noch?“ Sie streichelte über seine Schulter.

„Fast nicht der Rede wert“, log er heldenhaft. Dabei blinzelte er mit seinem blutunterlaufenen Auge, sodass sie wusste, woran sie mit dieser Antwort war.

Wiederum brauste das Geschrei der Meute zu ihnen und störte ihre Zweisamkeit. „Dabei waren seine Kipfel wirklich ein Traum“, unterbrach Barbara prosaisch die Stimmung. „Schau nur, wie er im Käfig hängt!“

Angewidert wandte sich Aaron ab. „Müssen wir hier sitzen bleiben?“, fragte er kurz und fügte hinzu: „Auch wenn es unser Platz ist, heute ist er mir zuleide.“

„Weißt du was …?“, setzte Barbara an. Sie leuchtete vor Ideen und ihre grünblauen Augen strahlten. Vor Unruhe konnte die junge Frau kaum mehr ruhig atmen. Ihre Hand kroch langsam wieder zu seiner verletzten Schulter. Deutlich unterschied sie seinen würzigen Geruch nach Narde vom Moder des sie umgebenden Uferschlicks.

So nah wie es ihr möglich war, hauchte sie in sein Ohr: „Zufällig habe ich den Schlüssel zum Kammerl in meinem Hause. Wir haben dort nach dem Tod meiner Mutter den Hausrat eingestellt, den ich in die Ankergasse nicht mitnehmen konnte. Gerade komm ich von dort, weil ich … etwas gesucht hab.“

„Und hast du es gefunden?“, wollte er wissen und lächelte, ohne sie anzusehen.

Sie strahlte zurück: „Und ob!“

Seine Frage: „Wie komme ich dorthin?“ durchbrach die kurze Stille. Sorgenvoll wollte er die Stirn in Falten legen, aber der Schmerz wollte es nicht zulassen. Er wusste, dass es suspekt war, mit ihr in ein katholisches Haus zu gehen, denn er trug nicht die Tracht des Arztes, die ihm den Zugang zu christlichen Häusern problemlos öffnete. Er musste ihr folgen, um dann ungesehen ins Haus zu schlüpfen.

„Du folgst mir einfach“, beruhigte sie ihn. Sie warf den Kopf in den Nacken und lächelte selig.

Wie war das mit Eva und dem Apfel?, dachte er. Das Muster ist immer das gleiche. Aber er war erleichtert, dass seine Eva einen Nachschlüssel zum Paradies hatte. Vor Freude errötete er. Sowohl über die Klugheit seiner Eva als auch über die Erkenntnis, die ihm nun die Bezeichnung Adamsapfel für den Knorpel am Hals in neuem Licht erscheinen ließ. Denn der hüpfte gerade wieder unkontrolliert. „Ja, die Erkenntnis, das war ein Ziel der Menschheit. *Adam* ‚rot sein‘“, fiel ihm ein – da er merkte, dass er wirklich über und über rot angelaufen war.

„Was ist?“, wollte Barbara von ihm wissen und schürzte dabei ihre Lippen. „Hast du Angst?“

Sein „Nein, nein“ kam etwas zögernd, viel langsamer, als er eigentlich wollte. Natürlich hatte er schon von Frauen geträumt. Gegenüber, da hatte er Rifke Fläsch nackt gesehen, die junge Frau des Abraham Fläsch. Mit ihrem üppigen Busen, mit ihren breiten Hüften und dem zierlichen Wäldchen zwischen den Schenkeln. Er hatte auch schon einiges gehört von seinen Altersgenossen. Aber sicher war er sich nicht. Denn in all den Kompendien und Legendenbüchern, in den historischen Berichten, sogar im Talmud, gab es nur Andeutungen von Fleischeslust, mehr noch von den Folgen. Details fehlten.

Er wusste, was ihm zwischen den Beinen gegeben war und was passierte, wenn man an Rifke Fläsch dachte. Und an andere Frauen. Aber Intimitäten hatte er noch mit keiner ausgetauscht, sosehr er es sich auch insgeheim wünschte.

Zweifel stiegen in ihm auf, was passieren würde. Jetzt machte er mit sich wieder so einen Pilpul aus. Einerseits – andererseits: Er sollte eine Christin anrühren, vielleicht schon heute. Wieso heute? – Das nächste Mal ist auch noch Zeit. Aber wenn er es heute nicht macht, was denkt sie sich? Die Christen sind da anders, vielleicht erwartet sie es von ihm, wenn sie schon die Schlüssel mitnimmt. Vielleicht will sie es aber nicht? Was steht geschrieben? Nichts steht geschrieben, ob man soll oder nicht, wenn man will. Will man überhaupt? Und warum gerade heute? Ist heute nicht ein Tag, wo man nicht darf? Nein, heute darf man. Oder vielleicht hat sie die Tage? Wo man auch nicht darf? Wenn sie die Tage hätte, hätte sie keinen Schlüssel! Wen könnte er jetzt fragen? Niemanden. Keinen Chochem, den Vater schon gar nicht. Onkel Jankel, der wär’ jetzt recht. Ein alter Schwerenöter, was man so sagt. Aber der müsste jetzt in Brünn sein. Vielleicht kommt er bald zurück. Aber bis dahin? Haben die Christinnen auch alles so wie die Seinigen?

Was haben die? Einen Busen hat sie auch, keinen so großen wie die Fläsch. Dafür einen so schönen Hintern, was heißt, einen Toches, Gewalt! Wie sie jetzt vor ihm einherstapft! Das bewegt sich. Das labt! Was spürt er da? Er hat doch gar nicht an die Fläsch gedacht! Auf der Zunge hat er auf einmal den Geschmack von Gänseleber mit viel Knoblauch. Wieso gerade jetzt? Wieso schwitz' ich? Der Hut ist auf einmal so klein. Über den Schläfenlocken pocht es. Und mit dem Steifen nur so hinter ihr zu gehen ... Wie der Toches hüpft! Der Gänselebergeschmack wird immer stärker. Und der Adamsapfel springt auf und ab. Trocken ist ihm im Hals. – Da! Jetzt hat sie sich umgedreht. Und ihm ins Gesicht geschaut. Und gelächelt. Und was da unten bei ihm los ist, unten hat sie gar nichts bemerkt.

Wie seine Haare fliegen, sann Barbara. Und die schönen langen Finger. – Was hält er sich seinen Rock so zu? Hat er Bauchweh? Vielleicht hat er zu Mittag Bohnen gegessen? Oder Linsen? Was immer auch die Juden so zu sich nehmen. Jetzt bleibt er auch noch stehen. Schaut er sich das erste Mal den Zwiebelturm vom Schiffamt an? Nein, er blickt sich nur um. Und jetzt kommt er wieder. Er muss wirklich Bauchweh haben, denn er krümmt sich so komisch, wenn ich ihn anschaue. Dabei ist Aaron so schön. Er ist der Schönste von allen. Auch Pater Mauritius mit eingerechnet. Nun ja, der zählt nicht.

Barbara hatte fast das Ziel erreicht. Vor ihr tauchte ihr Zuhause auf. Hereingeschlichen. Barbara wusste: Bonibácsi ist heute nicht zu Hause. Kühler ist es hier drinnen, stellte sie fest. Und es riecht nach Kohl. Intensiv, wie so oft. Die Nemschitzkys im Erdgeschoß leben von Kohl.

Ob Aaron nachkommt?, sorgte sie sich kurz und schüttelte diesen Gedanken gleich wieder ab: „Er wird es schon finden!" Barbara war inzwischen die Treppe hochgeeilt und lehnte nun an der Tür. Der Schweiß war ihr wieder ausgebrochen. Der Atem flog. „Ruhig, bleib ruhig", redete sie sich gut zu. Schon hörte sie das Haustor quietschen. Das wird er sein! Das seltsam schnelle Zeppeln seiner Schuhe, dieses rasche Wischen auf den Fliesen. Sie stieß die Tür extra weit auf und versteckte sich dahinter. Er ist da! Sie sprang aus ihrem Versteck vor und knallend fiel die Tür ins Schloss. „Erschrick doch nicht, mein Herz!", beruhigte sie den orientierungslosen Geliebten. Und sogleich bedeckte sie ihn mit ihren Küssen. Der Hut flog zu Boden. Sie krallte sich mit ihren Fingern in sein Haar. Er stöhnte. Und stieß einen Schrei aus – seine Schulter! Da ließ sie kurz von ihm ab. Schon lachte er wieder und steckte sie mit seinem Lachen an. Sie drehte sich um und rannte von ihm weg. Er folgte ihr. Beide stürzten zu Boden. Er zog sie auf sich. „Nicht so fest – du zwickst. Grobian!", protestierte Barbara. Was krabbelte er auf ihrem Po herum? „Nicht kneifen!", wiederholte sie ihre Ermahnung. Beide keuchten. Ein lang gezogenes, lustvolles Stöhnen musste er jetzt loswerden. „Sch, sch!", beruhigte sie ihn. „Langsam, mein Herz!" Er musste acht Hände haben. Wo die überall sind! Gut tat er ihr, unglaublich gut. Und wieder küssten sie sich. Eine kleine Ewigkeit lang.

Was war das für ein Schrei? Erschrocken ließen sie voneinander ab und blickten sich an. Taumelnd. Schwindlig. Keuchend. Schwitzend.

Wieder ein Schrei. Doch nun von weit her. Da brüllte eine offenbar tierisch gewordene Menschenmenge auf, um dann zu verstummen.

Ach! Den armen Bäcker hatten sie vergessen. Vergessen, wie alles Übrige auf dieser Welt.

Am Abend, hinter Mollmannsdorf

Im „Grünen Baum“ hatte Koltschitzky seinem Handlanger Mayr noch den Rat gegeben, dass der Geldtransport über Wolkersdorf geführt würde. Mayr hatte dazu großspurig gemeint: „So weit werden sie nicht kommen!“

In einer kleinen Kate hinter dem versteckten Weiler Mollmannsdorf saß nun Mayr mit seinen wenig Vertrauen erweckenden Freunden, die er von früheren, ähnlich gearteten Aktionen kannte und die allesamt in den vergangenen Kriegshandlungen als Geier der Truppe das Aas von den Knochen der Krieger gefressen hatten.

Sie hatten sich dort verabredet, weil das leerstehende Häuschen gut in einer Waldung versteckt lag. Es gehörte dem Bruder eines der Galgenvögel, den alle Welt wegen seines strengen Geruchs nur Zechenkaas nannte. Der Treffpunkt war gut gewählt, obwohl es in der Umgebung einige feste Plätze und Herrenhäuser, wie Burg Seebarn, Lerchenau oder Schloss Bockfließ, gab. Aber die Herren waren entweder in Wien oder dienten im Heer, sodass die Aufmerksamkeit der Bedienten nicht auf die Straßen gerichtet war. Mayrs Kumpan Rinnäugl hatte die kleine Karawane von fern beobachtet und überhaupt nur zwei Reiter bemerkt, die mit ihren Lasttieren nicht allzu hastig gegen Wolkersdorf gezogen waren. Es leuchtete ein, dass der Transport dort übernachten würde, um am nächsten Tag ausgeruht bis an die mährische Grenze oder gar bis Nikolsburg zu gelangen. Die Bande ließ die Becher kreisen. Der leichte, herbe Wein der Gegend stieg nicht so schnell in die Köpfe.

Nur wenige Stunden nach Mitternacht machten sich die wüsten Gestalten auf den Weg. Sie umritten Schleinbach, um in den

Hochleitenwald zu gelangen. Bei Kronberg hatte sie ein elender Köter kläffend verfolgt, sonst war ihnen aber niemand auf den Fersen. Bei Morgendämmerung tauchten sie in dem lichten Wald unter, der gleich nach Wolkersdorf die Reichsstraße nach Mähren umschloss. Ihren Plan, gleich nach der Wiener Bannmeile zuzuschlagen, hatten sie fallen gelassen. Zu viel Volk war unterwegs, zu viele gaffende Zeugen hätten die Guardia oder die nächste Grundherrschaft verständigen können.

Sie rollten sich in ihre Decken, der vierte im Bunde, aufgrund seiner schmächtigen Gestalt nur kurz Zwick genannt, legte sich auf die Lauer. Es war ihm zwar bewusst, dass die Knechte nicht so früh auftauchen würden, aber der Ritt bis Lundenburg war doch weit genug, um bald aufstehen zu müssen. Fast wäre Zwick eingenickt, nur der Harndrang hatte ihn hinter ein Gebüsch gezwungen, da hörte er Hufschlag von mehreren Pferden. Missvergnügt verzog er seine Visage. Welcher Mann hatte es schon gern, beim Pinkeln gestört zu werden. Trotzdem weckte er eilig seine Kumpane. Rasch saßen die vier auf. Mayr und Rinnäugl querten die Reichsstraße nach der Kehre, die als geeignetster Platz für den Angriff ausgewählt worden war.

Als die zwei Reiter in die Kurve einbogen, sahen sie sich den Pistolen von zwei vermummten und rußgeschwärzten Gesellen gegenüber. Zwick und Zechenkaas stürzten sich auf die Passpferde mit den Lasten. Da galoppierten hinter ihnen noch zwei Reiter heran, die in einigem Abstand gefolgt waren. Sie hatten zwar keine Schusswaffen bei sich, aber gezogene Dragonerdegen, deren Spitzen sie auf die Halunken richteten. Der kurze Schlenker eines Säbels hinterließ unter Zwicks Ohr eine klaffende Wunde, die wie ein roter Mund anmutete, der zum Schrei ansetzt. Zechenkaas drehte gerade seinen Kopf mit stillem Entsetzen. Er hatte sich schon auf ein Packpferd geworfen. Da knallten hinter der Kurve die Pistolen Mayrs und Rinnäugls. Ohne auf Zechenkaas zu achten, ritten die Säbelbewehrten an.

Der Bediente Vollands, der vorne das Kommando hatte, hing noch mit dem rechten Stiefel im Steigbügel, der andere Knecht drückte den linken Arm gegen seine rechte Schulter. Dabei hatte er die Zügel losgelassen, und das scheuende Pferd galoppierte sogleich zurück in Richtung Wolkersdorf. Nur der Hutstumpen des Knechtes lag noch im Staub. Nun drängten die Dragoner mit hocherhobenen Klingen auf Mayr und Rinnäugl zu. Hans Mayr hatte den Lauf der Pistole ergriffen, um mit dem Birnenknauf dreinzuschlagen. Die Pferde tanzten mit aufgerissenen Augen und schnaubenden Nüstern einen Reigen. Der Säbelhieb seines Gegners war durch die Luft gesaust und hatte das Pferd Mayrs getroffen. Der aber ließ seinen Knauf auf den noch im Schwung befindlichen Vornübergebeugten niedersausen. Stumm rollte dieser vom Pferd. Mayrs Ross knickte in der Vorderhand ein.

In diesem Moment zockelte das zweite Passpferd daher. Rasch fasste der andere Dragoner mit seiner Linken die Saumzügel des aus seinem Trott aufgeschreckten Braunen. Mit einem mächtigen Hieb seiner Schwerthand drang der Degen in den Nacken Rinnäugels, der sich zur Flucht gewandt hatte. Schweigend brach der über der Kruppe des Pferdes zusammen. Der Dragoner ritt an und zog das Saumpferd hinter sich her.

So schnell er konnte hatte sich Mayr aufgerappelt. Vor Anstrengung und Wut mit den Zähnen knirschend, riss er seinen Kumpanen aus dem Sattel und rief aus: „Runter mit dir, du Fettoasch!“, warf Rinnäugel in den Graben und schwang sich auf das Pferd. Er gab ihm die Sporen, riss den Zügel von Zechenkaas’ am Wegesrand unruhig äugendem Pferd mit sich. Kurz darauf sah er das Saumpferd samt dem darüber kauernden Zechenkaas. Der hatte kurz Halt gemacht. Mit dem verschwitzten, fluchenden Mayr schlug er sich nun westwärts in die Büsche. Die beiden Männer hatten beschlossen, ein Stück im Rußbach, der gerade wenig Wasser führte, nach Nordwesten zu reiten, da mögliche Verfolger sie sicher in entgegengesetzter Richtung, nach Wien hin, vermuten würden.

Erst oberhalb von Würnitz hielten sie keuchend an. Zechenkaas hatte gleich nach dem Gefecht sein Pferd wieder bestiegen. Mayr hörte nicht auf, vor sich hin zu fluchen. Sie hatten zwar immerhin zwei Fässchen mit Münzen für sich gerettet, doch galt es, ohne lange Pause weiterzureiten. Rasch gaben sie den Pferden die Sporen. Vorsichtig kreuzten sie einen Karrenweg, dann tauchten sie im Rohrwald, der parallel zum Hochleitenwald lag, unter. Der munter plätschernde Rohrbach nahm sie auf. Ein gutes Stück weiter, beim „Goldenen Brünndl", war kein Mensch zu sehen. Kurz tränkten sie die erhitzten Pferde und nahmen selbst einige Schlucke des von ihnen sonst so verschmähten Wassers. Inzwischen stand die Sonne hoch am Himmel.

„Wenigstens teilen muss ich nicht", schnaubte Mayr verbittert. Von wegen nur drei Reiter, was hat dieser sorglose Koltschitzky phantasiert? Von wegen nur zwei, wie der blöde Rinnäugl geglaubt hat, der nicht zählen kann oder zu besoffen war! Oder hatte der sorgsame Volland die zwei entlassenen Dragoner schon vorher in Wolkersdorf postiert? Für Mayr war dieser Vorfall noch ein weiteres Argument gegen das Teilen. Unterhalb des Goldenen Brünndls, das weit und breit für seine Heilkraft bekannt war und sonst entsprechend viel Besucher anlockte, kannte er einen schwarzen Sumpf, der schon eines seiner früheren Opfer hatte schmatzend verschwinden lassen. Mayr beendete Zechenkaas' Gestank für immer. Er hatte keinen Blick für die malerische Sommerlandschaft am Rande des Moors. Die gelben Schwertlilien, die großen bunt schillernden Libellen, das blühende Brombeergebüsch, alles ließ ihn kalt. So kalt wie die Leiche des Galgenvogels bald sein würde, der mit einem Felsbrocken unter dem Gürtel im Morast langsam verschwand. „Du schlagst kaane Wellen mehr!", salbaderte Mayr den letzten blubbernden Blasen nach, als sich das schwarze, fette Wasser über der toten Geruchsbombe schloss. Dann gab er seinem Pferd die Sporen. Am Nachmittag wollte er in den Ruinen der von den Schweden im Dreißigjährigen Krieg zerstörten Burg Kreuzenstein abwarten. Dort, im Burggraben, gab es eine tiefe Höhle, in der er übernachten konnte. Schwierig war es für ihn nur, in den Graben hinab und wieder hinauf zu steigen. Mayr wollte unmittelbar nach Tagesanbruch seinen Ritt fortsetzen. Hinter Spillern kannte er ein gutes Versteck in der Au. Dort wollte er Station machen und nahm als einzigen Nachteil die riesigen Gelsen in Kauf. Jedenfalls bot der Ort einen guten Schutz. Niemand wollte um diese Jahreszeit gern in die seit der letzten Überschwemmung der Donau schlammige Au. Er plante, in der drittnächsten Nacht bei Mondschein das Niedrigwasser zu nutzen und die Donau mit den Pferden zu durchqueren. Er würde dann, rechnete er sich aus, vor Höflein angetrieben werden. Er hatte vor, in den dichten Wienerwald hinaufzureiten und bis zum Hangenden Stein von Unterkirchbach zu kommen. Dann würde es für ihn wieder abwarten heißen. Sein altes Liebchen dort, wenn die Syphilis sie nicht schon aufgefressen hatte, würde ihm sicher immer noch die Hand lecken, dachte er. Und eine stille Woche im Heu der alten Hexe konnte ihm schon frommen. War dann Gras über die Sache gewachsen, würde er eines der beiden Pferde verkaufen und mit dem Silber, wie ausgemacht, Wien im Süden umrunden, um schließlich Koltschitzky in Erdberg zu treffen. Seine Sorgen, so stellte er sich vor, würde er für die nächste Zeit los sein. Jetzt aber hieß es hinauf zur riesigen Ruine Kreuzenstein reiten. Das war das Richtige für die nächsten Stunden …

30. August 1667, im Gewölb

Am Kienmarkt, hinter der Ruprechtskirche, hatten nicht nur die Fränckls ihre Pfand- und Verkaufsstätte. Traditionell boten an diesem Ort fast alle jüdischen Kaufleute ihre Waren feil. Im Mittelalter verkaufte man auf dem Platz und in der Umgebung in Harz getränkte Kienhölzer, die der ärmeren Bevölkerungsschicht als Beleuchtung dienten. Der davon abgeleitete Name des Platzes hatte sich durchgesetzt, ungeachtet der Tatsache, dass die jüdischen Händler durch die Vielfalt ihres Angebots hier inzwischen andere Warenschwerpunkte setzen konnten. Die Fränckls leisteten dazu ihren Beitrag. Sie handelten mit Waren aus Venedig, Hamburg, Amsterdam und Prag. Sie belehnten Pfänder und verkauften die nicht mehr eingelösten. Ihr Haus hatte drei Achsen an der Frontseite und war drei Stockwerke hoch. Es handelte sich um ein Eckhaus zur Pressgasse, aus dessen hohem Giebeldach ein schmuckes Türmchen ragte. Dem Fenster des Gewölbes war keineswegs nur zur Zierde ein kleines Schindeldach vorgebaut, denn man konnte dadurch schöne Pfänder ins beschattete Fenster legen, ohne dass sie im Sonnenlicht ausbleichten. Tief führte die Stiege ins Gewölb hinab, wo Aaron gerade eine Idee kam. Er stand unterhalb des schmalen Fensters, durch das die Sonne einen langen Lichtfinger in das geräumige, sonst ziemlich dunkle Ladenlokal streckte. Die Nachbarschaft zum Wiener Arm der Donau brachte einige Vorteile für die Fränckls. Hier legten die Salzflöße an und die Flößer waren eine gute Kundschaft. Waren diese ausbezahlt, dann brachten sie gern Wiener Krämerei nach Hause ins Obderennsische oder handelten damit weiter, bis hinein ins Land des Bischofs von Salzburg. Im Geschäft der Fränckls gab es ein herausragendes Angebot, das die Kunden schätzten: schöne Stoffe, wie Taft, Brokat und Samt, manchmal sogar Schmuggelware aus Venedig, Seide aus fernen Ländern, die auf den Galeeren herangerudert worden waren, Spitzen, die viel feiner als die hiesigen waren. Perlen zum Besticken, feiner Draht aus den verschiedensten Materialien, der zu prächtigen Hauben verarbeitet wurde. Schnallen und Bänder, Knöpfe aus Perlmutt, ja manchmal waren sogar Panzer von unbekannten Echsen, vielleicht sogar Drachen, unter den Lieferungen, die über die Alpen ins Gewölb der Fränkls gebracht wurden. Solche Kostbarkeiten waren aber selten. Schalen von Schnecken und Muscheln bot man zuallererst den Herren und hohen kirchlichen Würdenträgern an. Aaron hatte sogar schon einmal eine sogenannte Kokosnuss von einer fernen Insel in der Hand gehalten, sein Vater hatte sie mitgebracht und Wolf Perlhefter hatte sie dann zu einem geschnitzten und gedrechselten Kelch verarbeitet. Samuel Leitenheimb hatte dann das Geschäft nach Prag vermittelt, wo nun der Kelch in einem Adelshaus die Hauskapelle zierte.

Aaron holte sich die mit Einkerbungen versehene schwere Eisenstange herbei, auf der die wichtigen Längenmaße eingraviert waren: die in Wien gültigen Elle, Klafter, Fuß und Zoll, ergänzt durch die ungarische, böhmische und venezianische Elle. Aaron interessierte sich aber weniger für die Maßdetails. Ihm diente der Messstab für Proportionsstudien. Aus einer Laune heraus versuchte er mit seinen Armen Barbaras Maße nachzuvollziehen. Er wiegte sich ein wenig hin und her, drehte sich in Gedanken versunken dabei und ließ sich dann auf einen vor ihm liegenden Ballen fallen.

Immer wieder dachte er erregt und voller Schuldgefühle an die feuchten Küsse von Barbara. Und er war am Rande des Wahnsinns. Große Dichter würden es vielleicht „Liebe“ nennen. Sie war seine Sulamith aus dem Hohelied.

Er empfand ein tiefes Gefühl, begleitet von einem Pochen und Vibrieren, das er in seinem Körper nicht genau orten konnte. Es erfasste ihn durch und durch. Unablässig versuchte er sich darüber klar zu werden, was es wohl bedeuten mochte und welche Konsequenzen darauf folgen konnten. Er wusste, dass dieses Gefühl verboten war. Von allen Seiten. Mit Strafe belegt von der Obrigkeit Wiens und mit Verachtung von seiner Gemeinde. Und trotzdem. Diese zoftige, saftige Frau – kein anderer Ausdruck wollte passen – brachte ihn um seinen Verstand. Noch nie in seinem jungen Leben war er so aufgewühlt nach Hause gekommen. Noch am nächsten Tag hatte er weiche Knie und war nicht mehr in der Lage gewesen, die Tefillim richtig zu legen. Nicht einmal in die Schachtel hatte er die Gebetsriemen zurückgelegt. Seine Gebete waren gehaspelt und er hatte sie nur heruntergeleiert. Währenddessen wanderten in seinen Tagträumen seine Gedanken immer wieder zu Barbara. Er fühlte die Rundungen und die Haut dieser Frau in seinen Händen. Noch dazu war ihm in derselben Nacht Tante Mirjam in den Schlaf gekrochen. Die junge Schwester seiner Mutter war einst von Nikolsburg auf Besuch gekommen. Weil sich in jenen Tagen im Haus die weit verzweigte Familie versammelt hatte – die ganze Mischpoche wimmelte, denn die kleine Fejtl war gerade zur Welt gekommen –, hatte man Mirjam bei ihm in seinem Kämmerchen untergebracht. Eines frühen Morgens, er wusste nicht mehr wann und wieso, hatte Mirjam leise gurrend und lockend gerufen: „Aaron, mein Herz, bist du schon wach?“ Längst war er es gewesen, aber wegen des Gastes hatte er sich geschämt, sein Nachtgeschirr zu benutzen. Mit trockener Kehle hatte er nur ein trockenes „Guten Morgen!“ gekrächzt.

„Komm zu mir, mein Gold!“, hatte sie ihn gelockt. Er konnte sich nicht mehr daran erinnern, warum er diese Einladung zunächst spontan angenommen hatte und es dann zu einer Gewohnheit geworden war. Warm und weich war es da bei ihr gewesen. Er erinnerte sich noch gut an den Geruch des Betts und der Haut seiner jungen Tante. Eine Mischung aus Schlaf und reifer Frucht, ein wenig dumpf, ein wenig säuerlich, aber trotzdem so, wie jetzt Barbara gerochen hatte. Etwas benebelt vermischte er in seinem Tagtraum die Gerüche mit dem Gefühl von Lust, das er gespürt hatte und das sich nun wieder einmal in einer steifen Latte äußerte, die ihn aber zugleich wieder in die Wirklichkeit zurückholte. Mirjam war damals schon Witwe gewesen, allzu bald war ihr alter Mann, der Jossel aus Nikolsburg, gestorben. Aaron war damals jeden Morgen zu ihr ins Bett gekommen, um sich liebkosen zu lassen und ihr die Zuneigung zurückzugeben. Ihr riesiger weicher Busen hatte ihn umhüllt. Er hatte sich in ihre wulstförmigen Oberarme gekrallt. Feucht war ihm ihre Zunge in seinen kleinen Mund gefahren, und da tauchte wieder ihr wangenwabbeliges, mit einem schwitzenden Doppelkinn umrahmtes Gesicht vor ihm auf. Die kleine Warze an ihrer Nase. Ihre zarten Finger, die seinen Unterleib befummelten. Der schwere Bauch, der ihm den Atem genommen hatte. Er erinnerte sich an die Fettwülste ihrer jungen Knie, die er so gerne gestreichelt hatte.

Und auch Barbara hatte einen Ansatz dazu. Ihre Kniescheiben waren schon leicht verschwommen. Er hatte ihr die Röcke hochgehoben und ihre prallen Schenkel bewundert. Mit heißen Küssen hatte er die Innenseite und deren weiße Haut liebkost. Der Speichel war ihm nur so geronnen. Barbara roch noch besser als Tante Mirjam, und er war wie von Sinnen gewesen vor lauter Gier. Er überlegte, ob er zu stürmisch und zu hektisch gewesen war, ob er sich ungeschickt an ihr zu schaffen gemacht hatte. Immer wieder hatten ihn ihre leisen Schmerzensschreie unterbrochen. Aber waren es wirklich Schmerzen gewesen? Dann hatte sie ihn beruhigt. „Langsam, langsam“, hatte sie sie immer wieder gestammelt. Und „sch – sch!“, hatte sie gekeucht. Dann hatte sie sich losgerissen, und ein festes, entschlossenes „Nein!“ war aus ihrem Mund gekommen. Mit glasigen Augen hatte er dann von ihr abgelassen.

Keuchend waren sie sich gegenübergestanden, mitten in dem Wust der Möbel und mit Tüchern abgedeckten Sitzgelegenheiten. Dann erst hatte er sich umgeblickt. Im Raum war es schon fast dunkel gewesen. Barbara hatte ihn aus der sicheren Entfernung einer Armeslänge beobachtet. Wieder hatten sie sich einander genähert, aber der Zauber der ersten Gier war gebrochen. Sie hatten einander stumm im Arm gehalten. Sanft hatte sie seinen Bart gestreichelt. „Was wird aus uns werden?“, hatte sie geflüstert. Und er, ohne es zu bedenken, hatte einfach bestimmt: „Wir sehen uns wieder, da kann nichts uns halten, Nichts uns trennen, keine Macht des Himmels und der Erde!“ Jetzt schalt er sich einen Narren. Er wusste, wie aussichtslos die Situation war. Aber vielleicht doch nicht. Vielleicht trat sie zu seinem Glauben über, würde eine jüdische Frau werden. Er suchte in seinem verzweifelten Hirn ähnliche Vorfälle. Ja, da war doch die Margarete Habersmehl, die nun die Frau von Hirschl Goldschmidt geworden war. Wenn er nur ruhig nachdachte, würden ihm noch andere Beispiele einfallen. So musste es gehen. Er würde mit ihr reden. Reden müssen. So katholisch gläubig war sie vielleicht doch nicht. Aber noch nicht das nächste Mal. Für morgen schon hatten sie sich verabredet. Morgen! Morgen, am 6. Elul 5428. Morgen, am 31. Augustus 1667. Ja, sie sollte auch seinen Kalender lernen, seine Bräuche, seine Religion, die einzig wahre, die von allem Anfang an auf der Welt war. Aaron war sich dennoch klar, dass er nicht missionieren wollte, denn Juden missionieren nicht. Das Judentum ist Weltreligion nur in dem Sinn, dass es Anspruch auf Allgemeingültigkeit der in ihm verkündeten Weisheiten erhebt. „So ist meine Moral für alle Menschen verbindlich, niemand muss Jude werden, aber Barbara soll Jüdin sein“, sprach Aaron zu sich. Es gab sie ja, die Gerim, zum Judentum Übergetretene.

Warum also nicht auch Barbara? Sie konnte alles lernen. Für Aaron gab es diese eine Lösung. Zur Bestätigung dieser Idee ließ er den Messstab auf dem Boden aufstampfen. Seltsam hohl klang es unter dem Lehmboden. Er ließ den Messstab nochmals mehrere Male aufschlagen. Ja darunter musste ein Hohlraum sein. Seine Entdeckung machte ihn aufgeregt. Den Vater wollte er dazu fragen und mit ihm graben, vielleicht war an dieser Stelle ein Schatz verborgen?

Er hob die gedanklich an Barbara gemessene Leinenrolle auf und stapelte sie im hinteren Teil des Gewölbs. Sein Vater stieg gerade schleppenden Schritts die Treppe herab. „Schwere Zeiten!", seufzte er. Er war einer der Sechzehn, die im Gemeindevorstand auch das innere Leben im Ghetto zu regeln hatten. Veit Munk hatte in diesem Jahr das Amt des Vorstehers inne, was keine leichte Aufgabe war. Denn immer dringender forderte die Hofkammer neue Zahlungen, die den Verbleib der Juden in Wien sichern konnten. Nun sollte die jüdische Gemeinde vierzigtausend Gulden dazuzahlen, ohne dass sie wusste, woher man das Geld nehmen sollte. Dazu kam der Hass des Magistrats, die Missgunst all jener, die die Juden am liebsten schon gestern außer Landes gesehen hätten.

Salomon Fränckl erzählte seinem Sohn das Neueste zu diesen unheilvollen Entwicklungen: „Heute sind die Verdächtigten der Herschel-Meyer-Affäre aus der Untersuchungshaft auf freien Fuß gesetzt worden. Glücklich haben wir sie in unserer Versammlung willkommen geheißen und ihnen alle nur mögliche Hilfe angeboten. Du weißt ja selbst, was es heißt, ein Jahr seinem Gewerbe nicht nachkommen zu können. Niemand bezahlt dir die aufgelaufenen Schulden. Wer stundet dir? Nur wir selbst in Wien. Aber die Außenstände, die zur Zahlung in einem Jahr aufgelaufen sind." Der alte Fränckl wiegte den Kopf und verdrehte die Augen. „Rechne dir einmal aus, was das für unser Geschäft bedeutet hätte!", rief er entsetzt Aaron zu, der stumm nickte. Er dachte an die zahlreichen Wechsel, die unterwegs waren.

Salomon seufzte: „Wir werden noch viel weinen, bis dieser Meyer, dieser Schandfleck der Gemeinde, der alle wegen seiner Steuerfälschungen denunziert hat, abgeurteilt ist!“ Der Alte schüttelte seinen Kopf und bemerkte: „Wenn ein Jud schlecht ist, ist er sehr schlecht. Und ein solcherner Miesnik kann die gesamte Gemeinde in Verruf bringen und ausrotten.“ Er seufzte nochmals und konzentrierte sich wieder auf seine Arbeit. „Hat jemand Pfänder gebracht?“, fragte er über die Schulter.

„Wie? – Nein!“, stammelte Aaron. „Niemand war hier“, und dachte sich: „Wie wenn's grad' in diesem Moment so wichtig wär'.“ Er begann im hinteren Teil des Lagers Messingdrahtrollen aufeinanderzuwuchten und in Säulen zu stapeln.

„Tate, ich hab' da etwas Sonderbares entdeckt“, bemerkte Aaron nach einer Weile. Er kam wieder nach vorn und hob die Messlatte hoch. Wie vorher stieß er sie nieder auf den gestampften Boden. Es klang hohl. Aaron mutmaßte: „Da drunten ist ein Raum, vielleicht ist da ein Schatz vergraben? Und wenn nicht, können wir etwas vergraben. Die Zeiten, sagst du selbst, sind schlecht. Wenn wir die besseren Pfänder, die schon verfallen sind und die niemand kaufen mag, hier sicher verwahren?“

Sein Vater winkte ab und sagte nur: „‚Chochem‘ fun der ‚ma nischtane‘! Naseweis!“ Damit drückte er immer seinen gespielten Ärger über den obergescheiten Aaron aus. Die Anfangsworte einer Passage in der Hagada, der Festlegende fürs Passahfest, in der von vier verschiedenen Söhnen, darunter einem Chacham, einem *Chochem,* wie er sagte, einem Weisen, die Rede ist. Aber dann begann er zu grübeln und meinte zu seinem Sohn: „Ein sicheres Versteck wäre gut. Aber der Boden gehört nicht uns, wir haben das Gewölb nur gemietet. Und das ist schlecht. Weil es dann nicht sicher ist. Andererseits, wenn uns einer was wegnehmen will, dann eignet er es sich gleich an. Warum es also nicht verstecken, bis die Zeiten besser werden. Er drehte sich zu Aaron um. „Du bist doch mein Sohn!“, sagte er und lächelte verschmitzt. „Aber graben wirst du. Da hinten haben wir noch einen alten Krampen und eine Schaufel. Die Laterne legen wir bereit.“

„Das hab ich davon“, murmelte Aaron wehleidig. Gleich begann ihn seine Schulter zu schmerzen. Aber schließlich siegte die Neugier. Vielleicht war hier doch ein Schatz vergraben? Und so begann Aaron mit gezielten Schlägen der Spitzhacke, den gestampften Boden aufzubrechen. Schon nach wenigen Hieben wurde das Erdreich lockerer. Der Spaten kam zum Einsatz. Immer gieriger, wie ein Hund, der einen Knochen wittert, buddelte er im Erdreich. Die Schmerzen in der Schulter waren wie weggeblasen. Plötzlich stieß er in einen Hohlraum. Nun hatte der Goldgräbervirus auch Salomon angesteckt. Gemeinsam erweiterten sie das Loch. Dann mussten sie schon vorsichtig weitermachen, denn immer mehr Teile des Bodens stürzten nach.

„Warte!“, rief Salomon, „sonst stürzen wir hier in ein Riesenloch. Wir müssen den Boden abstützen. Lauf auf den Kienmarkt und bring ein paar feste Hölzer, aber nicht in Harz getränkt, sonst brennen wir noch ab. Wenn du keins bekommst, lauf auf den Holzlagerplatz vorm Tor. – Da hast du dreißig Kreuzer.“

Aaron rannte davon, dass ihm die Schläfenlocken nur so flogen. Mit der Rechten hielt er sich den Hut, mit der Linken schloss er den flatternden Rock. Salomon stocherte neugierig mit der Messlatte ins Leere. Bei fünf Fuß stieß er auf festen Boden. Seltsam, wirklich seltsam. Sein ganzes Leben hatte er in diesem Raum verbracht und vor ihm sein Vater. Und nie war ihnen dieser Keller aufgefallen. Er kratzte sich am Kopf. Was wohl in diesem Kellerraum war?

Aaron kehrte mit fünf kurzen Holzstämmen zurück. Verschwitzt warf er sie auf den Boden und holte tief Luft. Salomon hatte aus dem rückwärtigen Teil des Gewölbs schon eine Leiter hervorgekramt. Nun sperrte er das Geschäft zu und entzündete die Laterne. Aaron hatte seinen Rock abgelegt und meinte zu seinem Vater: „Die Mutter wird eine Freude haben, wenn ich so dreckig nach Hause komme.“ Er stieg die Leiter herab und stütze mit den Holzbohlen die Umgebung des Loches ab. Dann machte er sich klein und kroch in den Hohlraum.

„Kannst du etwas sehen?“, rief Salomon von oben.

„Nein, nur kleine Säulchen aus Ziegeln, die auf Keramik stehen. Wohin ich nur schauen kann, solche Stützen – nichts anderes. Aber sie sind zu kurz, als dass man hier drinnen hätte wohnen können. Ich kann grad noch durchschlupfen.“ Plötzlich rief er aufgeregt: „Da ist etwas – aus Ton.“ Er robbte zurück und brachte mehrere Tonscherben und gebrannte Keramikstücke zum Vorschein. Was das nur sein kann?, wunderte er sich. Eines ist ein altes Tonlämpchen, wie ich es noch nie gesehen habe, kam ihm in den Sinn.

„Schön sieht es aus“, sagte Salomon. Auf der Oberfläche war ein Mann mit einer phrygischen Mütze auf einem Stier zu sehen.

„Komische Sachen haben die Gojim da gemacht“, kommentierte Aaron seinen Fund. „Was macht der Herr mit dem verbogenen Kappel auf einem Rindvieh? Und der Rest besteht nur aus ziegelähnlichen Scherben. Ein Schieber vielleicht? Wozu ein Schieber?“

Salomon ermunterte seinen Sohn: „Such noch einmal!“ Aaron tauchte wieder ab in den Untergrund und leuchtete mit der Laterne in eine andere Richtung. Schon war er kaum noch zu hören. Salomon rief mit zittriger Stimme: „Hör auf, Aaron, und komm zurück!“ Wo der nur hingekrochen war? Salomon wurde es auf einmal angst und bang um seinen einzigen Sohn:

„Aaron, hörst du mich?“ Ein dumpfes Poltern und Rumpeln war die Antwort. Nochmals: „Aaron!“ Seine Stimme wurde greller, angsterfüllt.

Da tauchte Aaron aus einer anderen Richtung wieder auf. Er war mit Lehm beschmiert, aber wohlbehalten und fröhlich. „Ich hab doch recht gehabt!“, bestätigte er sich. In der Rechten hielt er triumphierend ein zerfallendes Ledersäckchen. Es klimperte leise darin. Salomon reichte seinem Sohn beide Hände und zog ihn empor. Aaron schüttelte sich wie ein junger Hund. Eine Staublawine legte sich langsam als Haufen um seine Schuhe. „No gut schaust du aus“, lobte der Vater zweifelnd, „wie ein junger Golem. Der Rabbi Löw möcht' seine Freud haben.“

Beide untersuchten das Säckchen und leerten den Inhalt aus. Etwa vierzig Silbermünzen lagen nun vor ihnen. „Hast du so etwas schon gesehen?“, fragte Aaron erstaunt.

Salomon verneinte, drehte und wendete die verschmutzten Münzen zwischen seinen Fingern und stellte fest: „Da sind Köpfe drauf und lateinische Inschriften.“ Für ihn war klar: „Veit Munk kennt sich da aus. Der hat alte griechische und römische Münzen in seinem Haus und ein Verzeichnis dazu. Vielleicht werden wir davon gescheiter.“

Aaron putzte einige der offensichtlichen Geldstücke an seinem Ärmel, bis die Oberfläche allmählich zu glänzen begann. Dabei verschmierte er den Lehm noch mehr. „Also Juden sind das keine, obwohl sie einen Bart haben. Aber sie haben keine Pejes“, verkündete er fachmännisch und entdeckte mit seinem scharfen Auge einige Buchstaben. „Servus, nein, Sev…erus“, entzifferte er und kam zum Ergebnis: „Ein Habsburger war das keiner.“

„Du bist so was von gescheit“, fügte Salomon wohl auch mit einem Anflug von Ironie hinzu und schaute ihn von der Seite an. „Das können wir beim Veit Munk besprechen. Aber jetzt rück doch die Hölzer noch fester, und irgendwie müssen wir das Ganze auch zudecken. Wenn du schon so dreckig bist, sollten wir vorher aber ein paar unserer Pfänder, die uns niemand abkauft, da unten vergraben."

Über das Einhüllen der Gegenstände in alte Säcke und das Verstauen in den verfallenen Hypokausten verging der Nachmittag schnell. Gerade als sich Aaron in seiner Freude einen Ruck gab, um seinem Vater von Barbara zu berichten, sagte der apodiktisch: „Schluss, genug für heute, die Sonne geht langsam unter und du musst dich heute noch besonders waschen. – Was wird Rebecca sagen?" Schon war der günstige Moment vorbei und Aaron musste sich auf später vertrösten.

31. August 1667

Richtig, da war er! Barbara hatte das stolze, hocherhobene Antlitz des Pater Mauritius zwischen den Obstbäumen erspäht. Eigentlich sollte sie bald zu Hause sein, um der Muhme beim Marmeladeeinkochen zu helfen. „Aber die hat sich ihre Freundinnen und Nachbarinnen eingeladen, da wird es wohl nicht so schnell auffallen, wenn ich ein wenig später komme“, wischte sie ihre eigenen kleinen Einwände beiseite. Andererseits hatte die Frau Vormundin für diesen Anlass schon am Vormittag einen großen Apfelstrudel vorbereitet, mit vielen Rosinen, Nüssen und Honig. Kein Quäntchen hatte sie beim Mittagessen abgeben wollen. Nicht einmal eins von den etwas verbrannten Scherzln. Gerade auf die war Barabara immer begierig. Denn die leicht braunschwarzen, knusprigen Randstücke mit dem karamellisierten Honig waren schließlich das Beste. Auch der Herr Vormund hätte noch so viel quengeln können; bei der Essensverteilung gab es keine Zugeständnisse. Wenn er wenigstens ein Stückchen bekommen hätte, dann hätte sich Barbara auf das lose Scherzl gestürzt. So hatte er sich mit der Gemüsesuppe und den Äpfeln im Schlafrock begnügen müssen, die bei der Apfelstrudelzubereitung, gleichsam als Nebenprodukt, entstanden waren.

Bei den Kaugeräuschen war ihr aufgefallen, dass der Herr Vormund allzu viel vom Franz Pfeiffer geschwärmt hatte, dem hochnäsigen Zwerg. Wieder war er in der Stadt gewesen, bei seinem Busenfreund, dem Inneren Ratsbürger. Und dieses dauernde „Franzl hin“ und „Franzl her“ hätte ihr fast den Appetit verdorben. Sie kannte das Bürschchen genau, das noch dazu jünger war als sie. Eigentlich müsste man Mitleid mit ihm haben, dachte sie sich. Er war seinem Vater ähnlich, nur kleiner, dafür noch lauter und frecher. Hatte der Vater noch eine gewisse Würde, so war sein einziger Sohn ein verzogener Bengel. Einmal hatte sie ihm sogar schon ein Beispiel ihrer klaren Handschrift ins Gesicht geliefert. Hatte sich doch der Fratz im Vorjahr anlässlich eines Gartenfestes im Obstgarten des Ratsherrn und Kollegen ihres Vormunds Daniel Fockhy unterstanden, ihr in das Busentuch zu greifen und höhnisch grinsend mit seiner verschwitzten Kinderhand noch darin herumzurühren. Ihre Antwort war so heftig erfolgt, dass ihm sein Rotz klafterweit durch den Garten geflogen war. Sicherlich war auch der Obstwein schuld daran gewesen, aber das höhnische Gelächter der anderen wird dieser laufenden Elle wohl für einige Zeit gereicht haben. So ein Rotzbua. Sei es, wie es sei. Sie musste dem Herrn Vormund beizeiten seine Flausen austreiben.

Jetzt aber konzentriere dich auf einen wirklichen Mann!, ermahnte sie sich. Obwohl er ein Klosterbruder war, galt er als der schönste Pater weit und breit. Und wie klug er war und geduldig! Seit vielen Jahren hatte er Barbara unterrichtet. Ihre Mutter hatte den Patres der unbeschuhten Karmeliter manch schönes Geldstück zugesteckt, damit sie eine gediegene Schulbildung genießen konnte. Die Chance, die sich ihr bot, war außergewöhnlich, denn viele ihre Freundinnen konnten weder lesen noch schreiben. Anders als die Augustiner unterhielten die Karmeliter auch keine Schule. Sie waren zur Armenpflege eingesetzt und dafür baten sie auch recht artig bei jeder Gelegenheit. Mauritius aber war ein großer Lehrer und so durfte er einige Stunden in der Woche für die Nachbarskinder eine Art Schule halten, wobei diese Arbeit wieder in klingende Münze für den Orden umgesetzt wurde.

Barbara war gern zu ihm gegangen. Sie hörte mit Wohlbehagen die volle, tiefe Stimme von Mauritius und es war ihr angenehm, dass die Frau Vormundin der Mutter versprochen hatte, ihr weiter Unterricht erteilen zu lassen. So konnte sie auch alles lesen und verstehen, was ihr Mauritius vorlegte. Und wenn sie es nicht verstand, erklärte er ihr geduldig den Zusammenhang. Oft auch außerhalb des Unterrichts, beim Wandeln im Garten oder wenn sie vom Bruder Gärtner wieder schöne Blumen oder Kräuter abholte. Auch brauchte sie die Zeitungsrufer nicht, sie konnte selbst gegen ein paar Kreuzer eines der Blätter kaufen und daraus den anderen in ihrer Straße vorlesen.

Manches aber konnte ihr auch der wackere Mauritius nicht erklären. Dann meinte er meist, dass dies in Gottes Rat so beschlossen sei. Dagegen war ja wohl nichts mehr einzuwenden. Er baute seine Argumente stets im Hinblick auf Gottes Liebe und die Prüfung der Menschen auf dem Weg zum Himmelreich auf. Das galt es zu glauben – und Punktum.

Jetzt aber trat sie vor und rief: „Pater Mauritius, stör' ich Eure Kontemplation?"

Lange zuvor schon hatte er sie erkannt. So leicht konnte sie sich mit ihrer Statur ja auch nicht hinter den Bäumchen verstecken. Wohlgefällig ruhte sein Blick auf ihrer Gestalt. Er kannte sie nun seit bald zwölf Jahren und sah sie gern in seiner Nähe. Ihre Wissbegier freute ihn, denn sie ließ ihn selbst grübeln. Viele der Probleme draußen in der Welt hatte er erst durch sie kennengelernt und so winkte er gnädig mit der schlanken Hand. Er war als Kind aus dem Polnischen nach Wien gekommen und hatte hier studiert. Man sagte, er sei ein Sohn verarmter Adeliger gewesen, aber das war nicht so leicht nachweisbar.

„Sagt, guter Pater Mauritius", begann sie zögernd, „könnt Ihr mir die Geschichte des Aaron noch einmal erzählen? Ich habe wohl nicht aufgemerkt, oder ist sie mir wieder entfallen?"

Mauritius stockte ein wenig in der begonnenen Segensgeste und erwiderte: „Wie kommt dir jetzt der erste Hohepriester Israels in den Sinn? Zuvorderst – ein Gelobt sei Jesus Christus!"

„In Ewigkeit, amen", replizierte sie automatisch. „Ich hab von ihm geträumt", log sie halb und bat dabei den Himmelvater heimlich um Verzeihung, aber richtig gelogen war es ja nicht. Ihr Aaron war eben aus Fleisch und Blut.

„Nun", begann Mauritius, „wenn du mich so schnell fragst, so war Aaron der Bruder Moses. Der Bibeltext beschreibt, wie Aarons Kleider aussahen und sein Amtsschild, die Ketten, die Ringe und sein Amtshut. Dann wurden Aaron und seine Söhne zu Priestern geweiht. Und als Moses auf den Berg gestiegen war, um die Gesetzestafeln zu empfangen ..."

„Jetzt weiß ich es wieder", unterbrach ihn Barbara aufgeregt. „Da wollten die Stämme Israels einen Götzen haben, und Aaron machte ihnen ein goldenes Kalb und es gab tagelang Tanz im Freien."

Mit einem entschiedenen „Na, na" dämpfte Mauritius die freie Bibelinterpretation. „Jedenfalls war das Verhältnis zwischen Moses und Aaron getrübt, aber du kannst dir vorstellen, dass es auch unter Brüdern Reibereien gibt, besonders wenn man so einen großartigen Bruder wie Moses hat. Noch dazu haben die beiden ältesten Söhne später auch nicht richtig gehandelt. So blieben die jüngeren Eleasar und Ithamar Priester. Aaron, gibt uns die Bibel Auskunft, ist in Frieden auf dem Berg Hor gestorben und Eleasar hat seine Kleider erhalten. Frag mich aber jetzt nicht gleich wieder, wo der Berg Hor liegt, ich war noch nicht dort", fügte er rasch hinzu. Denn er hatte schon das wissbegierige Blitzen in Barbaras Augen bemerkt.

„Seltsam, dass ein so junges Mädchen wie du ausgerechnet von Aaron träumt", sann er. „Da steckt doch etwas dahinter! Gibt es da einen jungen Aaron, dem du imponieren willst?" Barbara wurde puterrot. Sie schlug die Augen nieder und hörte Pater Mauritius sagen: „Meine Tochter, ich sehe in dein Herz, das weißt du. Ich gönne dir auch einen Aaron. Nur ist der Name heute sehr selten bei uns. Sieh zu, dass du nicht wie die

Frau Aarons – Mirjam – aussätzig wirst", schloss er bedächtig seine Ausführung, mit einem langen nachdenklichen Blick auf seinen Schützling.

„Aussätzig!" – Ein Aufschrei entfuhr ihr. „Das heißt, mir fallen die Finger und Zehen ab und ich bekomme einen schlimmen Ausschlag?"

„Aber nicht doch", beruhigte er sie. „Ich meine das in übertragenem Sinn. Du wirst ausgestoßen aus der Sippe, wie Mirjam. Nur, bei der hat es durch Gottes Gnade nur sieben Tage gedauert. Heute währt das Ausgestoßensein ein Leben lang. Die Menschen besitzen nicht die Milde Gottes. Ich bin mir aber der Güte des Herrn bewusst. Seine Kinder lässt er nicht im Stich. Nun geh, meine Tochter, und denk an Mirjam. Wenn dein Herz aber auch als Aussätzige glücklich wird, dann werde aussätzig. Ich stehe auch den Aussätzigen immer zur Verfügung, außer", hier zögerte er, „öffentlich während eines Gottesdienstes." Damit kehrte er der verdutzten und überrumpelten Barbara schnell den Rücken zu, die nun nicht einmal an ihre Ringelblumen gedacht hatte. Auch die Ikone der „Maria mit dem geneigten Haupt" blieb, trotz ihres Versprechens, wiederum unangebetet.

Jetzt war es Nachmittag und es schüttete in Strömen. Draußen entlud sich eines dieser heimtückischen, fürchterlichen Sommergewitter, die sich erst kurz vorher gelbgrau ankündigten und deren Regenmassen die Donau innerhalb von Stunden über die Ufer treten lassen konnten. Die Gewitter, die nichts Alpines in sich trugen, sondern schon die Nähe Wiens zur Puszta ahnen ließen. Gewitter, die so elektrisch waren, dass einem die Haare zu Berge standen, und bei denen Donnerschläge direkt in den Bauch fuhren. Verheerende Blitzentladungen konnten ganze Dörfer innerhalb weniger Minuten in eine Feuerhölle verwandeln.

Barbara und Aaron saßen im Halbdunkel ihres Kammerls. Die grün gestrichenen Jalousien waren geschlossen. Nur eine der Butzenscheiben war etwas geöffnet, damit ein Luftzug in die stickige Stube dringen konnte. Es roch nach Mäusedreck, alten Möbeln und Kampfer, den Barbara verstreut hatte.

Eng aneinandergepresst saßen sie auf einer alten Truhe, die Barbara mit einem langen Polster verziert hatte, um weicher darauf zu sitzen. Die beiden hatten ihre Gesichter einander zugewandt, ihre Hände waren ineinander verschlungen.

„Mein Vormund tobt zu Hause gegen euch", berichtete Barbara vom Wutausbruch, den sie gestern Abend hatte miterleben müssen. „Die ‚Hinsichtl-und-Rücksichtl-Fraktion', wie er sie bezeichnet, hat im äußeren Rat die Mehrheit gehabt. Der Magistrat hat keine Petition gegen die Juden zustande gebracht. Man hat zu viel Respekt vor der kaiserlichen Hofkammer, die eure Zahlungen schätzt, und dem Obersthofmarschallamt, das die Versprechungen des Vaters und Großvaters Seiner Majestät einzuhalten hat. Ich glaube, du kannst dich wieder beruhigen." Es war ein schwacher Trost für ihn, aber immerhin ein Trost. So glücklich war er die Nacht über gewesen, als er sich seine Zukunft mit ihr ausgemalt hatte. Und so unglücklich, als am nächsten Morgen ihm der Vater die traurige Lage der Judenschaft in Wien dargelegt hatte. Die Unsicherheit, der Kampf der widerstreitenden Hofparteien und der offene Hass des Rats der Stadt, der Studenten, vieler kirchlicher Institutionen und der meisten Bewohner. Sein Vater hatte sich entschlossen, mit dem nächsten Handelszug nach Prag Teile des Hauskapitals mitzuschicken. Wenigstens bis Nikolsburg, der ersten großen Judengemeinde nach der mährischen Grenze. Aaron hatte ihm Vorhaltungen gemacht, dass er damit Betriebskapital aus Wien entfernen würde, das jetzt vielleicht dringend gebraucht werden würde. Womit sollten sie Pfänder belehnen, wenn kein Geld oder Geldeswert im Gewölb wäre? Leute brauchten immer Geld und keine in hebräischer Schrift, aber in Wiener Deutsch geschriebenen Wechsel auf ein venezianisches, Hamburger oder Amsterdamer Bankhaus. Oder einen Ballen Tuch. Von dem konnten sie nicht abbeißen. Aber der Vater war hart geblieben. Schon heute wollte er das Begleitschreiben abfassen und eine Bilanz seiner Transferwerte machen.

Aaron blieb daher nicht viel Zeit zum Schmusen. Umso intensiver küssten und streichelten sie einander, und ihre Augen versanken ineinander, um diese Momente der Zuneigung auszukosten und um die Spannung, die ob des drohenden Unheils in der Luft lag, ein wenig zu verdrängen. Keiner wollte es aussprechen, keiner seine Gedanken dem anderen öffnen.

Doch dann, seufzend, nahm sich Barbara ein Herz und begann mit einer nicht zu verbergenden Verunsicherung die seltsame Erzählung von Aaron und seiner Frau Mirjam zu schildern.

Das half, da war Aaron firm. Seine Argumente saßen: „Die Strafe Mirjams, sieben Tage aussätzig zu werden, war nicht dadurch begründet, dass sie die Frau Aarons gewesen ist, sondern dass sie auf Moses, seine Stellung und seinen Erfolg, eifersüchtig geworden war. Schließlich hat sie bei Aaron heimlich gegen Moses gehetzt. Aber Jude sein“, fuhr er fort, „ist vielleicht für die Christen eine Form von Aussatz, aber für uns als Gemeinde und die Individuen, aus denen sie besteht, ist es das Einzige, was uns und jeden Einzelnen am Leben erhält. Es ist unser Universum und unser Kosmos. Auch unsere Tradition, unser Glaube und unsere Festigkeit – nenne es vielleicht Halsstarrigkeit, Barbara. Ich weiß, du siehst in mir einen jungen Mann und nicht einen aussätzigen Kranken. Und …“, er machte eine kurze rhetorische Pause und leckte kurz über seine blassen Lippen, „ich weiß etwas von dir, das ich aus dir herausfragen möchte: Liebst du mich, so wie ich dich liebe?“

Hier war sie, diese uralte Frage-Antwort, Antwort-Frage, die so viele vorher und nachher bewegte und noch bewegt, diese immer wieder geprobte Szene der Menschheit, die so glücklich machen, aber auch Anlass zu schrecklichster Verzweiflung sein kann.

Im dunklen Zimmerchen im ersten Stock des Danner'schen Hauses im Unteren Werd, bei zuckenden Blitzen, krachendem Donner und rauschendem Regen, wiederum teilten sich zwei Menschen dieses uralte Geheimnis.

War es die atmosphärische Elektrizität, die sich draußen entlud, waren es die körperlichen Anspannungen und die Lust, war es der Drang, es endlich auszusprechen? – Barbara presste sich an Aaron, sie umklammerte ihn und in die Beugung seines Halses unter sein linkes Ohr, von seinen Schläfenlocken am Nasenflügel gekitzelt, küsste sie ein vielfaches: „Ja, ja, ja!" Und als es nahe vor dem Fenster grell, fauchend, zischend aufblitzte, fast augenblicklich von einem schrecklichen Donnerschlag begleitet, da drückte sie Aaron noch fester, barg ihr Gesicht an seiner schmerzenden Schulter und stieß unter heftigem Zucken ihres Körpers ein gestammeltes „Ich bin dein Weib, wo immer und wie immer du willst!" hervor.

Wie lange sie so dagesessen waren, wussten beide nachher nicht mehr. Nur die Finsternis, die sie umgab, ließ sie erschrecken. „Wie kommst du jetzt nach Hause?", fragte Barbara ängstlich.

„Bleib ruhig, ich kenne da ein verfallenes Stück an der Mauer, hinter der Stelle, wo der Anzug eine kleine Biegung macht. Wir haben schon lange kein Geld mehr, um diese Mauer instand zu setzen. Und ein wenig haben dazu einige andere Burschen – und auch ich – beigetragen", verriet er ihr. Nach einer langen Umarmung musste er ihr die betrübliche Mitteilung machen: „Morgen muss ich schon zeitig früh für den Vater nach Korneuburg, um Gelder einzutreiben. Denn zu Sabbateingang möchte ich zurück sein. Ich werde dir später erklären, warum ich dich bis dahin nicht sehen kann. – Hast du am Sonntag Zeit?"

„Und ob“, hauchte sie ihm zu und strahlte ihn jetzt auf ihre eigentümliche Weise an, nachdem sie schon vorher einen Ansatz zu einem Schmollmund gemacht hatte. Sie versicherte ihm: „Für dich immer! Wieder so wie heute?“

Und als er bejahte und sich aus ihrer Umarmung löste, hauchte er ein verstohlenes „Schalom“. Sie sah ihn zuerst mit großen Augen an, dann aber wiederholte sie diesen Gruß und Lebenswunsch: „Schalom.“ Und setzte noch ein neckisches wienerisches „und Bussi!“ hinzu.

Spätherbst 1667, Schloss Pottendorf bei Wien

„Friss das, du Vettel!“, schrie der vor Wut wahnsinnige Franz III. Graf Nádasdy, Erbherr des Landes Fogaras, Richter des Reichs und geheiligter Römischer Ritter, Obergespan von Sala, Somogy und Castriferrei. Er kniete auf seiner Gattin Anna Juliana auf dem Boden seiner Schlossküche und stopfte ihr mit der Rechten die vergiftete Fischpastete in den gewaltsam geöffneten Mund. Ihr verzerrtes Gesicht war von Tränen und Rotz verschmiert. Wissend um ihre letzte Lebensstunde, würgte sie. Wieder stieß er ihr die offene Hand mit der Pastete in den Rachen. Seine Linke glitt von ihrem Hals ab und zerriss die lange Perlenkette. Klackernd hüpften die wertvollen Kügelchen über den Steinboden. Mit voller Wucht legte er seinen Oberkörper auf sie und stopfte eine neuerliche Handvoll der Pastete in sie hinein. „Friss!“, forderte er nochmals und würgte sie. „Warum hast du die Pastete austauschen lassen?“, wollte er aus ihr herauszwingen.

Dem Ersticken nahe, stammelte sie Unverständliches vor sich hin, bäumte sich dann auf und heulte gepresst. Aber in der tief gelegenen Schlossküche hörte sie niemand mehr. Zu Füßen des gewaltigen Küchentischs, neben ihr auf dem Boden, lag Mihály, der treue Koch, in einer riesigen Blutlache. Einige Perlen hatten sich in Blut getränkt und reihten sich um das Haupt des Ermordeten wie ein Strahlenkranz. Der Dolch Nádasdys stak in seinen Rippen.

„Warum?“, insistierte Nádasdy nochmals.

Sie rang nach Luft und rief ihm röchelnd zu: „Ich hab dir diesen Possen gespielt, weil ich nicht wollte, dass du unseren Herrn und Kaiser zu Tode bringst.“

„Und unser Ungarland ist dir wohl egal?“, schrie Nádasdy barsch und sein zur Brust herunterhängender Schnurrbart zitterte dabei vor Wut. „Du, eine ungarische Magnatentochter, eine Eszterházy, hast vergessen, wie wir von den Habsburgerschweinen traktiert werden! Unsere angestammten heiligen Rechte werden mit Füßen getreten! Wie dieser deutsche Kaiser alles an sich reißt, was uns seit Árpáds Zeiten Eigen und Recht ist. Meine ganze Arbeit hast du vernichtet!“, schnaubte er vor Wut und fuhr klagend fort: „In wenigen Monaten wäre ich zum König von Ungarn gekrönt worden. Und Zrínyi mein Palatin! Der Sultan hat schon alles genehmigt. Gremonville, der französische Botschafter hat uns schon Geld geschickt und die Zusicherung Ludwigs XIV. Wenn Leopold stirbt, marschiert Frankreich über den Rhein und der Sultan auf Wien. alles war abgesichert. Und dann macht mir mein blödes Weib alles zunichte!“

Sein Gesicht verzerrte sich zu einer sadistischen Fratze. In diesem Moment ähnelte er seiner Vorfahrin, der Nádasdy Erzsébet. Die hatte jahrelang auf ihrer Burg Csejthe lustvoll junge Mädchen langsam zu Tode gequält und war dann im Wahnsinn verstorben.

„Aber jetzt bist du dran!“, schrie er wieder. Abermals stopfte er ihr eine hand voll Fischpastete in den wimmernden Mund und forderte sie in seinem Wahn auf: „Schmeck das, was ich dem Kerzen lutschenden Sauhund zugedacht habe und seiner schwachsinnigen, unfruchtbaren spanischen Hure! Magyaren haben halb Europa in der Hand gehabt. Und immer noch würde heute das Banner Szent Istváns am Inn oder gar am Lech flattern, wenn uns die vermaledeiten Deutschen nicht zurückgedrängt hätten!“ Seine Gattin versuchte noch ein letztes Mal, sich zu wehren.

Nádasdy presste ihren Kopf nach unten: „Immer wieder waren wir stark, wie Matthias Corvinus, der in Wien regierte.

Aber die Habsburger haben uns genug ausgesaugt und geknechtet. Sie lassen uns Ungarn nicht die Religion ausüben, die wir wollen. Nehmen uns alle alten Privilegien und ziehen unser Geld nach Wien."

Seine Frau verdrehte die Augen. Langsam begann das italienische Gift zu wirken und sie wollte erbrechen. Mit aller Kraft drückte er ihr noch stärker die Kehle zu und klagte: „Wie hab ich alles eingefädelt, mit Trattenbach und Frangepan, Zrínyi und den Franzosen. Mihály hatte die Pasteten bestens präpariert. Und du musst Pastetentauschen spielen!" Seine mächtigen Finger ließen ihren Hals knacken. Noch ein letztes Mal röchelte sie auf.

Wie hatte es doch Kaiser Leopold und seiner jungen Frau gefallen! Das Wettfischen in der Leitha. Die Festmusik. Die Holzbläser aus Eisenstadt hatten sich gegenseitig übertroffen. Der Kaiser, der selbst die Kunst des Musizierens und Komponierens meisterhaft beherrschte, war ein aufmerksamer Zuhörer gewesen. Nádasdy und seine Frau hatten sich in Aufmerksamkeit überschlagen. Die Tafel im Rittersaal Pottendorfs hatte sich unter den verschiedensten Fischgerichten förmlich gebogen. Und dann die Pasteten! Die prächtigste von ihnen hatte er dem Kaiser persönlich überreicht. Leopold, ein begnadeter Esser, hatte die Kreation gierig hinuntergeschlungen. Aus goldenen Bechern waren schwere ungarische Weine kredenzt worden. Und auch Leopold, sonst ein für seine Zeit mäßiger Trinker, hatte sich durch alle Sorten gekostet.

Lauernd hatte Nádasdy den Aufbruch der Gäste beobachtet. Es hatte einige Zeit gebraucht, bis alle, heiter gestimmt, in den Kutschen verstaut waren. Langsam waren dem Grafen Zweifel am Erfolg seiner Einladung aufgestiegen und er hatte die Majestäten und den Hofstaat zu Pferd bis nach Wiener Neustadt begleitet. Doch niemand war gestorben. Verstört und erbittert war er zurückgeritten und hatte nun das Geständnis seiner Frau hören müssen.

Alles umsonst! Das nun schon dritte Attentat auf den Kaiser war misslungen. Schon die Entführung der damaligen Braut, der jungen Margarete, war fehlgeschlagen. Das war eine Katastrophe für das Volk der Ungarn gewesen. Der in Zeremonien verliebte Montecuccoli, der damals die Braut des Kaisers, ein grässliches Gespenst, von Genua nach Wiener Neustadt begleitet und dem Kaiser noch dazu zwölftausend Gulden für die Brautfahrt vorgestreckt hatte, hatte Nádasdy bei Schottwien so herzlich und mit allen Gaben eines Kavaliers bewillkommnet, dass an eine Geiselnahme nicht mehr zu denken gewesen war. Nádasdy hatte seine Kürassiere, die ungarischen Herren und Husaren so umreiten lassen, dass ein Angriff nicht mehr möglich gewesen wäre.

Dann die Sauhatz im Pottendorfer Wald, der zweite versuchte Anschlag. Nádasdy hatte schon den Spieß, die Saufeder, zum Wurf gegen den verhassten Kaiser geschwungen, als dieser über eine Baumwurzel gestolpert war und seine Jagdaufseher zu Hilfe geeilt waren.

„Und jetzt diese Blamage!“, schrie Graf Franz bitter gellend seine Wut heraus und drückte sicherheitshalber der schon Toten nochmals die Kehle zu. Schlaff schmiegte sie sich im Tod neben den hingestreckten Koch. Ihr Erbrochenes verschmierte sich mit dem stockenden Blut Mihálys zu einem eklig bunten Brei. Keuchend stand Nádasdy vor den Toten. Das letzte Glimmen im riesigen Spießkamin ließ sein Gesicht wie in Höllenglut leuchten. Leer im Hirn stierte er in das Glosen. Ein letztes Holzscheit knackte laut, um dann in sich zusammenzubrechen.

Hinter Nádasdy wurde das Küchentor aufgestoßen und Imre Gyöngyösy, sein Hofkaplan und Sekretär, stürmte herein. „Hier seid Ihr, mein Herr!“, rief er erleichtert aus. „Ich habe Euch schon überall gesucht. Hat es ihn erwischt?“ Seine aufgeregt fuchtelnde Rechte blieb, wie von Seilen in der Luft gehalten, hängen, seine betuliche Mitwissermiene erstarrte zu Eis. „Joj, Istenem!“, flüsterte er, als er der Leichen gewahr wurde. Er bekreuzigte sich schnell. Er bückte sich zu seiner Herrin herab und fühlte ihren Puls am grauenvoll verfärbten Hals. Dann trat er neben den noch immer in die Glut starrenden Graf und fragte besorgt: „Oh Herr, was soll nun werden? Was machen wir mit den Leichen? Wie soll nun unsere Sache weitergehen?“

Nádasdy drehte sich ihm zu und fasste ihn an den Schultern: „Gyöngyösy, was bist du so kleinlaut und kleingläubig!“, fuhr er ihn an und zitierte das alte ungarisches Sprichwort: „Eine lange Hoffnung ist süßer als eine kurze Überraschung.“ Er dachte laut nach, während er mit den Fingern an seinem Schnurrbart entlangfuhr: „Gut oder schlecht?“ Er ermahnte Gyöngyösi beschwörend: „Noch ist der Kampf gegen die Meineidigen nicht verloren“ und befahl: „Lass Zrínyi kommen. Er wartet schon in Eisenstadt, er möge eilen und meinen neuen Plan hören. Zuerst aber hol dir die zwei Gärtnerburschen, Lajos und seinen Vetter. Sie sollen den Mihály in Tücher hüllen und unter der alten Linde im Park schnell begraben, eh wir zu viele Mitwisser haben. Entlohn sie gut. Es sind prächtige Patrioten, die von nichts wissen werden. Die Frau legen wir in ihr Bett. Die Zofe wird beschwören, dass sie an der Fischpastete gestorben ist. Wer kann mir“, dabei gab er sich einen Ruck und die Augen blickten zum Gewölbe der Burgküche, „Franz III. Graf Nádasdy, Erbherr des Landes Fogaras, Richter des Reichs und geheiligter Römischer Ritter, Obergespan von Sala, Somogy und Castriferrei, etwas anhaben?“ Nádasdy war sich der Rechtmäßigkeit seines selbstverpflichteten Auftrags sicher, was er mit dem Ausspruch unterstrich: „Oft schreibt das Schwert und nicht die Feder das Gesetz!“

Dem pflichtete Gyöngyösy bei: „Und der Aufruf an die ungarischen Stände, Herr! Der Drucker Verdussen hat mir am Abend den Abzug übergeben. Schon morgen könnte er in Druck gehen." Ob man ihn zurückhalten solle, wollte er noch wissen.

„Ein guter Mann, dieser Verdussen", antwortete Nádasdy und erklärte: „Fürs Vaterland kämpft man nicht nur mit Soldaten. Eine eigene Schlossdruckerei mit einem solchen Künstler hat kein Obergespan im Ungarnreich. Das Papier besiegt auch die ängstlichsten Herzen und Hirne. – Nein! – Nachdem wir die da", und damit wies er auf seine ermordete Gattin, „in ihre Kammer hinaufgeschleppt haben, zeigst du mir gleich den Abzug." Und am Treppenaufgang stellte er sich in königliche Pose und legte die Rechte auf sein Herz: „Stehe auf, oh ungarisches Volk, zu deiner Defension, begehre Hilfe, wo du solche haben kannst. Sie sei, wie sie wolle. Sonst wird es zu spät. Unterdrücke das lumpige, auf dir liegende Volk der Deutschen. Versperre deine Pässe, nimm die Grenze in die Hand! Machet euch auf, Groß und Klein, Gott wird der gerechten Sache beistehen, ihm werden die Meineidigen nicht widerstehen können.", zitierte er den Beginn seines Aufrufs an die Ungarische Nation.

Seine blitzenden Augen wanderten in die Schlossküche zurück und wurden stumpf. Er rief: „Komm, Gyöngyösy Imre, du alter Jammerlappen, hilf mir tragen! Und dann erwarten wir Zrínyi. Gute Nachbarn sind ein echter Schatz."

Wenig später labte sich Nádasdy an warmem Gewürzwein. Auf dem riesigen Tisch mit einer Platte aus Solnhofer Stein, die plastische Jagdszenen enthielt und mit der Jahreszahl 1576 versehen war, dem Verschwörertisch, lag der Abzug seines Aufrufs und daneben aufgerollt und beschwert eine Karte Ungarns. Hier, unter der Stuckrose an der Decke, hatten sie alle geheim geschworen, den Habsburgerterror zu beenden und die alten ungarischen Feudalgesetze wieder in Geltung zu bringen. Für sie war klar, wenn erst Ludwig XIV. die deutsche Kaiserkrone besaß, dann konnte wieder ein Ungar König des Landes werden. Noch dachten alle Hauptverschwörer an sich selbst. Jeder hatte vor, als würdigster Träger der Heiligen Stephanskrone aufzutreten. Neben Nádasdy waren es Apafi Mihály, Banus und Fürst von Siebenbürgen, Peter Zrínyi, Banus von Kroatien, der über ein stehendes Heer von fünfzehntausend Mann verfügte, ein heißblütiger, wenig gebildeter Choleriker, und dessen Gattin und Hirn, Anna Katharina, eine geborene Frangepan, oder italianisiert Frangipani. Diese ehrgeizige und leidenschaftliche Kroatin mit italienischen Vorfahren hasste die Habsburger und die Deutschen ebenso wie ihr Bruder Franz Christoph von Frangepan, Markgraf der dalmatinischen Küstenlande. Dieser stolze junge Mann wiederum stand in gutem Einvernehmen mit der Republik Venedig, die Österreich ebenso feindselig gesinnt war und deshalb zur Truppenwerbung Geld zugesagt hatte.

Nádasdy ging wie in Trance um den Tisch. Wie konnte man die Habsburger, dieses Natterngezücht, mit einem Schlag auslöschen, ohne dass das Wiener Volk, dieser speichelleckende Schlangenhaufen, und die Wiener Garnison die Täter gleich entleibten und zerfleischten? Wie, überlegte er, ist es möglich, in die Festung Wien mit Waffengewalt einzudringen und die Hofburg auszuräuchern?

Er hielt inne und blickte sinnend in den dichten Morgennebel. Man konnte nicht einmal bis zur Kirche St. Jakob sehen, geschweige denn über die Leitha, den Grenzfluss, hinter dem sein geliebtes Ungarland lag. Trotz der kühlen Nebelsuppe draußen wurde ihm warm ums Herz. Ungarland! Von hier bis hinauf in die oberungarischen Städte Eperjes und Kaschau, im Süden, entlang der Adria bis Zara, wo es an Ragusa grenzte, den durch das Erdbeben verfallenen Stadtstaat, malte sich Nádasdy aus. Sein Finger wischte auf der Karte nun quer über den Balkan, über Niš und Nikopol, dem Flusse Olt folgend, bog die Grenze am Karpatenbogen nach Osten ab, um über

Piteşti, Tîrgovişte und Ploieşti wieder nach Focşani zu führen. Aber all diese Grenzprobleme der früheren Zeit, mit den Kumanen im Osten, den Walachen im Südosten und den Bulgaren und Serben im Süden waren hinfällig geworden. Denn das Osmanische Reich hatte sich mit den Österreichern geeinigt und über die Köpfe seiner Magyaren hinweg – im Schandfrieden zu Vasvár, nach der Schlacht von Mogersdorf – dieses herrliche Land geteilt. Über die Köpfe des Ungarnvolks und seiner seit der Landnahme angestammten Magnaten hinweg. Wenigstens West- und Nordungarn sollte nun vom deutschen Joch befreit werden, dachte sich Nádasdy.

Vor der Tür des Verschwörerzimmers rumpelte es. Zrínyi polterte herein und eine kalte, nasse Dunstwolke umgab ihn. „Scheißjuden!“ war seine überraschende Begrüßung. Nádasdy hob überrascht den Kopf. „Zuerst einmal einen guten Morgen, geliebter Ban!“, sprach er, ging dem Rappelkopf entgegen und umarmte ihn.

Zrínyi warf seinen langen Reitermantel über einen Stuhl und rieb sich die Hände, als ihm ein Becher mit dampfendem Würzwein angeboten wurde. „Scheißjuden!“, wiederholte er noch einmal, schluckte gierig das wärmende Getränk und hob zur Erklärung an: „Da ich gestern in Eisenstadt auf Eure Nachricht wartete, verlor ich Kopf und Kragen beim Würfelspiel. Mein Pferd musst’ ich im Ghetto des Eszterházy beim Pfandjuden lassen. Und heute morgen hat er mir’s verweigert. Der Fürst ist in Mariazell, sein Oberbereiter hat mir deshalb eines aus dem Eisenstädter Marstall geliehen. Das ist der Grund, warum ich so spät hier eintreffe. – Und was hab ich von Eurem Sekretär gehört? Schon wieder ist alles verloren? Der Habsburger Verbrecher hat wahrscheinlich neun Leben! Was machen wir jetzt?“, fragte er Nádasdy und hatte sogleich einen Vorschlag parat: „Ich sage: Alle Truppen sammeln, auf Wien losziehen und dreinschlagen!“

Doch Nádasdy schüttelte den Kopf. Er widersprach ihm entschieden: „Und was passiert dann? Mit eingezogenem Schwanz und blutigem Kopf wieder heimkehren. Falls der uns noch auf dem Hals sitzt! Und im Rücken den kaisertreuen Eszterházy? Nein, mein Bruder, das müssen wir schlauer angehen. Aber weil du ‚Scheißjuden' geschrien hast, kommt mir eine Idee! Was wäre, wenn die Juden in Wien die Hofburg abfackeln würden und mit ihr die Habsburgerbrut?"

Zrínyi glotzte ihn fragend an und versenkte seine Augen in den Rest des Würzweins. Er grummelte vor sich hin: „Das ist mir zu hoch" und fragte zurück: „Warum sollten sie das tun, die Mauscheln. Die hängen doch am Rockzipfel vom Leopold. Wenn der nicht wär' mitsamt seiner Hofkammer, gäbe es schon längst keine Juden mehr in Wien."

Nádasdy kam auf Zrínyi zu, schüttelte ihn so stark, dass dessen Becher zu Boden fiel, und gab ihm zur Antwort: „Istenem! Verstehst du nicht? Unsere Leute zünden die Hofburg an und schreien dann ‚Der Jud ist schuld!' Und ich lass ein Flugblatt drucken, das man in Wien verteilen kann und alle nehmen es für bare Münze. Denn was geschrieben steht, stimmt immer!"

Peter Zrínyi, der wegen seiner schwachen Lesefertigkeiten Gedrucktem nicht traute, schüttelte den Kopf und warf ein: „Und das werden die Leute fressen?"

„Und wie sie das schlucken werden!" Diesmal gehen wir vorsichtiger zu Werk. An der Baustelle in der Wiener Hofburg arbeiten auch meine Untertanen aus Deutschkreutz und Hornstein. Da werden ein paar Gulden helfen und ein paar Verwandte von ihnen, die ich präpariere. Heute noch gehe ich den Plan an. Was sagst du? Das wird auch deiner Frau gefallen! Und dem französischen Gesandten Gremonville dazu. Wir sollten ihn so bald wie möglich treffen. Und Apafi und Frangepan."

Peter Zrínyi war, wie so oft, von Nádasdy überrumpelt. „Aber so richtig dreinschlagen, das wär' doch besser", überlegte er kurz, zog dann aber seinen Einwand zurück, die hochfliegenden Pläne seines Gegenübers doch bewundernd. Langsam dämmerte es ihm: „Dann kriegen die Juden auch ihr Fett ab. Das wird eine Hetz werden!", freute er sich kindisch.

Nádasdy war voller Tatendrang. „Gyöngyösy!", brüllte er. Doch der hatte schon hinter der Tür gelauert. „Was belieben?", fragte er, und Násdasdy lud ihn ein: „Lass uns ein gutes Frühstück bringen. Ach ja – such einen neuen guten Koch, ich lass es mir bis zu fünfzig Gulden im Jahr kosten. Und …", dabei senkte er die Stimme, „der Bildhauer von der Lockenhauser Kirche soll für die Schlosskapelle ein schönes Grabmal entwerfen. Ein großes, prächtiges. – Vielleicht brauch ich darin auch einmal Platz?"

Winter 1668, ein kalter Montag

Eine leichte Schneedecke lag über der Stadt. Aus den hohen Schloten, die aus den spitzgiebeligen Häusern mit ihren oft dreistöckigen Dachböden ragten, qualmte dicker Rauch zum Himmel. Zum ersten Mal in diesem Jahr war es bitterkalt. Plötzlich hatte das Wetter umgeschlagen, ein harter Nordwestwind pfiff zwischen Kahlen- und Bisamberg durch das Donautal. Aus dem neblig-feuchten Nieselregen der tief hängenden Wolken war schlagartig ein beißender Schneeschauer geworden. Jeder, der ein Dach über seinem Kopf hatte, flüchtete in den wärmsten und sichersten Winkel des Hauses. Die Fenster wurden verrammelt, die Ritzen mit Stroh abgedichtet und dicke Decken an den Fensterbrettern befestigt. Trotzdem fand der Wind immer noch einen Weg, überall eine zarte Schneewechte hereinzublasen.

An diesem Morgen schien nach langer Zeit wieder einmal die Sonne. Das blaue, kalte Licht der Wintersonne tauchte nun die mit Raureif bedeckten Bäume in strahlende, seltsam glitzernde Farben. Aus den dunklen Schemen der grauen Einheitssuppe der letzten Wochen war ein glitzernder Eispalast entstanden. Selbst die hässlichsten Zaunpfähle hatten nun bizarre Formen angenommen und schienen einem Wintermärchen entsprungen zu sein.

In kalter Pracht schimmerten die Türme der Kirchen über den dunkelbraunen Basteien, Vorwerken und Schanzen. Die Schneedecke ließ die mächtigen Festungsanlagen noch wuchtiger und plastischer erscheinen. Auf den schrägen Auffahrten und Verbindungsbrücken lagen kleine Schneepölsterchen, die Vorsprünge und Wappenverzierungen duckten sich unter weißen Häubchen. Die wenigen Tümpel und kleinen Bachläufe im Unteren Werd glänzten, und glucksend lief das Wasser unter einer zarten Eisschicht, die sich, von den Rändern ausgehend, um Vereinigung in der Mitte mühte.

Barbara hörte zum ersten Mal in diesem Jahr wieder ihre Schritte im Schnee knirschen. Sie mochte dieses Geräusch. Sie war wie immer eine Zeit lang am Donauufer stehen geblieben, um das prächtige Bild zu genießen, das die Stadt über dem Strom ihr bot. Heute sah man wieder klar die Kette der Hügel und Anhöhen des Wienerwaldes, und die Nachmittagssonne zeichnete die Schatten noch deutlicher als sonst. Die Luft war so rein, dass man bis zum Schneeberg blicken konnte, der über vierzig Meilen entfernt war. Noch nie war sie dort gewesen, aber die Vormundin hatte ihr einmal von seinen riesigen Ausmaßen erzählt. Bis in den Himmel hinauf sollte dieser Berg angeblich alles an Höhe überragen, was der Mensch sonst an Hohem kannte. Und trotzdem – von der Donau sah man jetzt nur seine weißen Spitzen, die nicht viel höher als der Anninger zu sein schienen.

Sie wandte sich der kleinen Schiffgasse zu, und ihr Atem ging schneller. Kleine Wölkchen von Wasserdampf aushauchend, gelangte sie zu ihrem Haus. Unter dem dicken Überwurf trug sie ein Stoffbinkerl, in das sie Lebkuchen und süßes Zeug gepackt hatte. „Hoffentlich kommt Aaron nicht zu spät!“, betete sie. Wenn doch, so konnte sie sich zumindest mit ihren Mitbringseln die Zeit vertreiben. Ihr in feines Leinen gebundenes und mit einem Schlösschen versehenes Schreibbüchlein hatte sie unter den Arm geklemmt. Aaron hatte es ihr eines Tages geschenkt, als er eine Lieferung eines Bücherfasses aus Nürnberg erhalten hatte. Den Schlüssel dazu verwahrte sie immer an ihrem Gürtel. Sie hatte die Rezepte der alten Magd Resi, die Anweisungen der Zubereitung ihrer Medizinen und Salben, in dieses Herzensbuch übertragen, nun war es auch mit hebräischen Buchstaben die ihr Aaron beigebracht hatte, vollgeschrieben. Das waren seltsame Gebilde. Mit der unendlichen Mühe der Liebenden hatte sie sie abgemalt, die dicken und schmalen Striche gelernt und versucht, sich ihr Bild einzuprägen. Aber Aaron war ein strenger Lehrmeister. Ohne Schreib- und Leseübung, und war sie noch so kurz, verging fast kein Tag. Bei all diesen Übungen blieb trotzdem noch genug Zeit für die Liebe. Erst vor wenigen Tagen hatten sie zusammengefunden.

Eigentlich hatte sie sich all die Wochen gewehrt, und trotzdem war es passiert. Oder hatte sie es ersehnt und mehr dazugetan, als es nur geschehen zu lassen? Sie würde den Augenblick ihr Leben lang nicht vergessen. Wie er sich auf sie gerollt hatte und viel früher, als es ihre Absicht gewesen war, in sie eingedrungen war. Aber sie war viel zu gierig, viel zu liebestrunken gewesen, um ihn abzuschütteln. Endlich, endlich war es dazu gekommen. Dann der Schmerz, der ihre Augen hatte glasig werden lassen. Und dann hatte sie ihn aufgenommen. Tiefer und tiefer. Sie hatte sich über die seltsamen Laute gewundert, die sie auf einmal ausstieß. Das aus tiefer Kehle überirdisch hohe Tremolieren ihrer sonst so dunklen Stimme, und dazu sein brünstiges Röcheln. Sie musste schmunzeln, als sie nun die ausgetretenen Treppen zum ersten Stock hinaufstieg. „Das war es!“ Die Laute, die er von sich gegeben hatte, erinnerten sie an Krampus, den dicken Kettenhund des Fleischers schräg gegenüber. Immer wenn der einen anderen Hund witterte und am Ende seiner Kette hing und zerrte, tönte ebenso ein ersticktes „Rhöh, Rhöh“, eben wie das aus Aarons Kehle.

Aber das würde sie ihm nie sagen. Er war manchmal so schnell beleidigt. Die Burschen in ihrer Umgebung, die konnte man necken. Die merkten es oft gar nicht. Er aber war immer irgendwie auf dem Sprung. Immer lauerte er, ob sie ihn nicht heruntermachte, ihn lächerlich fand. Sie musste noch viel mehr aufpassen und diese Eigenart erkunden. Warum wohl? Gerade sie, die ihn so innig liebte. Da wusste er doch, dass sie ihn nicht kränken wollte. Er konnte ganz plötzlich einen pikierten Blick aufsetzen, sich abwenden, und er sprach dann in einem seltsam veränderten Ton weiter. Ein zutiefst Beleidigter eben, aber einer, von dem man träumen könnte. Dabei waren ihre Fragen so einfach. Sie war wissbegierig, neugierig und offen. Natürlich entschlüpfte ihr manchmal ein Vergleich mit ihren Gebräuchen, eine Randbemerkung. Sie konnte ihren Mund eben nicht halten. Als er ihr einmal in strengem Ton erklärt hatte, dass eine Frau die Sabbatlichter anzünden müsse, weil sie die Ursache für den Sündenfall des Mannes gewesen sei und damit die Verdunkelung des Lichtes in der Welt herbeigeführt habe, hatte sie spaßhaft eingewendet, dass nach seiner Auffassung wahrscheinlich wieder nur er, der Mann, so geschickt sei, Feuer zu schlagen, und die Frauen nicht einmal dafür zu gebrauchen seien. Auf diese spöttische Bemerkung hin war er ihr zwei Tage lang ziemlich böse gewesen. Aber trotz allem zeigte sie sich bereit, solche Eigenarten zu akzeptieren.

Sie war überhaupt auf vieles gefasst und vorbereitet. Ihre Hingabe an sein Leben und das seiner Gemeinschaft war zugleich auch ihr Überleben. Es war „Über"-Leben. Sollte sie zum Spielball, zur willigen Hausfrau eines sadistischen Zwerges werden, wie es ihr Vormund immer drängender von ihr einforderte? Schon nächsten Samstag hatte sie sich zu entscheiden. Sie ahnte dunkel, dass sie dabei nicht wichtig war, sondern zwei skrupellose Männer ihr Geschäft machten. Das wäre ihr Leben. Nein, es wäre kein Leben, sondern vielmehr ein maskenhaftes Dahinvegetieren an der Seite eines Gehassten. Um zu überleben, war es nach ihrem Dafürhalten besser, das kluge Lenken eines ihr jetzt noch fremden Hauses zu lernen. Auch wenn sich diese Haushaltung in einem unversöhnlichen Umfeld abspielte, in einer fremden Umgebung. Wie hatte Aaron aber treffend gesagt: „Wo wir zwei sind, ist Heimat. In uns ist Heimat und dort, wo wir unsere Kinder zu guten Menschen erziehen können."

Wie sollte sie das aber schaffen? In ihrem Innern saßen das Jesuskindlein und die gute Jungfrau Maria, da schwebte das Gesicht der eigenen Mutter engelhaft vor ihr. Da halfen die vielen Heiligen, wie ihre Patronin Barbara. Da predigten kluge Männer, die einen zwar ängstigten, aber auch Zuversicht und Trost gaben. In dieser schrecklichen, zerrissenen Welt.

Unlängst war sie wieder im Stephansdom gewesen, obwohl sie die Größe und die Macht dieser gigantischen Kirche ein wenig schreckte. Das Haus Gottes war so unübersichtlich, es hatte so viele Pfeiler, so viele Heilige und Altäre, dass man sich klein vorkam. Viel zu klein vielleicht, um von einem Heiligen überhaupt gehört zu werden. Das Einzige, das ihr dort gefiel, war die schöne Kanzel des Meisters Pilgram. Zuallererst war es der Trost, dass all die fratzenhaften Tiere und Dämonen, die am Treppengeländer zum Prediger emporkrochen, allein von seiner Hand, wenn er sich auf diese Brüstung stützte, hinuntergeschleudert wurden. Einfacher und eindringlicher und tröstlicher konnte man die Macht des Wortes Gottes nicht darstellen. Seltsam, dachte sich Barbara, dass diese Bestien, auch in ihrer Folge, die gleichen waren, die in derselben Kirche, nur wenige Meter weiter, als steinerne Gestalten am Grab des gerühmten Kaisers Friedrich III. nagten. Barbara hatte manchmal gemeint, dass dieses Gekreuch in der Nacht aus dem Grab des Kaisers hervorkam, um dann zur Kanzel zu kriechen. Und wenn der Morgen graute, dann musste es wieder zu Stein werden, um vom Prediger wieder in den Unterbau des Domes gedrückt zu werden. Dieser teuflische Rundlauf hatte sie oft und lang beschäftigt. Lebte der Teufel unter der Stephanskirche in Form von täglich ausgespienen Molchen und Salamandern, Kröten und Drachen? Und peinigte er vielleicht die Leichen, die außerhalb der Kirche in ihren Gräbern lagen? Sie war sich zwar nicht sicher, aber es musste wohl so sein. Niemals wollte sie daher neben der Stephanskirche begraben werden. Auch wenn es der Friedhof der Kirche zu den unbeschuhten Karmelitern war, weil diese zur Pfarre St. Stephan gehörte. Alles würde sie daransetzen. Überhaupt der Stephan. Er war der erste Märtyrer gewesen. Unter Steinen, die die Juden geworfen hatten. Das durfte sie Aaron gar nicht erzählen. Abgesehen davon war ihr dieser Stephan fremd. Da war ihr der heilige Leopold schon lieber, nicht nur weil er der Namenspatron des lieben Herrn Kaisers war, sondern weil er ja hier in ihrem Wien gelebt und als Fürst auch regiert hatte. Darum hießen auch so viele Wiener Leopold oder einfach Poldi und waren allein durch diesen Namen beliebter als andere. Zu Leopoldi trank man vielleicht auch deswegen ein bisschen mehr Wein als sonst, und man trieb allerlei Schabernack. Aber am Stefanitag, dem 26. Dezember, da war einem einfach nur schlecht vom vielen Ganslessen und von den Knödeln und dem Kraut.

Bei diesen Gedanken kaute sie hingebungsvoll im Halbdunkel des Kammerls an einem großen Stück Lebkuchen, das die Frau Gevatterin mit süßem Honig gefüllt hatte. Es kamen ihr gerade die vielen Köpfe und Gesichter, die auf den verschiedenen Fenstern und an der Kanzel abgebildet waren, in den Sinn, nicht zuletzt Meister Pilgram, der Künstler, der selbst am Fenster lehnte. Sie belustigte sich an der Vorstellung, dass es eine Ähnlichkeit der Heiligenphysiognomien mit einigen Nachbarn gab, etwa der dicke, phlegmatisch wirkende Papst Gregor, der dem alten Fischhändler Stangelbrunner wie aus dem Gesicht geschnitten glich. Oder der sanguinische heilige Ambrosius, der schlicht blöd vor sich hin lächelte, wie das beim zurückgebliebenen, blökenden Bruder Gärtnergehilfen bei den Karmelitern der Fall war ... Da hörte sie plötzlich Aarons Schritte.

Hastig würgte Barbara den Rest in ihrem Mund hinunter und steckte den übrigen Lebkuchen rasch in ihr Binkerl.

Schnell strich sie noch ein paar Brösel vom Busentuch weg, rückte die Schürze zurecht und setzte sodann ihr strahlendstes Lächeln auf. Noch immer klopfte ihr Herz bis zum Hals, wenn das leichte Schlurfen, das Zepperln, wie sie es nannte, an ihr Ohr drang.

Aaron schlüpfte herein. Er hielt die langen, eleganten und zitternden Finger über das Becken mit der Holzkohle, die sie vorher entzündet hatte. Von wegen unfähige Frauen!, sagte sich Barbara insgeheim.

Seine rasch erwärmte Handinnenseite, unter der man noch die Eiseskälte von draußen ahnen konnte, drückte er an ihre erröteten Backen. Er küsste sie ausgiebig und gierig, sie saugte sich an seiner langen Zunge fest. Niemand hatte sie vorher in die ars amandi eingeführt und trotzdem bildeten die beiden eine glückliche, harmonische Einheit: der lange, zart gebaute, dünnhäutige, junge Jude, dessen blaue Adern deutlich hervortraten, und die erdige, bäuerliche, fettgepolsterte, weiche Christin. Das Einzige an Barbara, was nicht gerundet und wurstförmig war, war ihre kecke Nase, mit den zu großen Löchern und der kecken Spitze, die auf Neugier schließen ließ. „Was hast du heute erlebt, mein Lieb'?“, lautete auch die stereotype Frage der besitzergreifenden Geliebten, die inzwischen zu einem festen Bestandteil ihres Begrüßungsrituals geworden war. Barbara verhielt sich wie die alte Ehepartnerin eines Reisenden, der müde nach Hause kommt.

Aaron blickte sich, wie jedes Mal, staunend um. Langsam war aus dem verstaubten Kammerl ein reizendes Liebesnest geworden. Heimlich hatten sie in vielen Wochen stetig etwas verändert, drapiert und immer wieder ein bisschen mehr Wohnlichkeit in dem einstmals unwirtlichen Raum geschaffen. Barbara entzündete einen silbernen Leuchter, den sie in der Truhe ihrer Mutter gefunden hatte. Die Wachskerzen hatte sie von Bruder Mauritius erbettelt, dem ihre Hamstertätigkeit nicht verborgen geblieben war. Im Austausch hatte sie die Muhme am 2. November, zu Allerseelen, überredet, der „Lieben Frau mit dem geneigten Haupt“ für zehn Gulden Kerzen zu spenden, damit zum Heile ihrer armen Seele immer eine Kerze brennen möge. Im Gegenzug war Barbara ihre Beleuchtungssorgen für längere Zeit losgewesen. Aaron hatte Holzkohlen herangeschleppt. Wo er die organisiert hatte, darüber schwieg er sich aus.

Schon nestelte er an ihren Schürzenbändern. Sie wiederum hatte seinen Kaftan von den mageren Schultern abgenommen. Sanft massierte sie sein einstmals verwundetes Schulterbein. Dabei spürte sie mit angenehmem Schaudern, wie ihr der Saft in alle ihre Körperöffnungen schoss. Ihr leichtes Zittern blieb ihm nicht verborgen. Statt ihr Büchlein zu öffnen und ihre Kenntnisse abzufragen, nahm er sie in seine Arme. „Gut ist es mir ergangen“, log er leichthin. Dabei war ihm mulmig zumute. Zu schaurig war die Begegnung gewesen, die er heute gehabt hatte. Rasch wischte er die Erinnerung von sich weg und konzentrierte sich auf den Bauchwulst, der aus dem geöffneten Mieder Barbaras hervortrat. Rasch schob er seine Hand unter das Linnen und genoss nicht nur ihr Aufstöhnen, sondern auch die Weichheit der prächtigen Wölbung, die sich ihm entgegenpresste. Rasch lagen sie halb ausgezogen auf dem kleinen Bett, das sie sich zurechtgezimmert hatten. Stück um Stück der Kleidung sank an der Seite ihres Lagers herab. Und die Welt ging unter und ihr Glück ging auf.

Um das Liebespaar herum war nicht nur die Welt untergegangen, auch die kalte Sonne über Wien verschwand. Sie hatte viel zu früh ihre letzten blaugelben Strahlen über die Hügel des Wienerwalds gesandt, um wieder einer dieser unendlich langen und unheimlichen Winternächte über den Dächern der Festung und ihrer Vorstädte Platz zu machen.

Am selben Tag, wenige Stunden zuvor

Kurz vor dem Zusammentreffen mit Barbara hatte Aaron eine schwere Stunde erlebt. Er war allein im Gewölb gewesen. Nur zwei Lichter und die glimmende Asche im Kamin hatten in dem großen, tonnengewölbten Raum eher das Gefühl der Düsterkeit verstärkt, als Helligkeit zu schaffen. Das schwere Tor zur Oberwelt war geschlossen, um wenigstens die geringe Wärme im Inneren zu halten und die Kälte abzuwehren. Der offene Kamin hatte mehr dekorative Wirkung, denn Aaron hatte seit Mittag nichts mehr ins Feuer geschoben, da er hoffte, bald zu schließen, um endlich Barbara sehen zu können.

Da wurde das Tor mit einem Ruck aufgestoßen.

Aaron hatte einmal eine Typologie des Türöffnens aufgestellt. Da gab es Kunden, die allmählich in den Raum einsickerten. Oft nur Zoll um Zoll schoben sie die eichenen Bohlen der Tür weiter und lugten erst vorsichtig herein. Das waren schlechte und zweifelnde Kunden. Kamen diese als Käufer, gingen sie oft ohne etwas erstanden zu haben. Kamen sie als Pfandgeber, war ihnen das für ihr Pfand Gebotene meistens zu gering. Manche bekreuzigten sich auch erst, bevor sie in das Gewölb kamen. Die waren zwar anfangs besonders vorsichtig, aber auch leichtgläubig, da sie sich unter dem Schutz dieser Geste wähnten. Es gab verhärmte Frauen, die ihren letzten Besitz auf diese Weise die Stufen herabtrugen. Oft drehten sie sich bei geöffneter Tür noch um, blickten vorsichtig auf dem Kienmarkt und sorgten sich, dass ihnen vielleicht jemand gefolgt sein könnte, oder ob ihnen ein Bettler, Halunke oder Halsabschneider auflauerte, der ihnen nach dem Geschäft mit dem Juden dann ihr Geld abluchsen würde. Sicherlich gab es in der Stadt zahlreiche

Galgenvögel, Beutelschneider und ehrlose Gesellen. Aber Vater Salomon behauptete, dass die Verhältnisse, verglichen mit Prag oder Venedig, in Wien relativ sicher wären. Trotzdem gingen die Händler meist zu Beginn der Woche in einer Gruppe vom Unteren Werd los, um das Pfandgeld in die Stadt zu bringen. Christliche Pfänder sollten gemäß kaiserlichem Dekret nur in der Stadt getauscht werden. Daran hielt sich fast keiner, aber wenn es zu einem Gerichtsverfahren kommen sollte, war der Ort des Pfandwechsels entscheidend.

Manche polterten herein, selbstsicher, laut und voll im Bewusstsein der Macht ihrer Münze. Das waren die Flößer und Schiffsleute, die ihre Heuer erhalten hatten. Meist schon ein wenig betrunken und in Gruppen. Bei ihnen handelte es sich um gute und leicht zu bedienende Kunden, die nicht zu sehr auf den Kreuzer achteten und überdies nur selten ein Pfand brachten.

Dann gab es wieder Polterer, die etwas zu verbergen hatten, die sich zu laut gaben, als dass es ehrlich gemeint sein könnte. Sie waren schwierige Kunden, die aber schließlich doch geschröpft werden konnten. Denn ihre Pfänder waren schmutzig. Ihr Blick war unehrlich. Oft erzählten sie lange Lügengeschichten, wo sie das Pfand erworben hatten, ohne dazu aufgefordert worden zu sein.

Ein solcher Kunde kam heute herein, ja brach geradezu ein. Ein großer ungeschlachter Brocken von Mannsbild in einem zu engen Lederkoller und riesigen Reiterstiefeln blieb auf dem Treppenabsatz stehen, um seine Augen an die dunkle Umgebung zu gewöhnen. Aaron bat höflich, näher zu treten und die Tür zu schließen, denn für ihn war das Hereinfluten eines Schwalls von Kälte unangenehm. Der Besucher knallte sie zu, rumpelte mit seinen schweren Stiefeln die Treppe herab und baute sich vor Aaron auf. Aus einem Leintuch zog er zwei Handvoll silberner Münzen. „Ich möchte das beleihen!“, stieß er hervor.

Aaron prüfte eines der unregelmäßig geformten Geldstücke. Es waren türkische Piaster, Löwenthaler. „Mein Herr“, antwortete er höflich, nachdem er die Münze wieder zurückgelegt hatte, „das kann und darf ich nicht. Osmanisches Geld darf nur bei den Wechseltischen oder beim Münzwardein eingelöst werden. Wir Juden dürfen osmanische Währung nicht besitzen, mit ihr handeln, noch sie als Pfand nehmen. Der Kaiser hat es uns eigens verboten.“

Mayr brüllte auf: „Und ob du mir Geld darauf geben wirst, Jüdlein!“ Schon hatte er Aaron am Kragen, beutelte ihn wie einen jungen Hund und bebte: „Ich will nichts stehlen, nichts rauben, aber ich lass dir die Münzen da und du gibst mir Geld dafür!“ Er hatte Aaron wieder losgelassen und versuchte nun sein Überredungslächeln aufzusetzen. „Du machst auch ein gutes Geschäft“, winselte er und wollte nun Mitleid erwecken. Er wusste, dass er noch in dieser Woche das Geld erbringen musste, das er seinen zwei größten Gläubigern schuldete. Sonst war die Keusche in der Vorstadt weg. Und damit auch einer der letzten Rückhalte, die er besaß. Zugleich auch das Versteck für seine letzten Habseligkeiten und alles, was er Koltschitzky schuldete.

Wie ein Irrer hatte er sich gebärdet, als er von der Abwesenheit Koltschitzkys erfahren hatte. Bei seiner ersten Nachfrage hatte ihn eine erhitzte Hebamme resolut aus dem Haus geworfen. Sie hatte dies damit begründet, dass die Hausfrau gerade beim Entbinden sei und man auf so hässliche Gäste verzichten könne, denn „so ein schiaches G’frieß“ wirke oft auch auf den Säugling und schädige ihn fürs Leben. Erst ein zweiter Besuch war aussichtsreicher erschienen. Koltschitzkys Frau war offensichtlich noch geschwächt von der Geburt ihrer kleinen Tochter gewesen. Mit sichtlichem Mutterstolz hatte sie Mayr ein bräunliches, greinendes Wickelkind präsentiert. „Meine Sabina Maria“, hatte sie den Besucher angestrahlt.

„Mein Butzerl und ganz der Vater.“ Mayr hatte das häusliche Glück mit keinem Blick gewürdigt. „Wo ist Ihr Mann?“, hatte er sie angeschnauzt.

„Jetzt wird er vielleicht schon in Bosna Saray sein und mit Gottes Hilfe kommt er zu Valentin im nächsten Jahr wieder.“

„Aber ... unser Geschäft!“, hatte er gestammelt. Die einfältige Frau Maria Ursula hatte die Anspielungen des Rohlings nicht deuten können, hatte aber bemerkt, dass er nicht den Hofdolmetsch sprechen wollte oder seiner Dienste bedurfte, vielmehr hatte sie hinter dem Gestammel des Riesen ein Orientgeschäft vermutet. Treuherzig hatte sie ihm den Rat gegeben, sich an den Hauptaktionär der Orientalischen Kompagnie, Lelio de Luca, zu wenden. Dieser habe sein Gewölb gleich um die Ecke. Oder an Georg Michailowitz, der auch nicht weit vom Haarmarkt entfernt wohnte. Bei der Nennung gerade dieses Namens hatte Mayr gestutzt. War das nicht der Kompagnon des bestohlenen Volland? Auf solche Ratschläge könne er verzichten, hatte Mayr abrupt die Nachfrage von Koltschitzkys Frau beendet.

Er hatte eine andere Idee gehabt und stand nun vor diesem trotzigen Judenbengel. Der aber besaß die Schlüssel zur Lösung seiner Probleme. So machte er gute Miene zum bösen Spiel, als der junge Mann mit fester Stimme antwortete: „Sie können versuchen, mich zu berauben. Viel Geld werden Sie heute hier nicht finden. Sie können mich auch umbringen, aber nach Ihrem Gezeter schwöre ich Ihnen, dass draußen schon die Nachbarn stehen. Und ungeschoren würden Sie nicht von hier wegkommen.“ Er machte eine kleine Andeutung mit seinem stolz erhobenen Haupt und fuhr fort: „Drüben im Arsenal befindet sich auch ein Wachlokal der Guardia. Die sind keine Blitze, aber erwischen werden sie Sie. Und ...“, er machte eine kleine rhetorische Pause, „wir sind hofbefreite Juden. Das mag Ihnen im Moment egal sein, aber wir stehen unter dem Schutz des Kaisers. Und ein Mord bleibt ein Mord, auch an einem Juden." Aaron war langsam aufgestanden und blitzte Mayr direkt in dessen zwinkernde Augen, als er ihm klarmachte: „Wir zahlen unsere Abgaben und halten uns an die Vorschriften! Dieses türkische Geld rühren wir nicht an, auch wenn ich Ihnen nur zehn Prozent des Wertes geben sollte. Das ist mein letztes Wort."

Mayr blieb eine Weile wie vom Donner gerührt stehen. „Ich hab noch was!", stieß er heraus. „Einen Ring, einen schönen Ring!" Dabei stocherte er in einer Seitentasche seines Wamses, das nach dem Öffnen des Kollers sichtbar wurde. Er holte einen Lederbeutel hervor und legte den großen Ring vor Aaron auf den Tisch. Grün strahlte der riesige Stein im Kerzenlicht – er verbreitete einen mystischen Schein und auf dem Tisch warf er einen schimmernden Lichtkranz, ja es schien, als vermochte er das gesamte Gewölbe auszuleuchten.

Aaron hatte noch nie in seinem Leben etwas Derartiges in der Hand gehalten. Minutenlang blickte er auf dieses Wunder. Er wusste instinktiv, dass dieses Geschäft für ihn mehrere Nummern zu groß war. Trotzdem behielt er seine Fassung, wie es ihn der Vater gelehrt hatte, und sagte ruhig: „Eine solche Zier belehnen wir gerne." Mayr wollte das Geschäft schon abschließen, doch Aaron bremste ihn: „Zuerst muss ich den Ring schätzen und auch Gutachten einholen. Der Preis, den Sie damit erzielen werden, übersteigt die Fähigkeit aller Pfandleiher hier in der Zeile. Das wissen Sie selbst. Sie sind keiner, der solche Pretiosen unbedacht herbringt", schmeichelte er dem wieder vernünftiger Gewordenen. Rasch stellte er eine Quittung aus. „Kommen Sie übermorgen zur selben Zeit, und wir werden sehen, wie wir den Pfandpreis zusammenbekommen." Mit einer schroffen und selbstbewussten Handbewegung bedeutete er Mayr, den Ausgang zu suchen und die Tür hinter sich zu schließen. Der nickte nur stumm. Übermorgen, da musste er sein Geld haben. „Gut denn, bis Mittwoch“, brummte er. Langsam stapfte er die Treppe empor und knallte das Tor zu.

Aaron blickte ins Leere und rieb sich die Stirn. „Was für ein Stein! Woher stammt er?“, fragte er sich immer wieder. Der Stein des Rings schimmerte so mysteriös, dass es Aaron kalt überlief. Wie hatte er sich nur auf so etwas einlassen können? Sein Vater hatte sicher nicht genug Bargeld im Hause.

Am nächsten Tag, in der Synagoge

Der Hymnus „El male rachamim" („G'tt, voll des Erbarmens") war gerade verklungen. Das Kaddisch-Gebet zur Jahrzeit des Vaters und Großvaters Fränckl war gesprochen, der Schammes Abraham Schulrufer löschte die Kerzen in der Synagoge. Die zehn Männer – der Minjan – verließen den Versammlungsraum, um sich in den Gemeinschaftsraum zu begeben. Sie legten ihre Tallitot zusammen.

Es war Jahrzeit, der Tag, an dem des Todes von Abraham Fränckl, dem angesehenen Handelsmann, gedacht wurde. Aaron und sein Vater standen still beiseite.

Die schöne neue Synagoge war eine Zierde der Judenstadt. Nicht nur ihre Ausmaße und ihre Harmonie beeindruckten, auch die wieder einsetzende Kenntnis und das Studium der Schriften in der Gemeinde ließen Talmudschüler und Jünger nach Wien strömen.

Hatte man noch zu Mitte des 17. Jahrhunderts geklagt, dass viele Wiener Juden kaum mehr des Hebräischen mächtig gewesen waren, dass kein Rabbiner von Ruf und Bedeutung sie leitete und führte, so hatte der Bau der neuen Synagoge einen großen Aufschwung gebracht. Aus Posen war eine Leuchte des Wissens, der Rabbiner Sabbatai Scheftel Hurwitz, nach Wien gezogen, um die geistige Leitung der Wiener Judengemeinde zu übernehmen. „Gleich heimisch im Tiefsinn der Kabbala wie im Studium des Talmuds", wie es hieß, wirkte er in der neuen Aufgabe äußerst segensvoll.

So wurde neben der Synagoge auch eine Talmudschule errichtet, in der vierundzwanzig Jünger Unterkunft, Verpflegung und Unterricht fanden.

Secheria Halevi und seine Frau Fögele hatten die neue Synagoge gestiftet. Und wie es in der kaiserlichen Genehmigung stand, hatte Halevy als Gegenleistung für die Bewilligung des Baus *dem Kaiser zwey Regimenter, eines zu Roß, dass andere zu Fuß mit allen Zugehör mundiren und kleiden* müssen.

Aaron und Salomon hatten sich schon am Abend vorher abgesprochen, nach der Jahrzeit ihre finanziellen Angelegenheiten mit den anderen männlichen Mitgliedern der Familie Fränckl, deren es noch acht gab, zu besprechen. So standen neben ihnen noch Kopel, Hönig, Salomon, Amschel sowie Monosch Fränckl und die mit ihnen verschwägerten Brüder Leeb sowie der reiche Jakob Leeb del Banco.

Sie alle waren von der bevorstehenden Verpfändung des Smaragdes informiert und wussten auch, dass Salomon einen Großteil seines Vermögens nach Nikolsburg und weiter nach Brünn transferiert hatte. „Ich brauche nur zwei Wochen", erhob Salomon jetzt seine Stimme, „dann kann ich euch eure Anteile gerne mit Zins und Zinseszins zurückgeben." Immerhin war geplant, dem wüsten Hans Mayr ein Darlehen von bis zu zweitausen Gulden für den Ring vorzustrecken. Das war eine immense Summe, aber nur ein Zehntel des garantierten Werts des Steins. Für zweitausend Gulden konnte man sich eine heruntergekommene Burg samt Landbesitz unter der Enns oder ein großes Haus in der Stadt kaufen. Oder hundert einfache Betten. Man hätte sich damit auch fünfzigmal beerdigen lassen oder dreißig Kutschen, allerdings ohne Pferde, kaufen können.

Zweitausend Gulden waren eine große Barschaft, die auch in der Judengemeinde schwer auf einen Schlag aufzutreiben war. Die Judensteuer und die Abgaben hatten die Gemeinde verarmt. Die meisten Gemeindemitglieder lebten selbst von Pump und Borg, von ihren Wechseln und Zessionen, die überall in Europa umherschwirrten.

So legten sie zusammen. Im Kopf hatte jeder überschlagen, wie viel er in kurzer Zeit flüssig machen konnte. Beim Haus des Wechslers Lazarus Salomon an der Ecke der Oberen Gasse mit der Hauptgasse, einem der größten und schönsten Ghettohäuser, gingen sie auseinander. Am Abend sollte jeder bei Salomon Fränckl vorbeikommen, um sein Scherflein zu bringen und den obligaten Schuldschein in Empfang zu nehmen. Jakob Leeb del Banco hatte sogar fünfhundert Gulden versprochen. Die Rendite für einen Monat dieses Betrages sollte ihn, da es „unter Brüdern" geschah, nur um fünf Gulden reicher machen.

Salomon löschte das Jahrzeitlicht. Die Nacht brach herein. Neben ihm rechnete Aaron noch einmal alles zusammen. Er würde morgen das Pfand belehnen. Es war sein erstes großes Geschäft über tausend Gulden. Er würde die üblichen fünfundzwanzig Prozent per anno verlangen. Das heißt, Mayr müsste sein Pfand im nächsten Jahr mit zusätzlichen fünfhundert Gulden zurückkaufen. Dies bezweifelten die Fränckls. Aber ein Mann des Krieges, oder dessen übler Folgen, wie Mayr konnte auch bei einem kleinen Scharmützel sein Glück machen. Darum waren der Soldatenberuf und die Tätigkeiten der Aasgeier im Gefolge eines Heeres, der Marketender, Hurentreiber, Schnapsschenker und Spielhöllenbetreiber, einträglich und begehrt. Es gab zwar ein großes Risiko, denn ein Menschenleben galt nicht viel. Wer aber umsichtig und stark war, der konnte dabei mehr herausschlagen als hundert Handwerker in ihrem Leben zusammen.

Am folgenden Tag, im Gewölb

„Wo ist mein Ring, wo ist mein Geld?" Mit diesen Worten polterte Mayr bei der Tür des Gewölbs der Fränckls am Kienmarkt herein. Ohne Gruß. Direkt. Es schien ihm nicht gut zu gehen. Salomon, der sich heute Aaron angeschlossen hatte, und auch Kopel Fränckl, sein Vetter und Mitinhaber des Gewölbs, erkannten die kleinen Anzeichen von Panik und nackter Angst im fettwattierten Gesicht.

Mayr hielt seinen specknackigen Kopf hoch erhoben, aber nicht aus Stolz, sondern weil ihn die böse Schramme an seiner Gurgel schmerzte. Gestern in der Nacht hatte der spanische Bravo nicht mit der Garotte, sondern mit einem scharfen Messer bei den fünf Häusern auf ihn gewartet. Es war nur ein kurzes Aufblitzen der Klinge zu bemerken gewesen, dann war Mayrs Blut geflossen. Nicht allzu stark. Aber ein Memento war es. Und wie alle Feiglinge hatte Mayr vor seinem eigenen Lebenssaft Abscheu und Grausen. Kein Auge hatte er in der Nacht zugetan. Und so sah er heute auch aus. Schon morgens hatte er sich mehrere scharfe Slivovitz hinter die Binde gekippt, um jetzt forsch aufzutreten.

Salomon roch seine Fahne. Kein gutes Zeichen für einen, der Geld wollte. „Einen guten Morgen zu wünschen, mein Herr!", grüßte er freundlich und wies ihm den Stuhl zu. „Setzt Euch!" Mit seiner bestimmenden Freundlichkeit nahm er Mayr jede Form von Rüpelhaftigkeit.

„Es ist ein schöner Ring und ein guter Stein, den Ihr uns angeboten habt. Er ist eines Fürsten wert. Ich sage das in aller Offenheit, weil ich ein Mann bin, der die geraden Worte liebt, mein Herr", sagte Salomon ruhig und strich sich über den

Bart. „Aber was sollen wir mit einem solchen Stein machen? Wer hat heute noch das Geld für ein solches Juwel?“, fragte er den aufgrunzenden Mayr und schlug ihm eine Lösung des Problems vor: „Wir Juden haben zusammengelegt, wir bieten Euch einen fairen Handel. Es ist nicht allzu viel. Aber es ist Bargeld. Ihr könnt den Stein ja wiederhaben, wenn Ihr flüssiger seid.“ Salomon betonte das „flüssiger“ mit leichter Ironie und bekräftigte: „Wir wollen das Geschäft ja nüchtern betrachten.“ Ob des Zustandes des Wüstlings verlor er kein Wort und sagte ihm klar ins Gesicht: „Wir bieten Euch eintausendfünfhundert Gulden und keinen Kreuzer mehr. Wollt Ihr es, so schlagt ein, wollt Ihr es nicht, dann nehmt Euren Ring und sucht einen anderen Handel!“

Mayr würgte vor Wut und Hass und rief ihm verärgert zu: „Du Saujud! Willst mich, wie's dein Volk immer macht, würgen und betrügen!“ Er stockte. Er befand sich in einer Zwangslage. Konnte er dieses Geschäft abschlagen? Insgeheim war er sich der Menge Geldes bewusst. Es würde ihm helfen, alle Schulden auf sein Haus, im Badehaus und alle Spielschulden schlagartig zu begleichen. Und wenn der verdammte Koltschitzky zurückkehren würde, dann hätte er genug Geld, um sich an den Juden zu rächen, nachdem er den Ring eingelöst hatte. Es war viel. Der Preis eines riesigen Hauses. Mayr erhob sich. „Gebt den Pfandschein!“, knurrte er und kritzelte dann hastig sein „Hans Mayr“ auf den Gegenschein, den Aaron rasch ausgefüllt hatte.

Mit leicht zitternder Hand schob Aaron den Smaragd in sein ledernes Beutelchen. „Was für ein Ring!“, staunte er. Ob der Riese sein Pfand einlösen können würde?

Salomon zählte mit eiserner Miene und betont die Guldenstöße auf den Tisch. Mayr überprüfte sie gar nicht. „Her damit, ihr Pack!“, knirschte er nur und drohte: „Ihr hört noch von mir. Ich weiß, wo ihr in eurem Stinkviertel überm Fluss zu finden seid. Wehe, ihr verkauft den Ring vor dem kommenden Winter. Dann seid ihr alle kalt!“ Mit einem Fluch und einem Tritt ließ er den Schemel umfallen. Kopel hob ihn auf und rückte ihn wieder zurecht. „Noch einen guten Tag, werter Herr!“, rief er dem aus der Tür Polternden nach.

22. April 1668

Aaron bedeckte sie über und über mit Küssen. Unverständliches aus sich heraussprudelnd liebkoste er sie unaufhörlich. Das tat ihr gut. Wie er sie knetete, massierte, behutsam ihren Bauch streichelte, an ihrer Haut sinnlos lauschte. Und dann schmiedeten sie Pläne. Wie er sie in die Gemeinde einführen wollte. Er hatte sich bei Goldschmidts schon vorsichtig umgehört, wie das damals bei ihnen gewesen war. Die frühere Frau Habermehl, die jetzige Goldschmidt, war von den Eltern ihres Mannes zwar am Anfang scheel angeschaut worden, durch ihre lustige und fröhliche Art hatte sie sich aber bald in die Gemeinde eingelebt. Den einzigen Schmerz hatte ihr nur die vollkommene Abkehr von ihrer christlichen Verwandtschaft bereitet.

Barbara wollte sie gleich kennenlernen. Aaron aber wehrte ab: „Zu den Goldschmidts fällt man nicht so einfach mit der Tür ins Haus. Zuerst sollst du meine Eltern näher kennen. Es sind so gute Menschen. Der Vater ist ein wenig streng, aber er hat ein Herz von Gold. Und meine Mutter, die Rebecca, ist eine stille Seele. Aber sie wird dir sicher helfen. Nur ihr Wienerisch ist ein wenig unverständlich, aber du wirst ihre Sprache bald lernen. Sie stammt aus einer alten rabbinischen Familie aus Prag und hat die schönsten Augen – nach dir natürlich!“, setzte er schnell hinzu. „Anders als deine, blauschwarz irgendwie, und tief, aber schau selbst in sie hinein, und du wirst es wissen. Zauberaugen! Sie wird eine herrliche Großmutter sein. Eine Großmutter im Haus – ein Schatz im Haus“, talmudierte er. „Sie ist unsere Priesterin in unserem jetzigen Haus und du wirst die neue, meine Priesterin in unserem neuen Haus. Und mit der Schwester wirst du schnell zurechtkommen. Nur der Vater ...", zögernd begann er zu zählen, „der Vater kommt wahrscheinlich erst übermorgen nach Hause. Er ist ins Mährische gefahren. In Geschäften ..."

Sie spürte, dass mit diesen Geschäften Gefährliches verbunden war, denn Aaron hatte auf einmal seine Stirn gerunzelt und seine Stimme war verhalten gewesen.

„Was Schlimmes?", fragte sie und schmiegte sich wie eine junge Katze an sein Kinn.

„Nein, nein", wehrte er ab. „Geschäfte eben."

Aber gerade sein zu leicht dahingeworfenes „Nein" machte sie neugierig.

„Nun, Geschäft ist Geschäft", entgegnete er und rückte von ihr ab. So wusste sie, dass es hier um Dinge ging, in die sie als Frau nicht eindringen sollte. Es muss für ihn sowieso nicht leicht sein, überlegte sie, jetzt als junger Vater mit der ganzen Mischpoche, wie er sagte, der Familie, seiner Kille, seiner Gemeinde. Aber wir sind jung und eine richtige Familie! Schon jetzt, kam es ihr und sie drückte sich wieder an ihn und maunzte leicht: „Was es wohl wird?"

Sofort antwortete er: „Ein Sohn, natürlich! Ein jüdischer Sohn. Und darum musst du so bald, wie möglich eine gut jüdische Mutter werden. Erst dann wird er ein rechter Sohn sein, der im Bund lebt. Aber, Barbara, wie wirst du mit deinem Vormund zurechtkommen?"

Das war ein strittiger Punkt, dem sie bis dahin immer ausgewichen waren. Entschieden sagte Barbara: „Ich werde dich heiraten, dann bin ich majorenn und im Juni werde ich es auf jeden Fall, da kann der Vormund tempelhupfen –" Sie schluckte, das war ihr jetzt herausgerutscht, das war wohl ein unpassendes Wort. „Dann schreibe ich dich in mein Haus ein. Wie das gehen wird, ist mir noch schleierhaft, aber mit einem guten Doctor iuris ist alles möglich!"

Selbstbewusst warf Barbara ihren Kopf in den Nacken und strich ihre Haarlocke zurecht, während sie ihm deutlich sagte: „Ich habe keine Familie mehr, ihr seid jetzt meine neue. Und ich gehe ein in euren Bund und bin dein Fleisch – das hast du jedenfalls selbst gesagt. Und mit einem Kind noch dazu, da kann uns niemand in der Welt mehr trennen."

Staunend beobachtete Aaron ihr erwachtes Selbstbewusstsein. Sie strahlte von innen und er musste sie einfach bewundern in ihrer neuen Weiblichkeit.

Barbara forderte ihn auf: „Jetzt gib mir einfach ein Bussi! Es wird schon gut werden."

Dabei kannte sie die Streitereien nur zu gut, die sie vor Aaron verschwiegen hatte. Schon Ende Dezember hatte es einen schrecklichen Krach gegeben, als sie die Verlobung mit dem Sohn von Schani Pfeiffer rigoros abgelehnt hatte.

Herkomber hatte fürchterlich getobt, nachdem Barbara ihn über ihren Zustand und ihre Pläne aufgeklärt hatte. Sein schwitzendes, rot angelaufenes Gesicht war eine Maske des Protestes und der Wut, er selbst einem Schlaganfall nahe gewesen.

„Und ob du diesen ehrenhaften Jüngling heiraten wirst!", hatte er gebrüllt. „Ich habe das mit Schani besprochen und Punktum." Punktum war überhaupt ein besonders logisches Argument, das sein Mündel überreden sollte. Die aber wusste genau, dass ein Vormund ihr keine Vorschriften bezüglich eines künftigen Ehemannes machen konnte, da sie finanziell unabhängig war und in wenigen Monaten majorenn, also mündig sein würde.

Trotzig hatte sie ihr Haupt erhoben, ihre Nasenflügel waren gebläht und das Kinn hatte vor Erregung leicht gezittert. Natürlich hatte sie ihren Geliebten und ihre Entscheidung, ihrem Glauben abzuschwören, um zum Judentum zu konvertieren, noch nicht bekanntgeben wollen. Daher hatte sie auf

Zeitgewinn gesetzt. Doch zum unmöglichsten Termin hatte Herkomber ihre Zustimmung verlangt. Natürlich wusste sie, dass es nicht um Liebesgeschichten, sondern einzig um Heiratssachen ging. Schließlich wollte ihr Vormund endlich in den Inneren Rat der Stadt gewählt werden.

Der Thomastag, der 21. Dezember, war immer näher gerückt und von einer definitiven Entscheidung war nichts zu hören gewesen. Der alte Pfeiffer hatte sich in der letzten Zeit zurückgehalten. Er war überhaupt seit Wochen nicht mehr im Haus erschienen.

Herkomber hatte die Abkühlung der Beziehungen gespürt und war auf Teufel-komm-raus gewillt gewesen, durch die versprochene Ehe seine dahinschwimmenden Felle zu retten. Seine Frau war händeringend bei Tisch gesessen, ein zerknülltes, tränenfeuchtes Taschentuch in ihren verkrampften Händen, und hatte vor sich hin gejammert. „Ich hab's deiner Mutter am Totenbett versprochen, dass du in geordnete gute Verhältnisse kommst!“, hatte sie ständig gejeiert und dabei betont: „Immer wieder hab ich versucht, dich von deiner Fresssucht abzuhalten, damit du einen feschen jungen Mann bekommst, der zudem eine gute Partie ist und für dich sorgt. Jetzt hast du die Möglichkeit, greif' doch zu. Glaubst du, dass wir nicht das Beste für dein Glück wollen?“ Immer wieder hatte sie die Figur der Mutter heraufbeschworen, um Barbara umzustimmen, bei ihr galt nicht Position und Zufriedenheit des Mannes, sondern ihr Biedersinn für Harmonie und das „Gehört sich“ einer Wiener Bürgersfrau.

Aber auch die Erinnerung an den elenden Tod ihrer Mutter hatte Barbara nicht umstimmen können. Sie hatte schon in der Kirche der Karmeliter zu ihrer Mutter gebetet und sie auch um Verzeihung ersucht, auch für sie wäre ein Jud kein Ehemann gewesen. Symbol des Ausschlusses aus der Gesellschaft. Aussätzig, wie es ihr Pater Mauritius angedroht hatte.

Aber trotzdem war Barbara hart geblieben: „Nein, nein und nochmals nein!“ Mit ihren Füßen aufstampfend, unterstrich sie jedes „Nein“ deutlich hörbar.

Die Erinnerung an diese schlimme Szene bereitete ihr jetzt wieder Magenweh, aber nun war ein neuer Grund entstanden nicht mehr zurückzuweichen. Sie wandte sich wieder ganz Aaron zu. „Wann kommt dein Vater wieder nach Hause?“, wollte sie von ihm wissen.

„Übermorgen, wenn nichts dazwischenkommt.“

Dem fügte sie entschieden hinzu: „Es wird nichts dazwischenkommen. Also in drei Tagen stellst du mich vor. Egal, ob Sabbateingang ist oder nicht. Dein Sohn braucht ja eine gut jüdische Mutter. Und jetzt gehen wir es an.“

Sie hat schon die Hosen an, dachte sich Aaron und bestätigte ihr: „Gut, in drei Tagen – und es ist Sabbateingang. Und dann besprechen wir auch die Verlobung, nachdem du eine gute Jüdin geworden bist. Und dann kommt der Ehevertag. Und die Hochzeit. Aber eins nach dem anderen.“

Wieder schlang sie die Arme um seinen Hals und flüsterte ihm ins Ohr: „Alles wird gut.“ Wieder erstarrte die Zeit in süßer Umarmung. Als sie sich ansahen, war es finster geworden. „Um Gottes Willen, Aaron, du musst schon wieder über die schreckliche Mauer klettern!“, gab Barbara zu bedenken, aber Aaron wehrte ab: „Na und? Es ist ja nicht das erste Mal. Nur ein paar nasse Füße werde ich mir holen, weil der Anzug, diese dreckige Lacke, in den letzten Tagen angeschwollen ist und bis zur Mauer reicht.“

„Bitt dich, verkühl dich nicht und sei vorsichtig!“, flüsterte sie an seiner Wange und herzte ihn ein letztes, ein allerletztes Mal.

Aaron stieß das Tor zur Schiffgasse auf. Leise schlich er in der Dunkelheit Richtung Anzug. Es war der Rest eines Donauarms, der im Sommer austrocknete und eine lehmige, verkrustete, aufgeworfene Plattenstruktur hinterließ. Im Frühjahr und im

Herbst schwoll er durch die Regenfälle an und bildete einen kleinen seichten Weiher neben der Mauer der Judenstadt in nordsüdlicher Richtung. An einer Seite dieses Weihers war die Mauer ziemlich verfallen. Trittsteine ermöglichten einen relativ leichten Übergang. Die Jeunesse der Bewohner hatte dafür gesorgt, den bewachten Ketteneingang an der Stadtseite des Ghettos ad absurdum zu führen, um ein geheimes Hinein und Heraus zu ermöglichen. Wer bricht nicht gerne Verbote, noch dazu, wenn er jung ist. Jeder Soldat kannte die Griffmöglichkeiten, um aus einer Wachstube oder einer Kasematte herauszukommen, jeder junge Jude in Wien kannte den verfallenden Mauerabsturz beim Anzug. Dicke Holundersträucher verdeckten die Mauerlücke.

An Kuchelgärten und Gärtnerhütten vorbei schlich Aaron sich an den sumpfigen Tümpel heran. Er war mit der Umgebung mittlerweile gut vertraut, kannte praktisch jeden Schritt, der zu gehen war. Nur heute war es anders. Fackeln spiegelten sich auf der Oberfläche des Tümpels. Eine Menge Leute trieben sich auf der schlammigen Uferfläch herum. Was war da los? „Die miese Meschinne soll die ganzen Gojim da vorne holen!“, fluchte er. Er verhielt seine Schritte und kauerte sich am Rande des Judengartens, außerhalb des Ghettos, wo die Gemeinde ihr Gemüse zog, neben einem Gerätehäuschen nieder. Pferde schnaubten im Fackellicht. Das war auch noch nichts Ungewöhnliches, manchmal ließen die Pferdeknechte der umliegenden Häuser hier die Pferde saufen und führten sie in den Tümpel hinein, um sie in dessen Nass abzukühlen. Diesmal sah er aber auch Fuhrmannsknechte mit ihren Spitzhüten, an denen lange Fasanenfedern befestigt waren. Eine ungewöhnliche Aktivität. Meistens becherten die Fuhrleute um diese Zeit in den Einkehrgasthöfen der Taborstraße. Vor der Pferdeherde lag ein Bündel im Uferschlick, in Säcke gehüllt. Die Pferde schnaubten nervöser als sonst und waren unruhig. Aaron bemühte sich näherzukriechen.

Am Ende des Judengartens angekommen, presste er sich fest an den Boden. Zwei Knechte rissen die Säcke auseinander und einer schrie: „Teufel, ein totes Weib!“ Sicherlich hatten sie eine Frauenleiche aus dem knietiefen Wasser herausgeholt. Deswegen waren auch die Rösser so nervös. Aaron sah ihr schwarzes Haar, ihr bleiches Antlitz, ihr blutrotes Kleid. Die weißen, auseinanderklaffenden Beine leuchteten grotesk im Fackellicht. Sie war gertenschlank, fast dürr. Dazu bildeten ihre massigen, nassen Brüste einen auffälligen Kontrast. Die Stimmen schwirrten nur so durch die Luft.

„Wir holen die Stadtguardia von der Taborbrücke“, bestimmte ein großer, dicker Kerl.

„Lass uns abhauen!“, riet ein anderer. „Mit Leichen wollen wir nichts zu tun haben. Morgen ziehen wir weiter“, war zu hören.

Der Dicke insistierte: „Bei Jesus! Man kann doch einen armen Christenmenschen nicht so liegen lassen.“

„Karl“, damit wies er auf einen drahtigen Burschen, „du rennst auf den Tabor und schlägst Alarm. Wir warten hier. Und wer es nicht aushalten kann, der soll mit seinem Ross nach Hause gehen. Ich jedenfalls bleibe hier und halte bei ihr Totenwache, wie es sich gehört. Lasst mir nur die Fackeln da.“

Murrend entschieden sich nun auch die anderen zu bleiben. Keiner wollte ein Hosenscheißer sein. „Aber morgen muss ich bis Krems kommen“, monierte nur ein langer Staksiger. Ein anderer fragte: „Und wer sagt dir, dass das ein Christenmensch ist? Das kann genauso eins von den Judenweibern von dort drüben sein!“ Damit wies er mit seinem Daumen in Richtung Mauer der Judenstadt.

„Dann geh, Langer“, entschied der Dicke. Und der Lange trottete mit seinem Ross Richtung Donau. Aaron glaubte, dass die Aufmerksamkeit der Knechte ein wenig nachgelassen hatte. Er mache drei lange Sprünge in Richtung des Baches, der den

Anzug speiste. Dann sprang er über das Rinnsal und zur Mauer hinter einen Holunderbusch. Dabei streifte er den Busch und sein breitkrempiger Hut verlor sich in der Dunkelheit. „He halt!“, rief einer der Fuhrknechte. „Hiergeblieben!“ Sie verfolgten Aaron mit ihren Fackeln, mussten aber rund um den Tümpel laufen. Einer erkannte die Kleidung und schrie: „Da rennt ein Jud! Fangt ihn!“ Aaron hechtete über die Mauer, rannte weiter durch die Mittlere Gasse und verschwand Ecke Große Gasse in seinem Haustor. Keuchend presste er sich an die Innenseite des schweren Holzes und wartete, bis sein Atem langsam wieder zur Ruhe kam.

Er lauschte. Nur sein Herz klopfte, nichts war sonst zu hören. Hier drinnen war er sicher. Niemand durfte die Judenstadt in der Nacht betreten. Nur auf ausdrücklichen Befehl des Kaisers. Und nur der Kommandant der Stadtguardia. In besonderen Fällen. Aber sie konnten ihm nichts anhaben. Was hatte er mit der Frauenleiche zu tun? Er atmete ruhiger und gelöster. Leise schlich er sich nach hinten in sein Kammerl. Überall war es dunkel. Alle Lichter gelöscht. Die Mutter schlief wahrscheinlich schon tief und fest. „Was für ein Tag! Vater werden und Verfolgter! Das würde auch für eine Woche reichen“, seufzte er. Aber morgen ist wieder alles anders, beruhigte er sich und ging erschöpft zu Bett.

22. April 1668, Hofburg zu Wien. Nachts

Die Kaiserinwitwe Eleonora strich die Riemen ihrer Geißel durch ihre Hände. Lustvoll ließ sie die Silberknoten durch ihre Finger gleiten. Ja, sie hatte gesündigt. In Gedanken, Worten und Werken. Dafür musste sie bestraft werden. Sie war noch keine alte Frau, aber Witwe. In den letzten Nächten war sie von heißen, lüsternen Träumen gepeinigt worden. Immer wieder hatten ihre Pagen sie bestiegen, auch das Streicheln der jungen Ärsche hatte ihr höchste Erregung verschafft. Auf ihrem Betschemel niederkniend, ihre Kleidung teilweise abgestreift, ließ sie zur Probe die Geißel auf und ab sausen. Dann landete der erste Schlag auf ihrem nackten Rücken und zeichnete sofort ein rotes Mal. Immer wieder klatschten die Riemen der Geißel mit ihren Widerhaken auf die Haut, langsam öffneten sich die ersten blutigen Rinnsale. Eleonora ließ ihre Lieblingsgeißel langsam sinken. Sie hatte sich über den weichen Betschemel vorgeneigt und atmete stoßweise. War es die warme Nacht, war es die kommende Unfruchtbarkeit? Die Wallungen, die man ihr prophezeit hatte? Es war unerträglich heiß in diesem sonst so kühlen Gelass der kaiserlichen Hofburg. Sie dachte an die kurzen, pflichtgemäßen Nächte der Liebe mit ihrem alternden Gemahl, an die viel zu kurzen Begegnungen, an die zarten Ansätze einer Liebeswallung, die allzu schnell vergangen waren. Halbherzig schlug sie sich noch einmal in die rechte Schultergegend. Die Hitze war nicht mehr auszuhalten.

Sie erhob sich, um ein Fenster zu öffnen. Da bemerkte sie den Feuerschein. Unter ihrem Fenster begann es heiß zu toben. Wie von Sinnen rüttelte sie an den schweren Läden. Hatte die Hitze schon alles verbogen? Die Tür war nicht mehr zu öffnen. Mit aller Gewalt rannte sie gegen die schweren Bohlen an. Panik breitete sich in ihr aus: Wohin wenden? Was ist zu tun?, fragte sie sich und begann zu kreischen. Es wurde immer heißer in ihrem Raum. Unter ihr begannen die Paneele des Parketts zu glimmen. Sie sprang auf einen Stuhl, schrie hysterisch, brüllte aus Leibeskräften. Die Hitze war schrecklich. Sie zerrte an den Gewändern, die ihr noch von der Taille abwärts hingen, und ließ sie fallen. Sofort fassten sie Feuer und loderten neben dem Stuhl hoch auf. Sie schrie nach der Urschel, ihrer Magd, sie schrie nach allen möglichen Hofschranzen. Sie beschwor Maria und Josef. Niemand hörte sie im Lodern der Flammen, im Zischen der heißen, fauchenden Lüfte. Durch die Bodenbretter drang glosender Rauch. Todesangst umklammerte ihren Hals. Immer enger schlossen sich die Krallen. Mit beiden Händen krampfte sie sich an der Rückenlehne des Stuhles fest. Da hörte sie Pochen, ja dumpfes Schlagen an der Westwand ihres Schlafzimmers. Staub rieselte plötzlich, Ziegel fielen in ihre Richtung. Sie bekreuzigte sich, auf dem Stuhl stehend und ein Stoßgebet zum Himmel sendend. Sie schwor, wenn sie überleben würde, das Siebenbüchnerkloster reich zu beschenken. Ziegeltrümmer polterten ihr vor den Stuhl. Sie würde einen Sternorden für ein Damenstift spenden. Immer größer wurde die Öffnung an der Wand. Aber die Flammen des Untergeschoßes schlugen schon in die Fenster ihres Schlafgemachs hinein. Eleonora war wie von Sinnen, hüpfte nackt vor ihren Helfern, die sie schließlich, wie ein Traum erschien die Szenerie, mit nassen Fetzen bedeckt, durch das Loch in der Wand zerrten.

Gerettet! Das war der einzige Gedanke, der sie erfüllte. Hustend, keuchend fiel sie einem ihrer Leibhatschiere, dem Leopold, in die Hände, der selbst, geschwärzt, verrußt, nach Atem rang. „Poldl, ich vergess' dir das nie!", hustete sie, halb noch in der Wand steckend und presste sich, nackt, fest an ihn. Ein anderer Hatschier legte fürsorglich eine raue Pferdedecke um ihre weißen Schultern und forderte sie auf: „Majestät, wollt Ihr uns folgen!“ Zitternd versagten ihre Knie. Gestützt von ihren Rettern schob sie sich den langen Ofenheizergang entlang.

An der Ecke zum Schweizerhof hielt sie ermattet inne. „Was ist geschehen?“, fragte sie, kam langsam wieder zu Sinnen und war sich schon bald wieder ihrer Stellung bewusst. Jetzt konnte sie wieder stehen. Obwohl ihr die Knie noch immer schlotterten. Aber sie musste sich aufrichten. Ihre Nacktheit verbergen und ihre blutigen Striemen am Rücken. Nur keine Schwäche gegen die Subalternen zeigen, sagte sie sich insgeheim. Und sie wiederholte ihre Frage: „Was ist geschehen?“

Prompt kam die Antwort: „Majestät, wir wissen es noch nicht. In der Baustelle am neuen Trakt ist Feuer ausgebrochen und auch am Gerüst in der Ecke zur Amalienburg.“

„Also gelegt, der Brand“, urteilte Eleonora rasch. Sie hatte sich wieder gefunden und war klar. Bringt mich zu meinem Sohn!“, befahl sie barsch. Das klang beinahe wie das Krächzen einer Nebelkrähe.

„Seine Majestät befindet sich bei der verletzten kaiserlichen Hoheit, der Kaiserin“, erhielt sie zur Antwort.

„Was, auch die ist angesengt?“, entsetzte sich Eleonora und bekam noch weitere Ungeheuerlichkeiten mitgeteilt: „Ja, Majestät, auch in den Zimmern der Majestäten hat das Feuer gewütet, ist aber inzwischen unter Kontrolle.“

„Weiter“, stieß sie heraus, „da ist mehr los, als wir uns denken können. Ein Anschlag auf unsere ganze Familie. Wo ist die Burgwache?“

„Beruhigt Euch, Majestät, wir haben jetzt alles unter Kontrolle. Sicher waren es Brandstifter, aber sie werden der Gerechtigkeit nicht entgehen“, hörte sie von Leopold, dem Hatschier. Er, der die Kaiserin gerettet hatte, unterstand sich, ihren geheiligten Körper an sich zu drücken. Doch sie ließ es geschehen, zeigte Entschlossenheit, presste sich gegen ihn und sah ihm offen in die Augen, nur um zu sagen: „Dank dir nochmals, Poldl, ich werde es dir nicht vergessen!" Und auf einmal war sie nur noch Frau und schmatzte ihm, unter Tränen, sein Gesicht mit beiden Händen haltend, einen dicken Kuss auf seine Lippen, mitten in den Stoppelbart hinein. Dabei verrutschte ihre Pferdedecke und ließ einen Teil der Schulter und ihre üppige rechte Brust frei. Der andere Helfer wusste vor Peinlichkeit nicht, wo er hinsehen sollte, hielt seine Hellebarde in der Hand und glotze doch wie ein Frosch auf die Szene, die sich ihm bot.

Poldl wusste sogleich, dass noch seine Kindeskinder davon zehren sollten. Puterrot stand er da, angesengt und verkohlt und stolz: „Kommt Majestät, zuerst müssen wir etwas zum Anziehen finden. Und was zum Trinken."

Eleonora stimmte zu: „Ja, was zum Trinken, das wäre gut."

Noch immer loderten Feuer im Innenhof der Burg. Eimerketten hatten sich gebildet und auf den Baugerüsten standen Hunderte, die monoton das Wasser in die Fenster gossen. Da musste in Pech getränktes Werg im Spiel sein, denn die Flammen wollten nicht aufhören. Immer wieder entzündete sich ein Fensterbalken und der sprichwörtliche Wiener Wind, der nie aufhören wollte, blies die Glut hoch bis zum Dach.

Im Zeremoniensaal hatte sich die kaiserliche Familie wieder gefunden. Sie sah jetzt nicht majestätisch aus. Leopold hatte noch seine Nachtmütze auf. Die blasse, schwächliche Gemahlin lehnte nur, wie ein Strich, neben ihm und war lediglich in ein Bettlaken gehüllt. Eleonora machte auch in der Pferdedecke eine gute Figur.

Peu à peu rannten die Hofschranzen herbei und brachten Kleidungsstücke. Die Kammerdiener schenkten Wein aus. Der Kommandant der Stadtguardia, Ernst Adam Graf von Abensberg und Traun, erstattete Meldung: „Das Feuer ist unter Kontrolle.“ Sein langjähriger Obristlieutenant Peter Graf Ugarde hatte einige Wergzöpfe in der Hand und bestätigte seine böse Vermutung: „Majestät! Das war ein geplanter Anschlag. Wir haben an fünf Stellen der Hofburg diese Acceleratoren gefunden. Obristwachtmeister Reichsgraf von Daun untersucht gerade die Brandstätten. Ich bitte Majestät, sich mit der gebotenen Vorsicht morgen früh dem Volke zu zeigen. Die Wiener sollen den Beweis haben, dass Ihr lebt. Und dass der Anschlag, mit Gottes Hilfe, abgewehrt werden konnte. Befehlt Ihr überdies ein Zeitungsblatt, das von den Zeitungsrufern und dem Stadttrommler verbreitet werden sollte, dann habe ich mit meinem Fähnrich Marcell den findigen Kopf, der das schnell bewerkstelligen könnte.“

Leopold, dem das alles viel zu schnell kam, nickte nur und stimmte zu: „Wie es Euch beliebt, lieber Ugarde, Ihr habt Carte blanche, um die gute Meinung über unser geliebtes Haus zu verbreiten.“ Abensberg befahl er: „Ihr untersucht mit aller Strenge und ohn’ Mitgefühl die Gründe dieser Missetäter – und keine Milde, ich betone: Keine Milde walten lassen!“

Damit umarmte er seine Familie und wollte sie in seine Gemächer führen, die vom Feuer unberührt waren. Da schrie plötzlich seine junge Frau auf, krümmte sich und Fruchtwasser ergoss sich auf den Boden. Eleonora war die Erste, die zu der zarten Margaretha sprang. Sie mahnte: „Schnell, tragt sie in die Appartements des Kaisers. Sie hat eine Frühgeburt.“ Und bitter setzte sie für sich fort: „Schon wieder!“

Draußen tobte der Mob. Gerüchte schwirrten durch die Stadt. Der Kaiser sei tot. Die kaiserliche Familie sei verbrannt. Die Flammen hatten auch hoch genug über die Dächer der Burg gelodert. Die Stadtguardisten bildeten einen Kordon vor den Burgtoren und stießen alle Neugierigen mit ihren Spießen zurück. Aus ihren ärmlichen Schlafquartieren hatte man sie mitten in der Nacht herausgetrommelt. Sie selbst wussten nichts vom

Zustand der kaiserlichen Familie und sollten nur die Menge von der Hofburg wegdrücken. Einige hatten vergessen, ihre Gamaschen anzuziehen, manches Röckl war verdreckt. Einige, schwer Betrunkene, hatten ihre Hüte nicht auf. Die Stadtguardia bildete einen jämmerlichen Haufen und war sonst Gegenstand manchen Spotts in Wien. Aber durch ihre Menge konnten sie Macht zeigen, wie in diesem Fall, und waren in gewisser Weise auch zuverlässig: Wenn es galt, den Kaiser zu verteidigen, waren sie zur Stelle. Vor dem inneren Burgtor bildete sich ein besonders großer Menschenhaufen mit aufrührerischem Potenzial. Und es gab keine Aussicht auf eine Verstärkung. Der Zugang war schmal, dazu eingeklemmt zwischen dem Inneren Park und seiner Mauer und der Hofkanzlei, die man im ehemaligen Harrach'schen Privathaus untergebracht hatte. Die eine, bereits positionierte Kompagnie Stadtguardia konnte der Menge nicht Herr werden. Die wollte in die Burg eindringen, um den Kaiser lebend zu sehen – oder tot. Immer mehr Menschen drückten gegen die Wächter und die Tore ließen sich bereits nicht mehr schließen. Da ertönten vom Kohlmarkt her Schüsse. Nur in die Luft, aber es genügte. Der Fähnrich Ludwig war's mit seiner Schar von den Taborbrücken. Noch einmal legte sein Fähndl an und schoss eine Salve in die Luft.

Von Daun blickte aus einem Fenster im ersten Stock der Hofkanzlei und bemerkte: „Gar nicht so blöd, der junge Spund, wie ich immer gedacht hatte! Aber was trägt sein Leibpikenier auf seiner Stange?" Daun rieb sich die Augen. Bei dem Zwielicht konnte er es nicht genau erkennen. Das war doch ein abgehackter Frauenkopf, ein blutiger. „Jetzt schlägt's aber dreizehn! Was will der Ludwig mit diesem Mummenschanz? Den werde ich zur Sau machen, degradieren, kujonieren, bis er Mama zu mir sagt!"

Ausgelöst durch das Grausen angesichts des abgeschlagenen Kopfes, bildete sich eine Gasse in der Volksmenge. Das Burgtor öffnete sich und Fähnrich Ludwig und sein Pikenier zwängten sich hinein. Die brausende Menge hatte eine neue Sensation. Was war das für ein Weiberkopf auf der Stange? Daun hastete vom ersten Stock hinunter in den Burghof und fluchte auf dem Treppenabsatz: „Der bringt keinen Schwanz mehr hoch und wenn der Himmel voller Feigen hängt!“ Fähnrich Michel Ludwig machte steif Front gegen seinen Obristwachtmeister! Der Pikenier daneben erstarrte in Ehrfurcht. Nur der Weibskopf auf der Pike tropfte unvorschriftsmäßig wässriges Blut auf die Holzbohlen der geheiligten Burg und die Handschuhe des Pikeniers. Daun schrie: „Ludwig! Walach, hinterfotziger! Wohl wahnsinnig geworden, was? Schleppen wir jetzt Seiner Majestät bei einem Brand abgehackte Weibsköpfe in die Schlafkammer! Jetzt meld' er mir erst einmal. Du transsylvanischer Eunuch, du Verblödeter!“

Ludwig nahm den Anpfiff relativ gelassen. Er wusste, das war Daun original. Er stampfte mit dem rechten Fuß vorschriftsmäßig auf und blieb breitbeinig stehen, um seine Meldung loszuwerden: „Fähnrich Ludwig, von der Nachtwach' bei der Taborbrücken!“

„Das weiß ich selber, du huzulischer Klopfhengst, du damischer!“, brüllte Daun weiter. „Aber was soll die Comedi mit dem Weiberkopf, wenn's mitten in der Hofburg brennt?“

„Melde gehorsamst, Herr Obristwachtmeister! Den Kopf habe ich selbst abgeschnitten von einer Frauensperson, die dieser Nacht im Tümpel, dem Anzug, im Untern Werd aufgefunden wurde. Ich hab mir gedacht, ich lass ihn in die Stadt tragen – wegen der Rekognoszierung. Damit wir wissen, um welche Weibsleich' es sich handelt. Und wie wir da am Kohlmarkt, nach der Peterswach heranmarschiert kamen, hörten wir den Tumult. Da dacht' ich mir, ein wenig über die Canaille schießen schadet nicht.“ Er sah Daun treu ins Auge und konnte sich ein Zucken seiner Mundwinkel nicht verkneifen.

„Mordskerl, verblödeter!“, schrie ihn Daun an, „das war gut gemacht, mit dem Schießen über die Canaille. Denn mit dieser versoffenen Kompagnie vorm Tor hätten wir nicht lange standgehalten. Aber was machen wir mit dem Weibsschädel in der Hofburg jetzt? Spinnst du? Während der Löscharbeiten! Wo wir gerade die gnädige Kaiserinwitwe und die Frau Kaiserin und Ihre Majestät persönlich gerettet haben.“

Ludwig ließ sich durch seinen cholerischen Vorgesetzten nicht aus der Ruhe bringen: „Nein, melde gehorsamst, eins nach dem andern. Zuerst war's wert, die Menge zu verschrecken. Jetzt retirier ich mich mit meinem Pikenier und wir lassen austrommeln, ob jemand die Weibsperson da oben kennt. Dann stellen wir sie am Hohen Markt aus und rufen die Leut' zusammen. So ist die Hofburg ohne Bedrängnis, weil sie ein ander' Divertissement haben.“

Daun brummelte Unverständliches. Dann nahm er Haltung an: „Ludwig, du beschissenes Bakaunerschwein, du hast das Zeug zu einem Lieutenant. Kehrt Euch! Und raus mit dir in die Canaille! Lass es ausrufen, so wie du es tendieret hast. Am Hohen Markt rufst du sie aus, Ludwig! Die Prozession des Pöbels schafft uns Platz. Morgen, nach der Frühmusterung, meldest du dich im Petersquartier als Lieutenant.“ Er holte tief Luft und mit Lachfalten im Gesicht brüllte er: „Kehrt Euch, Abmarsch ihr Tränenschweine, vermaledeite!“

Wieder knarrten die Bohlen des Burgtors und der frischgebackene Lieutenant Ludwig und sein Pikenier marschierten stramm in die raunende Menge. Sie rührten schon das Kalbfell draußen und der staunende Pöbel folgte der seltsamen Prozession, als wäre es das Allerheiligste auf Fronleichnam.

23. April, 1668, morgens, wenige Stunden später

Herkombers Mautknechte waren baff. Hunderte, nein, tausende wildgewordene Wiener strömten über die Schlagbrücke. Begonnen hatte es mit einigen Studenten. Die Studiosi waren immer an der Spitze jedes Hallos. Anfangs nur ein paar, dann ganze Gruppen. Erst tröpfelten die Haufen, dann brach sich eine tosende Menge Bahn. Herkomber hielt ein Flugblatt in der Hand, das ihm zugesteckt worden war: *Wider die keifenden Mauscheln und Antichristen aus dem Unteren Werd, welche unsere geliebten Majestäten dem Höllenfeuer übergeben haben.*

Er verstand zwar nicht ganz, denn Ihre Majestäten waren ja gottlob heil und am Leben, aber das Blatt war gut und frisch. Die Druckerschwärze duftete noch. Rasch waren diese Teufelsdrucker. Herkomber schmunzelte. Das war viel mehr wert als alle Eingaben des Magistrats. Das war das wahre Höllenfeuer, mit dem man die Juden endlich austreiben konnte. Und die Wirkung war fühl- und sichtbar. Sogar aus den Vorstädten strömten sie schon zusammen. Das war das Musseux, das den Korken aus der Flasche trieb. Er rieb sich die Hände und wäre gern der brüllenden Menschenmenge gefolgt. Aber die Brücke war sein Posten, hier hieß es auszuhalten. Mein Gott, was für ein Auflauf, was für ein Volksfest! Und das junge Weib soll auch eine Jude umgebracht haben, wie man sagt. Ja, er hat es ja immer schon gewusst, da drüben haust der Antichrist, das Böse. Es wird schon stimmen, wenn sie junge Weiber umbringen, werden sie sicher auch kleine Kinder gefressen haben. Bei ihren teuflischen Bräuchen. Und heilige Hostien besudelt. Wie es der formidable Pater Abraham a Sancta Clara auch von der Kanzel verkündete. Herkomber klatschte in die Hände und feuerte die Menge an: „Nur zu, Leut'. Rüber mit euch, heut seid ihr mautbefreit! Brennt sie nieder!" Auch seine Knechte hatten sich in begeisterte Beifallklatscher verwandelt.

Was für ein Tag!, dachte Herkomber. Zuerst der Brand in der Hofburg. Der bot allein schon Gesprächsstoff für viele Tage. Gott sei Dank waren die geheiligten Majestäten in letzter Minute gerettet worden. Es soll fast ein Wunder gewesen sein, haben ihm Leute erzählt. Ja, es musste ein Gotteswunder geschehen sein, denn im Flugblatt stand ja, dass sie verbrannt seien, allesamt. Er selbst war ja nicht dabei gewesen, aber der liebe Herr Kaiser hatte sich selbst der Menge gezeigt. Seine Gemahlin soll ja angeblich wieder einen Abgang gehabt haben. Gott segne sie, die Ärmste. Das Vaterland war gerettet.

Aber dass hinter dem Anschlag die Juden steckten, das war für jeden klar. Sie waren ja immer mit dem Türkenhund, dem Sultan, unter einer Decke, hieß es. Der hätte sich schön in sein Heidenfäustchen gelacht. Und wäre mit seinen wilden Tieren, den Cameels und Elefanten und Drachen, vor unsere liebe Wienerstadt gezogen. „Aber nicht mit einem Herkomber!", murmelte er. Er allein hätte seine Brücke verteidigt, gegen ein Meer von Feinden. Und dann zeigten sich die Juden noch als Mörder einer armen Christenfrau, klagte Herkomber, die öffentliche Meinung wiedergebend. Die tote Frau war im Tümpel neben der Judenstadt tot aufgefunden worden. Wenn das kein eindeutiger Hinweis war, sagte er sich. Und wie man erzählt, hatte man den Peikelesträger, den Mörder auch mit eigenen Augen gesehen. Seinen Hut jedenfalls hat man als Trophäe in die Stadt getragen und neben dem abgeschnittenen Kopf der Ärmsten ausgestellt. Wer die Frau wohl war? Herkomber war sich sicher, dass es sich um eine handelte, die Pfänder geben wollte bei den Blutsaugern. Sicher war sie von den gierigen Mauscheln auch vergewaltigt und geschändet worden. Er wiederholte nur das, was die meisten Leute mutmaßten: „Der Trieb zur Unzucht und zum Verbrechen ist bekannterweise bei denen Jüden viel heftiger als bei allen anderen Völkern. Man weiß ja, dass sie nicht nur betrügen und lügen und Steuer hinterziehen, wie der Herschel Meyer, sie sind auch wahre Vampire und brauchen Christenblut. Jetzt wird mit ihren Umtrieben endlich Schluss gemacht. Dass sie unsern lieben Herrgott ans Kreuz geschlagen haben und bis jetzt auf der Erde wandeln durften, ist eine der großen Ungerechtigkeiten dieser Welt. Jetzt aber wird reiner Tisch gemacht und die Rache Gottes wird sie alle endlich treffen!" Herkomber war in seinem Element.

In seiner Phantasie malträtierte er gerade einen Juden, als er von fern Trommelklang hörte. Jetzt kam das Wiener Regiment, die Stadtguardia. Die werden sicher den Schlusspunkt setzen und mit dem ganzen Judenspuk aufräumen. Allein die sicher über fünftausend Leute, die an ihm vorbeirannten, werden schon gute Arbeit geleistet haben. So eine Hetz! Darüber wird man noch lange reden können, dachte er sich.

Drüben in der Judenstadt war die Hölle los. Das Haus des Simon Munk und des Salomon Misslitz, beide neben dem Eingang zum Ghetto, waren die ersten Ziele. Woher die Knüppel und Prügel stammten, wusste keiner, aber jeder hatte einen in der Hand. Die Tore waren rasch aufgesprengt und die Studenten waren die Ersten, die ausgelassen tobend in die Häuser eindrangen. Aber die Menge drängte weiter, einige in die nächsten Häuser des Salomon Schicht und über der Hauptgasse ins Haus des Joachimb Schnattich. So setzte sich die Gewalt fort, Haus um Haus, Gasse um Gasse. Kein Tor konnte so stark sein, dass es nicht aufgebrochen wurde. Bei reichen Schätzen heulten die Plünderer auf, geifernd rissen sie alles heraus, kämpften gegeneinander, prügelten sich um Leuchter, um Silberbüchsen, brachen Kassen auf. Frauen wurden vergewaltigt, Kinder getreten und zu Tode getrampelt. Die Männer an den Haaren herausgezerrt, bespieen und wüst geschlagen. Manche, wie der alte

Austerlitz oder Marx Schlesinger, wurden gleich in ihrem Haus umgebracht, andere wurden zu Tode gequält.

Auch Hans Mayr hatte schon den Plan gefasst, mit zwei Kumpanen an der Hatz teilzunehmen. Er kannte das Haus Salomon Fränckls von seinen Erkundungsgängen. Und während der Mob noch mit den davor gelegenen Häusern beschäftigt war, die Studenten schon weiter drinnen im Judenbezirk die Synagoge brandschatzten und in der Schul die Pergamente schändeten, winkte Mayr seine Freunde zur Mittleren Gasse. Nach wenigen Minuten hatten sie das Tor am Haus der Fränckls aufgebrochen. Aaron hatte sich ihnen entgegengestellt und abwehrend die Hände erhoben. Mayr hieß seine Freunde nach den Frauen suchen. Rebecca war mit ihrer Tochter von Aaron in die Schlafkammer gesperrt worden. Doch dem bestialisch aufgestachelten Haufen war es ein Leichtes, sie aufzuspüren und die Tür einzutreten. Ihr anschließendes Geheul bestätigte den Triumph von Mayrs Truppe. Er selbst aber machte sich über Aaron her, nahm ihn sofort in den Schwitzkasten. Mit dem linken Arm umklammerte er Aarons Kehle, während er mit der Rechten gnadenlos in sein Gesicht schlug. Als zwei weitere Plünderer ins Haus eindringen wollten, trat er sie mit seinen Stiefeln wieder nach draußen. Dann stemmte er sich mit dem Rücken gegen das Tor. Aaron glaubte den Verstand zu verlieren. „Judensau, wo ist mein Ring?“, brüllte Mayr.

Aaron ächzte: „Mein Herr, er ist nicht hier.“

„Lüg nicht, du Abschaum, zeig mir das Versteck!“, forderte Mayr. Aaron lief im Gesicht bereits blau an. Seine Zunge trat ihm heraus. Mayr beutelte ihn und kam noch mehr in Fahrt. „Du kommst nicht lebend hier heraus, bevor du mir nicht den Ring wiedergegeben hast!“, schrie er ihn an. „Heute ist mein Tag! Mein ist die Rache, mein ist der Ring!“, brüllte er wie vom Wahnsinn gepackt. Er ließ den Griff um Aarons Hals etwas lockerer, denn er spürte, dass dessen Leben zu weichen begann und dass er fühlbar schlaffer wurde. Mayr schwitzte und seine Stirn zeigte deutlichere Furchen denn je.

Aaron kam wieder zu sich. Seine Gedanken rasten. Gerade jetzt war der Vater nicht zu Hause. Er hätte Auswege gewusst, Finten und eine Lösung aus der lebensbedrohlichen Lage, in der er jetzt steckte. Also machte er Mayr ein Angebot – nicht zuletzt um Zeit zu gewinnen: „Herr, ich habe Gerät im Haus, das Euch befriedigen wird, auch ein wenig Geschmeide, aber Euer Ring ist in einer anderen Kasse, weil wir ihn nicht aus unseren Mitteln belehnen konnten. So glaubt mir doch! Bitte!“, flehte er ihn an.

Doch Mayr blieb stur: „Ich will deine Judenzier nicht, nicht deine Dreckschätze, ich will meinen Ring!“ Um seinen Willen zu bekräftigen, drückte er den Jüngling nun allein mit seiner Rechten am Hals gegen das Tor. Mit der Linken brach er ihm den Unterkiefer. Das Krachen war deutlich zu hören und Blut schoss aus Aarons Mund. Seine Zähne folgten. Dann schlug ihm Mayr wieder ins Gesicht. Er traf das rechte Jochbein. Das Auge schloss sich, der Knochen drang durch die weiße Haut. Nochmals schrie Mayr in Rage: „Wo ist mein Ring?“

Aaron hörte oben hinter der hölzernen Treppe Rebecca aufheulen, Sarl schrie wie am Spieß. Gehenem, die Hölle, hatte sich aufgetan. In einem letzten Aufflackern der Wut und des Widerstands nahm er alle seine Kraft zusammen und wuchtete sein spitzes Knie in Mayrs Gemächt.

Der brüllte auf und wand sich, ohne Aaron loszulassen. Auch er nahm seine ganze Kraft zusammen und traf mit seiner Faust die Rippen Aarons. Wieder gab es ein schreckliches Krachen, dem Mayr wie zur Bestätigung hinterherrief: „Dir werd ich's zeigen, schamloser Drecksack!“ Und ein fürchterlicher Schwinger traf Aarons Schläfe. Aaron rutschte an der Tür herab und blieb blutend liegen. Mayr wuchtete ihn hoch, nochmals schreiend: „Wo ist mein Ring?“

Aaron kam kurz zur Besinnung. „Im Haus del Bancos“, nuschelte er, Blut spuckend. Dann verdrehte er die Augen und klappte wieder zusammen. Mayr trat in irrsinniger Raserei auf ihn ein, sprang ihm mit den Stiefeln ins Gesicht und malträtierte den mehr Toten als Lebendigen mit bestialischer Brutalität.

Von oben kamen seine Komplizen brüllend und taumelnd die Treppe herunter, sich gegenseitig auf die Schultern schlagend. Sie hatten Wein gefunden und ließen sich den roten Saft in die aufgesperrten Mäuler rinnen. „Mayr, jetzt bist du dran, die Alte ist gar nicht so schlecht. Und das bisserl Blut auf ihrem Schlitz wird dich doch nicht stören“, grölte der lange Franz, der nun in der Toreinfahrt angelangt war. Damit schloss er sich seinen Gürtel und ermunterte die anderen: „Jetzt schauen wir uns noch um, da muss doch eine Kasse sein. Wir wollen den Bären reißen!“ Sein torkelnder Kumpan war nun auch unten angekommen und schloss sich mit dem Ruf „Wo ist die Penunse?“ der Aufforderung an. Beide stöberten in den Räumen, in den Kisten und Schränken, warfen alles durcheinander und rafften Silberzeug und Kettchen an sich, stopften sich die Taschen voll, grölten und röhrten. Es war ein Heidenspaß. Mayr war wieder zur Vernunft gekommen und ermahnte seine Männer: „Hört auf mit dem Kleinzeug! Jetzt zünden wir den ganzen Krempel an, damit wir genug Licht haben, um schräg gegenüber im Haus vom del Banco nachzuschauen.“

„Was willst du drüben, wenn wir hier noch nicht fertig sind?“, maulte Franz. „Vielleicht haben sie wo was vergraben.“

Mayr schwieg. Was tun? Er ging in die Küche und holte aus dem Herdfeuer einen glimmenden Span. „Raus mit euch, gleich geht der ganze Plunder in die Luft!“, brüllte er mit heiserer Stimme. Seine blutunterlaufenen Augen verschafften ihm Respekt. Maulend traten sie den nun leblosen Aaron zur Seite, öffneten das Tor, um schwerfällig hinauszutaumeln. Mayr warf den glimmenden Span in eine Truhe. Ihn interessierte nur eines:

Wo war sein Ring? Er musste in das Haus del Bancos. Aber über die tosende Menge blickend sah er, dass in dem Haus bereits zahlreiche andere Plünderer unterwegs waren. Für einen Moment glaubte er den Ring schon verloren. Dann aber hieb er seine Kumpane in den Rücken und rief: „Rüber mit euch, dort gibt es mehr zu holen!“ In der Truhe in Fränckls Haus verglomm der glosende Span. Sonst war es dort totenstill. Ein stiller Leichenort, im Gegensatz zum Gebrüll in der Hauptgasse.

Da fielen Schüsse. Am Eingang zum Ghetto kniete ein Glied der Stadtguardia, dahinter stand eine weitere Reihe von Musketieren. Während die Knienden ihre Musketen neu luden, schossen die Stehenden eine zweite Salve in die Luft. Die Trommel schlug im Takt, die Fahne wehte und im Gleichschritt rückte die Stadtguardia vor. Daun an der Seite gab den Befehl: „Vorwärts, Marsch!“ Die Männer schritten gleichmäßig und bildeten einen weißgrauen Block. Ihre Gesichter blieben steinern. Manch einer dieser Elendstruppe hatte dennoch Skrupel, gegen die eigenen Leute vorzugehen. Manche wären lieber bei den Plündernden gewesen. Aber Daun blieb eisern und pflichtbewusst. Jahrelange Disziplin und dauernder Drill sollten den eigenen Willen seiner Soldaten blockieren. Wenn Daun kommandierte, hatte man zu gehorchen, ganz gleich, wen es zu bekämpfen galt. Daun wies die Richtung und der Marsch wurde fortgesetzt. Er gab das Ziel vor, auf das seine Männer zu schießen hatten. Weiter ging es, vorwärts im Schritt. Langsam durchsuchten sie das Judenviertel. Gasse um Gasse. Die dritte Kompagnie lief ohne Schritt, mit aufgesetztem Bajonett in die Häuser, um Plünderer aufzustöbern und zu verscheuchen. Der neue Lieutenant Ludwig kommandierte sein Fähndl. Neben ihm Ugarte. Stolz blickte Ludwig seinem Kommandanten ins Gesicht. Der wies nur mit dem Degen in Richtung Synagoge. Ludwig winkte seinen Männern. Aber da war nichts mehr zu retten. Das Gotteshaus der Juden stand lodernd in Flammen.

„Sollen wir versuchen, das Haus zu löschen?“, wollte Ludwig wissen.

Aber Ugarte winkte müde ab und entschied: „Einen Brand löschen ist genug für einen Tag. Lasst es brennen. Es ist ja nur die Judenschul. Treibt die Wiener aus dem Judengezürk. Das ist unser Befehl. Treibt sie beim Tabortor hinaus. Dann stellt Wachen auf. Kein Christ darf sich der Judenstadt mehr nähern, bis Gegenbefehl erteilt wird.“ Müde wendete er sein Pferd und ritt nochmals durch die Hauptgasse.

Klappernd verstauten die Musketiere ihre Waffen. Jetzt mussten sie wieder die Musketen putzen und visitieren lassen. Die Offiziere schauten dann blöd durch die Rohre und maulten, weil sie „Felsen“ im Lauf fanden. Wieder putzen, mit Rindstalg einfetten. Und wofür?, fragten sich die Männer. Wegen ein paar Juden. Warum man den Leuten nicht die Freud’ lassen wollte, daran stießen sich manche. Murrend scharten sie sich wieder zusammen. Müde nach der aufregenden Nacht. Brummelnd wurden sie in Gruppen eingeteilt.

Nur Ludwig war putzmunter. Das war sein Tag gewesen. Er trieb seine Leute an und vergatterte sie. Warum sie nur so missmutig stierten? „Gemma, gemma!“, rief er ihnen zu. „Was steht ihr da, wie wenn der Bär brunzt, Ihr Halunken? – Ich möchte freudige Gesichter sehen!“ Die Reihe war krumm, die Handgriffe lasch. Trotzdem war Ludwig froh, dass alles recht gut abgelaufen war. Kein Christ war tot, es gab nur ein paar unwesentlich Versehrte. Die Truppe war vollständig geblieben. Keine Verluste waren zu vermelden. Einige Unverbesserliche hatten wohl auch Schnaps gefunden. An ihrem verblödeten Lachen und ihrem geröteten Gesicht war es ihnen anzusehen. Aber diesen Abschaum gab es in jeder Truppe, beruhigte er sich. Sein Korporal schritt die elende Truppe ab und gab nach getaner Arbeit den Befehl zum Abmarsch. Mit müdem Schritt trabten sie in Richtung Stadt.

Schrecklich war die Nacht, die nun hereinbrach. Klagelaute, Weinen und Verzweiflung war alles, was den Juden übrig blieb. Leichen wurden gewaschen. Es wurde aufgeräumt. Manche Häuser waren abgebrannt, andere zerstört.

Rebecca krümmte sich vor Schmerzen. Sie hielt die kleine Sarl im Arm, als sie sich langsam die Treppe herabmühte. Ihre Scham schmerzte, brannte. Sarl wimmerte. Blut rann zwischen Rebeccas Schenkeln und tropfte auf die Treppenbretter. Sie schleppte sich zur Toreinfahrt und schrie auf. Auch Sarl hörte auf zu wimmern und reckte ihren Kopf. Aaron lag gekrümmt hinter dem offenen Torblatt. Unter ihm eine Blutlache. Rebecca taumelte und lehnte sich an die Wand der Toreinfahrt. „Nein, nicht das auch noch!", musste sie sich fassen. Sie trug Sarl in die Küche und legte sie auf den Küchentisch. So schnell sie konnte kehrte sie zu Aaron zurück. Sein Zustand war schrecklich. Aber er lebte. Sie spürte seinen leisen Atemhauch. Das rechte Jochbein stand weiß aus der blutigen Backenwunde, sein rechtes Auge war unförmig aufgequollen. Sein Unterkiefer hing zerspalten herab. Die Brust war ein Meer von Blut. Er röchelte leise. „Aaron, ich bin's, deine Mame", hauchte sie ihm zu und kniete neben ihm. Sie streichelte zärtlich, unter einem Strom von Tränen, sein feines Haar. „Halt aus, ich hole Hilfe, der Vater wird bald da sein. Halt durch!", flehte sie ihn an. Und sie versuchte ihn durch ihren Blick lebend zu erhalten. Murmelte Gebete. „Komm, du schaffst es!", ermunterte sie ihn.

Sie raffte sich auf und lief nach nebenan zu den Polacks. Der Alte und seine Familie waren gottlob am Leben. Auch sie hatten alles verloren und waren verwundet worden. Aber Gerschon Polack konnte immerhin gehen und ihr helfen. Sie betteten Aaron auf die Küchenbank. Aaron stöhnte und phantasierte. Seine Laute waren kaum verständlich. Er brabbelte vor sich hin. Immer wieder „Bababa, Bababa".

„Ja, der Tate kommt ja bald“, deutete Rebecca seine Laute. Sie wusch sein Gesicht mit Essigwasser, schnitt das Hemd auf, um verzweifelt die schrecklichen Wunden in der zerschlagenen Brust zu untersuchen. Er war wieder ohnmächtig geworden und stöhnte dabei. Rebecca entzündete Kerzen und trug Sarl wieder nach oben. Sie wachte an der Seite des sterbenden Aaron, wollte das, was mit ihrem Sohn eben geschah, aber nicht wahrhaben.

Da wurde das Tor aufgestoßen. „Rebecca!“, tönte eine tiefe, besorgte Stimme von der Hauseinfahrt. Endlich! Salomon war heimgekehrt. Eine tiefe Last war ihr endlich entglitten. Salomon trat in die Küche, sah sich kurz um und wusste alles. Sie stürzte ihm entgegen. Ihr schwarzes, kurz geschorenes Haar, das sie sonst mit einer Rosshaarperücke bedeckt hielt, hatte über Nacht graue Flecken bekommen. Sie bettete ihr Haupt an die Brust Salomons. „Wir müssen Wolf Alfanus finden“, hauchte sie, „vielleicht kann er Aaron retten.“ Salomon hatte Aaron kurz untersucht und war entsetzt. „Lass nur, Bekkerl. Er wird bald seinen Frieden finden. Geh und leg dich ein bisserl nieder. Ich bleib bei ihm“, sagte er seiner Frau beruhigend. Doch der starke Mann schluchzte dabei verzweifelt auf. Er hielt sein Gesicht nach oben und riss sich an den Barthaaren, während er laut ausrief: „Warum war ich nicht zu Hause? Warum er und nicht ich? Oh Herr! Ich will nicht rechten!“ Er zog die Lederschuhe aus. Barfuß setzte er sich an die Seite Aarons. Die Kerzen waren der einzige tröstliche Schimmer in dem Haus des Jammers.

Plötzlich, am Morgen, längst waren die Lichter niedergebrannt, regte sich Aaron. Sofort war Salomon hellwach und fragte seinen Sohn: „Aaron, willst du ein wenig Wasser?“

„Ja, Tata!“, sagte er und war kaum zu verstehen. Der große Mann flößte ihm aus dem Krug langsam ein paar Tropfen in die Gegend, wo einst ein Mund gewesen war. Aaron hustete nur und spuckte Blut. Der Faden rann an seinem Bart entlang, tropfte auf den blutigen Polster. Sein Atem rasselte, gurgelte: „Tata, baseih miiii. Bababa st mei...ne Vau. Kind kommt. Kind kommt."

Salomon beugte sich zu seiner blutigen Mundöffnung herab und redete ihm zu: „Ja, Aaron, sprich, sprich, bitte!" Mit großer Anstrengung wollte Aaron seinen Kopf erheben. Salomon drückte ihn zart wieder in die Kissen und fragte langsam: „Ruhig, mein Sohn, langsam, verstehst du mich? Gib mir nur ein Zeichen, wenn ich dich richtig verstanden habe: „Du hast eine Frau?"

Aaron nickte leicht und schloss bestätigend das übergebliebene Augenlid.

„Sie heißt Bababa?"

Aaron ruckte mit dem Haupt. Er zischte: „Ba...krba."

„Sie heißt Barbara?"

Das Lid schloss sich und öffnete sich wieder. „Basei mii! –"

„Ich verzeihe dir, du lieber Bub", gab ihm Salomon zu verstehen und schluchzte wieder auf. Die Tränen rannen über seine eingefallenen Wangen, in den zerrissenen Bart hinein. Er wischte sich mit dem Ärmel über das Gesicht. „Ich verzeih dir, eine Gojte?"

Das Lid zuckte wieder. „Kiiind ko...mt", hustete Aaron.

„Sie bekommt ein Kind von dir?", fragte der Vater zurück.

Aaron nickte mühevoll. Sein Unterkiefer kippte ab, Blut rann über den Hals.

Salomon erhob sich, den Kopf wendend rief er nach oben: „Bekkerl! Komm runter! Wir haben ein Enkerl!"

Aarons Auge wurde riesengroß und er stotterte: „Ring, Kiii...nd!"

Salomon glaubte zu verstehen: „Du willst, dass das Kind einmal unseren Ring bekommt?"

Aaron schloss wieder das Lid.

„Wer hat dir das angetan?“, wollte Salomon wissen.

Aaron musste schreckliche Schmerzen haben. Er stöhnte wie ein Tier und presste aus sich heraus: „Maychchr …“

Salomon begriff sofort: „War es dieser Mayr?“

Aaron versuchte zu nicken. Sein Auge blickte zur Decke.

„Bekkerl, komm endlich herunter!“, rief Salomon, jetzt aufbrausend. Sie schleppte sich die Treppe herab. Mit übermenschlichen Kräften raffte sie sich auf und stützte sich auf den Küchentisch. Salomon knirschte mit den Zähnen. „Mayr, der Schuft, hat ihn auf dem Gewissen. Wir haben ein Enkerl, aber kein jüdisches, die Frau muss Barbara heißen. Eine Gojte. Er will dem Kind den Ring geben, der uns gar nicht gehört.“

Rebecca schluchzte still vor sich hin und wandte sich ihrem Jungen zu: „Wo wohnt denn deine Barbara?“

Salomon hielt ihn an den Schultern und wiederholte die Frage seiner Frau: „Wo?“

Aaron versuchte sich aufzubäumen, blubbernd kam es aus ihm heraus: „Bababa, Bababa!“ Dann fiel sein Kopf zur Seite. Das übergroße Auge starrte gebrochen in die Kante des Küchentischs.

„Nein!“, rief Salomon entsetzt aus und rüttelte Aaron. „Es nutzt nichts mehr.“ Rebecca war wie aufgelöst. Salomon nahm sie in die Arme. Mechanisch streichelte seine Rechte über ihr Stoppelhaar.

Die Leiche wurde gewaschen, in das weiße, lange Totenleinen gehüllt und eingesargt. Zeigefinger, Mittelfinger, Goldfinger gerichtet im Zeichen des Schin, des Anfangsbuchstabens des göttlichen Namens Schaddai; ein kleines Häuflein Sand unter das Haupt, graue, krümelnde Erde, ein Hauch der Erde Zions.

Da lag der junge Aaron, das entstellte Gesicht sonderbar umrahmt von dem schwarzen Bart. Das eine Auge hatte sich nicht zudrücken lassen, es quoll trüb dunkelbräunlich heraus, doch zwischen der rechten, breiigen Wunde und dem offenen Auge, über der Nase, zackten sich tief in die Stirn die drei Furchen des Schin. Die zehn angesehensten Männer der Gemeinde saßen zwischen großen Kerzen und verhangenen Fenstern und hielten lange Wache.

Salomon trat endlich hinzu. Hager, mit grauen, trüben und versteinerten Augen, das Gesicht eingefallen, von Schmerz verzerrt, der Bart abrasiert, sein Oberkleid zerknittert und zerfetzt. Wasser goss er hinter sich, da er das Totenzimmer betrat, Wasser zu Häupten, Wasser zu Füßen des Toten. Die anderen Männer erkannten ihn kaum, flüsterten, gaben ihm Raum. An die Leiche trat Rabbi Gerson Ashkenasi, sprach mit seiner knarrenden Stimme den Segensspruch: „Gerühmt seist du, G'tt, gerechter Richter." Mit den dicklichen Fingern rührte er behutsam das eine Lid des Toten, da schloss es sich. Dann setzte er sich auf den Boden, senkte den Kopf zwischen die Knie. Die zehn Männer waren bis zur Wand zurückgewichen. Allein, trotz ihrer Gegenwart, ein kleines, verlorenes Bündel, hockte der Rabbi Ashkenasi bei dem Toten.

Barbara hatte die Soldaten angebettelt, sie durchzulassen. Aber die waren unerbittlich gewesen. Kein Wiener durfte durch. Sie war verzweifelt. Sie hatte die Schüsse gehört, die Schreie, die folgende Stille. Das leise Greinen in der Judenstadt. Erst in der zweiten Nacht suchte sie sich den heimlichen Schleichweg über die Westmauer. Sie stolperte durch den finsteren Bezirk, mit seinen rauchenden Ruinen, seinen zertrümmerten Häusern. Als sie zu Aarons Haus kam, war es dunkel und verschlossen, nur leise, klagende Stimmen waren zu vernehmen. Niemand öffnete ihr. Niemand antwortete dem Klopfen.

Verzweifelt stieß sie ihrer Patin und der alten Magd ihr Leid heraus. Entrüstet wies sie die Angebote der Alten, durch allerlei Tränklein und heiße Bäder das Kind abzutreiben, von sich. Frau Herkomber, ihre Patin, wusste Rat: „Morgen fährst du mit dem Fasskutscher, der nach Langenlois fährt, nach Korneuburg, zur Wehmutter Pfeifer. Sie ist eine weitläufige Verwandte und uns verpflichtet. Ich werd ihr gleich schreiben. Du wirst in ihrem Haus das Kind zur Welt bringen und eine Zeit lang dort bleiben. Wir werden sehen, was mit Aaron passiert ist."

Barbara protestierte, Sie wollte Gewissheit haben. Sie würde ihn finden, sie musste ihn finden.

Als am nächsten Tag der Fasskutscher aus Langenlois, der Barbara nach Korneuburg bringen sollte, vor dem Haus hielt, begann eine umständliche Verabschiedungszeremonie, und gerade als ihr Hans Herkomber mit grimmiger Miene die Hand reichen wollte, beobachtete Barbara am anderen Ende der Ankergasse einen riesigen jüdischen Begräbniszug. Ein hochgewachsener Mann und seine Familie waren gerade dabei, viele Zillen zu besteigen, um einen schlichten Fichtensarg über die Donau zum jüdischen Friedhof in der Rossau zu überführen.

Barbara ließ alle Packen fallen und rannte, wie von Furien gehetzt, zum Donauufer. Schon von weitem hatte sie die hagere Gestalt Salomons erkannt. Ihr laut heraus gebrülltes „Nein!" hallte über das Wasser. Sie kniete sich zu Füßen des Hageren. Salomon hob die zu Boden gefallene Barbara auf und legte ihr stumm segnend die Hand auf den Scheitel.

„Wieso, was ist, ist *er* es?", wollte Barbara von ihm wissen.

Stumm nickte Salomon. Er ahnte, dass er die Mutter seines Enkelkindes vor sich hatte. „Später, später", versuchte er sie zu beruhigen und blickte sich nervös zu der Begräbnisgesellschaft um.

„Aber sie schicken mich nach Korneuburg", stotterte sie. Mit ausgestreckter Hand wies Barbara auf die wie zu Salzsäulen erstarrte Gruppe vor ihrem Patenhaus. Barbara stammelte nur noch: „Ich wohne bei der Stadtwehmutter Pfeifer." Leise stoßendes Schluchzen begleitete ihre Hand, die über den Sarg strich.

Töne der Verwunderung und des Erstaunens waren während dieser Szene laut geworden. Jakob Polack war sogar vorgetreten und wollte Salomon vor der sichtlich wahnsinnig gewordenen Christin schützen. Doch Salomon schob ihn zurück und warf nur einen beruhigenden Blick über die Menge. Das Zischeln und Tuscheln verstummte schlagartig. „Was will die meschuggene Gojte?", tönte es von hinten in die Stille. Einige beschwichtigten den neugierigen Rufer.

Schleppenden Schrittes und gesenkten Hauptes kehrte Barbara dem Leichenzug den Rücken und strebte, bitterlich schluchzend, dem wartenden Leiterwagen mit den leeren Fässern entgegen. Sie sah nicht mehr den Strahl der Sonne, der gerade durch den wolkenverhangenen Himmel brach und einen schimmernden Lichtstrahl auf die Zillen warf, die sich anschickten, über die Donau zu setzen. Und sie bemerkte auch nicht die Gesichter und Grimassen der vor die Häuser getretenen Nachbarinnen, die sich hinter ihrem Rücken gegenseitig anstießen, grinsten und ihr gehässig nachgeiferten: „Schau, schau, a Judenhur!"

11 Jahre später, 1679, Wien, Leopoldstadt

Barbara strich sich die blonde Haarlocke, die sich unter ihrer Haube gelöst hatte, nach oben. Schwerfällig polterte sie die Treppe in ihrem Haus hinunter. Mit der Rechten hielt sie sich am Geländer fest und atmete schwer. Ihre linke Hüfte schmerzte sie bei jedem Schritt. Ihr Mann, der Luckham, lag oben im ersten Stock, war schon wieder besoffen. Da gab es keinen anderen Ausweg, sie musste ihm aus dem Weg gehen. Am Absatz der Treppe hielt sie inne und streckte jammernd ihr schwer belastetes Kreuz durch. Schnaufend verdrehte sie die Augen. Was war aus ihr geworden. Eine alte Vettel. Eine Fischhändlerin. An sich nichts Ungewöhnliches. Aber eine Fischkäuflerin an der Seite eines sadistischen kleinen Trunkenbolds, das war trostlos. Sie rumpelte weiter die Holztreppe hinunter.

Da stand ihr Josef in ihren Gedanken vor ihr, ihr Ein und Alles. Was für ein schönes Kind er war! Ihm fehlte es an Größe, dem schmalen, kleinen Bürschchen, aber wie klug er doch war! Ein leichtes, zartes Lächeln stahl sich über ihre verhärmten Züge. Wie hätte ihr Aaron gesagt: ein *Chochem*.

Als sie damals, Ende 1668, aus Korneuburg nach Wien zurückgekehrt war, wenige Monate nach der Geburt ihres kleinen Josef und der dortigen Betreuung durch die Muhme Pfeifer, die Wehmutter, da hatte sie in der traurigen Wirklichkeit des Unteren Werds ein Schicksalsschlag nach dem anderen getroffen. Der Pate Herkomber war nichts mehr als ein starres, fettgetränktes, beleidigtes Eiweiß. Seine persönlichen Aufstiegspläne, die er an die Heirat Barbaras mit dem Wicht des Schani Pfeiffer gekoppelt hatte, waren in die Binsen gegangen. Er konnte froh sein, dass er weiter Mauteinnehmer der Schlagbrücke und Mitglied des äußeren Rates geblieben war. Das hatte er sie natürlich spüren lassen. Nur seine Frau, die gute Patin, war warm- und barmherzig zu ihr gewesen. Mit aller Macht hatte sie dafür gekämpft, dass nur die besten Stoffe für Josefs Ausstattung verwendet wurden. Tagelang vorher hatte sie schon gestrickt und gehäkelt und ihr Josef war wie ein Prinz gebettet worden. Nur Barabara selbst war taub und tumb geworden. Der Tod ihres geliebten Aaron hatte sie in einen Kokon von Blödigkeit, ja Trampelhaftigkeit, eingesponnen. Eine echte Dotschen.

Wenige Tage nach ihrer Rückkehr war der Pate Herkomber in der Stube gesessen, hatte sie holen lassen und sie empfangen, während neben ihm ein dürres Männchen, sicher mehr als zwanzig Jahre älter als sie, Platz genommen hatte. Er hatte keine Perücke auf dem Kopf, sondern nur aschgraue, steile Stoppelhaare. Ein mehrere Tage alter Bart hatte die Pockennarben auf seinem Gesicht gnädig im Halbdunkel verschwinden. Herkomber hatte ihr apodiktisch den neuen Bräutigam vorgestellt. Johann Luckham, Witwer, Fischkäufel, mit zwei kleinen Mädchen.

Soso, hatte sie nur gedacht, auch recht. Ich, mit dem kleinen Josef, noch dazu von einem Juden, muss jetzt unter die Haube. Die Haubenschachtel lag schon in ihrer Kammer. Wer durfte in jener Zeit schon eine „alte Schachtel" werden? Nonne kam für sie nicht in Frage. Noch dazu mit einem Wedel. Das hätte zu viel gekostet. Mehr als ihr Haus. Ihr wäre damals ein jeder recht gewesen. Und Fischhändler – mein Gott – ihr verstorbener Vater war doch auch einer gewesen, bevor er als Branntweinschankwirt seinen Unterhalt verdient hatte. Ein sogenannter ehrlicher Beruf. Die Donau vor der Tür gab genug Fisch und damit Nahrung für viele tausend. Die Ärmsten waren die Fischer und ihre Familien. Aber die Fischkäufel, die Zwischenhändler, konnten in guten Jahren einiges verdienen. Es war die kluge Arbeit einiger weniger Stunden am Morgen. Das Abschätzen des Angebotes, das minutenlange, zähe Feilschen und dann die besten Stücke an die Geeigneten verteilen. Zwei, drei Knechte genügten für dieses Geschäft, dazu war ein harter Verhandlungswille und ein Vorausblick gefragt. Das konnte eine Familie ernähren. Und auch ihren Josef.

Und dieses Manderl vor ihr, mit seinen gelben, rotgeränderten, schwimmenden, leicht schielenden Augen, seinen schmutzigen Fingernägeln, seinem falschen Grinsen und seinen braunen Zähnen, deren Belag wie eine kupferfarbene Tropfsteinhöhle anmutete, sollte ein guter Fischkäufel sein? Er hatte nur nach Fisch und Branntwein gestunken. Ihr war alles recht gewesen. Sollte sie Luckham heißen. Vielleicht würde er ihrem Josef seinen Namen geben. Damit er kein Bastard, kein Wedel, blieb.

Luckham hatte sie taxiert und über seinen Branntweinbecher lüstern zu ihr herübergestiert. Dann hatte er gekrächzt: „Dreh dich um, Mädel!"

Gehorsam hatte sie sich, mit gespielter Koketterie, um ihre eigene Achse gedreht. Herkomber hatte ihn mit dem Ellbogen angestoßen und gefragt: „Hab ich dir zu viel versprochen?"

Luckham hatte gierig geschluckt, einmal lang geschnieft und ihm zurückgeröchelt: „Ein Weib, wie's sein soll." Dann sich Barbara zuwendend, hatte er gefragt: „Und ... du besitzt ein Haus? Kannst du mit Kindern umgehen? Zugreifen wirst du mit deiner Statur wohl können."

„Das will ich wohl meinen", hatte sie trotzig geantwortet. „Hab selbst eines."

Luckham hatte ihr wissend offenbart: „Ich weiß, den Judenwedel. Hab's schon gehört, aber was soll's. Brauch keine Jungfer mehr. Ich brauch ein Weib. Und gar so schlecht schaust du nicht aus."

Seine Forderungen waren klar gewesen: „Zu Josephi wird geheiratet. Und du schreibst mich in dein Haus hinein." Damit war die Besprechung beendet gewesen. Die Muhme hatte Barbara aus dem Raum hinaus in ihr kleines Zimmer geführt, wo sie sich auf ihren Strohsack fallen ließ. Alle Schleusen hatten sich geöffnet und waren nicht wieder zugegangen, bis auch die letzte Träne vergossen war. „Aaron, Aaron!", hatte sie geschluchzt. „Was wird aus unserem Kind? Ich bin nur ein Stück Dreck für diesen gierigen Zwerg." Verzweifelt war sie, ihre Gedanken an Aaron haftend, schließlich eingeschlafen.

Als sie aus Korneuburg zurückgekehrt war, hatte die Familie Fränckl schon ihr Haus verlassen. Es hieß, sie seien nach Nikolsburg in Mähren gezogen. Salomon hatte die richtige Entscheidung getroffen, denn bald darauf war der Vertreibungsbefehl gekommen. Alle jüdischen Mitbürger hatten Wien und das gesamte Land unter der Enns unter Zurücklassung ihrer Pfänder zu meiden und durften sich nicht mehr blicken lassen.

Alle Verdächtigungen gegen die Juden hatten sich als hinfällig erwiesen: der Brand der Hofburg, die folgende Totgeburt eines Thronfolgers durch Kaiserin Margaretha, die Ermordung der schönen Audorferin, die zwar Pfänder in der Judenstadt abgegeben hatte, jedoch von ihrem eifersüchtigen Mann, dem Schuster Audorfer, im Teich neben der Judenstadt versenkt und versteckt worden war – Lügengespinste. Nur der Anschlag der unzufriedenen Ungarn, der Malkontenten, war ruchbar geworden. Kanzler Hocher war ihnen auf die Schliche gekommen. Ihr Anführer Graf Nádasdy war im Wiener Rathaus geköpft worden. Sein gesamter Besitz, angeblich 189.000 Gulden, hatte der Kaiser für seine Privatschatulle eingestrichen.

Barbara hatte sich nach einer unruhigen Nacht am nächsten Morgen wieder gesammelt. Ordentlich gewaschen und gekämmt, ihr bestes Kleid tragend, war sie von der Frau Muhme in die Kleine Pfarrgasse begleitet worden, wo Luckham mit seinen Töchtern lebte. Die ganze Gegend hieß jetzt nach Kaiser Leopold „Leopoldstadt". An der Stelle der Synagoge war nun eine neue Kirche entstanden, die Leopoldskirche. Und darum gab es jetzt zwei neue Gassen: die Kleine und die Große Pfarrgasse. Luckham, ihr künftiger Gemahl, hatte sich bei einem neuen Hausbesitzer eingemietet. Stolz hatte er ihr zwei scheue Mädchen präsentiert, Eva und Ursula. Sie war freundlich auf die beiden zugegangen, hatte sie mit einem Lächeln begrüßt, ihnen über das Haar gestrichen und sie herzlich an sich gedrückt. Sie hatte Zuckerwerk ihres Hauptmieters Bonibácsi mitgebracht. Das hatte das Eis gebrochen und beide hatten gierig an dem klebrigen Zeug gelutscht. Die Mädchen waren damals fünf und sechs Jahre alt gewesen, sehr dünn, und hatten eine blasse Haut und dazu braune Haare. Auffallend waren ihre großen, wissenden, blauen Augen. Sie wollte ihnen eine gute Mutter sein. Neugierig hatten sie mehr Rahat geheischt. Und es gab mehr. Auch sie selbst hatte sich großzügig aus dem großen Stanitzel bedient. Bonibácsi hatte ihr diese Tüte aus einem besonderen Papier gedreht. Bunt gefärbtes Pergament, mit Wachsüberzug. Wie aufmerksam er doch immer war! Aber leider immer wieder auf Reisen. Jetzt war er wieder fort – nach Eisenstadt, nach Kismarton. Ins Ungarische, beim Eszterházy. Wie gern hätte sie ihn um seinen Rat gefragt. Wann er wohl wiederkommen würde?

Schon bald nach dem Abschluss des Ehevertrags hatte Barbara Luckham geheiratet: vor dem Wiener Neustädter Altar, an der Evangelienseite im Stephansdom. Die neue Heimat war ihre alte geblieben. Gott sei Dank waren die Nemcickys ausgezogen. So war Platz im Haus für die Eheleute. Kein Kohlgeruch mehr im Haus.

Die Hochzeitsfeier hatte noch Herkomber gezahlt. Die Tische hatten sich unter den fetttriefenden Köstlichkeiten gebogen. Bei dem Fest hatten sich auch ihre Mieter, der Pfeifer Marx Augustin und der halbtaube Trommler, ihr Trauzeuge Otto Sotosek, gegenseitig mit ihren musikalischen Einlagen überboten. Sotosek hatte es sogar geschafft, seine Katze mit den verschiedenfarbigen Augen in den Stephansdom zu schmuggeln. Er legte sie sich immer wie einen Fuchspelz um den Hals und das geduldige Tier konnte auch den schärfsten Pas de charge aushalten, ohne mit der Wimper zu zucken. Jeder hielt sie für seinen Kragenpelz. Im Laufe der Feier war jedoch die Musik in Kakophonie verfallen. Augustin hatte schon wieder zu viel des grüngelben Heurigenweins in sich hineingekippt. Die Mundstücke seines Dudelsacks waren dem Strom der Spucke nicht gewachsen gewesen und quäkend hatte sich das Gerät, samt seinem schnarchenden Besitzer, in eine Ecke verabschiedet. Der Wuschelkopf Otto Sotosek hatte nur noch vor sich hingestiert, die Katze war überfüttert, mit den Fingerkuppen einer Hand hatte er noch gedankenverloren das Fell der Trommel gerührt und mit der anderen das seines Haustigers liebkost. Immerhin war der Brauttanz noch ganz ordentlich abgelaufen. Die zahlreichen warmen und fetten Wiener Mehlspeisen hatten immer mehr Branntwein und Slivovitz erfordert. Luckham war schon lange nicht mehr gesehen worden, lag wahrscheinlich schon Stunden unter dem Tisch. Und auch Barbara war stockbesoffen gewesen. Der Eierlikör der Muhme war ihr wie Öl die Kehle hinuntergeronnen. Nur das Greinen Josefs hatte sie ab und zu ein wenig ernüchtert, gerade so viel, um ihm ihre volle Brust zum Trinken zu reichen. Eva und Ursula hatten sich gleichzeitig erbrochen, und erst nach langer Zeit, sie wusste nicht mehr wie, hatte sie sich in der Schlafstube ihrer neuen Wohnung wiedergefunden.

Der Völlerei war das Geschäftliche vorausgegangen: Barbara hatte ihn, diesen Abschaum von Gatten, noch in den Grundbesitz einschreiben lassen müssen. Ihm stand nun die Hälfte von dem zu, was ihr gehört hatte. Der Preis wahr für sie hoch gewesen, dagegen wehren hatte sie sich nicht können. Das hatte sie davon. Unter die Haube kommen. Keine alte Schachtel werden.

Ja. Schnecken. Er hatte profitiert und lebte dies auch aus. So schlief er jetzt wieder einmal seinen Rausch aus.

Barbara mühte sich die Treppe hinunter. Noch wenige Stufen waren zu gehen. Unten angekommen, schnaufte sie noch einmal schweißüberströmt durch. Weit hatte sie es nicht. Sie wollte nur bei ihrem Bonibácsi im Erdgeschoß nach dem Rechten sehen. Wie lang war er jetzt schon auf Ungarnfahrt? Hoffentlich kehrte er bald wohlbehalten zurück, dieser gütige Mann. Bis ins nächste Jahr hatte er den Zins vorausbezahlt.

Elf Jahre waren nun seit Josefs Geburt vergangen. Elf lange Jahre. Und was hatte sich alles verändert! Die neue Leopoldstadt, ihre jetzige Umgebung. Der Kaiser selbst hatte ihr den Namen gegeben und in Konsequenz der schönen, neuen Kirche den seines Namenspatrons Leopold. Von der Kanzel hetzte dort der neue Pfarrer Ignaz Arnezhofer und drohte mit den schlimmsten Höllenqualen.

Die neuen Häuser der Leopoldstadt strahlten mit ihrem frischen Putz. Die Stadt Wien hatte die ganze Judenstadt in Beschlag genommen und die meisten Häuser an neue Besitzer verkauft. Noch gab es freie Parzellen. Der Verkaufskommissär Ferdl Bartl, der seine Bude am Rand der ehemaligen Judenstadt aufgeschlagen hatte, zog durch die Schenken, pries die Schönheit der Lage und überschlug sich im eigenen Optimismus. Immerzu rieb er sich die Hände, obwohl er manchen Grund und Boden unter dem von der Stadt geforderten Preis losschlagen musste. Gerade hatte er dem Apotheker Schani Pfeiffer von Schallamheim den ehemaligen Judengarten um ein Spottgeld angedreht. Neben der Mauer des ehemaligen Ghettos und parallel zum kleinen Flusslauf, dem Anzug, in dem man damals die Leiche der armen Frau gefunden hatte, gab es ein großes Geviert. Darin hatten die Juden früher ihre Kuchelkräuter und Gemüse angebaut. Im Ghetto selbst wäre dafür kein Platz gewesen.

Außerdem hätte der Kauf von Gemüse bei Christen einen Verstoß gegen die Kaschruth-Gesetze bedeutet. Schani Pfeiffer freute sich über seine Neuerwerbung. Er hatte sogleich einen Geodäten mitgebracht, der um ein kleines Douceur das Land großzügig um einige Klafter erweiterte. Pfeiffer war klar, was er tat. Die neue Leopoldskirche am Ort der ehemaligen Synagoge war schon fertiggestellt. Und der Magistrat war verpflichtet, sie zu pflegen, was ihn dann teuer zu stehen kommen würde. Nicht nur als Mitglied des Inneren Rates wusste Pfeiffer, dass man zur Kirche auch einen Friedhof brauchen würde. Er besaß nun den Platz dafür. Die Hälfte seines Grundstücks verkaufte er an den Magistrat zurück: als neuen Friedhof. Zum vierfachen Preis. Dafür hatte er auch eine schöne Tafel an der Kirche gestiftet. Auf der wurde der Kaiser Leopold gelobt und sein „weiser Beschluss", die „abscheulichen Hebräer" aus dem Land unter der Enns ausgewiesen zu haben. Der Magistrat zeigte sich zufrieden. Pfeiffer war glücklich und Kommissär Bartl hatte wieder ein Grundstück verscherbelt.

Zahlreiche neue Nachbarn hatten sich angesiedelt. Barbara war es durch Schahin möglich geworden, viele Armenier kennenzulernen: die Koltschitzkys in der Großen Pfarrgasse mit ihren lieben Mädchen, den langen, drahtigen Michailowitz, den Messerwerfer in der Glockengasse, den geschäftstüchtigen Diodato an der Ecke Ankergasse und Donau, den prächtigen Lelio de Luca. Nur vor dem Rodolfo Dane hatte sie ein wenig Angst: wegen seines Pferdegebisses und seiner düsteren, buschigen Augenbrauen, die die Augen fast verdeckten. Aber Bonibácsi hatte ihr gegenüber erwähnt, dass gerade er ein tapferer Haudegen sei. Ein kaiserlicher Meldereiter, der schon mehr als zehn Mal den Weg nach Stambul und sicher zurück geschafft hatte. Wahr ist, dass Barbara die wirklichen Namen dieser Leute nicht verstand. Was tat's, ob nun einer Owanes oder Johannes hieß, Diodato tatsächlich ein Grigorios oder Georg war. Nur der Dane hieß in Wirklichkeit Rodolfo nach seinem Taufpaten in Stambul. Angeblich besaß Dane dort auch ein eigenes Haus, wo noch seine Verwandten leben sollten. Alle diese Leute, die ihr nun bekannt waren, hatten Häuser in der ehemaligen Judenstadt gekauft. Nur wenn sie am noch stehenden Haus der Fränckls vorbeiging, gab es ihr einen Stich ins Herz. Da wohnte jetzt ein Rossschmied. „Ach Aaron, wo du jetzt wohl sein magst?“, schniefte sie leise vor sich hin, schmierte sich den Rotz in den Ärmel, fingerte an ihrem Schlüsselbund am Gürtel und bückte sich breitbeinig. Sie konnte das Schlüsselloch nicht finden. Gerade war es doch noch da gewesen! Schwammen ihr schon wieder so die Augen?

Als sie in die Offizin des „persischen Doctors“ eintrat, veränderte sie sich auf märchenhafte Weise. Ihr Gang wurde tänzelnd, ihre Würstelfinger bekamen Eleganz, wenn sie über die Regale strich, und ihre Augen glänzten auf einmal. Noch immer ragte ihre neugierige Stupsnase mit den großen Nasenlöchern in die Luft. Noch immer dominierten in ihrer rosigen Mundöffnung die leicht vorstehenden Schneidezähne, die ihr etwas Zartes, Hasenhaftes, zu Schützendes, gab.

Ja, Bonaventura Nurveli Schahin. Ihr Bonibácsi. Tausend und eine Nacht. Ihr Orient und ihr Märchenschloss. Auch das Josefs. Wie oft gab er ihm Unterricht. Lehrte ihn die unmöglichsten Sprachen. Laute, die noch kein Christenmensch gehört hatte. Sie konnte es nicht unterscheiden, war es Persisch oder Türkisch. Nur wenn sie beide Ungarisch sangen, das war das Höchste. Für sie klang es zwar wie ein seltsames Aneinanderreihen der Vokale „ö“ und „o“, „a“ und „ä“ sowie der des langen „u“. Besonders die langen „u“, die fraglos ordinär klangen. Alle ordinären Worte sind von „u“ geprägt, dachte sich Barbara. Man sollte sie eigentlich verbieten. Aber es musste einen Sinn ergeben, denn Bonibácsi und ihr Sohn kugelten sich nachher immer vor Lachen. Was ist so lustig, wenn man „Uuuu“ vor sich hin kräht?, fragte sie sich. Der breite Bonibácsi und der schmale Josef hüpften dann in einem seltsamen verwordakelten Reigen durchs Zimmer, stampften mit den Stiefeln auf den Boden und klatschten dabei in die Hände. Wie hätte Aaron gesagt: „Meschugge!“

Dann wieder wurden sie ganz traurig vor schauerlichem Schmerz. Und Bonibácsi ließ seinen Bass in schluchzenden Obertönen verweilen. Dieses gestandene, reife Mannsbild konnte dann schrecklich weinen. Der plötzliche Umschwung von lustig auf tieftraurig war oft erschreckend. Irre Sprache, die einen gelehrten Doctor, noch dazu aus Isfahan, so in den Wahnsinn treiben konnte. Und mit ihm ihren Josef. Dabei wusste der doch gar nicht, was daran so traurig sein konnte. Wahrscheinlich etwas Ordinäres, mit und ohne „u“. Er weinte einfach mit. Es war herzzerreißend. Irrsinn als tägliche Abendunterhaltung.

Hauptsache, sie verstehen sich, sagte sich Barbara. Dann war auch Josef locker und wissbegierig. Ein lebhaftes Wienerkind. Und nicht so geduckt und verschreckt wie in Gegenwart ihres launischen und unberechenbaren Luckham. Da wusste Josef nicht, wann, wie und warum dieser ihn schlug. Gerade gestern hatte sie sich mit gesamtem Körpereinsatz in einen dieser spontanen Zornausbrüche hineingeworfen. Luckham war wieder besoffen nach Hause gekommen. Da er nicht aus den Stiefeln gekommen war, hatte er Josef geheißen fest anzureißen. Da das aber nichts geholfen hatte, hatte er begonnen, wie wild nach ihm zu treten. Aber er war nicht weit gekommen. Barbara war dazwischengegangen, und so war Luckham unsanft auf dem Boden gelandet, wo er wimmernd liegen geblieben und schließlich eingeschlafen war. Recht geschah ihm. Als sie einmal zart eine mögliche Adoption angesprochen hatte, hatte er sie nur kotig angehustet: „Wen soll ich adoptieren? Einen Judenbalg? Einen Waiowai? Hur und Kebsweib des Gottseibeiuns! Komm mir nie wieder mit so einer unverschämten Zumutung!"

Damit hatte er sie tief verletzt. Doch später wiegelte sie sich selbst gegenüber wieder ab: „Schön und gut, er bringt Geld ins Haus. Stör, Hausen, Karpfen, Wels, Zander, Hecht und Barsch gibt's immer. Auch Hundsfische und Neunaugen. Und Krebse ohne Zahl." Aber dieses Getier war Volksnahrungsmittel und brachte kaum Gewinn. Sie selbst nahm den Stören die Eier aus und brachte sie in den Keller, ins Eisgrübel. Die liebte Bonibácsi. Und dann erst ihre Fischsuppe! Mit viel Fogosch und Karpfen und scharfem türkischem Pfeffer, den sie auch Paprika nannten, Zwiebel und Knoblauch und fettem Rahm. Daran konnte sich ihr Mieter einfach nicht satt essen. Und sogar Josef, der beim Essen eine rechte Zez'n war, löffelte im Beisein von Bonibácsi mehr als ihm gut bekam. Dazu reichte Barbara weißes, heiß geröstetes, teures Weizenbrot mit viel Knoblauch.

Beim Abstauben der Regale verspürte sie plötzlich einen schrecklichen Hunger. Was heißt – einen Flamaux! In der Werkstatt musste doch noch das alte Rahat sein. Gierig stopfte sie die alten, verkrusteten Honigwürfel in sich hinein. Schalt sich eine Närrin. Oben hatte sie doch noch einen Topf ihrer Fischsuppe stehen. Aber jetzt hinaufgehen? Die vielen Stufen! Zu ihrem schnarchenden Zwergenungetüm? Vielleicht war er schon wieder aufgewacht und schrie nach Schnaps. Dann gab es wieder Schäge für sie, ein Packerl Haustätschen. Beidseitig. „Wozu den Ärger?", dachte sie sich.

Barbara suchte gierig nach dem süßen Marillenlikör in Bonis Hausapotheke. Wie sagte er immer: „Ein Glaserl Wermut und weg ist die Schwermut!" Das kitzelte den Gaumen. Süß wie das Paradies, und eine pikante Schärfe, wie ein Liebesrausch. – Noch einen kleinen Schluck. – Aller guten Dinge sind drei, oder vier …" Barbara ließ sich im Schlafzimmer Bonibácsis auf die ächzende Bettstatt fallen. Streichelte ihren massigen, breit quellenden Bauch, der ihr von rechts nach links und wieder zurück wogte. Ließ den rechten Fuß nach unten baumeln. Streichelte mit den Händen gezielt ihre wohlgenährten Brüste. Spürte gierig ihre steifen, großen Brustwarzen unter der Leinwand. Raffte, plötzlich zitternd vor Erregung, ihre Röcke hoch und nach einigem verschwommenen Röcheln versenkte sie Zeige- und Mittelfinger in ihre feuchtglitschige Spalte. Es war ihr, als läge Aaron wieder über ihr. Keuchte sie an. Röhrte wie Krampus, der Kettenhund. Sie spürte Aaron wieder in sich, wie damals. Ihr Röcheln ging in ein verhaltenes, augenverdrehtes Kreischen über. „Aaron, Aaron! Mein Bub!", stieß sie einen unterdrückten Schrei aus.

Schleier hoben sich und sanken, Nebel waberten über der neuen Leopoldstadt.

Wien, Leopoldstadt, 1679, später

Schahin drehte den Schlüssel im Schloss zu seiner Offizin. Beim Eintreten seufzte er trübsinnig. Wie lange war er jetzt weg gewesen? Er müsste eigentlich froh sein, denn seine lange Reise hatte ihm gute Geschäfte gebracht, und neue bahnten sich an. In den Satteltaschen seiner Pferde befanden sich wundersame und zugleich mit Gewinn zu verkaufende Gewürze und Spezereien. Er hatte neue Tulpenzwiebeln eingekauft, die in Amsterdam den Tulpenanbau neu beleben konnten. Es waren Papageientulpen. Neue Farben, neue Formen. Die Jolfalzajnen, die Armenier in Holland, würden eine neue Hausse auf dem Tulpenmarkt erzielen und auch ihn reich machen. Er hatte Damaszenerrosenwurzeln im Gepäck seines Reisewagens. Solche Rosen, die der Okzident noch nicht gesehen hatte, würde er dem Adel gewinnbringend unterjubeln. Herbeigeschafft hatte Schahin auch seltene Gewürze, die er den Söhnen des Johan Baptist Cameel in der Bognergasse um ein Vielfaches des Einstandspreises verkaufen konnte.

Seine Verzweiflung hatte aber einen ganz anderen Grund. Die Rosen waren nicht mehr für die Schönheit allein geplant. Sie würden ihm als Heilmittel dienen. Schon nach Sofia hatte er ein schlechtes Gefühl gehabt, das sich wenige Meilen später verdichtet hatte. Er war durch Pestland geritten. Es war die Pest, die er ahnte, vibrierend spürte und der er nun entkommen war. Die verlassenen Höfe, die Ratten, die bei Tag über die Straße liefen. Darum fühlte er sich so ausgelaugt und entkräftet. Wie von Furien gehetzt war er geritten und hatte die Karawansereien in Belgrad und Novi Sad gemieden, die ihm sonst lange als Unterkunft gedient hatten. Es war dringend wie noch nie gewesen, nach Wien zu kommen. Nach Wien, um zu warnen. Nach Wien, um Barbara zu beschützen. Und auch den Josef, der ihm so ans Herz gewachsen war. In zehn Tagen war er von Belgrad nach Wien geeilt.

Er musste mehr Rosen anbauen. In Barbaras Kuchelgarten. Die Wurzelstöcke vom Schwarzen Meer, die in Lehmbrei getaucht waren, schaukelten aber noch im Leiterwagen, den sein Gehilfe, der Zenz, ihm nachbringen würde. Die Damaszenerrosen waren besonders anfällig für den heilsamen Schimmel, den Nostradamus als so wertvoll gegen die Pest beschrieben hatte. Hatte einmal die Pest die Leopoldstadt erreicht, dann würden die Rosenpastillen des Nostradamus die einzige Möglichkeit sein, diese Seuche zu überstehen. Da war er sich sicher. Hatte er nicht zu Hause oft genug Kopien des Dioskurides und der Schriften des Nostradamus studiert? Dioskurides pflegte Feigen auf die Pestbeulen aufzulegen, dann war es aber schon zu spät. Das einzige Remedium schien ihm die Anweisung des Nostradamus zu sein: Schimmelige Rosenblätter, tausende davon, mit Kalmuswurzeln und einigen anderen Ingredienzien vermischt, auf die vertraute er. Und kein Kontakt mit den Patienten. Kein Aderlass, wie es so oft der Brauch war. Kein Kontagium. Und wenn die Pest drei Monate von Edirne bis Sofia gebraucht hatte, musste sie bald auch vor den Toren Wiens auftauchen. Er musste neuen Grund dazuerwerben oder mieten, um die Rosen anzubauen. Er würde tausende davon brauchen. Sein Gold würde ihm sicherlich dazu verhelfen. Auf seiner Reise war es ihm möglich gewesen, verhältnismäßig billig an nur wenig gestreckten, neuen Weihrauch heranzukommen, den konnte er gewinnbringend an Bischof Kollonitsch verkaufen, die zahlreichen Kirchen in Wien würden ihn ihm aus der Hand reißen. Schahin hatte noch einen weiteren Plan. Weihrauch war auch gut gegen alle Formen von Krankheiten, er würde ihn deshalb in die Rosenpastillen hineinmischen.

Nostradamus hatte es damals übersehen. Alles, was die Miasmen töten könnte, war geeignet. Die Kalmuswurzel gehörte dazu. Hatte er genug davon? Falls nicht, würde er sie finden, und Josef könnte ihm dabei helfen. Schahin ließ sich in seinen breiten Stuhl fallen. Er war noch vor dem Abend angekommen, der bald hereinbrechen würde. Zu Hause.

Zu Hause – wo?, sinnierte er. Jetzt in der neuen Leopoldstadt. Wo war sein blühendes Isfahan geblieben, seine alte Heimat? Die Erinnerungen an die Jahre, die er dort zugebracht hatte, wurden wieder lebendig. In Isfahan gab es allerdings so viele Ärzte, dass dort kein Geschäft zu machen war. Jung war er weggegangen und nach Buda gelangt, um sich den Türken anzudienen. Und hatte Erfolg gehabt, als er dem Pascha von Buda den Star gestochen hatte. Dann war er Primus inter Pares geworden: wohlgelitten und mit Freundlichkeiten überhäuft. Aber man hatte ihm Geschäftemacherei vorgeworfen. Er sah das anders: Die Osmanen waren wohllebig. Ihr Lebenswandel brachte es mit sich, dass man mit erleichternden Durchläufen und anderen darmreinigenden Mitteln rasch Heilerfolge erzielen konnte. Wonniges Leben und Schlemmerei brachte nun einmal Obstipationen mit sich.

Schahin hatte mit der Zeit keine Erfüllung und keine Herausforderung mehr als Arzt gespürt. Für einen Suchenden wie ihn, für einen, der Neues entdecken wollte, war die Burg von Buda ein Loch. Ein goldenes Loch immerhin, denn er hatte nicht schlecht an den Abzügen verdient, die er den Ağas und Beğlerbeğs verkauft hatte und die mit ihrer abführenden Wirkung rasch Beschwerden beseitigen konnten. Eine weitere erfolgreiche Behandlungsweise, die er vorzüglich beherrschte und die seinen Ruf als Arzt stärkte, war das Setzen von Blutegeln, das Blutabzapfen gegen Apoplexie. Damit hatte er Goldstück um Goldstück aufgehäuft. Aber Befriedigung gab es ihm das alles nicht. Buda war auch nur ein Außenposten gewesen, die letzte Fortifikation des riesigen Osmanenreiches, wo doch so viel tradiertes Wissen einen Schatz bot.

Dennoch hatte Schahin zu neuen Ufern aufbrechen und vor allem die Wissenschaft der Medizin in westlichen Gegenden kennenlernen wollen. Sicher wäre es besser gewesen, nach Südfrankreich aufzubrechen oder nach Padua, aber Wien war ihm damals näher und verlockender erschienen. Die Judenstadt besaß zu der Zeit, als er sich in Wien niederließ, nicht nur berühmte Rabbiner, auch die Ärzte waren weltberühmt. Bei Wolf Alfanus hatte er einige Monate famuliert und war überrascht gewesen von dessen psychologischer Fähigkeit, kranken Menschen wieder das Gefühl der Gesundheit zu geben. Auch der Handel mit fremdländischen Medizinen war in Wien besser aufgehoben. Der Krieg hatte die Weltstadt vom Osten abgeschnitten, es bedurfte neuer Wege und Methoden, die bei den alten Griechen bekannten Ingredienzien zu importieren. Schahin hatte sein umfangreiches und in der Praxis erprobtes Wissen genutzt. Er war der Erste gewesen, der die früher berühmte Aloe aus der Halbinsel Euböa wieder nach Wien gebracht hatte. Auch jetzt ruhten in seinen Packtaschen neue, kleine Aloepflanzen, die ein wahres Wundermittel darstellten und in Wien so gut wie unbekannt waren. In seiner Küche an der Südseite des Hauses wollte er die Aloe anpflanzen, ihren Saft mit Zitrusfrüchten konservieren und den Leuten einflößen und auf ihre Wunden und Hautkrankheiten auflegen. Aloe war ein Wundermittel. Alexander der Große hatte die Halbinsel Euböa eigens wegen ihres Aloevorkommens erobert, um die Pflanzen für seinen Perserfeldzug mitnehmen zu können. Was Alexander konnte, war auch für ihn möglich. Auch die Wirkung des Schlafmohns war in seiner Heimat bekannt, hier jedoch wusste man nichts davon.

Vorrang hatte jetzt allerdings die Planung und Vorbereitung des Heilmittels gegen die Pest. In Kürze würde die Plage unabwendbar über Wien und seine Bewohner hereinbrechen. Schahin war sich darüber im Klaren, dass er zudem etwas gegen die Ratten unternehmen musste, die immer mit der Pest einherliefen. Denn nur dann konnte sein Kampf gegen diese schreckliche Krankheit Erfolg haben.

Mit einem Ruck erhob er sich. An der Tür hatte es geklopft. Der Schlüssel drehte sich im Schloss. Das kann nur meine Barbara sein, war ihm sofort klar. – Meine?, fragte er sich noch einmal und vernahm einen Freudenjauchzer. Die Tür sprang auf, Barbara eilte zu ihm und drückte ihn an ihre Brust. „Bonibácsi! Endlich wieder daheim!“, stieß sie aus. Hinter ihr stand schon der kleine Josef und drängte sich zu ihm vor, der Schlaumeier. Wenn er nichts zuwege brachte, wenn alle sterben mussten – aber die zwei musste er vor der Pest retten. Und sich selbst auch.

Jetzt schob er Barbara eine Armlänge vor sich und betrachtete sie aufmerksam. Es war traurig, wie diese Ehe die junge Frau heruntergebracht hatte. Sie wirkte aufgedunsen und ihr früher pfirsichreiner Teint war durchsetzt mit kleinen gelben Flecken. Sie hatte einige Hautunreinheiten. Das Haar sah struppig aus und ihre ehedem jugendfrischen Backen waren ödematös und hingen schlaff herunter. An den Seiten ihres noch immer schön geschwungenen Mundes hatten sich schwere sichelförmige Falten eingegraben. Vor ihren zarten Ohrmuscheln hatte sich ein eigener Wulst gebildet, der ihr tief um ihren Hals herabhing. Sie hatte sich sichtlich verändert und war während seiner Abwesenheit tatsächlich noch mehr auseinandergegangen. Jetzt übertraf sie ihn selbst schon an Breite, denn die Strapazen, besonders der letzten zwei Wochen, hatten ihm stark zugesetzt. Dass er sich nun auch matt fühlte und erschöpft war, verwunderte nicht. Aber er wusste, dass der Ernst der Lage von ihm forderte, sich zusammenzureißen. In den nächsten Tagen musste er unbedingt seine Waren gewinnbringend verkaufen.

Während des langen Ritts hatte er sich dazu bereits eine Strategie zurechtgelegt und Listen mit Verkaufsketten konzipiert. Während er seine Gespräche und Verhandlungen durchführen wollte, sollte sich der findige Josef um die Rohstoffe kümmern, die für seine Arzneien gebraucht wurden.

Zuallererst aber machte er sich Sorgen um sein „Seelchen“, Barbara, auch wenn ihre Augen noch immer gleichzeitig blitzen und lieb glänzen konnten. Es waren wahrscheinlich ihre Jungmädchenaugen, die ihn so faszinierten, und wenn er ihr jetzt wieder tief in dieses Augenpaar, „a drága szempár“, sah, dann spürte er ein leises Ziehen hinter dem Brustbein. Und Barbaras halb geöffneter, feuchter Mund tat dazu ein Übriges. „Warum war ich damals nicht in Wien, als sie mit dem kleinen Josef wieder zurückgekehrt war?“, fragte er sich. Im Nachhinein war ihm klar: Er war so in seine pharmazeutischen Geschäfte vertieft gewesen, dass er etwas Wichtiges versäumt hatte. Und was man einmal versäumt hat …

Josef zappelte hörbar neben ihm, so wandte Schahin sich ihm zu: „Ja, mein Herr, ich habe dir etwas mitgebracht. Aber Vorsicht! Es ist nicht für alle Tage. Nur bedeutende Krieger und weise Berater tragen so etwas.“ Mit der Linken griff er in eine neben ihm an der Wand hängende Tasche, kramte darin geheimnisvoll, holte sie wieder heraus und warf ein paar Körner in die Flamme der Kerze vor ihm. Rotes und blaues Licht explodierte zischend. Josef zuckte kurz zusammen und staunte mit offenem Mund. Mit Blitzgeschwindigkeit griff Schahin in die Jacke Josefs. „Was hast denn du da drinnen verborgen?“, wollte er schalkhaft von ihm wissen und stupste dabei Josefs Nase, so dass der Junge zu ihm nach oben blickte. Mit der rechten Hand zauberte Schahin unterdessen aus der Jacke Josefs einen osmanischen Kinkaldolch hervor, der mit Halbedelsteinen besetzt war. Der Griff bestand aus zusammengesetzten Türkisen mit zwei dunkelroten Karneolen, das Ende des Griffes zierte eine großzügige Gemme. Auch die Scheide glänzte aufgrund der kunstvoll eingearbeiteten Türkise. Josef zog den Dolch heraus. Er blickte mit offenem Mund auf die rasiermesserscharfe Schneide. Bis zum Querheft zog sich eine Ziselierung in zierlicher Nash-Schrift. Schahin deutete darauf und dozierte singend: „‚Allah ist der Osten und der Westen; wohin immer Ihr also Euch wendet, dort ist Allahs Angesicht.' Josef, in dieser Sure zwei des Korans liegt viel Weises, denn es heißt weiter: ‚Wahrlich, Allah ist freigebig, allwissend.' Mehr steht nicht auf der Klinge. Aber eines Tages werden wir uns über diese zweite Sure unterhalten, die auch ‚die Kuh' genannt wird, und damit zusammenhängend über die Religion Israels und die der Christen. Gebrauche dieses Geschenk weise und in Ehrfurcht. Es ist nicht zum Schnitzen von Weidenzweigen gedacht. Gebrauche den Dolch nur in größter Not. Ich habe ihn über einen guten Freund in Stambul erhalten. Vielleicht kann ich ihn dir eines Tages vorstellen."

Barbara drängte sich herbei. Dem sprachlosen Josef gab sie einen kleinen Stoß in die Seite und ermahnte ihn: „Bedank dich doch, Joschi, du Haubenstock!" Und zu Schahin gewandt, ein wenig tadelnd, sagte sie: „Bonibácsi, für so einen kleinen Jungen solch ein gefährliches und teures Geschenk!"

„Meine Liebe", wandte er ein, „bedenke, dass dein Josef im Morgenland in einem Jahr formell verheiratet werden würde. So klein, wie du ihn machst, ist er nicht mehr. Auch deshalb habe ich für ihn eine wichtige Aufgabe. Natürlich nur", damit machte er eine komische Verbeugung in Richtung Josef, „wenn der junge Herr es gestattet."

Josef grinste und wollte schon neugierig mehr erfahren, doch Schahin wies dies mit einer kurzen, abwehrende Handbewegung zurück und beschwichtigte: „Darüber später!"

Jetzt konnte er sich nicht länger zurückhalten: „Entschuldige, dass ich nicht zuerst die Schätze des Orients meiner verehrten Hauswirtin zu Füßen gelegt habe“, sagte er mit feierlichem Ernst in seiner Stimme. Damit drehte er sich um und nahm einen Packen, der in Leinwand eingebunden war, von einem Stapel auf dem mit Teppichen behangenen Diwan. „Nimmt die hochmögende Rose der Leopoldstadt die unwürdigen Geschenke eines einfachen Reisenden an?“, schmeichelte er Barbara, verbeugte sich dabei seltsam grazil und reichte ihr mit beiden Händen das Päckchen, wie ein Mohrensklave ein Kissen mit Juwelen überreichen würde. Und in der Tat, als Barbara mit zitternden Fingern die Verschnürung öffnete, fiel ihr Blick zuerst auf ein großes Seidentuch mit farbigen Streifen in Blau, Dunkelrot, Gelb und Weiß. In ihnen enthalten waren verschiedenste Ornamente, Sterne, Quadrate und fremdländisch aussehende Symbole. Intuitiv prüfte sie den kostbaren Stoff zwischen Daumen und Zeigefinger, er war hauchdünn und federleicht.

„Diese Maulbeerseide habe ich von einem Händler aus Bursa erwerben können“, eräuterte Schahin. „Aber sei vorsichtig beim Aufschlagen des Stoffes, es befinden sich noch zwei kleine Sachen drin.“ Sein breites Lächeln deutete seine eigene Vorfreude auf die Reaktion der lieben Barbara an.

Sie hatte schon ertastet, dass in die Seide zwei Kästchen eingeschlagen waren. Das eine, größere, stellte sich als eine reich intarsierte Arbeit aus Ebenholz heraus, die sie neugierig in ihren Händen drehte und untersuchte. Als sie das Behältnis aufklappte, stieß sie einen gicksenden Schrei aus: „Was für eine Kette!“ Es war ein wunderschönes Schmuckstück aus Goldfaden, an der eine große, rosafarbene Perle hing. Noch nie hatte sie so eine Preziose in der Hand gehalten. Plötzlich und ohne Scheu stellte sie sich auf ihre Zehenspitzen und drückte Schahin einen dicken Kuss auf seine bärtige Wange.

„Ach Bonibácsi, du bist so ein Schatz“, sprach sie zu ihm in tiefster Dankbarkeit und wurde traurig: „Aber du weißt doch, dass ich als Fischhändlerin so etwas gar nicht tragen darf.“

Schahin war sich dessen bewusst: „Wer sagt dir denn, dass du das bei mir nicht tragen darfst? Solange du mir diese Räume vermietest, sollst du wie eine Königin bei mir einherschreiten." Barbara war im Gesicht tiefrot geworden. Auch ihr Hals und ihr nicht sichtbares Dekolleté waren jetzt heiß angelaufen und zeigten rote Flecken. Sie fühlte ihr Herz pochen. Das erste Mal seit langer Zeit verspürte sie wieder den zauberischen Schwindel, der sie so lange nicht mehr berührt hatte.

Josef musste etwas davon gespürt haben, denn er wies mit seinem Dolch auf ein weiteres Kästchen im Seidenbündel. „Und was ist da drin?", wollte er wissen.

„Mach doch schon auf!" Barbara hatte sich noch kaum gefangen und schlug kokett-verschämt ihre Augenlider vor Bonaventuras Blick auf und zu, um sich wieder Josef zuzuwenden: „Ja, was kann denn da noch versteckt sein?" Mit einem feinen, hellen Stimmchen imitierte sie ein kleines Mädchen. In dem Tuch hatte sich noch ein schlichtes Holzkästchen verborgen, das deutlich kleiner war als das andere. Als sie es vorsichtig öffnete, lag eine feine Phiole aus Glas darin, die mit Halbedelsteinen verziert war und einen goldenen, tulpenförmigen Drehverschluss besaß. Barbara rätselte: „Was ist da wohl drin, lieber Boni?" Ganz unvermutet ließ sie das gewohnte „Bácsi" weg.

Bonaventura hatte es sofort bemerkt und zog rasch die Luft durch seine lange Nase ein. Jetzt war eine etwas dunklere Schattierung in seinem braungebrannten Gesicht zu bemerken. Mit gravitätischem Ernst sprach er zu ihr, und Josef lauschte gespannt: „Das ist Rosenessenz vom Schwarzen Meer, dem Kara Deniz. Nicht daran riechen! Es stinkt nämlich schrecklich. Aber wir werden gemeinsam daraus ein Parfum machen, wie du es in Wien noch nie gerochen hast. Konzentrierten Alkohol habe ich genug. Und diesen Duft können dir keine Luxusgesetze oder Kleidervorschriften verbieten."

Barbara war überrascht und entzückt zugleich. Doch das vorige Jungmädchengefühl hatte sich nicht mehr eingestellt.

Voller Dankbarkeit drückte sie Schahin noch einen Kuss auf die Wange. „Boni!“ – Wieder kein Bácsi, fiel ihm auf. War es Absicht oder nur Vergesslichkeit? – „Du bist ein Schatz! Wie sagst du immer: ein ‚Schatzikam‘?“.

Bonaventura schüttelte sein Haupt und ließ sie wissen: „Wenn das aus deinem Mund kommt, das „-kam“ als besitzanzeigendes „mein“, dann freut mich das mehr als alles andere auf der Welt. Dann ist das heute ein guter Tag.“

„Oh!“, entfuhr es Barbara unvermittelt, und sie hielt sich ihre dicke Hand vor den Mund.

Sie bemerkte, dass er kritisch wurde. Sie wollte das Ausbreiten einer schlechten Stimmung vermeiden und das Schöne bewahren, reagierte sofort und wandte sich Josef zu. „Was sind wir denn für Hausleute, mein Dolchkämpfer? Und du stehst auch nur da. Oben auf dem Herd ist die Fischsuppe vielleicht noch warm. Lauf schnell rauf und bring den Topf. Und etwas Weißbrot!“

Er stöhnte kurz auf: „Mama, bitte, komm mit mir. Ich kann doch nicht alles auf einmal tragen.“

Sie verstand schon seine Angst vor dem besoffenen Grottenolm und willigte ein. Zu Bonaventura, Verzeihung heischend, sagte sie beim Hinausgehen: „Du bist uns doch nicht bös, dass wir das gemeinsam erledigen. Wir kommen gleich runter und lassen derweil deine großzügigen Geschenke da. Während du isst, kümmert sich dann Josef gleich um deine Pferde.“

Er nickte zustimmend und begann in seinen Packtaschen zu kramen. Barbara gab sich seufzend einen Ruck, wuschelte durch Josefs rotblonde Schnittlauchhaare und gemeinsam schoben sie sich aus der Tür. Oben schürte sie die Asche im Herd, prüfte die Wärme des Suppenkessels und befahl Josef, den Kessel an der Zahnstange hinabzulassen: „Wir müssen einen Zahn zulegen.“

Unten öffnete Schahin eine Flasche Wein und goss sich einen guten Schluck in einen Kristallbecher. Nachdem er mit der Probe zufrieden war, schenkte er nach und begann wieder in seinen Satteltaschen und Packen zu kramen. „Vor dem Gewinn wartet die Arbeit“, brummte er sich Mut zu, aber vielleicht konnte ihm dann Barbara beim Auspacken helfen. Er freute sich schon darauf. Er streckte die Arme seitlich aus und leichtfüßig vor sich hin tänzelnd intonierte er eine kurze Sarabande. Dass er heute nach dem langen Ritt von Hainburg bis in die Leopoldstadt noch tanzen würde, hätte ihm sein breiter Hintern zuvor nicht prophezeit.

Von oben hörte er einen kurzen Disput und Türenschlagen. Es gab wieder einmal Krach zwischen Luckham und Barbara. Aber er war sich keiner Schuld bewusst. Soll der alte, stoppelglatzige Molchzwerg nur eifersüchtig sein! Er wollte Barbara nur spüren lassen, dass sie begehrt wurde. Von ihm. Das würde aus ihr einen anderen Menschen machen. Sie würde es besser haben. Auch der Josef, der arme Bub, brauchte männliche Güte, die er von seinem Ziehvater nicht erhielt. In diese Gedanken versunken, öffnete er das Eingangstor zu seiner Offizin.

Hochrot und noch mit Zornesfalten im Gesicht keuchte Barbara mit dem Weißbrot und zwei Knoblauchzehen herein. Hinter ihr der Bub mit einer roten Wange und feuchten Augen. „So ein giftiges G’frieß!“, fauchte Barbara. Ihre Wut und die obligate herabfallende Haarsträhne machten sie richtig hübsch. Gemeinsam mit dem Augenblitzen. Aber sie hatte ihren Gefühlsausbruch schnell wieder im Griff. „Josef, komm!“, rief Barbara energisch ihrem Sohn zu und entspannte wieder ihr Gesicht. Sie hielt ihm die Tür zur Küche auf, die zugleich als Laboratorium diente. „Stell den Topf auf den Dreifuß“, dirigierte sie Josef und streichelte, als er an ihr vorbeilief, über seine gerötete Wange. „Mach dir nichts draus, der ist besoffen“, besänftigte sie ihn.

Aber Josef ließ sich davon nicht beeindrucken und hielt sich mit seiner Empörung nicht zurück: „Jetzt soll ich ihm vielleicht noch die andere Backe hinhalten, sprach der Herr, oder?"

„Keine Gotteslästerungen, bitte! Eben nicht, wenn man ein Unrecht eingesteckt hat!", entgegnete Barbara ihrem Sohn erbost. Sie streichelte ihn wieder, drückte ihn an sich und flüsterte ihm mit mütterlicher Wärme zu: „Wir kommen da schon durch."

Schahin stand in der Tür zur Küche und betrachtete das Bild. Der Junge und Barbara taten ihm von Herzen leid. „Josef, sei tapfer!", warf er dazwischen. „Gerade du bist doch nicht jähzornig. Sonst hätte ich dir den Dolch nicht geschenkt." Dem Buben standen Zornestränen in den Augen und er wollte nicht weiterhören, wozu ihn Schahin freudlich-unbeholfen aufforderte: „So, jetzt sei so lieb und schau in den Hof, nach den Pferden. Sie haben schwere Tage hinter sich. Sei gut zu ihnen. Vielleicht willst du dann auch noch eine Halászlé, die beste Fischsuppe zwischen hier und Isfahan." Barbara assistierte: „Heute hab ich auch noch Wels und Hecht hineingegeben. – Hast du für mich auch ein Glaserl?"

„Kérem szépem", antwortete er einen Hauch wichtigtuerisch und mimte den aufmerksamen Kellner. Beide gefüllten Gläser balancierend gesellte er sich zu Barbara in die Küche.

Auf einmal flog die Tür zu seiner Offizin auf: „Schahin! Türkensau, verdächtige!", hallte es herein. Luckham. Er taumelte in die Küche und hielt in der Hand ein langes Filiermesser. „Ich schlitz dich auf, du Schaastrommel, wenn du mein Weib nicht in Ruh' lasst! Taucht plötzlich wieder auf, nachdem monatelang eine Ruh' ist, und verdreht dem Trampel gleich den Kopf! Komm nur, damit ich dich massakrier'!", schrie er Schahin an, fuchtelte mit dem langen Messer herum und wankte. Schahin ging ruhig auf ihn zu. Der kleine Luckham verschwand fast in seinem Schlagschatten und lehnte sich gegen die Wand. Er bekam Schluckauf. Plötzlich begann er wie ein Kind zu greinen. „Trampel, ja, wahr is' es!", nuschelte er und: „Mastsau, beschi...schschene".

Schahin schnaubte, sah ihn durchdringend an und nahm ihm das Messer ganz langsam aus der Hand. „Hast schon recht, ist schon gut, Herr Meister!", beruhigte er Luckham, dessen Schluchzen zunahm.

„Wahr is' es!", schrie dieser heraus. Seine Flüche auf die ganze Welt und seine Frau waren dann kaum mehr zu verstehen. Der Doctor fasste ihn, schulterte ihn wie einen Weinschlauch, trug ihn hinaus auf den Flur und dann die Treppe nach oben.

Barbara war mit dem Rücken zum Herd zurückgewichen. Fast hätte sie sich daran verbrannt. Sie lüftete ihren Rock, der ein wenig angesengt war, und wedelte damit durch die Luft. Schahin erschien wieder und versuchte Barbara zu beruhigen: „Der braucht kein Schlafmittel mehr. Ich habe ihn aufs Bett gelegt. Übrigens, die zwei Mädeln schlafen schon ganz fest."

„Du bist ein Schatz! Boni. ‚Schatzikam'!", setzte sie mit ihrem liebsten Augenaufschlag hinzu. „Was soll ich nur mit diesem Zornbinkel machen?"

Wie gern hätte Bonaventura sie jetzt in den Arm genommen! Geschaukelt, wie damals, als Mädchen. Aber er riss sich zusammen und berührte nur die Unterseite ihres festen Oberarms. Allein das ließ sie jetzt in ihrer Situation zusammenzucken. Hatte es vielleicht nur gekitzelt? Oder lief ihr da nicht ein heißer Blitz durchs ganze Rückenmark und ließ sie erschauern?, überlegte er sich, kurz mit seinen Gedanken abschweifend, und sprach dann zu Barbara: „Wie hast du gerade zu Josef gesagt? Wir kommen da schon durch. Lang dauert es nicht mehr und dein Gatte hat sich zu Tode gesoffen. Schau ihn dir doch an, die lebende Leberfäule! Noch jeden Tag ein bisserl Spiritus dazu und er kann sich gleich darin einlegen. Seine braungelben Augen verheißen nichts Gutes. Der Mann ist so gut wie hinüber. Seit ich ihn das letzte Mal gesehen habe, ist es viel schlimmer geworden. Allerdings, wie lange dein Martyrium noch dauern wird, kann ich nicht genau sagen. Ein Arzt weiß auch nicht alles."

Barbara stimmte seinen Beobachtungen zu: „Mein Vater, weißt du, ist auch am Alkohol zugrundegegangen. Aber so genau kann ich mich nicht mehr erinnern. Es ist schon so lange her."

„Jedenfalls", tröstete sie Schahin, „da kommen wir durch!"

Sie kehrte ihm wieder den Rücken und rührte im Topf. Der köstliche Dampf der Fischsuppe wässerte seinen Mund und ließ den Magen hörbar grummeln. Knoblauchduft breitete sich aus. Barbara mahnte ihn freundlich: „Setz dich schon hin, gleich gibt's was Feines."

Voller Erwartung breitete sich Schahin hinter seinem Schreibtisch aus. Er hatte eine Serviette umgebunden und einen Löffel aus der Küche mitgenommen. Und dann stand sie vor ihm, den tiefen, dampfenden Teller in den Händen, stellte ihn nieder und stand einfach da, sein Urteil vielleicht schon vorausahnend, erwartend. Mit beiden Händen strich sie sich über die Schürze, raffte ein wenig das Tuch von der eingeklemmten Bauchfalte und richtete sich dann die Haarlocke. „Superb! Nagyszerü!" Wieder blies er in den Löffel und war im siebenten Himmel.

Sie setzte sich zu ihm, nachdem sie ihr Weinglas aus der Küche geholt hatte, und betrachtete sein glückliches Gesicht. Ein kleines Stück vom Paprikapulver rot gefärbter Zwiebel hatte sich schon in seinen Bart eingenistet und Farbe verbreitet. Sie betrachtete zufrieden den heimgekehrten gütigen Mann.

Nach einem zweiten Teller war er satt. Zurückgelehnt verschränkte er die Hände vor seinem satten Bauch. „Barbara, nach so einem Essen, sollte ich eigentlich nicht von Ernstem reden. Aber es muss sein", unterbrach er die Stille.

Sie blickte erschrocken auf. Wollte er vielleicht schon wieder fort?

„Nein“, deutete er kopfschüttelnd ihre Gedanken. „Es ist schlimmer. Vor Belgrad wütet die Pest. Wien ist lange Zeit von ihr verschont geblieben, doch schon bald wird sie wieder da sein. Noch ist es ein Geheimnis. Hüte es, denn bald wird es Gewissheit sein. Schließlich läuft die Pest oft schneller als ein Kurierpferd. Ich habe es mit eigenen Augen gesehen – die Beulenpest. Zum Glück ist es dieses Mal nicht die schwarze, die Lungenpest, doch die Beulenpest ist schlimm genug.“

Barbara blickte starr vor sich hin. Ihr war plötzlich klar geworden: Darum ist er so ruhig geblieben und wirkt so nachdenklich. Die Pest! Niemand wird von ihr verschont! Sie schluchzte auf und bedeckte mit ihren flachen Händen das Gesicht.

Bonaventura langte über seinen Schreibtisch, drückte ihre verkrampften Arme herab und redete ruhig auf sie ein: „Sei mutig, Mädel. Meine Seele! Ich bin mir ganz sicher, dass wir überleben. Du und Josef und alle, die mein Mittel nehmen.“

Fassungslos entgegnete sie ihm: „Gegen die Pest hilft nichts, keine Gebete, keine Wachskerzen und kein Ausräuchern! Da sterben doch Arm und Reich!“ Ihre Pupillen hatten sich geweitet, die Augäpfel traten ihr fast aus den Höhlen.

„Bleib ruhig, angyalom“, redete er ihr zu, „ich bin mir sicher, dass es helfen wird. Nur war man sich hier dieses Mittels lange nicht bewusst. Doch ihr müsst mich unterstützen, denn ich weiß nicht, wann mein Gehilfe, der Blecha Zenz, eintrifft und ob er es überhaupt schaffen wird. Er und meine Ladung würden mir sehr fehlen.

Barbara schüttelte vor Verzweiflung ihren Kopf und blickte ihn fordernd an: „Wie können wir dir helfen Boni? Natürlich helfen wir dir. Aber wie?“

„Ich brauche tausende von Rosen. Aber nicht irgendwelche, sondern solche, die vom Schimmel befallen sind. Die ziehe ich kalt ab und ...“

Josef trat ein. Er stellte er sich in militärische Pose und meldete: „Pferde versorgt, getränkt und gestriegelt, Heu und Hafer vorgelegt, Streu aufgeschüttet! Jetzt hab ich auch Hunger und Durst wie ein Ross."

Das Lob Schahins folgte sogleich: „Gut gemacht, mein Junge. Wasch dir die Hände und iss ein bisserl. Dann erzähl' ich weiter." Schahin machte eine bedeutungsvolle Pause – bis Josef satt war.

Dann blickte er die beiden an. Da hing was in der Luft. „Ist was?", fragte Josef, nachdem er sich nicht mehr auf die Suppe konzentrierte.

Seine Mutter blickte seltsam auf ihn, und Schahin, der es ihr gleichtat, sagte: „Ich habe deiner Mutter gerade erzählt, dass es bald sehr ernst werden wird. Die Pest wird über uns kommen. Nicht nur über die Lepoldstadt, sondern über ganz Wien. Über das Erzherzogtum Unter der Enns, dann Ob der Enns. Über ganz Europa. Es wird ein schreckliches Massensterben geben. Etwas Vergleichbares, Josef, habt ihr noch nicht erlebt. Du hast es nur in der Bibel gelesen, wie Moses den Pharao mit Plagen schlug."

„Und sollen wir jetzt fliehen, vielleicht bis nach Tirol?", schlug Josef fragend vor. Das war für ihn so gut wie das Ende der Welt.

Schahins Antwort fiel klar aus: „Abgesehen davon, dass sie auch dorthin kommen wird, nein, wir werden uns der Plage stellen. Wofür habt ihr mich, den persischen Doctor? Du, Josef, stehst jetzt auf, gehst hinter das Haus und bringst mir eine von euren Rosen." Josef stürzte hinaus.

Bald schon kehrte er mit einer voll aufgeblühten rosafarbenen Rose zurück. Sie hatte ein paar gelbe Blätter. Schahin roch an der Blüte und legte sie vor sich auf den Schreibtisch. „Siehst du, Josef", sagte er zu dem Jungen, „genau so hab ich es mir vorgestellt. Zuerst die Blätter: Das ist eine junge frische Rose, und doch hat sie schon gelbe Blätter. Außerdem sieht man darauf braunschwarze Einsprengungen. Das macht ein Pilz. Ich weiß nicht genau, wie er heißt, aber es ist ein Rußtau – nennen wir ihn Pestfresser. Und schau auf den Kelch der Rose, Josef. Siehst du hier die kleinen Käferchen? Auch sie leben von einem Pilz, aber von einem anderen, der in den Blättergründen haust. So etwas brauche ich! Nicht nur die eine Rose. Tausende davon. Und je mehr sie befallen sind, desto besser. Nach der Schule bei den Karmelitern wird es deine Aufgabe sein, überall in Wien herumzulaufen und Rosen zu kaufen. Wenn du alles aufgekauft hast, nimmst du dir mein Pferd und reitest in die Umgebung. Jeden Abend sammeln wir deine Ernte und legen sie ins kalte Wasser. Vielleicht helfen dir deine Kameraden, sag aber nicht, warum. Ich mach' eben ein neues Remedium. Punkt. Und ich zahle jedem gut! Wir mischen dann die Blätter der Blüten mit Kalmuswurzelabsud und der Rosenessenz, von der ich über ein Pfund gekauft habe. Es war nicht billig, das könnt ihr euch denken! Dazu kommt noch gemahlener Weihrauch – davon habe ich einen schönen Vorrat. Er stammt aus Arabien. Und aus dem Pulver, das dann entsteht, machen wir eine Paste, die wir in Honigwasserkrokant eingießen. Viel Arbeit, Barbara und Josef, aber wenn ihr mir helft, können wir einen Vorrat anlegen, den mir die Leute aus der Hand reißen werden. Ihr hingegen seid die Ersten, die beginnen, das Mittel einzunehmen. Wenn es der große Nostradamus geschafft hat, auf diese Weise über die Pest zu siegen, wird es uns auch gelingen."

„Aber warum nutzt gerade ein solcher Pilz?", fragte Josef neugierig nach und erhielt doch keine Antwort, die seinen Wissensdurst befriedigte: „Mein Kind, ich weiß es nicht, aber es hilft, glaub deinem Bonibácsi. Und jetzt wird's langsam Zeit, dass wir uns hinlegen! Der Tag war lang."

Barbara stand auf und begann das Geschirr zusammenzuräumen, ihren Sohn mahnend: „Komm Joschi, hilf mir es hochzutragen! Morgen gehen wir's an!“ Sie raffte auch die Geschenke zusammen, drehte sich noch einmal zu Schahin und gab ihm betont langsam noch einmal einen Kuss auf seine Wange. „Boni, du bist unser guter Stern!“, hauchte sie ihn liebevoll an.

In den nächsten Wochen wurde aus dem Danner'schen Haus hinter dem Schiffamt ein Irrenhaus, schenkte man der Nachbarschaft Glauben. Außenstehende begannen schon zu munkeln, dass der persianische Doctor wahnsinnig geworden sei. Zuerst hatte er seinen Weihrauch beim Bischof Kollonitsch abgeliefert und bei der kaiserlichen Hofkammer Eingaben um Begleichung von längst fälligen Rechnungen gemacht. Dann hatte er einen geheimen Vertreter des Hofkriegsrates getroffen, um ihm verschlüsselte Meldungen und Skizzen über das türkische Arsenal zu übergeben. Und jetzt kommandierte er wie ein Feldherr in seinem Laboratorium, aber auch im Pferdestall und einem angemieteten Gebäude, das ganz in der Nähe des ehemaligen Fränckl'schen Hauses stand und nunmehr einem Öler gehörte. Er hatte noch zwei Mägde aufgenommen, um Barbara beim Rosenklauben zu unterstützen. In den Gebäuden wurde destilliert und geköchelt. Josef schleppte mit den Koltschitzkymädchen und seinen zwei Halbschwestern nach dem Unterricht körbeweise ausgesuchte Rosen herbei. Und der Vorrat an Rosenpillen begann zu wachsen.

Ein plötzliches, wenn auch nicht starkes Hochwasser, das die Leopoldstadt, wie so oft, heimsuchte, unterschied sich von seinen gewohnten Vorgängern. Die Hausratten, die aus den Kellern in die Wohnungen gesprungen waren, kehrten nicht mehr zurück. Sie blieben in den Häusern, waren frech und aggressiv geworden. Sie scheuten die Menschen nicht mehr. Schahin warnte: „Berührt keine Ratte, abgesehen davon, dass sie in dem Zustand auch beißen, sie müssen etwas mit der Pest zu tun haben! Immer wenn die Ratten vor den Menschen nicht mehr flüchten, kommt der Rippenkramer und holt bald darauf den Menschen."

In einem Anfall von Säuferwahn prügelte Luckham seine Töchter aus der Schahin'schen Offizin hinaus. Er verbot ihnen, weiter mit dem „Türkenschwein", wie er Schahin verächtlich nannte, zusammenzuarbeiten. Bei Barbara und Josef hatte er es aufgegeben, maßzuregeln. Er trieb sich lieber bei den Fischweibern und in den Branntweinschenken herum.

Schahin hatte recht gehabt. Die Zeit war knapp und das Pestübel erreichte Wien. Bei einzelnen Menschen tauchten die Verfärbungen und Beulen in der Leistengegend auf. Umgehend verließen tausende, unter ihnen bereits Angesteckte, die Stadt. Die kaiserliche Familie flüchtete Hals über Kopf nach Mariazell zum Altar der Magna Mater Austriae und nach dieser Zwischenstation weiter nach Prag. Die wohlhabende Bürgerschaft und auch der Adel zogen aufs Land, um dort ebenso die Pest zu verbreiten. Auf der Rossau, vor den Toren der Stadt, hatte man aus einem großen Holzstadel ein Siechenspital errichtet. Die Stadtärzte rieten zu Aderlass, um die Seuche zu bekämpfen. Die Kirchen waren voll, Bittprozessionen zogen durch Wien. Schien zuerst nur die Leopoldstadt von der Seuche betroffen – dieses Ventil des Orients, das Menschen des Sonnenaufgangs immer zu Okzidentalen fermentierte –, so brach auf einmal und mit voller Wucht der Sensenmann hinter den Basteien ein. Wer soll die Leiden der Pestkranken beschreiben und das Elend bis zum unabwendbaren Ende.

Aus den Bigotten wurden Wüstlinge, die Besäufnisse nahmen kein Ende. Der Mieter Barbaras, Marx Augustin, ließ das rote Spinnennetz seiner riesigen Nase in allen Schenken leuchten und dudelte den Hoffnungslosen seine berühmten Knittelverse ins Ohr: „Oh du lieber Augustin, alles ist hin." Der Stadtmedicus Sorbait kämpfte vorbildlich an der Front des Todes. Aber außer der verzweifelten Organisation des Leichenräumens blieb ihm nicht viel von seiner Heilkunst. Die Einrichtung des Pestspitals am Alserbach war zwar gut gemeint und luftig gebaut, doch benutzte man dort immer dieselben Eimer und Decken, und mancher, den man nur als verdächtig eingeliefert hatte, wurde gerade dadurch Opfer der Seuche. Ein horrender Tageslohn von zwölf Gulden für die Wegschaffung der Pesttoten wurde geboten.

Gerade die viel belachte Stadtguardia erwies sich als zuverlässig und verrichtete ihre schreckliche Pflicht. Jeden Tag starben auch aus ihren Reihen die Schwächsten und Ältesten. Eines Tages biss der junge Lieutenant Michel Ludwig ins Gras, nachdem er sich schon tagelang mit zehn Zentimeter großen brennend schmerzenden Beulen in den Achseln und im Schritt herumgeschleppt hatte, und wurde weggezerrt von seiner Peterswache. Schneeflocken fielen in die Wiener Straßen. Die Angst vor der Ansteckung war so groß, dass man ganze Wohnungseinrichtungen, mit denen die Leichen in Verbindung getreten waren, etwa das Bettzeug, aufschlitzte und auf die Straße fallen ließ.

Es hatte sich herumgesprochen, dass draußen „über dem Wasser“ – in der Leopoldstädter Vorstadt – ein „persianischer Doctor“ Pillen feilbot, die in der Not wirklich etwas halfen. Das Danner'sche Haus wurde zu einer Pilgerstätte. Luckham hatte die Menschenaufläufe nicht mehr ertragen und war mit seinen Töchtern ausgezogen, nachdem all sein Höhnen über das, was unten im Haus vor sich ging, nichts mehr geholfen hatte. „Lutscht euch nur blöd an den Zuckerln der Schaastrommel!“, hatte er ständig gerufen. „Ihr stopft euer Geld nur in den Rachen der Kanaille!“

Aber die Menschen ließen sich von dem Gezetere des Trunkenbolds nicht abhalten. Ihre letzten Kreuzer boten sie und Schahin hielt sich mit einem gedrechselten Stab, der gut einen halben Klafter lang war, die drängende Kundschaft auf Distanz.

Er sagte den Preis und Barbara, die zum Schutz eine Gesichtsmaske aus Wolle und dicke Handschuhe trug, streifte das Geld ein. Schahin zählte daraufhin die Pastillen auf den Holztisch vor dem Haus. Weihrauchwolken würzten die Luft. Überall hatte Schahin Metallbehälter mit dem rauchenden Harz aufgestellt. Vieles davon war zwar Brimborium, doch die Pillen halfen.

Otto Sotosek musste jeden Tag acht Stunden im Auftrag des Magistrats trommeln, um für den Dienst zur Krankenpflege zu werben. Dafür erhielt er 45 Kreuzer. Langsam verlor er seinen überbordenden Wortwitz, den sarkastischen Wiener Schmäh, mit dem er die Leute zur Hilfe anheuern sollte, etwa: „Am Tag zwölf Gulden und weg sind die Schulden!" Aber er war auch ein guter Vertreter für Schahins Pharmazeutika. Der gute Medicus gab ihm für jedes verkaufte Guadel fünf Kreuzer. Das war Bares auf die Hand und so streunte er mit seinem Nackenwärmer, dem Stubentiger mit den verschiedenen Augenfarben, durch Wiens Straßen, trommelte, rief den Leuten seine Sprüche zu, verscherbelte Pillen unter der Hand und klimperte mit den erworbenen Münzen in der Tasche, wenn er ein Weinlokal betrat. Seine listigen Äuglein schweiften umher, wenn er über seinen Glasrand blickte, um wieder ein Opfer der Pillendreherei zu erhaschen. Schahin hatte ihm eingeschärft, seine Pillen nie vor Apotheken anzupreisen. Aber manchmal rannten ihm die Leute nach. Oft setzte er mehr als hundert Pillen täglich um, das waren summa summarum fünfhundert Kreuzer, also acht Gulden und dreiunddreißig Kreuzer pro Tag. Ein kleines Vermögen. Sein Schlachtruf „Rytz, Rytz, die Pille ist kein Witz!" wurde geradezu sprichwörtlich.

Manche, wie Marx Augustin, der zwar auch gemeinsam mit seinem Trommelfreund Sotosek die Zuckerln lutschte, schworen mehr auf den Wiener Wein, sei es aus Bechern getrunken oder, in destillierter Form, aus Stamperln. Und wirklich, die

Pest konnte ihm nichts anhaben. Eines Tages hatte ihn die Stadtguardia für einen Pesttoten gehalten, als er wieder einmal besoffen vor seinem Stammlokal, dem „Roten Dachl“, hingestreckt in der Jauche lag. Als er am nächsten Morgen in der Pestgrube in der Rossau aufwachte, glaubte er zu träumen. Ein Riesenschrecken ernüchterte ihn jäh. Die Pestknechte trauten ihren Ohren nicht, als sie mit der ersten morgendlichen Fuhre Leichen ankamen und schon Kalk über den Rest von gestern schütten wollten, als sie die Dudelsackklänge in der Grube vernahmen. Sie bekreuzigten sich, blickten einander erschreckt an. Blies der Sensenmann jetzt auch noch zum Tanz auf? „Ich will hier raus!“, gellte es ihnen entgegen und das stadtbekannte Original taumelte mit ihrer Hilfe nach oben. Wie ein Lauffeuer wogte es durch die Stadt: „Unser Augustin hat die Pest besiegt!“

Und wirklich – es war wie ein Wunder. Mitten im August, als die Hitze den Leichengestank schier unerträglich machte, ebbte die Seuche langsam ab. Das Siechenspital lichtete sich. Die Karren konnten die Toten wieder aufnehmen und abtransportieren.

Auf dem Hohen Markt lagen die letzten Leichen herum. Stadtguardisten warfen sie auf die zweirädrigen Gespanne. Es waren ein Fischweib, der alte Luckham und seine zwei zarten Töchter, Eva und Ursula. In der Pestgrube bei Sankt Ulrich wurden sie, ohne kirchlichen Beistand, einfach verscharrt.

Anfang September kehrte der Hof zurück nach Wien und signalisierte: „Wir haben die Pest besiegt.“ Der Adel schlich sich langsam zurück in seine Palais, die Bürger, sofern sie noch lebten, huldigten dem Kaiser. Trompeten erschallten allerorten. Der Himmel musste ein Loch bekommen haben, um all die Schönheit und Lustbarkeit, die in einer riesigen Apotheose des Glücks und der Prachtentfaltung plötzlich aufwallte, dann auf die Welt zu gießen. Die Lebensfreude war wiederum metzenweise in die Wiener Stadt zurückgekehrt. Hatte man vorher aus Fatalismus – „Alles ist hin“ – getrunken, so soff man jetzt unter dem später vertonten Motto „’s gibt nur a Kaiserstadt, ’s gibt nur a Wien“.

Trotz der ausgelassenen Stimmung, die das Ende der Seuche anzeigte, und trotz der zunehmenden Geschäftigkeit war nicht zu übersehen, dass viele Häuser in der Stadt leerstanden und oft nicht einmal Erben für die Grundstücke gefunden werden konnten. Vierstöckige Stadthäuser wurden unter der Hand verschleudert. Der hohläugige Festungsingenieur Rimpler von Rumpold, immer erbost über fehlende Gelder für den Festungsbau, kaufte sich um 25 Gulden ein Haus in der Brigittenau. Trommelotto Sotosek wurde sein Nachbar. Ein ganzes Haus hatte er sich an einem Tag verdient. Neben seiner Trommel begann er nun mit dem Bau von seltsamen Spieluhren.

Nur Marx Augustin wohnte weiter bei der Witwe Luckham. Sein durch Bänkelsang gewonnenes Geld setzte er regelmäßig in Alkohol um. „So viel Prozent wie vom Wein bekomm ich für mein Geld sonst nirgends!“, rief er oft und gern. Vom Stadtrat in Wien wurde am Graben eine hölzerne Dreifaltigkeitssäule errichtet, zu dieser wurden Bittgänge abgehalten, um für das Erlöschen der Seuche zu danken. Der Kaiser gelobte, diese hölzerne Säule durch eine marmorne zu ersetzen, aber es mussten, wie immer in Wien, noch Jahre vergehen, bis dieses Gelöbnis in die Tat umgesetzt wurde.

Bonaventura Schahin schwamm im Geld. Er hatte sich drei neue schwere Kassen gekauft, um den Reichtum aufzunehmen. Dennoch konnte er nach wie vor kein Wiener Bürger werden. Damit war er auch vom Hauskauf ausgeschlossen. So hortete er Rollen von Dukaten und Gulden in eigenen Verstecken, die er sich listig ausdachte.

Barbara hatte auch profitiert. Schahin war großzügig gewesen. Sie trug jetzt Witwenschwarz in feinster Qualität. Ihren üppigen Busen hat sie in schwarzen Taft eingerahmt und mit einem schwarzen Brusttuch bedeckt. Schahin hatte ihr als Belohnung für den Verkaufserfolg eine antike Gemme geschenkt. Das Porträt eines unbekannten römischen Kaisers zierte den ballonartigen Aufbau ihres Faltenwurfs. Ohne Bedenken trug sie jetzt auch die rosafarbene Perle auf der Brust. Allein der Samtstoff für ihre Ärmel hatte sechs Ellen Tuch verbraucht. Barbaras Leibesfülle war zwar geblieben, ihr Habitus hatte sich aber verändert. Sie war wie von einer drückenden Last befreit. Aufrecht und stolz präsentierte sie ihre Gestalt im Sinne von barocker Lebensfülle. Natürlich prustete sie bei jeder Bewegung wie eh und je, und auch das Kreuz schmerzte nach wie vor. Aber sie war befreit von diesem Teufelszwerg, der ihr das Leben so schwer gemacht hatte. Ihr kollerndes Dreioktavenlachen war wieder zurückgekehrt: Tief grollend, im Unterbauch beginnend, erreichte es ein mädchenhaftes Tremolo in der Kehle.

Der Tod ihrer Stiefkinder, mit denen sie sich gut verstanden hatte, tat ihr leid, und so spendete sie auch zwei dicke Kerzen in der neuen Leopoldskirche für deren Seelenheil. Endlich konnte sie sich auch ganz ihrem Augenstern, Josef, zuwenden. Pater Mauritius war voll des Lobes über seinen Geist. Nur naseweis und vorlaut war er. Da musste man ihn immer zügeln. Die „Ohrenaufwinde“ halfen ein wenig: Das schmerzhafte Verdrehen des Ohrläppchens, begleitet von seinem berühmten „Burscherl, winde dich auf!“, war Strafe genug. Latein beherrschte Josef vorzüglich. Die Bibel war ihm ein Zuhause. Sogar die Algebra beherrschte er spielend. Wie schade, dachten seine Lehrer, dass er ein Wedel, einer von unbestimmter Geburt, war. Der Zugang zur Alma Mater Rudolfina war ihm somit versperrt, doch Josef konnte sich damit abfinden. Er lernte schnell. Sogar seine Mutter war überrascht gewesen, als sie eines Tages ihr Schreibkästchen öffnete, um ihm ihr großes Geheimnis zu enthüllen. Die jüdischen Buchstaben. Er sog sie auf und konnte nach zwei Tagen einen wienerischen Brief in jüdischen Buchstaben schreiben. Das Hebräische war ihr verschlossen, weshalb sie ihm nur wenige Fetzen von der Sprache seines Vaters mitgeben konnte. Trotz seines Flehens, zusätzlich zu dieser für ihn geheimnisvollen Schriftwelt mehr über seinen Vater zu erfahren, konnte ihm Barbara nicht weiterhelfen. Sie wusste im Grunde genommen wenig über ihn, wie und wonach er gelebt hatte. Nur kleine Andeutungen der unendlich weisen Religion hatte sie, vor allem von Aaron, vermittelt bekommen. Es war zu wenig für Josef, der alles wie ein Schwamm aufsog.

Owanes Diodato lehrte ihn Griechisch und Kaffeekochen. Er war ein Meister dieses „Türkentrunks", der in Wien noch kaum bekannt war. Nur die Armenier brachten sich zum eigenen Gebrauch die grünen Bohnen aus dem Orient mit, rösteten und mahlten sie und wie bei einer Zeremonie schlürften sie in winzig kleinen Bechern das aromatische Getränk. Es war ihr Geheimnis, ihr Stückchen Orient in der Wienerstadt. Es regte die Gedanken an und ließ bei ihren Zusammenkünften dann auch Perlen der Orientweisheit zu Tage treten; Zitate von Hâzarfann bis Sa'adi bereicherten ihre Dialoge. Josef lauschte ihnen und lernte. Ein seltsames Bürschchen.

Zwar war er im letzten Jahr über den Winter etwas gewachsen, doch er blieb im Vergleich zu Gleichaltrigen klein. Mit denen hatte er ohnehin Schwierigkeiten, was stets damit anfing, dass sie ihn den Judenwedel nannten. Ein Ausgeschlossener war er und ein Sonderling. Seine schmale, lange Nase steckte er in alle Dinge, die ihn nichts angingen. Er erlernte den Gebrauch des Abakus, die Buchhaltung, sog Sprachen in sich auf und turnte behände im Hinterhof von Michailowitz' Haus, wenn es galt, ein Messergefecht auszutragen. Mit seinem Rock über der Linken und einem stattlichen Yatağan in der Rechten lehrte ihn Michailowitz die Finten und Attacken. Das war ein

Kampf nach Josefs Lust. Nicht wütende Kraft, sondern gefinkelte Sanftheit im Zurückschreiten, um im richtigen Moment vorzustoßen wie eine Katze. Der große Michailowitz hatte bald seine liebe Not mit Josef. Denn der war schnell und konnte sich raubtierartig bewegen. Auch der serbische Messerwurf sah ihn bald als Meister. „Frau Barbara, Ihr Sohn ist ein Tausendsassa!", war Michailowitz' ehrlich gemeintes Urteil. Nur ermüdete Josef schnell und konnte keine starken Lasten tragen. Georg Koltschitzky aus der Großen Pfarrgasse hatte ihn ein paar Mal überfordert. Große Schwierigkeiten hatte Josef mit dem Ballentragen. Dann zitterten seine Knie, und er musste sich gegen eine Wand lehnen, um sich auszukeuchen. „Du wirst für einen Türkensklaven kein Musterbild abgeben", hatte Koltschitzky zu ihm gesagt. „Also schau, dass sie dich nie derwischen. Aber ein Kaffeekoch, ein Kavehdschi, bist du ein hervorragender", lobte er ihn. Das machte Josef stolz und auch die Koltschitzkymädchen hatten ihn gern. Darum gefiel es ihm auch in Koltschitzkys Haus, er braute für die ganze Familie den Türkentrunk und servierte mit gespielt untertänigen Gesten den ein wenig älteren Mädchen die kleinen Tassen.

So ging der Winter ins Land. Schahin reizte es wieder, auf eine Orienttour aufzubrechen. Noch schob sich das schwere Eis auf der Donau knirschend Platte über Platte. Schahin behandelte daher mit stoischem Gleichmut Podagra und Rheuma, Lungenschwindsucht und Leberleiden. Schahin sagte immer: „Lieber leberleidend als nur leider lebend!"

Josef erlernte die Herstellung seiner Abzüge und Mixturen, half im Laboratorium wo er konnte und war bei Schahin glücklich. „Bonibácsi,", fragte er, „warum nimmst du mich nicht mit auf den Balkan und ins Türkenreich? Ich weiß doch jetzt schon genug über das Leben, die Sprache und die Bräuche der Türken. Und wenn du mein Haar schwarz färbst und mein

Gesicht mit Karottenextrakt einreibst, dann kann ich doch als dein Diener durchgehen."

„Sachte, sachte, mein ungeduldiger Jüngling!", entgegnete Schahin. „Die Orientfahrt ist kein Ausflug nach Stockerau. Da musst du gewitzt und verschlagen sein. Nie darfst du richtig schlafen und immer wirst du übers Ohr gehauen, wenn du nicht aufpasst. Vielleicht nächstes Jahr, ich prüfe dich bei jeder deiner Bewegungen. Lerne, lausche und beobachte. Unsere Freunde sind die besten Lehrmeister. Noch bist du aber zu offen, zu vertrauensselig." Schahin fügte dem noch einen Ratschlag hinzu: „Du musst lernen, dich zu verstellen. Handel ist Schauspielkunst. Das Ziel heißt: mit Gewinn überleben. Wenn du überlebst, hast du Gewinn. Und was für einen. Da kann ein Landadliger auf seinem Schloss knotzen, jahrelang, und er hat dennoch keinen Gewinn in Aussicht. Er ist nur Schlossherr. Du aber gestaltest, du lernst, was die Leute brauchen. Und nur das, was sie brauchen, bringt Gewinn."

Josef sperrte Mund und Ohren auf. Das war ein Leben nach seinem Sinn. Er kannte selbst seine Grenzen. Er würde nie ein Kriegsheld werden. Dazu musste man groß und stark sein, um etwa eine Pike führen oder eine Muskete tragen zu können. Das lebendige Beispiel Schahins aber imponierte ihm. Vor allem dessen Klugheit und der Geschäftsinstinkt. Beides führt zu Macht. Dennoch wunderte sich Josef, dass Schahin trotz aller Künste, die er beherrschte, und aller Erfolge, die er erzielte, manchmal maßlos traurig sein konnte.

So traurig, dass ihm der Rotz aus seiner langen Nase tropfte und er dann ganz still über der Taborstraße in die Kirche der Barmherzigen Brüder des Juan de Dios ging. Dort hing ein Bild seines Kirchenvaters, eines seltsamen heiligen Mannes, und Schahin brannte manchmal ein Dutzend Kerzen ab. Wenn auch Josef bei ihm war, sprach er nie ein Wort, warum er das tat. Josef sagte sich: Wenn er will, wird er es mich eines Tages wissen lassen. Diese vertrauensvolle Zurückhaltung hat er mich gelehrt. Und Josef machte sich ganz klein und duckte sich an der Seite des großen persischen Doctors, der mit ihm die Taborstraße hinaufschritt.

Diese kleine Welt, dieses Geviert von wenigen Gassen und einer Durchfahrtsstraße nach Prag, war ein Universum. Anders als in der übrigen Stadt wohnten hier so viele verschiedene Menschen aus verschiedenen Ländern und alle lebten eine eigene Kultur. Die Leopoldstadt war sein Kosmos mit vielen Planeten und deren Trabanten. Allein die Sprachenvielfalt zu erlernen, machte reich. Andere Sprachen bedeuteten auch andere Gedanken. Es war gut, hier zu leben. Der Handel in der Leopoldstadt florierte, die Menschen hatten Arbeit, die Fischmärkte waren reich und die Jäger im Prater schossen manch gutes Stück an der kaiserlichen Tafel vorbei. Auch das Anhängsel der Leopoldstadt, die Brigittenau, die sich wie ein Appendix in den Auwald verlief, beherbergte eine stattliche Anzahl von Menschen. Ärmere zwar, aber nicht am Existenzminimum lebend. Aulandbewohner, die von den Gelsen und vom Hochwasser geplagt wurden und nicht einmal eine Kirche hatten.

Schahin lebte mehr im ersten Stock als in seiner Offizin. Barbara kochte aber so vorzüglich, dass es ihm manchmal schwer wurde, in sein Gelass hinunterzusteigen. Trotzdem trug er sich mit schweren Sorgen. Erst unlängst war ein dürres Männchen in seinem Geschäft erschienen und hatte sich als Johann Pfeiffer von Schallamheim vorgestellt. Nach einigem Hin und Her hatte ihn dieser Zwerg befragt, welche Universitäten er besucht hatte und ob er eine Konzession des Wiener Magistrats zum Verkauf von Pharmazeutika vorweisen könne. Schahin hatte erwidert, dass er nur mit Orientwaren handelte. Die Erzeugung von Remedien geschehe nur für den Gebrauch seiner Freunde, nicht zur Gewinnerzielung. Da aber war das Männchen fuchtig geworden. Und die Rosenpastillen?

Man wisse und habe Zeugnisse, dass er sie in der Wienerstadt zum Verkauf hatte anbieten lassen. Man werde den listigen Stadttrommler finden und auf der Tortur würde dieser schon aussagen, woher er die Medikamente bezogen hatte. Schahin möge sich vorsehen, denn die Apothekerschaft Wiens sei ihm auf den Fersen. Das Männchen war deutlich geworden: Wenn er schleunigst verschwände und seine Sachen ins Reich des Sultans mitnähme, würde man ihn unbehelligt lassen. Wenn er aber glaubte, hier ein nicht konzessioniertes Gewerbe betreiben zu können, dann könne er für nichts garantieren. Und so schnell wie er gekommen war, war dieser unheimliche Geselle wieder verschwunden.

Das machte Schahin graue Haare. Sicher könnte er die Merkmale der Gewinnerzielung vertuschen und das wiederholte Fortführen seiner Tätigkeit an einem Standort verschleiern. Aber das Männchen hatte recht. Die Apothekerschaft Wiens, eine verschworene Gemeinschaft, ein rechter Klüngel, wenn auch in sich selbst zerstritten, konnte ihn vernichten und seinen Verbleib in Wien unmöglich machen.

Vielleicht war es klug, für eine gewisse Zeit aus der Stadt zu verschwinden und wieder den Orienthändler hervorzukehren. Dazu war er als Armenier berechtigt – und geduldet. Auch die Aufträge des Hofkriegsrates, die natürlich streng geheim waren, schützten ihn. Erst kürzlich hatte ihm die Hofkammer für seinen letzten Bericht aus Stambul über die Aufstellung des Arsenals des Sultans 1200 Gulden überwiesen. Aber so etwas konnte er gegen den Magistrat nicht ins Treffen führen. Nur der Kaiser konnte ihn schützen. Vielleicht würde ihm ein besonderer Dienst, ein spezieller Auftrag oder eine besondere Lieferung das Wiener Bürgerrecht einbringen. Rettung würde auch die Heirat mit einer Wiener Bürgerin bieten.

Vielleicht sollte er mehreres tun. Rodolfo Dane brach gerade zu einer seiner offiziellen, geschützten Kurierreisen nach Stambul auf. Wenn er mit ihm bis Belgrad reiste, mit sicherem Geleit, und dort die Karawansereien nach Orientgut durchstöberte, könnte Gras über seine Aktion mit den Rosenpastillen wachsen. Und vielleicht schaffte er es, eine Wiener Bürgerin und Hausbesitzerin zu heiraten? Er war zwar nicht mehr der Jüngste, aber stattlich war er doch, wohlhabend, gebildet und wissend. Vielleicht kein magerer Hahn mehr, aber gutes Essen ersetzt doch oft die Fleischeslust, dachte er. Und so ein dickes Frauchen im Bett: ein herrlicher Gedanke. Und … ein guter Vater Josefs. Das Argument müsste sitzen.

Er bedachte diesen Schritt von allen Seiten und fühlte sich wohl dabei, als Barbara, auf die er sein Vorhaben gedanklich übertrug, keuchend hereinplatzte und rief: „Bonilein, hast du noch Schweinefett? Mir ist es ausgegangen. Falls nicht, sei doch so lieb und hol mir eine Speckseite bei der Schlagbrücke. Ich mach dir dafür auch herrliche Grammeln!"

Damit er nicht nein sagen konnte, fügte sie an: „Du bist ein Schatz!" Dabei sah sie zum Anbeißen aus. Ihm wurde warm dabei und er ließ seine Arbeit liegen, um sich aufzumachen. Sie streichelte sein Doppelkinn und hauchte ihn an: „Hat man dir heute schon gesagt, dass du ein ganz ein Lieber bist? Nein? Dann muss es einmal gesagt sein!"

Bonaventura trollte sich. Hinüber auf die Taborstraße und hinauf zur Schlagbrücke, wo sie das Vieh für die Stadt schlugen. Dann hinauf, durchs Rotenturmtürl und auf den Fleischmarkt. Ich bin ein ganz ein Lieber!, räsonierte er schwitzend. Ja, ein ganz ein lieber Trottel – aber in diesem Fall gern!

Sommer 1681

Barbara begann sich mühsam und mit Stöhnen zu bewegen. Zuerst winkelte sie das rechte Knie an und stemmte dann ihren schweren Körper zur Seite. Der Hinterkopf schmerzte und stach schrecklich. Ihr war schwindlig und sie bekam kaum Luft. Wo befand sie sich? – Es war stockfinster. Langsam versuchte sie sich zu orientieren. Was war das für ein ekliger Blutgeschmack in ihrem Mund? Etwas steckte zwischen ihren Zähnen und fühlte sich an wie ein zerschlagenes Hühnerbein. Mit der Zunge, die sonst so schnell und beweglich war, tastete sie langsam den Gegenstand ab und erkannte damit einen blutigen Knochen mit Haut daran, aber roh. Nochmals schmeckte sie das Blut. Angeekelt spuckte sie den Pfropfen in hohem Bogen aus. Sie kniete auf dem Boden von Schahins Offizin. Vor sich erkannte sie die Beine von Schahins mächtigem Schreibtisch.

Jetzt fiel ihr wieder ein, was geschehen war, und das ließ ihren Puls rasen. Sie war mit Josef in die leerstehende Wohnung Schahins geeilt. Den Jungen hatte sie zuvor bei ihrer Muhme, der Frau Herkomber, angetroffen, als dieser um sich geschrien hatte. Sie war, so schnell sie konnte, gleich mit Josef in ihr Haus gehastet. Er hatte ihr atemlos berichtet, dass er beim Heimkommen jemanden in das eingeschlagene Fenster vom Kuchlgarten hatte einsteigen gesehen. Der Bub hatte ihr die Reserveschlüssel aus ihrer Wohnung gebracht, und vorsichtig hatten sie, mit einer Blendlaterne, einem Prügel und Josefs Dolch bewaffnet, in die Räumlichkeiten im Erdgeschoß gespäht. Gott, diesen Anblick würde sie ihr Leben lang nicht mehr vergessen! Im Schein der Laterne war ihr ehemaliger Fastschwiegervater Johann Pfeiffer von Schallamheim von der

Decke gebaumelt. Ihre Trauer über dessen Ableben hielt sich in Grenzen – es war mehr der Schreck über einen Toten, den sie hier nicht erwartet hätte. Aber Josef hatte eine noch viel schrecklichere Entdeckung gemacht: An der Wand unter dem von Schahin so geliebten Bild des Vardan Mamikonian waren braunrot die verschmierten Buchstaben S C H A H. Nach dem H verlief das Blut zu einem langen Gerinnsel, bis zum Fußboden. Es war zum Verrücktwerden. Sie hatten nicht verstanden, was hier vor sich gegangen war und aus welchem Grund. Diese Szene war ihr ebenso schrecklich wie sinnlos erschienen. Schahin war schon lange fortgezogen, vielleicht befand er sich bereits auf dem Heimweg. „Mein Schahin, Schatzikam, das kannst du nicht gewesen sein!", hatte Barbara immer wieder vor sich hin gestottert. Josef hatte ein Geräusch in der Schlafkammer gehört und war sofort dorthingelaufen, wie ein Jagdhund, der etwas aufgestöbert hat. Das war sein großer Fehler gewesen. Und ihrer dazu, dass sie den Buben nicht besser unter Kontrolle gehabt hatte.

Trotz der Schmerzen im Kopf rief sie so laut sie konnte: „Joschi, Joschi!" Ihre Worte verhallten in der Dunkelheit. Keine Antwort kam zurück, stattdessen herrschte nun unheimliche Stille. Jessasmariaundjosef, was ist mit dem Buben passiert?, fragte sie sich, Schreckliches ahnend. Heiß und kalt wurde ihr. Sie musste etwas unternehmen. Immer noch umnebelt wälzte sie sich stöhnend auf alle viere, hielt kurz inne, um Atem zu schöpfen, und stemmte sich am Schreibtisch Schahins hoch. Mit beiden Händen hielt sie sich an der Kante des schweren Tisches fest und versuchte den Taumel im Kopf zu besiegen. Langsam drehte sie sich um. Dabei brachte sie mit der Schulter das hängende Männchen zum Baumeln. Erschrocken zuckte sie zusammen. Nochmals rief sie „Joschi!" ins Finstere. Aber trotz ihres Erschreckens und der Verzweiflung ahnte sie, dass es sinnlos war. Was sollte sie jetzt tun?" Der Gedanke machte sie wahnsinnig. Ihr Zustand machte sie hilflos. War vielleicht Marx Augustin zu Hause, der ihr helfen konnte? Befand sich der Mörder noch in der Wohnung und hatte Weiteres im Sinn? Ihr schwanden wieder die Sinne. Wo war ihr Josef? Fort? Was war geschehen? Sie schwankte aus der Offizin und rief so laut sie konnte in das Treppenhaus: „Zu Hilfe, Hilfe, hört mich denn keiner? Herr Augustin! Hilfe!“

Und wirklich, oben öffnete sich bald die Tür und ihr Mieter hielt sich am Türpfosten an, Lichtschein drang hinter ihm flackernd ins Treppenhaus. „Wo brennt's denn, Frau Scheffin?“, rief er zurück ins Treppenhaus, zunächst ohne Barbara gesehen zu haben. Augustin erschien behäbig. Hinter ihm zeigte sich Trommelotto, der gerade auf Besuch war, und ihm folgend seine Freundin, die Raitzin aus Smederevo. Sie mussten schon ganz schön getschechert haben.

„Leutln, bringt Lichter, was ihr tragen könnt, und kommt herunter!“, rief Barbara nach oben. „Es ist alles ganz fürchterlich. Ein Verbrechen ist passiert. Was heißt eines? Viele!“ Echauffiert lehnte sie sich an das Tor zur Offizin, da wankte schon Augustin mit einem Kienspan und einer Laterne die Treppe herab. Die Lichterprozession wurde von Sotosek und seiner neugierigen Freundin Mariza abgeschlossen.

Barbara führte das Trio in die unheimliche Szenerie. Pfeiffer baumelte noch immer von der Decke. Die Lichter und Kienspäne flackerten und im Schein der Lichter vergrößerte sich der Schatten des Hängenden an der Wand zu gigantischen Ausmaßen. Mariza bekreuzigte sich mehrmals und traute sich zunächst nicht, in die Räume einzutreten. Erschrocken und schüchtern zugleich starrte sie zu dem Erhängten und riet ihrem Otto zur Vorsicht: „Pozor! Otičku!“ Sie hielt ihre kräftige Hand vor den Mund und ihren Damenbart, der eines Zigeunerprimas würdig gewesen wäre. Gemeinsam leuchteten sie die Offizin aus. Dabei fiel Barbaras Blick zu Boden. Da lag doch das Hendlknocherl, das sie ausgespuckt hatte. Sie bückte sich und betastete das blutige Stück. Es war ein kleiner Finger! Ein schmaler, kleiner Finger. Sie betrachtete den Nagel. „Um Gottes Willen, der gehört meinem Josef!“, schrie sie in Panik. Sicherheitshalber zählte sie die Finger an Pfeiffers Leiche. Nein, der hatte noch alle dran. Es war, es musste ein Stück von Josefs zarter Hand sein. Und der niederträchtige Mörder hatte ihr den Finger ihres Sohnes in den Mund gesteckt, nachdem er sie ohnmächtig geschlagen hatte. Mit einem Tuch aus dem Ärmel hüllte sie den Finger wie eine Reliquie ein und heulte wie ein Schlosshund.

Wie war das gekommen? Allmählich konnte sie die Erinnerungsfetzen wieder zusammenzusetzen: Sie war Josef ins finstere Schlafzimmer gefolgt und hatte gerade die Laterne heben wollen, als ihr Sohn gellend aufgeschrien hatte: „Fort, Mama!“ Und schon war sie von einem Schlag auf den Hinterkopf getroffen worden. Sie musste dann wohl wieder zurückgewankt sein und das Bewusstsein verloren haben.

Marx Augustin war zwar wie immer blunzenhäuslfett, aber selbst in diesem Zustand nicht blöd. Er dachte nach und hatte eine Lösung parat: „Also, die G'schicht war a so! Es müssen zwei g'wesen sein. Schaut's euch die zerrissenen Bücher an, die Schwart'n, die da in der Ecke liegen. Vielleicht hat das Manderl in denen was gesucht?“

Barbara ergänzte: „Den baumelnden Herrn, den kenn' ich gut. Das ist der Apotheker von der Blauen Apotheke am Graben, Johann Pfeiffer. Fast wär' er mein Schwiegervater geworden. Der war meinem Schahin nicht wohlgesonnen. Besonders der Erfolg mit den Rosenpastillen hat ihn or'ntlich g'magerlt.“
„Na, is' jetzt aufg'legt, die Geschichte?“, fragte Augustin, mehr rhetorisch. „Der Herr Gema..., der Herr Doctor, wollt ich sagen, ist weg im Orient und der Pfeiffer will sich die Rezepte stehlen. Aber warum haut er sich dann ins Pendel?“

Trommelotto, der plötzlich wieder nüchtern geworden zu sein schien, konnte sich damit nicht zufriedengeben: „Nein, nein. Der hat sich doch nicht selbst aufg'hängt, du Trottel. Der is' vom ander'n überrascht worden, der sich schon in der Wohnung aufgehalten hat. – Oder war's gar ein Komplize, den das ganze Medikamentengeschwafel nicht interessiert hat? – Schaut's her", damit wies er ins Schlafgemach und die anderen folgten ihm. Die Riesenkasse neben dem großen Alkoven war aufgebrochen. Otto bückte sich so plötzlich, dass sich sein lebender Nackenwärmer fest in sein Wams krallte. „Leuchtet's ein bissel besser her!", befahl er. „Plus lucis!", ließ er seine rudimentäre klassische Bildung heraushängen. „Das muss ein Riesenbartel gewesen sein", kommentierte er fachmännisch, beinahe lobend.

„Was bitte, Herr Otto?"

„Meiner Seel', können S' nicht Deutsch, Frau Barbara?" „Das ist ein Trummbär, wo der Bartel sein' Most holt."

„In solchane Kreise verkehr' ich normalerweise nicht", schnappte Barbara, ganz entrüstete Bürgersfrau, zurück.

„Also, der Bär ist die Kassa, der Bartel das Stemmeisen und der Most ist Ma'as – jiddisch, das Geld!" Otto, mit der Leopoldstädter Mundart vertraut wie kein anderer, dozierte. „Schauen Sie sich die Kratzer an. Die breite Kerbe neben dem Schloss, die der Eindibbler da gemacht hat, ein Weltbartel. Aber der Mann muss eine Mordskraft haben. Das Schloss ist gewaltig. Und dieses Hundsfuada hat den Kassenrand ganz verbogen. Also ein großer Kraftlackel, unser Freund, oder besser, Feind. Ein Oberbruch, den der da gemacht hat."

„Jetzt kräu wieder owe, du Bruchspezialist!", rief Augustin und kombinierte weiter. „Der Lackel reißt den Bären, da kommt der Pillendreher beim Fenster rein und stört natürlich. Oder umgekehrt: Zuerst war das Zwergerl drin, dann is das Mannstrumm kummen und stört den, wie heißt der wieder?"

Barbara assistierte: „Pfeiffer, Johann Pfeiffer, aber das hilft doch meinem Joschi nicht mehr weiter. Der ist vielleicht schon tot, oh Gott! – Was machen wir jetzt?"

Für Augustin war es klar: „Ich sag's ungern, aber wir müssen die Stadtguardia holen! Bei so an Blutsverbrechen miass ma des, obwohl i denen lieber meilenweit ausweich'."

„Grad du wirst die Stadtguardia holen!", höhnte Trommelotto. „Deine Lebensretter und Dauerwärter. Die klauben di doch immer aus'n Rinnsal oder aus der Pestgruam. Aber wartet's noch ein bissl. Der Pfeiffer schaut gar net aus wie a Erhängter. Bei denen hängt doch sonst die Zunge raus. A soo!" Dabei deutete er mit beiden Händen auf ein aus Pfeiffers Mund herausragendes Riesenstück, das wie eine Rindszunge aussah.

„Licht her!", rief Augustin und bestätigte: „Da hamma's! Der Pfeiffer hat a Riesenloch hinten am Schädel. Am Rücken ist alles voller Blut. Der Kerl hat den Apotheker nur so aufg'hängt, als Hetz. Deswegen stehen auch die Buchstaben an der Wand. Weit weg von der Leich'. Das soll den Verdacht auf'n Schahin schieben. Das wird aber nicht einmal bei der Stadtguardia, bei den Deppen, funktionieren." Und er folgerte weiter: „Jetzt wissen wir auch, dass er schreiben kann. Zwar nicht schön", mokierte er sich, „aber immerhin."

Weinend kam Barbara aus dem Schlafzimmer. Sie hielt die zerknautschte Kappe Josefs in den Händen und schluchzte vor sich hin: „Mein Bub, mein lieber Bub!" Dabei vergrub sie ihr Gesicht in das kleine Stück Stoff und ließ ihren Gefühlen freien Lauf. Ihre vollen Schultern zuckten.

Mariza näherte sich vorsichtig, nahm sie in den Arm, streichelte sie beruhigend und redete ihr zu. „Wird gut, Frau, nicht weinen. Jetzt was trinken. Gute Karlowitzerwein." Sie kraulte Barbara intensiv am Rücken und lief dann, trotz des Kopfschüttelns der verzweifelten Mutter, nach oben in die Wohnung. Mit einer geöffneten Korbflasche in den Händen kehrte sie zurück und ermunterte Barbara: „Trink, Frau, Karlovci tovajn, aus Syrmia, von Fruška Gora. Gut, siieß!“ Sie sah sich nach einem Becher um und ließ den öligen Wein hinuntergurgeln: „Da trink, Frau!“

Barbara brauchte nicht viel, um sich überreden zu lassen. Zwischen zwei Stoßseufzern kippte sie den Becher und spürte, wie ihr das süße Zeug die Speiseröhre hinunterfuhr. Der Magen rebellierte ein wenig krampfend. Aber Barbara fühlte sich danach wirklich besser. „Danke, liebe Mariza“, sprach sie, lächelte ihre Helferin freundlich an und reichte ihr den leeren Becher zurück. Augustin maulte: „Und ich krieg wieder nix!“

Sotosek kam aus dem Schlafzimmer und meinte: „Der Schahin ist zwar jetzt durch den Bruch auf den Hund gekommen, aber unterm Hund ist er noch nicht, der Schlingel.“

„Was ist los?“, fragte Barbara.

„Die Kassa hat einen doppelten Boden, auf den oberen ist ein Hund gemalt“, lockte Trommelotto die Gruppe wieder in das Schlafzimmer und fuhr fort: „Unterm Boden ist noch eine Kasse. Also unterm Hund ist er noch nicht. Wie ihr den Lackel g’stört habt’s, hat er den doppelten Boden net machen können. Des is mämlich net leicht, weil da is kaum ein sichtbarer Schlitz. Nur die Höhe innen und die außen, die passen nicht ganz z’samm. Obwohl das mit den vier Löwenfüßen kaschiert wird. Man glaubt, dass der untere Boden nicht auf die Erde reicht. Listig, der Herr Schlossermeister, der das konstruiert hat. Irgendwo muss es einen geheimen Mechanismus geben. Eine Weltkonstruktion.“ Anerkennend wackelte er mit seinem lockigen Haupt.

„Aber wo ist jetzt der Joschi?“, kam Barbara auf ihre Hauptsorge zurück. „Lieber Herr Sotosek! Würden Sie doch bitte statt der interessanten Untersuchungen zur Taborlinie laufen und die Stadtguardia herholen. Es muss doch alles seine Ordnung haben. Vielleicht kann der Befragsoffizier mehr Licht ins Dunkel bringen. Oder gar vielleicht der Starhemberg, der Kommandant.

Während die anderen sich wieder zurückziehen wollten, ging Sotosek mit einer Laterne los. In einer halben Stunde würde er wieder zurück sein. Barbara bat Frau Mariza, mit nach oben zu kommen. „Lieber Herr Augustin, bleiben Sie doch bitte bei der Leiche, die Mariza bringt Ihnen gleich ein bisserl was zum Aushalten“, bat sie treuherzig und seufzend. Nachdem sie ihr beschmutztes Gewand saubergeklopft hatte, machte sie sich mit Mariza auf und stieg gemeinsam mit ihr zu ihrer Wohnung hinauf.

Josef erwachte ganz langsam und mit Stöhnen. Er tastete seinen Kopf ab und fühlte eine riesige Beule. Er lebte noch. Die rechte Hand schmerzte schrecklich. Ein blutiger Fetzen klebte daran. Voller Grauen wurde er gewahr, dass ihm am kleinen Finger zwei Glieder fehlten. Er schüttelte sich und übergab sich an der gegenüberliegenden Wand. Gleich neben ihm war noch eine sandige Wand. Über ihm auch Sand und Lehm. Als er sich daran entlangtastete, bröselte es von der Decke. Vielleicht bin ich in einem alten Schluf, einem Seitengang von einem Weinkeller? Überall Lehm und Sand. Finsternis. Vielleicht würde er morgen mehr wissen. Schlecht war ihm. Wieder zum Speiben übel.

Warum hatte er auch beim Michailowitz nach dem Messerwerfen einen Wein probieren müssen? Noch nie hatte er Wein getrunken. Aber diesmal hatte er gewusst, dass seine Mutter nicht zu Hause war. Die hatte sich bei der verkühlten Muhme aufgehalten. Darum war er auch länger ausgeblieben. Und nachdem er alle Wurfmesser nebeneinander ins Ziel geworfen hatte, da hatte ihm der Michailowitz einen Rotwein aus dem Eszterházy'schen angeboten. Rubinrot, schwer, ein Ungarwein. Und er, voller Stolz, hatte Michailowitz zugeprostet. Nichts im Magen und Ungarwein. Und wie er dann nach Hause getorkelt war, hatte er doch im Halbdunkel des Kuchlgartens eine kleine Person gesehen. Er hatte sich geduckt und den Schatten beobachtet, wie der sich umgedreht, vorsichtig ins Fenster geguckt, es mit einem kurzen Gegenstand aufgehebelt hatte und dann hineingeklettert war. Da hatte er gezögert. Er hatte es nicht für sinnvoll gehalten, dem Schatten zu folgen. Lieber wollte er seine Mutter holen, um dann den ungebetenen Besucher zu zweit zu ertappen. Darum war er auch weiter zum Haus der Herkomberischen gelaufen, um die Mutter zu alarmieren. Als sie gemeinsam die Offizin von Schahin betreten hatten, war der Einbrecher bereits von der Decke herabgehangen. Während sie darüber noch beratschlagt hatten und er beim Durchsuchen der Räume in das Schlafzimmer getreten war, weil er dort den Täter vermutet hatte, hatte er eins über den Schädel bekommen. Von da an herrschte für ihn Nacht.

Und jetzt hockte er, in Lehm verpackt, im Finstern. Seine Hand pochte und schmerzte. Was hatte Bonibácsi Schahin ihm einmal geraten: „Wenn du dich schneidest oder verletzt, pinkle drauf.“ Was er dann auch tat. Das brannte höllisch und tat dann doch irgendwie gut. Was wohl mit ihm geschehen würde? Vielleicht konnte er aus diesem Loch am Morgen ausbrechen. War es überhaupt noch Nacht? Ein Weinkeller, überlegte er, musste einen Haupteingang mit Kellerstiege haben und ein Luftloch, einen Kamin, zum Ausdampfen. Vielleicht fand er die. Jetzt wäre es vielleicht besser, sich einfach hinzulegen und zu schlafen. Der Wein vom Michailowitz würde ein Übriges tun. Er musste abwarten, jetzt kam er nicht weiter. Vielleicht wollte der unbekannte Haderlump Geld für ihn erpressen. Viel konnte er ja nicht verlangen. Seine Mutter war zwar nicht arm, sie strotzte aber auch nicht vor Geld. „Morgen, morgen“, gähnte er und kuschelte den Kopf in seine gesunde Armbeuge. Die Mama tat ihm leid: „Die wird sich sicher die Augen ausweinen. Die liebe, weiche Mama …“

Lieutenant Marcell war ein kluger, forscher Kopf. Damals, beim Brand der Hofburg, hatte er sich gut geschlagen, aber der Ludwig, sein damaliger Kumpan, war zum Lieutenant befördert worden. Das hatte ihn damals gekränkt. Aber 1676 war es dann so weit gewesen und er war an die Reihe gekommen. Der wilde Obrist Wolf Friedrich Freiherr von Cob hatte ihm seine Pranke auf die Schulter gehauen und ihm sein Patent und seine Offizierspartisane überreicht. Voriges Jahr war es mit dem armen Michel Ludwig zu Ende gegangen. „Ja, die Pest", erinnerte er sich. Wohl sechshundert von der Stadtguardia waren damals vom Sensenmann gemäht worden. Und noch immer hatten sie einen gewaltigen Unterbestand. Gerade heute hatte er sich früh auf seine Decke geworfen, um ein bisschen zu schlafen, als ihn sein Fähnrich aus dem Schlummer riss. Mord und Entführung, das war eine Abwechslung zum eintönigen Trott der Nachtwache an der Taborlinie.

So ließen sie den jungen Fähnrich mit zwei Mann zurück und marschierten stracks hinter dem vorauseilenden Trommelotto in Richtung Schiffamt. Bei einem anderen hätten sie vielleicht gezögert. Aber der Trommelotto, den sie täglich trafen, wenn er von der Brigittenau in die Stadt zog, war ein zuverlässiger Bursche, wenn auch ein scherzboldiger Schnipfer, ein bissel ein Strawanzer. Aber einen Mord, den konnte er sich auch in einem Mugelrausch nicht ausdenken. Ihre Schritte begannen zu hallen, als sie sich den ersten Häusern näherten. Verschlafene Gesichter lugten wegen des Lärms, den sie dabei verursachten, aus den Fenstern. Denn bekanntermaßen würde es dann bald etwas zu sehen und zu berichten geben. Heimlich schlüpften schon die Ersten aus ihren Behausungen und folgten, Laternen tragend, den in der Ferne Vormarschierenden.

Vor dem Haus der Barbara Luckham angekommen, ließ Lieutenant Marcell zuerst die Truppe Front machen und teilte dann die Wachen ein. An sich waren sie kein repräsentativer

Haufen. Ein paar Trottel hatten ihre Halstücher vergessen, die Gamaschen von einigen waren beim Marsch verknittert an den Waden herabgesunken, weil sie die Kniehosen beim Aufbruch nicht richtig gebunden hatten. Andere schienen beim Abmarsch sturzbetrunken gewesen zu sein. Das kam vor. Aber immerhin hatten sie alle ihren Waffenrock an, mit den leuchtend roten Aufschlägen und auch fast alle Knöpfe waren angenäht. Alle hatten ihre Musketen geschultert, das Bajonett aufgepflanzt. Marcell richtet sich seinen breitkrempigen Hut. In der Faust hielt er seine dreispitzige, goldbortenverzierte Offizierspartisane. Er richtete sich die rote Leibschärpe und trat dann ein, hinter ihm ein altgedienter Gefreiter, der seine Pike vor der Tür anlehnte. Draußen sammelte sich schon eine neugierige Menschenschar.

Barbara und ihre Freunde hatten Feuer gemacht und im Haus viele Lichter verteilt. Wein und Brote mit Geselchtem und viel frisch gerissenem Kren standen zur Labung der Wache bereit. Marcell ließ sich nicht dreimal auffordern und langte fest zu. Gnädig gab er einen Wink, dass auch die Leute draußen etwas bekommen sollten. Ruhig und mit vollen Backen kauend, hörte er sich den Sachverhalt an, wie ihn Barbara, Augustin und die anderen schilderten. Bei der Beschreibung des Hergangs verhaspelte sich niemand, die Lage war eindeutig.

„Also ein Mord, ein Raub und eine Entführung“, hielt er für sich fest und befahl dem Gefreiten: „Lasst die Bajonette wieder abnehmen. Und bringt die Leute draußen zum Kuschen. Sie sollen sich über die Häuser hauen.“ Er blickte in den Räumen um sich, nahm dann an Schahins Schreibtisch Platz und ließ sich Papier und Feder bringen. „Gefreiter Unterlercher“, forderte er, „nimm dir zwei Mann und schneidet's den da oben endlich ab!“

Der lange Unterlercher zog sein Bajonett, nachdem er, von den Leuten gestützt, auf einen Stuhl geklettert war. Pfeiffers Reste begannen steif zu werden.

„Stadtapotheker. Und noch dazu der Pfeiffer, der mit dem Daniel Müller zusammen auch die Regimentsapotheke versorgte“, hielt Marcell fest und ihm war klar: Hier musste er vorsichtig sein. Das war nicht irgendeine arme Seele, sondern ein Mitglied des Inneren Rates. „Unterlercher!“, rief er.

Der hatte gerade einen festen Schluck Heurigen getan und wischte sich den Mund an den roten Rockaufschlägen ab. „Zur Stell, Lieutenant!“ Der Gerufene nahm Haltung an und empfing den Befehl: „Lauf mit zwei Mann zum Rotenturmtor. Schau, dass du die Thorspörrer aufrebellst, dann verschaff dir Einlass und verständige den Kommandanten. Wenn der Feldmarschalllieutenant zu tief schläft, dann, in Teufels Namen, auch den Reichsgraf Daun. Lang kann es bis zum Morgengrauen nimmer dauern. Ab mit euch!“

Tatsächlich, es dauerte keine zwei Stunden, da erschien der Kommandant höchstpersönlich. Feldmarschalllieutenant Ernst Rüdiger Graf von Starhemberg. Und trotz der frühen Stunde herausgeputzt wie zum Aufwarten bei Hof. Seine stechenden Augen schienen überall zu sein. Hinter ihm befand sich der alte Polterknabe Wilhelm Johann Reichsgraf von Daun hoch zu Ross, mit einer Fahne der Stadtguardia von der Peterswache. Das war viel Pomp, doch für einen Regimentsapotheker und Magistratsmitglied allemal ein deutliches Zeichen der Achtung.

Schon graute es im Osten hinter den Auwäldern und nebliger Dunst stieg über der Donau auf, als sich die Befragungsprozedur wiederholte. Marx Augustin war auf einem Schemel in der Küche eingeschlafen, als aber Starhemberg leibhaftig erschien, rappelte er sich auf und gab wortgetreu seine Version sowie seine Deutungen zum Besten. Barbara musste sich zusammenreißen. Am liebsten hätte sie sich an der Brust des wackeren Starhemberg, der schon an der Seite Montecuccolis gekämpft hatte, ausgeheult. Aber das wäre nicht schicklich gewesen.

Starhemberg, jetzt 45 Jahre alt geworden, mit einem zarten Schnurrbart im schmalen Gesicht und drahtig wie ein Terrier, ließ nicht locker: „Und Ihr, Madame, könnt beschwören, dass Euer Mieter hier nicht anwesend sein konnte, diese Nacht!“ Streng sah Starhemberg in das verweinte, runde Gesicht, dem man den tätlichen Überfall, die Anstrengung und die Sorge um ihren Sohn ansah.

„Ich kann nur nochmals beschwören, dass, als der Auwald das erste junge Grün gezeigt hat, der Doctor Bonaventura Nurveli Schahin zusammen mit dem kaiserlichen Meldereiter Rodolfo Dane und seiner Mannschaft Richtung Buda aufgebrochen ist. Sie wollten zusammen nach Belgrad, wo Schahin plante, Orientware aufzukaufen. Dane wird sicherlich nach Stambul zum kaiserlichen Residenten weitergeritten sein. Vielleicht ist Boni“, sie schluckte, „Doctor Schahin noch nach Sarajevo geritten, vielleicht ist er auch umgekehrt und befindet sich auf dem Weg nach Hause. Bald müsste er wieder zurück sein, denn seine Patienten aus der Leopoldstadt haben mich schon ausgefragt.“

„Nun gut, dann wird es wohl keine hundsfottische Finte gewesen sein“, schloss Starhemberg aus der Aussage und fragte weiter: „Den Apotheker morden und zurichten, dann sein eigenes Geld einstreifen und Euren Jungen zuzurichten und zu entführen, das traut Ihr Eurem Mieter, also nicht zu?“

Barbara bekam große Kulleraugen und erboste sich: „Was glaubt Ihr, Exzellenz! Der gütige Mann, nie und nimmer!“

Starhemberg, der aus einer der ersten zwölf Adelsfamilien stammte, die mit den Franken, den Babenbergern, Österreich besiedelt hatten, als es noch Ostarrichi hieß, zog sein Gesicht in Kummerfalten und stöhnte: „Es wär’ zu schön gewesen!“ Einen mehrfachen Verbrecher schnell vorzuführen. Das wäre ganz nach seinem Geschmack gewesen. Noch dazu einen Perser oder vielleicht einen Türken … Die hatte er damals,

1664, bei Mogersdorf kennengelernt. Was heißt, der Doctor sei gut katholisch, das konnte man vortäuschen. Listig waren diese Ostler allemal. Verstellten sich, was das Zeug hielt, überlegte er, und dann stachen sie zu: mit dem Dolch von hinten, übers Herz, bis ins Ohr.

„Bei allen zwölf Aposteln, damischen!“, polterte aus ihm sein Lieblingsfluch, der auf seine Vorfahren Bezug nahm: „Was gibt's da draußen, Daun?“, wollte er wissen. Der hatte inzwischen dem Lieutenant Marcell eine morgendliche Abreibung verpasst, die es in sich hatte. Denn Daun hatte die Gelegenheit genutzt, um den Zustand der Truppe zu mustern. Er war außer sich und raste in Schimpftiraden. Marcell war's gewohnt, die Liebesgrüße der kaiserlichen Armee in Empfang zu nehmen. Und Daun war ein echter Afterliterat. Seine bildreichen Kraftausdrücke wurden von Mund zu Mund weiterkolportiert und an vielen Biwakfeuern an den Grenzen der Monarchie mit feinen Bezeichnungen für Geschlechtsmerkmale ausgeschmückt. Es war ein seltsamer Born militärischer Heiterkeit.

Daun erschien in der Tür. „Da nähern sich zwei Reiter mit Saumpferden!“, rief er in die Stube.

Bei Gott, es waren wirklich Schahin und sein Diener, die in der ersten Morgenfrühe, von Erdberg kommend, wo sie übernachtet hatten, die Schlagbrücke passiert hatten. „Boni, Boni!“, schrie Barbara aus Leibeskräften. Konnte sie seine Ankunft verhindern? Im Gegenteil, er gab seinem Pferd noch die Sporen, denn er erkannte aufgrund des Menschenauflaufs und des anwesenden Militärs, dass hier etwas passiert sein musste.

Starhemberg warf sich schon in Positur und rief dem Heraneilenden zu, als dieser das Haus erreicht hatte: „Seid Ihr der sogenannte persianische Doctor? Der Bonaventura Nurveli Schahin?“

Schahin stieg ab, streckte sich und sah Starhemberg ernst ins Gesicht. „Ja das bin ich, was ist vorgefallen?“

Barbara wollte sich an Schahins Brust werfen. Die ersten Tränen traten ihr aus den Augen. „Boni, mein Gott!“, konnte sie noch sagen und wankte.

„Zurück!“, vernahm sie. Starhembergs gellende Stimme war nichts anderes als strenge Obrigkeit. Ein Wink ging zu Marcell, bevor er sich wieder Schahin zuwandte: „Mein Herr, ich beschuldige Euch des abscheulichen Mordes an unserem Regimentsapotheker, dem Johann Pfeiffer von Schallamheim, des betrügerisch fingierten Einbruchs und Raubes Eurer eigenen Kasse und der Entführung und Verstümmelung des Sohnes dieser guten Frau!“ Damit wies er auf Barbara, die still schluchzend neben Schahin zusammengebrochen war. „Lieutenant, führt Ihn in die Stadt, ins Malefizbubenhaus am Rauhen Stein. Auch den Komplizen da.“ Er deutete auf Schahins Gehilfen, der im selben Moment die Sache noch verschlimmerte, indem er sein Pferd auf der Hinterhand „Kehrt Euch“ machen ließ und wie wild davonhetzte.

„Wir kriegen dich noch, walachischer Verbrecher, verdächtiger!“, drohte Daun und unterstrich seinen Fluch mit seiner drohenden rechten Faust. Bis auf die Unterstellung des „Walachen“ hatte dieses Mal sogar alles seine Richtigkeit in Dauns Augen, der Schahin das weitere Procedere andeutete: „Auf der Streckbank werdet Ihr uns alles gestehen, speiben werdet Ihr noch, Wort für Wort werdet Ihr herauskotzen!“

Starhemberg drehte sich zufrieden um: „Sitzen wir auf, lieber Daun, damit wär’ die Sach’ wieder einmal erledigt. Ich lade Euch zu mir, auf ein Petit Dejeuner.“ Und dem Fähnrich der Peterswache gab er den Befehl: „Vier Mann warten hier noch auf! Ihr regelt die Ablöse. Kein Mensch hat Zutritt zu der Mörderwohnung. Die Leiche bringt ihr zur Begräbnisbruderschaft am Heilthumsstuhl. Und – Fähnrich! Verständigt die Wittib! Aber was, das muss ich später selbst machen. Alles muss ich selber machen“, murrte er. „Ab auf Posten!“ Sprach’s, stieg auf und ohne sich umzuschauen ritten beide langsam der Wienerstadt zu. Die Sonne war nun voll, wie eine rote Schweinsblase, durch die Wolken herausgebrochen.

Zurück blieben Trümmer: geistige, körperliche. Die kleine Versammlung löste sich auf. Barbara war erledigt und still. So lange hatte sie sich in ihrer Gewalt gehabt. Kaum, dass sie Mariza und Marx Augustin hinaufgeschleppt hatten, da brach sie endgültig zusammen. Stammelnd konnte sie noch den lieben Freunden danken, aber als sich die Tür hinter ihr schloss, da war es mit ihrer Haltung vorbei. Was hatte ihr Leben noch für einen Sinn? Joschi war weg. Wo konnte er nur sein? Schahin, ihr Herzensfreund, verhaftet. Sie sah keinen Anfang und kein Ende. Sie verstand nicht, was hier vor sich ging. Schluchzend ließ sie sich auf ihr Bett nieder und wälzte sich hin und her. Bei all der Verlassenheit und Verstörung schlief sie irgendwann doch ein. Verzweifelt, am Ende, leer.

Schahin war verstört und rätselte noch über die Vorwürfe, die ihm gemacht wurden, als er von der Truppe zum Malefizbubenhaus geleitet wurde. Er hatte schon einiges darüber gehört. Von innen gesehen aber hatte er es als unbescholtener Mann noch nie. Der Rauhe Stein – kein guter Ort. Im Kopf legte er sich schon seine Verteidigungsrede zurecht. Was konnte man ihm anhaben? Ein guter Fragsoffizier konnte sein Alibi leicht nachvollziehen. Die Nacht hatte er in Erdberg verbracht. Die Nacht davor in Hainburg. Davor in der Feste Raab. Überall hatte man ihn gesehen und es gab Leute, die das bestätigen konnten. Schließlich war er keine unübersehbare Erscheinung. Noch dazu hatte ihn seine kleine Karawane begleitet. Wenn man ihm gut gesonnen war, würde man nachfragen. Wer war aber einem Fremden, einem armenischen Perser, gut gesonnen, fragte er sich. Wenn die Richter einen Sündenbock brauchten, dann war ein Ausländer wie er ideal dafür geeignet. Einer, der einen hoch verdienten Apotheker umgebracht hatte. Noch dazu den Pfeiffer, der bei ihm gesehen worden war.

Schahin dachte logisch weiter, erinnerte sich an die Warnung und war sich sicher: Die Apotheker wollen mir an den Kragen! Der Mord, den man ihm nun anhängte, war schrecklich genug, aber das war sicher noch nicht alles. Sie würden seine Wohnung durchsuchen. Sie würden seine Schriften finden. Seinen Nostradamus, seinen Dioskorides, den Maimonides, den Ibn Rushd, alle persischen Dokumente, seine Handschriften aus Isfahan. Das war rechtes Teufelszeug. Sie würden ihn nicht wegen Mordes anklagen, nicht wegen Entführung Josefs. Um ihn sicher und ausweglos zu bestrafen, würden sie ihn wegen Hexerei und Teufelsanbetung anklagen. Dagegen half kein Mittel, keine Zeugen. Eine solche Anklage war jenseits aller Vernunft. Er würde zwangsläufig gefoltert werden. Und unter der Tortur konnten sie alles aus ihm herauspressen: Er sei mit Beelzebub im Bandel, mit Baal, mit Astarte, er habe Jungfrauen ausgewählt, damit der schwarze Bock sie bespringe. Er kannte den Humbug. Da half gar nichts. Diejenigen, die hinter dieser durchtriebenen Handlung steckten, wollten sein Geld, seinen Untergang.

Er begann trotz der Morgenkühle zu schwitzen und es wurde ihm ganz schlecht bei dem Gedanken. Er musste mit Barbara in Verbindung treten. Vielleicht konnte sie mit seinem Geld Bestechungsdienste leisten. Spenden an die Kirche. Große Spenden. Aber wie? Zuerst einmal musste er Ruhe bewahren und abwarten. Ja, er war zu hoch hinaufgestiegen. Jetzt kam der tiefe Fall. Neider, wie die Wiener Apotheker, die ihren Sitz und ihre Stimme im Wiener Stadtrat hatten, würden ihn zu Fall bringen.

Aber wer konnte Pfeiffer wirklich umgebracht haben? Schahin hatte keine Person, die er verdächtigen konnte. Klammheimlich war er dem Gesellen dankbar. Aber wie lässt sich der wahre Täter aufspüren?, dachte er ums wiederholte Mal nach. Und noch dazu den Josef entführen! Das war für ihn unverständlich. Wo der sich wohl aufhielt? Und die arme, gute Barbara kam ihm in den Sinn, die angesichts dessen, was über sie hereingebrochen war, hoffentlich nicht durchdrehen würde.

Schon passierten sie das Rotenturmtor. Die Menge gaffte. Einen Mörder hatten sie vor sich! Der Ruf war ihm vorausgeeilt. Er dankte Gott, dass die Straßen Wiens gepflastert waren und er so nicht gleich gesteinigt werden konnte, wie es wenige Meilen östlich, im Türkischen, üblich war. Aber angespuckt wurde er und mit Urin von oben begossen. Es war ein Spießrutenlauf. Da war die öffentliche Meinung schnell gefasst. Sein Barett hatte er schon längst verloren. Die Stadtguardia trieb die Menge vor sich auseinander und versuchte wenigstens Abstand an den Seiten zu wahren. Derbe Worte fielen: „Ein Türk, was einen bürgerlichen Apotheker zerfleischt haben soll! Und ein kleines Kind, ein christliches, noch dazu.“ Es hagelte Schlamm und verfaultes Gemüse. Schahin duckte sich. Und das waren die dankbaren Wiener, die ihm noch vor kurzem seine Pestpastillen aus der Hand gefressen hatten?

Barbara erwachte. Vom Hofbrunnen holte sie Wasser. Das wäre Josefs Arbeit gewesen. „Mein Gott, Josef!“, stöhnte sie vor sich hin. Die Tränen kullerten über ihre Pausbacken. Sie schleppte den Wassereimer den einen Stock zu ihrer Wohnung nach oben und goss etwas davon in eine Waschschüssel. Das kalte Nass tat ihr gut und machte einen klaren Kopf. Barbara prustete. Sie wusch sich und legte ein neues Witwenkleid an. Langsam, Stück für Stück. Sie musste mit der Muhme Herkomber reden. Die hatte sicher schon alles erfahren. Aber sie wollte ihr alle Einzelheiten erzählen. Und vielleicht gab's eine Lösung, hoffte sie. Zuerst einmal nahm sie ihr Gebetbuch und den Rosenkranz aus ihrer Truhe. Sie schnappte sich ein paar Bissen Brot und schritt dann erhobenen Hauptes zur Karmeliterkirche. Ein Gebet bei der Jungfrau mit dem geneigten Haupt und ein paar Kerzen anzünden, das konnte nicht schaden. Die Jungfrau hatte schon so vielen geholfen, warum nicht auch ihr?

Josef lag auf dem Rücken und betrachtete im fahlen Zwielicht ein paar Würzelchen über seinem Gesicht, die sich den Weg durch den lockeren Lehm gebohrt hatten. Demnach konnte er nicht allzu tief liegen. Er hatte vom Duft des frisch gerösteten Kaffees geträumt. Wie die grünen Bohnen in der Röstpfanne leicht hüpften, wie er sie mit der hohen Messingmühle mahlte. Dieser Duft hatte ihn aufgeweckt. Aber weit und breit gab es keinen Kaffee. Nur sein sandiges Gelass mit seinem modrigen Geruch. Sein Mund war gänzlich ausgetrocknet, die Lippen waren leicht verkrustet.

Ein spärlicher Lichtschein in der Ferne hatte ihn neugierig gemacht. Er kroch auf allen vieren dem Licht entgegen. Der Boden hatte sich gesenkt. Und plötzlich stand er in einem Dom, einer riesigen, sich weit nach oben öffnenden Höhle. Rechts und links gingen Seitengänge weg. Von oben drang ein grüner Schein durch ein kleines Loch. Das war kein regulärer Weinkeller. Solche Keller hatte er genug gesehen. Das musste ein Erdstall sein, eine Schwedenhöhle. Vor langer Zeit hatten die Bauern im Norden Wiens solche Ställe angelegt, um ihr Vieh vor den anrückenden Schweden in Sicherheit zu bringen. Und oft auch sich selbst. Ganze Familien hatten hier wochenlang überlebt. Und die Schweden hatten sie nie gefunden. Märchenhafte Erzählungen über solche Verstecke hatte er schon gehört. In Stammersdorf, in Mollmannsdorf, im ganzen Kreuttal musste es sie noch geben. Vielleicht auch im Rohrwald. Also das war es. Nicht weit von der Leopoldstadt, aber weit genug, um niemals gefunden zu werden. Hier lebte auch niemand mehr. Die Gegend war entvölkert. Wie sollte er bis nach oben zu dem Luftloch kommen? Er müsste eine ganze Wand zum Einsturz bringen, um an deren Schüttkegel hochzukriechen. Und das mit seiner verwundeten Hand, die er, Schahins Rat befolgend, wieder mit Urin versorgte.

Josef überlegte: Das Luftloch konnte nicht der einzige Zugang sein. Es musste davon mehrere geben. Die alten Bauern damals waren nicht dumm gewesen. Nur versteckt, oder verschüttet, mussten diese Zugänge sein, hoffte er. Und an irgendeiner Stelle musste er selbst hereingebracht worden sein. Systematisch begann er einen Plan zu entwerfen, wie er nun vorgehen sollte. Vom Hauptdom aus erkundete er die Seitengänge. Die meisten waren blinde Gänge. Viele führten in eigene große Hohlräume. Wahrscheinlich waren sie von den damals hergeflüchteten Familien als Wohnstätten genutzt worden. Brandspuren auf dem Boden waren stumme Zeugen aus dieser Zeit. Auch an den Wänden gab es Rauchspuren. Und manch Gekritzel.

Ein weiterer Weg tat sich ihm auf: Er begab sich in einen langen Kriechgang. Der schien kein Ende zu nehmen und wurde immer schmaler und enger. Josef kroch Klafter um Klafter vorwärts und musste sich dabei fest auf den Boden drücken. Der Gang war fast zu eng für ihn. Er presste sich durch, spuckte Sand und Lehm. Seine Nase war schon ganz verschlossen und verklebt, endlich wurde es weiter und Licht war zu erkennen. Doch er kam wieder im selben großen Dom an und ärgerte sich. Rechts von der Röhre, durch die er gerade gekrochen war, gab es wieder eine weitere, größere. Er markierte an der Lehmwand, wo er hinein- und wo er herausgekrochen war. Nun folgte er dem größeren Gang. Der war im Vergleich zum anderen erst eng und niedrig, dann aber bald bequem aufrecht zu begehen. Er konnte im Halbdunkel sogar Spuren erkennen. Schwere Stiefelspuren. Auf diesem Weg war jemand hereingekommen und hinausgegangen. Die Absätze hatten sich tief eingegraben. Das musste eine schwere Person gewesen sein, denn seine eigenen Spuren waren nur halb so tief.

Der Gang machte eine scharfe Kurve. Es war wieder stockfinster. Josef tastete sich langsam weiter. Es ging bergauf. Da graute schemenhaft etwas Helles vor ihm. Vielleicht ein Ausgang. Er lief gebückt weiter. Es wurde immer heller. „Das muss der Ausgang sein“, folgerte Josef. Er hielt inne und beruhigte sein klopfendes Herz, nur um nichts zu überstürzen. Vor ihm blinzelte es grün. Die Hoffnung wuchs. Die Freiheit rückte in greifbare Nähe. Noch ein paar Schritte und er war draußen. Das letzte Stück ging es steil bergauf. Dann hechtete er, seine ganze Kraft zusammennehmend, empor zur Öffnung hin. Unter ihm bröselte der Lehm, plumpsten die letzten Brocken zurück in den Höhlenschlund. Zunächst vom Licht geblendet, sah er den Himmel und erkannte allmählich Bäume. „Mama, bald bin ich wieder bei dir!“, dachte er laut. Vorsichtig griff er den Rand der Höhle. Und lugte heraus. Tief atmete er durch. Er verspürte einen kurzen Schlag am Kopf. Es wurde ihm wieder schwarz vor den Augen und er sackte in sich zusammen.

Als er nach langer Zeit wieder erwachte, vor Schmerzen gekrümmt im Hauptdom liegend, fehlten ihm nun auch an der anderen Hand zwei Glieder des kleinen Fingers.

Schahin hatte sich auf der Strohschütte im Keller des Malefizbubenhauses ausgestreckt. Die Ratten quiekten und nur ein fahles Licht drang durch ein Kellerfenster herein. Aber ihm blieb nur das untätige Warten: auf die Anklage, auf die Verhöre, auf die falschen Beschuldigungen. Und dann würde die Tortur kommen. Das machte ihm zu schaffen. Er war zwar ein gestandener Mann, ein Held war er aber keiner. Und warum sollte er auch, denn er hatte nichts Böses getan. Irgendwie würde er auch den falschen Anschuldigungen entgegentreten. Vielleicht hatte er noch einen Trumpf im Ärmel. Jetzt aber brauchte er erst einmal Geld, viel Geld, um den Freimann und seine Gehilfen zu bestechen. Das bedeutete für ihn ein besseres Gelass sowie ein besseres Essen und Trinken. Ein bisschen Lebensqualität, das war er sich schuldig. Nicht nur eine Strohschütte, da ganz unten und in der gegenüberliegenden Ecke den Rettich, den Kübel, wo er seine Exkremente hinterlassen konnte. Er musste sicher im zweiten Kellergeschoß untergebracht sein, denn das Tageslicht fiel nur über einen indirekten Schacht herein. Immerhin hatte man ihn nicht angekettet. Zum Glück war er nicht in Stambul eingekerkert, im Bagno, von dem er die schlimmsten Geschichten gehört hatte. Ein Wiener Gefängnis musste dagegen eine echte Erholung sein, redete er sich gut zu. Und man wurde nicht gleich auf die Galeere verurteilt. Zumindest nicht alle und nicht sofort. Das war für die Ungarn, die Malkontenten, die Protestanten, vorgesehen, die man nicht zum Tode verurteilt hatte und die nicht konvertiert waren. Die wurden in langen Kettenschlangen von Wien bis nach Neapel gezerrt und dann auf spanische Galeeren verfrachtet. Was für eine Zukunft: fremde Länder, fremde Häfen, Kontakt mit interessantem Volk und dann beim Untergang der Tod im Namen des katholischen Kreuzes, angekettet an die Ruderbank. Erst unlängst, in Raab, hatte er noch vierzig dieser armseligen Kreaturen gesehen, die für den Transport nach Neapel vorbereitet wurden. Arme, unbeugsame Ungarn.

Scheppernd drehten sich Schlüssel im Schloss. Was war das?, fragte sich Schahin verwundert. Eine kleine Prozession von Freimannknechten erschien: Drei Männer trotteten hintereinander her. Der Vordere trug nur die Schlüssel und wahrscheinlich auch die schwere Last der Verantwortung. Der Mittlere hielt eine Schüssel mit einem gebratenen Entlein. Himmel, Gregorios sei Dank!, rief Schahin in Gedanken aus. Was konnte das bedeuten? Leider keine Begnadigung, sonst hätten die Männer ihn gleich herausgeholt, wozu sie keine Anstalten machten. Der vordere Schlüsselträger verkündete nur mit geblähter Brust: „Herr Doctor! Sie haben mächtige Freunde in der Leopoldstadt.

Wir sind keine Unmenschen, sondern nur bescheidene Henkersknechte. Und eine liebe, schöne Frau hat uns zehn gebratene Enten und ein kleines Geschenk überreicht. Sie lässt Sie schön grüßen. Wir wollen nett zu Ihnen sein. Wenn wir Ihnen dann die Geräte zum Verhör zeigen müssen, glauben Sie nicht, dass uns das nicht auch im Herzen leidtut."

Schon drängte sich der Dritte in der Prozession vor. Er hatte eine Flasche Rotwein mitgebracht und sogar einen irdenen Becher. Wahrscheinlich hatte er schon mehrere Flaschen aus der Lieferung probiert, um festzustellen, ob sie für den Gefangenen auch bekömmlich waren, denn er lallte nur mitfühlend: „Prost, mein Freunderl, wohl bekomm's!"

Der Erste hatte noch eine weitere Überraschung parat: „Und wenn Hochwohlgeboren mit geschätzter Mahlzeit fertig sind, dann bringen wir Ihn in eine neue Zelle. Da werden wir aber Äugerln machen. So schön habt Ihr's nicht einmal zu Hause. Und am Nachmittag gibt es eine Überraschung: Da kommt Herr Stadtrichter Simon Stephan Schuster persönlich, um Euer Hochwohlgeboren nach dem Wohlergehen zu fragen. No, das wird für einen netten Plausch am Nachmittag reichen! Also schauen wir", und damit beugte er sich zu Schahin betulich herab, „dass wir das Enterl nicht kalt werden lassen. Wenn's beliebt, wenn S' fertig sind: Nur rufen! Wir kommen. Mahlzeit, der Herr!"

Schahin wunderte nichts mehr. Er zerriss den gebraten Vogel und stopfte die fetten Bissen gierig in sich hinein. Er fühlte das Glück: Die Barbara musste eine Teufelsfrau sein. Was die alles zuwege brachte! „Ach, Barbara!", rief er laut vor sich hin, „ich liebe dich wirklich", und damit biss er herzhaft in den nächsten Entenhaxen.

So einfach war das für Barbara nicht zu bewältigen gewesen. Doch zum Glück war sie praktisch veranlagt und wusste, welche Notwendigkeiten eine Henkerspartie im Malefizbubenhaus hatte. Gleich nach der Karmeliterkirche war sie statt zur Frau Muhme auf den Markt gegangen und hatte begonnen, sowohl an ihrem Herd als auch in Schahins Laboratorium Enten zu braten. Die Wächter der Stadtguardia hatten ihr bei diesem Argument den Eintritt in die Räumlichkeiten des Erdgeschoßes ihres eigenen Hauses nicht abschlagen können. Nicht zuletzt deshalb, weil auch ihnen Entenbraten und damit eine feine Abwechslung zum Alltagsessen in Aussicht gestellt worden war. Der gute Trommelotto und seine Mariza waren noch dazugekommen. Das half Barbara sehr, denn Mariza hatte schnell Weißbrot in Würfel geschnitten und zwanzig Knödel geformt. Und was für Knödel! Sie hatte Hände wie Brottröge. Und die Knödel waren schiere Kinderköpfe. Die Wächter konnten sich vom Bratenanblick kaum trennen. Erfolg hatte Trommelotto, der sie bat, nach oben zu kommen, wo er ihnen in Barbaras Wohnung Pflaumenschnaps, den herrlich duftenden Slivovitz, kredenzte. Und sich selbst, ab und zu, auch ein kleines Schlückchen. So saßen die Guardisten in der Wohnung Barbaras und bewachten die untere Partie Enten korrekt, wie es ihrem Auftrag entsprach.

Barbara schlich sich gelegentlich davon und versuchte in der Zwischenzeit die persischen Schriften des Doctors verschwinden zu lassen. Sie ahnte genau, dass diese ein, wie sagt man, „Corpus da liegt er“ – „Corpus delicti“ – sein könnten. Und auch den vom vielen Gebrauch zerfetzten Nostradamus. Den Dioskorides ließ sie an seinem Platz. Ein alter Grieche, dachte sie, mein Gott, wer hatte schon etwas gegen alte Griechen. Aber die jüdischen und persischen und türkischen Hadern, die versteckte sie lieber in ihrem Hauskeller. Zwischen Umdrehen und Begießen der Enten suchte sie außerdem nach dem versteckten Geld des Doktors. Aber beim besten Willen konnte sie nichts finden. Und unter den Hund konnte sie auch nicht kommen.

Vielleicht wusste die Muhme Rat oder der Herkomber. Ihr war es jetzt in dieser brenzligen Situation egal, ob sie sich damit bei ihm prostituierte oder nicht. Immerhin hatte er so viele Freunderln. Da müsste man doch ein gutes Wort für sie einlegen können. Man muss nicht viel wissen, war ihr klar, aber man muss wissen, bei wem man ein bisserl was hinterlegen konnte: für bessere Gelegenheiten. Wie andernorts wusch auch in Wien eine Hand die andere, die Seilschaften blühten. Man musste nur wissen, welches Seil man in die Hand bekam.

Nachdem die Herrschaften der Stadtguardia mit drei Enten, einem großen Plutzer Wein und zahlreichen Semmelknödeln aus serbischer Hand besänftigt waren, hieß sie Barbara gut auf das Haus aufzupassen und machte sich mit drei Weidenkörben, Otto und Mariza auf den Weg in die Stadt. Sie hatte auch genügend Kleingeld eingesteckt. Bei den Mautknechten ihres ehemaligen Vormunds hinterließ sie einen guten Eindruck und eine Ente. Und beim Oberbeschließer des Malefizbubenhauses war überhaupt Weihnachten, als sie mit den göttlich duftenden Speisen anrückte. Sie gab einen Gulden da, einen Gulden dort, und plötzlich war sie eine Gnädigste. Trommelotto hatte neben seiner Katze auch eine reizende Spieluhr mitgebracht und so verlief die Mittagsmahlzeit im Wachlokal äußerst harmonisch. Otto, der Wuschelkopf, war schon ganz krumm gewesen, immerhin hatte er einen ganzen Granter voll auf seinem Buckel mitgeschleppt. Und darunter noch ein hübsches Fläschchen Slivovitz. Barbara ahnte, dass diese guten Gaben auf ein weiches Wienerherz fallen mussten wie warmer Sommerregen auf fette Gärtnererde. Und auch der Henkersknecht war im Grunde seines Herzens ein echter Wiener. Ein bisserl martern musste ja sein, aber sonst hatte er ein Herz aus Gold.

Als sie aber mit dem lieblichsten Augenaufschlag den Herrn Oberbeschließer freundlich fragte, ob sie den hochmögenden

Gefangenen wohl auch sprechen dürfe, da legte er sein Dackelgesicht in bedauernde Falten und sprach die großen Formeln aller österreichischen Beamten: „Da könnt ja ein jeder kommen. Ohne meine Vorgesetzten ist da gar nichts zu machen. Ich erfülle hier nur meine Pflicht und Schuldigkeit. So haben wir es immer schon gemacht ...“ Und wenn die liebe Frau, samt ihren hervorragenden Enten, noch ein wenig Geduld haben würde, der hochverehrte Herr Stadtrichter, Magister beider Rechte, würde eh bald – weiß Gott wann – kommen, dann könne man weitersehen.

So lange wollte die liebe Frau Barbara aber nicht warten. Sie hatte sich schon den nächsten Plan zurechtgelegt. Sie gab Mariza und Trommelotto einen Wink und mit vielen lieben Grüßen an den lieben Gefangenen retirierten sie sich. Otto schulterte die leeren Gebinde und tänzelte mit Mariza wieder aus der Stadt heraus. Jetzt war die Muhme an der Reihe. Barbara war der gelebte Tatendrang. Sie verabschiedete sich von ihren Helfern, gab noch Anweisung, wo die Leerflaschen aufzubewahren seien, und schenkte Trommelotto noch die Möglichkeit, aus ihrer Küche eine Flasche Slivovitz in die raue Brigittenau mitzunehmen. Dann trat sie in das Haus in der Ankergasse ein, um die Muhme zu ihrer Unterstützung zu gewinnen.

Barbara war hier richtig. Zunächst ließ sie sich einen Kamillentee aufdrängen und versuchte dann langsam das Gespräch auf den Kontakt der Muhme zu deren Freundin Maria Sophia Guckenberger zu lenken. Die Guckenbergerin, mit der sie so gut bekannt war, konnte ein gewichtiges Wort mitreden, wenn der Fall Schahin behandelt werden sollte. Die Guckenbergerische war immerhin die zweite Frau vom viel älteren Herrn Stadtrichter, dem Simon Stephan Schuster.

Und so kam es, dass beide sich besprachen und am Haarmarkt, wo der hochlöbliche Herr Stadtrichter seine Wohnung genommen hatte, sich anmelden ließen. Groß war das Erstaunen der ehedem Guckenbergerischen, als sie ihre Jugendfreundin vor sich sah. Nach der freundlichen Einladung der Muhme und Barbaras in die gute Stube kam man zum Eigentlichen. Barbara ließ aus taktischen Gründen die Muhme um den heißen Brei herumreden und unterbrach nur einmal, um zu fragen, welch herrliches, unbekanntes Konfekt die Frau Stadtrichterin da aufgetischt habe. Das sei bei Gott etwas Seltenes, erwiderte diese, das Brot des heiligen Markus aus Venedig. Und es freue sie, dass eine Feinschmeckerin das auch zu würdigen wisse. Man nenne es auf welsche Weise auch das Pan Marci oder Marzipan, und nur eine geheime Verbindung mit einem Cousin des hochverehrten Herrn Gemahls habe ihr diese Köstlichkeit beschert. Barbara war sofort Feuer und Flamme – vielleicht konnte sie in dieser Angelegenheit später einmal diese Verbindung für sich spielen lassen ... Jetzt stand Drängenderes an.

Schließlich kam über diese Frauenallianz Bewegung in die schwierige Angelegenheit. Die ehedem Guckenbergerische versprach, ihren lieben Herrn Gemahl ein wenig zu präparieren: Man durfte doch bei so guten, alten Freundinnen kein Fehlurteil fällen. Sicher könnte sie auch noch ein wenig Ingwer und Pfeffer gut gebrauchen und eine nette Perle für die Ausstattung der Tochter, weiß Gott, das wäre doch nicht zu viel verlangt, sprach die hohe Dame direkt aus.

Am Haarmarkt, vor dem Haus, knirschte die Muhme zwischen den Zähnen: „Bestie, verfluchte!“ Aber was soll's, dachte sie sich, wenn damit ihr Mündel zufriedengestellt war.

Barbara war in Hochstimmung: „Mein liebes Muhmerl, Gott vergelt's dir! Das kann ich alles leicht besorgen, wenn nur der Boni wieder freikommt.“ Die Muhme fragte nach: „Liegt dir Wahnsinniger wirklich so viel an einem Ausländer? Zuerst der Jud, dann der Perser oder was er ist. Du hast schon einen seltsamen Gusto. Wenn das deine Mutter selig wüsste.“ Sie seufzte. Sie hatte Barbara doch wirklich gut katholisch erzogen. Und niemals hatte sie etwas gemerkt. Immer war sie brav in der Kirche erschienen, hatte das Abendmahl genommen, hatte gebeichtet – und nun das. Zuerst das folgenschwere Techtelmechtel mit dem Judenbuben, dann das Debakel mit dem guten Christenmenschen, dem Wittiber Luckham. Und jetzt fing Barbara schon wieder etwas mit einem dubiosen Zeitgenossen an. Sicher war der kein Armer, aber ob er dem Henker entgehen würde, erschien ihr doch fraglich. Armes Ding, diese Barbara, dachte sie sich. Aber ein Dickkopf! Was mit ihrem kleinen Josef wohl sein mochte? Sie machte sich Sorgen, wie das ausgehen würde. Man wird ja sehen, sprach sie sich gut zu, und zu Barbara: „Mein Kind, ich steh zu dir, das weißt du. Was immer auch kommen mag." Sie bat sie um einen weiteren Besuch am nächsten Tag und hoffte: „Vielleicht gibt's dann schon etwas Neues."

Am Ende der Ankergasse verabschiedeten sich die beiden Frauen. Barbara fühlte sich auf einmal ganz schwer. Mit hinkenden Schritten kam sie bei ihrem Haus an. Sie trat ein und spürte, wie leer es war. Kein Josef, kein Schahin. Nur drei Pferde schnaubten hinten im Stall und verstärkten das Gefühl einer großen, unheimlichen Stille. Sie raffte sich auf, um die armen Tiere zu tränken und zu füttern. Dann war es aber auch genug. Mühsam hinkte sie die Treppe hoch. Mein Gott, wie viele Stunden war es her, da sie, von der Frau Muhme kommend, die Leiche Schani Pfeiffers hatte baumeln gesehen.

„Oh Herr!", stieß sie einen leisen Schrei aus. Die Tür zu ihrer Wohnung war aufgebrochen. Schon wieder eine neue Überraschung. Im Flur lag ein Päckchen aus Papier. Mühsam ächzend hob sie es auf, trat in ihre gute Stube und beim Fenster wickelte sie es aus einer groben Umschnürung. Zuerst betrachtete sie lange das Papier. Das war aus einem Buch herausgerissen. Mein Gott, aus einer Bibel! Es war die Versatzseite einer Bibel. Ein schlechtes Omen. Und hinten auf der weißen Seite, die mit Blutflecken verschmiert war, stand in schlecht leserlicher Schrift: „Frau Luckham! Wenn Sie Ihren Balg wiederhaben wollen, dann kratzen Sie 500 Gulden zusammen. In drei Tagen um Mitternacht, beim Eingang zur Alten Favorita. Wehe, Sie sagen was! Dann stirbt er. Ein Finger von ihm als Gruß." Und aus der Verpackung fiel ein kleiner, verschrumpelter und blutiger Finger auf den Boden. Barbara verlor den Halt und sackte zusammen. Der Länge nach fiel sie vor dem Fenster zu Boden und blieb liegen.

Schahin nahm alle seine Sinne zusammen. Vor ihm, in der Frag- und Schergenstube, saß der Stadtrichter. Ein mächtiger Mann mit Perücke, Talar und einer großen Zahnlücke. Die Augen, oben von dicken, buschigen Brauen gerahmt, lagen tief in ihren Höhlen. Es waren ungeduldige, herrische Augen, die Schahin anstarrten. Neben dem Stadtrichter saß ein Schreiber, fuchsgesichtig und ständig mit Papier raschelnd. Hinter ihm standen der Freimann, der Henker und drei Knechte.

Der Schreiber begann mit Fistelstimme Schahin nach seinen Personalien auszufragen. „Soso: Neu Dschulfa, bei Isfahan. Lebten dort nicht die Sonnenanbeter, die dem Zoroaster huldigten?", kommentierte er Schahins Angabe des Geburtsorts.

„Nein, nein", entgegnete dieser, die Unwissenheit seines Gegenübers verzeihend.

„Was sind armenische Christen in Persien? Vielleicht auch Teufelsanbeter?", setzte der Schreiber hinzu und fragte mit Zusatzbemerkungen weiter: „Ihr wart Leibmedicus des Ibrahim Pascha von Buda? Arzt des Erzfeindes? – Warum seid Ihr dann nach Wien gekommen? Habt Ihr nicht Zaubervorstellungen in der Alten Favorita abgehalten, vor der osmanischen Delegation 1665? Ihr seid doch ein Zauberer und Magier?"

Nachdem Schahin ausführlich seine Herkunft erklärt hatte, wurde ihm die Anklageschrift vorgelesen. Mord an dem von

Schallamheim, Entführung und Verstümmelung des Sohnes seiner Vermieterin, fingierter Einbruch, um sich selbst als Opfer darzustellen.

Stadtrichter Schuster erläuterte das Procedere der Wahrheitsfindung und winkte dem Freimann. Der schob den Armesünderstuhl in den Raum. „Zuerst beginnen wir immer mit der Hand- und Armschnürung. Das dauert nur ein paar Stunden. Dann“, er wies wie ein gewiefter Schausteller ins Finstere hinter dem Delinquenten, „die Daumenschrauben.“ Ein Henkersgeselle brachte sie herbei und zeigte sie Schahin. „Dann erwarten Euch die Beinstiefel“, stellte der Stadtrichter in Aussicht. Ein weiterer Helfer schleppte sie herbei. „Und schließlich“, er machte eine theatralische Pause, „steht im Nebenraum die Fragleiter. Zuerst werdet Ihr gestreckt und dann gebrannt. Versteht Ihr mich überhaupt, Ihr persischer Teufelsanbeter?“, rief er Schahin entgegen. Dieser nickte ruhig und gefasst. Er wusste, dass er sich nichts anmerken lassen durfte.

Noch war nicht alles verloren, dachte er sich und ging ohne Umschweife in die Offensive: „Überprüft mein Alibi, hoher Herr Richter!“, forderte er und erklärte: „Zur Zeit der mir zur Last gelegten Tat war ich in Erdberg. Mit meinem Gehilfen, dem Zenz.“

„Soso – Ihr wart in Erdberg“, wiederholte Schuster.

Schahin fuhr mit seinen Einwänden gegen die Anklage fort: „Im Einkehrgasthof ‚Zur Traube‘, wir sind gegen acht Uhr abends eingetroffen, waren in der Gaststube zwei oder zweieinhalb Stunden und sind dann zu Bett gegangen. Der Wirt und die Servierfrau können sich sicher an uns erinnern. Und berechnet selbst, auch wenn wir hätten fliegen können, den Weg von Erdberg über den Wienfluss, an den Mauern entlang, mit einer geheimen Fähre, denn die Schlagbrücke ist um die Zeit geschlossen, dann die Taborstraße hinab und wieder zurück. Ein Weg allein braucht mindestens drei Stunden. Wenn wir um zehn oder halb elf uns heimlich auf den Weg gemacht hätten, wäre es niemals möglich gewesen, dass wir die Schandtat hätten begehen können."

Schuster reagierte sofort: „Weshalb wisst Ihr, wann die Tat begangen wurde, heh?"

„Barbara, meine Wirtin, hat es doch gesagt, als wir eintrafen", antwortete ihm Schahin.

„Verstrickt Euch nicht in Lügengespinste!", rief der Richter zornig. „Aber da das ein gutes Gerichtsverfahren ist, werden wir alles prüfen. Und Gnade Euch Gott, wenn das nicht stimmen sollte! – Und wo wart Ihr in der vorhergehenden Nacht?"

„In Hainburg, in der Schenke zum Wienertor." Gelassen blickte Schahin ins zornige Gesicht des Richters. Er war sich seiner Sache so sicher. Das Missverständnis musste doch aufzuklären sein, überlegte er sich. Schuster war ein wenig verwundert ob der Ruhe des Delinquenten. Bis jetzt hatte er nicht protestiert, nicht seine Unschuld beteuert. Schuster setzte in seiner Argumentation neu an:

„Und Eure Orientwaren habt Ihr am städtischen Waagmeister vorbeikonterbandiert."

„Nein, Euer Ehren", entgegenete Schahin, „wir haben die Stadt nie betreten. Wir sind um die Mauern herumgeritten, und, der Hinweis sei gestattet, die Leopoldstadt gehört nicht zur Wiener Bannmeile."

Teufel auch, dachte sich Schuster, der Hund hatte für alles eine kecke Antwort. „Zu etwas anderem: Wer ist euer Gehilfe?"

Schahin führte aus: „Das ist der Blecha Vinzenz, oder Zenz, wie wir ihn nennen. Gebürtig und zuständig war er in Znaim in Mähren. Dort arbeitete er als Gurkeneinlegergehilfe. Vor einigen Jahren kam er nach Wien und weil er anstellig ist und kräftig, ausdauernd und geschickt, blieb er bei mir. Er versteht sich auf Laboratoriumsarbeiten, hat einen guten Menschenblick, ist ein guter Reiter und ein braver Geselle im Orienthandel."

Schuster zeigte sich damit nicht zufrieden: „Diktiert dem Schreiber sein Aussehen, damit wir einen Steckbrief nach ihm drucken und versenden! Er ist doch mit Eurem Pferd durchgegangen."

Schahin nickte nur und kam mit einer anderen Antwort als erwartet: „Das musste eine Kurzschlusshandlung gewesen sein. Der Zenz hat keine Ahnung, was da vorgefallen war. Er hat nur die Soldaten gesehen und ist in einer natürlichen Reaktion ausgebüchst. Er hat mir schon zweimal am Balkan mein Leben gerettet, weil er einfach schneller ist als ich. Aber wenn Ihr ihn fangt, dann wird er Euch dasselbe sagen. Ich bin froh, in Wien zu leben, ich habe mich hier angepasst und ich kann für den Kaiser manches nebenbei erledigen."

Richter Schuster tat die letzten Worte als Prahlerei ab. Die Ruhe wirst du noch verlieren!, dachte er sich und wusste, dass Schahin bald schreien würde – mehr als man mitschreiben konnte. „Ihr habt die Anklage gehört, Ihr habt die Befragsinstrumente gesehen. So viel für heute", beendete er die erste Befragung und ordnete den Folterknechten an: „Führt ihn wieder zurück in seine Zelle!"

Schahin wusste, dass dies erst der feine Anfang war, und fragte sich, wie viel er davon aushalten würde: die Armschnürung vielleicht, die Daumenschrauben auch noch. Er konnte sich nicht vorstellen, wie er reagieren würde, wenn sie ihm die Schienbeinmuskeln quetschten, vielleicht die Kniescheiben brachen und daraufhin die Oberarmkugeln an der Streckleiter aushebelten, geschweige denn mit der Brandbefragung an der Brustkorbseite begännen. Nichts von diesen Ängsten wollte er sich anmerken lassen. Er wünschte dem Stadtrichter noch einen guten Abend und folgte aufrecht seinen Beschließern.

Nach dem Schrecken der Nacht hatte sich Barbara früh am nächsten Morgen wieder gefasst. Sie machte sich auf in die

Stadt. Hinter ihr lag ein quälender Halbschlaf mit Albträumen. Immer wieder war ihr das schmale, anklagende Gesicht Josefs erschienen, stumm und riesengroß war sein Mund zu einem Schrei geöffnet gewesen. Als Bild war auch wiederholt der hämisch feixende Luckham mit seinen feuchten Froschfingern aufgetaucht, der sie begrapschte und dann höhnisch auslachte, der sie besteigen wollte, während sie dabei wie gelähmt war. Dann aber hatte sie wieder die blasse, lange, dünne Hand Aarons gestreichelt und sie hatte ihn tröstend flüstern gehört: „Ich bin bei dir, meine Barbara. Sei stark und mutig, zweifle nicht, geh deinen Weg. Ich werde ihn dir zeigen." Da konnte sie dann endlich, getröstet, ein wenig Kraft finden.

Barbara bahnte sie sich nun ihren Weg durch die Menschenmenge im Stadttor. Ihr Ziel war die Schranne, das Gerichtsgebäude, am Hohen Markt. Sie ging vorbei an den Fleischbänken des Lichtenstegs und sah hinter den wimmelnden Marktbesuchern das hohe Gebäude mit den ungewöhnlich steil aufragenden Dachflächen. Oben auf der verwitterten Außentreppe standen zwei Wächter mit breiten Hellebarden und blickten gleichgültig auf das Auf und Ab der Marktbesucher herab. Barbara brachte ihr Anliegen vor: „Ich habe dem Herrn Stadtrichter neue Erkenntnisse im Mordfalle Pfeiffer anzuzeigen. Es ist dringend."

„Jaja, Frau, es ist immer dringend. Aber was wirklich dringend ist, entscheidet der Herr Stadtrichter. Der arbeitet schon seit dem Morgengrauen und es wartet schon ein Petent auf ihn. Wenn die Frau hinter dem Eingang in den Wartenischen Platz nehmen will, melde ich sie dem Gerichtsdiener. Jetzt aber ist eine Sitzung mit dem Syndicus Doctor Hocke und dem Stadtkämmerer Focky. Und die kann dauern."

Barbara hüllte sich in Geduld. Die gotische Sitznische in der Wand war zwar schön mit Krabben und Fialen verziert, für sie aber viel zu schmal. Vor allem zu kalt. Den Wartenden wollte man es so unbequem wie möglich machen. Barbara quetschte ihren Hintern tiefer hinein, um vielleicht doch besser zu sitzen. Dabei schlief ihr der linke Fuß ein. Seufzend änderte sie ihre Position.

Aus der Richterstube drang Stimmengewirr. Ihr gegenüber schlummerte schnarchend ein Gefreiter der Stadtguardia, seiner Aussage entgegenharrend. Das war doch der, wie hatte er nur geheißen? Der lange Unterlercher! Vielleicht war er wegen derselben Sache hier. Der Gerichtsdiener öffnete die Tür zur Richterstube. Sie stupste Unterlercher an, der schreckte auf: „Lieber Herr Gefreiter! Können Sie sich noch an mich erinnern? Ich habe eine dringende Sache im Mordfall Pfeiffer vorzubringen, darf ich mich einmal an Ihnen vorschummeln?

„Freilich, Frau Luckham, richtig? Aber gern, ob ich mich hier aufhalte oder auf der Peterswache ist mir egal. Mein Dienst endet um vier. Überstunden schlafe ich ungern. Bis dahin möchte ich schon fertig sein. Dann dreh ich unten auf dem Markt eine kleine Runde."

Sie ahnte schon, welcher Art diese kleine Runde sein würde, und bedankte sich. Der Gefreite streckte sich, stand auf und trampelte die steile Treppe hinab, froh, sich die lange Wartezeit des drückenden Dienstes in einer Marktschenke verkürzen zu können.

Der Gerichtsgehilfe war sich der Dringlichkeit der Aussage Barbaras wohl bewusst. Dazu hatte nicht zuletzt der Gulden geholfen, der sich in seiner Tasche warm anfühlte. Mehr als das Doppelte seines Tageslohns. Eine feine Dame, die fesche Wittib, die es so eilig hatte. Und richtig, als die Herren Focky und Hocke an ihr vorbeischritten und leutselig grüßten, hieß sie der Diener gleich eintreten.

„Was gibt's denn so dringlich Neues?", wies ein wenig unwirsch Richter Schuster auf den breiten Scherenstuhl vor seinem Schreibtisch. Dann blickte er von seinen Papieren auf und fuhr fort: „Ach, die Wittib Luckham, wenn ich recht unterrichtet bin." Sein düsteres, perückengerahmtes Gesicht hellte sich auf und er wurde freundlicher im Ton. Rasch erhob er sich, eilte um den Tisch herum zu ihr hin und rückte ihr den Stuhl zurecht, während er mit ihr sprach: „Wenn mir der Schreiber Lazel das nur gleich gemeldet hätte. Bin ganz im Bilde, liebe Dame. Ist die Frau Muhme auch wohlauf und auch ihr wackerer Herr Gemahl?"

Barbara legte ohne viel Federlesens das aufgeschnürte Päckchen, das sie in ein Leinentuch geschlagen hatte, auf seinen edlen Holztisch. „Das habe ich bei der Heimkehr von Ihrer lieben Frau Gemahlin in meiner Wohnung vorgefunden. Mir wurde ganz schlecht dabei und es raubte mir die Besinnung. Da ich erst spät wieder zu mir gekommen bin, konnte ich es Ihnen erst jetzt vorbeibringen. Seht her, hochlöblicher Herr Rat! Wieder hat man meinem Sohn einen Finger abgeschnitten." Sie schluchzte auf, fasste sich aber wieder und unterdrückte den Weinkrampf. Vor dem hohen Amt zählten Gefühlsausbrüche wenig. Das ekelte die Amtspersonen an. „Und dann gibt es auch den Grund der Entführung. Lest diesen Brief. Auf eine heilige Bibelseite geschrieben, noch dazu!"

Mit spitzen Fingern führte der Richter das Papier an seine Augen. Mit der Linken strich er sich die Perücke aus dem Gesicht. Er war näher zum Fenster getreten, um besser lesen zu können, und brummte vor sich hin: „Also, da soll doch der …!" Voller Erstaunen, das nicht zuletzt an seinen hoch aufgerichteten Brauen zu erkennen war, drehte er sich Barbara zu und tat ihr seine Folgerung kund. „Dann kann der Perser nicht der Entführer sein! Der sitzt in gutem Gewahr. Aber vielleicht hat er Komplizen, die sein teuflisches Werk fortführen." Doch sicher war sich Richter Schuster auch in diesem Punkt nicht mehr.

Barbara stand vom Stuhl auf und erklärte ihm: „Doctor Schahin ist der gütigste Mensch, den ich in meinem Leben kennengelernt habe. Zuverlässig, pünktlich und hilfreich. Und mein Sohn Josef war bei ihm immer gut aufgehoben. Er hat sich wie ein Vater um ihn gekümmert. Besser, als mein verstorbener Mann dies getan hat. So frage ich: Warum soll er, der sicher mehr Gulden besitzt als ich, mein Kind entführen? Das, Herr Rat, kann ich mir nicht vorstellen."

Richter Schuster war vom Ausbruch der jungen Witwe sichtlich überrascht und fragte zurück: „Ihr haltet Schahin deshalb für unschuldig?"

„Gott helfe mir, Herr Rat", entgegnete Barbara, „der ist so unschuldig wie ich. Und eines muss ich Ihnen noch sagen", sie war zornig geworden und sie wusste, dass ihr das gut stand: „Ich vertrau' auf Eure Diskretion. Doctor Schahin würde es nur unter der Folter zugeben, dass er im Dienst des Hofkriegsrates steht. Er hat dem Kaiser und dem Land viele gute Dienste erwiesen. Offiziell trägt er den Titel eines Hofchymisten beim Hofmarschallamt. Aber Doctor Schahin weiß nicht, was ich von ihm weiß. Erst voriges Jahr hat er 1200 Gulden von seiner Exzellenz Sinzendorf von der Hofkammer lukriert. Die Hofkammer zahlt nur dann, wenn jemand etwas Besonderes geleistet hat, und darüber hinaus, aber das wisst Ihr selbst, wenn es äußerst dringend und wichtig war. Was Doctor Schahin genau tut und welche Leistung er hier erbracht hatte, weiß ich nicht. Er schweigt wie ein Grab. Ich sehe nur, dass er im dauernden Kontakt mit den kaiserlichen Meldereitern steht, die nach Stambul abgehen. Vielleicht macht Schahin etwas Verschwiegenes, das andere nicht dürfen. Das scheint mir seine Hauptbestimmung zu sein. Aber bitte, behaltet es für Euch, Herr Richter. Ich hab' nur gesehen, dass er mit Geheimtinte schreibt und Briefe an den Hofkriegsrat, an den General Kaplíř, verfasst – und das auch nur beim Staubabwischen. Gnädiger Herr, nennt mich nicht eine Mitwisserin. Ich sag' es nur, weil es für Euch und ihn wichtig sein könnte." Sie war atemlos in ihrem

Stuhl zusammengesunken. Jetzt war es heraus. Barbara hatte dies als letztes Mittel, das sie besaß, vorgebracht, um Schahin zu retten.

Schuster nahm wieder hinter seinem Schreibtisch Platz und hielt fest: „Das lässt die Geschichte in einem anderen Licht erscheinen. Gut, dass Ihr Euch mir anvertraut habt. Ihr könnt mit meiner Diskretion rechnen, Witwe Luckham. Mir scheint, dass Euch Euer Mieter wichtiger ist als nur die Miete zu Georgi und Michaeli."

Seine Andeutung verstehend, sah sie ihm ins Angesicht und entgegnete ihm: „Ja, Herr Rat, nach meinem Sohn, dem armen Josef, ist mir zurzeit keiner wichtiger als er. Nennt es nur beim Namen, ja, ich bin befangen und daher keine gute Zeugin für ihn. Aber ich muss Euch für Eure Rechtsfindung Hinweise geben. Wir werden den Verbrecher finden! Und ich sage wir, weil ich weiß, dass nur durch mich das Verbrechen aufgeklärt werden kann. Wie soll ich mich bei der Alten Favorita verhalten? – Abgesehen davon, dass ich die fünfhundert Gulden Lösegeld nicht auftreiben kann, weil ich sie nicht besitze. Doch habe ich hundertsechsundneunzig Gulden in bar im Hause. Die Muhme Herkomber könnte mir etwas borgen, aber ich weiß, es wird nicht reichen. Lasst mich zu Bonaventura Schahin. Ins Malefizbubenhaus. Ich muss mit ihm sprechen. Irgendwo muss er sein Geld versteckt haben. Mehr als das, was man ihm geraubt hat. Er hilft mir sicher aus der Verlegenheit. Ich gehe jedenfalls zum Treffpunkt, unabhängig davon, ob man mir hilft oder nicht. Ich will meinen Josef wiederhaben! Oder könnt Ihr verantworten, dass man ihn mir weiter stückchenweise übersendet?" Wieder hatte sie sich in einen wilden Strudel des Zorns geredet. Aber durch ihre Offenheit und ihre Direktheit wirkte sie überzeugend.

Der Richter war von Barbara angetan, erkannte in ihr eine Löwenmutter und wähnte sie als heißblütige Geliebte. Er stimmte ihr zu: „Witwe Luckham! Ihr geht zum genannten Rendezvous an der Alten Favorita, wenn Ihr Euch traut. Ihr nehmt das Geld, das Ihr habt. Und wenn es notwendig ist, lege ich noch privat hundert von mir selbst dazu. Schlimmstenfalls nehmen wir den Rest als Denunziantengeld aus der Stadtkasse. Ich steh dafür gerade." Schuster schnaufte kurz auf und insistierte bei Barbara: „Verständigt mich bis morgen Abend, denn um Mitternacht wollen wir den Täter fangen. Von Eurem Hause bis zur Alten Favorita sind es doch nur wenige Schritte zu Fuß. Ich lege eine Halbkompagnie der Stadtguardia in den Hinterhalt."

„Bitte, nur das nicht!", rief Barbara. „Lasst mich meine eigenen Hilfskräfte aufstellen. Aus unserem Freundeskreis. Harte Burschen, die manch wilden Strauß ausgefochten haben. Ihr kennt die Stadtguardia. Die riecht man hundert Meter gegen den Wind. Lasst sie nur in Alarmbereitschaft bei den Taborbrücken in ihrem Wachlokal, und wenn wir den oder die Täter haben, dann sollen sie sie vorführen und einbuchten."

„Einverstanden bin ich nicht damit, ich mag keine Selbstjustiz, aber was Ihr sagt, hat Hand und Fuß. Außerdem habt Ihr morgen früh Sprecherlaubnis bei dem Verdächtigen. Ich kann den Herrn nicht freilassen, bevor ich seine Angaben nicht überprüft habe. Aber ich verspreche Euch, er wird gut gehalten und die Tortur entfällt. Nach Artikel XIX/3 sind Personen vom kaiserlichen Hofstaat und verwandte Personen der unmittelbaren Hofstellen und des Hoflagers befreit. Nach Euren Aussagen, die ich noch überprüfen lassen werde, steht es mir frei, den Delinquenten als solchen anzusehen." Er stand wieder auf und verkündete: „Euer persianischer Doctor war der verübten Tat halber stark beschwert. Die peinliche Frage wäre daher als Zwangsmittel legitim, um einen leugnenden Übeltäter in Abgang eines vollständigen Beweises zur Bekenntnis zu bringen. Aber ich sehe Morgenröte für ihn. Liebe Wittib, ich danke Euch, Ihr seid entlassen." Seine Stimme senkend, fügte er hinzu: „Dank auch von meinem lieben Eheweib für Eure uneigennützige Zuwendung, wenn der Casus abgehandelt ist."

Barbara schnaufte tief. So eine Frechheit!, dachte sie sich. Aber gut angelegt. Morgen sollte sie Schatzikam Boni wiedersehen. Wie es ihm bisher wohl ergangen war? Sie knickste jungmädchenhaft und verabschiedete sich: „Herr Rat, ich empfehle mich, und habet Dank für Eure Güte und Menschlichkeit. Falls ich zuletzt doch Eurer Hilfe bedarf, lass ich es Euch morgen Nachmittag wissen." Damit rauschte sie hoch erhobenen Hauptes aus der Richterstube.

Unten an der Treppe hielt sich der Zeuge Gefreiter Unterlercher am Geländer fest und fragte sie: „Bin ich schon dran oder noch zu früh?"

Nach ihrer Taxierung würde seine Aussage vor dem Richter recht flüssig daherkommen. „Dank Euch, Ihr lieber Gefreiter", hauchte sie ihn mit ihrem reizendsten Lächeln an.

„Es war mir ein Vergnügen, schöne Frau!", gab er zurück und strahlte errötend.

Barbara raffte ihre Röcke und strebte der Leopoldstadt zu. So viel hatte sie noch zu organisieren. Rodolfo Dane war im Orient, aber Michailowitz, Koltschitzky und Diodato waren Männer, auf die sie zählen konnte. Ja, zählen musste. Für ihren Josef würden sie sich einsetzen. Und dann wollte sie die Muhme besuchen, um ihr von dem Treffen mit Richter Schuster zu berichten. Dieses Gespräch mit Schuster hatte ihr Auftrieb gegeben. Sie steckte wieder voller Tatkraft. Wie ein junges Mädchen eilte sie über die Schlagbrücke und dankte den Mautknechten mit einem besonders feurigen Gruß. Die spielten eine wichtige Rolle in ihrem Vorhaben, den Verbrecher zu stellen. Nur die 500 Gulden bereiteten ihr Sorge. Und der Zustand Josefs. Bei der Muhme angekommen, breitete sie ihren gewagten Plan aus.

Schahin erhob sich, als ihn die Henkersknechte zum Verhör führten. War heute der erste Tag der Tortur? Würde es noch bis zu den Beinschienen kommen oder schlimmer? Man hatte ihn bisher gut behandelt. Die Zelle besaß sogar ein Federbett. Papier und Tinte war ihm zur Verfügung gestellt worden – vielleicht zum Verfassen seiner Verteidigungsrede oder des Geständnisses. Er war nicht gefesselt. Er deutete diese Umstände als gute Zeichen. Doch der Rat Schuster, schien ihm, war ein scharfer Hund. Und er hatte keine Ahnung, wie er sich gegen die Vorwürfe der Zauberei und des Teufelskults verteidigen sollte. Weil sich die Vorwürfe im Irrationalen bewegten, galten sie als das beste Mittel zur Verurteilung. Wenn gerade dies wegfiele, wäre ihm wohler. Darum schritt er auf dem Weg zur Befragung knieschwach zwischen seinen Bewachern. Als er in die Fragstube eintrat, stand der Henker schon hinter dem Armesündersessel, zwei weitere Knechte hatten sich rechts und links davon postiert. Hinter dem Stuhl waren die langen, geflochtenen Lederschnüre vorbereitet. Dahinter erblickte Schahin den Aufbau mit den Daumenschrauben. Er überblickte, wie weit man heute zu gehen gedachte. Gefasst setzte er sich auf den Stuhl. Ein Henkersknecht hielt ihn sofort an seinen Schultern fest. Der Schreiber hatte schon seine Papiere geordnet, die Federn geschnitten und lauerte spitzmäusig auf die Fragen des Richters. Gott sei Dank war noch kein Geistlicher anwesend, dachte sich Schahin. Das wäre ein schlechtes Zeichen gewesen. Diese wurden hinzugezogen, wenn es bei den Foltern um Leben und Tod ging.

Richter Schuster trat ein. Alle erhoben sich. „Setzen!“, antwortete er auf die Respektsbezeugung. Im Gegensatz zu gestern hatte er ei[illegible]itige Miene aufgesetzt. Also vielleicht doch keine Vorwürfe de[illegible] Teufelsanbeterei mehr, hoffte Schahin.

Der Richter raschelte mit seinen Notizen. Plötzlich aufblickend, stieß er hervor: „Freimann, Knechte, Schreiber! Alles hinaus!“

Schahin sah ihn überrascht an und rätselte: „Was ist das wieder für eine Finte? Will sich der Richter ganz privat die Finger schmutzig machen?

„Raus mit Euch!", brüllte Schuster die Verdatterten an. Als der Freimann als Letzter die Tür zur Fragestube schloss, begann Schuster ganz leise: „Herr Doctor Bonaventura Nurveli Schahin. Warum habt Ihr mich nicht gleich wissen lassen, dass Ihr zum Kreis der Hofabhängigen gehört? Dass Ihr auf der Spesenliste der Hofkammer steht? Es hätte uns viel Ärger und Papierkram erspart!"

Schahin war verdutzt. Wo war die Schwachstelle? Nur drei oder vier Personen wussten von seiner Identität. Er überlegte: War Kaplíř betrunken gewesen? Der Böhm' war immer öfter besoffen angetroffen worden. War es der mieselsüchtige Kurrentschreiber der Hofkammer? Der orientalische Dechiffrierer und Hofdolmetsch Meninski von Mesgien sicher nicht. Der war immer nüchtern, blieb sachlich und erwies sich als äußerst zurückhaltend. Wer hätte ihn sonst aufgedeckt? Noch dazu für ein Subjekt des Magistrats, den das nichts anging. Schahin blickte verstört um sich und verwies auf die Konsequenzen: „Da Ihr mich nun auffliegen habt lassen, Euer Gnaden, bleibt mir nur der Freitod. Ich habe mich mit meiner Schwurhand dazu verpflichtet. Wem im Magistrat oder privat habt Ihr Eure Kenntnis noch mitgeteilt, vielleicht aber sogar schriftlich zu Protokoll gebracht?"

„Niemandem, guter Doctor", wollte Schuster Schahin beruhigen. „Sagen wir, ein liebes, hübsches Frauenzimmer hat mir seine Beobachtungen, die es beim Staubwischen eingesogen hat, unter dem Siegel der Verschwiegenheit geflüstert. Es handelte sich um Beobachtungen, die nur ich in ihrer Gesamtheit deuten konnte. Und nicht um unsere geheiligte Majestät zu schädigen, sondern, ohne dass sie es ahnte, um Artikel XIX/3 der Halsordnung in Kraft zu setzten."

„Das heißt …“, fragte Schahin und erhielt prompt die Antwort: „Ich darf Euch der Tortur nicht aussetzen.“

Schahin wurde ein wenig schwindelig aufgrund der existenzbedrohenden Zwickmühle, in der er nun steckte. Sollte er seine Stellung leugnen, wäre das sinnlos. Barbara, hörte er nun, hatte mehr mitbekommen, als ihm lieb war. Aber er war noch nicht aufgeflogen. Der Richter hatte seine biedere Identität gewahrt. Er musste nicht den Giftring zur Anwendung bringen. „Ich danke Euch, hoher Rat, für Eure Diskretion und bitte darum, nichts davon weiterzuverbreiten. Fragt von mir aus den General Kapliř direkt, aber keinen sonst. Es wäre um mich und viele Freunde im Morgenland geschehen.“

Schuster marschierte zur Tür, sie aufstoßend rief er: „Schreiber! Kommt herein. Schreibt: ‚Der Delinquent bleibt weiter in Haft, bis sein Alibi überprüft ist. Nach dem Pharmazeutsgehilfen Vinzenz Blecha ist weiterhin zu fahnden. Seine Inhaftierung soll in secreto durchgeführt werden. Gegeben, geschlossen und gefertigt. Schuster, Stadtrichter.‘“

Schahin hatte stehend und mit Erstaunen diesen Spruch wahrgenommen. Der Richter trat nahe an ihn heran: „Morgen um zehn besucht Euch ein schwarzberocktes Vögelein. Ihr sollt ihr mehr als dankbar sein, Herr Doctor.“ Sprach’s, wandte ihm den Rücken zu und verließ schnell die Fragstube. Der erstaunte Schreiber blieb mit offenem Mund sitzen. Erst nach einem langen Moment schrie er, sichtlich vom Ergebnis enttäuscht, nach dem Freimann: „Führt den Delinquenten ab!“

Es war wieder spät geworden. Bei Diodatos in der Ankergasse hatte Barbara noch Kaffee geschlürft. Bei Herkombers Tee. Bei den Koltschitzkys war es Ungarwein gewesen und bei Michailowitz schließlich scharfsüßer Barack. Und dazu Grammelpogatscherln: fett und scharf. Tief atmete Barbara die frische Abendluft ein, als sie die Taborstraße überquerte und schlurfend auf ihr Haus zusteuerte. Morgen durfte sie Boni sehen und in der Nacht darauf vielleicht ihren Josef wieder im Arm halten. Trotz der Katastrophen um sie herum war sie mit dem, was passieren würde, zufrieden. Sie hatte gute Arbeit geleistet. Und niemand schalt sie mehr, niemand erwartete sie in ihrer Wohnung, der sie eine „verfressene Mastsau" schimpfte. Der ihr vorwarf, sie habe ihre Dimensionen verloren und sei patschert. Denn oft hatte sie einen Hafn oder ein Geschirr fallen lassen oder mit ihrem Hinterteil versehentlich etwas umgestoßen.

Als sie bei der Karmeliterkirche vorbeikam, gab sie sich einen Ruck und trat ein. Die Kirche war leer. Vorn am Hochaltar flackerten die Kerzen unter dem Bild der Maria mit dem geneigten Haupt. Sie ließ einen ganzen Gulden in den Opferstock fallen und dankte der Muttergottes für den guten Tag. Viel hatte sie erreicht. Vielleicht gerade mit Hilfe der Lieben Frau. Vielleicht auch durch himmlischen Zuspruch des Engerls, das wie ihre Mutter aussah. Wer konnte es schon wissen. Sie murmelte zum Dank ein schnelles Ave Maria und trat wieder aus ihrer Lieblingskirche.

Auf den Stufen zum Eingang saß eine wild aussehende Frau. „Die Zukunft, Frau, die Zukunft!", bettelte sie Barbara an. Mit beiden Händen zog sie ihre linke Hand zu sich herab und hielt für einen Moment inne.

Schon wollte Barbara der Bettlerin ihre Hand entziehen, doch die Neugier war stärker. Schwerfällig hockte sie sich also neben die Schwarzhaarige. Die hatte ein Öllämpchen neben sich und strich mit dem dünnen Schein über Barbaras Handinnenfläche. „Gutes Leben, schöne Frau, gutes Leben", wahrsagte sie singend. Auch „viel Schmerz, aber guter Mann, schöner Mann!"

Jaja, dachte sich Barbara, immer derselbe Schmäh. Gutes Leben, viel Geld, guter Mann, das kenn' ich schon. Die Frau Muhme hatte einmal sogar eine Wahrsagerin ins Haus gebeten, die für alle ihre Freundinnen in die Zukunft blickte. Und alle sollten einen „guten und schönen Mann“ bekommen.

„Du Frau, aber besondere Frau. Du nie sterben!“

Das war einmal etwas Neues, amüsierte sich Barbara. „Ich soll niemals sterben? Ich geb’ dir nicht mehr als zehn Kreuzer, mehr hab ich nicht“, wehrte sie die Schmähtandlerin ab.

Diese beteuerte die Glaubwürdigkeit ihrer Weissagung: „Nein, wirklich! Dein Sohn mächtig, viele große Freunde, große Wojwoden. Große Obergespane. Große Beğlerbeğs. Guter Sohn. Hilft dir immer. Du große Baba. Er nur kleiner Sohn, arme Baba. Du nie sterben.“

„Jetzt pass einmal auf, Zigeunerin!“, entgegnete ihr Barbara zornig: „Ich hab’ meine Zeit nicht gestohlen. Warum sterbe ich nicht? Ich bin eine Wienerin aus Fleisch und Blut. Aus viel Fleisch und Blut.“

Die Wahrsagerin erklärte ihr: „Dein Seelenvogel weg, nicht bald, du aber, Frau, du bleibst immer. Du … in Sarg, der offen. Tausende Menschen schauen an. Machen Kreuzzeichen vor dir. Du hast Wunderkörper. Du Wunderfrau! Junges Gesicht, für immer. Nie Totenkopf. Heilige Frau!“ Sie beugte ihr Gesicht zur Handfläche Barbaras, murmelte Beschwörungsformeln, spuckte in ihre Handfläche und rührte mit der anderen Hand fest darin herum. „Heilige Frau!“, sagte sie noch einmal.

„Jetzt ist es aber genug!“, machte ihr Barbara klar und entzog ihr die feuchte Hand. Es ekelte sie. Doch ein Schauder lief ihr über den Rücken. Was soll denn der Blödsinn? – Heilige Frau. Nie Totenkopf. Die Worte gingen ihr nicht aus dem Sinn. Sie strich sich die Hand mit Grauen an ihrem Fürtuch ab und blickte zu der Frau. Was wollte die Wahnsinnige? Natürlich Geld. Sie kramte in ihrem Gürtelbeutel und gab ihr dann doch einen Gulden. Hinausgeschmissenes Geld, wo ich doch jetzt jeden Gulden brauchen kann, überlegte sie sich kurz und machte sich dann auf ihren Weg.

Die wilde Schwarzhaarige erhob sich, hetzte die Stiegen der Karmeliterkirche hinunter, warf sich vor Barbara in den Staub und rief: „Große Baba, heilige Frau, nix Geld!" Abwehrend hob sie die schmutzigen Hände. „Du nie sterben!"

Barbara ging weiter und schüttelte ihr Haupt wegen des Albtraums, der ihr als Zukunft gedeutet wurde. Nicht sterben! So ein Blödsinn! Tausende Menschen schauen dich an. Sie bog zur Leopoldsgasse ein und sagte immer wieder vor sich her: „So ein Blödsinn!"

Schneller als sonst humpelte sie weiter. Sie deutete den beiden Stadtguardisten, die nahe bei ihrem Haus standen, einen Gruß an und stocherte mit dem Schlüssel im Schloss. Der eine Soldat trat näher und bot ihr seine Hilfe an. Es sei draußen schon ganz schön frisch, meinte er, ob sie sich nicht in der Küche des Delinquenten anwärmen konnten. „Selbstverständlich, kommt nur herein. Es ist doch gut, unter dem Schutz der kaiserlichen Armee zu stehen", scherzte sie. Der eine nahm von seinem Biwakfeuer einen Span und beide Männer traten ein. Sie öffneten die Tür zur Offizin.

Barbara ging zurück und als sie das Tor gerade absperren wollte, zischte es im Schatten des Biwakfeuers: „Barbara!"

Erschrocken blickte sie sich um. Die Soldaten hantierten schon in der Küche Schahins, um das Herdfeuer anzufachen.

„Barbara!", hörte sie wieder. Nichts war zu sehen. Sie trat einen Schritt aus dem Tor hinaus.

Da löste sich ein langer Schatten aus der Dunkelheit. Ein fremder Mann stand vor ihr. „Ich bin's, Salomon Fränckl."

Barbara schauderte es schon wieder. Das zweite Mal an diesem Abend. Das konnte nicht mit rechten Dingen zugehen, dachte sie und ließ behutsam den hoch gewachsenen Mann in den dunklen Hausflur eintreten und legte, ihn ernst anblickend, den dicken Finger an den Mund. Sie schloss das schwere Tor und venahm das aufgeregte Atmen des alten Mannes, der sich an die Rückseite des Tores angelehnt hatte und mit den Pfosten zu verwachsen schien.

Sie wandte sich zur Offizin zu und fragte ihre Gäste: „Geht es euch gut, Männer? Wartet's ein wenig, dann bring ich euch was zum Essen und zum Trinken."

Zustimmung schallte ihr entgegen und die Ankündigung: „Um vier Uhr früh müssen wir wieder hinaus, dann werden wir abgelöst."

Vier Uhr früh, eine unmögliche Zeit zum Aufwachen, dachte sich Barbara. Aber wie oft hatte sie um diese Zeit dem Luckham die Morgengrütze gereicht, wenn er zu den Fischern an die Donau hinausging.

Sie berührte Salomon an der Schulter als Zeichen, ihr zu folgen, und trampelte dann schwerfällig auf der Treppe: Rechter Fuß, linken nachziehen. Salomon folgte ihr langsam und versuchte eigene Geräusche zu vermeiden.

Oben angekommen, schloss Barbara die Tür zu ihrer Wohnung auf und schob Salomon direkt in die gute Stube. Er ließ sich angestrengt auf einem Stuhl nieder, den er schemenhaft erkannte. „Habt Geduld, Herr Salomon. Ich bin gleich wieder bei Euch. Bleibt aber im Dunkeln sitzen", verabschiedete sich Barbara von ihm. Sie hantierte laut in der Küche und holperte kurz darauf mit ihren dicken Schlägeln die Treppe wieder hinab. Der kalte Schweinsbraten war den Wächtern willkommen, auch der Wein. Sie ließen die Gastgeberin hochleben und Barbara verabschiedete sich mit einem grazilen „Gute Nacht, meine Besten! Seid nicht zu laut, ich geh jetzt schlafen!"

Oben setzte sie ihre Verschwörermiene auf, zündete eine Kerze an und setzte sich zu Salomon. Urplötzlich fiel ihr das Begräbnis wieder ein und ihre viel zu hastige Flucht nach Korneuburg. Sie schniefte, wusste aber sofort die richtigen Worte: „Euer Eingang sei gesegnet, Vater." Sie beugte ihr Haupt und Salomon legte seine verwitterte Hand darauf.

„So sei es! Entschuldige mein unvorbereitetes Eindringen. Aber ich habe in Nikolsburg gespürt, dass mein Enkel mich braucht. Aaron, mein lieber Sohn, ist mir vor zwei Nächten erschienen. Sein Sohn ist in großer Gefahr. Und so hab ich alles zusammengerafft und bin zu dir gekommen. Es ist nicht mehr so gefährlich für uns Juden. Durch kaiserliches Reskript dürfen wir wieder Waren auf den Märkten von Retz, Wolkersdorf und Mistelbach verkaufen. Nur bleiben dürfen wir dort nicht. Unter der Enns ist es uns wieder gestattet, Handel zu treiben. Aber, Barbara, sag mir, wo mein Enkel ist!“

Sie erschauderte. Es war ihr alles zu viel. Zuerst die Wahrsagerin mit dem Hinweis, dass sie nicht sterben würde. Dann der alte Fränckl. Was sollte ihr heute noch passieren?

„Mein Vater“, wandte sie ihrem überraschenden Besucher zu, „Ihr habt recht. Aaron hat recht. Josef wurde vor zwei Nächten entführt. Ich weiß nicht, wo er jetzt ist. Man hat mir zwei seiner abgeschnittenen Finger als Beweis gelassen und fordert ein Lösegeld von fünfhundert Gulden. Zwar habe ich das Geld nicht, doch irgendwie werde ich es zusammenbekommen.“

Salomon Fränckl warf ein: „Ich bin da und kann dir helfen. Und ich brauche dir nichts zu borgen. All das, was ich mitgebracht habe, ist das Hab und Gut Josefs. Ich habe dich nicht aus den Augen gelassen. Dich, seine Sulamith. Und auch ihn, meinen Augenstern. Ein gutes Kind. Ein hoffnungsvoller Jüngling. Und jetzt wäre Zeit für seine Bar Mitzwa.“ Er seufzte tief: „Er ist zwar kein jüdisches Kind. Du bist keine jüdische Mame. Aber er ist ein gutes Kind. Und mein Enkel. Ein Fränckl. Und er wird es immer bleiben. Meine Hände wachen über ihn und er wird wieder zurückkehren. Mit Gottes Hilfe. Ich und alle meine Glaubensgenossen sind mit ihm. Schau her!“ Damit zog er aus seinem Umhang einen Lederbeutel. Aus dem Beutel leerte er vor ihr 500 goldene Reichsdukaten aus, ein weiteres kleines Ledersäckchen blieb liegen. Viel mehr Geld, als sie jemals zuvor gesehen hatte. Er stapelte die Münzen zu Säulen. Vier Gulden waren ein Dukaten. Ihre Sorgen hatten ein Ende. 125 Dukaten reichten. Sie sprang auf und umarmte den Alten. Er bekam kaum Luft, als sie ihn so herzte.

„Gemach, gemach!", er rang nach Luft, „du bist aber eine Stürmische. Langsam versteh ich meinen Aaron." So ein Weib war ihm noch nicht untergekommen. Die hatte Feuer im Leib. Langsam entließ ihn Barbara aus ihrer Umklammerung. Noch spürte er den Druck ihres großen Busens auf seiner Brust. „Gewalt!", seufzte er glücklich und ein wenig schief lächelnd. „Da ist allerdings noch etwas, das du für Josef aufheben musst." Er deutete auf den kleinen Beutel aus handschuhweichem Ziegenleder, der nun ebenfalls auf dem Tisch lag. Mit zitternden Fingern versuchte er ihn zu öffnen. Er war so aufgeregt, dass es ihm nicht gleich gelang, die Umarmung dieser Gewaltfrau hatte ihn zu sehr durchgeschüttelt. Dann endlich, im Schein der einzigen Kerze, zog er einen großen, prächtigen Smaragdring hervor.

Barbara wollte sich schon selbst in die Hinterbacke zwicken, um es glauben zu können. Nein, sie träumte nicht. Die Kerze flackerte, als sie ihren Atem ausstieß. Da lag ein riesiger Edelstein. Ein Juwel. „Wieso gehört er Josef?", fragte sie. Sofort war sie wieder abergläubisch und begann zu zweifeln.

Der alte Fränckl sah ihre Verstörung und fing an zu erzählen: „Als mein und auch dein Aaron starb, damals, als die Gojim unsere Stadt gestürmt haben, konnte er mir noch von dir und deinem Kind Kunde geben. Seine letzten Worte galten dem Kind. Und dem Ring. Unser großes Vermächtnis. Ich habe zwar eine Tochter. Aber sie ist nicht mehr richtig im Kopf. Die miese Meschinne hat seit diesem Tag ihr Hirn verdunkelt. So habe ich nur mehr unseren Josef. Und Aaron wollte, dass er den Ring bekommen sollte. Damals hat ihn unsere Familie nicht allein besessen. Viele weitere Judenfamilien haben etwas beigesteuert, um diesen Ring zu belehnen. Er wurde uns als Pfand geboten. Von einem gewissen Hans Mayr, der wohnte damals bei den fünf Häusern hinter Gumpendorf. Ein Marketender und Leichenfledderer. Und bei dem Überfall auf unsere Stadt hat Mayr geglaubt, er kann sich diesen Ring zurückholen, mit Gewalt. Seine Freunde haben meine Frau vergewaltigt und sich auch an meiner kleinen Tochter vergriffen. Meine liebe Frau, die Bekkerl, hat diese Übeltat nicht mehr lange überlebt. Mayr hat Aaron ermordet. Er hat ihn auf dem Gewissen. Wenn du einmal diesen Mayr findest, bring ihn um. Sein Pfand ist längst verfallen. Ich habe drei Jahre gebraucht, um es von den anderen auszulösen. Dann war der Ring unser Besitz und jetzt ist er deiner – nein, das Eigentum Josefs. Er hat den Wert eines Schlosses. Hüte den Ring wie deinen Augapfel!“

Erschöpft lehnte sich der alte Fränckl zurück, sein Kopf fiel in den Kerzenschatten. Barbara saß einfach da und staunte. Was für ein Tag! „Lieber Vater Salomon! Wollt Ihr einen Trunk? Ich weiß, Ihr dürft von mir nichts essen. Aber vielleicht ein Stückerl Brot? Und ich habe Lauch und Zwiebeln und, wenn Ihr Ihn später essen wollt, auch Ziegenkäse.“ Sie erinnerte sich an die Kaschruth-Gesetze, die sie von Aaron vermittelt bekommen hatte.

„Meine Tochter, du bist nicht nur schön, du bist doch eine gut jüdische Frau. Gib mir Brot und Wein und Zwiebel und Lauch und ... Ziegenkäse.“

Sich ihm zuwendend, ergänzte sie ihr Angebot: „Ich hab auch noch Entenschmalz und ein paar Stückerl knusprige Entenhaut!“

„Auch das noch – her damit!“, entschied Salomon. „Seit Mistelbach habe ich nichts mehr gegessen. Aber ich hab noch im Ranzen ein bissel was. Ich bitt dich schön, Barbara, kann ich heute bei dir übernachten? Es ist mir klar, dass ich das nicht darf. Aber ich werde nicht weiter auffallen und niemand wird etwas merken. Ich habe nämlich noch einen zweiten Auftrag hier in Wien zu erledigen."

Barbara lächelte ihm freundlich zu und beruhigte ihn: „Bleibt ruhig da. Platz ist genug. Ich hole Euch jetzt etwas zu essen und zu trinken. Wir haben Zeit." Sie ging in die Küche. „Koscher hin, trefe her, der Mann hat einen Hunger", befand sie. „Vater Salomon, morgen geh ich auf den Hafnmarkt und kauf zwei neue Pfannen und zwei reine Töpfe für Milchiges und Fleischiges. Dann koch ich dir glatt koscher, dass du nur so schaust!"

Salomon lächelte, lehnte sich zurück und streckte sich durch. Das tat wohl.

Dann trat Barbara wieder ein und häufte, was sie mitgebracht hatte, auf dem Tisch vor ihm auf. Sie ging nochmals nach draußen, holte eine Flasche und bedeutete ihrem Gast: „Sicher ist es kein koscherer Wein. Aber nimm ihn, wie er ist, und sag die Broche!"

Salomon war überrascht, mit welcher Bestimmtheit sie ihn im Griff hatte. Das Mädel war ein Schatz. Hier konnte er in Zukunft verweilen, wenn seine Aufträge ihn nach Wien befahlen. Verkleidet natürlich. Er spürte, dass in diesem Haus seine Zukunft lag. Geradezu gierig vor Hunger stopfte er die Speisen in sich hinein.

Als er satt war, seufzte er zufrieden und setzte zu einer großen Bitte an „Weißt du, mein Gold, wenn du mich hier ein paar Tage übernachten lassen würdest, wäre mir sehr geholfen."

Barbara sah ihn tief an.

„Ich weiß, jetzt denkst du an den Gast und den Fisch … aber, es soll dein und Josefs Schaden nicht sein. Ich bin wegen Josef hergekommen und kann den Aufenthalt hier für uns nützen. Denn ich erwarte ein Schiff auf der Donau. Der berühmte Samuel Oppenheimer kommt nämlich inkognito nach Wien."

Barbara konnte mit diesem Hinweis nichts anfangen und wollte wissen, wer dieser Oppenheimer war. „Kind", setzte Fränckl an, „du sollst nicht schlecht über den Herrn denken. Er hat einen kaiserlichen Schutzbrief für alle Gebiete des Reichs, nur in die Städte, wo Juden nicht mehr wohnen dürfen, muss er heimlich kommen. Er hat dem Kurfürsten Karl Ludwig von der Pfalz in Heidelberg gute Dienste geleistet. Er hat Armeen für das Reich ausgestattet. Ohne ihn wäre Phillipsburg nicht eingenommen worden. Und jetzt kommt er nach Wien, weil der gute Kaiser, unsere Majestät, bankrott ist und Hilfe sucht. Es fehlen ihm 700.000 Gulden. Mindestens. Und da", er wies mit seinem Mittelfinger auf seinen faltigen Hals, „da, lass ich mich hineinstechen, wenn nicht der Oppenheimer das Schlamassel lösen kann. Der Hermann von Baden hat ihn geheim bei Hof rekommandiert. Mein Vetter, der Koppel Fränckl, hat mich dem Schwiegersohn vom Oppenheimer, dem Guggenheim, vorgestellt. Denn die Juden in Frankfurt und in Worms, in Heidelberg und in Karlsruhe haben keine Ahnung vom richtigen Geschäft mit der Wiener Hofkammer. Sie wissen nichts von den Getreidelieferungen aus Ungarn, von den Ochsen- und den Pferdeherden auf den Handelswegen von Osten nach Wien. Die rechnen noch immer in Metzen Getreide, die sie in den vier städtischen Mühlen in Frankfurt und denen in Niederursel und Bonames mahlen lassen können, und wissen dabei nicht, was Mähren für eine Kornkammer ist. Von Böhmen als Holzparadies haben sie keine Vorstellung. Außerdem ist zu bedenken, dass die kaiserliche Armee im eigenen Land nicht requirieren kann, wie dies in Feindesland der Fall ist. Die muss stattdessen alles geliefert bekommen. Und wer liefert, Barbara? Unser Glaubensgenosse Oppenheimer. Aber er kennt sich hier nicht aus. Und warum glaubst du, Barbara, ist der Kaiser bankrott? Ich sage es dir: Weil er hier keine Juden mehr hat. Wer liefert ihm die Pferde, das Getreide, den Hafer, die Stoffe für die Uniformen, die Munition, die Ochsen für die Artillerie? Und alles andere? Wir, die Juden sorgen dafür. Darum sag ich dir: Wenn du mich ein bisserl hier unterbringst, wird Josef und wirst auch du keinen Schaden davontragen."

Barbara wandte ein: „Dir ist nicht bekannt, dass unser Haus Tag und Nacht von der Stadtguardia bewacht wird. Die überprüft, wer hinein- und wieder herausgeht. Mir erscheint dein Plan, hier längere Zeit zu verbringen, zu gefährlich – für dich und für uns."

Salomon zeigte sich entrüstet und warb noch einmal hartnäckig: „Ein Agent aus Frankfurt hat für Oppenheimer ein Haus auf dem Bauernmarkt gekauft. Dort zieh ich ein, wenn er da ist. Ich werde mich dann als – was weiß ich – sein Schammes ausgeben. Alle, die in seinem Haushalt wohnen, sind zwar in Wien heimlich untergebracht, aber dennoch gelitten. Ich brauche nur ein wenig Platz bei dir."

Barbara konnte nicht nein sagen, nach all den Eröffnungen des alten Fränckl. Ihr schwindelte von dem Ring und seinem Wert sowie von den Größenordnungen in Bezug auf Oppenheimer, in denen sie nie zuvor gedacht hatte. Und Josef konnte dabei profitieren. Barbara wurde unsicher und erkundigte sich nach dem Haken an dieser Angelegenheit: „Wie kann unser Josef dabei profitieren?"

Der alte Fränckl hatte sogleich eine Erklärung parat: „No schau, ganz einfach. Sagen wir, der Josef hat fünfhundert Dukaten. Für die, umgerechnet, zweitausend Gulden kauf ich in seinem Namen Fichtenstämme im Bayrischen, das Stück zu dreißig Kreuzer. Aus den Fichtenstämmen werden Flöße gemacht. Viertausend Fichtenstämme ergeben vierhundert Flöße. Die transportieren zwanzigtausend Metzen Futter für Pferde, oder zweitausend Fass Munition für die Artillerie. Sagen wir nach Raab, wenn dort eine Belagerung sein sollte, oder nach Wien, wenn hier der Osmane steht. Dann verkauft der Josef den

Fichtenstamm um einen Gulden fünfundvierzig Kreuzer, denn in Wien oder in Komorn braucht man immer Bauholz, Brennholz und Holz für Palisaden und Schanzen. Rechne pro Stamm fürs Fällen und den Abtransport fünfzehn Kreuzer und für den Verlust, sagen wir, zehn Prozent. Im Strudengau oder in der Wachau passiert immer etwas. Was bleibt über, meine Liebe? Ein Gulden pro Stamm. Das sind, alles abgezogen, einmal viertausend Gulden. Hundert Prozent Gewinn. Jetzt hat der Josef statt fünfhundert Dukaten tausend Dukaten. Mit der Fracht soll er sich nicht einlassen, denn die bezahlt die Hofkammer. Und die zahlt nicht nur schlecht, sondern auch langsam und oft nicht in Barem. Das lass dann dem Oppenheimer, der hat einen längeren Atem. Wenn der hunderttausend Gulden fordert, zahlt die Hofkammer vielleicht sechzigtausend. Da ist immer noch ein Gewinn drin. Aber du musst erst Sachen für vierzigtausend Gulden einkaufen können, um hunderttausend zu fordern. Das ist eine andere Ebene, Barbara. Eben die vom Oppenheimer. Wenn wir kleine Juden wissen, wo man etwas Günstiges kaufen kann, dann bieten wir es dem Oppenheimer an. Und wir Juden, die in Wien gelebt haben, wissen, wie es in der Stadt zugeht und wo man was günstig herbekommt. Wir sind oft vor anderen darüber informiert, wann und wo welcher Krieg erwartet werden kann. Die Oppenheimers kennen sich an der westlichen Reichsgrenze zu Frankreich aus. Wir kennen die Osmanen, und die Oppenheimers kennen sie nicht. Wissen ist in diesem Fall Macht."

Das war zu viel für Barbara. Noch dazu an diesem Tag. Aber sie ahnte, dass etwas im Gange war, das ihrem Josef etwas bringen könnte. „Zuerst müssen wir aber Josef wiederhaben!", machte sie dem alten Fränckl klar. Das war der springende Punkt. Nun wollte sie endlich zur Ruhe kommen: „Darum legen wir uns jetzt nieder. Morgen ist auch ein Tag – und was für einer!", setzte sie bedeutungsvoll hinzu. „Ihr, Tate Salomon, könnt bleiben, solang Ihr wollt. Ich bring Euch eine Tuchert und einen Polster auf den Diwan dort. Und vielleicht seht Ihr übermorgen Euren Enkel. Ich leg mich jetzt nieder!" Sprach's und zog sich in ihre Schlafkammer zurück. Ermattet fiel sie rasch in Schlaf und bald schon träumte sie von Aaron, von Schahin, von Josef, von Salomon, von unendlichem Leben im Sarg, von einem riesigen Smaragd und von tausenden schwimmenden Fichtenstämmen. Aaron flüsterte dazu verständnisvoll: „Gewure!"

Mit seinen schönen Fingern strich sich Schahin noch einmal energisch durch seinen langen Bart. Hoffnungsvoll blickt er zu der sich langsam öffnenden Zellentür. Und da stieg Barbara hinter dem Oberbeschließer vorsichtig die Stufen herab. Sie sah umwerfend aus. Trotz ihres schwarzen Gewandes kam es ihm vor, als schwebte ein pausbackiger Engel zu ihm herab.

Mit einer leichten Handbewegung und einer Verneigung deutete der Gefängniswärter auf den einzigen Stuhl in der Zelle. Schahin schob das Papier zur Seite und deckte sein Gekritzel mit einem Blatt ab. Barbara breitete sich über die Sitzfläche aus und lächelte Boni leicht verschmitzt an. Zart nahm er ihre Rechte und führte sie, tief gebeugt, an seine Lippen. Dann hockte er sich auf sein Bett. Sie blickten sich an und schwiegen. Keiner wagte von sich aus als Erster anzufangen. Dann begannen beide gleichzeitig zu sprechen, waren darüber überrascht und lachten erleichtert. Schahin gab sich einen neuerlichen Ruck: „Heute sieht es schon viel besser aus als damals, als sie mich abführten." Seine Stimme veränderte sich ins Ernsthafte: „Es hat ein kleiner Vogel in meinen Schriften gestöbert und darüber geplaudert." Aber er beruhigte Barbara umgehend: „Ich weiß, dass du mir damit geholfen hast. Es kann nicht mehr lange dauern und ich bin wieder ein freier Mann. Doch was sprudle ich da aus mir heraus? Hast du etwas von Josef gehört?"

Barbara berichtete ihm stockend die schreckliche Geschichte, die plötzliche Erleichterung durch Salomons Erscheinen und die Pläne, die sie für die heutige Nacht hatte. Schahin wiegte sein Haupt und kommentierte: „Du nimmst schreckliche Gefahren auf dich. Und gerade da stehe ich dir nicht bei. Ich werde es mir nie verzeihen. Aber wenn ich ein kleines Scherflein zur Rettung Josefs beitragen kann, dann höre jetzt gut zu. Es ist das Mindeste, was ich dir anbieten kann …"

Nach einer halben Stunde erschien der Oberbeschließer wieder und beendete die kurze Zweisamkeit der beiden. Barbara musste ihm nach draußen folgen.

Wieder zu Hause, warf Barbara einen Blick in alle Räume, aber Salomon war verschwunden. Der Vormittag hatte sie sehr mitgenommen. Sie musste diesen Tag und die Nacht überstehen, dann konnte sie sich vielleicht ein wenig Ruhe gönnen. Um ihre Aufregung abzumildern, erwog sie, sich gleich wieder aufzumachen, um schon jetzt einen Blick zum Tor der Alten Favorita zu werfen, ließ diesen Plan jedoch kopfschüttelnd wieder fallen und hieß sich eine nervöse Närrin. Es musste alles gut ablaufen. Sie stopfte gierig ein paar Bissen in sich hinein und ging in Gedanken die Anweisungen Schahins noch einmal durch, als sie die Treppe zur Offizin hinunterstieg.

Aus dem Fenster sah sie zwei Guardisten mit verschränkten Händen hinter dem Kopf im Garten liegen. Sie schienen den Zug der Wolken über die Leopoldstadt zu verfolgen. Wie es Salomon geschafft hatte, an denen vorbeizukommen, interessierte sie sehr.

Zuerst wandte sie ihre Aufmerksamkeit der aufgebrochenen Kasse zu. Mit aller Kraft stemmte sie sich mit ihrem Hinterteil gegen die Wand und schob den Eisenkasten vor sich her. Dann drückte sie das rechte Deckelscharnier mit Daumen und Zeigefinger zusammen, und wirklich – lautlos sprang der Unterboden, mit dem daraufgemalten Hund, auf. Sotosek hatte recht behalten, er war noch nicht „unter den Hund gekommen“.

Sie raffte die Ledersäckchen zusammen und trug sie in die Offizin. Auf dem Schreibtisch stapelte sie alles auf. Dann wandte sie ihre Aufmerksamkeit der Bettstatt zu. Es war ein breites, massives Bett mit vier hohen, kunstvoll geschnitzten Pfosten, an denen eine Wolke aus Damast herabhing. Der Himmel des Betts wurde von dicken Balken gebildet, die schwer und mächtig schienen. Sie holte sich den Stuhl, der in diesem Raum unter dem Fensterchen stand, stellte ihn ans Bett und wuchtete sich, am linken Fußpfosten anklammernd, mühevoll hinauf. Neugierig tastete sie über die Balkenecke. Richtig, da waren zwei leichte Kerben. Es fühlte sich an, als wäre ein Furnier ein bisschen eingesunken. Mit den Fingernägeln stieß sie hinein und hob einen langen, schmalen Deckel an. Ein Hohlraum erstreckte sich über die ganze Querbalkenlänge. Jetzt verstand sie, was Schahin damit gemeint hatte, er hätte etwas auf der hohen Kante. Ein Fuchs, dieser Boni, ein windiger! Barbara schmunzelte.

Wieder räumte sie den Hohlraum aus und warf einen kleinen Beutel nach dem anderen auf das Bett. Sie tastete weiter und bemerkte zu ihrem Erstaunen, dass alle Balken, die so massiv schienen, nichts anderes als Hohlräume enthielten, in denen Geld versteckt werden konnte. Einen gewaltigen Schatz hatte sie auf der Wolldecke aufgehäuft. Die restlichen ihr von Schahin anvertrauten Verstecke ließ sie unberührt. Was sie an Geld fand, war mehr als reichlich. Immerhin musste sie es noch in ihre Wohnung schleppen, um es dort zu verbergen. Sie hob die Wolldecke vom Bett, schlug sie zusammen und verstaute darin das ihr anvertraute Vermögen. Wie ein Bergmann im Silberbergwerk trug sie schwerfällig den Sack auf dem Rücken nach oben.

In der guten Stube begann sie mit dem Sortieren und Zählen der Münzen, die an verschiedenen Orten geprägt worden waren.

Da gab es persisches Silber, türkische schwere Münzen, die Löwenthaler, Dukaten, Reichstaler und Gulden, viele Gulden. Sie konnte den Wert des Schatzes nicht bestimmen. Aber sie zählte fünfhundert Gulden ab und schüttete sie in zwei Beutel. Den Rest verstaute sie unter einer lockeren Bohle in ihrer Schlafkammer, unter der sich ein Hohlraum befand. Nur ihr Schreibkästchen, das ihr Aaron einmal geschenkt hatte, befand sich darin. Ihr teuerster Besitz. Daneben lagen jetzt auch der Smaragdring und die fünfhundert Dukaten für Josef, die sie nun nicht mehr anrühren musste und die sie vielleicht, wie Salomon ihr geraten hatte, für Josef arbeiten lassen sollte. Und wer weiß, eines Tages sollte auch Schahin daran denken. Sie vertraute Salomon und seinem Rat. Das Geld eingraben brachte nichts. Es musste arbeiten, es sollte investiert werden.

Natürlich, überlegte sie, war es gut, Handfestes zu besitzen, Werte, die einen mit einem Ort verbanden. So wie ihr Haus. Es war ihre tiefe Wurzel. Es machte aus ihr eine Bewohnerin des Unteren Werds, der Leopoldstadt. Hier schlugen viele schnell Wurzeln, schneller als in anderen Vorstädten oder gar in der Stadt selbst. Wurzeln, die Kraft gaben, Selbstbewusstsein und den aufrechten Gang. Egal woher sie kamen, Leopoldstädter waren sie alle, mochten sie sich auch in Matschkerer und Suderanten, Lejmach und Nebbochanten teilen. Salomon trug seine Heimat, seine Innenwelt, immer mit sich herum. Barbara aber wollte an einem Ort zu Hause sein. Hier war sie es, seit ihre Eltern das Haus hatten bauen lassen.

Darum war sie auch stolz auf alles um sie herum, wie die Alte Favorita. Wenn die Kaiserfamilie schon über hundert Jahre hierher kam, um den Reiz dieser Gegend zu genießen, musste sie auch etwas Besonderes sein. Vor hundert Jahren hatte es hier nur Auwald gegeben, in dem man riesige Auhirsche schießen konnte sowie anderes Hoch- und Niederwild. Kaiser Leopold hatte die Besitztümer anderer Adeliger aufgekauft, besonders von den Trautsons und Dietrichsteins, und diese Gegend zu einer nicht enden wollenden Großbaustelle gemacht. Nur manchmal fanden im Schloss höfische Feste statt, wie das der Kaiserinwitwe Eleonora. Da kamen bereits Wochen vorher hunderte Handwerker in die Gegend, räumten Baugerüste, Künstler drapierten die nicht verputzten Mauern mit riesigen Bahnen von Stoffen und die seltsamsten Musici und Gaukler probten und übten. Küchenhilfen bauten kunstfertige Pyramiden von Obst und Speisen auf. Es gab Feuerwerke und ausschweifendes Lachen und Tanzen. Die ganze Nacht über drang dieser Lärm bis zu ihr herüber. Doch danach war wieder für lange Monate der Spuk vorbei. Noch dazu, da die Kaiserinwitwe ihr Herz für die Neue Favorita im Süden der Stadt entdeckt hatte. Und so dämmerte das Lustschloss zwischen den Wasserarmen seinem Schicksal entgegen. Neue Baugerüste wurden errichtet, ab und zu machten sich Handwerker an dem Gebäude zu schaffen. Dann wurde wieder pausiert.

Der oder die Entführer hatten den Übergabeort gut ausbaldowert. Die Straße zur Maut und zu den Taborbrücken war nah, aber doch so weit entfernt, dass man auf einen nächtlichen Wanderer nicht achten würde. Die Mauer war nicht besonders hoch. Wilder Efeu bedeckte sie dicht. Eine breite Fahrallee führte an der Mauer entlang. Neben dem Weg öffnete sich die Landschaft in freies Feld. Man hatte einen guten Überblick. Wohin konnte der Verbrecher flüchten? Ins verbaute Gelände und zur Schlagbrücke sicher nicht. Zur Taborbrücke, die weiter über die Brigittenau und die Donauarme nach Prag und Brünn führte, auch nicht. Es war ihr ein Rätsel, und trotzdem hatte sie das untrügliche Gefühl, bei ihren Überlegungen etwas Entscheidendes nicht berücksichtigt zu haben. Die Insel zwischen den Wasserläufen war zwar kein Gefängnis, hunderte Zillen und Boote zogen an den klirrenden Ketten sowohl auf dem Stadtarm als auch auf den großen Donauarmen vorbei, dennoch war hier ein Weiterkommen für sie nicht zu sehen. Selbst wenn Niedrigwasser herrschte. In wenigen Stunden würde sie mehr wissen. Sie würde sich der Gefahr sicher und mit festem Willen stellen.

Josef wimmerte leise vor sich hin. Es war ihm heiß und kalt zugleich. Er musste Fieber haben. Dazu war ihm übel. Die neue Wunde an seiner anderen Hand brannte wie das Höllenfeuer. Ein riesiger, schwerer Mann, den er bisher nur schemenhaft und unscharf wahrgenommen hatte, hatte ihm einen stinkenden Stofffetzen in den Mund und ein noch übler riechendes Tuch davorgebunden. Dann war ihm ein Sack über den Kopf gestülpt und an seinem Hals zugeschnürt worden. Gerade so weit, dass er noch ein wenig Luft bekommen konnte. Was war vorgefallen? Was würde jetzt geschehen? Es schien tatsächlich, als würde in nächster Zeit etwas passieren, denn er wurde bäuchlings auf ein Pferd gehoben, quer vor dem schwitzenden Reiter. Seine mit Blut verdreckten Hände hatte er ihm vor dem Rücken zusammengebunden.

Josef fühlte sich elend. Manchmal schüttelte es ihn von innen heraus. Wenn nicht der Knebel gewesen wäre, hätte er mit den Zähnen geklappert. Schweiß rann an ihm herunter. Nach kurzer Zeit wurde er grob vom Pferd herabgerissen und auf Holzbohlen gelegt. Wasser. Er hörte es glucksen. Er hörte das Wackern der Donaukiesel. Seine Füße wurden nun auch gefesselt. Er wehrte sich dabei nach Leibeskräften, schlug aus, bäumte sich auf so weit es ging. Dann erhielt er wiederum einen Schlag, der ihm das Bewusstsein raubte.

Als er wieder erwachte, versuchte er etwas zu sehen und blinzelte aus seinen Augen. Er spannte alle seine Sinne an, obwohl er spiralförmig um seine eigene Achse zu rotieren glaubte. Aber es war weitgehend dunkel vor seinen Augen. Deshalb vermutete er, dass schon der Abend oder die Nacht hereingebrochen war. Zugleich fühlte er das Zunehmen von Kühle und Feuchtigkeit.

Nach dieser Unterbrechung lag Josef bald wieder quer über einem Pferderücken. Nun fühlte er ein viel kleineres, dürreres Pferd als jenes, mit dem er seine Reise begonnen hatte. Ein Klepper. Das Pferd rotzte. Gott sei Dank ging es langsam im Schritt. Trotzdem hämmerte es in seinem Kopf und unter seinen Augendeckeln sah er Farben und bunte Ornamente, Blitze und dann wieder weiß-schwarze Kachelmuster. Die Ohren dröhnten ihm. Und die Schmerzen in seinen Händen wollten nicht aufhören.

Barbara war viel zu früh eingetroffen. Sie saß auf dem Aufstiegsbankerl neben dem Haupttor. Es war nichts anderes als ein gemauerter und verputzter Kasten in Rechteckform, der den nicht mehr so munteren Kavalieren beim Aufsteigen auf ihr Pferd helfen sollte. In einem Stoffbinkerl hatte sie die zwei Lederbeutel eingehüllt und leise betete sie alles an Gebeten, was sie im Laufe ihres Mädchenlebens gelernt hatte. Um sich zu zerstreuen, die Zeit zu überbrücken und sich Mut zu machen, sang sie in leierndem Ton eine Moritat, wie man sie sich schnell einprägt.

Dann musste es so weit sein, denn ein einsamer Reiter kam langsam aus Richtung Durchlauff, einer Inselgruppe bei der Brigittenau, heran. Von dort hätte sie es am wenigsten erwartet. Der Reiter war fast größer als seine Mähre. Und vor sich, im Halbdunkel, redete sie sich ein, lag etwas quer über dem Pferd. Das konnte nur er sein! Sie stand auf, presste sich an die gemauerte Toreinfahrt und harrte hier aus. Nun stand der riesige Reiter vor ihr. Er hatte ein Tuch über Mund und Nase gebunden und war in einen weiten Reiterumhang gehüllt. Vor ihm baumelte wirklich, von der Größe her, ihr Bub. Nur der Pferdekopf ragte darüber. Undeutlich nuschelte der Fremde: „Werft mir das Geld herauf. Dann kriegt Ihr Euren Balg. Macht schnell, sonst ist er tot!“ Und in der behandschuhten Rechten hatte er Josefs Dolch gezückt.

Barbaras Gedanken rasten. Wie konnte sie den Reiter näher zur Mauer bringen? „Langsam, Herr Abschaum!“, rief sie betont keck. „Wer sagt mir, dass er lebt?“

Ihr Gegenüber blieb auf dem Pferd sitzen und lachte höhnisch. „Ein Stich mit dem Spielzeugmesser und Ihr könnt das Blut eurer aufgezogenen Nachgeburt schmecken“, drohte er. Das Pferd rotzte wieder, diesmal direkt in Barbaras Gesicht.

Mit einem Aufschrei des Grauens sprang sie zur Seite und drehte sich geschickt mit dem Gesicht zum Reiter an seine Seite. Das Pferd wich ihrer breiten Front aus und stand jetzt längsseits zwischen ihr und der Mauer. „Zeigt mir sein Gesicht!“, verlangte sie mit einem durchdringenden Ton.

Der Reiter schnitt mit dem Dolch die Stricke im Genick des Jungen durch. „Damit eine Ruh ist“, brabbelte er. „Weibsbild, blödes!“

Barbara war näher an die Füße Josefs herangetreten. Plötzlich schrie sie aus Leibeskräften: „Joschiiii!“ Der zuckte zusammen, als er seine Mutter schreien hörte, und rutschte auf Barbara herab, als das Pferd sich vor Schreck aufbäumte.

Auf einmal fiel von der Krone der Mauer ein engmaschiges Fischernetz, das mit Steinen an den Rändern beschwert war, über den Reiter. Barbara konnte im Fallen einen Rand erhaschen und zog ihn zu sich herab. Dann lag sie wie ein hilfloser Maikäfer auf dem Rücken. Auf ihrem Bauch lastete nun Josef als verschnürtes Paket und der Rand des Netzes ging darüber. Das Pferd stampfte knapp neben ihrem Kopf auf der Hinterhand. Ein Messer blitzte, noch eines und ein weiteres. Der Reiter brüllte auf und warf sich auf Josef herab, war aber nun fest im Netz gefangen und nicht mehr in der Lage, sich weiter zu bewegen. Sein Blut strömte über Barbaras Hals. Das Pferd entzog sich, wild trabend der Szenerie. Aus dem Tor sprangen

Michailowitz, Koltschitzky und Diodato, hinter ihnen zwei Mautknechte Herkombers. Dann kamen noch mehr Männer hinzu, die Barbara unbekannt waren. Alle stürzten sich auf den wüsten Knäuel mit dem Entführer darin und brüllten aus Leibeskräften. Doch ganz darunter lag Barbara. Sie bekam kaum mehr Luft und konnte sich dennoch mit Josef unter Aufbietung aller ihrer Kräfte hervorwälzen.

Michailowitz stach noch einmal zu. Barbara schrie ihn an: „Hör auf, wir wollen ihn lebend!"

„Frau Barbara, mit nur einem Messer im Buckel geht der net haam!", protestierte dieser.

Trotz seiner Wunden wehrte sich der Verbrecher tüchtig. Der Dolch Josefs war ihm entglitten. Michailowitz schnappte sich das Juwel. Der besonnene Diodato öffnete eine Blendlaterne und begann damit auf und ab zu winken. Dann griff er in den Gürtel, zog eine lange Reiterpistole hervor und schoss in die Luft. Auch Koltschitzky hatte zwei Pistolen aus seinem Gürtelschal gerissen und stand keuchend vor dem Netz, in dem der wimmernde Mann gefangen war. Von der Ecke des Schlossparks kam nun die Stadtguardia, dieses geschliffene Instrument der Landesverteidigung, mit Laternen und scheppernden Waffen dahergelaufen. Barbara hatte sich über Josef gebeugt und schnürte ihn behutsam auf. Als sie ihm den Knebel aus dem Mund nahm, spuckte er, holte stoßweise tief Luft und begann bitterlich zu heulen. Dazwischen klapperte er fürchterlich mit den Zähnen.

Barbara zog ihn zu sich, streichelte ihn sanft und versuchte ihn zu beruhigen: „Joschi, mein Joschi! Dass ich dich nur wiederhabe!" Als sie seine Stirn mit dem Mund berührte, merkte sie sofort, dass er hohes Fieber hatte.

Michailowitz zog derweil seine Messer aus dem blutenden Kerl heraus, wischte sie an ihm ab und steckte sie wieder in seine Stiefel. Den wertvollen Dolch verstaute er in seinem Gürtel.

„Michailowitz“, rief Barbara ihm zu, „bitte hilf mir! Der Bub gehört so schnell es geht ins Bett. Er hat hohes Fieber.“

Michailowitz schnappte sich Josef, nachdem er sich die blutigen Hände im taufeuchten Gras notdürftig abgewischt hatte, und hob ihn wie ein leichtes Bündel hoch.

Barbara drehte sich erleichtert zu ihren Beschützern um: „Männer, das war großartig von euch! Es ist knapp ausgegangen, aber ihr habt ganze Arbeit geleistet und das ist belohnt worden. Ich danke euch von Herzen. Wenn die Guardia das Schwein da abgeführt hat“, dabei zeigte sie auf den Entführer, „kommt in mein Haus auf einen Glühwein. Aber zuerst muss ich Josef versorgen. Der arme Kerl fiebert. Wir treffen uns dann in der Offizin vom Schahin. – Koltschitzky, fang du derweil das Pferd ein und führ es in meinen Stall. Dort ist Platz genug.“

Mit dem bärenstarken Michailowitz im Schlepptau und mit einem festen Griff um ihr Guldenbinkerl, das sie noch immer umklammert hielt, lief sie ihrem Hause zu. Hinter ihr hörte sie die vertrauten Kommandos des Lieutenants Marcell. Bei dem ist er in guten Händen, dachte sie sich.

Sie hatte Josef in Schahins Bett gelegt. nach einer oberflächlichen Reinigung und Versorgung seiner Wunden begann Barbara Feuer im Ofen zu schüren und Kräutertee aufzusetzen. Zuvor war sie noch nach oben in ihre Wohnung gegangen. Sie hatte Salomon nicht vorgefunden und wunderte sich darüber. Nur einen Zettel fand sie, auf dem stand: „Bis Morgen, bin am Bauernmarkt.“

Sie lauschte. Draußen trampelte die Stadtguardia ohne Schritt. Wahrscheinlich müssen sie den Herrn Abschaum schleppen, dachte sie sich. „Der hat seine Andenken, wenn er durchkommt“, murmelte Barbara. „Recht geschieht ihm!“

Bevor sie sich wieder auf den Abstieg in die Offizin machte, wusch sie sich kurz das Blut des Dreckskerls ab, das ihr über den Hals geronnen war und auf der Kleidung Spuren hinterlassen hatte.

Michailowitz machte sich in der Offizin nützlich, nachdem er den Dolch, den er mitgebracht hatte, auf dem Schreibtisch Schahins abgelegt hatte. In Erwartung der anderen Gäste entzündete er Lichter, stellte Gläser auf und hielt eine Batterie Weinflaschen bereit, die er mit untrüglichem Spürsinn gefunden hatte. Er begann gerade den Wein zu entkorken, als Barbara in die Räume trat und ihn mit einem „Brav, Michailowitz" lobte. „Bist ein ganz ein Guter. Und ein Messerkünstler!"

Stolz nickte der nur, weil er gerade dabei war, den ersten tiefen Schluck zu nehmen. Seine drahtigen schwarzen Haare standen ihm in alle Richtungen. Sein Knebelbart war ganz zerzaust. „Gern geschehen, Frau Barbara", erwiderte er ihr. „Sie wissen, für Sie und den Buben machen wir alles. Und jetzt gehen Sie zu ihm hinein und ziehen ihn einmal aus. Schauen Sie, dass er wieder gesund wird! Um die Truppe, die da bald kommen wird, kümmere ich mich schon."

Dankbar warf sie ihm einen lieben Blick zu und schlüpfte in den Schlafraum. Was sollte sie tun, damit Josef wieder gesund würde? Sie dachte kurz nach. Zuerst musste er etwas trinken. Er war ganz ausgedörrt, und das Fieber kam dazu …

Nachdem die sich selbst feiernde Rasselbande einige leere Flaschen hinter sich gelassen hatte, war sie gemeinsam lautstark abgezogen. Hinter den Männern lag ein Heldenstück, das sich dann in den Schenken tüchtig ausmalen ließ. Einer hatte den anderen mit Heldentaten überboten. Und nun kannte Barbara auch den Namen des Schurken. „Hans Mayr", hatte dieser gestanden, als Marcell ihn noch am Ort befragt hatte. Als sie davon erfahren hatte, hatte Barbara erschrocken gestammelt: „Hans Mayr, doch nicht Hans Mayr!" Den Tränen nahe, war sie in die Schlafkammer zu Josef gegangen, damit man ihr das andauernde Entsetzen darüber nicht ansah. Die Männer aber schienen nichts bemerkt zu haben.

Barbara saß zusammengesunken neben ihrem Buben. Der lag fahl und zähneklappernd da. Er phantasierte Unverständliches, etwas von Lehm und Höhlen. Wieder gab sie ihm einen Schluck Kräutertee. Die Hälfte davon rann an seinen Mundwinkeln herab. Sie war in Sorge. Langsam fielen ihr die Augen zu.

Als sie, über Josef zusammengesunken, plötzlich erwachte, weil dieser aufschrie, stand Salomon an der anderen Seite des Betts. Lang und hager und mit besorgtem Gesicht. Seine zarte kühle Hand ruhte auf der schweißnassen Stirn Josefs.

„Guten Morgen, Barbara, und zugleich Adieu! Ich danke ‚Ihm', dass ich meinen Enkel schauen durfte. Du wirst gut für ihn sorgen, das weiß ich. Und so lange, wie es bis jetzt gedauert hat, wird es nicht mehr sein, dass wir uns wiedersehen."

Barbara wandte ein: „Halt, Tate Salomon. Wartet bitte noch!" Sie fühlte sich abgeschlagen und versuchte sich aufzurichten. „Wartet, ich hole von oben Josefs Dukaten. Ich habe mich entschlossen, dass Ihr sie für ihn arbeiten lassen sollt, für den Herrn Oppenheimer, für den Kaiser oder für wen auch immer. Denn Ihr habt recht, es soll arbeiten. Arbeiten für unseren Buben. Ich bin mir ganz sicher, dass Ihr es gut anwendet, so wie Ihr das auch bisher getan habt."

Salomon nickte nur und schloss zur Bestätigung langsam seine weisen, gütigen Eulenaugen. „So sei es."

Barbara humpelte die Treppe hoch in ihre Wohnung, öffnete ihr Versteck, wo jetzt auch wieder das Guldenbinkerl Schahins lag, kramte die Dukaten hervor und brachte sie nach unten, um sie in die Hände Salomons zu legen.

„Noch vor dem Winter sind es tausend", versprach er ihr.

„Nein, bringt nur ein wenig, und den Rest legt wieder an. Es ist doch zu seinem Besten", entgegnete Barbara. Dann hauchte sie dem verdutzten alten Mann ein Busserl auf die Wange.

Da öffnete Josef seine Augen, sah Salomon wie irr an und flüsterte: „Tata“. Dann fiel er wieder in den Schlaf.

Salomon stand wie vom Donner gerührt und tief betroffen da. „Tata, so hat mich der kleine Aaron auch immer genannt.“ Er wischte sich mit dem Ärmel über seine Nase und wandte sich ab von ihr.

„Geht in Frieden und ER möge Euch beschützen“, wünschte ihm Barbara. Plötzlich schlug sie sich auf die Stirn: „Jetzt hab ich vergessen, neues Geschirr für Euch zu kaufen!“, ärgerte sie sich.

„Nein, das war diesmal nicht notwendig“, beruhigte sie der alte Fränckl. Beim Fortgehen legte er noch einen Arm auf ihre Schultern und meinte: „Aber vor dem Winter oder wenig früher vielleicht kann ich welches gebrauchen. Und mit dem Geld, das ich dann bringen werde, erwirbst du für Josef das Haus am Kienmarkt, Ecke Pressgasse. Ich weiß, dass du es kennst. Erkundig dich, ich hab schon gehört, dass es zu kaufen ist. Denn neben der Stiege vom Gewölb, da habe ich mit Aaron noch einige Kleinigkeiten in der Erde vergraben. Und die sollten unter keinen Umständen in fremde Hände kommen. Deshalb schaut dazu, dass ihr die jetzigen Erben des bei der Pest umgekommenen Eigentümers Johannes Fuchs ausfindig macht. Haltet sie ein wenig hin und handelt nicht über achthundert Gulden aus. Mehr ist es derzeit nicht wert. Es gibt zu viele leerstehende Häuser. Aber es wäre schade um das Vergrabene.“

Barbara war verdutzt. Rüstig schritt der alte Mann nun zur Tür hinaus. Und sie machte sich wieder daran, für Josef Tee zu kochen.

Wenige Stunden später stand in derselben Tür ein munterer persischer Doctor. Breit und ausladend. Er zog die vor Freude strahlende Barbara an sich und flüsterte ins Ohr: „Jetzt soll uns nichts mehr trennen – meine Barbara."

Endlich fiel all die Last der vergangenen Tage von ihr ab. Sie konnte sich ausweinen. Und wie sie das konnte. Tränen der Angst, der Sorge, der Anspannung, der Freude, alle zusammen vermischten sich zu einem Strom an seiner breiten Brust. „Schatzikam", stammelte sie lieb und verheult. „Mein Schatzikam!"

„Willst du mich jetzt doppelt besitzen, ist dir das ‚-kam' nicht genug?", scherzte er nur heiter belehrend und entschied: „Jetzt schauen wir uns den kleinen Patienten an."

Als er Josef erblickte, war er entsetzt. „Er hat den Brand, die Sepsis", diagnostizierte er. „Ich muss ihm sofort das letzte Fingerglied wegoperieren, es riecht und ist schon ganz eitrig. Sonst ist die ganze Hand in Gefahr!" Ohne zu zögern holte er sein chirurgisches Besteck hervor und begann es auszukochen.

„Nein, Boni, um Gottes willen!", schrie Barbara und wollte ihn zurückhalten.

Er wurde ernst: „Ja, çanim, meine Seele, es muss sein! Was ist dir lieber?" Er musste Barbara beschäftigen: „Bring mir den Alkohol", forderte er von ihr, „den konzentrierten. Und hol weiße Leinentücher. Wir dürfen keinen Augenblick verlieren." Er nahm einen hellbraunen Absud aus seiner Regalapotheke und begann ihn langsam in Josefs halbgeöffneten Mund zu träufeln.

„Was tropfst du ihm da ein?", wollte die nach wie vor skeptische und entsetzte Barbara wissen. Die Löwenmutter in ihr meldete sich mit dem Urinstinkt. Schon wollte sie Schahin in den Arm fallen, da drehte sich dieser ganz ruhig um und sah ihr tief in die Augen.

„Buzikam, hab keine Sorge. Das ist Opiumtinktur. Es wird Josef die Schmerzen wegblasen. Schon Paracelsus hat es eingeführt und nannte es Laudanum. Es wird nur einige Zeit dauern, bis die Wirkung über den Magen eintritt. Ich verwende es seit vielen Jahren mit großem Erfolg. Immerhin handle ich mit diesem zuverlässigen Mittel im ganzen Balkan und auch in Wien." Er zog, dies untermalend, eine Schublade aus. „Siehst du den kleinen, braunen Kuchen, der in den vertrockneten Mohnblättern eingeschlagen ist?"

Barbara zerbröselte ein wenig zwischen den Fingern und schnüffelte daran. Ein leichter Harzgeruch blieb in der Luft hängen. „Und das soll meinem Josef die Schmerzen lindern?", zweifelte sie noch, aber ihr Vertrauen zu Schahin hatte inzwischen die Oberhand gewonnen.

„Glaub mir, ich weiß, was ich tue", sagte der nur, und wieder träufelte er die Opiumtinktur in Josefs Mund. „Hab noch ein wenig Geduld!", beruhigte er sie.

Barbara assistierte ihm unter Tränenschleiern. Nach dem Eingriff lag Josef da, still und weiß, mit dicken Verbänden an den Händen. Sie hatten die blutigen Tücher nach draußen gebracht. Nun standen sie nebeneinander bei Josef und hielten sich an den Händen. Nach langen Minuten schaute Barbara zu Schahin hinauf. Ihr Entschluss war gefasst. Wenn der liebe, dumme Mann jetzt nichts sagte, dann musste sie es tun: „Ich glaub', es ist besser, wir lassen Josef in deinem Bett liegen. Und Du kommst herauf. Und legst dich in mein, nein, in unser Bett. Wir können uns bei dem kleinen Patienten abwechseln. Ich bin jetzt sicher, dass du das gut gemacht hast."

Da traf Schahin fast der Schlag. Er sackte zusammen, war zu ihren Füßen, nahm ihre beiden Hände und blickte nach oben direkt in ihre Augen: „Liebe Hausfrau!", begann er, „ich möchte nicht mehr Euer Hauptmieter sein!"

Erschrocken zog Barbara ein Schnoferl.

„Ich möchte Euer Mann sein!"

Da stieß sie schnell die angestaute Luft hinaus und zog ihren Boni zu sich hoch, umarmte ihn und tanzte mit ihm juchzend einen wilden Reigen. „Ja, Herr Doctor und Herr Hofchymist und was noch alles, was ich nicht weiß. Und nochmals ja! Herr Kalust Nurveli Dschughatzin, genannt Schahin! Ihr seid bald auch Mitbesitzer des Hauses hinter dem Schiffamt."

Er war selig: „Ja, wenn Ihr wollt, dann werdet Ihr Frau Barbara Schahin und der kleine Mann da drüben, wenn ihr beide es wollt, soll Josef Schahin heißen. Der Sohn des Bonaventura." Sie küssten sich innig und mit zunehmender Lust. Und liebkosten und umarmten sich, so weit ihre vier Arme eben reichen konnten.

Stambul, Juni 1682

Rodolfo Dane, der kaiserliche Kurierreiter, war gewohnt, tapfer zu kämpfen. Sein ganzes Leben lang hatte er keine Furcht gezeigt. Sein jetziger Feind aber war übermächtig. Er fühlte, dass er im Begriff war, den letzten Kampf seines Lebens zu verlieren. Sein Brustkorb schien ihm zu zerspringen, und doch gab er nur einen leisen, verzweifelten Seufzer von sich. Warm rann ihm ein feines Rinnsal am rechten Mundwinkel herab. Mit der Zunge tastete er vorsichtig an seiner trockenen Unterlippe. Es musste Blut sein. Wie eine obszöne, blutige Wunde öffnete sich sein Mund, die vormals gelben Pferdezähne bleckten rot verfärbt hervor. Ein Streitross im Todeskampf – so krampften und zuckten die Lippen. Seine lange, blutrote Zunge schlängelte steil nach draußen und bewegte sich wie eine Kobra.

Wieder hob sich sein gequälter Brustkorb. Er spürte, dass ihm jemand mit einem feuchten Tuch Hals, Kinn und Lippen abwusch. Er tupfte mit der Zunge nach dem säuerlichen Essigwasser. Wieder spürte er den feuchten Segen in seiner Mundhöhle, die ekelerregend schmeckte. Alle alten Kupfermünzen der Welt schien er abgelutscht zu haben. Langsam hob er ein verklebtes Augenlid und versuchte den Besitzer der lindernden Hand zu erkennen. Es war dunkel im Raum. Und stickig. Ein kleiner Mensch kauerte neben ihm. Aber sein Händchen war kühl. Mit der anderen wischte er ihm den Schweiß von der Stirn. War es ein Weib? Aber im Haus seines Onkels in Galata, dem Europäerviertel von Stambul, gab es nur eine alte stinkende Vettel, die den Lurch entsorgte und so tat, als ob sie Reinlichkeit verbreiten würde, indem sie den Unrat von einer Ecke in die andere wischte. Wie sagten sie in Wien: dem Dreck a Watschen geben. Er schloss sein Augenlid wieder. Nein, die Vettel war es nicht. Die würde er riechen. Daran konnte auch der Weihrauchgeruch im Raum nichts ändern. Minutenlang noch hing ein muffiger, beißender Odeur in den Räumen, die sie betreten und wieder verlassen hatte.

Die Neugier siegte und er bemühte sich, das Lid neuerlich aufzuschlagen. Mein Gott, war er fertig, noch nie hatte er sich so schwach gefühlt. Im Halbdunkel wähnte er einen kleinen jungen Mann in osmanischen Kleidern mit einem schmalen, ernsten Gesicht und einer länglichen Nase als Schemen wahrzunehmen. Gerade tauchte der den Fetzen wieder in eine Schale mit dem Essigwasser.

„Wer bist du, Knabe?“ Automatisch wählte er die osmanische Sprache.

Aber Herr Rodolfo! Kennt Ihr mich nicht? Ich bin der Josef – der Bub vom Doctor Schahin! Ich pass’ gut auf Euch auf. Der Vater hat mir alle Remedien und Arcana dagelassen und gleich wird es Euch besser gehen. Ich bin der Josef“, wiederholte er nun lauter, um sicherzugehen, dass ihn Dane verstand. Er hatte sich zum Ohr des Siechen niedergebeugt und wiederholte nochmals: „Der Josef, der Bub von der Barbara hinter dem Schiffamt in der Leopoldstadt und dem Doctor Schahin. Die haben voriges Jahr geheiratet. Und jetzt bin ich sein Sohn und Assistent. Ihr seid doch vor der Gesandtschaft des Grafen Caprara von Wien abgereist und habt uns noch besucht.“

Dane öffnete nun beide Augen und bemühte sich, klar zu sehen. Ja, stimmt, das war doch der Josef. In Wien hatte er noch deutsche Kleider angehabt und war viel blonder und heller gewesen. Aber, Teuxel auch, das war er. Erleichtert schloss Dane wieder die Augen und entspannte sich. Das Atmen fiel ihm nun auch viel leichter. Sein Brustkorb hob und senkte sich. Wiederum seufzte er. Dann wieder langsames Augenöffnen: „Wo ist denn der persianische Doctor? Grad war er doch da“, flüsterte er langsam, und jeder Buchstabe schien einzeln aus ihm herauszukommen.

„Er hat eine dringende Fahrt, rüber nach Üsküdar, nach Scutari. Ich weiß nicht genau, wann er wiederkommt. Aber es muss wichtig gewesen sein. Und jetzt ist er auch schon an die vierthalbe Stunde fort. Ihr habt lang geschlafen. Zum Sonnenuntergang wollte er wieder zurück sein."

Josef erhob sich und blickte durch das Fensterchen, das er aufgestoßen hatte, auf das kleine Inselchen vor Scutari, mit seiner turmähnlichen Ruine, dem Leanderturm, den Kiz Kuleşi. Sollte wirklich von dort der griechische Held Leander den Hellespont durchschwommen haben, um zu seiner Geliebten Hero zu gelangen? Jede Nacht? Wenn ja, war er nicht nur ein guter Schwimmer. Alle Achtung. Warm und gelbrot schimmerten die Steine im tiefblauen thrazischen Bosporus. Dahinter gewahrte er das Minarett der Šemsi-Paşa-Moschee. „Er trifft dort einen Kaufmann zwischen dem Köschk des Großherrn und der Mihrimah-Sultan-Moschee, oder so ähnlich. Aber Ihr könnt Euch auf mich verlassen."

„Wie spät ist es denn?" säuselte Dane. Mit einer weit ausholenden Geste holte Josef aus dem linken Brustbereich eine handtellergroße Reiseuhr hervor und zog an einem Schnürchen. Es schlug sechs Mal und nachher gab es noch ein kleines, helles „Kling".

„Viertel sieben, Herr Rodolfo. Bald wird er da sein." Mit wichtiger Miene schob er die Uhr wieder zurück in ihr Behältnis an seinem Herzen. „Was ist eigentlich ein Köschk, Herr Rodolfo?"

Der Patient schien fast zu lächeln: „Das ist so ein offener Pavillon, so eine türkische Gartenlaube, oder Gloriette. Die Italiener sagen dazu Chiosco. Und du meinst, er ist in Üsküdar, soso. Da umgeht er den Steuerbeamten von Galata mit seinem Opium. Ein g'hauter Hund, der Schahin."

Josef glaubte zu träumen und blies sich vor Entrüstung auf: „Mein Vater ist kein Hund, mein Herr! Er ist der großmütigste Mensch auf dieser Welt."

Dane lächelte wirklich. „G'hauter Hund ist ja auch ein Anerkennungstitel. So wie „sauguat" und „sauschlecht" nichts mit einer Sau zu tun hat. Er ist eben der Nurveli Parmesano, der geriebenste Bursche. Er ist und bleibt der größte Opiumkönig des Balkans. Überall verbreitet er sein Zeug als Medizin – und die Folgen …" Wieder sank er in Halbschlaf.

„Was meint Ihr mit Folgen?", stieß Josef aus.

Rodolfo Dane gab keine Antwort mehr. Josef lauschte angestrengt. Ja, der Patient atmete noch. Ein Stoßgebet zum Himmel schickend, bekreuzigte er sich: „Lieber Himmelvater, lass ihn nicht sterben. Nicht jetzt, sonst bin ich vielleicht schuld. Wenn doch der Vater nur käme!" Wieder machte er es sich auf dem Polsterberg des Soffas neben dem Diwan, auf dem der Kranke ruhte, bequem. Bald vermischte sich der ruhige Rhythmus seines Atems mit dem des schwachen Patienten. Ein breites Lächeln stahl sich um seinen schlafenden Mund.

Josef schien zutiefst glücklich. Tief sog er im Schlaf den Fahrtwind ein. Füllte seine Lungen mit dem frischen Hauch. Rechts und links von ihm zog sich seit Tagen ein dichter, grüner, unendlicher Urwald. Wie breit die Donau doch war! Er saß neben, nein, er schmiegte sich an die breite Figur seines neuen Vaters. Schahin schnarchte leicht vor sich hin. Sein Bart hatte sich im Wind in zwei Hälften gegabelt. Das massige Kinn war herabgesunken, so gut es der Fettwulst um seinen Hals erlaubte, er schien vollkommen entspannt. Sie saßen knapp vor dem Bug des türkischen Donauschiffs, das seit Buda, seit Ofen, ihre Heimat war. Irgendwo hinter ihnen orgelte der Zenz Blecha, der treue Diener, auf einem Sack. Trotz der eintönigen grünen Begleitlandschaft konnte Josef kein Auge zumachen. Immer gab es irgendeinen Reiher zu sehen, oben zogen Störche ihre Kreise und manchmal erhaschte er einen Greifvogel, der an ihm vorbeistrich. Es war eine neue Welt, in der er durch Schahin eingetaucht war. Die Reise hatte ihn mit seinem neuen Vater auch auf zauberhafte Weise eng verbunden. Ganz neu war das Bild des persianischen Doctors für ihn geworden. War er in der Leopoldstadt ein kugelrunder, lustiger und hilfsbereiter Medicus, Chymist und Orientwarenhändler, der für jeden ein Scherzwort hatte, so änderte sich sein Charakter mit jeder Meile, die sie sich von Wien entfernten.

Noch Ende Februar, bei kaltem Wetter und frostiger Sonne, waren sie im Gefolge des Grafen Alberto Caprara aufgebrochen. Der Friede von Vasvár würde in drei Jahren auslaufen. Wie lang lag die – damals rettende – Schlacht von Mogersdorf nun zurück? Caprara sollte nun offiziell mit der Hohen Pforte um eine Verlängerung des Friedens verhandeln, um dem Deutschen Reich den Rücken gegen den Osten weiterhin freizuhalten. Die Kämpfe mit den Franzosen hatten den Kaiser genug beschäftigt. Das Osmanische Reich, das mit den Russen und den Polen im Krieg lag, sollte mit Geschenken und Zusagen weiterhin im Status quo verbleiben.

Die Gesandtschaft war pompös und offiziell. Siebzehn Schiffe waren beim Roten Turm, an der Donau, verabschiedet worden. Eine Unmenge Volk hatte sich versammelt, als sie in Richtung Ungarn aufgebrochen waren. Unter ihnen seine Mutter Barbara, mit einem riesigen weißen Tuch, das sie über ihrem Kopf schwang. Unentwegt, bis die Biegung des Donauarmes die Szenerie verschluckte.

Im Gefolge des Grafen Caprara befand sich neben Schahin, seinem Adoptivsohn und dem Diener Zenz auch Johannes Diodato mit seinen Leuten. Georg Koltschitzky, Rodolfo Dane und Georg Michailowitz waren der Gesandtschaft auf verschiedenen Wegen vorausgeritten, sollten rekognoszieren und später auf dem Rückweg rapportieren, wie es in Stambul um die Bereitschaft stand, mit den verschiedensten Würdenträgern zu konferieren. Die Meinung der Hohen Pforte war nicht einheitlich. Die Kriegs- und die Friedenspartei im Serail hielten sich vielleicht noch die Waage. Andere Kuriere und Gesandtschaften des Kaisers waren nach Tschenstochau aufgebrochen, um von dort, zuerst am polnischen Hof und dann im Reich der Moskoviter und weit darüber hinaus, im Lande des Schahs, gegen die Hohe Pforte zu konspirieren. Jede Kriegshandlung gegen den Sultan konnte nützlich sein, um einen befürchteten Zug auf Wien hintanzuhalten.

Offiziell war Schahin als Hofchymist und Faktor dem Zuge beigeordnet. Er sollte Medizinen und Kräuter, Parfums und Chemistereien im Orient einkaufen, um seine angeblichen Versuche, Gold zu erzeugen, in die Wirklichkeit umzusetzen. Josef schwankte zwischen Ahnung und Wissen. Das war sicher nicht die volle Wahrheit. Warum hatte er ihm gezeigt, wie man aus Zwiebelsaft, der mit Zucker versetzt wurde, Geheimtinten erzeugte? Er hatte ihm auch ein schön gebundenes Buch geschenkt. Und als er es aufgeschlagen hatte, da waren die Blätter leer gewesen. Schahin hatte die erste Seite über eine Kerzenflamme gehalten und plötzlich war der schön geschwungene Titel erschienen: *Reisbeschreybung und Itinerarium des Josef Schahin, Sohn des Kalust Nurveli Schahin, an den Hof des Sultans zu Stambul.* Die anderen Seiten aber waren leer geblieben. Josef selbst sollte sein erstes Buch schreiben! Er sollte ein Autor werden. Aber eigentlich nicht ein Schreiber im öffentlichen Sinn. Denn er würde nie Leser finden. Er war sein eigener Poet, der nie auf ein Publikum stoßen würde. Denn Schahin hatte es ihm zur Aufgabe gemacht, sein Tagebuch in einer besonderen Weise niederzuschreiben. In geheimer Tinte, in sympathetischer Schrift und ganz in Armenisch. Das war eine fast übermenschliche Bedingung. Aber Josef hatte fleißig geübt. Er war ganz aufgeregt gewesen und hatte anfangs an seinen Fähigkeiten gezweifelt. Die vielen Ligaturen, Aspirationen und Murmellaute hatten ihn anfangs niedergeschlagen. Aber seine Mutter hatte ihn bestärkt: „Du kannst alles lernen, mein Joschi. Und was du einmal gelernt hast, das kann dir niemand mehr wegnehmen! Eine Macht, die du überall mit dir tragen kannst." Und wie schnell er es geschafft hatte. Schahin war stolz wie ein Pfau auf seinen „Zawagh Hovsep", seinen Sohn Josef. Warum man diese Literatur nur in Armenisch schrieb? Diese seltsame Schrift konnte ja niemand lesen. Außer Meninski von Mesgien, der Chefdolmetsch, der tränensäckige, dürre, spinnenhafte Mensch in der Hofburg, der einmal Schahin sogar in seinem Haus besucht und ihn herzlich umarmt hatte. Josef hatte damals auf Geheiß Schahins die Offizin so plötzlich verlassen müssen, dass er das einzige Mal, beleidigt und gekränkt, Schahin den Rücken gekehrt hatte. War sein Vater ein „Spia doppia"? Sollte er zu einem Gehilfen der Spionage werden, einer Geheimarbeit, vielleicht sogar gegen seinen Kaiser?

Die Zweifel hatten sich in Buda verstärkt. In der riesigen Festung ging Schahin aufrechten Ganges, wie ein einheimischer, würdevoller Osmane, an allen Wachen vorbei, die sich tief vor ihm beugten. Er ließ Josef in den Vorzimmern des Konaks, oben auf dem Burgberg, sitzen, um mit den Staatskanzlern und Würdenträgern des Ibrahim Pascha auf Augenhöhe zu konferieren. Da war der lange Besuch beim Kahya, oder Ober-Majordomus des Abdi Pascha, Ali Ağa. Josef konnte sich an die vielen Titel und Namen gar nicht mehr richtig erinnern. Worüber musste sein Vater mit dem Erbfeind der Christenheit so lange reden? Über Heiltränke sicher nicht. Plauderte er vielleicht Einzelheiten der Festung Wien aus? Öfters war er vorher in Wien, mit Armeniern die aus Bosna Saray und Stambul gekommen waren, über die Basteien spaziert, hatte ihnen

Einzelheiten der Burg- und Löwelbastei gezeigt. Die Ravelins, die Chevaliers und Kurtinen mit Stolz vorgeführt. Josef sah nun diese Spaziergänge in einem anderen Licht. Hatte man nicht vor ihrer Abfahrt türkische Spione entlarvt? Sogar einen italienischen Kapuziner, der sich als Renegat entpuppt und die Befestigungen Wiens für den Sultan im Detail abgezeichnet hatte. Seine Leiche war noch bei ihrer Abfahrt in der Rossau am Galgen gebaumelt.

Was war sein Vater wirklich? Die Gesandtschaft Capraras war samt Diodato abgereist, sie beide aber waren in Buda geblieben. Schahin hatte sich hier wirklich wohlgefühlt. In ihrer gemütlichen Unterkunft am Bécsi kapu, am Wiener Tor, gingen die seltsamsten Menschen ein und aus. Juden, Armenier und Türken, alle schienen Schahin gut zu kennen und zu schätzen. Sie holten medizinischen Rat, ließen sich behandeln, ja sogar der Sohn des Ofener Muftis wurde von ihm operiert. Auch der tapfere Vizepascha Mehmed Colad Beğ unterzog sich einer langwierigen Darmwurmbehandlung. Aber das konnte es wohl nicht gewesen sein. Warum schrieb sein Vater seitenweise Berichte über die Stapelung von Wolle in den Moscheen und Medresen? Über die Lieferungen von Schwefel und Salpeter und deren Lagerung in Ofen? Über die Mengen von Heu, die in Strömen in die Festung gelangten? Warum interessierten ihn die Brunnen und ihre Grundwasserströmungen?

Josef genoss die Zeit in dem fremden Land in vollen Zügen. Die vielen Bäder waren ihm allerdings neu. Die Hamams. Das erste Mal legte er ein spezielles blaues Handtuch, ein Peştemal, als Lendenschurz an. An den Wänden befanden sich Waschbecken mit warmem und kaltem Wasser, mit welchem man sich selbst regelmäßig übergießen konnte. Dann erschien ein Bademeister. Man zog hölzerne Pantinen, die Galentschi, an, damit man die Hitze des Bodens nicht so spürte. Dann schritt der Telektschi zu einer ganz eigentümlichen Prozedur. Der ganze Körper wurde gerieben und alle Muskeln gereckt und gedrückt. Der Mann kniete einem auf der Brust oder fuhr mit dem Knöchel des Daumens über das Rückgrat; alle Glieder, die Finger und selbst das Genick brachte er durch eine leichte Manipulation zum Knacken. Man begab sich nun in die kleinen, noch stärker erwärmten Zellen, welche die große Halle umgeben. Hier sprudelte klares Wasser in Marmorbecken, und zwar nach Belieben, aus zwei Hähnen, warmes und kaltes. Josef wurde nun demselben Verfahren unterworfen wie die türkischen Pferde beim Striegeln, indem nämlich der Telektschi einen kleinen Sack aus Ziegenhaar über die rechte Hand zog und damit den ganzen Körper anhaltend überstrich, bis es schmerzte. Der Bademeister erschien nun aufs Neue, mit einer großen Schüssel mit wohlriechendem Seifenschaum. Mittels eines großen Quasts aus den Fasern der Palmrinde seifte er ihn vom Scheitel bis zur Fußsohle ein – Haare, Gesicht, alles – und mit wahrem Vergnügen goss Josef sich dann das kalte Wasser über Kopf, Brust und Leib.

Und auch dass er mit seinem Vater pudelnackt in den warmen Schwefelquellen nach türkischer Art baden und plantschen konnte, war ein Spaß. Anfangs hatte er sich schrecklich geschämt, wie eine zickige Jungfer. In Wien hatte er Schahin noch nie nackt gesehen. Nicht einmal seine Mutter kannte er nackt. Hier aber schien das nur ganz natürlich. Er staunte über den riesigen Speckbauch seines Adoptivvaters, die Scham nur mit diesem unendlichen, blauen Badetuch einigermaßen bedeckend. Für Schahin gab es da kein Verstecken. Wahrscheinlich hatte er seinen Zebedäus seit Jahren nicht mehr von oben erblicken können. Und der Hängebauch verdeckte sein bestes Stück auch, wenn er sich im warmen Wasser träge suhlte. Seine mächtigen, bacchantischen Männertitten wurden durch einen schwarzgrauen Urwald von gekräuseltem Haar gnädig verborgen.

Wie der Zenz gewitzelt hatte: „Gut, dass dem Chef sein Bauch nicht voller Schießpulver ist, sonst müssten wir schnell rennen, bei der kurzen Zündschnur!“

Und darüber hinaus der ganze Aufwand von Ölen und Massagen und heißem Dampf. Josef war aus dem Staunen nicht herausgekommen. Seltsame Menschen, diese Osmanen. Dafür hatte er alle seine Wanzen und Flöhe verloren. Sie waren einfach nicht mehr da. Er weinte ihnen keine Träne nach. Im Gegenteil, jetzt roch er gut, mit all dem Balsam und den Parfüms, mit denen sie ihn übergossen hatten. Auch sein roter Ausschlag an der Nasenwurzel, der ihn manchmal so gejuckt hatte, war verschwunden. Schahin hatte ihn anfangs richtig zwingen müssen, in dem Schwefelwasser unterzutauchen. Aber bald gewöhnt man sich an den Gestank von faulen Eiern.

Und weg war der Dreck, und Schahin pflegte hinzuzufügen: „Gereinigt bist du, mein Sohn, auch vom Unflat der Seele!“

Natürlich war er auch ein wenig stolz auf den Ruhm seines Vaters. Ibrahim Arnavut Pascha hatte ihnen beiden ein Geschenk von je drei Ehrenkleidern überreichen lassen. Und nach einigen Hin und Her paradierte er nun wie ein Pfau in seinen neuen Überwürfen. Kleider machen eben Leute. Schahin hatte sich die Gewänder aus verschiedenfarbigen Seidenstoffen, die mit Goldstickerei verbrämt waren, heimlich weiter machen lassen müssen, denn sie zwickten sehr unter seinen Achseln. Und Josef hatte gern einen Teil seiner Kleider dafür gespendet, denn er hatte sich am Anfang zweimal darin einwickeln können.

Wenn er jetzt in der Nassade, die mehr einer Galeerentschajke glich, mit seinen neuen roten Saffianlederstiefeln und dem damastenen, weinroten Reisekleid des Paschas dasaß, so hatte er das dem Ruf des Vaters zu verdanken. Tief hatte sich die Besatzung des Donauschiffes gebeugt, mit der flachen Rechten am Herzen, als sie an Bord geleitet worden waren.

Als Donaukind kannte er fast alle Schiffstypen des kaiserlichen Schiffsstadels. Alle Schachteln und Zillen. Aber das Gefährt, auf dem sie jetzt die Donau flussabwärts schossen, war ihm neu. Dass es einmal Nassaden gegeben hatte, wusste er. Das waren flache Knickspanter ohne Kiel, fast ohne Tiefgang, und mit einem Mast und Lateinerbesegelung. Im Vor- und Achterschiff befand sich eine Holzhütte. Das Fahrzeug, auf dem sie sich jetzt befanden, hatte aber ein wenig Tiefgang, wahrscheinlich einen Kiel, ein elegantes Achterkastell mit einer pompösen Laterne und an jeder Seite fünfzehn Ruder, die von je drei ungarischen Nassadisten mit dem Rücken zum Bug vorangetrieben wurden. Bei einer Tschajke standen die Ruderer sonst mit dem Gesicht nach vorne. Auch das dreieckige Segel wurde mit bemerkenswertem Geschick gehandhabt. Blitzartig konnte die lange Rah, die aus drei zusammengelaschten, gebogenen Fichtenstämmen bestand, mittschiffs herabgelassen werden, um das Segel bei einer Änderung der Windrichtung oder in einer Krümmung der Donau an der anderen Seite wieder anzuschlagen. Auch verwendeten die Osmanen keine lange Steuerstange im Heck, sondern ein richtiges Pinnenruder, das kaum sichtbar unter dem Heck eintauchte. Am Bug rosteten zwei Sechspfünder vor sich hin und achtern „drohten" zwei herzige Kammerstücke. Trotz der beachtlichen Länge von über achtzig Fuß war das Kriegsschiff äußerst wendig und durch seine Schlankheit von verblüffender Schnelligkeit, zumal die Donau allein, trotz ihrer Breite, schon ein munterer Fluss war. Dreieinhalb Meilen in der Stunde wirbelte ein Schinakel ohne Ruderwirkung bei Buda die Wasserkante entlang, mit voller Ruderkraft schossen sie jetzt sicher doppelt so schnell voran. Und kam der Wind noch aus der richtigen Richtung, dann konnten sich die Knechte erholen und sich auf das Bedienen der Brassen konzentrieren, die über mächtige Kugelblöcke an die Bordwand herabgeleitet wurden. Wenn der Winddruck zu groß wurde, konnte man das Segel durch eine Reihe von Reffbändseln verkleinern, oder aber ganz einholen. Aber so einen rechten Blasius von Donausturm hatten sie auf ihrer Fahrt noch nicht erlebt. Es war die reine Freude, so im Bug zu sitzen, sich den Wind um die Nase wirbeln zu lassen und die unendlichen Wälle des Auwaldes an sich vorbeirauschen zu sehen.

Schon jetzt besaßen sie viel mehr, als sie bei ihrer Ankunft gehabt hatten. Zum ersten Mal hatte Josef von der Existenz eines Bruders von Schahin erfahren. Vardan hieß er und hatte sich in Belgrad angesiedelt. Dieser Vardan war eine jüngere Ausgabe Schahins, auch kugelrund und lustig, wenn auch ein wenig kleiner. Vardan Dschughatzin war mit zahlreichen Ballen nach Buda gekommen, deren Inhalt Schahin sogleich in der Burg verteilt hatte. Josef hatte nur kleine, braune Teigplatten gesehen und konnte sich nicht erklären, warum die Festungsbesatzung so scharf darauf war. Das Brot des Marcus, das Marcipan, das seine Mutter so gerne naschte, war es sicher nicht. Aber sein Vater würde es ihm eines Tages erklären. Die Geschenke und Dankgaben an Schahin waren teilweise so umfangreich gewesen, dass sie das meiste bei ihrem Hauswirt am Wiener Tor zurückgelassen hatten. Nur die Kiste mit den Geldbeuteln, die Ehrenkleider, ihre sonstigen persönlichen Waffen und Notwendigkeiten und die Ehren- und Tauschgeschenke hatten sie mitgenommen. Tief unten im Gelass des Achterkastells ruhten sie und Schahin kontrollierte jeden Tag, ob sie auch tatsächlich noch da waren. Er kannte zwar den Kaplan Beğ, den Kapitän, der seltsamen, hybriden Nassadentschajke persönlich, aber doch gab es viel Kriegsvolk an Bord, zahlreiche Obaschis, osmanische Unteroffiziere, denen er nicht über den Weg traute.

Josefs verstümmelte Rechte tastete nach dem Kinkaldolch, den ihm sein Vater geschenkt hatte. In seinen Stiefeln steckten zwei Wurfmesser, die ihm Georg Michailowitz bei seiner

Abreise noch überreicht hatte. Nur mit den Pistolen kam er nicht gut zurecht. Da fehlten doch die kleinen Finger, so klein und unbedeutend sie vielleicht auch schienen. Schahin hatte ihn in Wien noch instruiert. Zwei große türkische Radschlosspistolen hatte er im Hof bereitgelegt. Geladen und fertig zum Schießen bereit. Josef aber war eine echte Niete. Der Rückstoß der Waffen war so gewaltig, dass er die Pistolen nicht richtig halten konnte. In das Dachgebälk hatte er die erste abgeschossen, die zweite, aus der linken Hand, ging irgendwo in den Himmel los. Schöne Blamage. Er hatte es dann immer wieder versucht. Er war immer verkrampfter geworden. Aber er konnte mit Mittel- und Ringfinger allein den Griff der schweren Waffen nicht ausbalancieren. Die Tränen waren ihm in den Augen gestanden. Aber Schahin hatte ihn getröstet. Was nicht geht, geht nicht. So hatte er ihm zwei kurze kleine Damenpistolen gekauft, leicht und herrlich mit Silber ziseliert. Der Blecha Zenz hatte ihn stundenlang instruiert. Laden, schießen, putzen. Bis er die kurzen Waffen perfekt beherrschte. Und die staken jetzt in seiner breiten Gürtelschärpe neben dem Dolch. Überhaupt – dieser Vater war, bei allen Zweifeln, der beste der Welt. Bis auf seinen leiblichen vielleicht, sein Andenken sei gesegnet. Wenn er da an den ersten Mann seiner Mutter, den Luckham, diesen sadistischen Zwerg, dachte. Aber die Pest, die er ihm oft an den Hals gewünscht hatte, war manchmal doch recht zuverlässig.

Welche Überredungskünste hatte es gebraucht, um Mutter Barbaras Zustimmung zu seiner Reise zu gewinnen! Aber sein neuer Vater hatte mit seiner tiefen Stimme endlich gesiegt.

Es stimmte, er war noch schwach gewesen, als sich seine Mutter in der neuen Leopoldskirche mit Bonaventura Nurveli Schahin verheiratet hatte. Er hatte sich oft und lange im Gestühl festhalten müssen, bis die Zeremonie durch den neuen Pfarrer der Leopoldskirche, Benedikt Eberl, vollzogen war. Der war das lebendige Gegenteil seines alten, geifernden Vorgängers Arnezhofer, den die Pest ereilt hatte. Eine sonore, weiche Stimme, eingebettet in ein fettwattiertes Gesicht, das durch Atemnot eine gewisse rotblaue Farbe annahm. Eberl hatte, wie so viele seiner Schäfchen, seine Schwierigkeiten mit dem zahlreichen Niederknien, Aufstehen, Hinsetzen und all diesen gymnastischen Übungen. Wie erleichtert war Josef gewesen, das glückliche Lächeln seiner Mutter zu sehen, als sie draußen die Glückwünsche ihrer Freundinnen und auch das verhaltene Geräusper Herkombers und seiner Gattin entgegennahm. Schlimm fand er nur die Gedenktafel über dem Kirchentor. Direkt peinlich, wenn er an seinen Vater Aaron dachte. Da wurde damit geprotzt, die „perversen Hebräer" mit Gottes Hilfe vertrieben zu haben und dem Kaiser, zugleich auch Erzherzog des Landes unter der Enns, diese Kirche und die neue Stadt zu widmen. Vor lauter Wut hätte er die Tafel am liebsten gleich in der Nacht herausgerissen.

„Nun ja, der Bräutigam", so hatte Josef bald darauf raunen gehört, „war zwar ein bisschen ältlich, nun ja, auch so einer aus dem Osten, dem nicht zu trauen ist, vielleicht auch ein Spion des Antichristen, was kann schon ein persianischer Doctor sein?" Die alten Weiber hatten endlich wieder etwas, worüber sie die Köpfe zusammenstecken und sich die Mäuler zerreißen konnten. „Ein Armenier, ein Tschusch, vielleicht gar ein getarnter Muselman? Man kennt ja Geschichten über solche Existenzen." Die Tratschkatheln hatten nur so getuschelt nach der Hochzeit.

„Aber immerhin, bei der Pest war er geschickt, ein rechter Teufelskerl, vielleicht sogar mit dem Gottseibeiuns im Bunde? Was kann man schon wissen. Und gerade unsere Barbara muss sich in so was verlieben? Nun ja, sie hat schon immer so einen speziellen Gusto fürs Ostische gehabt! Zuerst der unbekannte Vater von dem Wedel, von dem Bastard. Und jetzt noch dieser seltsame Tausendsassa. Ob das noch gutgehen wird? Aber immerhin, aus dem Purgationsprozess ist er rein herausgekommen. Man kennt das ja. War sicher sein Gold im Spiel. Woher er das wohl hat? Ist's vielleicht mahomedisches Gold? Welcher Richter kann sich dem Münzenglanz entziehen? Sicher, der Entführer des Wedels war er nicht. Das war der Leichenabstierer, der Mayr." Wie hatte sich die Wienerstadt schon auf den Prozess gefreut. Zuerst mit dem Rad die Knochen gebrochen und dann gehängt auf der Rossau. Ein Mordsspaß wär das gewesen. Und gratis noch dazu.

„Der Mayr", so hatte man gesagt, „sei eh nur eine halbe Leiche gewesen." Aber dann hatte der bleiche Rimpler von Rumpold, der Festungsingenieur, in seiner Verzweiflung alle Gefangenen zum Grabenausheben rekrutieren müssen, um seinem Auftrag, die Stadt weiter zu befestigen, auch nur einigermaßen nachkommn zu können. Und auch der Mayr war dabei gewesen. Und die versoffenen Aufpasser von der Stadtguardia waren wieder einmal so beschickert gewesen, dass der verstümmelte Mayr trotz Fußfesseln hatte flüchten können. Was tat's, dass man den Wachtmeister degradierte, den Mayr mit der Kette niedergeschlagen hatte – „Wir Wiener waren um den Spaß gebracht, die Knochen brechen zu hören. Und dann am Galgen, die lange Zunge zu bestaunen und die Damen wären von weit her gekommen, um zu sehen, wie sich das erigierte Glied des Gehängten aus der Hose Bahn gebrochen hätte. Das war immer der Hauptspaß dabei. Und um den haben uns der Starhemberg und seine Guardia gebracht. Und auch den Freimann um zwölf Gulden. Den Mayr hat man nie mehr gefunden. Schad um das Spektakel."

Josef drückte sich, nein er kuschelte sich im Bug fast an seinen neuen Adoptivvater. Für ihn war Bonaventura der Allergrößte. Nach dem Adoptionsurteil war er vor ihn hingetreten, hatte ihn umarmt und an seinen breiten Bauch gedrückt und dann, er konnte es noch gar nicht begreifen, hatte er ihm ein

Geschenk gemacht. Ein Geschenk, wie es nur ganz Wenige in der Wienerstadt je gesehen hatten. Beim Hofuhrmacher Johann Hueber hatte er ihm eine große Sackuhr um 176 Gulden anfertigen lassen. Eine Uhr so groß wie ein riesiger Handteller. Und an einem Schnürchen, wenn man an dem zog, schlug es die Stunden, Halb- und Viertelstunden, Tag und Nacht. Es war ein Wunderwerk. Josef trug es immer an seinem Herzen. Dass er je so etwas Kostbares besitzen durfte! Mutter Barbara hatte sich ganz schön geziert, als sie dieses Geschenk zu Augen bekommen hatte.

Aber Schahin hatte leicht darüber hinweggewischt: „Was ist so eine Uhr im Vergleich dazu, eine solche Frau kennengelernt zu haben!“ Josef hatte anfangs mit Gewalt davon abgehalten werden müssen, alle Viertelstunden an dem Schnürchen zu ziehen. Das Gebimmel war jedermann auf die Nerven gegangen. Nur Schahin nicht – mit breitem Lächeln und einem tiefen Hoho-Bauchgeräusch freute er sich an seinem Adoptivsohn.

Und dann waren sie vor dem Bild in der Kirche der Barmherzigen Brüder gestanden, das den heiligen Gregorios, den Armenier, zeigte, wie er die Heiden und den König Trdat III. im Armenierland taufte. Und Josef war sich unsicher gewesen: „Bist du ein anderer Christ als wir? Der Bischof da schaut aus wie unser Kollonitsch, nur mit einem langen weißen Bart.“

„Die armenische ist eine alte apostolische Kirche, weil wir von den Aposteln Judas Thaddäus und Bartholomäus den Glauben bekommen haben. Und ‚Gregorianisch‘ heißt die Kirche, weil der Bischof Gregorios, der Erleuchter, der Mann da oben, unser Schutzpatron ist. Schahin hatte sich seinen mächtigen Bart gestrichen, der mindestens so schön war wie der des Gregorios. „Ich bin katholisch geworden, weil in Neu Dschulfa damals viele von uns katholisch geworden sind und ich nach dem Westen gehen wollte. Aber ein jeder in der Welt glaubt, er hat den rechten Glauben. Und die anderen haben ihn nicht. Was ist der rechte Glauben und was der linke? Und wenn jemand an nichts glaubt, glaubt er, dass es das Rechte ist. Josef, wir haben so viel Glauben in unserer Welt, dass die Welt schon ganz konfus davon ist. So viel Glauben und so wenig Wissen. Nur weil eine Autorität es von dir verlangt? Folge nicht jeder Autorität. Sie befiehlt zu glauben, die Ratio hingegen beweist! Und zu viel Glauben führt zu Irrglauben und Aberglauben. Das macht die Menschen böse, sie werden schnell fanatisch und ungerecht. Die vergangenen Kriege, die ganze Länder entvölkert haben, beweisen, dass das Entzweien durch den Glauben zu nichts führt. Das haben große Geister schneller erkannt als ich. Da gibt es in Frankreich einen Herrn Renatus Descartes, dessen Schriften ich sehr verehre. Der spricht von einem natürlichen Licht der Vernunft, das jedem Menschen eigen ist. Jeder Mensch auf dieser Welt hat einen Menschenverstand. Das ist nicht nur Mutterwitz und Lebensklugheit. Jeder Mensch, der nicht zu Aberglauben und Voreingenommenheit erzogen ist, kann aus diesem Menschenverstand sein Leben in die Hand nehmen. Er spricht von einem ‚bon sens' und sagt, dass es die bestverteilte Sache der Welt ist. Und das, mein Sohn, ist der Beginn eines Riesenumsturzes. Denn wenn der Menschenverstand gerecht verteilt ist, dann ist er auch das Einzige auf der Welt, dessen Verteilung gerecht zu sein scheint. Alle anderen Güter sind ungerecht auf uns Menschen verstreut. Und der, der gar nichts hat außer seinem natürlichen Licht, wird damit so lange leuchten, bis er daraufkommt, dass wenige, vielleicht geistig Unterbeleuchtete, zu viel besitzen. Und daraus haben sich immer Revolutionen ergeben. Kämpfe. Der ganze Ablauf unserer Geschichte ist vielleicht nicht durch das Jesuskind, oder Allah, den Gnädigen, den Barmherzigen, vorherbestimmt, sondern durch das Wissen um die Ungerechtigkeit. Das islamische ‚Führe uns auf den geraden Weg' soll vielleicht ‚Führe uns auf den gerechten Weg' lauten. Vielleicht wirst du eine Zeit größerer Gerechtigkeit erleben, oder wenigstens deine Kinder?"

Sie hatten sich in eine Kirchenbank gesetzt, neben dem Bild des Gregorios.

„Ich bin weiß Gott kein Theologe, ich bin auch kein Philosoph. Aber ich spüre, dass aus dem Westen ein neues Licht kommt, so wie früher aus dem Osten. ‚Ex oriente lux' ist lang schon vorbei. Ein neuer Geist kommt aus dem Westen. Vielleicht heißt es dann: ‚Ex occidente luxus'. Ein geistiger Luxus, in dem sich alle baden können. Schau dir da vorne das viel gelobte Gnadenbild an: Jesus, Maria und Josef. Was heißt Gnade? Das ‚lumen supernaturale'. Das alles, was wir mit unserem kleinen Verstand und unserer Vernunft heute noch nicht erklären können, wollen wir mit göttlicher Gnade, wie mit Watte, ausfüllen. Unsere Kirchenlehrer, aber auch gleich die Sure Eins des Korans, Al Fatiha, haben uns mit dem Gnadenbegriff vollgestopft. Aber der neue Wind, den ich aus den Büchern lese, die ich mir besorgt habe, räumt mit den alten Floskeln auf. Da gibt es einen Baruch Spinoza, den seine Gemeinde wegen seiner Gescheitheit ausgestoßen hat, und einen außergewöhnlichen Denker namens Bacon – und diesen Descartes. Noch geht es mir wirr durch den Kopf. Aber die Trugbilder, die uns die verschiedenen Religionen, egal wo auf der Welt, vorgaukeln, diese ‚idola', wie sie Spinoza nennt, beginnen zu wanken. Du bist in eine neue Zeit hineingeboren, Josef. Der Kaiser und der Adel und der Klerus, die bauen fest auf ihre Reliquien und auf die Trugbilder, an die das verleitete Volk so innig glaubt. Denn das bedeutet Machterhalt. Du aber wirst vielleicht noch einen großen Umsturz erleben. Ich spüre den Hauch, der vielleicht einmal ein Sturm sein wird.

Da sitzen wir vor dem heiligen Gregorios, dem Armenier. Der wusste, sein Glaube ist der einzig wahre. Jetzt bin ich Katholik. Mein", dabei hatte er sich verdächtig betont geräuspert, *„mein*

Papst weiß, dass dieser der einzig wahre Glaube ist. Dein Vater, Gott hab' ihn selig, war ein Jude, und er wusste, dass sein Gott der einzig wahre ist. Und so ziehen alle Völker auf den Berg der Religion, die einen vom Osten und die anderen vom Westen, und dann noch untereinander zerstritten, auf verschiedenen Routen, und oben sitzen schon seit uralten Zeiten die Juden und lachen, wie der Igel den Hasen anlacht: ‚Wir sind schon da.'

Was ist wahr? Ich glaube an einen Gott, der die Menschen liebt, der einem sagt, übe Menschenliebe und Gerechtigkeit – und sonst nichts. Ob du am Freitag Fleisch essen oder das Kälbchen nicht in der Muttermilch baden sollst, ob du fasten oder feiern sollst. Wie du die Hände halten sollst, zusammengefaltet oder an den Ohrwascheln vorbei, oder mit den Innenflächen nach außen – das sagt er nicht. Das sagen die, die von der Religion profitieren. Die dir Sünden, oder nenn es Sanktionen, aufs Aug drücken wollen, damit du dich schlecht fühlst. Und Allah ist auch wirklich groß und mächtig und wer weiß, ist es ER, der kommen wird, unter dem wir leben, und Mohammed ist dann unser Prophet. Ich habe viel studiert und viel gelernt, ich weiß nur, dass man gut zu den anderen Menschen sein soll und wegen seines Glaubens niemanden verachten oder töten soll. Die letzten Jahre im Deutschen Reich, in dem langen Krieg, haben es gezeigt, es zahlt sich nicht aus. Was ist aus dem Deutschen Reich dann geworden? Aus den reichen böhmischen Ländern? Und die Sunniten und die Schiiten im Reich des Propheten zeigen es uns auch. Wozu? Du, Josef, bist ein halber Jud', ein halber Katholik. Ich bin ein armenischer Christ, der ein Katholik geworden ist. Und eigentlich finde ich auch den Zarthoscht, den Zarathustra, nicht so schlecht, oder wie sie in Italien sagen, Sarastro. Mit seinen guten Gedanken, guten Worten und guten Taten, als Wichtigstes für den Menschen. Für Gute ist der Weg über die Činvatbrücke ins Paradies eine breite Straße, für Schlechte eine Messerschneide. Eine vernünftige Vorstellung? Oder was macht es, wenn ich vielleicht einmal ein Muslim werde? Die Schahada, das Glaubensbekenntnis, in guter Absicht, in der Niya, gesprochen: ‚Ich bezeuge, dass es keinen Gott gibt außer Gott. und Mohammed ist der Gesandte Gottes' – falls ich Schiit werden wollte, würde ich hinzufügen: ‚und Ali ist der Freund Gottes' – macht mich in null Komma nichts zum Muslim. Und was bleibe ich dann: nichts anderes als Bonaventura Nurveli Schahin, und ich werde weiterhin die Menschen heilen und mit den Heilmitteln handeln."

Josef war ganz schön verwirrt gewesen. Über sich hatte er zwar noch den Gregorios, den Armenier gesehen, aber die schöne, einfache Kirche der Barmherzigen Brüder des Juan de Dios mit ihrem Spital, das so lange, praktische Krankensäle hatte und wohin Schahin immer Medikamente lieferte, die sah er als Faktum. Hier wurde nicht gefragt, ob Katholik, ob Protestant, ob Armenier oder Raitze, hier wurden die Zähne reihenweise gezogen, die Egel gesetzt und wenn's gar nicht anders ging, ein Bett war immer da, für Niedrig oder Reich. Und wenn vier Kranke in einem Bett lagen. Da wusste Josef, was Nächstenliebe bedeutete und geübte Religionsfreiheit.

Ein mausgesichtiger Bruder Mesner war plötzlich vor ihnen aufgetaucht. „Meine lieben Brüder, ich möchte jetzt das Gotteshaus sperren, denn auch ich habe Hunger, und vorher müssen wir beten. Geht für heute in Frieden!"

Aus war's gewesen mit der Vernunft und den Religionen. Josef und Schahin hatten sich erhoben, der Bruder Mesner hatte noch für ihr Verständnis und die liebe Spende gedankt, die Schahin in das Sammelkästchen geworfen hatte, und draußen auf der Taborstraße hatte das Rumpeln des Verkehrs nach Mähren und Böhmen dafür gesorgt, dass man sein eigenes Wort nicht mehr verstand.

Josef wirbelte es im Kopf.

Vor lauter Wirbel schreckte er aus seinem Halbschlaf auf. Sein Vater war in die Krankenstube eingetreten.

„No, der Herr Krankenwärter schläft aber ganz gut!" mahnte er mit dem Zeigefinger, halb belustigt über die Betroffenheit Josefs, halb ernsthaft, dass sein Sohn die Wartezeit nicht wach verbringen konnte. „Rück zur Seite, damit ich mir unseren Patienten näher ansehen kann. Hat er viel geblutet?"

Josef verneinte. „Nur ein kleines Rinnsal aus dem Mundwinkel."

„Schlimm genug. Der gute Rodolfo hat die Lungenfäule. Wir können ihm nur die Schmerzen nehmen und die Atmung erleichtern. Mehr nicht. Ich habe in Üsküdar frischen Mohnsaftkuchen aus Afghanistan eingekauft. Dann habe ich neuen Efeuextrakt. Das wird ihm helfen, heilen aber kann ich ihn nicht." Sein trauriges Gesicht ließ seine Nase noch länger erscheinen. „Mach Licht, mein Sohn."

Josef konnte nicht mehr an sich halten und erhob sich: „Vater, sag mir die Wahrheit. Was hat es mit dem Mohnsaftkuchen auf sich? Bist du der Opiumkönig des Balkans, was immer das auch sein mag? Und welche Folgen hat der Saft?"

Schahin hatte sich das erste Mal nicht unter Kontrolle und fuhr ihn an: „Schweig, Josef! Was weißt du schon?" Dann aber merkte er an der Reaktion, wie falsch er sich verhalten hatte, und fuhr besänftigend und fast ein wenig zu schmeichelnd fort: „Mach zuerst Licht und zünde die Kerzen an. Dann untersuche ich den Dane und reich ihm seine Medizin. Und dann erkläre ich dir deine Fragen. Eins nach dem anderen. Und entschuldige, dass ich dich angefahren bin. Ich bin manchmal auch nicht die Ruhe selbst. Eben auch nur ein Mensch."

Während er mit dem Ohr am Brustkorb Danes lag, erhellte sich der Raum. Die Wände waren von warmfarbigen Kelims bedeckt. Josef stieg zusätzlich auf einen zierlich geschnitzten Schemel und entzündete mit einem Fidibus die Öllampen in einer ziselierten Ampel. Auf dem Kästchen neben dem Diwan leuchtete weiß der in Stein geschnittene Doppeladler, das Zeichen Danes als kaiserlicher Kurier. Es stellte ihn in den Rang eines osmanischen Tschauschs, eines Sendboten des Sultans. Niemand durfte ihn behelligen, niemand aufhalten. So stand es im Friedensvertrag von Vasvár. Draußen, gleich hinter dem Fensterschnitzwerk, begann ein Muezzin zum Abendgebet zu rufen.

Schahin hob seinen Kopf und wog ihn bedächtig. „Lang macht es seine Lunge nicht mehr. Und ohne Luft wird sein Herz auch nicht mehr mitmachen."

Josef war schon wieder ein lebendes Fragezeichen. „Wieso?" – sein Lieblingswort.

Schahin seufzte. „In aller Kürze, du Nimmersatt der Weisheit. Die Luft braucht das Herz. Das Herz ist ein Muskel, so wie du viele um die Knochen hast. Du natürlich hast nur sehr wenig Muskelfleisch, aber trotzdem genauso viele Muskeln wie ich. Wo ich doch viel mehr nötig hätte. Dieser Herzmuskel pumpt das Blut des Menschen tagein, tagaus in die Arterien. Durch ganz kleine Verbindungen bringt es alles, was der Mensch braucht, in alle Organe und durch die Venen kommt es zurück in das Herz. Herophilos von Chalkedon, der in Alexandria lehrte, hat es uns schon übermittelt und der Engländer Harvey hat das neuerlich erforscht und niedergeschrieben. Und der Holländer Leuwenhoek, ich weiß nicht, wie man den richtig ausspricht, hat vor einigen Jahren kleine Körperchen im Blut gefunden, die alles darin, wie winzige Esel, transportieren. Die Luft und was darin ist und die Stoffe, die wir essen und trinken. Descartes sagt, dass es die Herzwärme sei, die alles am Leben erhält. Aber vielleicht hat der Herr Descartes nicht immer recht. Und jetzt streit nicht mit mir, was wahr ist oder nicht!" Vorauseilend verbat er sich gleich jegliche Diskussion.

Josef begann schon wieder zu abern: „Aber ..."

„Bitte Josef, gebrauch deinen ‚bon sens' und denk selbst nach. Ich habe im Moment ganz andere Sorgen. Wenn wir Zeit haben, können wir alles haarklein diskutieren. Der Mann aber braucht schnell Linderung." Er träufelte Efeusaft in den blutigen Mund seines Patienten. Und anschließend Opiumtinktur.

„Siehst du, das ist meine Medizin, die dir auch schon geholfen hat. Schließlich hast du gar nicht bemerkt, wie ich dir den brandigen Fingerrest von der Hand weggeschnitten habe. Das ist die Macht des Schlafmohns. Und darum kaufe ich ihn um immer teureres Geld. Darum bin ich vielleicht der Opiumkönig im Osmanischen Reich. Weil ich gut und pünktlich zahle. Weil ich die Verbindungen aufrechterhalte, weil ich den eingetrockneten Mohnsaft von den Bauern in Persien und Afghanistan bis nach Rumelien aufkaufe und denen bringe, die nach ihm verlangen."

Während er dem Schlafenden weiter Opiumtinktur einträufelte, erklärte er: „Der Schlafmohn blüht von Juli bis August. Die eiförmigen Samenkapseln, die dann entstehen, enthalten mehrere tausend Samen. Und in jedem Samen ist Mohnöl. Die Bauern ritzen die Kapseln ganz vorsichtig mit einem fünfschneidigen Messer, damit der Saft nur nach außen, nicht in die Kapsel tritt. Die Milch daraus trocknet ein und bildet eine braune Kruste, die als Opium, vom Griechischen ‚opos' – ‚Saft' – bezeichnet wird. Am nächsten Tag schabt man die Kruste ab und formt mit hölzernen Keulen kleine Kuchen, die man in Mohnblätter wickelt. Aus fünfundzwanzigtausend Mohnköpfen gewinnt eine Bauernfamilie zwei Pfund Opium. Ein Hektar Mohn liefert vier bis sechs Pfund. Und jetzt weißt du Naseweis, wieso es so teuer ist. Und warum ich so viel Beutel Aspern und Löwenthaler brauche. Denn der Transport kostet Geld und die Händler dazwischen fordern auch ihren Tribut. Und …", nun legte er den Kopf schief und lächelte hintersinnig, „… ich brauch auch ein wenig. Das ist dann mein Gewinn."

Josef ließ sich aber nicht abspeisen: „Und die Folgen? Was geschieht, wenn man Opium nimmt?"

„Was ist dir geschehen? Nichts. Aber du hast recht. Wenn man dauernd Opium zu sich nimmt, dann geht es einem wie einem Trinker. Man wird süchtig und will immer mehr davon haben. Dann raucht man das Opium in der Pfeife oder isst es. Man hat schöne Träume, man hört Musik und stellt sich Unmögliches vor. Das will man jeden Tag genießen. Das kann jahrelang gutgehen, aber schließlich wird man arbeitsunfähig, mergelt immer mehr aus und siecht dahin. Kann sich zu nichts mehr aufraffen. Eine lebende Leiche. Nur Begüterte können sich das auf längere Zeit leisten.

Und jetzt zu deiner Frage – wem bringe ich das Opium am Balkan und wem im Deutschen Reich? Das ist meine Macht. Im Reich der Osmanen habe ich hunderte, vielleicht mehr als tausend Abnehmer – alle Festungskommandanten und Kaimakane, alle Baschis und viele hohe Offiziere. Aber keinen einzigen in der kaiserlichen Armee. Dort möchte ich es nur für die Feldschere einführen, um den verwundeten Soldaten ihren Schmerz zu nehmen. In der osmanischen Armee wird es mit der Zeit seine Folgen zeigen. Das ist der Plan des Hofkriegsrates. Was unsere kaiserlichen Offiziere und ihre Soldaten versaufen, geht auf keine Kuhhaut. Das sollte man verbieten. Da aber die Osmanen nur heimlich saufen, weil es ihnen Allah verbietet, lasse ich sie Opium kosten. Manchmal gratis, aber nie umsonst. Die Zeit wird mir recht geben. Ich verdiene jetzt, und das nicht schlecht. Aber das Kaiserhaus rechnet nicht in Monaten, sondern in Generationen. Und die Ernte meiner Arbeit fährt das Haus Österreich vielleicht erst in Jahren ein. Das ist meine Hauptaufgabe für den Hofkriegsrat und nicht das heimliche Aufschreiben von Versorgung und Bewaffnung. Das auch. Und damit du es in einem Aufwaschen erfährst …" Schahin redete sich jetzt in Rage: „Sicher gebe ich auch den Osmanen den einen oder anderen kleinen Hinweis und bin dadurch beliebt und gern gesehen. Das ist aber mit dem General Kapliř und dem Hofdolmetsch alles abgesprochen. Nur damit du nicht an deinem Vater zu zweifeln beginnst, oder?"

Josef senkte beschämt seinen Kopf. Schahin wusste, dass er den Nagel auf diesen Kopf getroffen hatte. Nun war's heraus. Was für ein Held sein Vater doch war!

„Und jetzt, glaube ich, wird es Zeit, dass du in deine Kammer gehst, ein bisserl nachdenkst, deine liebe Mutter im Geist umarmst und deinem Vater nicht mehr Unrecht tust in deinem jungen Hirn."

Josef ließ sich neben seinen Vater fallen. Er war wie vom Donner gerührt. Sah ihm dieser Mann mitten in sein Herz? Er umarmte den Dicken und schmuddelte seinen Kopf in dessen Achselhöhle. „Wieso weißt du …?"

Schahin schaukelte ihn ein wenig. „Wer keine Zweifel hat, hat kein Hirn. Aber du hast einiges davon hinter deinen Augen, mein Sohn. Du musst dir nur abgewöhnen, deine Augen sprechen zu lassen. Argwohn ist wie ein Pfeil, der immer aus den Augen schießt. Du hast große Tugenden, die ich bewundere. Aber trotzdem auch kleine Schwächen, die dich so liebenswert machen. Jetzt küss ich dich noch auf die Stirn, die gescheite, und dann leg' dich nieder. Morgen ist auch ein schöner Tag. Da gehen wir in den Nemçe Han. Die Botschaft und Karawanserei der Österreicher."

Josef rappelte sich auf, raffte sein neues Gewand und wandte sich zur Tür, als Dane hüstelnd erwachte. Alle seine Vorsätze waren dahin. Er drehte sich an der Pforte um, Dane hatte sich aufgerichtet. Schahin versuchte, den Kranken in die Kissen zurückzudrücken. Aber keuchend und hustend leistete der ihm Widerstand.

„Schön, dass ich Euch noch einmal sehe, mein guter Doctor!", würgte er heraus. Sein Atem ging stoßweise und Schahin versuchte ihn zu beruhigen. Danes Antlitz war kalkweiß. Schweiß stand auf seiner Stirn. „Doctor! Ich hab ein wenig Geld bei den Juden hier, unterhalb unseres Hauses in Galata, angelegt. Das soll meinem Onkel gehören, der mich immer gut versorgt hat. Und für mein Begräbnis wird es auch reichen. Euch aber, der Ihr eine Aufgabe habt, die kein Kaiser wirklich bezahlen kann …“

Schahin drückte ihn endlich zurück und versuchte mit leisem „Schsch!“ den Kranken zu beruhigen.

„Lasst mich bitte aussprechen. Ich weiß, was ich weiß. Euch, und nur Euch, hinterlasse ich einen Familienschatz, den nur Ihr dem Kaiser bringen sollt.“

Schahin schüttelte den Kopf: „So dürft Ihr nicht reden, Rodolfo, Ihr werdet noch viele Jahre Eure Kurierritte machen. Glaubt nur fest daran.“

„Nein“, insistierte der Todkranke. Ein Hustenanfall raubte ihm minutenlang den Atem. Wieder trat Blut aus seinem Mund. „Hier neben meinem Diwan, im Kästchen“, damit wies er zitternd auf das schöne Ding aus Einlegearbeit neben ihm. „Dreht es um und öffnet den Riegel an der Unterseite.“

Schahin erhob sich einigermaßen beschwerlich, raffte seine Dhuma, einen schweren Kaftan mit Perlenknöpfen und goldgewirkten Knopflöchern, und schritt zur anderen Seite. Dann legte er den Doppeladlerstein auf den Boden und drehte das Kästchen so weit, dass er den Rückenteil öffnen konnte. Ein kleines Etwas, in purpurne Seide eingehüllt, fiel ihm entgegen.

„Vorsichtig!“, raunte Dane und mühte sich, den Kopf zur Seite zu drehen.

„Kaiserlicher Purpur“, murmelte Schahin. „Lange habe ich so einen Stoff nicht mehr gesehen. Der stammt doch nicht etwa aus Byzanz?“

„So ist es, lieber Schahin. Enthüllt die Glasphiole, aber bitte mit aller Vorsicht! Meine Vorfahren haben es gehütet, Geschlecht um Geschlecht. Von Vater zu Sohn weitergegeben. Der Onkel, der alte Fuchs, würde es hier in Stambul nur verscherbeln. Ihr aber, Schahin, sollt die Früchte ernten. Ich habe keine Kinder. Aber ich hatte einen Auftrag. Nun ist es an Euch, ihn zu erfüllen. Es ist die Hand der Mutter Mariens, der heiligen Anna. Nur der Römische Kaiser allein soll diese Hand besitzen und aus dem Besitz soll Gnade auf sein gesalbtes Haupt fließen. Und Kinderreichtum."

Josef und Schahin sahen sich nur Sekundenbruchteile an. Josef war es, als hörte er seinen leiblichen Vater, hinter ihm schwebend, „nebbich" sagen.

Schnell aber hatte sich Schahin gefasst: „Und dieses Juwel, diese Zier der Christenheit, wollt Ihr mir schenken?"

„Nein, ich übergebe es Euch nur in gute Hände. Schenken, schenken will meine Familie sie nur dem Hause Habsburg. Aber der Bote dieser Schenkung wird sicher dafür belohnt werden. Und dieser Lohn gehört Euch. Ich weiß nicht, welche Privilegien Ihr davon vielleicht haben werdet, aber unbedankt werdet Ihr die heilige Reliquie nicht überbringen. Sie stammt noch aus der Zeit der heiligen Helena, der Mutter Konstantins, und war der letzte Schatz des Hauses Dane. Immer haben wir in Byzanz und später in Konstantinopel gelebt. Vielen Herrschern haben wir gedient, mein Vater und auch ich. Den Römischen Kaisern. Den wahren Nachfolgern von Byzantion. Die Habsburger verwalten das Weben der alten Mythen, sie sind die echten Nachfolger der getauften Cäsaren. Bringt die Hand heil nach Wien und schaut darauf, dass sie nie in die Hände der Osmanen fällt. Den Span des heiligen Kreuzes haben vor vielen hundert Jahren schon meine Vorfahren gespendet, und auch den Zahn des heiligen Johannes und die Schädeldecke der heiligen Salome. Die sind schon in der Schatzkammer unseres Kaisers Leopold. Die Hand der Marienmutter ist das letzte Heiligtum, das wir besaßen." Erschöpft sackte er zusammen.

Schahin besah die Phiole genauer. Zwischen roh geschliffenen Juwelen, deren Wert er im Moment nicht beziffern konnte, sah er einige Handknochen. Der Medicus in ihm erkannte eine rechte Frauenhand. Sicher, die Juwelen und das kleine Pergament waren uralt. Sicher auch die bräunlichen Knochen. Der alte Zweifler meldete sich in seinem Hinterkopf. Aber er gab sich keine Blöße, im Gegenteil, er legte seine Gesichtszüge in tiefe Verehrung und küsste das Glas vor den Augen Danes.

„Ich verspreche es Euch, Rodolfo. Seid beruhigt, ich werde es persönlich in die Hand Seiner Majestät legen. Und danke, dass Ihr mich für würdig befunden habt. Ich weiß, welche Privilegien es mir einbringen kann. Ich werde, wenn notwendig, mein Leben dafür geben, und der junge Mann da, an der Tür, der eigentlich schon im Bett sein sollte, hat den Auftrag mit mir übernommen. Wenn er schon Zeuge dieser geheimen Affäre geworden ist, dann soll er auch die Last tragen." Damit erhob er sich und Josef trat näher.

„Mein Sohn, du hast alles gehört. Du hast die Pflicht, wenn ich nicht bis Wien zurückkomme, den Willen unseres Freundes und Gastgebers zu erfüllen. Du wirst Mittel und Wege finden, durch List und Ausdauer, so lange, bis du den Auftrag erfüllt hast."

Josef nickte ergriffen. Auch wenn ihm sein eigenes Licht der Vernunft sagte, dass es nur ein paar alte Knochen waren. Die elende Gnade, war es die schon wieder? Sein Leben aufs Spiel setzen. Das lumen supernaturale leuchtete aus der Phiole. Glaube versus Vernunft. Wer war stärker? Dennoch ergriff er Danes eiskalte Hände, die seltsam vor sich hin zuckten. „Ich schwöre es!", stieß er kniend heraus. Und während Schahin noch die Phiole in den Händen drehte, war es Josef, als ginge die Eiseskälte der Hände in seinen Körper über. Er starrte Dane an. „Herr Rodolfo!" Er schüttelte die verkrampften Hände, die seine verkrüppelten Finger umschlossen. Ausgezuckt. Leblos fielen sie herab. Sein „Ich schwöre es!“ hatte den letzten Seufzer des kaiserlichen Meldereiters eingeschlossen. Das Kinn des Toten war herabgesunken. Die rotbraunen Zähne bleckten im Kerzenschein. Sie schienen noch größer geworden zu sein. Seine Augen starrten leer und gebrochen zur Decke.

Schahin drehte sich zum Lager hin. „Der wackere Reiter galoppiert nun schon ganz woanders, mein Sohn.“ Damit beugte er sich herab und drückte die Augenlider mit der Handfläche der Rechten zu. „Er hat ausgelitten. Der Herr sei seiner armen Seele gnädig.“ Mit einem Tüchlein band er dem Toten den Kiefer zusammen und knotete es am Scheitel fest.

„Ich glaube, wir steigen jetzt hinab ins Erdgeschoß und suchen seinen Onkel. Morgen werden wir dann den Gottesdienst in der nahen Surp-Asdvazazin-Kirche besuchen. Das Grab seiner Familie liegt auf dem kleinen armenischen Friedhof beim Besiktas-Markt. Das wird ein beschwerlicher Weg, raus aus der Stadtmauer von Galata, beim Platz von Tophane Paşa, bei der Kiliç-Ali-Paşa-Moschee, entlang des Meeres. Dann weiter an der langen Artilleriekaserne. Dafür kannst du dich auf eine schöne Aussicht freuen. Aber genug für heute, wenigstens Leichenwaschen müssen wir beide nicht. Und dann, dann legen wir uns endlich nieder.“ Er verstaute die Phiole und das Kuriersiegel in seinem weiten Ärmel und stieg vorsichtig, wie auf Elfleinstritten, die man ihm bei seiner Leibesfülle nicht zugetraut hätte, die Treppe hinab.

Zur selben Zeit steckten die vier Adeligen der Friedensdelegation im ersten Stockwerk der österreichischen Karawanserei die Köpfe zusammen. Im Schatten des Galataturms, wo sich das Wasser des Haliç, des Goldenen Horns, mit dem Karadeniz Bogazi, dem Bosporus, vermischte, lag der Nemçe Han. Die österreichischen Residenten hatten mit voller Absicht versucht, ihren Sitz vom Handelsviertel Fener an der Sultan-Selim-Moschee, nach Galata-Pera zu verlegen. Hier standen sie unter weniger strenger Aufsicht als inmitten von Stambul, wo sich der Sultanspalast, aber auch hunderte von anderen öffentlichen Gebäuden befanden. Obwohl die Stadt im Vergleich zu anderen Metropolen der Welt, wie London oder Paris, sich in einem viel saubereren Zustand befand, hatte das alte Konstantinopel viele enge Gassen und Schlupfwinkel hinterlassen. Die Osmanen hatten der alten byzantinischen Dame am Bosporus nur oberflächlich ihren Stempel aufgedrückt. Stambul war ein Gemisch aller Völker, die unter dem Herrschaftsbereich der Osmanen lebten, von den Ungarn bis zu den Persern, von den Steppen des Nordostens bis zu den Wüsten Afrikas. Und alle konnten sie Handel treiben und ihre traditionelle Kultur ausüben. Kleinere Einschränkungen gab es, wie das Verbot der Herstellung von fremden Glaubensschriften, aber eine Bibel konnte man relativ leicht von einem flinken Venezianer erstehen. Nur die Gesandtschaften fremder Länder waren selbstverständlich einem großen Überwachungsdruck ausgesetzt, der hart an die Grenze des diplomatisch noch Erträglichen ging.

Seit Beginn der diplomatischen Beziehungen Österreichs mit dem Osmanischen Reich bildete, neben der Vielfalt der aus aktuellen Anlässen erwachsenden Anweisungen, der Auftrag zur sorgfältigen und laufenden Beobachtung der militärischen Stärke der Osmanen und ihrer Bereitschaft zu Krieg und Frieden eine Konstante in den Instruktionen für die kaiserlichen Diplomaten. Man könnte auch Spionage dazu sagen, aber das war immer ein hässlich Wort. Darüber hinaus diente der Nemçe Han auch allen Kaufleuten, Pilgern und Reisenden als Etappenstation, Hotel, Warenlager, Büro und Aufenthalt. Neben den offiziell zugelassenen Kurierverbindungen wurden von hier Geheimnachrichten unter den seltsamsten Umständen, aber auch mit höchstmöglicher Schnelligkeit an den Hof nach Wien expediert. Überall auf der Route Stambul – Belgrad – Ofen – Wien saßen Agenten, die die Weiterleitung dieser Schreiben betrieben. In besonders dringenden Fällen konnte ein Schreiben des österreichischen Residenten Kunitz in achtzehn Tagen nach Wien gelangen.

Einer der schnellsten Kuriere, wenn er auch diesen offiziellen Titel nicht führte, war Georg Franz Koltschitzky. Darum hatte er sich auch bei den Türken den Ehrennamen „Deutscher Tatar“ erworben. Koltschitzky wechselte seine Nationalität, wie er es brauchte. War er bei den Türken ein ‚Deutscher‘, so gab er sich in Wien als ‚Pole‘ aus, wohl wissend, dass er als Armenier immer von der Gefahr der Ausweisung bedroht war. Armenier dienten in besonderem Maße dem Wiener Hofkriegsrat als Überbringer von Nachrichten und Situationsberichten. Allerdings verdächtigte man sie des Öfteren der Doppelspionage, was in Einzelfällen wohl auch zutraf. Aber ihre Gewandtheit, ihr sprachliches Talent und ihre weit reichenden Verbindungen machten sie für die Beschaffung und Übermittlung geheimer Nachrichten geradezu unentbehrlich.

Koltschitzky wartete im Vorzimmer des Besprechungsraumes nun schon über eine Stunde. Das geheime Communiqué sollte er noch in der Nacht auf verborgenen Wegen nach Wien befördern. Hinter der dicken Holztür, die mit Teppichen verhangen war, hatten Graf Albrecht von Caprara, sein Vetter, der Marchese Buoi von Bologna, der junge Graf Thomas Nádasdy, der nach dem Fall seiner Familie und der Hinrichtung seines Vaters wieder in die Huld des Monarchen aufgenommen worden war, und der Graf Joseph Schlickh endlich einen Kompromisstext an Seine Majestät gefunden.

Der alte Vertraute des Grafen Caprara, Dolmetsch und Chiffrierer Heinrich Woghin war mit der Verschlüsselung des Schreibens fast fertig. Die Wiener Geheime Ziffernkanzlei hatte für die erste Hälfte des Jahres 1682 einen Schlüssel gewählt, der jeden Buchstaben des Alphabets von A bis Z durch zweistellige Zahlen von 21 aufwärts kennzeichnete. Nach jeweils zehn Zahlen, also fünf Buchstaben, wurden vier willkürlich gewählte Ziffern eingefügt. Die Eigennamen von Personen und Ländern waren stets dieselben Silben, die aus einem Konsonanten und einem Vokal gebildet wurden. Kaiser – ba, König – be, Kurfürst – bi, Frankreich – ka, Polen – ke. Türkei – li. Diese Silben wurden auch für die Namen aller adeligen Familien und der Geheimen Räte verwendet. So führte Gonzaga die Silbe nu, Nádasdy hatte die Chiffre ho.

Alles in allem waren es für die Stadt Wien traurige und unbefriedigende Nachrichten, die Kolschitzky überbringen sollte. Man hatte dem kaiserlichen Internuntius zwar alle Ehren erwiesen und das Protokoll peinlich genau beobachtet. So waren ihm in Buda durch Ibrahim Arnaut Pascha die rangmäßig zustehenden vierzehn Pferde entgegengesandt worden, nach türkischer Sitte jedes auf einer Seite mit hängendem Streitkolben, auf der anderen mit hängendem Säbel geziert. Bei jedem Besuch hatte es Kaffee, Scherbet, Rosenwasser und Rauchwerk gegeben. Der Großwesir Kara Mustafa hatte die Delegation ehrenvoll empfangen. Aber schon der Empfang bei Sultan Mehmed IV. war ungewöhnlich und beleidigend verlaufen. Um der Delegation die Wehrbereitschaft der Söhne Osmans zu demonstrieren und den Willen der Janitscharen, gegen den Sender des Internuntius zu ziehen, waren sie bei der Soldauszahlung und der Janitscharenmahlzeit empfangen worden. Nach der auf Italienisch gehaltenen kunstvollen Rede Caprara̧s, in der er die Friedensbereitschaft des Kaisers und den Wunsch zur Erneuerung des Waffenstillstands zum Ausdruck gebracht hatte, hatte der Sultan nur lakonisch geantwortet: „Pek ejü, pek ejü“, was so viel wie „sehr wohl, sehr wohl“ bedeutete. Schweren Lidschlags und ohne die blumige Übersetzungskette abzuwarten hatte sich der Herr aller Osmanen, der Eigentümer aller Menschenhälse, abrupt abgewandt, sodass seine dicken Hängebacken nur so gewabert hatten, und damit schlagartig den Empfang beendet.

Trotzdem hatte er in seiner allmächtigen Güte anordnen lassen, für die 76-köpfige Begleitung monatlich tausend Löwenthaler, die geltende Münze des Levantehandels, anzuweisen. Tagelang hatten die Diplomaten auf eine neuerliche Unterredung gewartet. Doch sie hatten sich mit dem Reis Effendi, dem Tschauschbaschi oder dem Janitscharenaga begnügen müssen. Caprara, der trotz seiner zweiundfünfzig Jahre noch immer ein jugendlicher Hitzkopf war, hatte getobt, als ihm Schahin vorsichtig beigebracht hatte, dass die ebenfalls in Stambul anwesende ungarische Siebenbürger Delegation die kaiserlichen Bemühungen mit namhaften Summen hintertrieb. Der Krieg gegen das Deutsche Reich schien nicht mehr abzuwenden. Die Frage war nur noch, wann er beginnen würde.

Als Caprara hinterbracht wurde, dass der Vasall Thököly Imre durch den Sultan zum König von Ungarn ernannt worden war, musste Wien gewarnt werden, und so schickte er Koltschitzky los. Der hatte sicherheitshalber schon einen Kulukschi bestochen. Bei finsterer Nacht schlich sich der schlaue Armenier aus der Metropole am Bosporus. Eine Barke, die zwischen der Spitze der sieben Tore und den Schlachthöfen schon auf ihn gewartet hatte, brachte ihn in den kleinen Hafen von Büyükçekmece, wo ein schnelles Pferd seiner harrte. Wieder begann für ihn einer seiner berühmten Husarenritte.

Tags darauf schien wieder eine freundliche Sonne auf das Wasser des Goldenen Horns. Ein warmer Tag kündigte sich an. Von Üsküdar drüben, am asiatischen Ufer, kam nur ein leiser Hauch über das heute besonders blaue Wasser. Im Hof des Hans war aber nicht einmal der zu spüren. Aus der Küche drangen verlockende Gerüche. Kleine Hammelstückchen wurden dort am Spieß gebraten, der Duft ihrer scharf angebrannten Kruste und der zartbraunen Zwiebeln drang bis zu den Tischchen der hier versammelten Gesellschaft. Lautes Niesen aus den Küchenräumen ließ die Runde kurz aufhorchen und dann in lautes Gelächter ausbrechen. „Der Baschi würzt unser Essen wieder auf seine unnachahmliche Weise!“, stellte Schahin trocken fest. „Mehmed! Bring uns noch kahve!“ Der Kahvedschi näherte sich prompt. Er trug rote Pluderhosen und ein eng anliegendes blaues Wams. Aus einer hohen Messingkanne, die er vom Kohlenfeuer geholt hatte, schenkte er der Runde vorsichtig nach.

Der Nachbar Schahins, der dem so auffallend plötzlich verschwundenen Koltschitzky durch seinen Seehundschnauzbart sehr ähnelte, blies kurz auf die winzig kleine Tasse, die er in der Hand hielt. Auch er verfügte über eine markante, scharf gebogene Nase und hohe Backenknochen. Nur seine Augen waren mandelförmiger, an den Außenseiten nach oben gerichtet, und seine Augenbrauen waren buschiger und dichter als die Koltschitzkys. Er hieß zwar von Geburt an Owanes Astouatzatur, man hatte sich aber in dieser Runde schon an das Johannes Diodato oder Deodat gewöhnt. Stambul war seine zweite Heimat geworden, nachdem sein Vater Elias hier als Juwelier und Kaufmann, aber auch als Faktor des Saray sich viele Verdienste erworben hatte. Dies hinderte Johannes aber nicht, sich dem kaiserlichen Residenten als Nachrichtenübermittler anzubieten.

Durch die Vertreibung der Juden aus dem Unteren Werd war für die Wiener Münze eine Lücke bei den Ankaufsmöglichkeiten für ungeprägtes Bruchsilber, Pagament, entstanden. Im Gegensatz zu anderen Prägestädten besaß Wien keine eigenen Bergwerke. Und in diese Lücke waren die Diodatos gestoßen. Durch Bestechung der Hofbeamten, besonders des Hofkammerpräsidenten Graf Sinzendorf, hatten sie einen kaiserlichen Passbrief erhalten, der sie von allen Mauten und Abgaben befreite. Dafür durften sie im Osmanischen Reich Bruchsilber aufkaufen lassen und mussten dies ausschließlich der Wiener Münze zuführen.

Neben ihm ruhte der dicke Schahin und erheiterte die Runde mit seinen unnachahmlichen Witzen und Späßen. Gerade als er sich verneigte und einige Beschwörungsformeln sprach, warf er mit geschickten Fingern einige Körner in das Holzkohlenfeuer des Kahvedschi. Daraufhin platzte ein Feuerwerk von bengalischem Licht, Rot und Grün, vor dem verdutzten Kaffeekoch in die Höhe, und trotz des Gelächters und des Applauses der Morgengesellschaft traute sich der Erschrockene nicht mehr in die Nähe des unheimlichen Doctors. Josef kannte den Trick schon. Und trotzdem lachte er mit und freute sich einfach seines Daseins in dieser heiteren Runde.

Er war leibhaftig in Stambul, der für ihn größten Stadt der Welt. Der schönsten Stadt der Welt. Was war sein enges Wien gegen diese herrliche, an so vielen Meeresarmen sich ausbreitende Stadt? Diese Moscheen. Diese Bazare. Diese Häuserfluchten. Schahin war mit ihm in einer Barke an Galata bis Besiktas entlanggefahren. An den Häusern direkt am Meer. Seine Leopoldstadt an der Donau wurde eng und schmal im Angesicht dieser Größe. Und jetzt saß er da, angelehnt an seinen Vater, im Han der Nemçe bei all seinen Nachbarn, denen er in der Leopoldstadt nie zugetraut hätte, dass sie sich in dem Häusergewirr dieser riesigen Metropole so zurechtfinden würden. Wie viel hatte er ihnen zu verdanken! Mama Barbara hatte es ihm erzählt. Der seehundbärtige Koltschitzky, der plötzlich wie vom Erdboden verschwunden war, vielleicht ein Windhund, aber in der Zeit der Not hatte er sich bestätigt, der Michailowitz, sein ganz besonderer Freund, oder der würdige Diodato, der Patriarch der armenischen Gemeinde in Wien. Alles Leopoldstädter, alle von seinem Blut, von seinem Grätzl. Eben Leopoldstädter. Das war's. Egal woher sie kamen. Leopoldstädter waren sie alle. Sie sprachen alle Sprachen der bekannten Welt. Armenisch und Jiddisch. Ungarisch und Türkisch. Und das war eben Leopoldstädterisch. Blutsbrüder.

Gerade drehte sich das Gespräch um das Getränk, das sie vor sich stehen hatten. Hier im Land der Osmanen gehörte es zum Leben wie die Luft zum Atmen.

Man beratschlagte, wie man dieses Getränk in Deutschland bekannt machen könnte. Diodato lobte eben die geistige Wendigkeit der Venezianer und Paduander, die schon seit Jahren Kaffeehäuser zuließen.

„Welch Geschäft entgeht uns da? Wie könnten wir die Wiener zum Kaffeetrinken bewegen?"

Schahin hielt dem entgegen: „Schließlich und endlich haben sie ja schon Kaffee gekostet. Ich erinnere mich noch gut, wie die Adeligen ganz verrückt nach einer Einladung der türkischen Großbotschaft anno 1665 waren, um den Kaffee zu probieren. Und ich muss sagen, einen so guten Kaffee habe ich später selbst in Stambul selten getrunken."

Er warf seine medizinischen Kenntnisse ins Treffen. Hier zitierte er aus dem Kopfe das berühmte Loblied des Hüseyn Efendi ben Đa'fer, mit Beinamen Hâzarfann, der „Tausendkünstler":

„Im Yemen wächst der Kaffee nur in zwei Gauen. Der eine, Gau von Usâb genannt, umfasst die Berge oberhalb von Zubayd bis gegenüber von Bayt al-Fakĭh; der andere heißt Gau von Nahârî und liegt nahe der Hafenstadt Jizân.

Diese Gaue haben köstliches Klima und weisen viele Gärten und Weinberge auf, aber da dort das Terrain abschüssig ist, hat man lauter Terrassen angelegt und pflanzt auf diesen die Kaffeesträucher reihenweise. Die Frucht gleicht der Kirsche völlig. Zuerst ist sie grün und schmeckt säuerlich; dann wird sie hellrot und leicht herb; wenn sie dann reif ist, ist sie dunkelrot (etwa von Weichselfarbe) und groß und süß. Wenn sie mitsamt den Stengeln gepflückt und zwischen Hisar-Kirschen, ihr wisst, die von Rumeli Hisari, die wegen ihrer Größe und Süße sprichwörtlich sind, gelegt würde, könnte man sie von diesen nicht mehr unterscheiden – nur an ihrem Aroma beim Essen und daran, dass sie zwei Kerne hat, könnte man sie erkennen; sie ist sogar noch süßer als diese Kirsche. Die Früchte werden, wenn sie hellrot sind, geerntet und auf den Dächern der Häuser, die dort mit Mörtel verputzt und flach sind, ausgelegt. Da sie noch unreif sind, trocknen sie schnell aus und werden schwarz: Diesen Kaffee nennt man Sauer- oder Roh-Kaffee …“

Nur, wie den Kaffee nach Österreich und Deutschland importieren? Diodato rückte mit Schahin ein wenig abseits und dachte schon weiter: „Wenn wir nun hier einen Handel abschließen könnten, der die Regelung von Stambul wiederholt? Hier wird der importierte Kaffee aus dem Yemen von einem armenischen Konsortium gepachtet und im Tahmiz Hani beim Misir Ċarþisi, dem Ägyptischen Markt, nahe der Hauptmaut gebrannt, gestoßen und an die Kaffeehäuser in Stambul abgegeben. Das könnten wir in Wien auch versuchen. Und der Gewinn bliebe unter uns.“ Er überschlug geschwind die Kosten: „Wenn ich einen Gulden 36 Kreuzer für die Einfuhr des Pfundes berechne und zwei Gulden für Zucker, Kohle, Personal und Steuern berechne, könnten wir den Kaffee um zwölf Gulden das Pfund abgeben.“

Kurz kontrollierte er noch einmal seine Berechnung: „Das würde achteinhalb Gulden Gewinn für das Pfund bedeuten. Ein einträgliches Geschäft.“

Schahin warnte aber: „Lasst Euch aber nicht von Geldgier dazu verleiten, Euch auf Verschnitt einzulassen. Das schadet der Gesundheit der Menschen und damit später auch Euch und insgesamt uns Armeniern. Wie oft kommt es vor, dass gestoßenes, verbranntes Brot oder verbrannte Bohnen, Erbsen und Linsen darein vermengt werden.“

Diodato lachte mit gespielter Treuherzigkeit: „Aber doch nicht bei uns!“

Schahin blickte allzu deutlich zum Himmel. „Bei Euch sicher nicht!“, unterstrich er seine Geste. „Aber ein Konsortium wäre nicht schlecht, was meinst du, Josef? Du träumst ja nur so vor dich hin!“

Tatsächlich war Josef in Gedanken wieder weit weg gewesen. Wie sie Belgrad, die weiße Stadt, erreicht und die türkischen Befestigungen bewundert hatten. Josef hatte in Stambul schon das hämische Gerücht gehört, dass an derselben Stelle, von der aus er Belgrad bewundert hatte, der Delegationsleiter Graf Caprara einige Wochen vorher vom Dach seiner Prunkgaleere ins kalte Donauwasser gefallen war. Eine für den Diplomaten peinliche Erfahrung, noch dazu für einen Cousin des berühmten Montecuccoli – und ganz besonders, weil er des Schwimmens nicht mächtig war. Und die kaiserliche Delegation hätte schon bei Belgrad ein Ende gehabt, wenn nicht einige Ruderer dem erlauchten Herrn nachgesprungen wären.

Dann hatten sie bei Kale, wie es auf Türkisch hieß, oder Vidin, auf Bulgarisch, dem Schiff ade gesagt. Es war nicht ganz leicht, unterhalb der alten Festung Baba Vida ein Quartier zu finden. Und geeignete Pferde für die Weiterreise. Schahin hatte damals sorgenerfüllt gemeint: „Der Sultan zieht alle Transportmittel nach Edirne ab, das ist kein gutes Zeichen.“

Trotzdem waren sie dann endlich mit vier Pferden und drei Maultieren in vier Tagen nach Sofia, der bergumringten Metropole gezogen. Im Hof des Palastes des rumelischen Beğlerbeğs hatte Josef seinen ersten Elefanten und seine ersten Löwen gesehen. Auch ein Surapa, Zürafa oder so ähnlich genanntes Tier, das einen riesigen, schlanken Hals hatte und groß gefleckt war. Sein in lichter Höhe befindlicher Kopf hatte zwei stumpfe Hörner gehabt. Auch der Blecha Zenz, der doch schon so weit herumgekommen war, hatte so etwas sein Lebtag noch nicht gesehen gehabt. Josef hatte reichlich Zeit gehabt, es zu zeichnen, denn Schahin hatte dem Ibrahim Pascha von Rumelien seine Aufwartung gemacht und auch hier eine ganze Menge seines Opiumvorrats zurückgelassen.

Reich beschenkt waren sie weitergezogen. Der Weg hatte sich über Philippopel, entlang der Maritza bis Edirne gezogen. Die riesige Stadt mit ihren vielen Moscheen hatte Josef aus dem Staunen nicht herauskommen lassen, doch bald war es weitergegangen, immer schneller, vier Tage bis nach Silivri, wo er zum ersten Mal das blaue Marmarameer vor sich hatte liegen gesehen. Zum ersten Mal ein Meer! Bis an den Horizont Wasser. Unglaublich! Schahin hatte ihm so viel davon erzählt, aber wer ein Meer nie mit eigenen Augen gesehen hat, hat ja keine Ahnung davon. Da würde die Mutter staunen, die nur bis Korneuburg gekommen war. Josef war sich sicher, dass er diesen Ausblick er nie mehr vergessen würde. Aber wie ihn in Worte fassen? Sein Büchlein war schon halb vollgeschrieben. Obwohl, mit der Schreibweise der vielen Orte, die sie gesehen hatten, hatte er seine liebe Not. Wie sollte er auch Wulgaria schreiben? Oder Bulgaria? Wascha, oder Bassa? Er schrieb einfach munter drauflos. Und zeichnete. Die Türme und Moscheen und die neuen Pflanzen. Tagelang würde er seiner Mutter vorlesen.

Von Büyükçekmece oder, wie Josef notierte, „Böjökzteckhmetze“ mit seiner vom legendären Sinan erbauten Wunderbrücke, mit ihren vielen Bögen und den Resten der alten byzantinischen Mauer, die bis ans Schwarze Meer reichen sollte, und Kücükçekmece waren sie in einem fürchterlich langen Tag bis Stambul geritten. Spät am Abend erst hatten sie dann das Haus Rodolfo Danes gefunden. Und der war jetzt tot! Der erste Tote, den Josef so hautnah erlebt hatte.

„Wie, was?“, stotterte er.

Schahin wiederholte seine Frage: „Was meinst du zu einem Kaffeekonsortium?“

Josef war nur sprachlos, und voller Reue duckte er sich: „Verzeiht mir, Vater, aber ich war so in Gedanken versunken, noch auf unserer Reise. Ich will auch in Zukunft besser aufmerken."

Schahin schüttelte ein wenig verärgert den Kopf. „Kind, es geht um deine Zukunft, nicht um meine. Ich hab als Medicus und Chymist mein Auslangen, ich handle mit allen möglichen Arzneien und verdien' mein Geld dabei. Aber du? Wie lange werde ich noch so ein Leben von Karawanserei zu Karawanserei führen? Du hingegen brauchst vielleicht nicht mehr wie ein Depp auf einem Pferderücken herumzugaloppieren. Herr Diodato hat recht. Wir beide sind in vielen Geschäften Kompagnons gewesen. Er hat Kinder, die leben wollen. Und von denen ich Taufpate bin. Und du hättest im Kaffeegeschäft eine Zukunft. Die Investition lohnt sich. Wenn man den Leuten nur so lange etwas vorsetzt, bis sie es brauchen, hat man ausgesorgt. Bis sie darauf süchtig werden, und immer mehr davon haben wollen. Dann steigerst du den Preis. Das ist nur gerecht und menschlich noch dazu. Denn wenn man damit aufhören würde, macht man seine Käufer sehr traurig. Verstehst du das, du Hirnchristl?"

Damit wandte er sich wieder Diodato zu. „Wir beide kennen den Hofkammerpräsidenten nur zu gut. Mit einigem Startkapital in gutem Gold bei dem angelegt, bekommt Ihr sicher ein Privileg. Und das sichert uns dann auf Jahre ein Monopol zum Kaffeeschank. Schlagt ein – ich bin für Josef Euer Partner. Halbe, halbe. Ihr bekommt das Privileg, ich geb' Euch das Geld und bring' Euch den Kaffee. Ihr schleppt Euch mit Eurem Bruchsilber doch schon genug ab. Wir Söhne Hajastans, der Heimat der Menschen, unserem Armenien, halten schon zusammen."

Diodato wiegte den Kopf hin und her: „Wohl gesprochen, Schahin, und ich schlag auch ein, aber ...", er kratzte sich am Stoppelbart. „... Ihr wisst, es gibt bald Krieg mit den Osmanen. Wenn wir jetzt mit, sagen wir, zweihundert Pfund Kaffee in Wien daherkommen und hinter uns das türkische Heer, was glaubt Ihr, werden die Wiener machen? Den Türkentrunk in sich hineinschütten, oder Wien gegen den Erbfeind der Christenheit verteidigen? Nein, ein Geschäft ist nur dann gut, wenn es zur richtigen Zeit und am richtigen Ort abgeschlossen wird." Und damit senkte er die Stimme zu einem Flüstern: „Und wenn der Türk' gewinnt? Eh! Dann haben wir das Gold bei einem Falschen investiert. Dann müssen wir uns den zuständigen Wesir oder Bassa gefügig machen. Der Handel gilt, aber ich bin für Abwarten, was die nahe Zukunft bringt."

Schahin stimmte zu. „Wo Ihr recht habt, habt Ihr recht. Denn der Kaffee muss frisch sein, wenn man ihn röstet. Und in einem Jahr oder zweien stehen wir mit verschimmelten Bohnen da. Ich nehme mir einen kleinen Vorrat mit, für meine Freunde und für mich. Und nach diesem Kriegszug, der sich abzeichnet, bleibt kein Stein mehr auf dem anderen. Aber egal wer gewinnt, das Projekt lassen wir nicht aus den Augen." Er gab Josef einen liebevollen Stüber: „Nun, junger Herr Kaffeeimporteur! Wie fühlt man sich so? Ich warte noch ein paar wichtige Nachrichten ab, kaufe meine Spezereien ein und dann reiten wir zurück in die liebe Wienerstadt. Noch etwas, mein lieber Diodat: Ich habe zehn Fässchen Löwenthaler von meinen Einkünften und Schuldeintreibungen zur Seite geschafft. Könnt Ihr sie nicht mit nach Wien in die Münze bringen lassen? In einem Vierteljahr sind dann daraus schöne runde Reichsgulden Wiener Prägung geworden. Ihr seid doch von der Maut befreit. Und der Gewinn aus dem Pagament, die Sensarie, bleibt Euch allein. Mir erspart es Maut und Abgaben in Raab oder Pressburg und den Aufschlag der amtlichen Wechsler in Wien. Ihr zahlt mir nur den Preis für die Mark Feinsilber, die Ihr an die Münze abliefert, in Gulden aus. Wie ich von Wien abgereist bin, wurde die Mark Silber mit 17 Gulden 15 Kreuzer berechnet. In jedem Fässchen befinden sich hundert Pfund Löwenthaler, oder wie man hier sagt, Piaster – gibt rund 75 Pfund Feinsilber, das sind je zehn Mark. Summa summarum, hundert Mark Feinsilber. Wenn ich den Wert Ende des Jahres mit rund 18 Gulden ansetze, wären das 1800 Gulden."

Diodato kratzte wieder seinen Stoppelbart. Gebt mir noch ein gutes Maultier dazu. Denn Ihr würdet für die Fahrt auch ein und ein halb Tiere brauchen. Dann bringe ich Euch Ende des Jahrs in Wien die 1800 schönen Wiener Gulden. Ihr habt kein Risiko und nur blankes Geld."

„Und Ihr ein wenig", dabei lächelte Schahin durchtrieben, „ganz ein wenig Sensarie für Euch." Sie reichten einander feierlich die Hände. In Diodatos Augen erkannte man kaum einen Schimmer seiner blitzartigen Rechenkünste. Ihm würde dieser Handel auch 250 Gulden bringen. Wenn Schahin ihn nicht mit minderwertigen Piastern aus der Walachei und dem Dnjestr-Land betakelt hatte. Bis jetzt hatte er schon Silber für 1.380.000 Gulden der Wiener Münze zugeführt. Bei Abzug aller Kosten und Bestechungsgelder waren ihm rund 19.000 Gulden geblieben. Er hatte sie gut in Immobilien angelegt. Allein sein schönes Doppelhaus am Donauufer, an der Großen Ankergasse, war gut und gern tausend Gulden wert. Und bei den Juden in Pest und Stambul mehrte sich sein Gewinn tagtäglich. Zusätzlich zum Pagamentenhandel nahm auch er immer gesuchte Orientware nach Wien. Seine Spezialität waren feinstes gelbes und rotes Saffianleder und hochwertige orientalische Stoffe. Die stapelte er in seinem Gewölb am Haarmarkt, gleich neben dem Maut- und Waaghaus. Hier befand sich auch der Einkehrgasthof „Zur Goldenen Gans", die Nachrichtenbörse aller Orienthändler. Diodato war am Zenit seines Handelslebens angelangt. Auch als Patriarch aller Armenier in Wien genoss er bei amtlichen Stellen hohes Ansehen.

Nun wurde sein Gesicht sehr traurig: „Morgen geben wir dem armen Dane das letzte Geleit. Was sagt Ihr, Schahin?

Nehmen wir uns doch gemeinsam eine Barke, die soll uns nach dem Gottesdienst nach Besiktas bringen. Da ist der Weg nicht so ermüdend, und die Mittagshitze ist besser am Wasser zu ertragen."

Schahin griff den Gedanken gleich auf und stimmte zu. „Weiß Gott, der größte Wanderer unter dem Herrn bin ich sicher nicht mehr, das ist eine gute Idee. Wer wohl die Stelle Danes einnehmen wird?"

Diodato winkte müde mit der Rechten: „Der Koltschitzky Georg macht sich große Hoffnungen und ich würd' es ihm und seiner Familie auch herzlich wünschen. Schließlich hat er kein so gutes Stammgeschäft wie wir zwei. Der sucht immer irgendeine Gelegenheit, auch wenn es ein krummer Handel sein mag. Und wenn er jetzt als Hilfsmeldereiter für diesen Ritt seine, vielleicht, tausend Gulden einstreifen wird, so hat er erst einmal eine Weile ausgesorgt. Aber ich glaube, dass der Dane schon seinen Vetter, den Erasmus Noel, bei Hofe vorgeschlagen hat. Und der Meninski, der Hofdolmetsch, der alte Fuchs, ist dem Koltschitzky nicht ganz grün. Ein gutes Wort können wir ja für ihn einlegen, wenn wir bei Hof in gewissen Dingen vorsprechen. Und vergiss den Michailowitz nicht. Der hat vielleicht auch schon einen Favoriten in petto. Aufpassen müssen wir nur, dass der Neue kein böses Blut in unseren Handel bringt. Jedenfalls lassen wir Armenier uns nicht auseinanderdividieren!"

Am selben Tag in Wien

Barbara drehte mühsam die schweren Schlüssel im Tor des Hauses am Kienmarkt, Ecke Pressgasse. Sie war nun Besitzerin eines Stadthauses, innerhalb der Mauern. Eine Wiener Bürgerin, die ein Eckhaus besaß. Mit einiger Gewaltanstrengung schob sie das schwere Tor auf. Das müsste alles geschmiert werden. Die Pest hatte hier schrecklich gewütet. Keine Mieter mehr. Überall Verfallserscheinungen. Es roch nach Mäusen und beißendem Katzendreck. Dass zwei so verschiedene Tierrassen nebeneinander hausen und ihre Gerüche intensiv gemeinsam hinterlassen konnten? Modrig war alles noch dazu. Aber die Mauern waren in einem guten Zustand. Ein wenig Salniter, die weiße Salpeterblume, züngelte an den Grundfesten im Treppenhaus. Mein Gott, wie hoch das Haus war. Vier Stockwerke. Sechzehn Wohnungen. Zwei Gewölbe. Und alle leer. Ob das Dach auch halbwegs beinand' war? Sie gab sich einen Ruck und begann den, für sie so beschwerlichen Aufstieg. Schon in der Beletage musste sie sich am Geländer festhalten und rasten.

Eine gute Investition für ihren Josef. Der Schahin würde sich auch freuen. Nun konnte er endlich auch Wiener Bürger werden. Wo die beiden jetzt nur waren? Sicher in Konstantinopel, in Stambul, oder wie die Sultanstadt hieß. Ob sie noch lebten? Und wenn, ob der Josef auch genug essen würde? Sicher gab es dort nur so komisches Zeug. Wovon sich diese Kimmeltürken nur ernährten? Aber der Schahin würde schon auf ihn schauen. Hoffentlich kamen sie gesund und bald zurück. Sie sehnte sich schon nach ihrem kugelrunden Herrn Gemahl. Gut, im Bett war wohl nicht sehr viel los. Aber nur ein wenig kuscheln, sich drücken und zueinander gut sein, das war auch schon sehr schön. Und jetzt schon wieder so lange ganz allein. Sie wischte ihre trüben Gedanken weg und schüttelte den Kopf. Dann setzte sie ihren steilen Aufstieg fort. Von ganz oben bis nach unten wollte sie alle Türen öffnen und eine Bestandsaufnahme machen. Der Herr Notarius hatte ihr, nachdem sie die siebenhundert Gulden hingezählt hatte, einen riesigen Schlüsselbund in die Hand gedrückt. Und der gierige Vormund des armen Waisenbuben nach dem Johannes Fuchs, der alle Verwandten verloren und nur deshalb überlebt hatte, weil sie ihn vor Ausbruch der Pest nach Perchtoldsdorf geschickt hatten, hatte sich die Lippen geleckt und laut mitgezählt. Ein alter Gierschlund. Ob das Kind wohl jemals noch einen Gulden davon sehen würde?

Am Bauernmarkt hatte sie ein Brieflein hinterlassen. Der Diener des Herrn Oppenheimer hatte es übernommen und in einer seltsam kehligen Sprache zugesagt, es dem Herrn Salomon Fränckl gleich zu übergeben, wenn dieser zurückkäme, ja, er sei in Wien und erfreue sich guter Gesundheit. Gesegnet sei sein Haupt.

Barbara hatte ihrem Fastschwiegervater vorgeschlagen, nach dem Vesperläuten am Tor zu seinem alten Gewölb zu pochen. Sie würde darin auf ihn warten. Sie war schrecklich neugierig, was da unten wohl vergraben war. Und wie es Herrn Salomon in der letzten Zeit, nach ihrer Hochzeit, ergangen war. Ein Diener Oppenheimers hatte nur ein kleines Päckchen abgegeben, das aber eine wunderschöne Goldkette mit fremdartiger Ziselierung enthalten hatte. Und darin eingearbeitet einige Diamanten und kleine Perlen. Und nur die Worte: „Masl tov, auf bald!“ Schahin hatte über das Geschenk ein bisserl ein Schnoferl gezogen, hatte er ihr zur Hochzeit doch auch einige herrliche Schmuckstücke geschenkt. Aber sie hatte Salomons Kette mit großer Freude angenommen. So eine schöne Kette und zurückschicken? Hin und her hatte sie sich vor dem Spiegel gedreht. Ein bisschen kurz war sie wohl, vielleicht nur wenig über einen Fuß. Und sie brauchte doch fast zwei Fuß, damit sie sie und ihren Goder, ihr wohlgeformtes Doppelkinn, nicht einschnürte. Auch sollte sie präsentabel auf ihrem Busen ruhen. Aber bei einem Goldarbeiter würde sie eine Verlängerung vornehmen lassen. Und dann hatte sie nichts mehr von Salomon gehört. Nur kurz vor wenigen Tagen, dass er wieder in Wien sei, wie es Josef ergehe und wie es mit dem Hauskauf voranginge. Heute Abend würde sie mehr wissen.

Endlich war sie am Fuß der Dachbodentreppe angekommen. Ein süßlich-abscheulicher Geruch drang von oben herab. Sie schnupperte, roch noch einmal. Ja, das kam von oben. Aufgeregt und ohne wieder richtig zu Atem gekommen zu sein, rappelte sich auf, um die Dachbodentür zu untersuchen. Es war eine massive Eisentür, die zusätzlich noch mit festgenieteten Bändern verstärkt war. Alle Schlüssel probierte sie aus, aber es gelang ihr nicht einmal, einen ins Schloss zu stecken.

Verdammt noch einmal, das ging nicht mit rechten Dingen zu! Die Tür musste von innen verschlossen sein. Sie bückte sich breitbeinig. Aber kein Lichtstrahl drang durch das Schlüsselloch. Noch dazu stank es entsetzlich. Sie lehnte sich schweißüberströmt gegen die kalte Tür. Ihr wabernder Busen hob und senkte sich stoßartig. Nein, da musste sie sich wohl in die Schönlaterngasse begeben, um den Kunstschlossermeister, der Schahins Truhen entworfen hatte, zu konsultieren. Sie war mit ihrem Latein am Ende. Welches Geheimnis barg der Speicher? Sie war sich sicher, dahinter lag eine verweste Leiche, vielleicht noch aus der Zeit der Pest? Kalt lief es ihr den Rücken hinunter. Warum aber steckte der Schlüssel von innen im Schloss? Dass immer nur alleinstehende Frauen geheimnisvolle Dachböden untersuchen müssen! Und jetzt gehörst du zu dem erlauchten Kreis! Mit einer lässigen Handbewegung winkte sie ab und praktisch, wie sie veranlagt war, verschob sie das Problem auf einen anderen Tag. Sicher würde ihr der Herr Sotosek, der listige Trommelotto, behilflich sein. Ihr Schahin, ihr Tausendsassa, der war wieder einmal weit weg. Gerade, wenn sie ihn einmal besonders dringend brauchte. Und so machte sie sich an die Untersuchung der Mietwohnungen. Was würde sie da alles vorfinden? Und schnell musste es geschehen. Denn allmählich wurden die Schatten länger, und in der Dunkelheit mochte sie keine Expeditionen unternehmen. Sie hatte ein Papier mit den Namen der früheren Mieter erhalten. Aber der Notarius hatte ihr versichert, dass keine Erbforderungen mehr an irgendwelche Mietspersonen des Hauses bei ihm aktenkundig seien. Sie seufzte. Aber die Neugier siegte. Und am Abend würde sie Salomon treffen. Ein wilder Tag stand ihr noch bevor. Wenn das vorbei war, würde sie nicht nur der Madonna mit dem geneigten Haupt in der Karmeliterkirche, sondern auch dem heiligen Ruprecht, dem Salzheiligen in der nahen Ruprechtskirche, eine dicke Kerze spenden. Das gelobte sie ganz fest.

Tags darauf, am Bosporus

Die Sonne war in einer rotvioletten Farbsymphonie untergegangen. Einer jener Momente des absoluten Verzückens. Man weiß, dass sie untergeht, man saugt gierig die immer intensiveren Töne ein und erschrickt doch, dass es plötzlich finster ist. Das Losreißen von diesem Schauspiel war Josef heute schwergefallen. Er war auf die Dachterrasse des Hauses der Danes geklettert. Der Feuerball, zuerst seltsam hochelliptisch, dann durch eine Wolkenbank fallend, immer breiter, immer roter werdend. Vor ihm die schlanken Scherenschnitte der Minarette, die hohen hundertjährigen Lanzen glichen, am Horizont das Auf und Ab der Kuppeln der Moscheen, die Paläste, dann der schmale Streifen des Marmarameers, flimmernd im Abendsonnenglast, und draußen links, schon im Dunkeln, Adalar, die Prinzeninseln.

Kurz wurden seine Gedankenflüge nur von einer zarten Eidechse unterbrochen, die ihr graziles Köpfchen mit zwei wie gemalten blauen Seitenbacken in die Abendsonne reckte. Sie äugte mit ihren tiefschwarzen Augen in Josefs Richtung, um dann in voller Ruhe ihre hauchfeinen Fingerchen wegzustrecken und die warme Mauer zu genießen.

In seine Gedanken mischte sich der Zauber des Sonnenuntergangs hinter dem Kahlenberg in seinem Wien. Nein, mit Stambul gab es keinen Vergleich. Vielleicht würde sich hier sein künftiges Leben gestalten? Erstrebenswert genug schien es ihm. Keine Stadt der Welt konnte mit dieser natürlichen Lage und mit der Erhöhung durch seine Kunstwerke mithalten. Er fragte sich nur, warum der Sultan, der so mächtig war und eine solche Hauptstadt besaß, auch sein Wien einnehmen wollte. Das verglichen mit dieser Stadt doch so klein war und auch kein Meer besaß. Was war es, das diesen doch sicher reichsten Mann der Welt bewegte, Josefs Heimatstadt zu erobern? War es nur die deutsche Kaiserkrone, die sein Kaiser Leopold auf dem Haupte trug? Den Halbmond auf die Stephanskirche zu nageln, das hatten ihm die Wiener Bürger schon erspart. Es thronten ja bereits jetzt Sonne und Halbmond, die uralten Symbole der Menschheit, auf der Turmspitze. Also wozu das Ganze? Sicher würden der Kaiser und seine Adeligen die Krone auch nicht so leicht hergeben. Und auch die Wiener würden sich nach Kräften wehren. Obwohl, wenn die Osmanen gescheit waren, würden sie die Wiener leichter herumkriegen können, indem sie ihnen Steuererleichterungen versprachen und ihnen den Wein und den Schweinsbraten ließen. Und ihre Heiligen und ein schönes Begräbnis, eine „schöne Leich'", des Wieners Lebensziel.

Josef saß nun schon, wie ein Scherenschnitt, im Düsteren gegen das Dunkelblau des Westhimmels, und wog das Für und Wider einer zukünftigen osmanischen Oberhoheit ab, auch wie sein kommender Kaffeeimport laufen würde. Unten im Haus entzündete eben die stinkende Urschel die Lampen. Plötzlich gewahrte Josef im Lichtschein, der aus dem ersten Geschoß des Danehauses auf die gegenüberliegende Häuserfront fiel, etwas Auffälliges. In der Türlaibung stand ein langer, hagerer Mann mit einer Derwischmütze. Und blickte in die Fenster im Erdgeschoß, wo Schahin seine Waren zählte und wog.

Josef beugte sich langsam über die Dachbrüstung, da blickte die Derwischmütze nach oben. Schwarze, glitzernde und blinzelnde Augen wurden im Ampelschein sichtbar. Schnell drehte der Lange sich zur Seite und verschwand in der Dunkelheit der Häuserschlucht. Da erschien der Kopf des Blecha Zenz in der Treppenluke. „Traumtänzer, damischer, Narrenkastelgucker! Josef! Der Vater sucht dich schon die ganze Zeit. Hast du schon die Zimtrinde eingepackt? Net bös sein, aber wir wollen in zwei Tagen von da abmarschieren, bevor vielleicht die ganze türkische Armee vor uns auf dem Weg ist, mit ihren Elefanten und Kamelen und langhalsigen Monstern, und du sitzt da im Finstern und tust sterngucken. Da wird's aber unten im Lager ein Donnerwetter geben. Weißt du, was für Arbeit auf uns wartet? Und dann bleibt alles an mir hängen. Immer die ärmsten Würschteln aus Znaim, die die ganze Arbeit machen müssen. Warum bin ich nicht bei den Gurkeneinlegern geblieben?"

Josef raffte sich schuldbewusst auf und unter der andauernden Jeremiade des wackeren Südmährers stiegen beide die steile Holztreppe hinab.

„Endlich kommen wir von hier weg. Der Galataturm ist ja ein Dreck gegen den schönen Znaimer Rathausturm. Weiber gibt's auch keine richtigen, nur so verhängte Krispindeln, dürre. Und der Wein ist picksüß und teuer, wenn man überhaupt einen bekommt. Da ist so ein Grüner Veltliner aus Retz was anderes. Wenn wir nur schon wieder zu Haus wären." Sein Namenspatron, der heilige Vinzenz, war ein berühmter Bußprediger gewesen, dieses Erbstück hatte der gute Zenz Blecha, immer nörgelnd, sich auch zu eigen gemacht.

Seine rote Nase leuchtete ihnen voran. Und strafte seinen Sermon Lügen, dass er in Stambul keinen Wein erhalten hatte. Am Schluss stolperte er auch noch auf der letzten Treppenstufe und der Länge nach haute es ihn hin. Ganz baff, rappelte er sich stöhnend auf und wies nur in den Lagerraum: „Da gehst eine und hilfst uns packen!" Er rieb sich seine Kniescheiben mit schmerzverzerrtem Gesicht: „Sakrament noch einmal. Den Ingwer hab ich schon in Ballen beisammen. Und auch die Körberln mit den Nelken. Die Säcke mit dem Kaffee und das Fasserl mit dem Olivenöl. Der Meister wiegt grad die Kassienkörndln. Aber der Zimt und der Muskat, da hast du noch einen ganzen Oasch voll Arbeit. Ich weiß zwar nicht, warum wir das mit uns herumschleppen müssen, aber wenn's der

Meister sagt, dann wird's schon stimmen. Wir in Znaim haben so etwas nicht gebraucht und leben auch ganz gut. Und Heilmittel brauchen wir nur drei: vom Kopf bis zum Bauch einen Nussschnaps, darunter Rizinusöl und für den ganzen Körper essigsaure Tonerde. Das Rizinusöl ist überhaupt viel besser als der Kassienabzug, den der Doctor so bevorzugt."

Fast hörte man seine Gelenke knirschen, als er sich aufrichtete. Er zwirbelte seinen geliebten Schnurrbart: „Ich hol mir jetzt die Tonerde für meine Knochen!" Er bog nach links ab und Josef wusste, dass er sich auch einen Krug Wein dazu genehmigen würde, wegen der Schmerzen.

Vor Scham gekrümmt wie ein U-Hakerl trat Josef vor seinen Vater. „Ich bin schon da, um den Zimt zu sortieren."

Schahin blickte von seiner Waage auf: „Schon ist gut, mein junger Herr! Na dann – gutes Werken, du weißt, was du zu tun hast."

Schahin hatte noch vier Maultiere aufgetrieben, gute Passgänger, denn die Menge des Opiums und all der anderen Spezereien war in der Zeit ihres Aufenthalts gewaltig angewachsen. Auch mussten sie sich mit allen Vorräten für die lange Heimreise über Land eindecken, denn der Weg nach Bosna Saray war lang und beschwerlich. Gott sei Dank war es Sommer und die Passstraßen waren angeblich gut begehbar. Josef war dennoch ein wenig ängstlich, denn Zenz hatte einen ellenlangen Vorrat von Räubergeschichten, die er, in Details ein wenig variierend, an den diversen Feuern der Karawansereien mit plastischen Ausschmückungen vorzutragen liebte. Darum hatten sie auch zwei dicke Plunderbüchsen, die man hier „Tüfek" nannte, und Krummsäbel gekauft, die sie hoffentlich nicht brauchen würden, wie der Vater beruhigend bemerkt hatte. Überhaupt waren die Nachmittage bei Achmed, dem Waffenschmied, immer ein ganz besonders intensives Erlebnis. Achmed, ein weiser, alter, aber noch rüstiger Meister, war nicht nur ein

Künstler des Stahls, sondern auch ein Kalligraph, der alle seine Produkte mit Koransuren zierte. Seine dünnhäutigen Hände mit den dicken Adern schufen wunderbare Kunstwerke. Der Dolch, den ihm sein Vater damals geschenkt hatte, war aus dieser Werkstätte. Sie bewunderten gemeinsam die vielen Blankwaffen, wie die Hançare und Yatağane, und Schahin vermehrte Josefs Besitz noch um zwei weitere schöne Stücke und einen Yatağan. Am liebsten hätte er alle zusammen, mit den Pistolen, in seinem Bauchtuch getragen, aber dann konnte er sich kaum rühren. Achmed zitierte beim Ziselieren ständig Koransuren. Und war für Josef ein Quell des Wissens. Er ließ ständig Kaffee nachschenken und sprach gerne über den Frieden für alle Menschen. Seltsam für einen Waffenschmied. Oder vielleicht doch verständlich. Für ihn war Mohammed das „Siegel des Propheten", der letzte Offenbarer in der langen Reihe der Propheten von Abraham bis Jesus.

Er korrigierte Josef auch entschieden, als der einmal von Mohammedanern sprach. „Mohammed ist nur der Vermittler des göttlichen Wortes. Er steht nicht im Mittelpunkt der Verehrung. In Sure 19 – Maryam – heißt es: Es ziemt Allah nicht, Sich einen Sohn zuzugesellen. Heilig ist ER! Wenn ER ein Ding beschließt, so spricht ER nur zu ihm: ‚Sei!', und es ist. Wir sind Muslime, von ‚aslama' vollständig hingeben. So wie ‚Islam' die völlige Gottergebenheit ist. Mögen meine Waffen nie gebraucht werden. Sie sind zu schön, eine Zier des Besitzers. Ein wahres Glück des Eigentümers. Sollen sie aber nie töten."

Josef meinte, eine Welle von Abers einwerfen zu müssen: „Aber die kollektive Pflicht der Muslime, die *fard kifaya*, besteht doch darin, das nichtmuslimische Gebiet zu erobern. Und freiwillig wird unser Herr Kaiser dem Sultan seine Krone doch nicht überlassen."

„Und die freundlichen Geschenke, die Eure Diplomaten in Aussicht stellen, wenn der Herr aller Menschenhälse nicht nach

Wien zieht? Sind sie nicht doch eine Geste der Unterwerfung? Euer Herr Kaiser würde noch viel mehr zahlen, wenn er damit ein Blutvergießen vermeiden würde. Meint Ihr nicht, Sohn des ehrwürdigen Schahin, dass wir mit dem Geld nicht barmherziger Allah al Barr, dem Gütigen, dienen könnten? Wir sind deswegen um keinen Deut weniger gläubig und können auch so gute Werke üben. Die aber, die glauben und gute Werke üben, sie sind die besten Geschöpfe. Sie sind auf dem guten Weg, die Gottes Gnade empfangen haben und sich nachher nicht seinen Zorn zuziehen, indem sie übermütig werden oder sich zu stolz über den anderen gebärden. Die Mächtigen, die heute in Stambul so gierig den Krieg gegen Euch schüren, sie sind übermütig geworden, der Zorn Allahs, des Schutzherrn, wird sie treffen und strafen."

Josef war überrascht und beeindruckt, so weise und friedvolle Worte gerade aus dem Mund eines Waffenschmieds zu vernehmen.

Für die Mutter hatte Josef einen schönen Kilim ausgesucht. Mit einem Lebensbaummuster, als Symbol der Unsterblichkeit, umrahmt von der Gebetsnische, der Mihrab.

Ja, die Mama, wie sie sich freuen würde. Sie endlich wieder im Arm zu halten. So wie sie ihn schaukelte und liebkoste, das konnte kein anderer Mensch auf Erden.

Wieder hatte er zu träumen begonnen. Er schalt sich selbst einen Narren und begann noch einmal den Zimt zu zählen. Gut 1500 Stück waren es, die von weiß Gott wo dahergeschleppt worden waren. Schahin hatte ihm von den Wüsten und den Flüssen erzählt und von angeblich undurchdringlichen Dschungeln, wo die Zimtrinde von riesigen Bäumen geschält wurde. Die Portugiesen kämpften verbissen gegen die arabischen Händler um diese Kostbarkeit. Aber noch waren die Araber billiger, auch wenn der Transport über Meer und Land sehr mühselig war. Von viel weiter her kam dieser Zimt noch als der Weihrauch, den sie in Fässchen zusammengestopft hatten. Meistens war Isfahan, die Heimat seines Vaters, mit seiner königlichen Karawanserei und seiner großen Universität, bei diesen Erzählungen im Spiel. „Isfahan nesfe djehan" – „Isfahan ist die halbe Welt". Eines Tages würde er auch dorthin reisen, um die sagenhaften Schätze dieser Stadt zu sehen. Und diese Stadt Sepahan, wie Schahin sie eigentlich persisch nannte. Das Heerlager. „Die Araber kennen eben kein ‚P', drum nennen sie auch die Leute aus Pars Fars. Und das Persisch Farsi."

Aber schöner als Stambul konnte es sicher nicht sein, darüber war sich Josef, in seiner jugendlichen Obergescheitheit, völlig klar. Als er mit den Zimtstangen fertig war, begab er sich zu den Muskatnüssen, wog sie und schaufelte sie in kleine Leinensäckchen. Es duftete herrlich. Da würde der Herr Kaiser eine Freude haben, wenn er all die köstlichen Spezereien in seinen Würzwein hineinmischen konnte. Und die Frau Kaiserin dazu. Und der Bischof Kollonitsch, für den der Weihrauch bestimmt war, bekam sicher auch ein Sackerl Zimt, für die kalten Tage. Und erst wenn der Herr Kaiser die Hand von der Heiligen Anna sehen würde, da würde er sicher mit seinen gesalbten Händen zusammenpaschen. Josef freute sich schon auf den Auftritt vor dem lieben Herrn Kaiser. Obwohl er sich nicht ganz sicher war, ob es dann nicht in Wien vielleicht schon die dritte Hand der heiligen Anna gab. Und dann hatte Schahin noch einen Zahn von so einem riesigen Elefantentier zusammengekauft. Da konnte man angeblich ganz wunderbare Schnitzwerke daraus machen. Bei Hof waren sie ja ganz narrisch auf solche Zähne. Angeblich besaß der Herr Kaiser in seiner Burg gar eine ganze Kammer, die mit aus Elefantenzähnen geschnitzten Figuren vollgeräumt war. Da würden die Gulden und Dukaten aber klingeln. Ja, sein Vater wusste schon, wonach man bei Hof gierig war. Josef hatte auch alles in sein Büchlein eingetragen, wenn er einmal selbst nach Stambul kommen sollte, wo man alles bekam und wie viel man höchstens dafür bezahlen durfte. Der Tachmiz Han, die armenische Karawanserei, war eine Fundgrube für solche Spezialitäten. Klar, dass die Fahrt nach Wien nicht einfach werden würde, und die Reise kostete sicher auch einen Haufen Geld, samt den Abgaben und Mauten, und ihre Mühe noch dazu. Das musste schon belohnt werden.

Und sicher auch die Aufzeichnungen seines Vaters. Der war zwar ganz enttäuscht gewesen, als er erfahren hatte, dass die türkischen Kanonengießereien keine besonderen Anstalten machten, neue Geschütze herzustellen. Allein diese Information hatte ihn einen ganz schönen Batzen gekostet. Aber ohne Geschütze konnte man doch keine Stadt erobern? Nur die Pulvermühlen sollten angeblich auf Hochdruck arbeiten. Josef wunderte sich ebenso wie Schahin, denn wozu so viel Pulver, wenn man keine Kanonen mitführte? Das war eines der Rätsel, die der Hofkriegsrat lösen sollte, das war nicht ihre Aufgabe. Vielleicht konnte sich der General Kapliř einen Reim darauf machen.

Aber fein säuberlich hatte Schahin alles notiert, in seiner sympathetischen Schrift. Die Sonderschichten der Kesselschmiede für die Janitscharenkessel, um die sie sich scharten. Die trugen ja ihre Kochlöffel an ihrer komischen Haube. Und viele Kessel, viele Janitscharen. Der Hauptmann von denen, der Kethüda Beğ, mit seinen roten Pluderhosen, war ja nur so mit silbernen Löffeln und Ketten behängt. Am Kopf einen güldenen breiten Reif, vorn darin eine Adlerfeder und seitlich einen Fächer von weißen Federn. Josef hatte die Aufzüge der seltsamen Truppen mit eigenen Augen sehen dürfen. Die Obersten zu Pferde, in glänzenden Harnischen und mit halbmondförmigen Reiherbuschen auf dem Haupt, mit Köcher und Bogen bewaffnet, die angeblich so gefährlich waren. Hinter jedem Oberst die Flaschen- und Flintenträger, der Janitscharenaga mit zwei

Rossschweifen und drei seidenen Fahnen, die Freiwilligen mit Parderfellen am Rücken, die jungen Pagen mit ihren Bambuslanzen und rot-weißen seidenen Gewändern und fünfzig andere mit Flinten bewaffnet, Fahnenträger so weit das Auge reichte, besonders mit weißen und grünen und roten Fahnen, und dann das Seltsamste: eine riesige Musikbanda, die Mehter-Militärkapelle, voran der Kapellmeister, der Mehterbaşi Ağa, in goldenem Damast mit seltsamen Ornamenten darin, einem roten und weißen Turban und einem komischen Staberl, an dem kleine Schellen an Reifen hingen. Danach wohl elf Pfeifer und Holztrompeter, die Zurnazet-Klarinettenspieler, dann die Trommler, Paukisten und Cymbelschläger, zusammen wohl dreißig zu Pferd, die einen Höllenlärm produzierten. Das musste den Türken wohl gefallen, denn sie ritten und schritten noch viel strammer bei dieser Katzenmusik. Da waren wohl tausend Kanoniere, die aber nur Holzgeschütze zeigten, voran der Tobdschibaschi, wahrscheinlich ihr General. Die Ağas in Zobelpelzen, die Günstlinge des Großwesirs, mit reichen Schabracken, silbernen Steigbügeln und kostbarem Zaum.

Schahin hatte ihm alles erklärt: die Bittschriftmeister, die Herren der Staatskanzlei, die Schatzsekretäre mit einer weiteren Höllenlärmbanda. Dann die Deli mit ihren Vogelschwingenmützen, die Gönüllü, das sind die „Beherzten", auch in Parderfellen, nur mit grünen Hauben, eine riesige Menge von Segbanen, die Scharfschützen, die Orofangen, die alle wohlverdiente Ağas mit Ehrennamen waren, die Wesire, besonders der von Mossul hatte es Josef angetan, weil er ein riesiges Gefolge mit unzählbaren Lakaien hinter sich hergeschleppt hatte. Die Jäger, die Sperber-, die Geier- und Weihetruppen, dann die Adlerstandarte des Propheten, die vom Fürsten der Fahne getragen wurde und von Derwischen, Chalwetis, Dschelwetis, Mewlewis und Rufajjis umringt war, die Luft war nur so erfüllt von einem Hu-Hu-Geschrei, dann die Emire, die Nachkommen des Propheten, die Prediger in kamelhaarigem Gewande, der Orta Imam, der so etwas wie ein Feldkaplan war, dann die vielen Tschauschen, dann die Richter des Landes in ihren wulstförmigen Bünden, dann der Wesir Kaimakam, der Oberste der Kreisvorsteher, und der Wesir Günstling mit riesigen Staatsturbanen.

Und dann der Großwesir Kara Mustafa selbst mit seinem schwarzen Bart und seiner Hakennase und seinen gelben Augen, der unter der Last der Goldfäden im Silberfluss des Turbans fast erdrückt wurde. Darüber noch bei der Hitze zobelgefütterte Pelze! Hinter ihm die Menge der Janitscharen, die Yaniçi-Silahkarda- Müsellah-Musketiere, mit ihren hohen Kopfbedeckungen, denen hinten ein weißes Tuch herabhing. Es war einfach unbeschreiblich.

Denn dann kam der Sultan selbst, in weißem Damast, mit zwölf diamantenen Spangen und schwarzem Zobel am Rücken, das fette Gesicht kaum auszumachen, unter dem tief herunterhängenden Turban. Dem musste ganz schön warm sein. Dann die Staatspferde, mit goldenen Schilden und dem Zeug aus Smaragden und Türkisen und Perlen, und die beiden heiligen Kamele, eines mit einem Stück des Überzugs der Kaaba, das andere trug den Koran. Und die Bogenschützen, in Rot und Blau, und die Lanzenträger, und in der Staubwolke dann kaum mehr sichtbar, weil Josef die Sonne plötzlich ins Gesicht schien, der Kronprinz, in Luchspelz. Die Silhidars, die Dülbendars mit dem Turban, der Tschaokadar mit dem Mantel des Sultans, die weißen, dicken Eunuchen, die Hofmeister, die Baltadschi des Serail. Die büffelgezogenen Wagen und die sechsspännigen Staatskarossen wollten nachher kein Ende nehmen. Josef war niedergeschmettert von dieser Kriegsmacht. Was war dagegen die versoffene Stadtguardia, die er kannte. Wie sollten die ein solches Heer aufhalten? Nicht einen Tag, da war sich Josef sicher. Aber vielleicht hatte der Herr Kaiser noch andere Soldaten versteckt, die Josef nicht kannte. Wozu gab es denn in Wien so viele Generäle und Obersten, wenn die nicht auch irgendwo ihre Soldaten hatten?

Schahin hatte ihn nachher beruhigt. Das Deutsche Reich sei auch nicht ohne. Es gab so viele Fürsten und Herzöge und Grafen, die alle dem Kaiser zu Hilfe eilen mussten, mit vielen Regimentern, und der polnische König habe jetzt endlich den französischen Botschafter hinausgeworfen von seinem Hof und sich der kaiserlichen Sache angeschlossen. Und der habe einen ganzen Haufen von Adlerreitern und Adeligen, die alle wahnsinnig tapfer seien. Nur manchmal vielleicht ein bisserl unpünktlich. Und der Papst in Rom, Seine Heiligkeit, dem müsste es doch am Herzen liegen, dass die Wiener nicht allein gegen die Muselmanen kämpfen mussten, der würde sicher auch einen schönen Batzen Geld lockermachen, damit man den Nachschub kaufen konnte, den so eine riesige Armee dann auch notwendig haben würde.

Nur wer den Nachschub organisieren sollte, meinte Schahin, das sei ihm bisher schleierhaft, denn der Hofkriegsrat in Wien bestand aus sicherlich sehr ehrenwerten alten Herren, aber vom Zusammentrommeln von Soldatengewändern und Mehl und Munition, Hafer und Zaumzeug und all dem Kriegsgerät, hatten die ganz wenig Ahnung. Die waren als Generäle gewohnt, im Feindesland zu requirieren und zu plündern, was das Zeug hielt. Aber im eigenen Land ging das nicht so leicht. Aber jedem seine Aufgabe.

Er, Schahin, hatte alles aufgezeichnet, was ihm zu Ohren gekommen war, und das deutete nur auf eines: Kriegszug der Türken gegen die Habsburger. Da konnte der Caprara noch so auf eine Audienz hoffen. Der Friede von Vasvár würde sicher vorzeitig beendet werden. Darum auch der schnelle Aufbruch. Bei allem Sinn fürs Merkantile. Ihre Schätze mussten nach Wien. Aber auch die einzelnen Nachrichten. Die Frage war nur: Zogen die Osmanen zuerst vor die Festung Neuhäusel und dann nach Raab, dann hatte die Wienerstadt noch ein Jahr zum Rüsten und Durchatmen. Wenn nicht, dann war im nächsten Jahr die Entscheidung fällig. Zwei Jahre zu früh. Denn der Friede sollte ja angeblich bis 1685 dauern. Aber Pergament ist geduldig. Der Sultan, der Schatten des Allmächtigen, der angeblich, wie er meinte, Ruhe über die Erde ausbreitete, wahrscheinlich die Friedhofsruhe, war ungeduldig.

Sicher würde er nicht selbst bis vor Wien vorrücken, wie der große Süleyman anno 1529. Dazu war er zu ausgefressen, zu bequem und zu wohllebig. Aber der schwarze Mustafa, sein Großwesir, war ehrgeizig und rastlos. Der würde es bis Wien schaffen. Wie man munkelte, wollte sich Kara Mustafa nach der Eroberung der Wienerstadt zum König von Böhmen, Österreich und Bayern ausrufen lassen. Kein schlechtes Königreich – wenn ihm der Sultan das genehmigen würde. Und wenn erst in Adrianopel, in Edirne, die Rossschweife gegen Ungarn aufgepflanzt würden, dann würde es wohl für diese riesige Kriegsmacht kein Halten mehr geben. Dann würde das Huhu- und das Allahiallah-Schreien vor den Basteien Wiens ertönen.

„Darum, mein Sohn: Träumen kannst du, wenn das alles vorbei ist. Vergiss nicht, dir auch noch fünfzig Dukaten in den Saum deines Gewandes zu nähen. Für alle Fälle. Ich habe alles schon erledigt. Übrigens – hast du in letzter Zeit in meinen Papieren gestierlt? Die Bücher kamen mir so durcheinander vor."

Josef war die leibhaftige Entrüstung.

„No gut, dann eben nicht. Ich werde vielleicht auch schon ein wenig alt, oder? Es kam mir nur so komisch unordentlich vor, als ich den letzten chiffrierten Brief des Grafen Caprara verstauen wollte."

Dabei kratzte er sich genüsslich am Hinterkopf. „Ist ja wurscht, denn morgen, morgen sind wir noch auf dem Begräbnis des armen Dane. Und nach dem Begräbnis schwingen wir flott unsern Arsch in den Sattel und reiten, was das Zeug hergibt. Und die gute Mutter Barbara, die wollen wir ja auch bald wiedersehen, oder?“

Dann stieß Schahin Josef mit seinem Ellbogen in die dürren Rippen und ließ dabei sein berühmtes tiefes Hoho-Lachen aus den unergründlichen Weiten seines Bauches ertönen.

Wien, zur selben Zeit

Die gute Barbara. Die saß gerade bei flackerndem Kerzenschein, mit einem dicken Brotscherzl und kaltem Gänsefleisch gerüstet, im Gewölb, das früher Salomon Fränckl gemietet hatte. Sie hatte auch ein paar gekochte Knollen der neuen, frischen Erdtrüffel mitgebracht. Ihre junge Magd, die Eveline, die ihr seit einiger Zeit zur Hand ging, hatte sie am Morgen aus der Erde des Kuchlgartens ausgegraben. Ja, die Eveline, das war ein guter Griff gewesen. Ihre Frau Wehmutter aus Korneuburg war eines Tages bei ihr aufgetaucht und hinter ihr die dünne, kurzhaarige Eveline mit ihren riesengroßen, neugierigen Augen. Ein Waisenkind aus dem Waldviertel, eine weitschweifige Verwandte, hatte die Wehmutter gesagt. Mein Gott, aus dem Waldviertel, wo es angeblich nur Granitsteine und Urwald gab, wo man auf den Abtritt nur mit zwei Stöcken ging – einen zum Anhalten und den andern, um die Wölfe abzuwehren. Barbara war sich sicher gewesen, dass sie sie schon auffüttern würde. Ein ganz liebes Mädel und immer so dankbar und bescheiden. Und arbeitsam. Keine Sekunde hielt sie still, immer wusste sie etwas zu werken, zu putzen und zu helfen.

Voriges Jahr hatte der Schahin von einem guten Bekannten, einem Hofbotanicus, einige Pflanzen dahergeschleppt und gemeint, das seien Erdtrüffel, oder spanische Tartüffel. Seit einiger Zeit erfreute sich der Hof in einem Orangenhaus an ihren kleinen weißen Blüten. Aber die Spanier, die sie über das Riesenmeer gebracht hätten, sagten, dass die dortigen Indianer die Knollen der Pflanzen gekocht essen würden. So hatte sie die Pflänzchen in der Herbstsonne eingraben lassen und heute hatte die gute Eveline einige dieser seltsamen Knollen ausgegraben.

Pro Pflanze waren es vielleicht fünf bis sechs oval-runde braune Bemmerln. Dann hatte Barbara sie gekocht und geschält. Und bei Gott, der Schahin, der Tausendsassa, hatte schon wieder recht gehabt, sie schmeckten, mit etwas Salz, ganz köstlich. Und auch mit guter Wiener Butter. Auch die Eveline hatte fest zugeschlagen und gemeint, man könnte diese Knollen vielleicht teilen und weiter ausbreiten. Meiner Seel, Platz hatten sie ja genug. Und so schnitt die Eveline wohl hundert Knollen in die Hälfte und setzte sie noch einmal ein. Vielleicht konnte man sie ja später in Wien verkaufen. Denn der Geschmack war einzigartig. Fest und doch mehlig. Ganz anders als die Brotknödel, die sie immer machte. Und zu einem Gansbraten waren sie hervorragend.

Da, die Vesperglocken! Sie waren kaum verklungen, da pochte es wahrhaftig schon am Tor. Barbara schluckte noch heftig ein Stückerl vom Gansl mit einem Tartüffel hinunter und wischte sich die fetten Lippen am Binkeltuch ab, das die irdischen Freuden umschlossen gehalten hatte. Sie öffnete energisch den Riegel und ahnte schon mehr als sie sah die hagere Figur Salomons vor sich.

„Sei gesegnet, meine Tochter!“ Sekundenlang ruhten seine Hände auf ihrem Scheitel, den sie züchtig gesenkt hatte.

„Kommt nur schnell herein, lieber Vater Salomon!“ Im Schein der Kerzen sah er ziemlich fremd aus. Er trug einen deutschen Hut, mit einer Tombakschnalle vorn, in den er seine Schläfenlocken hineingestopft hatte. Ein weiter Reisemantel umhüllte seinen schlanken Körper. Verhüllte aber offensichtlich auch einige Gerätschaften.

Barbara begann sich für das Hochzeitsgeschenk zu bedanken, aber Salomon schnitt ihr mit einer Bewegung der Arme die Danksagung ab. „Es ist nicht viel Zeit, meine Tochter. Ich muss bei Morgengrauen nach Eisenstadt, ins Ghetto des Grafen Eszterházy. Geldgeschäfte. Und wir zwei haben in dieser

Nacht noch viel vor. Zuallererst, unser Josef ist gut und gesund nach Konstantinopel gekommen. Ich habe es von zuverlässigen Augenzeugen, die ich im Ungarischen getroffen habe. Und, so es der Höchste will, wird er bald wieder heil zurück sein."

Barbara seufzte erleichtert auf. Das war ihr das Wichtigste.

„Auch dein Zauberdoktor wieselt frisch durch die Osmanenhauptstadt. Vielleicht ein wenig zu umtriebig, wie ich gehört habe."

„Meiner Seel', so ist er halt."

„Nur dass er vielleicht ein bissel zu viel seine Nase in alles hineinsteckt", warnte Salomon. „Dann noch etwas Gutes. Das Floßgeschäft, von dem ich dir erzählt habe, ist zweimal gut abgelaufen. Der Josef hat jetzt zweitausend Dukaten blank auf die Hand. No, das ist doch schon was!"

Barbara staunte nur so: „Das sind ja achttausend Gulden! Da soll doch der ... So viel haben wir alle zusammen noch nicht gehabt."

„Willst du es bar haben oder soll davon noch einiges arbeiten?"

„Lass mir, wenn du wieder Zeit hast, tausend Gulden da. Ich hab das Haus gekauft und das meiste davon aus Schahins Kasse genommen. Das könnte mir helfen und alles kompensieren. Der Rest soll angelegt sein, gemäß deinen Vorschlägen."

Salomon nickte. „Das habe ich mir schon gedacht. Ich habe dir auch einen Wechsel mitgebracht. Gezogen auf das Haus Oppenheimer. Das ist für den eine Kleinigkeit. Obwohl er grade ein Mistgeschäft mit der Hofkammer gemacht hat. Stell dir vor, für dreizehntausend Zentner Weizen nach Phillipsburg, sofort geliefert, hat man ihm nur als Gegengeschäft fünfzehntausend Uniformen, die nicht anzubringen waren, angeboten. Noch dazu sehr miese Uniformen. Aber Oppenheimer wird sie, wenn es notwendig ist, präsentieren und das Geld dafür verlangen. Und wenn es ein Jahr dauern sollte. Dann wird man die Uniformen und noch viel mehr brauchen. Es ist ihm auch nicht ganz so schlecht ergangen. Insgesamt hat er bis heute über zweihundertdreißigtausend Gulden für seine Lieferungen für die Munierung bekommen. Da waren gute und auch schlechte Geschäfte dabei. Aber jetzt ist sein Sohn Emanuel in Wien und bereitet gerade die Waffenproduktion für die deutschen Regimenter in Stadt Steyr vor. Wir brauchen viertausend Musketen, dreihundert Karabiner, fünfhundert Pistolen und sechshundert Piken für Vorder- und Innerösterreich und Schwefel und Salpeter und Holzkohle. Da gehen auch die Gelder Josefs hinein. Der Gewinn ist zwar nicht ganz so hochprozentig, aber sicher. Dafür garantiere ich dir. Und in einem Jahr werden aus den siebentausend Gulden zehn- oder zwölftausend geworden sein. Das Floßgeschäft ist jetzt im Moment stillgelegt, weil genügend Palisaden geliefert worden sind. Wir brauchen jetzt wirklich jeden Kreuzer in dem ganzen Netz zwischen Rhein und Mosel, Schwaben, Hessen, dem Böhmerland und Ungarn. Die Hofkammer fordert hunderttausend Zentner Mehl und jedes Quantum Hafer, das wir kaufen können. Und Oppenheimer geht in Vorlage und zahlt bar. Das Bare muss man aber erst haben, sagen die Schwaben. Aber wir reden da und deigetzen und sollten eigentlich schaufeln."

Damit gab er sich einen Ruck und enthüllte aus dem Reisemantel einen Krampen und einen Spaten. Er begann, so gut es sein dürrer Körper zuließ, fest in der Erde neben der Treppe zu hacken. Die Erde schien nicht sehr fest zu sein, denn nach wenigen Schlägen schaufelte er ziemlich leicht ins Erdreich hinein. Barbara leuchtete ihm so gut es ging. Und dann bröselte der Boden und ein Loch tat sich auf. Der Oberkörper Salomons verschwand fast darin. Sie hielt ihn fest an seinem Reisemantel, denn sie fürchtete, dass der Alte in dem Loch verschwinden könnte. Unter Stöhnen förderte er plötzlich einen Ledersack ans Licht.

Barbara wollte sich schon darauf stürzen, aber Salomon herrschte sie fast an: „Gemach, leuchte mir von der gegenüberliegenden Seite." Wieder verschwand sein Leib im Loch, er stemmte neuerlich einen Sack empor. „Jetzt muss ich hinuntersteigen, hilf mir altem Tattergreis. A so was von einem alten, miesen Baldower."

Jetzt verloren sich seine Stiefel und dann fast sein gesamter Körper in der Höhlung. Er bückte sich ins Loch. Barbara taumelte mit der Kerze. Wie weit durfte sie ihren Sylphidenleib der Öffnung nähern? Und Salomon wuchtete stöhnend Sack auf Sack heraus. Barbaras Augen wurden immer größer. Was für ein Tag! Zuerst die Inspektion ihrer Wohnungen. Manche von ihnen waren leer, vielleicht ausgeraubt gewesen. Aber in einigen der sechzehn Wohnungen hatte sie manch schönen Schrank und Truhen, darunter zwei italienisch-spanische Bargueños, die herrlichen, mit Elfenbein eingelegten Schreibkästen, gefälliges Tafelgeschirr, ja sogar chinesisches, weiß-blaues Porzellan erspäht. In einer Wohnung auch Münzen, auch solche, die sie gar nicht kannte. Alles in allem vielleicht an die fünf- bis sechshundert Gulden wert. Fast so viel, wie das Haus gekostet hatte.

Wie würde Salomon sagen: „A Mezzie!" Es waren ja auch keine armen Mieter, die darin gewohnt hatten. Arm waren sie nur, weil die Pest sie alle zusammen hinweggerafft hatte. Mit zum Himmel gerichteten Augen schickte Barabra ein Stoßgebet zum Himmel. Gut, dass die Juden schon vor den Siebzigerjahren aus Wien ausgestoßen worden waren, sonst wären sie auch noch für die Pest verantwortlich gemacht worden.

Dann aber leistete sie sofort Aaron Abbitte. Einen Schmäh wird man ja noch machen dürfen, oder?

Salomons Kopf kam gerade wieder zum Vorschein. Und in der Hand befand sich ein Säckchen, in dem es klimperte. „Da sind die römischen Münzen drinnen, die Aaron hier gefunden hat. Wir wollten sie eigentlich in unsere Stadt nehmen. Dann aber ...", er fuhr sich mit der erdverklebten Hand über die Brauen, seufzte tief und hielt inne, „... dann aber haben wir sie hiergelassen. Bis heute weiß ich nicht, was da alles drin ist. Ich glaube, es war das Geld vom römischen Kaiser Septimius Severus. Ich kenne einen Numismaticus, der Pfarrer bei den Schwestern Dorotheä ist, der kann sie dir vielleicht für die kaiserliche Münzkammer abkaufen."

„Aber Vater Salomon, das ist doch alles Euer."

„Nein, mein Kind, es ist der Besitz Aarons und damit der Josefs. Wir wollen doch nur das Beste für den Buben. Er soll es einmal besser haben. Nicht von der Hand in den Mund leben. Und vielleicht wird er ein Orientkaufmann und braucht jeden Kreuzer Startkapital. Glaub mir, der Anfang ist das Schwerste. Und ein bisserl Silber hinter dem Glas und schon schaust du dich in einen Spiegel. Und kommst dir schon viel schöner vor." Damit versuchte er aus dem Loch zu gelangen. Aber seine Arme versagten ihm den Dienst. Er plumpste zurück und lächelte traurig-verschmitzt und sarkastisch. „In dieser Höhle Machpele muss ich also mein letztes Erdendasein verbringen."

Da warf sich Barbara auf ihren Schmerbauch, dass es nur so platschte, streckte ihm die dicken Arme entgegen, nahm alle Kraft zusammen und würgte ihn fast in die Höhe. Wie dürr der Arme war. Kunststück, wenn er nicht bei ihr in Kost und Quartier wohnte.

Wenige Momente später saßen sie sich gegenüber, Barbara hatte noch einige Lichter entzündet. Sie waren beide erdverschmiert, erschöpft und ausgepumpt. Aber vier Augen strahlten im Kerzenschein.

„Wus fier a Waab!", stieß Salomon aus. „Du hättest meinen Aaron ja erdrückt, so eine Kraft hast du!"

Das Strahlen in Barbaras Augen bekam für einen kurzen Moment einen Schatten. „Ich hab meine ganze Kraft für Josef gebraucht. Da drin lebt mein Aaron." Und fast hätte sie am liebsten laut aus sich herausgeplärrt. Aber sie hatte sich schnell wieder in ihrer Gewalt, es schüttelte sie ein wenig und sie schniefte deswegen nur kurz. Ihre Augen schwammen. Und sie wusste nicht, wohin sie schauen sollte – schon gar nicht ins Antlitz Salomons. Dann schmierte sie mit dem Ärmel über ihr Gesicht und die Erde schlämmte derart über Wangen und Nase, dass Salomon unwillkürlich auflachen musste. Das brach den Bann. Beide kicherten kurz, denn Barbara konnte sich ihre Gesichtskosmetik vorstellen. „Wus fier a Waab!“, äffte sie Salomon nach. „Schöne Tochter, was Ihr habt. Wie Sulamith im Hohen Lied.“

„Nein, nein!“ Salomon zog sie zu sich. „Du bist a Gold. Und jetzt wollen wir gucken, was wir damals so zusammengepackt haben. Ich kann mich an das Hundertste nicht mehr erinnern.“ Zusammen wickelten sie aus, drehten und wendeten so manches schöne Stück. Silberne Leuchter, Schmuckstücke, Essbesteck, Zinngeschirr, Gürtelschnallen, Broschen, Kettchen, Graffelwerk, aber auch herrliche Stücke, wie Pokale, Kannen und teure Becher. Alles, was man so in Pfand gegeben und nicht mehr eingelöst hatte.

„Was uns jetzt fehlt, sind die Juden, die so etwas belehnen könnten!“, stieß Salomon in gespielter Verzweiflung hervor. „Denn glaub mir, auf meinen nächsten Reisen kann ich mich damit nicht belasten. Meine Geschäfte sind nur mehr Wechsel, die ich von da nach dort transportiere. Das geht nur so im Kreis herum, die Italiener nennen es deswegen Giro. Meine Waren seh’ ich gar nicht. Ich lasse mir nur bestätigen, ob sie in Ordnung angekommen sind. Dein ehemaliger Vormund, der Herkomber oder wie er heißt, wird die schönen Stücke sicher ohne Maut in dein Haus hinter dem Schiffamt bringen lassen. Und du hast einen großen, reichen Hausrat. Und ab und zu kann ich ein Stück versilbern, wenn du es willst. Oder einer meiner neuen Freunde aus dem Westen des Reichs. Der Herz zum weißen Schwan in Frankfurt, zum Beispiel, kauft noch immer alles auf, was man im Reich brauchen kann, und die Preise sind dort viel höher als im nebbochantischen Wien. Der Aaron Bär Oppenheimer, der Amschel Wiener in Mainz und der Gomperz in Kleve suchen alle solches Zeug. Ich brauch nur Zeit. Und Zeit, mein Gold, ist das Einzige, was ich nicht habe. Nicht mehr. Ich spür es. Schau mich an. Aber der Josef, der weiß jetzt zu reisen, vielleicht macht er auch eine Fahrt ins Hessische und Rheinische, statt im Orient zu baldowern. Das ist alles sein gutes Geld wert. Und er lernt das Geschäft, ohne ein echter Jud' zu sein, von der Pike auf. Der Handel mit erlesenem Hausrat kann auch eine Familie ernähren. Kontakte schaden nie, von Neckarsulm bis Donauwörth, von Augsburg bis Amsterdam. Aber zuerst muss er zurückkommen. Und jetzt muss ich wieder fort. Alles ist dein, oder seins. Ich wollte es dir nur übergeben."

Er küsste sie auf die schweißnasse Stirn. Ein wenig Lehm blieb auf seinen Lippen. „Denk an den Wechsel!", mahnte er. „Ich schreib dir wieder ein kleines Brieferl. Einen Wams. Bleib gesund, mein Gold!" Und damit verschwand er aus dem Lichtkreis der Kerzen, die Tür knarrte, weg war er.

Barbara saß breit auf dem Schemel inmitten all der neuen Schätze. Sie hatte die Ellenbogen auf ihre Schenkel gestützt. Ihr Kopf ruhte in ihren Händen.

Was für ein Tag. Die stinkende Leiche am Dachboden, die Wohnungseinrichtungen, der Schatz des Salomon. Alles auf einmal. Und das Geld für Josef. „No, sollen nicht alle Tage auf der Welt so mies sein", imitierte sie ihren Fastschwiegervater.

Aber die Leich' da oben, das ist kein Lercherlschaas." Da brauchte sie Hilfe. Auch mit dem Schatz. Aber wozu hatte sie ihre Muhme, wozu den Marx Augustin, den Trommelotto und die Eveline. Nur waren die Armenier alle fort. Alle zur selben Zeit. Aber ihr Schahin und ihr Josef, die mussten bald kommen. Da war sie sich sicher.

Der Josef wird Augen machen. Vielleicht bring ich ihm nicht alles auf einmal bei. Sonst wird er vielleicht hochnäsig. Vom Ring seines Vaters weiß er ja auch noch nichts. Jessas na, Der Ring! Das muss ich auch noch mit ihm klären. Wenn er zurückkommt. Ja, wenn! Wenn der liebe Himmelvater es fügt, wird es bald sein.

Fast wäre sie darüber eingenickt. Aber sie musste sich am Hofbrunnen noch waschen. Sollte sie in der Nacht noch die Torknechte aufrebellen? Die Mautner an der Schlagbrücke? Aber was? Sie suchte ihr Binkerl mit dem Gänsebraten. Ein paar Bissen noch, dann würde sie sich in der Ecke neben der Stiege ein wenig hinlegen. Morgen haben wir andere Sorgen.

August 1682, Bosnien

Sie ritten und ritten. Edirne lag weit hinter ihnen, auch Filibę, das alte Philippopel, und Sofia. Josefs Tagebuch enthielt schon eingeschobene Sonderseiten, in denen er Tagesreisen und Entfernungen, Unterkünfte und Preise aufgezeichnet hatte. Es war zwar anstrengend, jeden Tag mehr als zehn Stunden im Sattel zu sitzen, aber das Wetter war mild, kein Gewitter störte ihren Ritt und die Landschaft war so schön abenteuerlich und abwechslungsreich, dass keine Langeweile aufkam. Josef saß mit angezogenen Knien am Lagerfeuer und kritzelte in sein geheiligtes Büchlein. Sie waren am 22. Juli von Silivri aufgebrochen und er hatte sich von dem wunderschönen blauen Meer verabschiedet.

Nach fast zwei Wochen erreichten sie Novi Pazar zwischen dem Gebirge und ritten über den Hohen Presa in das Dorf Brujica. Über die Brücke, die den Bach Vrbonatz überspannte, kamen sie nach Shkenderpaschina. Wieder mühten sie sich über die Berge und hinab über einen scheußlichen Pfad in ein schönes Tal gegen Crotovo über die Banjska Gora nach Pritoj. Dann überquerten sie den Bijelo Brdo und lagerten in einem verfallenen Kloster, das Schahin als Dobrin identifizierte. Josef wunderte sich, wie sein Vater immer wieder in dieser gottverlassenen Wildnis den Weg finden konnte. Aber in den alten Klostermauern fühlte er sich ein wenig sicherer als in den finsteren Wäldern. Der Wind heulte zwar lauter und klagender durch den alten Kreuzgang, aber das Lagerfeuer briet Josef von vorn und die Sterne leuchteten durch die Dachreste. Bald würden sie in Višegrad eintreffen, und von dort war es nicht mehr weit zur festen Stadt Bosna Saray, wie Schahin versichert hatte.

Zenz Blecha und Schahin tranken aus einem Becher Rotwein und Josef machte es sich langsam auf seinen zwei Lammfellen gemütlich, die er über einen Haufen von Fichtenzweigen gelegt hatte. Dann kuschelte er sich in seine raue Decke, um dem nächsten Tag entgegenzudämmern.

Er erwachte taumelig mitten in der Nacht. Ein Uhu hatte doch in seinem Traum so laut geschrien, dass er aufschrak. Nein, es war kein Traum. Es musste ein Uhu sein. Er kannte das Tier zwar nicht vom Sehen, aber in all den Märchen und Legenden war der Uhu ein böses Vorzeichen. Sein Vater schnarchte mit Zenz im Duett. Keiner von beiden ließ sich von dem Uhu im Geringsten stören. Nur die Pferde schnaubten nervös, warfen ihre Köpfe im Kreuzgang auf und nieder. Als er eingeschlafen war, waren sie noch ganz ruhig gewesen. Langsam, ganz langsam, erhob er sich von seinem Lager. Schwere Wolken hatten sich über die Sterne geschoben. Es war stockfinster. War da nicht ein Rascheln draußen vor der ehemaligen Klosterkirche zu hören? Er legte sich auf den Bauch und robbte ganz leise zur Pforte des Kreuzgangs. Wieder dieses verdächtige Rascheln. Er konnte aber nichts erkennen. Vielleicht ein Fuchs, der draußen schnürte? Dafür war aber das Rascheln zu laut. Vorsichtig robbte er zu Zenz und rüttelte ihn an der Schulter. Der setzte sich abrupt auf, noch halb schnarchend.

„Zenz, da draußen ist wer. Es raschelt ganz verdächtig.“

Zenz wollte sich schon unwirsch seine Decke wieder über den Kopf ziehen, als deutlich ein Schnauben von Pferdenüstern zu hören war. Und zwar in einiger Entfernung. Es konnten also nicht ihre eigenen Tiere sein. Die schnaubten auch und einige von ihnen scharrten und stampften unruhig. Jetzt schnappte sich Zenz seine Radschlosspistole und spannte den Hahn. Gemeinsam schlüpften sie bei der Pforte in die Kirchenruine. Wieder dieses Schnauben. Und dann hörten sie deutlich zwei Pferde. Das Lederknarren von Zaumzeug. Unterholz knackte.

Pferdehufe setzten vorsichtig auf. Und verloren ihr Geräusch im nahen Wald.

Als sie zurückkehrten, saß Schahin schon aufrecht auf seinem Lager. „Was war das?“, fragte schlaftrunken der Medicus.

„Zwei Reiter, vielleicht auf Erkundung.“ Zenz war plötzlich gespannt wie ein Flitzbogen. „Irgendwas stimmt da nicht, Herr Meister.“

Die Asche ihres Lagerfeuers glomm noch ein wenig. „Lasst uns Kaffee kochen und kühlen Kopf bewahren“, meinte Schahin. Wir sind drei. Zenz, schür das Feuer an. Wenn die Sonne aufgeht, reiten wir in aller Ruhe weiter. Aber haltet die Pistolen und die Plunderbüchsen bereit. Auf uns wartet ein schlechter Weg, zum Teil in einem hohlen Pfad. Jetzt frühstücken wir einmal. Dann werden wir weitersehen.“

Angespannt beendeten sie ihr karges Frühmahl. Die Tagesroutine begann. Pferde satteln, Maultiere beladen, alles festzurren, Notdurft verrichten. Josef hatte diesmal schöne große Huflattichblätter gefunden, die ihm nun gute Dienste leisteten, nachdem ihm die Angst seinen Stoffwechsel beschleunigt und das Ergebnis weichblubbernd hinausgetrieben hatte. Aber er schalt sich einen Narren und wollte es den Erwachsenen gleichtun, die ganz ruhig und wie jeden Tag die Pferde bestiegen.

Doch diesmal befahl Schahin dem Zenz abzuwarten und erst nach den Maultieren in einigem Abstand loszureiten. Dann schnalzte Schahin mit der Zunge, und hinaus ging es in den Morgentau des sommerlichen Waldes. Kaum konnte man im Dickicht einen weißen von einem schwarzen Faden unterscheiden. Vorne Schahin, dann zwei Maultiere, dann Josef, nervös und angespannt. Hinter ihm das Handpferd mit dem Opium und dem Ölfässchen, dann die anderen Maultiere. Zenz war nicht zu hören. Schahin sah sich um. Alles in Ordnung, er trabte leicht an, um die nächste Kurve zu rekognoszieren, da krachte der erste Schuss. Und traf Josef.

Es musste die Brust gewesen sein, denn er drückte seine Hand in die Herzgegend, fiel langsam, ganz langsam nach hinten, rutschte aus dem Steigbügel und glitt an den Wegesrand. Ein fast feierlicher Fall, so würdig und abschnittsweise fiel er aus dem Sattel.

Schahin schrie auf und aus der Rückwärtsdrehung schoss er eine Plunderbüchse in die Richtung ab, in der er den Schützen vermutete. Es war fast ein halbes Pfund gehacktes Blei, das da ins Unterholz prasselte. Und richtig, ein Schrei zeigte ihm, dass er wenigstens einen der Schurken getroffen hatte. Waren es Serben oder Bosnier, Türken oder andere Freischärler? Egal.

Da brach schon einer der Wegelagerer in die Mitte ihrer Maultiere ein und versuchte das Größte am Zaum wegzureißen. Er ritt ein seltsam stolzes goldfarbenes Pferd und trug am Kopf eine schwarze Lammfellmütze. Schahin riss die Pistole hoch, und trotz des Schusses aus der Drehung des Pferdes auf der Hinterhand gelang ihm ein Zufallstreffer. Die Fellmütze des Vorpreschenden flog vom Kopf und das bärtige, dunkle Gesicht platzte in Blutrot auf. Die unrunde Kugel zerriss ihm die Fratze. Sein Pferd stieg, schlug mit den Vorderhufen, wieherte laut und machte drei Sprünge in Richtung Schahins. Da aber waren schon drei weitere aus dem Holz gebrochen. Einer hing zwar nur noch im Sattel, die beiden anderen stürzten sich auf die Maultiere und versuchten sie vom Weg wegzureißen. Einer schoss dabei auf Schahin, die Kugel ging aber ins Nirgendwo. Plötzlich galoppierte Zenz von hinten daher und feuerte aus beiden Pistolen. Der Wegelagerer, der auf Schahin geschossen hatte und noch seine rauchende Waffe in der Hand hielt, kippte mit einem Aufschrei nach vorn. Der andere hatte mit dem störrischen Maultier seine liebe Not. Das wollte und wollte nicht aus dem Pulk losgerissen werden. Aufschreiend wie ein waidwundes Tier, den Kopf himmelwärts verdreht, mit herausgequollenen Augen wehrte es sich. Es hatte die

Vorderbeine fest in den tiefen Boden gestemmt und brüllte nur herzzerreißend. Da surrte ein schwirrendes Messer durch die Luft und drang tief zwischen die Schultern des letzten Räubers ein, der Blut spuckend nach vorn über den Hals seines Reittiers sank.

Schahin und Zenz sahen sich verdutzt an. Ihre Blicke wandten sich dem auf dem Boden sitzenden Josef zu. Der saß leibhaftig da und grinste.

„Verdammt noch einmal, Josef, wieso bist du nicht hin?“, brüllte Zenz erleichtert. „Du bist doch wie der Sau vom Schwanz gefallen! Du Taugenichts! Man hat dich doch erschossen!“

Josef kicherte überdreht und fuhr sich wirr durchs Haar. „Ja, ich bin erschossen, mausetot. Aber vor meinem Herzen, da war noch eine Uhr.“ Dabei zog er seinen kaputten Reisewecker, die teure Sackuhr, hervor. Tief steckte die verformte Bleikugel in dem ehemals schön ziselierten Gehäuse des Meisters Hueber. „Mein Gott, Vater, die Uhr ist wirklich hin. Das ganze schöne Geld für mein Geschenk!“, jammerte er gekünstelt.

Der schwerverletzte Räuber war in der Zwischenzeit heimlich wieder im Busch verschwunden. Schahin sprang vom Pferd wie ein fetter Gummiball. Er umarmte Josef mit einer Urgewalt, die den Jungen wieder zurück in den moosigen Boden riss.

„Mein Gott, mein Gott, Josef, du Teufelskerl, mit deinem Messer! Was für einen Schrecken du mir eingejagt hast. Die Barbara hätte mich in tausend Stücke gerissen.“ Dabei hielt er inne, lauschte plötzlich und deutete auf die andere Seite. Er fixierte Zenz. Der riss sein Pferd nach rechts, tauchte ins Unterholz, dann hörte man seinen Säbel pfeifen. Tumult und Geknacke war zu hören. Dann, nach einer kleinen Ewigkeit, schob sich Zenz zu Fuß mit einer kopflosen Leiche, die er hinter sich herzog, auf den Weg zurück. Sein braver Gaul folgte ihm mit hängendem Kopf und begann an jungen Blättern am Wegesrand zu knabbern.

„Da waren's nur noch vier", konstatierte Zenz trocken. Das ist der, den Ihr, Meister, mit Eurem Tausendguldenschuss aus der Plunderbüchse am Anfang getroffen habt. Sein Gesicht war von Geburt an eh nicht schön. Es liegt jetzt da drinnen. Er deutete mit dem Daumen hinter sich. „Ein Aug war schon ganz herausgequollen."

Josef und Schahin hatten sich aufgerappelt. Sie trugen gemeinsam mit Zenz die Leichen zusammen. „Ich weiß nicht, sind es Bosnier oder Serben? Richtige Herzerln sind sie allemal gewesen. Wie haben die Mutterfotzen nur ausgesehen, aus denen so ein Abschaum herausgekrochen ist?" Zenz sprudelte sich in Rage. Erleichterung machte sich Bahn. Am liebsten hätte er die Leichen in seiner kochenden Wut noch massakriert, wenn ihn Schahin nicht zurückgehalten hätte. Josef wischte sein Wurfmesser, das Geschenk Michailowitz', im Gras ab und schob es wieder in die Lasche seines rechten Stiefels. Sein Darm meldete sich wieder und er kroch ins Gehölz. Seine Angstreaktion war laut hörbar. Schahin grinste Zenz an.

„Jeder kackt auf seine Weise, der eine laut, der andre leise", witzelte der Blecha Zenz. „Ich glaub, jetzt ist er kein Kind mehr. Die Frau Barbara wird Augen machen, wenn wir ihr vom Messerwerfer Josef erzählen."

„Jetzt brems dich ein, Zenz, du Plauderwastl. Der Josef hat heute genug. Und er wird an seiner ersten Leiche genug zu kiefeln haben." Damit beendete Schahin entschieden die Erleichterungswitze des Gurkeneinlegers.

Aber Zenz pfiff schon ein Liedlein, eine feine Moritat über den schaurigen Leichenfund im Abzugskanal auf der Mölker Bastei, als er begann, die Wegelagerer abzustieren. Vier Musketen, fünf Pistolen, mehrere Dolche, Kugelgussformen, Pulverhörner für grobes und feines Kraut, mehrere Ringe, Ketten und zwei Seidenschals wechselten den Besitzer. Schahin untersuchte mit kundigem Blick die Münzbeutel. Da waren halbe Soldi aus

Cattaro, mit dem Bild des heiligen Markus, Werschetzer Münzen, die noch vom Despoten Đurad Branković stammten, und einige schwere Perper, mit dem heiligen Blasius aus Ragusa. Und einige Grossetti. Dann Türkische Piaster. Insgesamt wohl ein gutes Pfund. Zenz und Schahin ließen die Münzen von Hand zu Hand gehen. Ein guter Fang.

Auf einmal rührte sich der vom Messer Josefs Getroffene stöhnend. Sofort war Zenz über ihm, um sein Leiden zu beenden, da aber gebot Schahin energisch Einhalt.

„Wer bist du?“, schrie er den Verwundeten an.

„Savitza“, stöhnte der Schwerverletzte. „Wasser, Wasser!“

Schahin reichte ihm seinen Wasserkürbis und träufelte ein paar Tropfen in den offen stehenden Mund. „Wer war Euer Anführer?“

„Necu ništa da kašem mošete na kolac.“

Zenz warf sich auf ihn. „Ich wird dir geben, nichts zu speiben, weil du deinen Stecken nicht mehr bewegen willst. Du red'st jetzt. Ajde, mrdni majkuti jebem. Gemma, beweg dich, bei deiner gefickten Mutter, sonst gibst du gleich den Löffel ab!“ Dabei ritzte er mit seinem Dolch die Kehle des Verwundeten auf.

Der röchelte schmerzverzerrt und rollte mit den Augen: „Der schwarze Sava Dečanski, ein großer Herr über viele Horden.“

„Und wer hat ihm den Auftrag gegeben, uns zu überfallen?“ Schahin fragte einfach ins Blaue hinein.

Der verletzte Savitza spuckte Blut. „Er hieß so ähnlich wie Evlija, ein türkischer Kullul, der uns mit vielen Piastern beschenken wollte, wenn wir Euch schnappen würden.“ Wieder quoll ein Strom seines Lebenssaftes aus der Mundhöhle.

Schahin wandte sich ab und machte Zenz gedankenverloren ein Zeichen. „Evlija, der Kullul. Aus welcher Orta er wohl sein mochte? Ein Geheimagent?“ Zenz deutete das Zeichen auf seine Weise und trennte den Kopf des Sterbenden mit einem scharfen Schnitt von dessen Hals. Seine Opanken zuckten noch einmal im Gras.

„Ausgeraubert, Gospodne Savitza! Sollen wir die Pferde mitnehmen, Meister?"

Schahin entschied sich zuerst für die wunderschöne Falbstute, die der erste Wegelagerer geritten hatte. Sie hatte einen seltsam goldenen Schimmer und einen unwahrscheinlich edlen Kopf auf einem Gazellenhals. Nun stand sie schräg zu ihm, einige Klafter entfernt, und blickte die Szene misstrauisch an. Schahin versuchte das Pferd zu locken, aber es reagierte eher störrisch. „Wir kriegen dich noch, meine Schöne!" Schahin tat so, als würde er sie gar nicht beachten.

„Du Zenz, such dir noch ein Tier aus. Es gehört dir. Das schwarze Pferd hier hat noch dazu ein wenig Blei abbekommen und lahmt. Wir schneiden ihnen die Sättel herunter und schicken sie in ihr neues Schicksal."

Zenz bedankte sich freudig. „G'schamster Diener, Herr Meister!" Noch nie hatte er ein eigenes Pferd besessen. Er ergriff den Halfter eines braunen Wallachs, der einen willigen Eindruck machte, und führte ihn neben sich zu seinem Reittier. Josef näherte sich aus dem Busch, bleich, aber erleichtert.

„Ist schon in Ordnung, Herr Sohn. Das erste Mal ist das schwerste." Schahin schlug ihm auf die Schulter. „Scheiß, pardon, nein, pfeif auf die schöne Uhr, in Wien kauf ich dir eine neue. Oder – wenn wir gut durchkommen, kannst du dir selbst so viele Uhren kaufen, wie du willst. Dein Anteil wird hübsch was ausmachen. Da hast du ein Andenken."

Er überreichte ihm den Siegelring des von Josefs Messerwurf getöteten Savitza. „Und wenn wir den Seidenschal entlaust haben, dann trag ihn in Würde. Orientfahrten sind keine Ausflüge nach Stockerau. Das habe ich dir schon am Anfang gesagt. Und wenn du willst, schenk ich dir die goldene Falbstute noch dazu. Für deinen Weltwurf."

Josef warf sich vor Schahin nieder. „Das ist zu viel, Herr Vater. So ein schönes Pferd hat nicht einmal der Graf Starhemberg."

„Ist schon recht. Sie gehört dir, nach dem, was du heute alles erlebt hast."

„Aber Ihr habt mir nichts von den Überfällen in der Gegend erzählt!"

„Wozu auch, der Zenz hat doch an allen Lagerfeuern und Karawansereien seine Räuberpistolen ausgebreitet."

„Aber ich hab geglaubt, dass das nur G'schichterln sind!"

„Mehr oder weniger. Jetzt kannst du wenigstens eine so richtig ausschmücken. Aber genug, bevor die Fliegen uns noch auffressen, weg mit den Leichen ins Unterholz. Wahrscheinlich haben sie noch andere Kumpane. In Bosna Saray malen wir die Tiere vielleicht ein wenig um. Lasst keine Ringe und Ketten, Waffen und Pulverhörner sehen, bis wir in Raab angekommen sind. Und jetzt auf nach Višegrad, der Weg ist noch scheußlich genug. Nachher wird's leichter, und dann sind wir in zwei Tagen in Bosna Saray."

Schahin eilte nach vorn und Zenz half ihm in den Sattel. „So, aber bevor du weiterreiten kannst, musst du dir das Pferd erst verdienen. Mir ist sie gleich ausgewichen. Die ist ganz ein kluges Viech. Vielleicht war sie einmal ein Leittier, das den anderen vorgemacht hat, wann gefressen und wann geflüchtet wird."

Josef überlegte. Wenn er auf sie zuging, würde sie vor ihm ausweichen. Was hatte ihm Michailowitz einmal geraten? Er sagte zu Schahin: „Reitet nur los, Vater. Sie wird mir folgen." Josef bildete nun die Nachhut. Als die Karawane an der Stute vorbeiritt, machte sie nur einen Schritt zur Seite und wandte sich halb ab. Josef folgte ihnen nur ganz langsam – Schritt, stehen bleiben, wieder ein Schritt. Dann blieb er neben seinem neuen Geschenk fast unmerklich stehen, blickte die Stute nur kurz an, ohne ihr in die Augen zu sehen, wandte seinen Kopf wieder ab und schnalzte mit der Zunge. Sein Pferd schritt wieder los und siehe da, die Goldfarbene senkte den Kopf, drehte ein Ohr und wie von einem unsichtbaren Band gezogen, folgte sie langsam dem vor ihr reitenden Josef. Der trabte an, und auch die Stute begann schneller zu werden. So sehr, dass sie das Reitpferd Josefs überholen wollte. Da griff er zu, hielt nun kurz ihren Zügel und befestigte ihn schnell an seinem Sattelknauf. Ruhig und deutlich sprach er mit ihr: „Brav, mein Goldkind, brav – ja – Goldkind, das ist ein schöner Name. Goldkind, Goldkind. Und die Stute sah ihn aus ihren mandelförmigen Augen, die von dunklen Ringen umgeben waren, klug an und trabte neben ihm her.

Es schüttelte ihn noch einmal, als er so neben Goldkind ritt. Musste er sich jetzt noch einmal erleichtern? Sicher waren das die vielen Zwiebeln, die er gestern mit der Köfte zusammen, gegessen hatte. Aber er biss die Zähne zusammen. „Goldkind, Auf nach Sarajevo!“

Zur selben Zeit, Wien, am Kienmarkt

Eine kleine Menschentraube hatte sich am Absatz der Dachbodentreppe versammelt. Barbara, der nervöse Trommelotto und der schon ganz schön angeheiterte Marx Augustin warteten gespannt hinter dem tief gebückten Meister Schmierler, der am Schloss der schweren Tür hantierte. Es war ihm bald gelungen, den innen steckenden Schlüssel zu drehen und in den Speicher zu befördern. Jetzt fingerte er gerade mit seinen Dietrichen, um das Geheimnis dahinter zu lüften. Endlich sprang die Tür auf. Ein fürchterlicher Gestank schlug ihnen entgegen. Barbara verteilte in Essigwasser getränkte Tücher, die sie in einem Sack mitgebracht hatte. Alle banden sich die feuchten Leinen vors Gesicht. Trommelotto drängte sich vor, stolperte aber, grün im Gesicht, gleich wieder heraus. Barbara hatte ihren Hals gereckt. Es war in der Tat ein grausiger Anblick. Die scheußlichen Reste zweier Menschen lagen eng ineinander verkrallt auf einem früher einmal ansehnlich gewesenen Teppich. Durch die Dachbodenluke waberte im Staub ein greller Lichtkegel auf den verwesten Haufen.

Marx Augustin, der Abgebrühteste unter ihnen, nahm sich einen Anrand. „Das muss doch der verschwundene Lorenz Volland sein, der Teufel soll mich holen!" Undeutlich brabbelte er unter seinem Tuch.

Meister Schmierler assistierte ihm: „Ja, am G'wand erkennt man's, das ist, äh, das war einmal der reiche Protz."

Trommelotto und Barbara sahen einander an. Die letzten Überreste des Wiener Niederlägers und Silberlieferanten für die mährische Münze in Kremsier saftelte ungustiös unter den Fetzen von Samt und Leder vor sich hin. Myriaden von

Schmeißfliegen umsurrten die Gruppe. Festgekrallt an die Leiche, lagen die Reste seiner ehemals blonden Konkubine, der schönen Elspeth, in seinen Armen. Barbara winkte krampfhaft mit der Rechten, sie wachelte sich Luft zu und taumelte aus der Tür. Dann lehnte sie sich ans ächzende Geländer. Eine schöne Misere hatte sie sich da eingebrockt. Jetzt musste wieder die Stadtguardia her. Es würde Befragungen geben, Protokolle würden aufgenommen werden. Wieder der Stadtrichter. Erbschaftsfragen wegen des Schmucks waren zu klären. Und die Begräbnisbruderschaft würde schön strampfen, die ehemaligen Pestleichen zu entsorgen. Ärger, Auslagen und Zores zuhauf.

Die kleine Gruppe hatte sich um sie geschart. Schmierler schloss die Tür und übergab Barbara den schweren Schlüssel. Gut, dass sie in der Erdgeschoßwohnung schon ein wenig aufgeräumt und einen Schnapskrug mitgebracht hatte. Beim Hinuntersteigen heiterte sich die Stimmung der Neugierigen schon wieder ein wenig auf.

Augustin taumelte hinter ihnen her. „Der Diodato wird eine Freude haben. Jetzt kann er sich selber als Pagamentlieferer der Kremsierer Münze bewerben. Der Volland hat ihm doch nur Schwierigkeiten gemacht."

Die Kämpfe zwischen Diodato und Volland waren stadtbekannt. Volland hatte Diodato immer wieder verdächtigt, Silber nach Kremsier umgeleitet zu haben. Und im Gegenzug hatte er von diesem eine Reihe von Anzeigen wegen Übertretung der Luxusgesetze bekommen, weil er sich immer wie ein Pfau kleidete und Stoffe und Geschmeide trug, die ausschließlich dem Adel vorbehalten waren. Ein Prozesshansel weniger.

Trommelotto nahm als Erster in der Hausmeisterwohnung einen tiefen Zug des in der Kehle brennenden Slivovitz. „Ah! Aber was macht der Volland in dem Haus? Der hatte doch mindestens vier oder fünf Häuser in der Stadt?" An seiner rechten Hand begann er abzuzählen: „Der kleine Bischofshof, das Haus zum Roten Kreuz, zum Grünen Kranz und noch ein paar, die mir jetzt nicht einfallen."

„Herr Simpel", nuschelte Augustin, „und die schöne Elspeth, die hat doch da gewohnt. Der hat er doch alles, aber auch alles", dabei grinste er zweideutig, „vorn und hinten hineingestopft."

„No, no, Herr Augustin!" Barbara musste pflichtschuldigst protestieren, schließlich war sie jetzt eine achtbare Wiener Bürgersfrau und keine Fischgroßhändlerin mehr. Sie drohte ihm mit dem Finger.

Meister Schmierler meldete sich räuspernd zu Wort: „Halten zu Gnaden, wenn ich nicht mehr gebraucht werde, macht einen Gulden 30 Kreuzer, schöne Frau Barbara."

Sie zählte zwei Gulden in seine mächtige Pratze. „Habt vielen Dank, Meister, Ihr habt mir sehr geholfen."

„Gott behüt' Euch, Habe die Ehre, die Herren." Er tat noch einen tiefen Schluck aus dem Krug, deutete einen Kratzfuß an und schulterte seine Werkzeugkiste.

Trommelotto hatte sich zwei und zwei zusammengereimt. Der Volland war bei seiner Hur' und dann ist die Pest über beide gekommen. Warum die aber auf den Dachboden gestiegen sind – wir werden es nie erfahren."

„Vielleicht haben s' glaubt, dass s' der Gevatterin Pest entkommen, wenn s' höher steigen. Was machen die Menschen nicht für Blödsinn, wenn sie dem Tod nah sind." Augustin hatte keine andere Lösung. Er zog noch einmal tief vom Tonkrug an.

„Die Volland'schen Erben haben sich bis jetzt noch immer gestritten, ob er tot ist oder nicht und wem was gehört. Jetzt können die sich doch die Leich' abholen. Nur die Elspeth, der hat leider keiner nachgeweint. Die Sachen von ihr, die gehören jetzt Euch, Frau Barbara."

Trotz seiner Angetrunkenheit hatte sich Augustin einen nüchternen Menschenverstand bewahrt, oder sah er die Zusammenhänge klarer, wenn er so richtig fett war?

„Meiner Seel', jetzt muss ich wieder auf die Peterswache und das alles bei der Guardia anzeigen.“ Barbara jedenfalls war sich ihrer Pflicht als Hausbesitzerin bewusst. „Kommt mit mir, meine Herren, und gebt auch Eure Aussage zu Protokoll, bitte! Dann lade ich Euch auch nachher auf ein gutes Bratl und einen festen Schluck ein.“

Da hielt es unsere zwei Freunde nicht mehr und sie drängten, nein sie buserierten Barbara geradezu, doch sogleich auf die Peterswache zu eilen.

Ende August 1682, Bosna Saray

Schahin und Josef traten aus der Gazi-Husrev-Beğ-Moschee, dem herrlichen Bauwerk des Persers Adžem Esir Ali. Zugegeben, nach der Hagia Sophia und der Blauen, der Sultan-Achmed-Moschee war dieses Juwel Bosniens ein wenig provinzieller. Und doch schwer beeindruckend, mit den herrlichen Teppichen und der Empore für das Freitagsgebet. Sie standen unter den fünf Kuppelwölbungen der Vorhalle und suchten ihre Stiefel. Josef träumte schon wieder unter den bunten Fresken und spielte versonnen mit seinen Zehen. Wie bei den Osmanen Kunst und Handwerk in eins übergingen. Wie Funktion und Ästhetik ein Gesamtwerk waren. Ein paar alte Männer genossen die Waschzeremonie am Brunnen.

„Geht die Uhr da vor?“, fragte er Schahin und blickte wieder auf den schlanken Uhrturm.

„Mein Kind, das ist doch, wie du siehst, ein arabisches Zifferblatt, das die islamische Zeit angibt.“ Schahin spielte den leicht Entrüsteten. „Das solltest du jetzt aber schon wissen. Träum nicht schon wieder. Wir gehen dort an der Türbe des großen Gazi Husrev Beğ vorbei und dann in die Baš aršija, in den Bazar. Vielleicht können wir noch den einen oder anderen kleinen Handel abschließen.“

„So ist er“, dachte Josef. „Kaum einem Überfall entronnen, dann über die Drina, und denkt schon wieder nur an Handel. Ein echter Armenier, ein Sohn Hajastans.“ Sie hatten es sich am Rande des Bazarviertels mit seinen kleinen geduckten Verkaufshäuschen und den roten, vorgezogenen Dächern und patinagrünen Moscheekuppeln im Haus eines armenischen Bekannten von Schahins Bruder, eines gewissen Vardapet Karapet, gemütlich gemacht, um ein wenig auszuruhen und nach den Strapazen des anstrengenden Ritts wieder Kraft zu schöpfen. Die Straße der Kupferschmiede mündete direkt in den Miljačka-Fluss und an der Ecke logierten sie jetzt für ein paar Tage. Josef hatte den Vardapet schon in Wien kennengelernt und ihn noch in Buda für einen grimmigen Spion der Osmanen gehalten. Mit ihm war Schahin so gemütlich über die Basteien geschlendert. Jetzt konnte sich Josef überzeugen, dass von Spionage keine Spur war.

Doch der Überfall hatte ihn reifer und vorsichtiger werden lassen. Er drehte sich auch immer wieder vorsichtig um, witterte bei Seitengassen rechts und links und sah nun in jedem, der sich ihnen auf Armeslänge näherte, einen Verbrecher. Trotzdem hatte er beständig ein ungutes Gefühl. Wurden sie verfolgt? Hatte man die wahre Aufgabe Schahins aufgedeckt? Schon bei der Koranschule, mit ihren zwölf kleinen Dachwölbungen und den langen Schloten, war ihm eine ausgemergelte Figur mit einer Derwischmütze aufgefallen, die seit nunmehr zwei Stunden immer wieder in ihrer Nähe auftauchte. Blieb Schahin stehen, um einen Kupferkessel zu prüfen, wandte sich der Lange auch einem Handwerkerstand zu, saßen sie in einem Kaffeehaus, war der Hagere nicht weit.

Endlich, am Abend, im Haus des Vardapet, offenbarte Josef seine Beobachtungen.

„Gut gemacht, mein Sohn, man kann nicht vorsichtig genug sein. Jetzt legen wir uns einmal auf unsere Pölster, morgen werden wir weitersehen, ob deine Beobachtung richtig ist. Der Blecha Zenz und der Vardapet werden uns dabei helfen."

Richtig, am nächsten Morgen, als sie in die Karawanserei schlenderten, um nach den Pferden und Maultieren zu sehen, war er wieder da. Josef zischelte seine Beobachtungen, ohne sich deutlich umzudrehen, an seinen Vater weiter. Diesmal aber folgten dem Hageren ein tief vermummter Zenz und Vardapet mit zwei Dienern in einigem Abstand. Im Stall schob sich Josef neben Goldkind, die er tätschelte, hinter einen Pfeiler und beobachtete den Neugierigen. Er trug die Derwischmütze, wie damals in Stambul, unter der rabenschwarzes Haar in Fülle hervorquoll, das, verbunden mit einem dicken buschigen Bart, seinen Gesichtszügen einen gebietenden Ausdruck verlieh. Seine Augen, die bei der schnellen Bewegung seiner Augenlider gleich Sternen funkelten, ließen ihn wie einen Dämon erscheinen. Schahin schien die Hufe seines Pferdes zu kontrollieren, während er noch gebückt stand, zischte er kurz zu Josef. Der gab ein kleines, vereinbartes Zeichen mit seinem linken Fuß.

Da stürzten sich Vardapet, seine Diener und der wie ein Dschinn brüllende Zenz auf den Langen und drückten ihn ins Stroh. Zenz, der mörderische Znaimer, wollte dem Ganzen gleich ein tödliches Ende bereiten und hielt schon einen Krummdolch in seinen Händen. Vardapet konnte ihn aber noch zurückhalten. Sie banden ihm mit Lederriemen mühsam Hände und Füße, obwohl der Hagere unerhörte Kräfte zu haben schien und sich wie eine Schlange wand. Schahin hatte ihm einen Knebel in den Mund getrieben. Dann hüllten sie ihn in Sackleinen ein und warfen das zuckende Bündel auf ein Maultier. Zenz konnte sich nicht zurückhalten und beendete das Krümmen und Herumwerfen vorübergehend mit seinem kleinen bleiernen Totschläger, der an der richtigen Stelle des Kopfes nur leicht „blupp", wie köchelnder Spinat, machte. Dann schritten sie, die würdigen Handelsherren, aus dem düsteren Stall der Karawanserei und richteten zielstrebig ihre Schritte zum Hof Vardapets. Zenz und ein Diener des Armeniers schleppten das Bündel in ein feuchtes Kellerloch. Die anderen folgten mit Fackeln. Das Wasser der nahen Miljačka breitete einen leichten grünen Schleim am Boden des Gelasses aus. An einem rostigen Eisenring banden sie das Bündel fest und Schahin schüttete einen Ledereimer mit Wasser auf den Kopf des Gefangenen.

Vorher schon hatte er ihm den Knebel entfernt. Der ehemalige Derwischmützenträger schüttelte sich verstört. Zenz kauerte ganz nah bei ihm und hielt die Dolchschneide spielerisch an seinen Hals. Am liebsten hätte er schon einfach südmährisch losgesäbelt. Trotzdem sah sie der so plötzlich wieder Erwachte abschätzig an. Seine Augen wieselten von rechts nach links. Die Augenlider klappten auf und zu.

Dann endlich krächzte er verächtlich: „Gott schenke Euch Erbarmen! Ihr seid alle des Todes!"

Mit geheuchelter Freundlichkeit begann Schahin sein Verhör.

Der Gebundene blieb aber bei seiner Formel: „Ihr seid alle des Todes!"

Zenz bat schon flehentlich, mit glühenden Augen: „Nur ein bisserl mit der Messerspitz'n ins Halserl ritzen, einen kleinen Gruß aus Mariazell!"

Aber Schahin begann seinen ersten Trumpf auszuspielen: „Ich gehe jetzt zum Kaimakam und vor ihm sollt Ihr Eure Drohungen wiederholen."

Da riss der Gefesselte seine Augen auf und fixierte das erste Mal Schahin mit ungläubigem Blick. „Der Kaimakam von Bosna Saray ist Staub unter dem Kameltritt unseres Herrn über alle Herzen der Erde. Ihr Eselsfürze seid Früchte des Bostanji Baschi!"

„Soso, der Henker wird also unser Schicksal beenden, wollt Ihr Allah beleidigen, der allein unser Schicksal kennt?", donnerte Schahin furchterregend. „Zenz, du bleibst bei unserem Freund – du weißt, keine Milde, wenn er Blödheiten macht. Ihr, Vardapet, und ich, wir gehen sofort zum Kaimakam."

Doch der Geheimnisvolle antwortete nur: „La illaha ilallah Muhammadu rasul allah."

Schahin hieß Josef ein großes Stück Mohnkuchen einpacken, und nachdem sie sich alle ihre Ehrenkleider übergeworfen hatten, machten sie sich gemeinsam auf den Weg. Vardapet war in der Hofhaltung des Kaimakam gut bekannt und auch Schahin schien die höheren Höflinge persönlich zu kennen. Sie mussten nur ganz kurz bei Scherbet und Kaffee warten, dann flogen ihnen die Tore zum Innersten auf und Omar Ali persönlich, der Herrscher von Bosna Saray, öffnete seine Arme. Josef sah beim ersten Blick, dass der Würdenträger ein aufgedunsener Trunkenbold war. Sein Schritt war taumelnd. Ein Speichelfaden lief ihm über die schon fast gelähmte Unterlippe. Sicher war er auch dem Opium nicht abgeneigt. Denn als ihm Schahin mit erhobenen Händen und knieend die Platte mit einem Pfund der braunen Masse entgegenreichte, huschte ein Hauch genießender Vorfreude über das grinsende Gesicht Omar Alis.

„Ich schätze mich glücklich, Euch in meinem Palast zu empfangen", lallte der Kaimakam. Zwei Diener halfen ihm in seine verschwitzten Pfühle auf dem niederen, sechsfüßigen Soffa. Nach einigen Lobeshymnen und Höflichkeitsfloskeln kam Schahin zum Kern seiner Angelegenheit. Trotz seiner geistigen Angegriffenheit war dem Kaimakam ein Rest von Scharfsinnigkeit geblieben. Er klatschte in die Hände und ein prunkvoller Offizier erschien, ein Bostançi Kethüdaşi in rotem, kurzem Mantel mit weiten Ärmeln, darunter ein goldgewirktes Kleid mit hellblauem Bund. Seine gelben Stiefel bewegten ihn lautlos.

„Ich bin also Staub unter dem Kameltritt des Sultans, soso – das werden wir genau überprüfen." Er gab kurze Anweisungen an den Offizier und Schahin hieß Josef, mit diesem zum Haus des Vardapet zu eilen, um den Verdächtigen holen zu lassen.

„Vielleicht wollt Ihr mit mir in der Zwischenzeit eine kleine Mahlzeit einnehmen und als Christen Euren gewohnten Trank probieren, den ich zufällig auch in meinen Gemächern vorrätig habe." Er beugte sich zu Schahin: „Ihr seid doch einem kleinen Tropfen Amselfelders nicht abgeneigt, eh?"

Schahin zeigte sich hocherfreut. „Das hat mir schon lange gefehlt, oh Schutzhort des Bosnierlandes."

Sogleich sprangen ein paar Knaben herbei und servierten aus prächtigen Kannen den tiefroten Wein, für den das Amselfeld berühmt war. Omar Ali wartete keine Sekunde ab und leerte gierig einen ganzen Becher. Dann rülpste er zufrieden, um die Reaktion seiner Gäste zu sehen. Platten mit Huhn, Hammel und fettem Pilav wurden gereicht und die Welt in Bosna Saray schien in bester Ordnung zu sein.

Bis, ja bis die Türen wieder geöffnet wurden und die Wachen das verschnürte Bündel mit dem Hageren hereinzerrten.

„Zuerst die Bastonade", entschied Omar Ali. Zwei glatzköpfige Muskelpakete erschienen mit einem Holzblock und Fußeisen sowie langen Bambusrohren und legten sich so ins Zeug, dass es Josef ganz schwummrig wurde. Die Sohlenhaut des Maltraitierten platzte bald auf und schwere Blutstropfen besudelten den edlen Stein der Empfangshalle. Der Kaimakam verfolgte das Schauspiel ohne Gemütsbewegung, ab und zu griff er nach seinem wieder gefüllten Pokal.

Der Hagere würgte entsetzlich.

„Hast du die Sprache verloren, du Kamelscheiße? Aber wir haben viel Zeit, besonders um dir langsam den Rest deiner Fußsohlen abziehen zu lassen. Mein Turbandreher ist auch ein Spezialist für feine Hautkosmetik." Der Kaimakan wandte sich an seine Gäste. „Sonst machen wir solche Spezialitäten nur unten im Hof. Aber weil Ihr es seid, können wir unsere kleine Freude auch während des Mahls genießen."

Der Turbandreher hatte sich erhoben und mit gierigen Augen und einem feinen, kleinen Messer näherte er sich dem Todgeweihten. Er leckte sich die Lippen.

Da begann der Gefangene endlich mit gepresster Stimme und wahrscheinlich unter schrecklichen Schmerzen zu stammeln. „Ich bin Evliya, Sohn des Abdul, Geheimer Tschausch und zugleich Kullul der 56. Orta der Janitscharen. Der fette Fremdling ist ein Spion und Feind des Vaterlandes. Ich verfolge ihn seit Stambul. Den anderen kenne ich nicht. Es ist nur sein Quartiergeber. Oh, Kaimakam, töte den Hund. Der Herr aller Menschenhälse wird dich reich belohnen."

Der Kaimakam öffnete nur kurz sein rechtes Augenlid. „Schahin, mein Freund, gib mir eine Ecke von deiner Gabe, damit ich sie probieren kann." Er tunkte mit seinen Würstelfingern ein Stückchen Mohnkuchen in Scherbet und malmte es schmatzend zwischen seinen Zähnen. Dann gähnte er laut und kuschelte sich in die Kissen seines Soffas. Nach einer unendlich langen Zeit öffnete er wieder sein rechtes Augenlid. Die Spannung war nicht mehr auszuhalten. Omar Ali schien weit weg zu sein.

„Ich bin also Staub unter dem Kameltritt ...", lallte er. „Du hast Glück, Evlija. Neben dir steht dein bester Freund, der Bostanji Baschi von Bosna Saray. Er ist dir gnädig. Er wird dir einen schnellen Tod mit seinem Schwert bereiten. Wer meine langjährigen Freunde in Bosna Saray belästigt, ist mein Feind. Er stört mich und meine Würde. So wie du."

Und indem er den Henker kurz fixierte, winkte er gelangweilt mit seiner fetten Linken.

„Schleppt ihn hinab, macht kurzen Prozess. Da brauchen wir keinen Imam. Dann verscharrt ihn. Findet seine Habseligkeiten und teilt sie auf unter Euch. Ihr seid entlassen."

Evlija protestierte auf einmal lautstark. Ein Fausthieb des stiernackigen Henkers, der einen Ochsen getötet hätte, beendete sein Geschrei.

Der Kaimakam tauchte noch einmal aus den Weiten seiner Träume auf: „Schahin, kommt noch einmal zu meinem Verwalter und übergebt ihm noch drei Eurer Küchlein. Er wird Euch gut entlohnen. Nun geht in Frieden. Allah schütze Euch."

Damit kippte sein aufgedunsenes Haupt in die Brust. Schahin seufzte auf und bedeutete seiner Begleitung, einen schnellen Abgang durch die Mitte machen. Er beugte sich noch vor dem

Hofstaat. Der Bostançi Kethüdaşi führte sie ins Freie. Josef sog durch seine Nase die frische Luft auf. Ohne ein Wort zu wechseln schritten sie rasch zum Haus des Vardapet. Die Luft von Bosna Saray, der Perle des Bosnierlandes, schien ihm auf einmal kühl und süß.

Oktober 1682, Wien

Noch in Erdberg, ihrer letzten Station, hatten sie sich herausgeputzt, um in der Wienerstadt einzureiten. Schon am Abend hatten sie ihre muselmanischen Ehrenkleider herausgelegt, so dass sie wie eine Delegation des osmanischen Großherrn wirkten. Schahins Turban war von rosafarbenem Musselin. Josef, in seinem weinroten, golddurchwirkten Gewand, hatte sich eine rote Zwergerlmütze eines Binbaşis aufgesetzt, die mit seinen rotblonden Haaren nicht besonders harmonierte. Aber ihm gefiel's. Der Zenz hatte einen Türken aus Znaim gemimt. Die Pferde waren im Stall der Herberge mit Zöpfchen versehen, das Zaumzeug mit Rindstalg eingelassen worden und glänzte spiegelglatt. Josef hatte in aller Herrgottsfrüh die Tiere mit einem Ziegenhaarbalg, wie er es in Stambul gelernt hatte, so gestriegelt, dass er selbst Blasen an den Händen bekommen hatte. Zenz hatte ins Tränkwasser noch eine gute Flasche Schnaps geschüttet, dass die Gäule nur so mit den Augen funkelten und munter tänzelten.

Nun aber war kein Halten mehr. Die Kavalkade überquerte, nachdem Schahin seinen Obolus entrichtet hatte, die Schlagbrücke. Der Brückenmautner, der alte Herkomber selbst, beglückwünschte sie und wollte sie auf einen schnellen Schnaps einladen. Schahin aber winkte ab: „Später, später!“ Jetzt wollte er so schnell wie möglich zu seiner Barbara. Auch Josef mochte keinen Aufschub mehr erleiden. Und der Blecha Zenz zwirbelte im Sattel seinen schönen Schnurrbart. So waren sie wohlgefällig die Taborstraße bis zur Karmeliterkirche hinuntergeritten, von einigen Gassenjungen johlend begleitet. Die schrien so lange „Die Kimmeltürken san wieder do!“, bis es

Zenz nicht mehr aushalten konnte, und sein überraschend lautes: „Geht's alle scheißen, es Hundskrippeln!" dämpfte die Neugier des jugendlichen Leopoldstädter Empfangskomitees. Also doch keine Delegation des Sultans.

Als sie kurz darauf vor dem Haus hinter dem kaiserlichen Schiffamt von den Pferden stiegen, wogte ihnen schon Frau Barbara strahlend entgegen. Hinter ihr lugte die neugierige Eveline hervor und der ewig taumelnde Marx Augustin hatte sich auch aus seinem Nachtlager herausgewunden. Er hatte zwar einen Mordsdurst, einen Urbrand, aber die Heimkehr des jungen Herrn Josef, das wollte er sich nicht entgehen lassen, und sei es vor seinem ersten Seidel Wein.

Barbara schob sich die Haarlocke aus der Stirn und mit feuchten Augen umschlang sie Josef und dann zugleich Schahin, obwohl das ja physisch gar nicht ging. Das war ein Gehüpfe und Gewoge. Der Zenz hatte gleich ein Aug auf die Neue geworfen und zwirbelte schon wieder seinen Schnurrbart, sich würdevoll verbeugend. Im Haus hatten sie zuerst auspacken und Geschenke überreichen wollen, aber Barbara hatte alle in die gute Stube gezwungen und in der Küche zu werken begonnen. Gemütserregungen werden in Wien nur durch die heftige Vorbereitung von fetten Speisen niedergehalten. Und zwischen Erzählungsfetzen und Bratenzischen gab es immer wieder Umarmungen und Küsse und Zärtlichkeiten. Die Kavalkade schlüpfte in bequemere Kleidung, nur Marx Augustin und Blecha Zenz unterhielten sich schon angeregt mit dem Grünen Veltliner, bis Schahin die traute Dreisamkeit störte und die Versorgung der Tiere anmahnte. Aber Josef war schon vorher hinausgeschlüpft und hatte, beginnend mit Goldkind, angefangen, die Pferde zu entlasten und zu tränken.

Oktober 1682, Wien, am Kaiserhof

Audienz bei seiner Majestät. Vor dem Zeremoniensaal der Wiener Hofburg war das Menschengedränge furchterregend. Ihre Majestäten hielten Hof. Barbara, Schahin und Josef waren kurz instruiert worden. Hofknicks. Kompliment machen. Nie den Majestäten den Rücken zeigen. Gebückt nach hinten, Richtung Tür, sich retirieren. Ihre neuen Hofkleider raschelten steif in der Antecamera. Barbara konnte sich gar nicht setzen. Als sie ihre Chemise und ihre Strümpfe angezogen und die einschnürenden Strumpfbänder befestigt hatte, hatte ihr Eveline in den wadenlangen Anstandsrock geholfen. Das neue Korsett schnürte sie derartig ein, dass sie nach Luft japsen musste. Ihre Eveline hatte gut und gern zwanzig Minuten gebraucht, um es in mehreren Anläufen spiralweise zu schnüren. Jetzt in der Antecamera wurde ihr bewusst, dass es ihre liebe Magd an der Taille zu gut gemeint hatte. Aber gut gemeint ist oft das Gegenteil von gut. Es war ein Martyrium. Aber sonst wäre der Vorder- und Hinterteil des Rockes, die Jupe, an der Seite aufgeklafft. Durch ihre breiten Hüften und den eingezwickten Unterbauch brauchte sie gar kein zu großes Panier, die gestärkten Taschen unter der Jupe. Zuerst war der hintere Teil des Rocks in der geschnürten Taille befestigt worden, dann der überlappende vordere. Dann hatte Eveline den Stecker aus demselben rosa-orangen Stoff, der Barbara fünfundzwanzig Gulden gekostet hatte, befestigt. Natürlich wollte der Stecker nicht halten, denn wegen der üppigen Magenwölbung ihres Korsetts musste man zusätzliche Steckernadeln verwenden und prompt wurde sie von Eveline auch zweimal fest gepiekst. Der hervorquellende Busen war in seinem U-förmigen Ausschnitt in feiner Spitze eingerahmt. Dann noch das gefältete Manteau über die Schultern gelegt und festgesteckt. Vorne klaffte es weit auseinander und war seitlich gerafft und mit zwei Bändern in Oberschenkelmitte gehalten. Ursprünglich hatte sie sich eine kleine Schleppe gönnen wollen, aber Schahin hatte ihr dringend abgeraten. Sie hatte dann nur eine schlichte Goldkette angelegt und ganz kleine Perlenohrringe. Ihre Fontange, die drahtgestützte Haube, war ein Spitzentraum.

Trotzdem – „Dezent sein“, hatte Schahin gemahnt. Er selbst stak in einem altrosa, mit Braun durchwirkten Seidengehrock, hellen Kniehosen und weißen Strümpfen. Seine Hofschuhe waren ganz einfach nur mit Messingschnallen verziert. Eine hochgetürmte, weiß gepuderte Doppelperücke machte aus ihm einen ausgefressenen Königspudel.

Aber die schlanke Gestalt Josefs bot ein würdigeres Bild. Er war in Grasgrün gekleidet und trug ein ganz neumodisches Tuch, à la Croate, ein Crawattel. Eine schlichte, blütenweiße Perücke zierte auch ihn. Allein die Hofkleider hatten ein Heidengeld verschlungen. Im wahrsten Sinne des Wortes: das gute Geld der Heiden. Denn Schahin war ja nicht ganz ohne Geld aus dem Orient zurückgekehrt.

Zum ersten Mal hatte Josef bis zum General Kaplíř und dem Hofdolmetsch Meninski vordringen dürfen. Schahin hatte auf seiner Anwesenheit bestanden. Alle sympathetischen Schriften waren fein säuberlich übertragen worden, auch Josefs Reisebuch hatte sein Scherflein beigesteuert. Das Wunder der Unmengen von Pulvervorbereitungen, ohne dass neue Kanonen gegossen wurden, hatte sich schnell gelöst. Kaplíř war ein findiger Kopf. „Wir müssen alle erreichbaren Bergknappen aus den Vorlanden und Tirol, aus Böhmen, Schlesien und königlich Oberungarn zusammenführen.“

Schahin und Josef hatten einander zweifelnd angesehen, und auch der Chefdechiffrierer des Ostens hatte sich gewundert.

Da war Kapliř der Kragen geplatzt: „No, versteht's Ihr nicht? Der Osmane braucht gar keinen Belagerungspark, keine riesigen Stücke, die ihn nur hindern. Er hat Bergleute, Mineure. Da sind die Türken Kapazunder. Die werden uns unter den Mauern Gänge bohren und sie mit Pulverladungen hochgehen lassen, so schnell können wir gar nicht ‚Gelobt sei Jesus Christus' sagen. Darum müssen wir Gegengänge graben, oder sie mit Wassereinbrüchen dersaufen lassen. Das ist eine Nachricht, dass der ganze Hofkriegsrat nur so jodeln wird. Eine neue Kampftaktik. Aber Ihr seid ja Zivilisten. Trotzdem habt tausend Dank. Das wird mein Dossier bei Seiner Majestät für Euch ein wenig dicker machen." Er hatte sich mit einem Kammerherrn verständigt. „Nächste Woche, Donnerstag meldet Ihr Euch zum Empfang. Sind Weibspersonen vorhanden?"

Schahin hatte genickt: „Meine Gattin."

„Respekt und Empfehlung, die Dame wird natürlich auch vor Ihren Majestäten erscheinen. Hofkleidung erwünscht."

Schahin hatte sich hörbar geräuspert: „Herr General, noch auf ein Wort. Bitt' um eine spezielle Gnad'!"

Beide waren aufgestanden und hatten sich in Richtung Fensterfront entfernt, nur leises Flüstern war zu vernehmen gewesen. Mit befriedigtem Ausdruck war Schahin zurückgekehrt, und Josef hatte sich augenblicklich erhoben. Es waren noch einige Höflichkeiten gefolgt, und auch der Oberdolmetsch, dem hier etwas entgangen war, hatte sich mit säuerlicher Miene entfernt.

Josef streckte sich, als sein Name und der seiner Familie aufgerufen wurden. Die riesigen Türen wurden von den Hatschieren aufgerissen und weit, unendlich weit, am Ende des Saales, thronten Ihre Majestäten. Zwei weitere Hatschiere nahmen sie in die Mitte: Barbara neben Schahin, dahinter in geziemendem Abstand Josef. Ihre Schritte tönten laut auf dem Parkett. Josef erschrak fast, als er das Gesicht seines Kaisers aus der Nähe sah. Seine

Unterlippe hing wirklich herunter, wie einem Dromedar. Sie war rosa und feucht sabbernd. Da halfen auch der dichte Schnurrbart und die nassen, ausdrucksvollen Glupschaugen nicht. Man musste sich an dieser obszönen, schlaffen Unterlippe, die wie ein von Übelkeit befallenes altes Weib herabhing, direkt festsaugen. Die Kaiserin Eleonore Magdalena, die jetzt schon dritte Frau des Kaisers, aus dem Geschlecht derer von Pfalz-Neuburg, dagegen war eine richtig fesche Godel. Fesch und resch, wie eine knusprige Kaisersemmel. Ja, das war der richtige Vergleich, denn sie hatte auch so einen semmelfarbenen Teint in ihrem Laberlgesicht. Auch ihr traten die Augen ein wenig heraus, aber das hatte der junge Erzherzog Josef nicht geerbt. Der saß gelangweilt neben den Majestäten, und sicher hätte er mit seinen vier Jahren lieber mit Josef gespielt, als einen ganzen Tag Audienzen mitzumachen. Aber Geschäft ist Geschäft, sagte Schahin immer. Tief gebückt absolvierten sie den Hofknicks, auch Barbara ließ keinen Laut des Schmerzes vernehmen. Der Kaiser hatte sich während ihrer Wanderung bis vor den Thron instruieren lassen.

Mit einer komischen Quetschstimme, die noch einen näselnden Oberton hatte, versuchte er Deutsch zu sprechen. Italienisch wäre ihm lieber gewesen, aber es handelte sich ja um Untertanen aus seiner lieben Wienerstadt. „Soso, Herr Hofchymist Schahin und auch Ihr, liebe Frau, äh, äh“, er winkte mit seiner Linken. Eine Hofschranze flüsterte in seine riesige Allongeperücke. „Äh, Barbara, ja ja. Und Euer lieber Figlio Josef. Nach dem heiligen Josef, dem Heiligen des Erzhauses. Recht brav, recht brav.“ Josef sah ihm verbotenerweise direkt in seine schwimmenden, hervorgetretenen Augen.

Konnte es sein, dass Seine Majestät ein wenig verblödet war? Obwohl man hörte, dass er ein großer Musicus und Komponist sei. Er machte dennoch den Eindruck eines überzüchteten Trottels. Das sollte der Kaiser der Christenheit sein? Für den wir Leib und Gut lassen sollen?

Die Diskussion mit seinem Vater über den „Leviathan", das Werk eines gewissen Hobbes, hatte ihm die Souveränität des Herrschers vor Augen geführt, des von den Gesetzen befreiten Monarchen. Das ist also mein „sovereign" und ich bin sein „subject". Wo stand da Descartes mit seinem sympathischen Zugang des Einzelnen zur Vernunft, die jedem Herrscher das Recht zur Jurisdiktion in Frage stellt? Er versuchte seine trotzige Miene zu mildern, aber ein „Idol" war der Mann da vorne nicht. Da hatte er den Sultan, diese Fettnudel, gesehen. Und jetzt seinen Herrn und Kaiser, der nur „äh, äh" stammelte. Wofür das Ganze? Josef war total desillusioniert. Nur nichts anmerken lassen! Er setzte lieber sein Naseweisgesicht auf und betrachtete verbotenerweise ganz offen die dralle Frau Semmelkaiserin.

Wenigstens die schien einen gesunden Menschenverstand zu haben. Denn sie richtete, in einem seltsamen Dialekt, ganz unprotokollarisch das Wort an seine Mutter: „Ihr habt wohl Todesängste ausgestanden um Eure zwei Herren, die da im Reich des Sultans einherpirschten, ja?"

„Halten zu Gnaden, Majestät, so ist es, das könnt Ihr mir glauben." Von Frau zu Frau redete es sich einfach viel leichter. Barbara hätte sich am liebsten zu der Gutesten hingeknotzt und ihr ihre Sorgen mitgeteilt, wenn nicht Schahin mit einem unmissverständlichen Hüsteln der Intimität eine Ende bereitet hätte.

Seine Majestät ergriff wieder die Initiative sowie das geheiligte Wort: „Wie mir berichtet wurde, habt Ihr Euch große Verdienste um den Hofkriegsrat und seine Mitglieder erworben."

Schahin erbleichte sichtlich und spürte seine Darmwindungen. Er räsonierte im Geiste: „Ogottogott, jetzt plaudert er auch noch vor all den Leuten meine Identität aus. Da könnte er ja gleich seinem Kontrahenten, dem Sultan, alles haarklein schildern."

Auch General Kaplíř blies laut hörbar die Luft aus und wischte sich über den breiten Schädel. Und murmelte in sich hinein: „Halten zu Gnaden, Majestät, bože moj, wenn Ihr nur Eure Allerhöchste Goschen halten würdet."

Zum Glück sprang Leopold, jetzt voll in Fahrt, schon zum nächsten Tagesordnungspunkt: „Und darüber hinaus habt Ihr Uns selbst ein wahrhaft unvergessliches Geschenk bereitet."

Drei Kammerherren erschienen von rechts hinten. Zwei von ihnen schleppten tatsächlich den Elefantenzahn aus Stambul, den Zenz allein aufs Maultier gepackt hatte. Und zitterten dabei wie die sprichwörtlichen Lämmerschweife.

Leopold untersuchte eigenhändig die Struktur dieser „materia sacra". Er selbst hatte sich schon einige Male an der Drechselbank versucht, allerdings ohne durchschlagenden Erfolg. Er winkte dem Obersthofkämmerer. Dieser gab dem kaiserlichen Beinstecher Matthias Steinl, der sich im Hintergrund gehalten hatte, einen Wink. Steinl, ein knorriger und vierschrötiger Vierziger, wuchtete den Zahn aus der Hand des Kaisers und klopfte ihn ab.

Er wiegte sein Haupt voll Anerkennung. „Majestät, ein gutes, festes Stück." Er klopfte mit seinen Knöcheln an das Elfenbein. „Ich könnt' mir vorstellen, wenn wir die Basis abschneiden, die als Sockel dienen könnte, möcht' ich aus den ersten zwei Fuß eine Statue von Euch, auf einem steigenden Pferd, schneiden. In Harnisch und Ornat. Einen im Wind fliegenden Mantel. Aus den nächsten eineinhalb Fuß ein Reiterbildnis Eures teuren Sohns, und den Rest verarbeite ich zu einem symbolischen Olifanten, einem Trinkhorn oder einem Tafelaufsatz. Ich muss nur die innere Struktur verfolgen, aber der Klang des Beins ist einwandfrei. Ein schönes Stück, das, wenn Ihr befehlt, für einige Jahre meine Werkstätte beschäftigen wird."

Das erfreute den verspielten Leopold, der von Standbildern, die ihn darstellten, nicht genug bekommen konnte. „Eine gute Idee, mein lieber Steinl. Beginnt mit den Entwürfen. Ich bin sehr darein interessiert. Denkt an das Standbild des Farnese in Piacenza, das wäre so recht nach meinem Gusto. Irgendwie in der Art. Ein wehender Mantel ist sehr gut. Auch für meinen Filius, als Art Pendant."

Er klatschte in kindischer Freude in die Hände. Sein Sohn, der Erzherzog Josef, hatte zwar nicht viel mitbekommen, nur, dass es irgendwie um ihn ging, und klatschte augenblicklich erfreut mit seinen Patschhändchen.

„Lieber Herr Hofchymist, der liebe Präsident Sinzendorf von unserer Hofkammer wird Euch für diesen Prachtzahn dreitausend Gulden anweisen lassen."

Der so Angesprochene, ein gallgelber Fettling, der bisher nicht unweit Ihrer Majestäten vor sich hin gedöst hatte, erbleichte sichtbar. Woher nehmen, wenn nicht stehlen? Aber der Jud' Oppenheimer würde schon in Vorlage treten, überschlug er schnell. „Sehr wohl, Majestät!" Er beugte sich tief. Dieser Audienztag würde wieder Unsummen verschlingen, und wer blieb über? Nur er selbst. Aber der Schahin, der alte Flohbeutel, würde ihm davon schon etwas persönlich abzwacken müssen. Wenn er das Geld bar sehen wollte. Hatte so ein junges, pralles Weib und wollte jetzt auch noch ärarische Gulden einheimsen! Aber nicht ohne den Präsidenten der Hofkammer. Hehe.

„Sehr wohl Majestät!" Nochmals beugte er sich tief. Schahin sah ihm dabei ins treudeutsche Auge: Wir beide wissen, was schicklich ist, du alter Schleimscheißer!

Dann trat der dritte Kammerherr vor.

„Dio mio, jetzt aber kommt ein Moment, wo wir uns alle hinknien wollen, und Ihr, mein teurer Kollonitsch, sprecht ein Gebet."

Die Majestäten erhoben sich und schritten die Thronstufen herab. Mit abgespreiztem kleinem Finger reichte Leopold seiner Eleonore Magdalena fürsorglich die Hand, war sie doch erst vor kurzem von einem weiteren Erzherzog, dem Leopold Josef, entbunden worden, und führte sie aufs Parkett. Der gesamte Hofstaat beugte das Knie. Auch Barbara und Schahin schienen fast zu platzen, als sie die gymnastischen Übungen vollführten. Der dritte Kammerherr trug auf einem roten Kissen die Reliquie der heiligen Anna vor den Kaiser.

Kollonitsch psalmodierte und segnete die gesamte Gemeinde. Alle erhoben sich erleichtert und Ihre Majestäten ließen sich wieder nieder. Auch der kleine Erzherzog hatte die kurze Unterbrechung genützt, um zu seiner Aya zu laufen.

Der Kammerherr enthüllte die mit roter Seide bedeckte Phiole und beugte sich tief vor den Majestäten.

„Die Hand der heiligen Anna, der verehrten Mutter der Gottesgebärerin, aus dem Reich des Antichristen zu entführen, ist ein Hauptstreich, lieber Doctor! Eine Mehrung der Gnade des Hauses Habsburg durch dieses Heilthum und ein wohlgefälliges Werk für die gesamte Christenheit. Wir übertragen die Reliquie in das Sondereigentum der weiblichen Familienmitglieder des Hauses Habsburg, als Garant für glückliche und gesunde Geburten. Sie wird an ihrem Festtag, am 26. Juli, in der Kirche der heiligen Anna eine besondere Stätte der Anbetung finden. An diesem Tag sollen zwei Predigten und eine Litaney mit dem Segen abgehalten werden. Und eine besondere Kirchweih. Damit alle Annerln in Wien einen zu Herzen gehenden Festtag feiern können. Zur Übertragung des Heilthums stifte ich eine neue Bruderschaft, deren Satzung noch zu bestimmen ist. Ihr aber, der sie Uns, sicher nicht ohne Mühen, zu Füßen gelegt habt, seid belohnt. Ihr werdet nicht nur Wiener Bürger, das ist mir der löbliche Wiener Magistrat nur schuldig. Ihr werdet hofbefreiter Orienthändler. Ihr erhaltet ein Gratisgewölb an meinem Hof, das Ihr Euch aussuchen könnt. Euch und Eurer Familie allein soll der monopolierte Handel und Vertrieb aller Wachsbossierungen und Andenkenbilder zum Annentag überlassen sein. Ihr seid steuer-, maut- und abgabenbefreit. Bis an Euer Lebensende, und danach für Eure Wittib, sollt Ihr eine Ehrenpension von tausend Gulden jährlich erhalten."

Der Hofkammerpräsident Sinzendorf erbleichte neuerlich. „Was für eine schauerliche Schnurre hat sich da Seine Majestät für ein paar gefälschte Knochen ausgesponnen! Wahrscheinlich von irgendeinem armen Mordopfer. Oder gar von einem Schwein. Aber so war er, der Herr Leopold, ließ sich jede Posse hineindrücken, ohne sie zu überprüfen. No ja, zwanzig Prozent gehören schon mir, da wird es keine Diskussion geben. Der Schahin, das geriebene persische Bürschchen, ist ein alter Fuchs. Dafür kriegt er sein Geld auch fast sofort, so in zwei, drei Monaten.

Er beugte sich wieder tief und respondierte: „Sehr wohl, Eure Majestät, es wird mir eine Ehre sein."

„Kollonitsch, tretet vor und übernehmt zu treuen Handen, diese herrliche Kostbarkeit. Eine Zier des Hauses Habsburg."

Schahin rechnete stumm. 700 bis 800 Gulden jährlich netto, der Sinzendorf wird seinen Anteil haben wollen. Nicht schlecht. Aber steuerfrei zu sein, das war ein Geschäft. Allein in Raab, beim Mautner, hatte er 1525 Gulden und 15 Kreuzer für seine Ware hinzählen müssen. Das nächste Mal würde er dem löblichen Herrn Mautner Dreissiger den großen Stinkefinger zeigen, wie der Diodato. Und hofbefreit dazu. Der ganze Wiener Magistrat konnte ihm nun den Buckel hinunterrutschen, die armseligen Korinthenkacker. Und fast hätte er lauthals herausgelacht – er, der Armenier, sollte nun das Monopol für Handel mit den Anna-Devotionalien führen. Dabei war in der armenischen Kirche der Festtag am 26. August.

Er versuchte sein breites Grinsen unter Kontrolle zu halten. Ächzend ließ er sich wieder auf seine Knie nieder, denn Leopold hatte schon die Rechte zum Kuss hervorgestreckt. Auch Barbara musste die Tortur über sich ergehen lassen und einen Kuss andeuten.

„Nur nicht auf die majestätische Hand schmatzen!“, hatte ihr Schahin eingebläut. Josef entledigte sich seiner Pflicht recht elegant. Er konnte schon ahnen, wie indigniert seine Majestät auf seine vier Finger und den Stummel glotzte.

„Ein recht liebes Kind, Euer Herr Sohn, Gott segne Ihn“, konnte sich Leopold noch herausleiern.

Und dann retirierten sie sich. Für die Mannspersonen war das noch relativ einfach. Aber für Barbara ein rechter Gräuel. Mit der Linken musste sie den rückwärtigen Saum ihres Panzerkleides hochlüften, gebeugt, eine Stellung, die ihren Körper von vornherein, als anatomische Anomalie, nicht sehr goutierte, nach hinten schreiten, ohne zu stolpern. So wogte sie arschlings dahin.

Josef, der ihren Hintern im Visier hatte, gab ihr mit scharfen Zischlauten die Richtungshinweise. Wenn's die nur Mama jetzt nicht hinprackt! Er drehte seinen Kopf in Richtung geöffneter Türflügel. „Noch zehn Schritte ungefähr.“

Langsam, Schritt um Schritt, setzte Barbara ihre scheuernden Schenkel und zählte mit. Noch immer keine Tür …

Dann aber hatte sie es geschafft und vor ihr erhob sich nun auch unter den kritischen Augen der Hatschiere, die die Pforten schlossen, ihr lieber Schahin, der hofbefreite Orientwarenhändler, Hofchymist und Staatspensionist.

Träume können auch wahr werden, dachte sie. Pensionist in Wien und ruhegenussfähig, auch für die Witwe. Was kann es Schöneres noch geben auf dieser Welt.

Und ohne auf irgendein verblödetes Protokoll zu achten, umarmte sie ihren weiß bepuderten Perückenperser und gab ihm einen dicken, feuchten Schmatz auf seine Lippen.

Wien, Frühjahr 1683

Was niemand ahnen konnte, Goldkind war trächtig. Josef war außer sich gewesen, als Georg Michailowitz schon im Winter die erste Vermutung angestellt hatte. Obwohl er sich damals, noch ein wenig zweifelnd, seinen schwarzen Knebelbart gerieben hatte. Jetzt, im Frühling, war Josef so nervös wie ein junger Familienvater vor der Geburt seines ersten Kindes. Im Stall des Hauses hinter dem Schiffamt hatte er mit Zenz Blecha ein eigenes Stallabteil für Goldkind und das künftige Fohlen eingerichtet. Jede Nacht sei mit der Geburt zu rechnen, meinte Michailowitz, der sich am besten mit Reittieren auskannte. Er hatte Josef auch viele gute Ratschläge aus seinem reichen Erfahrungsschatz mitgegeben. Zusammen mit Georg Koltschitzky hatten sie den Neuzugang in der Leopoldstadt ausgiebig untersucht. Beide meinten, dass Goldkind an die vier bis fünf Jahre alt sein musste.

Zuerst hatte Koltschitzky, vielleicht auch aus Neid, ein wenig mieselsüchtig an dem Pferd herumgemäkelt: „Seht ihr nicht, dass das Tier kuhhessig ist, seine Hufe stehen ja auseinander wie die Füße einer Watschelente und der Stand, oh Gott, der Stand ist ja viel zu eng. Und die Ohren, no ja, irgendwie komisch!“

Aber Michailowitz hatte an die Turkmenenpferde erinnert, die er vor langer Zeit im Osmanischen Reich gesehen hatte. „Bitte, und was sagst du zu der einzigartigen Goldfarbe, dem langen Gazellenhals und den Ringen um die mandelförmigen Augen, hä?“

Josef blickte immer nur von einem zum anderen, lauschte und lernte. Zu ihm jedenfalls hatte Goldkind im Laufe der Monate ein enges, zutrauliches Verhältnis bekommen. Er hatte sie täglich selbst gefüttert, mit ihr gesprochen, sie umhegt und sein guter Reitstil, sein Kreuz und seine Hilfen hatten sie zusammengeschweißt. Aber er war noch weit davon entfernt, mit dem Pferd Reitkunst zu studieren, da ihm selbst niemand Unterricht darin geben konnte. Nicht weit vom Haus hatte Barbara eine Wiese dazugemietet, die Zenz mit einem Zaun versehen hatte, und auf dieser Koppel liefen nun alle Pferde, die sie vom Balkan mitgebracht hatten. Manchmal führte auch Herkombers Rossknecht die Tiere aus dem Stall des ehemaligen Vormunds zum Auslauf. Da gab es ab und zu Streitereien und Ranglerei, denn Goldkind versuchte jedem auf der Koppel zu zeigen, wer das Leittier war. Herkomber betrieb neben seiner Brückenmaut auch einen Pferdehandel und vermietete Reittiere für Besucher und Durchreisende. Gleich in den ersten Tagen hatte er versucht, Josef Goldkind abzuluchsen. Der aber blieb standhaft. Um keinen Betrag der Welt wollte er die Stute hergeben. Zusammen mit einem guten Deckhengst wäre da sicher ein gutes Geschäft zu machen. Wenn nicht die Türkengefahr drohte. Keine gute Zeit für eine Pferdezucht. Entweder wurden die Tiere requiriert, oder eine Belagerungsarmee würde sie als Beute ansehen. Er war sich mit den Armeniern einig, dass das osmanische Heer noch im Sommer vor Wien stehen würde. Zuerst die Festung Raab zu erobern, brächte für Großwesir Kara Mustafa keinen Ruhm und nur Zeitverzögerung, er würde sich sofort auf den Goldenen Apfel Wien stürzen. Auch wenn der Hofkriegsrat noch auf diesen Aufschub hoffte. Josef war verzagt, fast schon verzweifelt. Gerade jetzt, wo Goldkind fohlen sollte. Er saß gerade bei seiner Mutter in der Küche und klagte ihr sein Leid. Barbara war wie immer der ruhende Fels in der Brandung. Sie wischte sich ihre Hände an der Schürze ab und nahm Josefs Kopf in die Hand.

„Du hast doch schon so viele Probleme gemeistert, Bub. Und wenn es nicht allein geht, wozu hast du deine Familie?“

Sie nahm seine Wangen in beide Hände und küsste seine wieder blasser gewordene Stirn. „Weißt was? Heute Nachmittag gehen wir zusammen in die Tuchlauben in die Stadt. Der Herr Oppenheimer hat dort für sich ein großes Haus kaufen lassen, und wahrscheinlich ist auch dein Großvater dort. Ich habe von ihm eine Nachricht erhalten, dass er wieder nach Wien kommen wird. Da schauen wir hin. Für seinen Enkel wird er immer ein offenes Ohr haben. Es wird Zeit, dass du ihn endlich kennenlernst. Als er dich das erste Mal gesehen hat, da warst du noch im Fieber nach dem Verlust deines kleinen Fingers. Er war damals sehr lieb zu dir. Im Traum hast du „Tata" zu ihm gesagt. Da war er ganz gerührt. Du wirst sehen, so einen lieben Opa, der noch dazu so klug und weltgereist ist, den hat nicht jeder. Und du wirst vielleicht eine große Überraschung erleben. Und jetzt wasch dir die Hände, bald gibt es Mittagessen." Für sie war ein gutes Essen immer das Tröstlichste auf dieser Welt und mit dem Rezept hatte sie sich auch wenig getäuscht.

Nachdem Josef vorsorglich sein Goldkind von der Weide in das Fohlenabteil geführt und liebkost hatte, zog er sich sorgfältig um. Auch seine Mama hatte mit Hilfe Evelines respektable Kleidung angelegt. Jetzt waren sie „stadtfein".

Sie hatten die Schlagbrücke über die Donau hinter sich gelassen und Josef, der schon einige Zeit nicht in der Stadt gewesen war, staunte, wie viele Arbeiter, Ameisen gleich, die Fortifikation Wiens vorantrieben. Es mussten tausende sein, die Palisadenholz schleppten, Steinbrocken auf Schubkarren vor sich her fuhren, Ziegelhaufen schichteten und Mörtel rührten. Der Festungsingenieur Rimpler hatte ganze Arbeit geleistet. Hoffentlich konnten die Bautätigkeiten zum Abschluss gebracht werden, bevor die osmanische Armee vor der Stadt auftauchte. Jetzt sah alles eher chaotisch aus. Der Rimpler musste wahrscheinlich überall sein, darum arbeitete der dürre Mann mit der Halbglatze bis zum Umfallen. Tief lagen ihm die Augen in den Höhlen. Und kaum besuchte er sein Haus drüben in der Brigittenau. Natürlich würde die Nordseite, zur Donau hin, nicht das Hauptziel des Angriffs sein. Schahin hatte ihm erklärt, dass die Löwel- oder die Burgbastei, mit ihrem weiten Raum davor, für die Belagerung am wichtigsten war. Aber alle vertrauten Rimpler. Der jetzt im Rang eines Oberstlieutenants Dienende hatte schon in Nürnberg die Festungspläne Dürers studiert und bei Candia auch die Praxis des türkischen Belagerungskampfes kennengelernt. Von dort hatte er auch die Technik der Hohlmauern mitgebracht – keine vollgefüllten Türme und Basteien, sondern eigene kleine Festungen, mit Kasematten, die, eng aneinandergereiht, der Artillerie beste Einsatzmöglichkeiten geben sollten.

Wien besaß bereits zehn Bastionen, oder wie man hier sagte, Basteien. Sie stammten noch aus dem vorigen Jahrhundert. Der geniale Architekt Domenico d'Allio hatte sie planen und erbauen lassen. Der erfahrene Sachse Rimpler war nun der Chefkonstrukteur. Er ließ den Stadtgraben erweitern und zum Großteil mit Wasser aus dem Wienfluss füllen, ließ Contreescarpen mit dazwischen liegenden „gedeckten Wegen" jenseits des Grabens errichten, Chevaliers, oder Katzen, auf den Basteien, als zweite Ebene für die Artillerie aufbauen, und dennoch war es zum Aus-der-Haut-Fahren. Trotz allen Fluchens und Räsonierens, und das noch dazu in reinem Sächsisch – die Zeit wurde zu knapp. Dazu kam noch die Länge der Stadtmauer zwischen den Basteien. Sechshundert Fuß reine Mauer konnte man nicht mit Kartätschen verteidigen. Einige Abschnitte waren zu lang geraten. Die Ravelins, oder wienerisch Schanzln, standen dem Schussfeld der Artillerie im Weg und die Stadthäuser reichten innen zu nahe an die Mauern, sodass die Feuergefahr ein schreckliches Damoklesschwert war. Das Glacis vor den Ravelins war uneben und zum Teil noch bebaut, eine zu gute Deckung für einen angreifenden Feind.

Bei allem Rückhalt durch seine Majestät Kaiser Leopold, der Rimpler immer wieder bestärkte und lobte, es war eine Sisyphusarbeit.

Für Josef jedoch schienen die Arbeiten enorm. Trotz seiner Zweifel, die er sich in Stambul geholt hatte, als er die türkische Parade miterlebt hatte, es war sicher etwas anderes, auf einem Platz zu paradieren, als solche Mauern einzunehmen. Nur die Gefahr, die von diesen „Mineuren" ausging, die verstand er noch nicht ganz. Wie sollte man unter solchen breiten Basteien, noch dazu unter Beschuss, hindurchgraben können? Das konnte er sich nicht vorstellen.

Die praktische Barbara, die über die Verschnaufpause eigentlich ganz froh gewesen war, riss ihn nun aus seinen Überlegungen. „Wenn der Herr jetzt mit mir in die Stadt zu spazieren geruhen möchte – sonst wird's Abend und die Stadttore sind zu. Vom Maulaffenfeilhalten wird die Befestigung auch nicht schneller fertig."

Josef rappelte sich hastig auf und folgte schnell seiner Mutter. Sie hatten ja noch ein schönes Stück Wegs vor sich. Hinauf den Haarmarkt, der vom Rotenturmtor Richtung Stephanskirche führte, dann nach rechts über den Neuen Markt und weiter die noble Tuchlauben entlang. Die Bogen- oder Laubengänge der Tuchhändler waren eine feine Adresse. Hier waren sie zum letzten Mal gewesen, als ihm die Mutter den Stoff für seine Hofkleidung gekauft hatte. Und ganz am Ende, zwischen Bogner- und Naglergasse, da residierte jetzt der Herr Oppenheimer. Das große Stadthaus „Zum weißen Engel" war fast schon einen Steinwurf von der Hofburg entfernt. Es hatte zwar nur zwei Fensterachsen zur Tuchlauben, ragte aber weit in die Tiefe. Josef bestaunte die seltsam abgerundeten Ecken dieses Hauses. In der Naglergasse befand sich auch der Eingang zu dem riesigen Gebäude. Nur einen Spalt öffnete ein misstrauischer, hochfahrender, mit einer Hellebarde Bewaffneter in einer goldbetressten Phantasieuniform, nachdem Barbara den Türklopfer betätigt hatte.

„Ist der Herr Salomon Fränckl aus Nikolsburg schon eingetroffen? Sagen Sie ihm nur, sein Enkel und die Barbara warten auf ihn."

Sie war mehr als kurz angebunden, bei dieser Behandlung durch den Türbändiger. Der knallte das Tor wieder murmelnd zu, um es nach wenigen Minuten schaasfreundlich und katzbuckelnd wieder aufzureißen.

„Wenn Herrschaften mir zu folgen belieben!" Damit führte er sie in den ersten Stock im hinteren Teil des Hauses.

Drinnen wimmelte es nur so. Josef war ganz überrascht, dass die stille Fassade so viele Menschen beherbergte. Allein im Stiegenhaus tummelten sich gerade mehr als zwanzig Leute, wieselten hierhin und dorthin, trugen Papiere, Folianten und Kisten. Es war eine Welt, wie er sie noch nie gesehen hatte. Die Treppenhäuser knarzten, ein Gemurmel von Stimmen drang aus allen möglichen Zimmern. Das also war ein Handelshaus. Oder ein Bienenstock? Der Herr Oppenheimer musste mehr als nur ein großer Herr sein. Alle waren in Schwarz gekleidet und hatten Hüte oder Barette oder kleine Kapperln auf. Und mit so einem hohen Herrn arbeitete sein Großvater.

Hut ab vor diesem Mann, dachte sich Josef. Der Türsteher hatte die zwei an einen weiteren Diener übergeben, der einen schwarzen, knielangen Kaftan trug und mitten im Haus einen Hut auf dem Kopf. Alle trugen Schläfenlocken. Josef selbst hatte seinen deutschen Kegelhut, mit der Schnalle vorn, anfangs abgenommen. Eben „Hut ab". Jetzt setzte er ihn, nach einem raschen Entschluss, wieder auf – wenn alle die Hüte aufbehielten? Die Tür zu einer Schreibstube öffnete sich und gegen den Lichtschein eines kleinen Fensters sah er den Schemen einer hohen, schlanken Figur in einem weiten Umhang auf sie zuschweben. Salomon umarmte Barbara. Dann legte er seine beiden Hände auf Josefs Schultern und blickte ihn mit seinen weisen Augen lang und blinzelnd an. Obwohl Josef nach der Orientfahrt über den Winter einen ordentlichen Wachstumsschub erlebt hatte, überragte ihn Salomon doch um einiges.

„Du also bist der Josef, mein junger Herr, der Sohn Aarons." Er wischte sich mit der Rechten über die Augen und blieb sinnend stehen. Josef wusste auf einmal gar nicht, wie er sich verhalten sollte. Den Hut abnehmen? Nein!

Er streckte seine Rechte, sich verbeugend, aus und sprach mit fester Stimme: „Und Ihr seid mein Tata, nicht?" Damit war das Eis gebrochen. Salomon umarmte ihn, nahm ihm den Hut vom Kopf und streichelte seinen Scheitel mit einer Inbrunst und einer Liebe, die man dem Alten nicht zugetraut hätte. Dann drückte er den Jungen nochmals an sich. Josef bekam, da der alte Herr ein wenig muffelte, einen Niesreiz, den er tapfer unterdrückte. War es Bücherstaub, Altmännergeruch? Sekundenlang verhielten sie in dieser Stellung, dann riss sich Salomon los und betrachtete ihn nochmals prüfend.

„Setzt euch, bitte. Ich bin so was von einem schlechten Gastgeber." Er hob ein paar Papiere von den Stühlen, die neben dem Schreibpult standen, auf und nötigte beide, sich niederzusetzen. Er selbst zog einen Hocker aus der Ecke heran. Und klingelte mit einem Glöckchen, das unter dem Pult versteckt war. „Wollt Ihr Limonade?"

„Gerne, Vater Salomon", antwortete Barbara.

Josef glaubte seine merkantilen Muskeln spielen lassen zu können: „Habt Ihr auch Kaffee? Wenn nicht, ich wäre in der Lage, dem Hause Oppenheimer günstig eine hervorragende Sorte zu liefern."

Salomon lächelte erfreut über diesen Vorstoß. „Nein, Herr Handelsherr, wir trinken keinen hier im Haus, aber für unsere Glaubensgenossen aus dem Osmanischen Reich, die sephardischen Geschäftsfreunde, halten wir einen kleinen Vorrat bereit. Sie sind durch den Sultan und seine Verträge mit dem Kaiser in Wien geschützt und können sich frei in der Stadt bewegen und auch Handel treiben, wenn auch ein wenig eingeschränkt. Wenn du willst, bringst du mir bei Gelegenheit, eine Kostprobe deiner Sorten, dann wird der Majordomus, der für die Verwaltung des Hauses zuständig ist, entscheiden. Wenn du ihm einen guten Preis machst, selbstverständlich. Vielleicht werden wir handelseins. Meine Fürsprache hast du immerhin."

Josef nickte stolz. Schahin würde seine Freude haben – ein guter Anfang seiner Handelsbeziehungen mit dem Haus Oppenheimer.

„Du warst in Stambul und auf dem Balkan, habe ich gehört, und hast sicher aufregende Erlebnisse hinter dir. Siehst du, da hast du mir schon einiges voraus."

Und Josef sprudelte die für ihn wichtigsten Punkte der Reise heraus, bis Barbara ihn unterbrach. „Joschi", sagte sie leise mahnend, „du wirst sicher nicht das letzte Mal deinen Tata sehen. Ich möchte dich nicht unhöflich unterbrechen. Aber du hast Wichtiges zu erfahren." Damit schob sie einen kleinen Ziegenlederbeutel über das Schreibpult.

Josef spürte, dass da irgendetwas in der Luft lag, und hielt aufgeregt in seinen Erzählungen inne. Er sah von Barbara zu Salomon und wieder zurück und schluckte. Salomon, der Barbara zugenickt hatte, stand auf und ging zu einem Regal, das die gesamte Seite des Raumes einnahm. Aus einem Aktenfaszikel nahm er nur drei Papiere heraus und fixierte dann Josef. Der Moment schien irgendwie so feierlich, dass Josef unabsichtlich aufstand.

„Mein Enkel", begann der alte Mann, und seine Stimme zitterte ein wenig: „Dein leiblicher Vater, sein Andenken sei gepriesen, hat für dich gesorgt und dir Großes hinterlassen.

In seiner Todesstunde hat er an dich gedacht, als du noch gar nicht auf der Welt warst."

Josef schien verwirrt, wie konnte er an ihn denken, wenn es ihn noch nicht gab? Er blickte fragend seine Mutter an, die nickte aber nur zustimmend.

„Da du nun nach jüdischem Gesetz schon großjährig bist, da du schon einiges erlitten hast und durch dein tapferes Verhalten auf der Orientfahrt gezeigt hast, dass du ein vernünftiger junger Mann bist, sind wir", damit deutete er auch auf Barbara und verneigte sich ein wenig, „zur Überzeugung gekommen, dass du über deine irdischen Güter wissen und auch klug damit umgehen sollst. So hoffen wir zumindest, denn du scheinst ernsthaft zu sein, kein Luftikus, kein Spieler und kein Kindskopf. So überreiche ich dir den Ring deines Vaters, mit einem uralten, herrlichen Smaragd, den wir von deinem späteren Entführer, dem flüchtigen Leichenabstierer Hans Mayr, einst vor der Austreibung der Gemeinde im Unteren Werd in Pfand genommen haben und den dieser nicht mehr eingelöst hat. Nach unseren Gesetzen und denen des Reichs gehört er nun dir. Hüte ihn wie einen Augapfel, lass ihn nicht leichtsinnig, sondern nur im äußersten Notfall aus der Hand oder prahle gar mit seinem Besitz."

Damit schob er den Ring feierlich an den rechten Daumen Josefs. Trotzdem war der Ring viel zu weit. Josef trat zum Fenster und tat so, als verstünde er etwas von Smaragden. Dass der Stein ein wunderschönes, klares Feuer hatte, das aber sah er schon, denn Schahin hatte ihm über Edelsteine im Osmanischen Reich einiges beigebracht. Auch als Laie ahnte Josef, indem er den Ring hin- und herdrehte und die Reflexe bewunderte, dass der Stein, abgesehen von seiner unerhörten Größe, etwas Magisches ausstrahlte. Er war so perplex und sprachlos, dass er nur stumm zu Salomon aufschaute. Sein Mund war halboffen geblieben, und nur eine Standuhr durchbrach die Stille mit ihrem zarten Klicken. Oder betonte sie noch. Dann aber sprang er ungestüm auf Salomon zu und umarmte ihn so heftig, dass der Alte zu hüsteln anfing.

Barbara mahnte Josef: „No, nicht so stürmisch, Joschi, du musst mit deinem Tata ein wenig vorsichtiger umgehen!“

„Entschuldigung, Tata, ich wollt Euch nicht wehtun, aber sagt mir bitte, wie kann ich mich bei meinem Vater noch bedanken?“

„Indem du dich als seiner würdig erweist, damit er auf dich stolz sein kann. Werde ein guter Mensch. Das sagt sich so leicht, ist aber schrecklich schwer zu werden und zu bleiben. Immer wirst du dich bei einer Entscheidung auf diesem Kreuzweg befinden. Unsere Zehn Gebote reichen aus. Für alle Menschen. Du wirst in Ausnahmesituationen kommen, wo du mit deinem Vater Zwiesprache halten wirst, und er wird dir den rechten Weg weisen. Lebe dein Leben so, dass du anderen guten und lieben Menschen so wenig Schaden und Schmerz wie möglich zufügst. Versuche, bevor du stirbst, etwas zu tun oder gutzumachen, das nicht geschehen wäre, wenn es dich nicht gegeben hätte. Und du sollst wissen, dass der Hans Mayr auch der Mörder deines Vaters ist. Er wollte sich gewaltsam den Ring zurückholen, als die Wiener die Judenstadt stürmten und plünderten. Und wenn du in Wien weilst, dann denke an deinen Vater, indem du sein Grab in der Rossau besuchst und einen Stein darauf legst. Ich werde es dir in den nächsten Tagen zeigen. Gemeinsam mit Barbara werden wir es besuchen.“

Barbara traten die Tränen in die Augen, sie blickte beim Fenster hinaus, schniefte und tupfte mit einem Tuch heimlich in ihrem Gesicht herum. Doch es blieb niemandem verborgen. Josef trat neben seine Mama und streichelte sie.

„Er muss ein großartiger Mensch gewesen sein.“

Er wollte sie zaghaft streicheln, da war es um ihre Standhaftigkeit geschehen und aufheulend barg sie ihren Kopf in beide Hände. Es schüttelte sie nur so.

„Lass deine Mutter, sie braucht jetzt ihre Tränen. Es hilft, wenn man noch weinen kann", flüsterte er kaum hörbar und fügte leise einen Segensspruch hinzu. Damit legte er seine Rechte wieder auf Josefs Schulter und führte den Jungen zu seinem Schreibpult. „Ich glaub, du steckst Aarons Ring, oder besser deinen Ring, wieder in das Säckchen, bevor wir ihn dann vielleicht noch suchen müssen. Und Masl tov! Jetzt wollen wir aber von deinen Geschäften sprechen."

Er hatte intuitiv das Richtige angeschnitten, denn da hörte Barbara schlagartig zu schluchzen auf, hob den verweinten Kopf, schniefte noch einmal und war plötzlich ganz Ohr. Josef setzte sich wieder, blickte zu Boden und meinte zögernd: „Wenn es möglich ist, möchte ich Orientkaufmann werden, so wie mein guter jetziger Vater. Und zwar", dabei wurde seine Stimme immer fester und sicherer: „nicht irgendeiner, der Teppiche importiert und Gewürze, denn das machen ja einige. Oder Heilmittel und Remedien, wie er. Dazu weiß ich zu wenig davon. Ich aber möchte den türkischen Kaffee, zusammen mit dem Herrn Diodato, einem würdigen armenischen Handelsherrn, in Wien und in Deutschland einführen, hier vertreiben und ausschenken. Mein Adoptivvater würde mir sicher am Anfang mit seinem Wissen und auch mit seinem Kredit zur Hand gehen. Am Anfang, habe ich mir überlegt, sollten wir in der Hauptstadt beginnen. Wenn wir im Monat dann nur hundert Pfund verkaufen, was nicht viel ist, wären das achthundertfünfzig Gulden Reingewinn, natürlich dann durch zwei geteilt. Der Herr Diodato würde das mit einem kaiserlichen Privileg schon zuwege bringen, dass wir allein in Wien wären, das ist ein Mono…, ein Mono…"

„…pol", beendete Salomon den hinausgedehnten Satz.

„Natürlich würde die erste Einrichtung auch einiges kosten und am Anfang würde ich auch Kaffee gratis ausschenken, damit sich die Leute daran gewöhnen, aber mein guter

Vater", dabei betonte er das „guter" ein wenig zu fest, um auch Schahin Gerechtigkeit zu erweisen, „würde mir das auch kreditieren. Vielleicht, aber das weiß ich noch nicht, zu einem ganz kleinen Zinssatz. Egal, ob Wien christlich bleibt oder osmanisch wird, ein Kaffeeprivileg könnte mich und auch meine Familie gut ernähren."

Er redete sich in Fahrt: „Und dann besitze ich, wie Ihr schon wisst, Tata, diese herrliche Stute Goldkind. Sie wird sehr bald ein Fohlen werfen, das sicher auch wunderschön werden wird. Mein Schahinvater meint, dass mit der Stute vielleicht noch eine schöne Pferdezucht möglich wäre. Vielleicht eine neue Rasse in Wien. Nur, was ist, wenn die Osmanen kommen und mir die Pferde rauben, oder die Kaiserlichen machen dasselbe, nur sagt man da nicht rauben dazu. Habt Ihr da einen Rat?"

Salomon strich sich erstaunt den Bart und zog seine linke Augenbraue hoch. „Zuerst trennen wir die beiden Aussichten. Ein Kaffeeprivileg, mit einem Lokal oder mehreren, öffentlichen Schenken, ist ein ganz guter Gedanke. Und zukunftssicher, ob nun Christ oder Muselman in Wien regiert. Da hast du dich abgesichert. Denn überall auf der Welt, wo es Kaffeeschenken schon gibt, sind sie eine Mezzie. Und wenn man dem Herrn Diodat wohl trauen kann, dann hast du ein gutes Standbein in der Wienerstadt. Und vielleicht in anderen Städten noch dazu. Dass mir das nicht schon selbst eingefallen ist! Aber ich darf ja als Jude in der Hausfamilie des Hofjuden Oppenheimer keine Orientgeschäfte treiben. Nicht einmal so eine kleine türkische Münze wechseln." Damit deutete er mit Daumen und Zeigefinger die Größe einer Asper an. „Du aber darfst. Und zusammen mit Oppenheimer hast du schon ganz andere Geschäfte gemacht!"

Jetzt war es an Josef, abermals zu staunen. „Ich, wieso? Ich kenne Herrn Oppenheimer doch nur vom Hörensagen." Er blickte stirnrunzelnd zu Barbara, die aber lächelnd nickte.

„Mama, wieso hast du mir nichts davon erzählt! Ich weiß doch davon gar nichts."

„Das sollte dir auch heute dein Großvater erklären", zierte sie sich ein wenig und konnte so ihre Verantwortung herunterspielen.

Salomon nahm das erste Blatt zur Hand, setzte seine Augengläser auf und klopfte mit den Fingerkuppen seiner Linken auf das Papier: „Das hier bestätigt, dass Herr Josef Schahin, Assistent, vertreten durch seinen Vater Bonaventura Nurveli Schahin, privilegierter und hofbefreiter Orientkaufmann zu Wien, im Geschäftshaus Salomon Oppenheimer eine Einlage von zwölftausend Gulden Wiener Münze liegen hat. Schau nur, da ist die Unterschrift unseres Hauptkassierers." Josef erhob sich ungläubig, näherte sich dem Schreibpult und las bedächtig die soeben gehörten Zeilen. Dann schaute er seinen Großvater mit weit aufgerissenen Augen an und war das leibhaftige Fragezeichen.

Salomon genoss ein wenig die Szene und nur mit Zögern antwortete er: „Im Frieden kann man gute Geschäfte machen, wenn aber Krieg herrscht, dann macht man besonders gute Geschäfte. Bisher haben wir in Wien im Frieden gelebt, der aber wackelt. Ein nicht sehr lupenreines Sprichwort sagt: Wenn du Frieden willst, bereite den Krieg. Seine Majestät tät' sich gern ein wenig vorbereiten, aber, mein Lieber, er hat kein Geld mehr. Oder in der vergangenen Zeit zu viel davon ausgegeben. Jetzt braucht er dringend alles, was eine Armee ausmacht, und da kommt der Herr Oppenheimer und leiht ihm das Geld für die Kriegsvorbereitungen. Der Haken ist nur, es ist Oppenheimers eigenes Risiko, er kann Kopf und Kragen verlieren, wenn Majestät belieben zu verlieren. Dann sind er und seine ganze Familie bankrott. Und damit deutete er auf Josefs Brust. Und auch alle, die ihr Geld in seine Geschäfte mit hineingesteckt haben. Der junge Herr hier vor uns hat sein

Geld unbewusst dem Bankhaus Oppenheimer zur Verfügung gestellt."

Das aber war zu viel für Josef: „Ich hab doch gar kein Geld gehabt, um es dem Herrn Oppenheimer vorzustrecken! Wie kann ich denn dann gleich alles verlieren? Und gleich zwölftausend Gulden?" Er war die verkörperte Entrüstung und fuhr sich nervös durch seine Schnittlauchhaare. „Nach der Orientfahrt besitze ich mit heutigem Tag fünfzig Dukaten, dreihundertsiebenundzwanzig Gulden und zehn Kreuzer Anteil vom Schahinvater und eine trächtige Stute. Das ist mehr, als neunzig Prozent aller Wiener je hatten. Wie kommt Ihr aber auf zwölftausend Gulden, die ich dann gleich verlieren kann?" Aufgewühlt wandte er sich an seine Mutter.

„Jetzt beruhige dich doch, Joschi!" Sie merkte, dass sie da einiges zu erklären hatte. „Joschi! Jetzt sei einmal ruhig! Während du gefangen warst, kam Tata Salomon zu mir und brachte mir fünfhundert Reichsdukaten, als dein Erbteil, aber auch als Hilfe, um dich auszulösen. Da aber Schahin noch genug Geld dafür im Hause hatte, riet er mir, die Dukaten anzulegen – in Geschäfte mit Holz und Donauflößen. Und da das zweimal gutgegangen ist, hast du dann schon achttausend Gulden besessen. Ein Stück von diesem Geschäft hast du heute gesehen. Es ist dein Gewinn, dass alle Festungen, von Wien über Hainburg und Raab bis Komorn, über genug Palisadenholz verfügen. Und als du im Orient warst, habe ich auf Anraten von deinem Opa tausend Gulden davon weggelegt und mit einem Teil davon das Haus am Kienmarkt gekauft und mit dem Rest renovieren lassen. Der wahre Besitzer dieses Hauses ist jetzt ein gewisser Josef Schahin. Auch die Weidekoppel wurde von deinem Geld gemietet. Die kostet dich aber nur einen Gulden im Monat. Inklusive Fruchtgenuss. Der Rest ging wieder an das Haus Oppenheimer. Jetzt besitzen die innerösterreichischen Regimenter viertausend neue Musketen und weiß was noch, da kenn ich mich nicht so aus, aber es hat wieder geklappt." Und damit blickte sie zu Salomon.

„Ja, richtig, Emanuel Oppenheimer, sein Sohn, hat unter anderem mit diesen restlichen siebentausend Gulden gewirtschaftet und die Eisenwerke in Stadt Steyr glühen lassen. Und da der Herr Papst in Rom unserem geliebten Kaiser vorige Woche eine Unmenge Geld der zitternden Christenheit, man spricht von siebenhunderttausend Dukaten, glücklich in bar geschickt hat, hat die Hofkammer dem Herrn Oppenheimer einen Teil, und zwar nur einen kleinen Teil, zurückzahlen können. Für den Rest hat er das Privileg der Kremsierer Münze in Mähren bekommen. Und das ist mit der Zeit auch sein Geld wert. Und so besitzt ein gewisser Josef Schahin heute zwölftausend Gulden. Denn die Familie Oppenheimer arbeitet weder gratis noch umsonst. Die bekommt rechtens fünf Prozent pro Monat. Aber die Hofkammer mit ihrem neuen Präsidenten Abele feilscht und windet sich und bleibt schuldig und zediert Privilegien. Aber sie zahlt. Sie kauft jetzt wieder alte Uniformen, die sie vor einem Jahr für dreizehntausend Gulden in Zahlung gegeben hat, und brandelt jetzt neunzehntausend. Der Herr Oppenheimer ist ein Genie. Er hat Geduld und eine Nase für das Geld, das andere brauchen und von niemandem bekommen. Und wenn er das Geld allein nicht besitzt, dann hat er wenigstens unverbrüchlichen Kredit bei anderen Juden im Reich. Und wenn der Schuldschein eingelöst ist, dann kann die Hofkammer mit der Kerze den eingetragenen Betrag darinnen ausbrennen. Dann hat sie gebrannt, gebrandelt. So, jetzt bist du dran, Herr Zornbinkel."

Josef war sprachlos, zum zweiten Mal an diesem Tag.

„Nu, was is?", fragte Salomon. „Nehmen wir die zwölftausend und machen wir uns einen schönen Tag oder kaufen wir Ochsen aus Siebenbürgen? Das dürfen wir, denn es ist dem Sultan nur tributpflichtig. Oder Heu aus der Kurpfalz, Hafer aus Franken, Wein aus der Wachau und vom Rhein, vom Neckar und von der Mosel, Branntwein aus Mähren? Oder belieben mit Mehl aus Böhmen, Geschützen aus Tirol oder Sachsen zu handeln? Oder investieren Euer Liebden eher in Soldvorschüsse, Kautionen für Verbündete, Ehrengeschenke und Pensionen für Offiziere?

In Josefs Kopf taumelte es nur so von einem Posten zum anderen. Er schüttelte nur überfordert den Kopf. „Tata, ich bin wie vor den Kopf geschlagen. Ich kann Euch nur danken. Gebt mir vielleicht noch zweitausend Gulden – damit die Familie genug hat und ich auch in Schahinvaters Geschäfte investieren kann. Der treibt zwar einen ganz anderen Handel, der hilft aber auch dem Hause Österreich. Mehr will ich nicht sagen. Den Rest legt an, ganz nach Eurem Belieben. Da seid Ihr Meister und ich kann so etwas nur langsam lernen."

„Klug gesprochen, mein Enkel, ich bin zwar kein Gedankenleser, aber ich habe so etwas Ähnliches gehofft. Und darum habe ich dies zweite Papier hier. Lies es gut durch. *Hiermit überantworte ich dem Orientkaufmann Schahin, in Eurem Namen* – jetzt trage ich ein: *zweitausend Gulden – täglich einlösbar bei unserem Hauptkassierer. Wenn nicht gleich, dann mit einem halben Prozent Zinsen Gewinn pro Monat, gültig ab heute.* Den Rest von zehntausend Gulden teilen wir auf für das, was am meisten Gewinn bringen wird. Was wird am meisten Gewinn bringen? Was die Truppe bald tagtäglich brauchen wird. Es fehlen in Innerösterreich, von Tirol bis in die Krain, noch gut achthundert Pferde."

Josef wollte schon protestieren.

„Nein, nicht dein Goldkind und auch nicht das Fohlen, das gesund zur Welt kommen soll. Das ist dann die nächste Geschichte. Nein, es gibt noch genug andere Pferdekoppeln auf der Welt. Und genug Pferdejuden im Eszterházy'schen. Und im Mährischen. Je nach Nutzen bieten wir unter Brüdern auch einen unterschiedlichen Preis. Das mache ich nicht selbst, das macht unser Spezialist, der Vetter Moses Oppenheimer. Aber mit fünftausend Gulden Einlage kannst du bei Moses einen schönen Gewinn einfahren. Den Rest investieren wir in das, was die Soldaten gleich brauchen. Leder, Mehl, Schmalz, Reis, Tabak, Wein und Branntwein. Wo man das günstig bekommt, das weiß der Löw Weissweiler in Breslau, für den Tabak ist unser sephardischer Glaubensgenosse Moses Pérez zuständig und auch ein gewisser Salomon Fränckl in Nikolsburg hat eine kleine Ahnung von den Flüssigkeiten und auch den Gebinden." Dabei schmunzelte er ein wenig wissend. „Denn jede Flasche, jeder Tonkrug, jedes Fass hat seinen Preis. Und ein Soldat, der zahlt dir keinen Fasseinsatz und kein Pfand. Jeder von uns kennt hier im Hause einen Spezialisten. Der uns an die Aufkäufer rekommandiert. Wo man was am günstigsten auf der Welt bekommt. Nur was wir selbst brauchen, ist Geld. Die Weinbauern und die Branntweiner geben mir keinen Tropfen auf mein schönes Ponem. Ich zahl sofort und das mit deinen Gulden. Und verkauf es an den Proviantobersten. Der zahlt nicht bar, er nimmt nur ein bissel was in Silber und schreibt eine Empfangsbestätigung an die Hofkammer. Und dann kommt Herr Oppenheimer. Und bekommt immer ein bisschen weniger, als er fordert. Aber der Herr Josef wird seinen Gewinn bekommen, wenn …", hier wurde er sehr ernst: „Wenn seine Majestät den Krieg gewinnt. Und jetzt entscheide. Es steht vielleicht fünfzig zu fünfzig. Zehntausend Gulden für den Kaiser und vielleicht dreizehn- bis fünfzehntausend in einem Jahr für dein Kaffeegeschäft. Oder alles futschicato, wie die Italiener sagen."

Josef blickte seine Mama an. Dann wieder Salomon. „Für den Kaiser!", sagte er endlich, mit einem festen Augenaufschlag. Und dachte sich: „Und dreitausend für den Josef, wenn die Osmanen das ganze Opium fressen werden. Das reicht auch für das Kaffeegeschäft mit den Armeniern in einem Jahr unter dem Sultan." Schließlich hatte Schahin im vergangenen Winter auch noch die umgewechselten Löwenthaler von Diodato ausbezahlt bekommen. Eintausendachthundert Gulden. Wie ausgemacht. Und der erbeutete Schatz vor Višegrad, der hatte noch einmal vierhundert Gulden gebracht. Genug, um damit mit den Osmanen weiter guten Handel zu treiben.

Salomon blickte seinen Enkel prüfend an: „Dann kann ich dir das dritte Papier aushändigen. Lass es von deinem Vater unterschreiben und bring es bald wieder zurück. Du siehst, die Zahlen stehen schon alle drin."

Josef faltete das Blatt und schob es mit den anderen in seine Seitentasche. Er beugte sich nieder und küsste seinem Großvater die Hand. „Ich bin so überwältigt und baff, lieber Tata. Sagt mir nur, wann gehen wir ans Grab meines armen Vaters?"

„Übermorgen Nachmittag, wenn du Zeit hast, wenn nicht, lass es mich wissen. So um die dritte Stunde."

„Und was ist mit Goldkind? Was mach ich nur, wenn die osmanische Armee kommt?"

„Weißt du was? Gleich ist sie ja noch nicht da. Ich weiß von unseren sephardischen Freunden, dass der Sultan in Edirne schon die Rossschweife nach Ungarn ausgestreckt hat. In drei bis vier Monaten aber sind sie wahrscheinlich hier. Und wir werden schauen, dass wir wegkommen. Das ist mein Rat. Dann wird alles in Schutt und Asche gelegt, was nicht innerhalb der Stadtmauern liegt."

Barbara schrie auf: „Was? Unser schönes Haus hinter dem Schiffamt auch?"

Salomon sah sie bewusst ganz ruhig an: „Ja, samt dem kaiserlichen Schiffamt. Glaubt ihr wirklich, dass der Graf Starhemberg den Türken irgendwo eine Deckung lässt? Unsere eigenen Soldaten werden alles verbrennen. Alles vernichten. So ist der Krieg. Aber mit Geld kann man alles wieder aufbauen. Auch Stadthäuser, die vielleicht Feuer fangen." Er blickte Barbara sehr ernst an. „Da hilft keine Feuerwache auf den Schindeln. Wenn erst der rote Hahn am Nachbarhaus ist, brennt der ganze Häuserblock. Anfangs ist der Kienmarkt nicht direkt im feindlichen Feuer. Lasst uns daher das Beste hoffen. Aber trefft eure Vorbereitungen. Ich meine, Josef, du reitest, wenn dein Fohlen schon gut laufen kann, in aller Ruhe nach Nikolsburg. Dort stellen wir es in den Stall und auf die Koppel von einem guten Freund von mir, Jossel, dem Pferdejuden. Der versteht sich auf die Pflege von schönen Rössern. Und deinem Goldkind und seinem Fohlen wird es fast so gut gehen wie unter deiner Hut. Dafür verbürge ich mich. Dann fährst du mit einem Kutscher zurück nach Wien. Hilfst deiner Mutter beim Einpacken. Alles, was auf einen Wagen passt und Wert hat. Und kommt zeitgerecht zu mir nach Nikolsburg. Vorher kauft aber vorsichtigerweise noch Wagen und Pferde auf, mehr als ihr notwendig habt. Denn glaubt mir, eine Flüchtlingswelle braucht innerhalb weniger Tage Transportmittel. Und wenn es nur Handwagerln sind. Kauft keine schönen Pferde. Lieber Schindmähren, die gerade noch einen Wagen ziehen können. Josef, du kannst gleich in Nikolsburg beim Jossel anfangen. Man wird euch in Panik alles aus der Hand reißen, und das zu dem Preis, den ihr verlangt. Hängt diesen Handel nicht an die große Glocke. Macht es vorsichtig und klug. Dann wird es euer Schaden nicht sein. Denn nach dem Krieg, egal, wer ihn gewinnt, werdet ihr viel Geld brauchen. Zum Wiederaufbau. Für Juden sind Immobilien nicht so wichtig, die kann man nicht in einen Pinkel einpacken, wenn man nicht wiederkommen darf. Für dich, Josef, als Wiener, aber sind ein Haus in der Stadt und eines in der Leopoldstadt immer ein Rückhalt. Für solche Häuser braucht man aber immer Geld. Sonst verfallen sie. Und wenn ihr in Mähren seid, kannst du, Josef schon anfangen, Verträge mit Ziegeleibesitzern und Holzlieferanten zu schließen. Man wird Kalk und Ziegel, Holz, Nägel und

Schindeln brauchen, mehr als du einkaufen kannst. Und dabei kann ich dir helfen.

Wenn der Türke kommt, dann kommen auch die Tataren und die ungarischen Hilfstruppen mit ihrem nebbich König Thököly, die den Nachschub für die Belagerungsarmee zusammenplündern werden. Aber bis Nikolsburg werden sie sicher nicht kommen. Die Wiener werden dem Kaiser nachlaufen, und der fährt sicher nach Linz und weiter dann nach Innsbruck – oder ins Reich. Das haben die Habsburger immer schon gemacht, wenn es in Wien nicht sicher war. Daher wird es in Nikolsburg und in den anderen schönen Städten Mährens nicht so viele Flüchtlinge geben. Und dann können wir in aller Ruhe abwarten, und du, Josef, hast dann dein Goldkind jeden Tag bei dir. Ist das ein Vorschlag?"

Endlich lächelte Josef und sprang zu Barbara: „Mama, das machen wir!"

Barbara sah ihn lange lächelnd an, streichelte sein Haar und sagte nur ein wenig besorgt: „Aber zuerst müssen wir mit Schahin sprechen. Der hat auch noch ein Wort mitzureden. Auch wenn er vielleicht ins Muselmanenland den Truppen entgegenziehen will – da müssen wir ja nicht mitkommen, oder? Jedenfalls, lieber Vater Salomon, wir danken Euch für Euren Rat und Eure Güte. Josef kommt bald wieder mit den Papieren. Und übermorgen besuchen wir das Grab Aarons, gell ja?"

Sie hatten gar nicht bemerkt, wie tief die Sonne schon stand, rotgelblich glastete es draußen.

Da wurde die sonst so behäbige Barbara aber hurtig. „Los, los, mein Herr Proviantaufkäufer! Sonst kommen wir beim Tor nicht mehr hinaus."

Sie küssten Salomon, der ihnen mit feinem Schweigen, sinnend im Raum stehend, nachblickte. „Der Höchste segne euren Weg", murmelte er noch. Dann blickte er noch lange auf die geschlossene Tür, ehe er sich wieder seinen Folianten zuwandte.

Mutter und Kind lagen auf dem Stroh. Michailowitz hielt den nervösen Josef zurück. Der wollte gleich hinzuspringen und das Fohlen abwaschen.

„Nein, nein, das macht die Mutter. Dadurch, dass sie dann nach einiger Zeit aufsteht, reißt die Nabelschnur. Goldkind leckt dann das Kleine ab und du wirst sehen, ganz schnell wird es sich dann zittrig auch erheben, um seine Knochen zu nummerieren. Und dann muss es an der Mutter saufen, die Biestmilch, die erste Milch, ist sehr wichtig für das Fohlen. Hab Geduld. Und dann muss es das erste Mal kacken, sein Darmpech. Wir müssen ihnen Zeit lassen." Michailowitz hatte eine Flasche Wein in den Stall mitgenommen, auch Zenz war damit bewaffnet. Sie ließen die Flaschen aneinanderklingen und auch Josef, quasi als „Vater", bekam einen Schluck feinen Ungarweins.

Jetzt erhob sich Goldkind – und wirklich, die Nabelschnur riss. Wieder wollte Josef in die Box. Denn Goldkind hatte ihn mit ihren gescheiten Augen lang und glücklich angeblickt.

„Bleib da, Josef, du lebende Ungeduld. Die Natur hat schon alles gut eingerichtet. Jedenfalls, das Kleine atmet regelmäßig, es ist nun von der Mutter abgenabelt und bald schon wird es umherstaksen. Du kannst jetzt hinauflaufen und die Mama und Schahin holen. Damit du irgendetwas Gescheites machen kannst."

Gemeinsam kamen sie heruntergeschritten. Josef voran. Auch die neugierige Eveline hatte sich der Prozession angeschlossen.

„Ist es nicht lieb, das Kleine!" Voller Besitzerstolz präsentierte er seinen Eltern den neuen Hausgenossen. Der hatte sich gerade ungeschickt und tapsig aufgerappelt und versuchte seine ersten taumelnden Schritte.

Michailowitz hatte sich fast auf den Boden gelegt: „Gratuliere herzlichst dem neuen Hengstvater. Das wird einmal ein Prachtkerl. Schwarzbraun, aber welche Farbe er einmal haben wird, das kann man jetzt noch nicht sagen. Herr Doctor, was glaubt Ihr?“

Schahin wollte sich keine Blöße geben, aber er war sich doch noch recht unsicher: „Leider kennen wir seinen Vater nicht. Aber auf jeden Fall kann daraus ein richtiger Renner werden. Gute Aufzucht und gute Schule werden zusammen mit seinen Anlagen daraus ein reisiges Pferd machen. Gratuliere, mein Sohn. Das ist eine Nacht, die du nicht vergessen wirst. Und ich wünsche dir noch viele solche Nächte“ – und setzte ein wenig traurig und nachdenklich „in Glück und Frieden“ hinzu. „Jetzt lassen wir Mutter und Sohn ein wenig in Ruhe. Und morgen kannst du dich mit dem Neuen vertraut machen. Du weißt schon, bald Halfter aufsetzen, Fussi heben fürs Hufeuntersuchen und solche Sachen. Und in einem oder zwei Tagen kannst du beide schon auf die Weide führen. Der Kleine wird sich bald an das Grünfutter gewöhnen. Hast du schon einen Namen für deinen Hengst?“

„Ich glaube, ich fange mit A an“, war sich Josef gewiss. „Denn vielleicht können wir mit Goldkind ganz schön weit ins Alphabet hineinstoßen. Achill würde gut zu ihm passen. Denn er wird sicher ein starker Held.“

„No gut, wenn du meinst. Bei Troja hat sich der ja ganz schön wild aufgeführt. Und pass gut auf seine Fersen auf. Höhö!“

Der Witz tröpfelte ein wenig langsam, bis ihn alle verstanden. Achill fand allgemeine Zustimmung, nur Zenz konnte damit wenig anfangen. „Bitte was ist ein Chil? A Chil? Fressen heißt bei den Juden Acheln.“

Michailowitz wollte Nachhilfeunterricht geben: „Zenz, du zurückgebliebener Halawachl! Weißt du überhaupt, was ein Held ist?“

„No, der Svatopluk Čech und der Přemysl Ottokar, der was in Klosterbruck aufgebahrt worden ist, bei mir zu Hause, in Znaim."

„No, dann stell dir deinen König Ottokar vor, auf einem Streitwagen, wie er um eine Stadtmauer herumsaust und schrecklich, so einen Fotz, oder wie es Mährer sagts, einen Fofr, macht, wie der Böhmische Löwe, dass die anderen eine Höllenangst kriegen. Das war der Achill aus Griechenland."

„Der Přemysl Ottokar war aber herrich schöner wie alle anderen." Barbara mengte sich ein: „Gebt's jetzt eine Ruh', ihr Lokalhelden. Wir gehen jetzt hinauf und lassen Mutter und Kind in Frieden. Zum Fressen und Saufen hat Goldkind genug und jetzt wollen wir uns alle ausruhen. Von mir aus könnt ihr in der Küche noch weiter schickern, da gibt's auch noch Grammelpogatscherln, wenn ihr einen Hunger habt. Eveline, du schaust, dass unsere Fachleute noch bewirtet werden."

Eveline zeigte sich sogleich erbötig, dem wackeren Zenz noch etwas zu essen zu bringen, und wenn es sein musste, auch dem Knebelbart Michailowitz.

„Herr Michailowitz, schönen Dank für die fachliche Unterstützung. Ich jedenfalls, gehe jetzt schlafen, samt dem Herrn Hengstbesitzer." Damit hakte Barbara sich bei Josef unter und zog den Widerwilligen in den Hof. Schahin folgte betulich, und die zwei Streithanseln samt Eveline löschten die Laternen und beendeten die Prozession.

Im Land um Wien, ab dem 14. Juli 1683

Hinter ihnen lagen die Donaubrücken. Eine unendliche Kolonne verzweifelter, aufgeregter Flüchtlinge strömte, Hals über Kopf von Wien aufgebrochen, Richtung Nordwesten. Ein Summen, Knarren und Schlurfen lag in der staubigen Luft. Wagen um Wagen schloss sich der Reihe an. Dazwischen Menschen zu Fuß, mit Binkeln und Packen am Rücken. Mittendurch liefen kläffende Hunde, die den Flüchtenden zwischen die Beine gerieten. Es war ein Kreuz mit dem Weiterkommen. Immer wieder stockte der Zug, weil eine Kompanie Soldaten Platz brauchte, dann wieder eine Eskadron Reiter. Die Reichsstraße nach Korneuburg war ein einziges Chaos. Barbara kutschierte mit sicherer Hand ihre zwei Bräunln. Die waren lammfromm und geduldig. So als hätten sie in ihrem Leben nichts anderes gemacht.

Dabei hatte sie erst vor zwei Monaten gelernt, mit einer Kutsche umzugehen. Hochherrschaftliches Fahren war ihr bisher fremd gewesen. Aber was im Leben konnte man nicht alles lernen. Schahin hatte darauf bestanden. Und so begann sie geduldig die Kunst des Einspannens, des Auflegens des Riemenzeugs, des Verbindens mit der Deichsel, des Zügelsortierens, die Kommandos und Peitschenhilfen und die Kurventechnik zu studieren. Nur das Rauf und Runter vom Kutschbock war für sie eine rechte Qual. Aber sie wusste genau, dass es die einzige Möglichkeit war, nach Nikolsburg zu kommen.

Dabei war ihr Reisewagen wirklich bequem. Der Kasten war modern, an vier Kupfen aufgehängt, Lederbandgefedert. So wie es den Wagen aus Kocs eigen war, den Kocsis, den Kutschen. Die Kummets der Pferde waren neu gepolstert und den Tieren vom Sattler Gregor persönlich angepasst worden.

Dabei befand sie sich eigentlich auf einem ärgerlichen Umweg. Viel schneller hätte sie Nikolsburg über Wolkersdorf und Poysdorf erreicht. Aber die Frau Muhme Herkomber hatte darauf bestanden, mit ihrer Magd Resi und der Tochter Eva, dieser Zez'n, justament nach Korneuburg gebracht zu werden, um bei der Wehmutter Pfeifer, ihrer Verwandten, unterzukommen. Und sicherer war die Straße nach Krems ja auch, sollten doch östlich von Wolkersdorf die ersten Tataren aufgetaucht sein, wie man gerüchteweise so hörte. Nun, sie würde dann eben von Korneuburg nach Laa an der Thaya und weiter nach Poysdorf kutschieren. Ihr Pate, der Herkomber, hatte in einem Anfall von patriotischem Wahnsinn beschlossen, in Wien zu bleiben und die Stadt mit eigenen Händen und denen seiner Mautknechte gegen die Türken zu verteidigen. Schließlich war er ja der Herr der Schlagbrücke, und als solcher musste er die Brücke mit seinen Knechten auch abbrechen und sich dem Verteidigerheer anschließen. Barbara hatte heimlich dieser patriotischen Hybris einigen Respekt gezollt und dem ehemals ungeliebten Paten ein wenig Abbitte geleistet.

Die Leopoldstädter hatten lang, vielleicht zu lang gezweifelt, ob sie überhaupt ihre Heimat verlassen sollten. Wie sollte denn der Osmane über die Donau kommen, wenn es keine Schlagbrücke mehr gab? Graf Starhemberg, von Kaisers Gnaden Kommandant von Wien, hatte aber keine Zweifel mehr gelassen. Alle Bewohner mussten entweder in die Stadt oder ins weite Land fliehen. Dann sollten die Häuser, die Kirchen, die ärarischen Gebäude von seinen Regimentern gnadenlos abgefackelt werden. Aber es gab noch so viel Proviant zu bergen, so viele Möbel der Bewohner waren in letzter Minute sicherzustellen, dass man zum Abbrennen gar nicht recht kam. Ein österreichischer Kompromiss. Denn der Türke meldete sich schon mit abendlichem Feuerschein am östlichen und südlichen Horizont Wiens. Das war ein Brüllen und Gekreisch, als alle abziehen mussten. Unvorstellbare Zustände waren das gewesen. Barbara hatte, Gott sein Dank, schon einen Monat vorher, auf Anraten von Vater Salomon, alle Wertsachen und Möbel in die Stadt transportieren lassen. Im ehemaligen Gewölb der Fränckls fanden sie ein neues, altes Zuhause. Die Preziosen und Gegenstände von einigem Wert wurden wieder im geheimen Kellerloch neben der Stiege versenkt. Diesmal gut in Stroh und Kisten verpackt. Auch einiges Geld Schahins und Barbaras fand seinen Weg in das alte römische Hypocaustum. Und natürlich auch Josefs wertvoller Bücherschatz, seine Bibliothek, wie er es nannte. Immerhin besaß er neben einer Bibel und dem Koran aus Stambul auch die Metamorphosen des Ovid, seine eigenen Schulbücher und das jüngste Geschenk Schahins, die „Meditationes de prima philosophia des Renati Descartes“, die bei Michael Soly in Paris gedruckt worden waren, und den „Tractatus theologico-politicus“, der in Hamburg erschienen war. Dann war da noch das „Itinerarium des Benedikt Kuripeši oder Wegrayß Küniglich Majestät potschafft gen Constantinopel“ aus dem Jahre 1531, das Schahin recht preiswert erstanden hatte, und natürlich sein eigenes, handgeschriebenes Buch, das Itinerarium nach Stambul. Hoffentlich entdeckte niemand dieses geheime Kompendium des Wissens.

Schließlich hatte Barbara in der letzten Zeit noch einige gute Geschäfte gemacht. Alle Leiterwagerln, Kutschen und Handkarren, alle Pferde und Klepper wurden ihnen aus der Hand gerissen. Flucht, nur Flucht – das war der einzige Gedanke der begüterten Wiener. Als das geheiligte Herrscherhaus am 7. Juli die Stadt verließ, mit 131 Wagen, da gab es dann kein Halten mehr. Plötzlich war es für alle ein Symbol. Fort. Nur fort. Nach Westen, nach Linz. Sicher, die Frau Kaiserin erwartete in zwei, drei Monaten ein Kind. Da war eine Festung wie Wien kein geeigneter Platz. Das Kaiserhaus schleppte mit sich, was einigen Wert hatte, die Archive, die Kronen, die gesamte

Schatzkammer. Heimlich transportierten getreue Seelen auch Teile der Hofbibliothek, der Tafelkammer, der Rüst- und Wunderkammer auf der Donau nach Westen. Die vielen Juwelen, den Zierrat und die Sammlerträume, die bisher in der Hofburg gelagert worden waren. Die Flüchtung dieser Schätze war Hals über Kopf erfolgt, und schlimm erging es dabei manchen wertvollen Folianten und Geschmeiden. Und wie durch ein Wunder überdauerten sie doch die ganze Tortur. Als der Hofstaat in Korneuburg nach dem ersten Tag der Reise eintraf, herrschte so ein entsetzliches Durcheinander, dass Seine Majestät nicht einmal ein Nachtmahl vorfand und ihm von den Bürgern der Stadt nur eine Eierspeis gereicht werden konnte. Welch Affront! Denn die Köche und der Tross befanden sich noch weit östlich, außerhalb der Mauern, und der gesamte Mundvorrat und die Weine warteten diesen Abend vergebens auf ihre Verwendung.

Aber das vieltürmige Korneuburg war ein Flaschenhals. Und als die kaiserliche Familie und ihr Hofstaat sich auf dem Hauptplatz jammernd aus den Karossen, Equipagen und Chaisen bequemten, war der Kutschenverkehr für Stunden eingestellt, weil alles verkeilt war. Der Bürgermeister Schillinger und seine Stadträte Meister und Halla rauften sich die Haare. So ein Kuddelmuddel hatten sie überhaupt noch nicht erlebt. Und nichts durfte man sagen, überall wurde man von hochnäsigen Hofschranzen angeschnauzt und weggewiesen.

Und so blieb es auch, als der Kaiser samt seiner Wagenkolonne abgereist war. Eine unendliche Flüchtlingskolonne ergoss sich danach in die schläfrige Provinzstadt. Die Preise für Nahrungsmittel stiegen innerhalb einer Woche um dreihundert Prozent. Es war ein Irrenhaus. Und gerade in diese Wahnsinnsszenerie wollte Frau Herkomber hineingeführt werden. Sie ahnte ja noch gar nicht, was sie erwarten sollte. Sie kannte Korneuburg nur als ruhige Sommerresidenz, mit dem schönen Blick auf die Ruinen Greifenstein und Kreuzenstein. Nicht weit von den Donauauen. Gemütliche Bürgerhäuser, behäbige Witwen. Fette, blutgierige Gelsen fast so groß wie Amseln, gerade jetzt zur Sommerszeit.

Barbara quälte sich schwitzend in dem Menschenstrom fort. Sie schnalzte wieder mit der Zunge, damit die Pferde einige Schritte weitertrotteten. Jetzt waren sie erst vor Langenzersdorf und es wurde langsam Abend. Wo gerade ihr lieber Schahin dahinritt? Er war ganz geschäftig geworden, ja fast hyperaktiv, als er erfahren hatte, dass das türkische Heer Belgrad passiert hatte. Der Sultan hatte sein Heer bis in die weiße Stadt begleitet und sein ganzer Bienenschwarm von Hofstaat war mit ihm angereist. Dann hatte der schwarze Mustafa, der Großwesir, das Kommando über die 240.000 Mann übernommen. So schnell hatten sie sich gar nicht verabschieden können, da war er mit Zenz schon Richtung Ungarn unterwegs. Auch die zartgliedrige Eveline hatte auf einmal so sonderbar gerotzt, als der Zenz sie lange und gefühlvoll umarmt hatte. Schau, schau! Wozu die Eile? Wenn ihm die Türken doch entgegenkamen? Ein seltsamer Mann, dieser persianische Doctor. So lieb, so einfühlsam, so zärtlich und doch so unverständlich geheimnisvoll.

Josef trottete belämmert vor sich hin. Er war nach Strebersdorf vom Wagen abgestiegen, um sich ein wenig die Beine zu vertreten. Das Gegreine Evas und ihrer Mutter ging ihm auch auf die Nerven. Und das Gerumpel und Gepumpel. Jetzt blickte er hinüber auf den Kahlenberg, dessen krummer Buckel jenseits der Donau grünte. An sich hieß er jetzt offiziell Leopoldsberg. Und der Sauberg Kahlenberg. Aber die neuen Namen hatten sich noch nicht durchgesetzt. Neben ihm ragte rechts steil der Bisamberg auf, mit seinen vielen Hohlwegen und Kellergassen, die sich den Hang hinaufschlängelten. In Gedanken war er wieder in den Schluchten des Balkans. Am Ufer der Drina, dieses wundervoll schäumenden, grünblauen Flusses, der sie nach dem überstandenen Überfall erquickt hatte. Wie es wohl seinem Goldkind und ihrem Achill erging? Bald, vielleicht in vier, fünf Tagen, würde er sie wieder umarmen und halsen können.

Noch hatte er den Geruch des Fohlens in der Nase, als er auf einmal von hinten angestoßen wurde, er taumelte, fiel auf die Knie und ein Tritt auf den Kopf beendete in tiefer Schwärze, wieder einmal, alle seine Gedanken und Träume.

Schreckliche, hämmernde Kopfschmerzen ließen ihn schließlich wieder erwachen. Er lag quer vor dem Sattel eines sehr knöchernen Rosses. Er krümmte sich und versuchte zu brüllen. Aber es war nur ein armseliges Krächzen. Trotzdem half es. Der Reiter zügelte sein Pferd und packte ihn an seinem Kragen. Wutsch, schon fand sich Josef taumelnd an der Flanke eines braunen Dragonerpferdes. Neben ihm eine langgestreckte Mauer. Hoch über ihm ein Reiter. Inmitten einer dampfenden Menge von Dragonern. Langsam trotteten sie an ihm vorbei.

„Entschuldige, Bürscherläh, aber ich glaub, ich hab dichäh niedergerittnäh." Ein Vollmondgesicht, ein Eierspeisreindl, wie er es auf gut Wienerisch kannte, beugte sich zu ihm herunter. Auf seinem Kopf triumphierte ein breitkrempiger, speckiger Hut. „Und dann hab ich dich aufgelesen, weil du mir leidgetan hastäh, du Zniachtl. Aber ich bin ja kein Unmenschäh. Du bist jetzt im Savoy'schen Dragonerregimentäh. Und jetzt lauf zu, ich muss weiter."

„Wo sind wir, Herr Dragoner?", rief Josef, verzerrt von den Kopfschmerzen, in den Lärm von Hufeklappern und Reitereigetöse.

„Irgendwo bei Seebarn. Ich weiß nur, dass wir heute noch nach Norden müssen, in unser Lager."

Josef überschlug schnell die Entfernung bis Korneuburg. Da würde er heute sicher nicht mehr hinkommen. „Lasst mich aufsitzen, Herr Dragoner, hinter Euch. Vielleicht braucht Ihr einen Rossknecht für die Nacht."

„Hopp, hoch mit dir, ich werde dichäh mit meinem Haberer, dem Buttenzwerg, teilen.“

Das verstand Josef überhaupt nicht, denn er glaubte sich als „Ens a se“ unteilbar, doch er machte es sich hinter dem Sattel des breiten Reiters halbwegs gemütlich und ritt mit ihm in eine fremde, ungewisse Zukunft. Die Frau Mutter, die Eveline, ihre Frau Muhme und die fade Gans, die Eva, konnten allein zusehen, wie sie Korneuburg erreichen würden. Bei den Dragonern war es wohl auch ganz lustig. Später konnte er sich immer noch bis Nikolsburg durchschlagen.

Wenn nicht diese blöden Kopfschmerzen wären. Das Pferd schüttelte schrecklich. Und wer war der Herr Buttenzwerg? Soweit es sein Kopfweh zuließ, schrie er dem breiten Dragoner ins Ohr: „Ich bin der Josef Schahin aus der Leopoldstadt. Orienthändlerassistent. Und wer seid Ihr?“

Der Kleiderkasten vor ihm drehte nur wenig seinen stiernackigen Kopf. „Der Haas Franz, aus Großkadolz. Savoy'scher Dragoner. Seit der Schlacht von Petronell vom Julius Ludwigäh von Savoyen. Das war ein kleiner, aber feiner, drahtiger Herr Obristäh. Aber in Petronell hat's ihn erwischtäh und er ist mit einem Wagen nach Wien gebracht worden, wo er angeblich mit dem Todäh ringtäh.“

Josef betrachtete neugierig all das Zeug, das den Haas Franz vor ihm umgab. Auf seinem Buckel ragte ein Karabiner empor, der mit dem Lauf nach unten wies. Ein gewaltiger, gerader Degen auf der linken Seite, der ihm bei jedem Schritt an seinen linken Fuß schlug. Feldflaschen und Kugelbeutel schepperten. Ein Helm baumelte an seiner rechten Seite. Sicher ein wackerer Reiter. Josef sah vor sich das Stiergenick mit seinen Schweißtropfen. Den ehedem blauen Rock, abgewetzt und verblichen. All das stank nicht nur nach Leder und Pferd, da mischte sich auch Knoblauchfurz und Lagermief hinzu. Wann hatte der Haas Franz wohl sein letztes Bad genommen?

Alles zusammen derselbe Abenteuerruch, wie es auf dem Balkan gang und gäbe war. In Josefs pochendem Gehirn stiegen wieder die Lagerfeuerromantik und die seltsamen Eintöpfe des Blecha Zenz empor. War es die Drina oder der Bach im Kreuttal, wo er jetzt entlangritt?

„Herr Haas! Wieso werdet Ihr mich mit einem Buttenzwerg teilen?“ Die Frage war ihm schon lange auf der Zunge gelegen. „Niemand kann mich teilen. Ich bin unteilbar.“

„Und obäh“, respondierte der Dragoner. „In Wienäh haben wir unsern Trossbuben zurückgelassnäh. Er hat sich die Hand gebrochen. Der arme Trottel. Und was tut Gott? Er schenkt uns einen neuen. Du kannst doch mit Pferden umgehen, oder?“

„Natürlich kann ich das. Ich bin ja selbst Pferdebesitzer!“ krähte Josef.

„Ja ja, und ich bin der Römische Kaiser!“ Haas Franz lachte kollernd. „Aber fein bist du angezogen. Nur deinen Hutäh hast du in Langenzersdorfäh verloren. Aber sonstäh. Ein verzogenes Bürscherl, äh?“

Josef begann seine Siebensachen zu überprüfen. Im Saum und im Revers seines Rockes spürte er die Dukaten, die ihm die Mutter eingenäht hatte. Und am Hals hing noch das Säckchen mit dem Ring seines Vaters. Gott sei Dank. Der Dolch befand sich noch in seinem Gürtel und in den Taschen drückten noch seine beiden Damenpistolen. Er hatte bei seinem Fall nichts verloren. Nur die Kugelzange und das Zubehör für die Pistolen, die lagen jetzt unter dem Sack mit den seltsamen Tartüffeln, die sie nach Nikolsburg exportieren wollten. Eveline hatte sie wegen ihrer Form und der Jahreszeit „Juliperlen“ getauft.

Die Mama hatte wieder recht geschnieft und geschneuzt, als sie ihm den kleinen Lederbeutel mit dem Ring seines Vaters umgehängt hatte. „Pass gut auf ihn auf, mein Bub!“ Das waren noch die letzten Worte gewesen, die sie zu ihm gesagt hatte, als sie die Leopoldstadt verlassen hatten.

„Eh klar, Mama.“ Felsenfest war er überzeugt gewesen, dass sie beide wohlbehalten nach Nikolsburg kommen würden. Und jetzt saß er hinter einem behäbigen Dragoner. Aus Großkadolz.

„Was habt Ihr früher gemacht?“, schrie er nach vorn.

„Ich waräh Weingartenhüter. Das hat nicht viel gebrachtäh. Als Soldat, da geht's mir besser. Ich hab meinen Sold, wenn er ausbezahlt wird, ich hab meine Kameraden und ein gutes Pferdäh. Und ab und zu eine Trosshur'. Und manchmal muss man dreinschlagen, wie kürzlich vor Petronell. Aber mit Gottes Hilfe überlebt manäh, und wenn's einmal gute Beute gibtäh, dann werd ich Weingartenbesitzer statt Hüter.“ Eine einfache Philosophie. Aber einleuchtend. „Und mit dem Buttenzwerg teil ich mir einen Rossbuben. Da kriegst du auch was ab. Zehn Kreuzer pro Tag. Sicher auf die Hand. Und Verpflegung und alles, was du brauchstäh.“

Ich muss verrückt sein, dachte Josef. Zehn Kreuzer am Tag. Ein Hungerlohn. Aber bis nach Norden konnte er sich ja hilfsbereit zeigen. Pferde tränken und füttern, striegeln und versorgen, das konnte er ja. In sechs Tagen einen Gulden verdienen, direkt lachhaft. Aber wenn er sich allein nach Nikolsburg durchschlagen würde, würde er gar nichts verdienen. Besser einen Gulden als gar nichts.

„Wo reitet denn Euer Buttenzwerg?“

„Ein wenig vor unsäh, der weiß noch gar nichts von seinem Glückäh. Der ist übrigens auch ein Leopoldstädter. Ein Landsmann von dir. Und ein Namensvetter von mir, der heißt auch Franzäh. Wir sind die lustigen Fränzäh. Hehe. Franz und Franzäh, Dragoner ganz und ganzäh. Eigentlichäh schreibt er sich Sporschill, aber weil er so a quadratisches Zwergerl ist, heißt er bei uns nur Buttenzwerg. Weil er sich in einer Weinbutten verstecken kann. Sag' eam das aber netäh, sonstäh wird er fuchtig.“

Haas Franz hatte einen seltsamen Dialekt. Seine Vokale waren auf eigenartige Weise unrein. Statt „ihm“ und „ihn“ sagte er

„eam“. Und er hatte die komische Eigenart, nach besonders betonten Worten, die mit einem Konsonanten endeten, ein „äh“ anzuhängen. „Passäh aufäh!“ sollte eigentlich: „Pass auf!“ bedeuten. Josef fand diese Art zu reden unheimlich lustig und zerkugelte sich innerlich. „Am Abendäh werd ich eam kennenlernenäh?“, antwortete er schon perfekt. Der Haas Franz fand das aber ganz normal. Und wunderte sich nur, dass sein Rossknecht sich hinter ihm offenbar vor Lachen wälzte. So verging die Zeit im Flug und bald wurde abgesessen.

Haas Franz rief seinen Kumpanen zu sich und zeigte nur auf Josef: „Unser neuer Rossknechtäh.“

Franz Sporschill, der Buttenzwerg, quetschte die Rechte Josefs. Er war zwar kleiner, aber doppelt so breit. Seine Hände baumelten an ihm herab, irgendwo in Richtung Boden. Eine wahre Schönheit war er nicht. Aus blauen, klugen Augen unter buschigen Brauen strahlten eine Neugier und eine gewisse Klugheit. Das war aber schon das Schönste, das man von ihm sagen konnte. Seine speckigen, strähnigen Haare unter dem viel zu großen Hut waren nicht blond und nicht weiß, irgendwie hell halt. Mehr Schuppen als Haare. Pfui Deibel. An seiner Seite baumelte ein riesiger Schleppsäbel, eine polnische Karabela, die er einst im Spiel gewonnen hatte. Kein Mensch hätte je einen Kreuzer gewettet, dass der Buttenzwerg dieses Trumm je aus der Scheide hätte ziehen können. Auch sein Rock war von einer unbeschreiblichen Hässlichkeit. Die Produkte seiner Schuppenflechte waren überall oben und vorne verklebt und machten ihn zu einem schier unbesiegbaren Siegfried. Ein Schuppenpanzer im wahrsten Sinne des Wortes. Unübertrefflich aber wurde er durch seinen Sprachfehler. Er siffelte und blutschelte und spuckte seine Sprache tröpfchenweise vor sich her. Josef versuchte sich zu schützen und machte einen Schritt zurück.

„Ein Landsmannäh“, sagte der Haas.

„Ich kenn dich aber gar nicht.“

„Ich wohne hinter dem kaiserlichen Schiffamt." Josef wollte klare Verhältnisse.

„Na dann, ich war ein Praterknecht. Dann habe ich inth kaitherliche Rüdenhauth nach Erdberg gewechthelt. Aber der Oberrüdenmeithter Franth Thomath Bitterkraut war ein derartiger Leutethinder, dath ich nach thwei Jahren genug hatte. Wir waren thowath von eingethperrt in dem Rüdenhauth und die Bethahlung war tho thlecht, dath ich mich bei den Dragonern wohler fühle. Aber der Haath Frantth, der g'therte Depp, kann die Leopoldthtadt und den Prater ja nicht untertheiden. Der ith halt auth dem Weinviertel, wo die Kinder thon vor der Geburt einen Weinthutthel in den Mund bekommen, damit thie nicht threien. Und dath Produkt thehen wir vor unth. Voräh unthäh, äh?" Josef und Buttenzwerg lachten, diebisch wissend. Nur das Eierspeisreindl Haas konnte nichts Lustiges daran finden. „Stadtpflanzenäh, lachenäh über jeden Schmarrnäh. Zuerst versorg einmal unsaräh Rösser. Drüben am Bachäh wird schon getränktäh. Dannäh kümmer' dich ums Grünfutter. Wir verschaffen dir eine Decke und machen derweil Feuer. Dann schauen wir, wo die Marketender sind. Beim Abkochen meldestäh du dich wieder."

Josef schaute nur groß. Bach, tränken, Grünfutter, klar. Aber wo und wie bekam er sein Essen? Franz und Franz nahmen ihn in die Mitte. Sie gingen zum Proviantunteroffizier.

„Das ist unser neuer Rossknechtäh. Der Josefäh."

Der Feldweibel sah ihn kurz an. Strich sich durch seinen Schnauzbart. „Soso. Handschlag!"

Josef fühlte seine Rechte zusammengepresst.

„Und dass du nicht vielleicht gleich abhaust, du Hurensohn. Zehn Kreuzer Angeld. Du bist jetzt Kaiserlicher. Kehrt Euch. Abmarsch und Laufschritt, die einzige Bewegungsform eines Rossknechts, da fliegen wir schon waagrecht durch die Luft."

Josef stand noch immer da wie Lots Weib. „Bist dearisch? Du jetzt kaiserlicher Rossknecht! Verstandewuh? Trottel, verrotzter!

Und Abflug! Marsch, marsch. Und ihr zwei, Franz und Franz, fliegt's gleich mit. Ausgeburten der Hölle. Abgetriebene Nachgeburten, stinkerte, es zwaa."

So, schön, jetzt bin ich kaiserlicher Rossknecht. Einen Gulden in der Woche. Wie lange aber, ist die Frage. Josef trottete heiter zu den Pferden. „Der eine spuckt und blutschelt, der andere äht vor sich hin, eine himmlische Weltpartie, meine neuen Herren. Aber nicht mehr lang. Monseigneurs."

Eine Stunde lang schleppte Josef die vierzehn Kilo Heu, zehn Kilo Hafer und eine Unmenge Stroh. Haas Franz saß auf einem Baumstamm und schmauchte aus einer langen Tonpfeife. Gott sei Dank gab es einen munteren Bach, an den Josef die Pferde führen konnte. Sonst hätte er auch noch dreißig Liter Wasser schleppen müssen. Die Pferde der ganzen Eskadron schlemperten vor sich hin. Man meinte fast, sie würden den ganzen Bach des Kreuttals aussaufen. Der Dragoner Haas Franz schien mit der Arbeit Josefs zufrieden. Er hatte auch den Striegel über das Fell sausen lassen, kämmte die Rossschweife, dann die Mähnen und massierte die Rücken der abgesattelten Pferde. Auch die Hufe hatte er kontrolliert. Keine Steine in den ein wenig abgelaufenen Hufeisen.

„Meine ist die Kathi", deutete Franz mit dem Pfeifenstiel auf sein mageres Ross. „G'scheiter wie ein Generaläh. Ich hab sie als junge Remonte bekommen und selbst abgerichtetäh. Sie geht dir über eine schmale Planke, ohne Zucken, ist schussfest und springt munter über ein Zehneimerfass. Die geht dir rechts im Kreis, wie ein Uhrzeiger, oder links, wie du es verlangstäh. Beim Schinder habe ich sie an den Geruch von Aas gewöhnt. Wenn die eine Leich' riechtäh, wird sie ganz munter, weil sie glaubtäh, sie kriegt ein Rosinenbrotäh. Neben der kannst du ein Dutzend Fahnen schwenken und sie lässt höchstens einen Schaas. Dafür steigt sie dir auf Kommando wie ein Schlachtross und wachelt nur so mit den Vorderhufen. No, die hast du ja kennengelerntäh. Dabei braucht sie das gar nicht als Dragonerrossäh."

„Wieso?" Die Neugier ging schon wieder mit Josef durch.

„Weil Dragoner keine Kürassiere sind. Ja, die Kürassiere", dabei spuckte er verächtlich aus, „die höhnen immer: ‚Dragoner sind halb Mensch, halb Vieh, aufs Pferd gesetzte Infantrie.' Ja, wir sind nur Infanterie, die auf einem Pferd reitet. Denn wenn wir kämpfen, dann nur zu Fuß. Wir kommen nur genauso schnell aufs Schlachtfeld wie die Reiterei. Dann sitzen wir aber ab, koppeln die Pferde mit den Zügeln zusammen, indem wir sie durch den Nachbarzügel durchziehen und über den nächsten Rosshals werfen. Ein alter Scheißer passt dann auf die Pferdereihe auf. Und wir schießen unsere Karabiner ab oder hauen mit den Degen drein, wie's der Hauptmannäh verlangtäh."

„Aber bei der Kavallerie gibt es doch nur Rittmeister!"

„Bei den Kürassieren ja, aber weil wir Fußsoldaten sind, haben wir einen Hauptmannäh und einen Fähnrichäh und keinen Kornettäh, wir haben keinen Trompeter, sondern einen Trommler, nur unsere Fahnen sind genauso schön wie die Standarten bei den Kürassieren. Und die scheißen denselben Dreck wie wir. Nur glauben sie, sie sind was Besseresäh."

Buttenzwerg wackelte daher. Er schleppte einen Kessel Mehlbrei, in den er einige eingeweichte Bohnen geworfen hatte. In die schnitten die beiden eine scharfe Paprikawurst hinein, die in der Armee immer mehr in Mode kam. „Tho komm her da und wirf ein!", forderte er Josef auf. Und Josef spürte auf einmal einen Riesenhunger und schmatzte unvorschriftsmäßig. Daheim hätte er in dem grauroten Brei bestimmt nur lustlos herumgerührt. Als er nicht mehr konnte, legte er sich der Länge nach ins Gras und rülpste laut. Sein Kopfschmerz meldete sich wieder.

Der Buttenzwerg hatte sich seiner hohen Stiefel entledigt, die Fußlappen entfernt und stocherte lustvoll zwischen den Zehen.

Der umwerfende Geruch ungewaschener Füße wäre beinahe bis ins türkische Lager vorgedrungen, wenn Josef und Haas Franz nicht sofort lautstark protestiert hätten, worauf er doch einige Augenblicke im munter sprudelnden Bach verweilte.

„Dath tät' euch aber auch gut, ihr Muffeln!"

Und so sprang auch Josef ins kühle Nass, nachdem er ordentlich seine Kleider zusammengelegt hatte. Prustend hüllte er sich in die wärmende Kotzendecke. „Wieso habt Ihr bei Petronell Euren Obristen verloren?" Leicht schauderte ihn, als er seine klammen Klamotten wieder anzog.

Haas Franz reichte ihm eine kleine Tonflasche: „Da, zieh an, du Klappergestelläh, das wärmtäh!"

Josef bekam einen Hustenanfall, als der scharfe Schnaps in seiner Kehle brannte.

„Mein Gottäh, du Jungfrau, scheiß dich nicht anäh. Wir sind am 7. Juli irgendwo vor Fischamendäh dahingeritten Richtung Wienäh, da haben wir linksäh einige Dörfer brennen gesehnäh, und auf einmal waren die Tataren, diese hundsgemeinen Brenner, mitten in unserem Trossäh. Wir sind abgesessen und haben geschossen wie die Irren. Dann sind von Regelsbrunnäh die Kürassiere gekommen, in einer Arrièregardäh, waren es die Montecuccoli, äh?" Er wandte sich Buttenzwerg zu.

„Ja, aber wir, die Thavoy'then Dragoner und die Taafe, Dupigny und die Thtyrum haben auch fetht dreing'haut. Aber die Tataren waren wie die Horniththen. Dath war vielleicht eine Unordnung. Die Hunde thind tho thnell und nicht zu fathen. Wenn du einen vor dir hatht, tthieht er thich auch thon tthurück und thietht im Wegreiten theine Dreckthpfeile auf dich ab. Die kämpfen nicht wie wir, die haben eine hundthföttithe Art, dath du ihnen nicht Herr wirtht. Da thtehtht du da, hatht deinen Karabiner abgethoththen und der Feind ith plötthlich weg. Und neben dir liegen auf einmal deine Freunde und haben einen Pfeil in der Kehle. Wohl dreihundert von unth haben die

Patthen gestreckt. Der arme Thavoyer, unther Obritht, ith auf einmal neben mir gelegen, unter theinem Pferd. Den Bruthtkorb eingedrückt, dath Gott erbarm. Der hat Blut gethpuckt und nur tho vor thich hin gegurgelt. Da haben wir ihn auf einen Trainwagen gelegt und ab mit ihm nach Wien zum Feldther. Tho ein guter, thneidiger Herr. Wath jettht auth unth wird? Vielleicht kriegt der Heiththler, thein Obrithtlieutenant, dath Kommando?"

„Und neben mir der junge Thomasäh von Arenbergäh, mit gespaltenem Schädläh." Haas Franz schüttelte sich. „Dann sind wir in die Wienerstadtäh hineingeritten. Aber glaubst du, wir hätten ein paar Tagäh in den Schenken zubringen dürfen? Nein, gleichäh wieder aufsitzen, und beim Rotenturmtor wieder hinausäh. Nicht eine Sekunde hab ich meinen Oasch auf einer Wirtshausbank ausbreiten dürfen. Nur immer ‚Gemma, gemma'. Das ist eben auch das Soldatenleben. Und dann über die Donaubrücken. Dortäh haben wir lagern dürfen. Warum nicht in der Stadtäh? Da hätte es genug Schnapsäh und Weiber gegeben. Aber die Gelsen, die verdammten, in Jedlesee sind nicht dasselbe. Statt dass wir zum Stechen gekommen wären, nein wir haben uns stechen lassen müssen."

Buttenzwerg beendete die Jeremiade: „Der Carl von Lothringen wird'th thon withthen. Wenn wir in der Thtadt gelagert hätten, wären wir tagelang nicht herauthgekommen, und wie hätten wir dann authgethaut? Und intthwithen raubert der Imre Thököly Preththburg oder wath weith ich noch auth. Nur die Reiter vom Dupigny hat er in der Thtadt gelaththen. Und wir werden durch dein thöneth Land unter der Ennth herumreiten wie die verwirrten Hutthulen und nicht withthen warum. Weil der Feind einmal da itht und dann dort. Nur die Türken, die thind jettht rund um Wien. Und wir tthwantthigtauthend Manderln thollen Wien entthetthen? Dath hupf mir einmal vor. Aber der Lothringer Carl, der wird thon withthen, wath er tut. Ich jedenfallth thauf jettht einmal einen guten Thnapth."

Josef lag auf dem Rücken und blickte in die ersten Sterne über ihm. Ihm drehte sich ein wenig der Kopf. War es der Schnaps oder der Gedanke, dass von dort oben vielleicht auch Menschen auf ihn herabsahen? Seine Erde sollte ja nicht der Mittelpunkt des Universums sein, hatte ihm der Schahinvater erzählt. Die Gestirne sollten sich um die Sonne drehen. Und da oben, jedes Licht sei eine eigene Welt. Vielleicht auch mit Menschen, die Kriege führen oder mit Kaffee handeln, Pferde züchten oder Mondkälber. Mein Gott, sein Goldkind und der Achill. Bald würde er sie wiedersehen. Oder nicht? Wenn er schon zwölftausend Gulden angelegt hatte, damit der Herr Kaiser gewinnen sollte, warum konnte er nicht mithelfen, dass der Osmane wieder heimzog? War es nicht hundsföttisch gehandelt, wenn er in Nikolsburg nur an Ziegel und Fichtenstämme dachte und die honetten Leute neben ihm ins Gras bissen? Nein, eigentlich sollte er auch ein Scherflein beitragen. Wie der Herkomber. Der dicke Wirrkopf. Aber gut getan, dass er die Wienerstadt verteidigte. Und der Michailowitz und der Trommelotto und der Marx Augustin. Und er könnte es von außen tun. In einer Entsatzarmee. Der Gedanke gefiel ihm. Der schiere Patriotismus umhüllte ihn wie eine weihrauchduftende Daunendecke. Das Opium Schahins würde Generationen brauchen, er aber konnte wenigstens die Pferde der wackeren Kämpfer versorgen. Etwas tun, das heute gebraucht wurde. Er würde der Mutter nach Nikolsburg schreiben. Sie würde ihn schon verstehen. Und ihn nicht verdammen. Er war ja auch ein guter Wiener. Und keine feige Memme.

Die Sterne funkelten über ihm und Josef glaubte, dass sich ein Kranz der Lichter über seinem Haupt ansammelte. Wie beim lieben Johannes von Nepomuk, dem Brückenheiligen. Und dabei schlief er zufrieden ein.

Zur selben Zeit, im Lager des Großwesirs

Der Zeremonienmeister des Kara Mustafa hatte ein neues Blatt auf seine Schreibunterlage gesteckt. Noch war das feste Lager seines Herrn nicht fertiggestellt. So kniete er vor einem provisorischen Schreibpult und notierte die Besonderheiten des Tages:

Während heute der gesamte Tross zurückblieb, zog nach Sonnenaufgang der Rossschweif des Großwesirs voraus. Dem Herkommen gemäß zu seiner Rechten und Linken die Sipah und Silihdar sowie die Beğlerbeğ von Anatolien und Rumelien und vor ihm die zur Vorhut eingeteilten Paschas.

Er hielt inne, strich sich über sein kostbares Gewand und versuchte den ereignisreichen Tag Revue passieren zu lassen.

Er ritt zu einer geeigneten Stelle in der Vorstadt; dort stieg er ab, um das Gelände zu bestimmen, wo die Schanzgräben angelegt und die Geschütze in Stellung gebracht werden sollen. Er ließ die Heerführer zu sich rufen und beriet mit ihnen über die Anlage der Gräben und die Einteilung der Abschnitte. Zuerst wurden die Approchen, die Mauswege (Sican yolu) festgelegt, dann die Meteris, die Gräben. Für seinen eigenen Abschnitt bestimmte er wie üblich den Ağa der Janitscharen der Hohen Pforte Bekri Mustafa Pascha, den Janitscharenpräfekten Çelebi Isma'il Ağa und den Beğlerbeğ von Rumelien Kücük Hasan Pascha mit seinen Pforten- und Provinztruppen sowie zwanzig Janitscharenkompanien mit fünf Kolumbrinen- und zwanzig Sahi-Geschützen; für den rechten Flügel den Beğlerbeğ von Diyarbekir, Wesir Kara Mehmed Pascha mit dessen Pforten- und Provinztruppen, den Beğlerbeğ von Aleppo, (Deli) Bekir Pascha, mit den Truppen seiner Provinz (und seiner Pforte), den Beğlerbeğ von Anatolien, Ahmed Pascha, den Sohn Osman Paschas mit seinen Geschützen und den Zagarcibasi Mustafa Ağa mit seiner Janitscharenabteilung sowie zwanzig weitere Janitscharenkompanien mit fünf Kolumbrinen- und zwanzig Sahi-Geschützen; und schließlich für den linken Flügel den Beğlerbeğ von Jenö, den Wesir und ehemaligen Defterdar Ahmed Pascha und den Beğlerbeğ von Sivas Binamäz Halil Pascha mit den Truppen ihrer Provinzen (und ihrer Pforten), die Truppen der Provinz Karaman und den Samsuncubasi Süleyman Ağa mit seiner Janitscharenabteilung und zwanzig Kompanien Janitscharen und fünfhundert Mann Arsenaltruppen sowie fünf Kolumbrinen- und zwanzig Sahi-Geschützen. An alle diese erließ der Großwesir den Befehl, ihre Laufgräben anzulegen.

Da die Schanze, die er selbst zu beziehen gedachte, noch nicht fertig war, begab er sich kurz vor Abend in seine Zeltburg. Die übrigen blieben in den für ihre Gräben vorgesehenen Abschnitten und begannen ihre Schanzen zu errichten und Laufgräben auszuheben. Und allenthalben eröffneten die Männer aus den Gräben den Feuerkampf mit den Giauren. In der Vorstadt nahe den Gräben besetzten sie, und zwar je nach Rang und Stellung, die dort stehenden Paläste und Wohnhäuser und Gärten und begannen Schanzen aufzuführen, und dies ist wahrhaftig ein Gnadenbeweis des Allmächtigen, für den man IHM nicht genug danken kann. Denn wenn diese Vorstadt nicht gewesen wäre, so hätte man mit der Anlage der Gräben in großer Entfernung beginnen müssen und es hätte dann nicht jeder seine Schanze binnen weniger Tage fertigstellen können; so aber konnte jeder, der in die Gräben gehen musste, zu Pferde bis an die Mündung der Laufgräben hin reiten. Kurzum, noch niemals seit Bestand des Reiches ist es vorgekommen, dass die Gräben und Schanzen so wie hier innerhalb einer Vorstadt und mitten zwischen Palästen mit Gärten und Lusthäusern angelegt wurden. Rings um die Festung Wien (deren Umfang etwa dem der Fes-

tung Saloniki gleichkommt) erstreckt sich diese Vorstadt, die die Ausdehnung einer richtigen Stadt aufweist (und eigentlich aus vier einander unmittelbar benachbarten Vororten besteht). Allenthalben gibt es hier anmutige Winkel und herzerfreuende Wohnstätten; zwar haben hier zuerst die Giauren, dann auch die muslimischen Streifscharen schon alles zerstört und verwüstet, so dass nur noch die Mauern und gelegentlich einige Wohnräume stehen geblieben sind, aber trotzdem hat eine so gewaltige Streitmacht hier ihre Unterkünfte bezogen. Als sich der Großwesir in der Vorstadt aufhielt, ließ er nach den Vorschriften der erhabenen muhammedanischen Tradition ein Schreiben an den Giaurenkönig aufsetzen: „Entweder Islam oder Tribut – sonst wird die Entscheidung in unserem Streit dem Schwert überlassen! Nehmt es zur Kenntnis!" Dieses Schreiben übergab er dem Delibasi (Anführer der berittenen, todesmutigen Volontäre) Ahmed Ağa als Unterhändler und sandte ihn mit etlichen seiner Leute über das freie Gelände hin zu den Giauren. Der Delibasi ritt hart an den Graben heran, winkte einem der Giauren, die dort zu sehen waren, und rief: „Ich habe hier einen Brief für euren König!" Daraufhin kam ein sprachkundiger Kroate heraus und übernahm den Brief. Er bedeutete dem Delibasi, in einiger Entfernung zu warten, und ging hinein. Nun war aber der Giaurenkönig zehn Tage vor der Ankunft des islamischen Heeres vor Wien mit einer Anzahl seiner Leute nach Linz (einer Stadt an der Donau, sechzig Stunden von Wien) entflohen und hatte als seinen Stellvertreter den deutschen Herzog Istarhembeg eingesetzt, der sich in der Festung eingeschlossen hatte. Da also die Befehlshaber in der Festung auf den Brief keine entscheidende Antwort zu geben wussten, sandten sie folgenden Bescheid: „Uns sind seit zwei Tagen viele Leute umgekommen, und wir sind von Gram erfüllt. Jetzt geben wir auf dieses Schreiben keine Antwort." Der Kroate fügte noch hinzu: „Mach dich jetzt fort, sonst schießen sie dich über den Haufen!" Daraufhin ritt der Delibasi wieder zurück, und als er dem Großwesir alles getreulich berichtet hatte, rief dieser: „Wohlan denn, man bringe also die Geschütze in Stellung und der Kampf soll beginnen!" Er ließ an alle Abschnitte den entsprechenden Befehl ergehen, und alsobald erhob sich allenthalben das Getöse des Kampfes und Streites. – Dem Basdeli, der den Delibasi zur Festung begleitet hatte, war dabei das Pferd erschossen worden.

Gegen Abend trafen von den ungarischen Magnaten Zrínyi und Rákóczi Boten ein, und auch von Batthyanyi und Draskovich kamen Abgesandte mit der Meldung ihrer Unterwerfung und Huldigung. Ihnen hatte vordem der Großwesir durch Hüseyin Ağa, einen Großlehensträger von Stuhlweißenburg, entsprechende Aufforderungsschreiben zugehen lassen. Auch dies ist eine glückliche Fügung des Allmächtigen, dass diese beiden hervorragenden und hochangesehenen Giauren, die über zahllose Streitkräfte verfügen, nun durch Sendboten ihre Huldigung dargebracht haben. Jeder von ihnen soll zwanzigtausend bis dreißigtausend kampftüchtige Krieger stellen können. Ohne weiteres haben sie sich unterworfen.

Der Silhidar Mehmed Ağa aus Findikli, einem Vorort von Stambul, strich sich zufrieden seinen Bart und schloss das Tintenfass. Der wieselflinke Meister der Feder dankte Allah. Die Belagerung der Giauren hatte einen guten Anfang gefunden. Der Sultan würde es ihm selbst auch bald danken, und höchste Ämter schienen ihm so zum Greifen nah wie die Sterne über ihm. Ja, die schönen Sterne. Vielleicht würde er Turbanbewahrer werden und dann noch Betreuer der persönlichen Waffen des Sultans.

Die Sterne über dem Wienerwald funkelten ihm eine liebliche Antwort. Eine ruhmreiche Zukunft.

Zur selben Zeit, Korneuburg

In der Badgasse, im Innenhof des Hauses der Wehmutter Pfeifer, saßen die Frauen im Freien und tranken Holunderlikör. Nur Barbara machte einen verzweifelten, verweinten Eindruck. Wo war ihr Augenstern geblieben? Die Muhme Herkomber hatte schon einen Festen sitzen und grinste geistesgestört vor sich hin. In der letzten Zeit hatte man ihr zwei Vorderzähne gerissen. Das hatte sie um Jahre altern lassen. Besonders wenn sie lachte, wie gerade jetzt, wie ein Hutzelweiberl. Eveline und Eva hatten sich aneinandergeschmiegt und summten irgendeine Moritat. Beide waren auch nicht mehr ganz nüchtern und die Wehmutter Pfeifer war es überhaupt den ganzen Tag nicht. Der tat es nur leid, dass sie den Josef als Jüngling nicht kennenlernen durfte, den sie einmal im 68er Jahr aus der dicken Barbara so geschickt herausbefördert hatte.

Die fasste gerade resolut einen schnellen Entschluss. Sie blickte noch einmal ruckartig, den Kopf nach hinten werfend, zu den blinkenden Sternen empor, dass ihr Busenmieder krachte. „Morgen fahre ich die Reichsstraße zurück. Vielleicht ist dem Josef etwas zugestoßen und ich finde ihn im Straßengraben. Du, Eveline fährst mit mir zurück. Wir werden Josef finden." Eveline rappelte sich in ihrem Dusel auf.

„Selbstverfreilich, gnä' Frau! Zurückfahren, finden, den ganzen Weg, no bumm!"

Dabei rutschte sie noch ein wenig an Eva herab. Aber gegen eine Löwenmutter half auch kein Holunderlikör.

Barbara zog sie hoch und herrschte sie an: „Gemma, gemma, jetzt geht's ab in die Küche, dort machst du dir dein Lager und frühmorgens geht's wieder zurück, bis an die Taborbrücken."

Die Wehmutter bekam irgendwie mit, dass sich Entscheidendes abspielte, und rappelte sich auf. Auch sie blickte zu den funkelnden Sternen.

Die spiralisierten sich so seltsam. „Ja, ja, ins Bett. Das ist eine gute Idee, auf, auf, Frau Herkomberin. Morgen ist auch ein schöner Tag. Kimmeltürken, elendige. Hoffentlich gibt's heut Nacht nicht wieder eine Geburt. Mitten im Krieg."

Korneuburg, 15. Juli 1683, früh am Morgen

Barbara hatte unruhig geschlafen. Noch graute es im Osten, da stand sie schon am Hausbrunnen im Hof und ließ sich das eisig kalte Wasser über ihren Oberkörper rinnen. Angst um ihren Buben und eine schreckliche Ungewissheit trieben sie an. Wo war nur ihr Josef geblieben? Schnaufend und prustend ließ sie noch einen Eimer des frischen Nasses über ihre Schultern laufen. Aber die Eiseskälte erfrischte und machte ihr einen klaren Kopf. In feuchten Strähnen klatschten ihre schönen blondbraunen Haare über ihren feisten Rücken. Mit einem frischen Handtuch rieb sie sich unter den Achseln, hob ihre schweren Brüste und rubbelte die sonst so schweißigen, weißen Halbmonde darunter, bis es sie fast fröstelte. In der Küche stöberte sie Eveline auf und brachte die vor sich hin Schnarchende endlich dazu, ihre verklebten Augenlider zu öffnen. Das war aber gar nicht lustig. Eveline hatte gerade den stolzen Schnurrbart von Zenz Blecha liebkost, als Barbara mit harschen Worten ihr Rütteln an den Schultern beendete. „Auf, auf zum Schwure, Volk und Land, reich zum Himmel Herz und Hand …“ So ein verdammter Blödsinn! Aber was nutzte es, der Schnauzbart des Zenz verschwamm in den Wasserspritzern, die sie von Barbara nun auf den Kopf bekam.

„Gemma, Mädel, wir fahren zurück und suchen den Josef!“ So forsch und bestimmt hatte Eveline ihre Herrin noch nie erlebt. Sie raffte ihr Gewand zusammen und lief in den Hof, um sich zu waschen. „Bin gleich da!“

Gemeinsam schlangen sie ein paar Bissen kaltes Geselchtes in sich hinein. Barbara hatte inzwischen den Herd in Gang gebracht und die Reste einer fetten Ganslsuppe gewärmt.

Mit Brotbrocken vermischt, gab es ein köstliches Frühmahl, dessen Duft auch die rundliche Wehmutter Pfeifer erscheinen ließ. „So zeitig wollt Ihr schon fort?“ Um ihre Frage duftete noch der gestrige Holunderlikör.

„Ja, unser Josef ist uns wichtiger als alles andere in der Welt. Und jetzt gemma einspannen.“ Gemeinsam mit Eveline brachte sie das Geschirr in Ordnung und die zwei Bräunln wurden noch getränkt und mit feinem Hafer traktiert. Eveline stemmte ihre schmale Schulter unter Barbaras breiten Toches und schubste sie auf den Kutschbock.

Von der Pfeiferin reichlich mit Proviant und heißen Segenswünschen versehen, ging's dann beim Wienertor hinaus und wieder zurück Richtung Wienerstadt. Eveline sollte auf der rechten Seite der Straße rekognoszieren, Barbara auf der linken. Vielleicht lag Josef noch irgendwo zwischen Langenzersdorf und Bisamberg im Graben? Noch waren kaum Leute unterwegs, die Sonne ging fett über der Praterinsel auf. Ihre Ränder waren undeutlich im Morgennebel zu sehen. Barbara schnalzte mit der Zunge und die Bräunln trabten an.

Eveline genoss die morgendliche Fahrt. Wie lang war ihr damals die Straße vorgekommen, als sie mit der Mutter Pfeifer zu Fuß die ganze Strecke in die Leopoldstadt gehatscht war! Ein leichter Morgenwind strich über die Wiesen und Felder und wenn nicht die Sorge um Josef und die allgemeine Not wegen der herannahenden Türken gewesen wäre, es hätte ein wunderbarer Tag sein können. So ein unbeschwertes Traben über die Reichsstraße, das hatte Eveline bisher noch nicht erlebt. Nur heiß schien es bald zu werden. Der Wagenkorb hinter ihnen schaukelte leicht, die Pferde trabten dahin und beide spähten aufmerksam, um nur ja kein Detail am Straßenrand zu übersehen. Da! Sie schubste Barbara in die Seite. Weit rechts vor ihnen waren Feuer zu sehen, schwarzer Rauch stieg in die Höhe.

Ängstlich wandte sie sich Barbara zu: „Dort liegt doch unsere Leopoldstadt! Jesus und Maria, da ist ein Riesenfeuer!"

Barbara runzelte die Stirn und seufzte. „Bei meiner Seele, da brennt unsere schöne Heimat dahin. Nur, das Feuer ist viel zu deutlich, zu nah. Was kann da so brennen? Hoffen wir, dass es vielleicht nur der Auwald vor der Brigittenau ist. Es bedeutet auf jeden Fall nichts Gutes." Nach der nächsten Kurve zügelte sie die Pferde, sodass diese in Schritt fielen. Vor ihr sah sie nur eine Mauer von Pferdehinterbacken.

„Schöne Scheiße!", zischelte sie. Sie hob ihre Stimme: „Männer, lasst mich durch, ich muss zurück nach Wien!"

Ein Dragoner rechts im letzten Glied wandte den Kopf, zügelte sein Pferd und ließ sich zurückfallen. Als er mit Barbaras Gespann auf gleicher Höhe war, rief er ihr nur zu: „Gute Frau, drehen Sie schnell um. Vor uns sind die Türken. Sie sind in der Nacht über die Donau bei Nussdorf rübergekommen. Wir sind nur die Reserve, die Savoy'schen Dragoner. Vor uns reiten die Regimenter Schultz, Styrum und Herbeville gegen die Donaubrücken. Die Osmanen haben sie in der Nacht erobert. Und wenn die erst einmal drüben sind, gibt's hier ein heißes Treffen."

Wie zur Bestätigung hustete und knatterte Kartätschenfeuer vor ihnen. „Sein S' g'scheit, liebe Frau, kehren S' um. Vor uns der Feind, die Brücken brennen vielleicht schon, was wollen Sie noch hier?"

Damit gab er seinem Pferd die Sporen und trabte wieder voraus. Eveline und Barbara sahen einander fragend an, aber beide wussten, hier gab es kein Vorwärts mehr. Eveline sprang ab und half mit fliegenden Fingern die unruhigen Pferde und den Wagen zu wenden. Also auf nach Nikolsburg. Vielleicht war der Bub zu Fuß dorthin unterwegs.

Wenige Pferdereihen vor ihnen war Josef hinter dem breiten Rücken von Franz Haas aufgesessen. Hätte er sich nur einmal umgeblickt, wie anders wäre sein ganzes Leben verlaufen! Ein geruhsamer Kaffeesieder in Wien wäre er geworden. Aber er blickte gespannt nach vorn in die Feuerwand, die über der Schulter seines Reiters loderte. In aller Früh hatte er die Pferde am Bach im Kreuttal versorgt. Ein ruhiger Tag des Lagerlebens schien sich anzubahnen. Dann war er zum Marketender gestolpert, um sich ein wenig auszustaffieren. Heimlich hatte er sich mit seinem Dolch den ersten Dukaten aus dem Rocksaum geschnitten.

Ein altes Weib am Marketenderwagen bot ihm ein Taxel, eine Menageschale, die kaum verbeult war, einen Löffel, einen Schnappsack, Knoblauchwurst, eine kleine Speckseite und ein Säckchen Bohnen um dreißig Kreuzer. Um fünfzehn Kreuzer gönnte er sich auch eine grüne Tuchkappe mit einer verknautschten und doch kecken Fasanenfeder. Sie gab ihm noch einen alten Fetzen zum Abtrocknen darauf. Als er noch Tintenpulver und Papier verlangte, war die Alte aber überfordert. Noch dazu, als er mit einem Reichsdukaten zahlen wollte. Mit ihrem knorrigen Stock schlug sie gegen die Verspannung des Wagens: „Hans, komm heraus. Da will einer Schreibzeug. Ja, beim Hutzelputz, so etwas hat noch keiner wollen."

Der griechische Kaufmann Hupazoli, der gefälligste Kaufmann Wiens, machte sprichwörtlicherweise „alles möglich". Darum war der Hutzelputz damals auch die Lösung für schwierigste Probleme. Aus den Stoffbahnen des Marketenderwagens torkelte eine unförmige Masse. Ein riesiger Kerl machte sich vom Kutschbock her breit, räkelte sich, gähnte wie ein Backofen und wankte dann herab. Ein verschlafener, fetter Riese mit Glatze und einem Stiernacken sackte die letzte Sprosse herunter. Drei scharfe Falten, wie eine Mistgabel, zerfurchten vertikal seine Stirn. Hinter ihm lugte ein schmales, helles, sommersprossiges Engelsgesicht mit langen schwarzen Haaren hervor. Ja wirklich, wie ein süßes Engerl in der Karmeliterkirche.

Aber mit langem gekräuseltem Haar. Die Augen voller Groigen. Der Marketender war sofort hellwach, als er den Reichsdukaten sah. Gold! Das war kein Soldatensold. Schwerfällig schien er einherzuwogen und griff sich das Geldstück blitzartig und behände mit seinen muskulösen Würstelfingern. Biss genüsslich darauf und besah sich den Eindruck seiner Zähne. Feines, weiches Gold.

Er murmelte zustimmend. Was will der Fetzenbankert? Papier und Tintenstaub? Ein Oberg'scheiter! Macht aber einen Gulden! Plötzlich fiel der Vorhang vor seinen verschleierten Patzpillen, seinen verschlafenen Gucken. Er sah einen Burschen mit nur vier Fingern an jeder Hand vor sich. Ein breites Grinsen zog sich schlagartig auf sein hässliches Gesicht. Mit gespielter Höflichkeit buckelte er vor Josef. „Papier und Tinte, eh. Wir haben alles vorrätig, feiner Herr. Wollen vielleicht ein Gedicht felbern. Der Herr Feinspitz wird bedient werden. Wie ist nur Euer Name?"

„Josef heiß ich, Josef Schahin. Orientkaufmannsassistent. Wenn's beliebt. Jetzt bei den Savoy'schen Dragonern."

„Soso, Schahin, Josef, ja, Josef ... interessant." Der Fette drehte sich zum Wagen hin: „Gugerscheckerte! Zah aun auf der Graden. Papier vom Feinsten und auch Tintenpulver für den jungen Herrn. Vielleicht auch eine schöne Adlerfeder gefällig? Das schreibt sich dann von selbst, das Poem, das allerwerteste."

Engelsgesicht schlug das Verdeckleinen auf und plumpste herunter. Auch sie sah den Dukaten, der sich noch in der Hand des Marketenders befand. Sie riss die Augen auf und tänzelte, in den Hüften wiegend, vor Josef. „Da ist Papier und Tintenruß samt Tonfässchen und die schönste Feder, die es weit und breit gibt." Sie quetschte sich an Josef. Und wenn der junge Herr noch Weiteres belieben?"

Josef fühlte, wie er errötete. So etwas Traumhaftes hatte er noch nie erlebt. Ein ganz blasshäutiges, zartes, schlankes Ding mit Sommersprossen, strahlenden blauen Augen und tatsächlich schwarzen Haaren.

Das liebliche Engel-Teufelchen rieb sich mit seinen festen Brüsten gerade an seinem Rücken. „Vielleicht noch ein Krüglein Slivovitz gefällig?“, hauchte sie ihm feucht von hinten ins Ohr. Dabei wutschte ihre nasse Zunge in sein Gehörorgan. Josef spürte zum ersten Mal ein seltsames heftiges Ziehen zwischen den Beinen. Das Ding, mit dem er sonst pinkelte, begann sich fest aufzublasen. Vollkommen perplex bestellte er auch Slivovitz, den destillierten Traum der Pflaume, für seine eigentlichen Herren. Ach, war das gut, wie die Sommersprossige sich mit ihrem Busen an seinem Rücken wälzte! Deutlich spürte er die Spitzen durch sein Hemd. Es beutelte ihn richtig.

Jetzt hatte sie ihn von hinten fest, mit kundiger Hand, in seinem Schritt gepackt. „Oh, der junge Herr sind aber bestückt!“ Josef wusste nicht ein und aus. Alles drehte sich. Das Blut hämmerte, nein, es togerzte, in den Kopfadern. Sein Mund war ganz ausgedörrt. Da spreizte sich die Schöne schon grazil vor ihm, hatte ihr Busentuch herabgelassen und wollte seine Hand zielstrebig zwischen ihre Brüste führen, als plötzlich die Trommel gerührt wurde. Zuerst eine, dann zwei, dann eine ganze Menge Trommelwirbel.

Der Marketender steckte den Dukaten ein, sprang auf den Kutschbock und herrschte die Alte an: „Gebt ihm zwei Gulden! Mehr als genug! Spannt ein!“ Josef war ganz perplex von dem Aufruhr, der plötzlich durch das Lager lief. Die Vettel drückte ihm zwei Gulden in die Hand.

„Öha, das ist zu wenig!“, schrie Josef.

Sommersprosse schob ihre sabbernde Zunge in seinen geöffneten Mund. Was für ein geiler Pleschel! Dabei massierte sie schnell seinen Unterleib. „Das passt schon!“, blubberte sie zwischen den aufgeworfenen Lippen hervor. „Wenn wir wieder lagern, dann besuch mich doch, du geiler Herr! Dann zeig ich dir, wo der Herrgott wohnt. Dann kannst mich pudern, lieber Josef, dass dir Hören und Sehen vergeht!"

Josef war wie von Sinnen. Da war dieser Blutstau im Unterleib, und außerdem hatte er einen irren Harndrang. Alles um ihn rannte und schrie. Einsam standen sie gemeinsam da, er und sein pralles Stück. Nur hatte das keinen offenen Mund.

Der Marketenderwagen setzte sich schon in Bewegung. Die gierige schlanke Weißhäutige mit dem langen, wehenden schwarzen Haar winkte mit ihrer süßen Hand und warf Küsschen. Dann endlich raffte er seine neuen Siebensachen zusammen und trabte in die Richtung, in der er Haas Franz und Buttenzwerg vermutete. Die waren auch schon auf tausend. Buttenzwerg hatte sein graues Ross bereits selbst gesattelt, der Haas Franz hatte die Pferdedecke schon über Kathi geworfen. „Ein schöner Rossknechtäh, was wir zwei da habmäh!"

Schuldbewusst half Josef, die Kathi fertig zu machen. „Was ist eigentlich los? Ich hab geglaubt, wir lagern hier, und hab mich beim Marketender eingedeckt für die nächsten Tage."

„Rotzbua, dreckiger, wir sind im Kriegäh. Und wenn's trommeltäh, heißt das Alarmäh. Aufsitzen und dorthin traben, wo unser Feind istäh. Wo er ist, ist wurschtäh! Dafür haben wir einen Oberstäh. Der muss es wissen. Jetzt sitz auf hinter mir, du Ruabnzuzler. Ich kann auch ohne dich die Schabracken auf die Kathi legen. Wir reiten wieder zurück, Richtung Leopoldstadtäh. Die Türken sind über die Donau gekommen. Wie, weiß ich nichtäh. Ich kann's mir auch nicht vorstellen. Wir sind die Reserve. Vielleicht kommen wir gar nicht dran. Denn vor uns sind die Schultz und die Styrum. Die werden gleich einen heißen Tag haben. Wenn die Trommeln wieder gerührt werden, sitzt du abäh und wartestäh. Dann werden wir vergattertäh, sitzen auch ab, und los geht's gegen den Feind. Vorher geschieht nichts. Warten bis zum Einsatzäh. Aber da rührt sich kein Schwanzäh, auch wenn der Himmel voller Feigen hängtäh. Klar?"

Josef verstand gar nichts. Er hing nur hinter dem Haas Franz auf der Kathi, hatte nichts als seinen Engel im Kopf und alle zusammen rückten gegen Wien vor. Zweihundert Klafter hinter ihm wendete Barbara gerade ihren Wagen.

Vorn bei den Brücken war der Teufel los. Der Herzog von Lothringen hatte zu lange auf den versprochenen Munitionstransport gewartet. Hatte nur die erste kleine Brücke abbrechen lassen. Und nicht mit der Entschlossenheit der Osmanen gerechnet. Dass Wien eingeschlossen war, war eine Tatsache. Dass sie aber über den großen Strom übersetzen würden, das war ein Wunder, dass sie die große Brücke besetzen würden, war das zweite Mirakel. Den Auwald, den Schlamm, die vielen kleinen Arme zu überwinden und noch dazu in der Nacht, das war ein Husarenstück ohnegleichen.

Und jetzt hatten sie schon eine Fahne am Brückenkopf aufgerichtet. Da ließ Carl die Styrum-Dragoner anrennen. Geschütze wurden aufgefahren und Kartätschen sausten gegen die türkischen Stellungen. Die Herbevilledragoner schwärmten links aus. Abgesessen stapften sie im Gatsch der Donaauen und richteten ihre Karabiner gegen den türkischen Brückenkopf. Die Papierpatrone abbeißen, ausspucken, Kugeln stopfen, stampfen, Radschloss aufziehen, zielen, schießen. Der Drill von hunderten Stunden machte sich bezahlt. Zwei Schuss pro Minute. Spitzenleistung. Wie Automaten luden sie, bis die Rohre heiß wurden. Dann den Schmauch entfernen, das Rohr reinigen. Bei einigen hörte der Radmechanismus auf zu funktionieren. Die Riffelung war sichtlich vom Feuerstein verklebt.

Die Schultz'schen vorn hatten schwere Verluste. Eine Abteilung Janitscharen schoss, was das Zeug hielt, mit ihren schweren Luntenmusketen. Sie waren zwar langsam im Nachladen, da sie noch Pulver aus den Hörnern in die Musketen schütteten und Zündkraut auf die Pfanne, aber erstaunlich treffsicher. Es war auch nicht ganz ungefährlich, denn die eine oder andere Waffe explodierte, wenn der Lauf im Guss noch Blasen enthielt. Begleitet wurden ihre Attacken jedoch von einer schnellen Truppe von Pfeilschützen, die, ohne recht zu zielen, jede Anhäufung von Kaiserlichen mit einem Pfeilhagel überschütteten. Eine Welle der Dragoner nach der anderen gluckerte in den Sumpf. Feldmarschallieutenant Schultz wurde verwundet nach hinten getragen, sein Oberstlieutenant von Gersdorf wurde von Pfeilen niedergestreckt. Der Oberstwachtmeister Trauttmansdorff starb nach wenigen Minuten. Führerlos kämpfte das Regiment verbissen, aber Mann um Mann fiel an der Brücke. Man versuchte Glasgranaten auf die Brücke zu rollen. Ihre Explosionen verpufften jedoch ohne Wirkung. Carl von Lothringen wartete nervös auf die zwei Mörser, die vom Artilleriepark in Jedlesee abkommandiert waren. Wann würden sie endlich eintreffen?

Die Osmanen setzten inzwischen blindwütig zum Sturm auf die große Donaubrücke an. Wieder blitzten die Culebrinen und streuten Kartätschen in die anrennende, brüllende Menge. Der Fahnenträger neben dem noch jungen Beğlerbeğ von Adana, Wesir Deli Emir Pascha, sackte plötzlich so laut schreiend nach hinten, dass man es über die Donau hallen hörte. Die Fahne fiel. Der tapfere Pascha riss mit eigenen Händen die Fahne empor, dann wickelte er sie sich um den Leib. Auf dem Boden liegend robbten die Türken hinter einen Wall von Gefallenen zurück. Wieder gab es ein endloses Feuergefecht und einen Pfeilhagel. Auch die Herbeville-Dragoner hatten schwere Verluste. Die meisten Verwundeten fielen kopfüber in die flache Donau und ertranken elend. Blutströme durchzogen das Wasser. Die legendären Mücken stochen unbarmherzig. Woher noch dazu die Schwärme von Schmeißfliegen auf einmal kamen?

Endlich trafen die zwei Mörser ein. Es dauerte noch eine kleine Ewigkeit, bis sie schussbereit waren. Endlos lang unterhielten sich die Artilleristen über die Länge der Zündschnüre.

Murmelten Beschwörungsformeln zu ihrer heiligen Barbara. Carl von Lothringens Herz war zum Zerplatzen. Dann die ersten beiden Schüsse. Steil pfauchte es himmelwärts. Zu weit und rechts und links an der Brücke vorbei. Ein listiger Dragonerhauptmann hatte Kienspäne organisiert. Nun endlich konnte man am kaiserlichen Brückenkopf ein Höllenfeuer legen, das sich langsam gegen die Brückenpfeiler vorfraß. Da, plötzlich explodierte eine Mörserladung mitten in das Allahgeschrei und zwei stadtseitige Pfeiler stiegen langsam himmelwärts auf und verschwanden dann im großen Donauarm. Der tapfere Pascha aus Adana, der schönen Stadt am Mittelmeer, wurde, eingewickelt in die Fahne, samt den Pfeilern in die Höhe geschleudert und zerfetzt versank sein Körper im Wasser. Alle Kombattanten ließen die Waffen ruhen und starrten staunend auf die verheerende Wirkung der Bombarden. Die brennende Brücke versank langsam zischend, Stück um Stück, in den Fluten. Die Türken zogen sich am stadtseitigen Ufer aus der Schusslinie. Sie mussten mehr als vierhundert Mann verloren haben. Der Rest der Schultzischen wankte zurück, ihre Verwundeten mitschleifend. Die Styrum-Dragoner plänkelten noch eine Weile.

Dann war Schluss. Die Brigittenau und die Leopoldstadt waren nun in osmanischer Hand. Eine Flammenwand drüben war die Antwort. Die ersten Häuser dort brannten schon, wie ein schrecklicher Rachegruß. Auch die alten Parkbäume der Favorita loderten wie Zunder. Carl von Lothringen beschattete seine Augen, in denen es rot flimmerte, und winkte mit hängenden Schultern deprimiert zum Rückzug. Er gab den Befehl zum Sammeln bei Jedlesee. Auch sein Heer hatte schwere Verluste, vielleicht an die dreihundert Mann, erlitten. Was galt es jetzt nicht alles zu befehlen.

Die Savoy'schen Dragoner hatten nicht ins Gefecht eingegriffen und trotteten zu ihrem neuen Lagerplatz. Jedlesee. Ein robustes, kleines romanisches Kirchlein, ein paar Häuser.

Trostloser Sammelpunkt für zwanzigtausend Mann. Die bisher gesamte Reichsarmee. Und drüber der Donau über zweihunderttausend siegessichere Osmanen. Rund um die Festung Wien. Sie war jetzt ihrem Schicksal allein überlassen.

Josef reckte seinen Körper in der Hitze. Über den glastenden, flimmernden Horizont sah er wabernde Flammen aufsteigen, rote Feuerzungen mit schwarzem Rauch, als Farbkontrast, loderten über seiner Leopoldstadt. Seiner Heimat. Das Haus hinter dem Schiffamt brannte sicher, samt dem kaiserlichen Schiffamt. Sein Herz drückte seltsam in der Brust. Tränen stiegen ihm in die Augen. Die Häuser der armenischen Freunde. Alles brannte lichterloh. Die neue Leopoldskirche, die Karmeliterkirche, die Barmherzigen Brüder, samt Spital und ihrem Bild des Gregorios, des Armeniers. Wo jetzt wohl sein Schahinvater sein würde? Seine Mutter?

Jedlesee war wie niedergetrampelt. Zehn Kürassier- und fünf Dragonerregimenter samt haufenweise Infanterie lagerten um die kleine Kirche, die Kaiser Heinrich II. dem Bischof Berengar von Passau 1014 geschenkt hatte. Das Jedleseer Herrschaftshaus des ehemaligen Stadtguardiafähnrichs Andre Gurlandt diente nun als Quartier des Stabes. Eilige Meldereiter kamen und gingen. Carl V., nur dem Namen nach Herr von Lothringen und Bar und nominell noch immer im Kriegszustand mit dem Sonnenkönig, der Kommandant der kleinen, kaiserlichen Entsatzarmee, war in einer verzweifelten Lage. Herr ohne Land, missglückter Prätendent der polnischen Krone und Statthalter von Tirol, kommandierte er auf Befehl des Kaisers eine Armee, die großteils nur auf dem Papier existierte. Er war auf sein diplomatisches Geschick und auf die Hoffnung angewiesen, dass die versprochenen Truppen wirklich eintreffen sollten.

Von König Jan Sobiesky von Polen kamen Nachrichten, die zum Verzweifeln waren. Das Heer der Polen hatte sich nicht einmal noch versammelt. Wie sollte es zeitgerecht vor Wien sein? Und wenn es dann eintraf, dann war er sicher seinen Oberbefehl los. Er würde einfach darauf verzichten müssen, wenn ihm ein regierender König entgegentrat. Schon 1673 waren sie Konkurrenten gewesen, als er Sobiesky bei der polnischen Königswahl gegenübergestanden war. Damals war er dem polnischen Thronanwärter rangmäßig turmhoch überlegen gewesen, der Reichsfürst, der designierte künftige Gemahl der eben verwitweten Königin von Polen und damit Schwager des Kaisers – gegen einen Landadeligen, gewiss alten, aber keineswegs illustren Geschlechts, vermählt mit einer reichen Witwe Zamoski, die aber eine Französin aus nicht unbedingt erstem Haus war. Und doch hatte Sobiesky gesiegt und Carl hatte resignieren müssen. Dann eben war er Statthalter von Tirol geworden. Und jetzt musste er dem Polen wieder den Vortritt überlassen. Zum Aus-der-Haut-Fahren. Wenn er nur wirklich kommen würde.

Die deutschen Reichsheere wenigstens sammelten sich langsam. Auf den Badener, den Louis, war jedenfalls Verlass, auch auf Max Emanuel von Bayern, mit seinem feschen Schnurrbartl und seinem blauen Uniformrock. Der hatte seine gut gedrillten Männer beispielhaft im Griff. Auch die Sachsen hatten einen guten Ruf. Deren Truppen waren schon im Anmarsch. Wo sollten sie sich vereinigen, wenn im Osten Österreichs, bei Pressburg, der sogenannte König von Ungarn, Thököly Imre, die alte ungarische Krönungsstadt bedrohte? Sollte er den Bayern entgegenziehen? Oder eher gegen Pressburg? Um Thököly auszuschalten? Wie konnte Sobiesky gefahrlos nach Wien ziehen, wenn auf seinem Weg die Tataren plünderten und brandschatzten und Pressburg türkisch war? Wie stand es um die Festung Wien? Carl von Lothringen war von jeder Nachricht abgeschnitten. Wie lange konnte Starhemberg die Wienerstadt halten? Er, der scharfe Angreifer und attackierende Stratege, hatte gerade eine demütigende Abfuhr erlitten. Er hatte die Türken unterschätzt. Wie schnell war ihnen der Donauübergang gelungen! Sie mussten hervorragende Pioniere zur Verfügung haben. Wo würden sie noch Donaubrücken schlagen? Auch ihre Flussschiffe waren nicht zu verachten. Er musste ein besseres Kundschafterwesen an der nördlichen Donauseite ausbauen, um sein Operationsgebiet, das nördliche Land unter der Enns, vor der osmanischen Hauptarmee, den Tataren und den Magyaren unter Thököly freizuhalten. Auf dem Bisamberg sollte gleich eine Kundschafter- und Melderstation aufgebaut werden, die ihm die Bewegungen der türkischen Armee an der Donau sofort signalisieren würde. Zuvörderst musste er aber die herrenlosen Savoyen-Dragoner ihrem tatsächlichen und derzeitigen Interimskommandanten, dem Obristen Heissler, auch nominell übergeben. So hießen sie nun Heissler-Dragoner, und die zweite Halbeskadron des Regiments wurde mit ausreichend Menage und zwei Galilei-Fernrohren ausgestattet, um auf der Steilkante des Bisambergs für eine Woche Posten zu beziehen und Signalfeuer abzubrennen.

Langsam quälten sich die Pferde den steilen Hang hinauf. Alle waren abgesessen und keuchten zwischen den niedrigen Bäumen und Büschen, um endlich die Höhe zu erringen. Josef kraxelte recht leichtfüßig voran, während der dicke Haas Franz und sein Buttenzwerg überhaupt keine Kraftreserven besaßen.

Noch dazu war es ihnen beiden gelungen, hinter Stammersdorf, in Richtung Hagenbrunn, einen Weinkeller mit den Bajonetten aufzubrechen und einige Ledereimer, die eigentlich zum Wassertransport hätten dienen sollen, mit dem pfeffrigen Bisamberger Wein zu füllen. Mit einem gemischten Satz. Oben gab es ja sicher noch genügend Wasserquellen. Dem voranreitenden Eskadronslieutenant war das in der kurvenden Kellergasse natürlich entgangen. Die abgesessenen Nachzügler hatten aber schon jetzt gewaltig rote Köpfe und das typische idiotische, verschwitzte Verschwörergrinsen aufgesetzt, das auf geheimen, übermäßigen Weingenuss beim Aufstieg schließen ließ. Es wäre auch zu dumm gewesen, den überschwappenden, edlen Traubensaft einfach zu verschütten. So wie Kathi waren auch die anderen Pferde an der Flanke ganz weindurchtränkt und stanken wie Hunderteimerfässer vor dem Schwefeln. Für Kurzweil und Unterhaltung während der Kundschaftswache war also gesorgt. Nur die Marketender mit ihren Weibern fehlten arg.

Josef war ganz hin- und hergerissen. Auf der einen Seite freute er sich, seine Wienerstadt von der Höhe aus zu betrachten. Er war noch nie oben auf dem Bisamberg gewesen. Mit wem denn auch? Seiner Mutter wäre der steile Aufstieg sicher nicht zuzumuten gewesen. Und warum auch? Berge waren etwas, das man von unten bewunderte, aber aus reiner Neugier hinaufzukraxeln, das grenzte doch an unnötige Abenteuerlust. Doch jetzt war es eine militärische Notwendigkeit, noch dazu, wenn ein riesiges Türkenheer die Stadt umschloss. Auf der anderen Seite drehten sich seine Gedanken einzig um das Traumbild dieser schmalen, schwarzhaarigen Fee mit den leuchtenden blauen Augen aus dem Marketenderwagen. Sie hatte seine Sinne total umnebelt. Vielleicht war sie eine feine Prinzessin, die der fette Marketender gefangenhielt. Und auf ihre Befreiung durch den Helden Josef wartete. Man kannte ja solche Geschichten. Aber für eine Prinzessin hatte sie sich vielleicht doch etwas zu freizügig benommen. Er musste den Haas Franz befragen. Der kannte sich schließlich aus. So übel war der ja nicht. Noch dazu, als er den beiden Kämpfern den Tonkrug mit dem Slivovitz als Einstand überreicht hatte. Da hatten die zwei aber Augen gemacht. Und ihren neuen Rossknecht gleich hochleben lassen und sehr sympathisch gefunden. Drunten in Jedlesee, nach der Schlacht an den Taborbrücken. Josef hatte aber den Dank der beiden Herren gar nicht abgewartet und sich gleich auf die Suche nach seiner Schönen gemacht, sie aber leider nicht gefunden. Innerlich hatte er sie Roxane getauft. Das war doch die Braut Alexanders des Großen, die treue und schöne. Sicher hatte sie so wie seine Prinzessin ausgesehen. Wenn die Roxane erst wüsste, dass der Rossknecht Josef ein begüterter Mann war. Was heißt begütert, eigentlich war er ja ein reicher junger Herr. Das musste er ihr aber nicht gleich auf die Nase binden. Schließlich sollte sie ihn wegen seiner Ritterlichkeit lieben. Bewundert hatte sie ihn ja eigentlich schon. Was hatte sie da gemeint, mit „gut bestückt". Und „pudern" sollte er sie, dass ihm „Hören und Sehen" vergehen sollte. Was sie damit wohl meinte? Fragen über Fragen. Wenn sie erst ahnte, dass er einen riesigen Smaragd, vielleicht sogar einen Zauberstein besaß? Ganz abgesehen von seinem Vermögen. Da würde sie ihn verehren. Ja, er konnte sie dem fetten Schwein richtig abkaufen. Ganz einfach so. Zwar unromantisch, aber merkantil reeller und einfacher. Wie hätte das der große Alexander gemacht? Mit diesen Überlegungen und unbeholfenen, knabenhaften Wahnvorstellungen hatte er schließlich den Gipfel des Bisamberges erklommen.

Was für ein Bild! Vor ihm breitete sich, jenseits des silbrigen Bands der Donau, die grüne Weite des Wienerwaldes aus und in der Ferne links lag die mächtige Festung Wien. Sein Wien! Rund um sie ein Zeltlager in einer Größe, die ihn nur staunen ließ. Wie viele Türken da wohl lagerten? Innerhalb der Stadtmauern, hinter dem Schottentor, loderten Dächer. Brannte da nicht vielleicht das Schottenstift in der Nähe des kaiserlichen Arsenals? Aber so genau konnte man das im Sonnenglast nicht erkennen. Feuerzungen aus dem Osmanenlager zeigten den Beschuss. Waren das schwere oder leichte Kanonen? In Stambul war von schwerer Artillerie eigentlich keine Rede gewesen. Aber vielleicht hatten die Türken unterwegs von ihren Festungen alle Geschütze mitgenommen. Dort hatten sie ja genug

Balyemezkanonen, die an die hundert Pfund Kugeln schießen konnten. Und dann die Culebrinen und die Sahi-Geschütze. Das loderte nur so auf. Immer wieder lösten sich Feuerzungen. Josef war froh, nicht in diesem Kugelhagel stehen zu müssen. Von da oben sah es sich ja wunderbar an, wie eine Miniaturwelt. Wie ein hoch fliegender Vogel es eigentlich erleben müsste. Er konnte sich aber ein wenig vorstellen, welche gewaltigen Mauerbrocken die Balyemezgeschütze lockern konnten. Wieder löste sich eine Staubwolke vom Ravelin vor der Schottenbastei. Wenn man immer wieder auf dieselbe Stelle einhämmerte, dann würde eines Tages die Mauer mürbe werden, die Steine und Ziegel würden herabstürzen und eine schräge Ebene bilden, über die die Sturmtruppen nach oben gelangen konnten.

Wenn er nur an das Fernrohr des Lieutenants gelangen konnte! Der machte sich ganz wichtig und diktierte schon ellenlange Berichte an den Kommandanten. Auch der Wachtmeister neben ihm kommentierte seine Eindrücke. Wenn er sich nur einen frechen Anrand nehmen könnte und auf seine scharfen Augen hinwies? Aber abwarten, irgendwann würden ihnen schon die Augen tränen. Zu gerne wollte er auch einen Blick auf seine Leopoldstadt machen.

Dort, am Donauufer, hatten die Osmanen auch schon schwere Geschütze in Stellung gebracht und ab und zu feuerten sie gegen den Norden Wiens in Richtung Rotenturmtor und Gonzagabastei. Alle Reiter stierten auf den Anblick der eingeschlossenen Stadt und jeder brachte irgendeinen gewohnten, liebgewordenen Winkel in geistige Verbindung mit dem türkischen Angriff. Nur der Haas Franz hatte es sich der Länge nach hinter einem Wildrosenstrauch gemütlich gemacht und lallte Josef entgegen, er möge die Kathi absatteln, füttern und reiben. Daneben scharrte der Graue des Buttenzwergs und äste. Und Wasser sollte er auftreiben. Ja Schnecken, woher, wenn nicht stehlen? Die Eimer mit dem Wein waren auf zauberische Weise verschwunden. Wahrscheinlich lagen sie in einiger Entfernung, den Blicken des Lieutenants verborgen, in einer kühlen Senke. Josef hatte sie aber bald gefunden, denn neben den Kübeln lag schnarchend der Buttenzwerg und hatte seine ganze nähere Umgebung mit seinen Schuppen bedeckt.

Langsam begann ein jeder sein Lager herzurichten. Endlich hatte Josef mit einem anderen Rossbuben eine schüttere Quelle am Steilabhang entdeckt. Woher aber sollte er nur die Eimer finden, um die Pferde zu tränken? Vorsichtig begann er alle Menagegeschirre mit Wein zu füllen, um wenigstens ein Gebinde zum Tränken zu erhalten.

Als alles erledigt war, nahm er sich einen Anstoß und meldete dem Wachtmeister, dass er unheimlich scharfe Augen besitze, die vielleicht das eine oder andere militärische Detail erkunden würden. Entgegen der zu erwartenden Ablehnung, gegen die er sich schon gewappnet hatte, willigte der tränengeblendete Wachtmeister ein und reichte Josef das Fernrohr. Es war ein langes Messingding. Vorsichtig und ehrfürchtig führte er es an sein Auge. Fast wäre er erschrocken, als er ein rundes Bild sah, das ihm einen riesigen Haufen Zelte scharf vor Augen führte. Er nahm erschrocken die Messingröhre von seinem rechten Auge. Dann hielt er es an sein linkes. Hielt sich abwechselnd das jeweils andere Auge mit der Hand zu. Jetzt müsste man so ein Zyklop sein, so ein Polylux, Polyphon … Polyphem.

„Gell, das ist ein Zauberstab, den du noch nicht in der Hand gehabt hast!“ Der Wachtmeister war seltsam leutselig. Aus seiner Aussprache, mit den abgerundeten, verschliffenen Konsonanten, konnte man erkennen, dass auch er die Senke mit dem Weinlager schon rekognosziert hatte.

„So, jetzt beginnst du beim Ufer der Donau vor Nussdorf und zählst mir reihenweise alle Zelte vor, die du langsam zu sehen bekommst. Und das machen wir jetzt, so weit dein Adlerauge reicht. Vielleicht bis zum Wienerberg. Weiter geht es nicht, weil sich dann wieder die Ebene absenkt. Aber vielleicht siehst du mehr als ich, du Grünschnabel."

Während die anderen Rossknechte munter Fangerl spielten, saß also Josef vor dem auf einem Dreibein aufgeschraubten Fernrohr und zählte und zählte. Aber das genügte nicht, der Lieutenant war nun hinzugetreten und wollte noch genaue Auskunft über Beschaffenheit und Aufbau der Zelte und alle Mann, die Josef vielleicht erspähen konnte. Nach einer Weile markierte er die letzte Zählung bei Mariahilf und wischte sich die Tränen aus dem Auge. Bis jetzt waren sie bei rund viertausendvierhundert angelangt, und das war nur der Teil zwischen Donau und Hernals.

„Recht brav, Bub!", lobte ihn der krummbeinige Offizier und wichste seinen Schnurrbart. „Mach eine kleine Pause. Sonst haben wir gar nichts davon."

Viele Seiten hatte der Offiziersschreiber schon vollgeschrieben. Auch er war am Rande des Zusammenbruchs und schüttelte die Rechte aus.

Der Wachtmeister wackelte mit seinem quadratischen, etwas weinschweren Haupt. „Es ist ein Oaschvoll von Truppen, das können wir dem Kommandanten melden."

„Ja, das könnten wir, aber Herr Wachtmeister würde sich dann auch gleich als Oaschgemeiner melden dürfen! Unser Herr Carl ist ein ganz penibler, wir haben einen Auftrag und ich werd ihn so erfüllen, wie's dem neuen Regiment Heissler würdig ist, ist das klar, Mann? So, Rossknecht, jetzt schau wieder!"

Ganz unmilitärisch meldete Josef: „Bitt' ich muss austreten, dann mach ich gleich weiter und übrigens, ich heiß Josef Schahin, ehemaliger Orientalwarenassistent."

Der Offizier war ob der Frechheit des Jünglings so perplex, dass er noch immer den Mund offen hatte wie ein Scheunentor, als Josef schon wieder das Fernrohr ans Auge hob. „Ab Mariahilf zweite Zählung, dunkles Zelttuch, Nummer viertausendvierhundertdreizehn“, Josef unterbrach wieder den begonnenen Sermon, „anderer Zelttyp, viereckig, melde, das sind keine Türken, das sind Ungarn. Da ist vielleicht ein christlicher Gottesdienst im Gange. Vorne ein schwarz gekleideter Priester, dahinter ungarische Truppen mit Kalpak und Dolman.“

„Woher willst du Bürscherl das denn wissen?“ Der Offizier blickte nun auch misstrauisch Richtung Mariahilf. „Weil ich als Orientalwarenassistent die ungarischen Uniformen gut kenne, Herr Lieutenant! Ich war schon auf dem ganzen Balkan und auch in Stambul.“

„Donnerwetter auch! Da haben wir mit dem Frechdachs einen guten Fang gemacht. Wem bist du zugeteilt?“

„Dem Haas Franz und dem Butten... äh, dem Dragoner Sporschill.“

„Ab sofort gehörst du zu meinem Stab. Punktum, brauchst nicht mehr satteln und tränken. Du kannst lesen und schreiben, eh?“

„Halten zu Gnaden, das ja! Und Lateinisch, Ungarisch, Türkisch, Armenisch und insgesamt lingua franca, auch ein bisserl Griechisch und Serbisch, Jüdisch und Bulgarisch, Französisch, und Wällisch, alles durcheinander, Herr Lieutenant!“

„Potzblitz! So ein junges Bürschchen. Aber lügen können wir alle.“

Da schwollen dem Josef aber die Zornesadern: „Ich lüg’ nicht, glauben Sie, ich könnte ohne die Sprachen den Orienthandel erlernen? Mein Vater kann auch noch Persisch, das aber muss ich noch besser erlernen. Das Arabisch-Türkische aber kann ich. Soll ich Ihnen was vorschreiben?“

Sein Kopf war so zorngerötet, dass der Offizier lächelnd nachgab. „Ist schon gut, ich muss dir das wohl glauben, aber unserem Kommandanten wird das vielleicht nicht unlieb sein. Es gibt nicht viele hier im kaiserlichen Lager, die so viele Sprachen sprechen. Und die Sitten von denen Osmanen kennst du auch?“

„Das will ich wohl meinen. Ich habe ja auch unter ihnen gelebt und mich bewegt wie ein Muselman. Von Buda bis Stambul. Ich kann auch viel von ihrer Religion und ihrem heiligen Buch, dem Koran. Ja, ich besitz' auch einen. Der ist aber jetzt in Wien eingeschlossen."

„Das behalt lieber für dich, du Naseweis! Sonst wirst du vielleicht gleich als Spion aufgehängt. Aber dem Feldherrn werde ich es trotzdem melden. Vielleicht kannst du durch das Osmanenlager hindurchspazieren, wenn du dich so gut auskennst. Oder was – dann kannst ja sehen, ob sie dich für einen Kimmeltürken halten. Das wäre der einzige Beweis. Herr Kameltreiber! Und jetzt machen wir weiter. Also ein ungarischer Gottesdienst bei Mariahilf, komische Welt, in der wir leben! Gottesdienst im Türkenlager. Weiterzählen!"

Franz Haas erschien vor der Gruppe: „Halten zu Gnaden, Herr Wachtmeister, aber der Josefäh soll abkochen kommen!" Da pudelte sich aber der Wachtmeister auf: „Verschwind am Horizont, du blaader Tschecherant, du ausg'fressener! Der Josef steht jetzt in Stabsdiensten. Und da bleibt er. Sucht's euch einen neuen Wedel!"

Da riss es aber Josef nur so wie einen überallergischen Epileptiker. „Bitte, ich bin kein Wedel, kein Unehelicher. Ich bin der Sohn des Herrn Bonaventura Nurveli Schahin!", schrie er zornerfüllt. Am liebsten hätte er seinen Dolch gezogen. Oder seine Wurfmesser.

„Bist deppert worden, oder was?", schrie ihn der Wachtmeister an. „I red' mit der Dragonerbladern, der Eiterbeuln, und du brüllst da herum! Da wirst aber glei a paar Watschn fangen, dass dir Hören und Sehen vergeht und du Vater und Mutter vergisst. Hier wird nicht geschrien. Außer von mir, du Rotzpippen!"

„Jawoll, Herr Wachtmeister, Entschuldigen, Herr Wachtmeister." Josef hatte sich wieder im Griff. Er ahnte, dass mit

Wedel auch Weh, der arme Ausgenützte, gemeint war und nicht seine komplizierte Abstammung.

Der Lieutenant mischte sich ein. „So, jetzt ist aber Schluss mit dem Geblödel! Weiter rekognoszieren, Herrschaften! Du, Josef Schahin, gehörst jetzt zum Stab, hast Anspruch auf regulären Sold, als Zivilperson zur besonderen Verwendung, wie ein Gemeiner Dragoner. Punktum. Wachtmeister, Sie machen das durchführend, klar?"

„Jawoll, Herr Lieutenant!" Josef kicherte in sich hinein: Für einen jungen Patrioten ein recht schnelles Avancement. Und wieder nahm er das Glas an die Augen: „Protestantischer Gottesdienst bei den Ungarn in Mariahilf. Darunter großes Zelt", er stockte und holte tief Atem, „wirklich, mit kaiserlicher Fahne, bei Gott. Da scheint der kaiserliche Resident von Stambul, der Herr Kunitz, gefangen zu sein. Ich kenn ihn gut. Der arme Teufel, den haben sie bis daher mitgeschleppt. Darunter großes Vierfachzelt. Vielleicht für gute Pferde. Oder Kaffeeausschank. Dann Gefechtsstellung. Kleines Kaliber."

Und so ging es weiter, bis die Sonne über dem westlich gelegenen Michelberg rosig unterging. Josef hatte auch einen Blick auf seine Leopoldstadt erhaschen können. Das Haus hinter dem Schiffamt stand noch. Nur die Giebel waren angesengt. Gott sei Dank. Ein Dach konnte man wieder aufrichten. Die schwarzen Sparren hatte er genau gesehen. Jetzt würde er gleich der Mutter schreiben. Und sie beruhigen. Die würde schauen.

Bei Langenzersdorf war er noch träumend hinter dem Wagen dahingetaumelt. Jetzt war er tapferer Vaterlandsverteidiger, eine wichtige Person zur besonderen Verwendung, im Stab der zweiten Eskadron des Heissler'schen Regiments. Mit vierzig Kreuzern Tagessold. Vier Gulden, vierzig Kreuzer wöchentlich, wie der Kampfsold. Eingetragen in die Mannschaftsrolle. Mit Handgeld. Am 15. Juli 1683, dem Tag der heiligen Rosalia. Dem Beginn der Schnittzeit. Aber niemand im Raum von Wien ging heute mit der Sense hinaus, um die Ernte zu beginnen. Ein anderer Sensenmann ging um, um fast zwei Monate lang überreiche Ernte zu halten. Sich zu überfressen an den Leibern der Gefallenen.

Die Woche am Bisamberg verging wie im Flug. Josef wähnte sich in einer Sommerfrische. Zeichnete den begnadeten Ausblick. Und wurde vom Lieutenant scheel von der Seite beobachtet. „Ist vielleicht doch ein hundsföttischer Spion?“

Gott sei Dank kam keine weitere türkische Armee über die Donau. Jeden Abend brannten sie hohe Signalfeuer ab, um den Wienern Mut zu machen und ihnen zu signalisieren, dass da drüben am Berg die Entsatzarmee lauerte. Dann war die Ablöse da, die andere Hälfte der zweiten Eskadron. Nach kurzer Einweisung der Kameraden rückten sie ab und die beiden Fränze hofften schon stark, beim Abstieg wieder denselben Hohlweg nehmen zu können, in dem ihr Weinkeller mit eingedrückter Kellertür nur so auf sie warten würde. Und ihnen leise zuraunen: „Mein Gott, Kinder, kost's den Wein!“

In Jedlesee hatte es einige Truppenbewegungen und Neuzuwachs gegeben. Die Regimenter Grana und Baden waren unter dem Feldmarschalllieutenant Herzog von Croy aus Raab eingetroffen und Carl von Lothringen trennte sich schweren Herzens von seiner Feldartillerie unter Generalfeldzeugmeister Graf Leslie. Der sollte die langsame Truppe nach Krems begleiten, um dort die bayerischen und fränkischen Regimenter und die Kaiserlichen aus dem Reich, die im Anmarsch begriffen waren, zu erwarten. Ein Hin und ein Her durchpflügte das Jedleseer Umland.

Josef hatte schnell die Befehlshierarchie in der ihn umgebenden Truppe durchschaut, und wie es seiner Natur entsprach, wusste er auch bald, wen er wie und wie schnell zu grüßen hatte. Erstens schadete ein freundlicher Gruß nie, und im Wienerischen verbringt man die Hälfte seines Lebens mit Gruß- und Verabschiedungsformeln. Auch im Krieg war es nicht anders. Denn da hat man ja besonders viel Zeit. So ein Krieg vergeht subjektiv eigentlich recht langsam. Die meiste Zeit wird ja gewartet. Auf die Visite, auf das Essenfassen, aufs Exerzieren. Sogar an den Latrinengräben musste man immer warten, denn gerade wenn man selbst am dringendsten musste, hatten alle anderen das gleiche Bedürfnis. Bei den Gemeinen gab es wenigstens keine Rangunterschiede. Aber schon bei den Unteroffizieren, da konnte der Wachtmeister den Korporal und den Feldweibel vom Abtritt kommandieren. Einem Wachtmeister hatte man auch mit Grüßen wie „Besonderes Kompliment" zu begegnen, während beim Feldweibel ein trockenes „Hochachtung" genügte. So vertrieb man sich die Zeit mit Hutziehen und Salutieren und verlängerte die Wartezeit durch schöne Grußformeln. Offiziere kamen Josef ja wenige unter die Augen, die blieben meistens unter sich. Bei einem Gemeinen, der seinem Rang entsprach, konnte er es mit einem lässigen „Servus" bewenden lassen. Aber einem Volontär, einem grünen Bürschchen, so wie er selbst, aber eben aus hoher Familie, der einen Diener und einen Rossknecht sein Eigen nannte, musste man schon mit einem „Reverenz!" begegnen. Bei den frechen Kornetten, den hungrig auf Beförderung wartenden Lieutenants, da war „Besondere Devotion!" geboten. Die waren unberechenbar. Und den Hauptmann der Eskadron, den sah er nur von der Weite, den Obristwachtmeister kaum, den Obristlieutenant, wie es der Heissler früher gewesen war, schon gar nicht. Aber er wusste, dass es den Obristen gab. Danach kam der Himmel voller Sterne: der Generalwachtmeister, der Feldmarschalllieutenant, der General und über dem nur der Generalfeldmarschall und dann der gottgleiche Generallieutenant, der direkte Stellvertreter des Kaisers. Josef war sich nicht sicher, ob er sich dem nicht schon zu Füßen werfen müsste.

Aber wenn es damals beim Kaiser mit dem Hofkratzfuß getan war, war der wohl auch bei Carl von Lothringen angebracht.

Josef war nun dem Heissler'schen Regimentsschreiber zugeteilt worden. Den ganzen Tag schrieb er lange Listen über Proviantierung und Soldzettel – Schreibstubenalltag eben. Dabei war er draufgekommen, dass der Fuchs von Oberst, der Heissler, jede Woche den vollen Stand seiner Dragoner meldete, obwohl er beim Gefecht von Petronell, noch unter Julius Ludwig von Savoyen, mindestens achtzig Gemeine verloren hatte.

„Heute haben wir schon wieder den gesamten Sold für das Regiment quittiert." Josef wollte dem Regimentsschreiber zeigen, dass er ein heller Kopf war. „Und der Proviant ist auch für alle, im Sollstand, eingetroffen."

„Halt ja die Goschen, du Wappler!", knurrte der mieselsüchtige Schreiber zu ihm hinüber. „Keine blöden Fragen, merk dir das! Der Donat Heissler von Heitersheim wartet auf sein definitives Oberstdekret sicher noch ein paar Monate, erst dann bekommt er die zwölftausend Gulden, die ihm jährlich zustehen. Und bis dahin muss er schauen, dass er selber liquid bleibt. Die wöchentlich dreihundertdreiundsiebzig Gulden und a paar Z'nepfte steckt er ja nicht für sich selbst ein. Obwohl er's eigentlich bitter nötig hätt'. Der ist nicht so ein g'stopfter Kavalleriemagnat, der von seinen eigenen Gütern dauernd zuschießen kann. Und glaub mir, vom Feldproviantoberstlieutenant Johann Gönner gibt's nur dann guten Proviant, wennst ihm pro Monat hundert Gulden unter der Hand reibst. Und dann noch was für seinen Administrator. Die verdienen doppelt. Zuerst beim Lieferanten, damit der zu seiner Bestätigung kommt, und dann bei der Truppe, damit die nicht den letzten Ausschuss zum Fressen, Saufen und für die Ausrüstung hineingerieben kriegt."

Josef dämmerte es, wieder stand sein Tata vor ihm und er erinnerte sich an seine Worte. „Ja, nur ein Geld, nur ein Geld, ist das Schönste auf der Welt."

Der Schreiber seufzte und kicherte zugleich. „Und ein guter Regimentsoberst muss auch an das denken, damit die Truppe zufrieden ist. Und ohne gutes Pulver ist auch die zufriedenste Truppe nichts wert. Glaubst, wennst den ganzen Tag in einer Uniform aus Drecksmaterial steckst, hast eine Freude mit dem Soldatenleben? Oder die Pferde, wenn sie keine Hufeisen haben und nur verstunkenen Hafer oder Heu kriegen? Solange noch ein bisserl Geld in der Regimentskasse ist, so lange sind wir eine Welttruppe. Aber kein Nachschub, kein Sold, dann hast du die aufsässigste Bagasch zu kommandieren, widerwillig und raunzig. Also schreib schön weiter und saug dir keine Raubersgeschichten über den Oberst aus den Fingern. Der weiß schon, was er macht."

Josef nickte ein wenig betreten und fummelte murmelnd weiter an seinen Listen, aber das Schimpfwort „Wappler" magerlte ihn schon. Vielleicht war er ein „vapulo", ein römischer Prügelknabe, aber ein „Wappler", ein unnützer Idiot, wie ihn der Schreiber, dieser aufgeblasene Hudriwudri, apostrophiert hatte, das war er sicher nicht. Sonst wäre er nicht zur besonderen Verwendung hier, geprüft und für gut befunden vom Obersten Heissler.

Jetzt war es schon mehr als eine Woche her, dass der Lieutenant vom Bisamberg den Josef, zusammen mit dem Hauptmann, zum Obersten geführt hatte. Der lange, braungebrannte Donat Heissler, mit einer Trumm Hakennase und einem dichten Schnurrbart, der eher einen bosnischen Räuberhauptmann suggerierte, hatte aufmerksam zugehört.

Plötzlich hatte er ihn ungarisch angesprochen: „Hogy vagy, ifjú?" und Josef war geistesgegenwärtig genug gewesen, sofort zu antworten: „Schahin József vagyok." Dann hatte er ihm ein Blatt Papier vorgelegt und ihm befohlen, auf Türkisch zu schreiben: „Der Großwesir, Allah preise seinen Namen, hält nach dem Nöbet Diwan und richtet seine Stimme an die Ağas."

Josef hatte zu Beginn gezögert, denn er wusste nicht, ob er die tägliche Musikparade nach dem Gebet mit *nevbet* oder *naubat* schreiben sollte, so schmierte er ein einfaches *nbt* hin. Der Oberst aber war zufrieden gewesen, da er mit den kalligraphischen Fähigkeiten Josefs nichts anfangen konnte, und hatte nur genickt. Dann hatte er ihn über Geheimtinten befragt. Auch da war Josef sattelfest.

„Wenn ich wieder einmal Gelegenheit habe, werde ich dich unserem Feldherrn vorstellen. Vielleicht hat er für deine Fähigkeiten bald schon Verwendung. Such dir aus der Kleiderkammer einige Stoffe aus, die der Regimentsschneider als türkisches Gewand ummodeln kann. Mit deiner Fasanenfedertschapka wirst du zwischen den Türken nicht sehr reüssieren."

Josef hatte nur zustimmend genickt.

„Kannst du schwimmen?"

„Melde, Herr Oberst, das ja. Und auch sehr gut, ich bin schon oft von unserm Haus hinter dem Schiffamt über den Wiener Arm hinüber in die Rossau geschwommen."

„Das ist was anderes als der große Strom. Lass dich jeden Abend von zwei Dragonern an den nächsten Donauarm führen und übe Ausdauer mit einer aufgeblasenen Ziegenhaut im strömenden Wasser. Du wirst es verdammt brauchen. In einer Woche meldest du dich unaufgefordert bei meinem Adjutanten. Und …", damit wandte er sich an den Lieutenant, „dass mir die halbe Portion auch genügend Menage erhält. Der wird seine Kraft noch brauchen. Er ist ab nun meinem Regimentsschreiber detachiert."

So kam es, dass Josef täglich Extraportionen gebratenes Fleisch und frische Milch erhielt, um die ihn seine ehemaligen Herren Franz und Franz von Herzen beneideten.

„Bist halt ein Glückspritschler, dass ich dich damals auf die Kathi gehoben habe!", seufzte der Haas Franz. Und Josef spendierte ihm daraufhin gutmütig wieder einen Krug Schnaps. Wer hat, der hat. Denn, endlich, ganz durch Zufall, hatte er den fetten Marketender und seine Traumprinzessin wiedergefunden.

Er wollte eines Abends mit ihr nur abseits des Lagerfeuers über ihre gemeinsame Zukunft träumen. Sie zog ihn aber schnell ins Gras hinter einen dürren Busch, in eine verdächtig tief ausgehobene Grube.

Josef kam nicht einmal dazu, ihr seine Roxanegeschichte zu erzählen, da hatte sie ihn schon halb entkleidet und währenddessen abgelutscht. Sie brauchten kein Licht, um zu spüren, dass hier, hinter Jedlesee, in dem staubigen Graben, Feuerwerke explodierten und Josef zum Mann wurde. Er war sowas von tapsig, warum hatte er nur zwei Hände? Die brauchte er für den Liegestütz, aber ein paar weitere Hände für ihren Busen und die schlanken Hüften wären zu schön gewesen. Fast wäre er in seine Märchenfee eingedrungen, da spürte er schon, wie ihm sein Samen herausschoss. Sie wollte es zwar mit einem beherzten harten Wurzelgriff hinauszögern, aber weg ist weg. Futschicato. Noch jodelte er röchelnd vor sich hin. Dann, ganz erschöpft von seiner langen Schwimmübung und dem zu frühen Erguss, ließ er sich in die Grasbüschel fallen, aber da hatte er nicht mit der Zauberkraft der kleinen Hexe gerechnet. Sie kauerte sich über seinen gerade noch müde gewesenen kleinen Mann und hast du es nicht gesehen, war der wieder putzmunter. Und schwamm nur so dahin in seinem Glück. Woher aber die Frau die ganze Flüssigkeit nahm, die sie selbst über ihn verströmte? Das war ein Rätsel. Und die Verrenkungen, die diese Hexe beherrschte! Sie hatte recht gehabt. In dieser Nacht war ihm Hören und Sehen vergangen. Und einiges war ihm abgegangen. Auch zwei Dukaten, die er für Marketendereien vorgesehen hatte. Wie hätte er auch ahnen können, dass sie für ihre Liebe Geld fordern würde! Also eine geraubte Prinzessin war sie wohl nicht. Und allmählich dämmerte ihm, auch nach einigen vorsichtigen Anfragen bei den zwei Fränzen, dass sie eine berühmte Lagerhure war. Die Gittel. Dass sie jeden drüberließ, der nur genug Geld besaß. Das war nun auch die erste große Enttäuschung seines jungen Herzens. Gallbitter. Am Anfang würgte es ihn richtig in der Kehle, so beißend waren die Wolken der Enttäuschung und des jungen Hasses. So eine gemeine Dirne! Der große Alexander war schnell zusammengeschrumpft, zum Buttenzwerg. Aber trotzdem war Josef ihr besonders bevorzugter Schatz. Denn er war nicht nur feurig wie ein junger Hengst, er war auch gut bestückt, sodass die Gittel ebenso ihren Spaß daran hatte. Sie jubilierte, was das Zeug hielt. Und Josef war die personifizierte Geilheit. Er konnte von Gittel nicht mehr lassen, auch wenn er es sich während seiner Schwimmstunden fest vornahm. Weil sie so eine gemeine Ausnützerin war. Wie seine frühe, zarte Liebe schmolzen auch seine Dukaten dahin.

So wie seine Hoffnung, dem Feldherrn vorgestellt zu werden. Denn der war mit der halben Armee gegen Pressburg gezogen, denn Imre Thököly hatte die ungarische Krönungsstadt ganz einfach so eingenommen, nachdem ihm die protestantische Mehrheit der Bürger die Tore geöffnet und ihm gehuldigt hatte. Für den Lothringer war das eine unerhörte Bedrohung, konnten damit doch die ungarische Reiterei und die Tolpatschen, ihre Infanterie, zusammen mit den Tataren das ganze Weinviertel und Südmähren, das Einzugsgebiet der kaiserlichen Proviantierung, bedrohen. Und damit auch den fernen Aufmarsch der polnischen Entsatzarmee. Die Heissler'schen waren bei der abgebrannten Taborbrücke geblieben, gemeinsam mit den Ricciardi-Dragonern unter Feldmarschallllieutenant Schultz, zur Sicherung.

Damit gelang es Josef fast täglich, die Gittel zu begatten, oder sich wenigstens in ihrer Nähe aufzuhalten, wenn sie anderwärtig beschäftigt war. Der feiste Marketender, der Hans, versuchte ihm zwar eine andere, schon etwas überwuzelte

Grammel von Frau anzudrehen – zwar noch knusprig, resch, aber doch schon recht ausgelassen, fettig und stinkend. Noch dazu hieß es, sie sei seine eigene Gattin. Aber im Lager gab es so viele „Gattinnen“, die bei den Soldaten hausten, den Trauschein verlangte niemand. Und auch wenn der Lagerprediger und der Jedleseer Kaplan am Sonntag, beim befohlenen Gottesdienst, all die Hurerei anprangerten und den Soldaten drastisch das brüllende Höllenfeuer vor Augen führten, Mann bleibt eben Mann, Höllenschlund hin, Beelzebub her. Die Gier ist ein Luder. Josef lebte seine neue Mannbarkeit aus. Ja, es hatte schon seine Richtigkeit, er übertrieb. Da hatte er etwas Neues an sich kennengelernt. Seinen eigenen Schweinehund. Er war wie wahnsinnig, wie besessen. Sein ganzer Sold und der Inhalt des rechten Revers seines Rocks waren schon in die Hände des Marketenders gelangt. Und auch der scharfe Schnaps schien ihm nun schon zu munden.

An das Vorderrad des Marketenderwagens gelehnt, kauerte er gerade, auf Gittel wartend, und blickte in das Flackern des Lagerfeuers. Statt sein Lieb zu halsen, hatte er den Hals eines Krugs umschlossen. In seiner Enttäuschung, seiner Wut und Eifersucht, dass die Schöne jetzt schon zwei Stunden mit einem anderen beschäftigt war, nahm er immer wieder einen Zug des brennenden Slivovitz zu sich. Sein Blut kochte unter dem nächtlichen Gewitterhimmel. Es war schwül und die Luft elektrisch geladen. Das flackernde Lagerfeuer vor ihm briet seine Geilheit wie ein Spanferkel. Hans Mayr, der Marketender, beobachtete die immer mehr in sich zusammensackende Figur an seinem Wagenrad mit glitzernden Fettäuglein. Als der Krug endlich leer war und Josef ihn schon zornig-wild ins Feuer werfen wollte, raffte er sich zusammen, nahm schnell das Leergebinde zu sich und spendierte listig noch einen. „Geht auf meine Rechnung, Euer Hochwohlgeboren! Fürs Warten.“ Die Mayr’sche Grammelgattin hatte sich an Josef herangemacht, er aber rückte wütend lallend von ihr ab. Was glaubt die Chonte, dass ich irgend so ein Rossknecht bin? Ich bin ein Mandel mit Kren. Zwölftausend Gulden nenne ich mein! Und habe ich nicht immer die Dukaten springen lassen?

In wilder Aufwallung nestelte er an seinem Hemdkragen und schrie auf einmal: „Ich bin der Allerreichste in dem Lager. Ich besitze den schönsten Ring der Welt. Nicht einmal der Lothringer und der Kaiser haben so ein Juwel!“ Die Zunge konnte dem Wort Juwel nicht mehr ganz folgen.

Mayr wurde hellhörig und prostete dem Besoffenen feist grinsend zu. „Soso, einen Ring?“

„Ja, einen Smaragdring von meinem Vater selig!“

„Das glaub ich Euer Liebden aber nur schwer. Ich hab schon viele schöne Steine gesehen, zeigt doch einmal her!“

Da ging es mit Josef aber durch: „Das glaubt Ihr nicht? Die Gittel käme auf allen vieren hergekrochen, wenn sie sowas Geiles einmal nur sehen könnt'. Holt sie sofort her! Ich besteh' darauf.“ Er wackelte mit dem Kopf, Speichel rann aus seinem Mundwinkel. Schweißtropfen standen ihm auf der Stirn. Der Größenwahn krallte sich in sein Hirn. Er war eingehüllt in seine Unwiderstehlichkeit.

Richtig, Mayr erhob sich ächzend und schlug sich in die Büsche. Über dem knackenden Feuer konnte man ein paar saftige Watschen knallen hören. Dann zog er die halbnackte, widerwillige Gittel hinter sich her. „Da ist sie, mein werter Herr Josef. Prächtig und zu Euren Diensten. Aber lasst uns nun Euer Versprechen sehen.“

Josef nickte nur sturzbetrunken schielend und sich selbst bestätigend. „Jaja, da ist er schon, mein Augenstern. Und jetzt fallt's alle auf die Knie, ihr Würmer! Ich, der Josef Schahin und mein Smaragd. Tätärätätä!“, krähte er triumphierend. Er ahmte eine schmetternde Trompete nach, die die Stimmung erhöhen sollte, und präsentierte das Juwel an seinem Daumen.

Welche Sensation! Es war ganz still ums Feuer geworden. Mayr sabberte richtig, und auch die Gittel bekam Stielaugen wie eine Kröte. Geifernd krochen alle näher. Mayr hatte es geahnt: Das war sein Ring! Und jetzt würde er wieder sein werden. Mogersdorf stand vor seinen Augen auf. Der feuchte Dreck, in dem er den Ring gefunden hatte, dann der Wirbel in der Judenstadt und der knirschende Unterkiefer des jungen Juden, der ihn um dieses sein Juwel begaunert hatte. Jetzt, endlich, war er am Ziel seiner Träume.

Josef wehrte lallend alle Versuche ab, den Ring zu betatschen oder ihm gar wegzunehmen. Mit seiner Linken patschte er auf alle gierigen, schmutzverkrusteten Finger, die ihm entgegenzitterten. Die alte Vettel war ihm fast auf den Schoß gekrochen und Gittel lutschte wieder an seinem Ohr. „Ach Joschi, du mein einziger Schatz!“ Die Grammel hatte sogar schon unter der Uralten eine Hand in seine Hose geschoben.

Aber der Pflaumenschnaps war stärker. Josef schob mit einer letzten Anstrengung sein Juwel wieder in das Säckchen an seinem Hals.

„So, jetzt seid’s ihr alle kusch! Habe ich zu viel versprochen? Hä?“ Damit nahm er den Schnapskrug wieder auf und zog lange daran an, mit der anderen Hand kraulte er die langen Haare Gittels.

„Jetzt tanzt’s ihr alle um das Lagerfeuer!“, lallte er noch, dann kippte er plötzlich, wie vom Schlag gerührt, zur Seite.

Mayr herrschte schweißtriefend seine Weiberschar an: „Fertigmachen, Aufsitzen!“

Die drei Weiber stierten nur wie blöd in seine Richtung.

„Aufsitzen, habe ich befohlen, wir haben ausgesorgt, Vetteln! Bald gibt es hier keinen Sold mehr zum Verpudern. Die paar Mandeln hier habt ihr doch schon bis aufs Letzte durchgewetzt. Wir ziehen zu den Türken. Da warten zwei- oder dreihunderttausend geile Wichte auf euch. Da kriegt die Omama auch noch was ab. Krieg ist eben Krieg. Gell, Omama!" Er kicherte bösartig.

„Und jetzt keine Widerrede!" Schlagartig brüllte er mit einem so gefährlichen Unterton, dass alle sofort gehorchten.

Aus der Tasche zog er einen kleinen, bleigefüllten Totschläger. „Rauf mit euch, ich sag es euch nicht noch einmal. Und du, Gittel, spann die Pferde ein!"

Dann hieb er Josef, so einfach aus dem Handgelenk, aber mit geübter Wucht, auf die Schläfe. „Der junge Oasch da, der wird bald kalt sein, der verrat' uns nicht mehr. Weg von hier!" Damit riss er mit zwei Fingern den Ziegenlederbeutel von Josefs Hals an sich und grinste schließlich breit und zufrieden.

Die ersten schweren Blitze zuckten aufs Marchfeld hernieder.

Am nächsten Morgen, 27. Juli 1683, 9 Uhr,
Paris, Porte Saint-Denis

Ein trüber, nasser Morgen. In einen langen Kavaliersmantel gehüllt, aus dem nur ein langer Degen herausragte, die hohe Kapuze über eine große Perücke gestülpt, wartete eine kleine Person. Ab und zu lugten braune, kluge, aber ängstliche Augen aus dem überdimensionierten Überhang. War es eine verkleidete junge Frau? Nein, es musste ein Mann sein, denn die Augenbrauen waren viel zu dicht in ihren hohen Bögen. Eine unschöne, blasse Stumpfnase lugte in die Welt. Viel zu große Nasenlöcher gaben der Gestalt etwas Totenkopfhaftes.

Endlich trabten aus der Porte Saint-Denis zwei Reiter, die zwei weitere gesattelte Pferde mit sich führten. Ein junger Page und ein alter, kurzbeiniger Haudegen zügelten die kleine Kavalkade. Fast gleichzeitig näherte sich eine verschlossene, dunkle Kutsche. Der Postillon sprang herab und half einem eleganten jungen Mann heraus, der ebenso in einen Überhang gehüllt war wie das kleine Männchen, das schon unruhig gewartet hatte. Ein Geldstück an den neugierig um sich blickenden Postillon, ein unwilliges Handwinken des zuletzt angekommenen Herrn, dann wendete die Kutsche und fuhr wieder nach Paris zurück. Die beiden Kapuzenträger umarmten einander kurz, bestiegen die bereitgehaltenen Pferde. Und ab ging es schweigend in kurzem Trab, dann immer schneller werdend, in den traurigen Morgen Richtung Norden, nach Senlis und weiter in die Spanischen Niederlande.

Zur selben Zeit, am Hofe von Versailles

Noch vor dem großen Dejeuner tobte Ludwig XIV., der Sonnenkönig. Was das wohl heiße, sein eigener Schwiegersohn, der Prinz Louis Armand Conti, und dieser kleine Zwerg von Bettelprinz, der Eugen von Savoyen, hätten gewagt, den königlichen Hof ohne Erlaubnis, fluchtartig am Morgen zu verlassen? Vor ihm stand, sich betreten windend, der Graf von Soisson, der älteste Bruder Eugens.

Ja, noch am Abend habe er beide in Versailles getroffen. Sie hätten desperate Pläne geschmiedet. Offenbar, um dem Königreich den Rücken zu kehren und in fremde Dienste zu treten.

Der König zeigt sich echauffiert. Ein Affront sondergleichen. Er winkte dem Grafen von Soisson den ungnädigen Abschied. Gut, der Eugen war ja ein Versager, nicht zu gebrauchen. Ein künftiger Abbé, dem es nicht einmal gelang, eine kleine Kirchenpfründe zu erhaschen. Ein äffisches Malheurchen dieser Schlange, dieser Olympia Mancini. Dieser Giftmischerin. Der war keinen Schuss Pulver wert. Aber sein eigener Schwiegersohn! Das war der Gipfel der Frechheit. Befehle ratterten durch den Saal. Sie würden ja nicht weit kommen, mit dem Versager, der nicht einmal eine Poststation im Sattel durchhalten konnte. Noch im März hatte er doch die Insolence besessen, hier im gleichen Saal ihn, Ludwig XIV., um eine Kompagnie zu bitten und in sein Heer aufgenommen zu werden. Dieser Lumpenprinz, der für das geistliche Amt bestimmt war. Den seine leibliche Großmutter, die Carignan, selbst aus seinem Geburtshaus, dem Hôtel de Soisson, hinausgeworfen hatte. Und der sich dann bei einem Bader schlecht und recht einquartiert hatte.

Jedenfalls, die Kerle mussten gefasst werden. Ein Affront! „Die Rheingrenze bei Leib- und Lebensstrafe sperren! Kuriere aussenden. Steckbriefe verfassen. Haftanweisungen. Die Diplomaten jenseits des Rheins verständigen und mit Sendschreiben und Vollmachten ausstatten."

Besonders den Conti musste er wiederhaben. Der Savoyer konnte sehen, woher er die nächste Klostersuppe bekam. Der Morgenärger hatte dem Monarchen auf den Magen geschlagen. Nur sieben Gänge berührte er heute andeutungsweise.

1. August 1683, Frankfurt am Main/Höchst

In der Gaststätte „Zur alten Zollwache" saßen die zwei Prinzen. Nahmen stillschweigend ihr kärgliches Abendbrot ein. Nicht einmal der beste Apfelwein des Wirts konnte die Stimmung heben. Neben der schön gezimmerten Theke warteten der Page und Jacques, sein alter Stallmeister, die auch ein paar Bissen zu sich genommen hatten. Ach, sie waren ziemlich pleite. Conti hatte seine Gewissensbisse und die Reisekosten unterschätzt. Allein der kurze Aufenthalt in Brüssel, die Schweigegelder, die ihre Spur beseitigen sollten, die Raststätten im Rechtsrheinischen, all das hatte zu viel gekostet. Wenn das so weiterging, konnten sie Regensburg nur als Bettler erreichen. Von Passau oder Linz war keine Rede. Da war der Ring des Prinzen Conti, den man zu Geld machen konnte, vielleicht schon eingerechnet. An standesgemäßes Logement war schon lang nicht mehr zu denken.

Da flog mit einem Mal die Schanktür auf und eintrat der Herr von Xaintrailles. Prächtig, mächtig, lächelnd. Ein Diplomat vom Scheitel bis zur Sohle und auch der beste Trictracspieler seiner Zeit. Compliments flogen durch die Luft. Der von Xaintrailles zeigte, was Überredungskunst ist. Schilderte die Gunst des Sonnenkönigs in beredten Worten. Zahlte die Zeche. Begann zu drohen. Konfiskation aller Güter, die der Conti besaß. Festungshaft gar! Er möge doch an die Gattin denken, an deren Gefühle, an deren Verarmung. Eugens Einwände, er wolle das Regiment seines Bruders übernehmen, der irgendwo im Ungarland so schwer verwundet und in Wien gar verschieden sei. Ein tapferes Dragonerregiment, das der Savoyer unter großen Mühen aufgestellt und ins Treffen geführt hatte. Ja, diese Einwände wären mehr als berechtigt. Xaintrailles lächelte scheinheilig. Da lägen keine ernsthaften Weigerungen vor. Wenigstens er solle zum Kaiser reiten, aber der Prinz Conti möge seine Ausführungen wohl überdenken.

Und nach einem kräftigen Schluck Äppelwoi stieß Conti plötzlich den Stuhl zurück, dass der umstürzte, wuchtete sich auf und schlug in die Hand Xaintrailles' ein. „Ich beuge mich dem Ruf des Vaterlands und der Vernunft!" Er winkte seinem Pagen. „Eugen, ich schenke dir mein Pferd, den jungen Hengst Petit Filou, auch seine Mutter, die Stute Pia. Jacques! Holla! Wollt Ihr mit dem jungen Herrn von Savoyen reiten und gegen die Osmanen noch einmal Kriegsmann sein?"

Jacques näherte sich O-beinig, ein wenig hinkend und auch zweifelnd über sein Kriegerglück. Der Page tät's wohl auch. Aber wenn ihn sein Herr, den er noch von wackligen Kindesbeinen her gekannt hatte, so strahlend ansah, da konnte er nicht nein sagen. Und noch einmal den Waffenklang hören und den Kriegsruhm fühlen. Wohlan. Er beugte sein graues Haupt und schwor Eugen die Treue. In einem Anfall von Großzügigkeit streifte Conti seinen Ring vom Finger und überreichte ihn Eugen. Und auch das schmal gewordene Säckchen mit den letzten fünfzehn Louisdor.

„So reitet denn zum Kaiser und übernehmt Euer Regiment. Der Leopold wird Euch brauchen und Eure Dragoner." Er umarmte Eugen noch einmal. „A Dieu!"

Der Kleine blickte hoch hinauf zum heimkehrenden Schwiegersohn Ludwigs XIV., so dass dieser direkt in seine Nasenlöcher sehen konnte. Sah ihn aus seinen tiefen, schwimmenden, braunen Augen an: „Ich danke Euch, ich stehe zutiefst in Eurer Schuld, mein Vetter, aber ich werde Euch nicht enttäuschen. Euer Schwiegervater wird es noch schwer bereuen, dass er mich ungeprüft, so leichten Herzens, ziehen ließ. Gedenkt meiner und dieses Tages!"

Damit kehrte er den ins Freie Tretenden den Rücken. Natürlich wurmte es ihn schmerzhaft, dass Xaintrailles ihn so leicht ziehen ließ. Ihn so undiplomatisch nüchtern vor die Tatsache des Ungewünschtseins stellte. Aber der hochmütige Ludwig sollte ihn noch kennen und fürchten lernen.

„Jacques, sattel Pia und Petit Filou. Ich nehme den Hengst. Nach Regensburg und dann nach Passau! Zur Römisch-Deutschen Majestät!"

An diesem 1. August 1683 öffnete Josef zum ersten Mal wieder seine Augen. Vor ihm zeigten sich zwei lange, rot geäderte Nasen, vier dicke Backen und zwei Mondgesicht-Eierspeisreindln, die sich über seinem Gesicht befanden. Von weitem hörte er dumpf: „Er hat die Augen aufgeschlagen!" Josef versuchte seinen Kopf zu schütteln, aber sofort durchzuckte ihn ein stechender Schmerz. Ein fremdes Gesicht, oder waren es zwei verschwommene Schemen, beugte sich über ihn.

„Gottlob, er hat es überstanden." Es war der Regimentsfeldscher. Er hatte Josefs Dickschädel in weißes Leinen eingepackt, nachdem ihn der Franz Haas dahergeschleppt hatte. Aus einem Ohr hatte er nicht schlecht geblutet. Die Lage war ernst. Eine Gehirnerschütterung, die sich gewaschen hatte. Der Haas hatte ihn gemeinsam mit Buttenzwerg gesucht und endlich auch dort gefunden, wo sie ihn vermutet hatten. Im Marketenderlager. Aber der ausgefressene Hans war verschwunden. Sehr merkwürdig.

Hauptsach', der Josef lebte noch. Aber schwach war er noch. Und seine Augen schielten entsetzlich. Wenn er jetzt zu weinen anfinge, die Tränen würden ihm kreuzweise über die Nase rinnen. Jetzt war nur Ruhe notwendig und Wasser und gute Suppe. Der Buttenzwerg hatte ein Huhn organisiert, das sie beide im Zelt des Feldschers zu Hendlsuppe destillierten, um es dem Josef einzuflößen. Und keinem anderen, obwohl der Bader immer so seltsam schniefend um den Topf herumstreifte. Einmal war auch der Regimentsschreiber, der Hudriwudri, erschienen, aber nur um festzustellen, dass er Josef von der Kampfsoldliste abgesetzt hatte, solang er nicht einsatzfähig war.

Gott sei Dank, der Bub hatte eine Rossnatur. Nach zwei Tagen konnte er schon anfangen zu gehen und einen Tag später nahm er wieder seine Schwimmübungen auf und meldete sich in der Regimentskanzlei zum Dienst.

Aber irgendwie war er verändert. Er sprach nicht viel, höchstens bitte und danke, er war nicht mehr der lustige Plauderwastl von früher. Irgendetwas musste an ihm nagen. Oder hörte er schlecht? Schon bald hatte er gemerkt, dass er seinen Smaragd samt Beutel nicht mehr besaß. Trotz des Erinnerungsrisses. Er wusste nur mehr, dass er am Lagerfeuer des Marketenders gesessen war. Dort musste ihm diese Verbrecherbande seinen Ring gestohlen haben. Aber er würde sie finden. In der ganzen gottverdammten, kaiserlichen Armee.

Oft wunderte sich der Schreiber, dass sein Gehilfe mit sich selbst sprach. Brabbelte. Dann mit seinen seltsamen verkrüppelten Händen abwinkte. Der Bursch war in einer Nervenkrise. So viel stand fest. Er musste mehr als einen Schlag auf den Kopf bekommen haben. Warum sagte er nichts? Ein weiterer stiller Narr, wie es so viele unter Gottes Himmel gab. Seine Freunde Franz und Franz versuchten mehr aus ihm herauszubekommen, aber vergebens. Josef bedankte sich immer wieder ganz höflich, blieb verschlossen und manchmal weinte er still vor sich hin.

Der Buttenzwerg konstatierte trocken, mit einem traurigen Achselzucken: „Der ith halt deppert worden! Thad um ihn. War eigentlich ein gantth lieber, getheiter Menth. Irgendwath Threcklicheth muthth bei dem Marketender-Hanth vorgefallen thein. Die Gittel vielleicht? Warum thind der Hanth und theine Huren nicht mehr da?“

Fragen über Fragen. Aber Josef schwieg nur depressiv, trotzig. Sprach mit Aaron, seinem Vater Schahin, mit Salomon, dem Tate, und seiner Mutter. Leise formulierte er Entschuldigungen. Ausflüchte, Lügen. Er war eben ein Versager mit acht Fingern. Ein geiler sündiger Bock. Er hatte seine Buße bekommen. Der Regimentsprediger hatte schon recht. Gott straft gleich. Und auch die erste Sure, Al Fatiha, kam ihm in den Sinn: Er war übermütig geworden. „Führe uns auf den geraden Weg, den Weg derer, denen du Gnade erwiesen hast, die nicht dein Missfallen erregt haben und die nicht irregegangen sind!“

Es würde für ihn eine Lehre sein. Jetzt konnte er nur durch Tapferkeit, durch Tollkühnheit beweisen, dass er ein wirklicher Mann war. Vielleicht gaben ihm die nächsten Tage Gelegenheit dazu. Auch wenn er draufgehen sollte. Was kein Schad' wäre. Vielleicht, indem er alles ausspionierte, was der Generalissimus wissen wollte. Er würde es aus den Türken herausbekommen. Er würde alles herauskriegen. Er würde sich das osmanische Heerlager genau anschauen. Alle Schwachstellen rekognoszieren. Der Carl von Lothringen würde ihn belobigen und befördern. Nur Ruhm konnte seine Schmach tilgen. Aber der Feldherr war weit weg, hatte er gehört. Der hatte sein Lager an der March aufgeschlagen, an der Grenze zu Ungarn, nachdem er Pressburg wieder eingenommen und den Thököly über die Donau gescheucht hatte. Da konnte er jetzt nicht hin, das waren gut zwei Tagesritte, wenn man schnell war. Aber seine Chance würde kommen. Musste kommen. Sonst war er ein wirklicher Wedel und ein Weh und ein Wappler dazu. Sich gleich umbringen nutzte nichts. Er würde ein ganz wildes Husarenstück vollbringen, das kein anderer wagen würde. Erst dann konnte er seiner Mutter wieder unter die Augen treten. Er schloss seine verweinten Versageraugen und kuschelte sich zitternd in seine Felddecke. Abwarten.

12. August 1683, Passau

Die Drei-Flüsse-Stadt Passau glich einem tollhäusigen Ameisenhaufen. Die behäbige Perle am Zusammenfluss von Donau, Inn und Ilz, das alte Bistum des heiligen Stephan, stöhnte unter dem kaiserlichen Fluchtlager. In der Veste Oberhaus hatte sich seine Majestät breitgemacht. Hier fühlte er sich vor der osmanischen Bedrohung sicher. Hier hatte er damals, 1676, seine dritte Frau Eleonore geheiratet, die ihm endlich männliche Nachfolger geboren hatte. Manchmal hielt er sich auch in der Residenz auf. Passau war für ihn ein guter Stern. Hier befand sich der Ursprung der deutschen Stephansverehrung, die sich nach Wien ausgebreitet hatte. Die Wiener Stephanskirche war früher eine Filialkirche des Passauer Doms gewesen. Der gute Erzmärtyrer. Manchmal fühlte sich Leopold auch so gesteinigt wie er. Das Reich, das waren die vielen Trümmer, die auf ihn niederprasselten. Aber er musste gleichmütig standhalten. Egal, was geschah. Er war der Kaiser, der Regent, der alles ertragen musste, erdulden, im Namen des Herrn. War es vorher die Pest, die sein Land geprüft hatte, so war es nun der Antichrist. Aber er würde es schon aussitzen. Mit Gottes und seiner guten deutschen Länder Hilfe. Scharte sich nicht um ihn, den 43-Jährigen, die Blüte der deutschen Jugend, die kampfwillig für das Heilige Römische Reich unter die Fahne trat? Jeden Tag trafen neue adelige Jünglinge ein, die er in täglichen Audienzen empfing und Treue geloben ließ. Aber auch aus allen Ländern Europas strebten Adelige und Abenteurer an den kaiserlichen Hof. Gestern waren es gar zwanzig Handwerksburschen aus Barcelona gewesen. Es war wie in der Zeit der alten Kreuzzüge. Abenteuerlust, vorgeschobene Frömmigkeit, erlebte und verdrängte

Enttäuschungen, Gelübde oder ein zänkisches Weib zu Hause. Und alle seine Hofschranzen und Zuträger flüsterten ihm gute Ratschläge ins Ohr und wollten Pfründe und Regimenter und Kompagnien für die neuen Streiter. Neue Privilegien. Ihm war alles egal, er sagte jedem zu, versprach, machte Hoffnungen. Die Hofkammer war längst nicht mehr in der Lage, alle seine guten Gaben auch tatsächlich einzulösen. Am liebsten würde er einige neue Arias schreiben oder einem Musikinstrument Töne entlocken. Dabei auf die Donau niederschauen. Wo sich der grüne Inn über das graublaue Donauwasser schob. Aber nein, Verpflichtungen, Termine. Huldvoll nicken. Zusagen verstreuen. Das war jetzt, mehr denn je, sein Tagesgeschäft. Er seufzte tief.

Unten in der Heiliggeiststraße ritten zwei Neuankömmlinge. Sie hatten sich in den vielen Gassen und Straßen verirrt. Verfranzt. Die hoch aufragenden schmal- und breitbrüstigen Salzstadelfassaden waren für sie verwirrend. Die Häuser blickten arrogant und ablehnend auf sie nieder.

Mühsam fragten sie sich durch, zu Carlo Emanuele d'Este, dem Botschafter Seiner Spanischen Katholischen Majestät, Marchese de Borgomanero. Endlich fanden sie das Palais Herberstein, in dem der Marchese vorübergehend sein Quartier gefunden hatte. Eugen von Savoyen und sein Stallmeister Jacques aus dem Elsass. In Regensburg hatte er Briefe seiner Mutter vorgefunden, die Empfehlungsschreiben an den hohen Herrn beinhalteten. An ihn sollte er sich halten. Nicht an den Botschafter von Savoyen, den Marchese Parella. Schließlich war ja Eugen über einige Ecken mit dem spanischen König Philipp II. und damit mit dem Ehrfurcht erweckenden Karl V. verwandt. Das sei der wichtigste Zugang zu Kaiser Leopold. Er solle sich vorbehaltlos an Borgomanero halten. Der würde ihn unterstützen, favorisieren, bei Hof. Sie, die Olympia Mancini, hatte mit dem Herrn von Este schon oft Kontakte geknüpft, jetzt auch an ihn geschrieben. Er würde ihn auch finanziell unterstützen. Das war auch verdammt notwendig. Denn seine Aufwartung war entsetzlich, eine apparence misérable. Zwölf Louisdor besaß er noch. Und in einer strengen Stadt wie Passau, in der jetzt jedes Bett doppelt belegt war, reichte das vielleicht nur für zwei Tage. Er musste diesen Marchese Borgomanero, diesen Schlüssel zu Kaiser Leopold, finden.

Und wirklich, in einem Erdgeschoßgelass fanden sie den dezimierten Hofstaat des Gesuchten. Ja, der Herr Marchese sei in Hofgeschäften unterwegs, wenn Euer Hoheit sich nur bequemen wollten einzutreten. Würzwein komme sofort.

Der Prinz beobachtete Jacques, wie dieser mit dem nervösen Petit Filou und seiner Mutter zurande kam und einen winzigen Platz in den Stallungen zu suchen begann. Hoffentlich kam Petit Filou mit seinen Stallnachbarn zurecht. Manchmal war der junge Hengst recht eigenwillig. Eugen streckte sich und nahm den Würzwein gnädig entgegen. Puh, was für ein Gesöff! Aber ein verarmter Prinz, ein Flüchtling vom Hof des Sonnenkönigs, durfte nicht wählerisch sein. Zuletzt hatten sie nur auf Stroh geschlafen. Sicher, er hatte einen klingenden Namen, aber dahinter glänzte kein Gold. Er war noch jung, unbekannt in der kaiserlichen Welt. Würde seine Majestät ihm das Regiment seines Bruders übergeben? Er lächelte insgeheim. Julius Ludwig war immer der Kühnere und manchmal auch der unüberlegte Heißsporn der Familie gewesen. Unberechenbar, oft aufbrausend, wenn man nicht gleich seiner Meinung war. Wie er es geschafft hatte, mit so wenig pekuniären Mitteln ein Dragonerregiment aufzustellen – es war ihm ein Rätsel. Er jedenfalls besaß seinen guten Willen, gepaart mit der Wut des Enttäuschten und dem Hass auf den Sonnenkönig und damit auch auf dessen Verbündeten, den osmanischen Sultan. Und er führte seinen langen Degen, wie nur ein Kavalier ihn führen konnte. Ein Regiment zu lenken, das war eine andere Sache. Da fühlte er sich, wenn er ehrlich zu sich selbst war, noch ein wenig überfordert. Er ahnte, dass dazu mehr notwendig war, als schneidig den Feind zu bekämpfen. Da brauchte es auch Ausstrahlung. Einen Ruf als Kommandant. Er nahm noch einen Schluck von dem scheußlichen Gebräu. Da, endlich, trat ein Herr ein, der der Botschafter sein musste. Sicherheitshalber sprach er ihn auf Italienisch an, seiner eigentlichen Muttersprache. Borgomanero, groß gewachsen, herrisch blickend und doch verschlagen weise, stak in hohen Stulpenstiefeln. Im Gegensatz zu Eugen war jedes Detail seiner schwarzen Hofkleidung gepflegt und ausgesucht teuer. Bis hin zu den Spitzen an seinem Umhang. Eine unendlich lange, gekräuselte Perücke hing ihm vorn fast bis in die Nabelgegend.

„Eugenio!“ Er umarmte warmherzig und temperamentvoll den kleinen Kavalier. „Eure liebe Mama hat mir Eure Ankunft schon angekündigt. Ich habe Euch ein minderes Lager bereitet, aber in dieser überfüllten, schwerfälligen Stadt ist alles schwerer als sonst. Ihr seid mein lieber Gast. Wie war Eure Reise? Trinkt. Nein …“, mit einer Geste des Ekels führte er den Becher Eugens zur Nase. „Dio mio. Nicht dieses Gesöff!“

Er klatschte in die Hände. Eine dienstbare Geistin erwartete knicksend seine bestimmten Anweisungen. „Ich habe meinen eigenen estensischen Tropfen aus Wien mitführen lassen. In Passau kann man ja sonst keinen Wein trinken. Por Bacco! Und nun wollen wir keine Minute verlieren. Morgen geht es noch nicht, dazu ist es schon zu spät. Aber übermorgen steht Ihr sicher auf der Empfangsliste Seiner Majestät. Das kann ich Euch versprechen.“

Eugen dankte zuvörderst höflich für die Gastfreundschaft, seine Sorge über das Regiment seines Bruders war aber gleich der erste Tagesordnungspunkt ihrer Unterredung. Da wurde Borgomanero ernst und traurig. Seine Miene verhieß nichts Gutes.

„Leider, mein Prinz, da macht Euch keine Hoffnungen. Das Regiment reitet schon einige Wochen unter Donat Heissler von Heitersheim. Ein würdiger Nachfolger, soviel ich gehört habe. Eure einzige Chance ist es, als Volontär in die kaiserliche Armee einzutreten. Da steht Ihr unter dem direkten Kommando des Feldherrn Carl V. von Lothringen und Bar und könnt von ihm noch viel lernen. Schließlich hat der noch unter Montecuccoli, Gott hab' ihn selig, gekämpft. Ein großer Stratege und Taktiker. Und es schadet Euch wohl nicht, noch ein wenig Strategie und auch Heeresadministration in Euch aufzunehmen. Außerdem ist der Herzog ein verschworener Feind Ludwigs XIV. Nach alledem, was ihm der Sonnenkönig angetan hat."

Eugen war wiederum bitter enttäuscht. Da hatte er diese lange Flucht hinter sich, die vielen Strapazen, die ihn an den Abgrund seiner physischen Kräfte geführt hatten. Und jetzt das. Volontär, die unterste Stufe jedes Offiziers. Wie der Sohn irgendeines dahergelaufenen Barons oder eines zweifelhaften Grafen. Er aber war doch ein leibhaftiger Prinz. Aus dem regierenden Haus der Savoyer. Da war eine Oberstenstelle das Mindeste, das ihn erwarten durfte.

Borgomanero sah ins Innerste seines Herzens. „Principe, macht nicht so ein elendes Gesicht! Ihr seid bestimmt ein tapferer junger Mann mit eisernem Willen. Und steht vor einer Auseinandersetzung, einer Kampagne, die viele Opfer fordern wird. Denkt daran. Euer Ziel soll es sein, bei allem Mut, die Fortune zu haben zu überleben. Und wenn Ihr die Bataille vor Wien überlebt, dann steht Euch die Karriere offen. Gnade, Ämter und Sold. Beute und Ruhm. Nur diese eine Prüfung müsst Ihr bescheiden über Euch ergehen lassen. Seine kaiserliche Majestät ist nicht der Sonnenkönig. Er ist in einer ganz anderen Situation. Und die ist Eure glänzende Chance für die Zukunft. Ihr seid ein Mann der ersten Stunde. Ergreift diese Möglichkeit jetzt!"

Eugen nahm die goldenen Worte des erfahrenen Diplomaten gern zur Kenntnis. Wenn auch schwer enttäuscht. Also übermorgen. „Ich bin leider von der Reise ganz derangiert. Könnte mir Eure Exzellenz diesbezüglich ein wenig ... unter die Arme greifen?"

Borgomanero nickte großzügig. „Eure Equipage ist wohl nicht vorrätig. Aber ich habe schon vernommen, Ihr besitzt vorzügliche Pferde. Habt Ihr einen Diener?"

„Mehr noch, einen echten Stallmeister. Allerdings nur ausgeliehen. Ein Stallmeister für nur zwei Pferde ist ein wenig überqualifiziert."

„Egal, ein Brustharnisch, eine neue Perücke, ein wenig Pflege Eurer Emballage, ein neuer Hut, ein neuer Mann!" Borgomanero lächelte, Optimismus versprühend. Das waren Dinge, die man um gutes Geld, zwar überteuert, aber doch in Passau innerhalb eines Tages zusammenkratzen konnte. „Und nun, mein Prinz, geleite ich Euch zu Eurer Schlafstatt. Und entschuldigt, dass sie nicht standesgemäß ist."

Eugen nickte huldvoll. Wie herrlich war die Bettstatt gegen das Lager des Baders in Paris und all der miesen, wanzenverseuchten Herbergen, die er hinter sich hatte! Schlafen, träumen, vielleicht noch einen Bissen zu sich nehmen. Dann wartete der Ruhm. La gloire. Louis, du Canaille, du wirst es mir büßen!

Jedlesee, 13. August 1683

Josef kritzelte wieder in den endlos langen Proviantlisten vor sich hin. Plötzlich gab es draußen einen Aufruhr. Einen Tumult. Eine herrliche Unterbrechung des eintönigen Kanzleialltags, in dem sogar die Fliegen einschliefen. Alles stürzte hektisch aus dem Zelt. Eine Gruppe Dragoner führte zwei triefende türkische Elendsgestalten vor das Zelt des Obersten. Komisch nur, dass der eine immer auf gut Wienerisch rief: „Auslassen, es Oaschkrippeln. Wir kommen aus der Stadt. Kundschafter für den Herzog von Lothringen."

Josef ließ seinen Federkiel fallen und rannte los: „Michailowitz, Koltschitzky!", brüllte er aus Leibeskräften. Und warf sich mit aller Gewalt in das Karree der Dragoner. „Leutln, lasst's meine Freunde los, das sind Wiener, verkleidete. Meiner Seel', bin ich froh, dass ich euch seh'." Er hüpfte ganz narrisch vor Freude.

Die Dragoner schauten überrascht und hielten inne. Der irre Schreibergehilfe, der komische Josef, drehte jetzt wohl vollkommen durch. Jetzt war's ganz aus mit ihm. Koltschitzky und Michailowitz breiteten die Arme aus. Gott sei Dank, ein bekanntes Gesicht unter diesen argwöhnischen Berserkern. Und noch dazu der Josef. Der sollte doch eigentlich in Nikolsburg sein. Sie tanzten einen kurzen Dreierreigen.

Den der aus dem Zelt tretende diensthabende Stabslieutenant mit barschen Worten unterbrach: „Alle wahnsinnig geworden, oder was? Schluss mit dem Rossballett. Feldweibel! Was geht da vor?"

Der baute sich breitbeinig vor dem Offizier auf und dröhnte im besten Unteroffiziersbass: „Melde gehorsamst, haben die zwei verdächtigen muselmanischen Halunken vor Stammersdorf aufgegriffen."

Josef krähte ungefragt dazwischen: „Aber das sind doch meine Nachbarn aus der Leopoldstadt, der Koltschitzky und der Michailowitz!"

Der Lieutenant unterbrach nur mit einem lakonischen „Kusch, Kujon! Rein mit ihnen zum Oberst."

Josef ließ sich aber nicht abwimmeln und zischelte den beiden zu: „Ich komme mit, der Oberst kennt mich."

Und wirklich gelang es ihm, zwischen den Beinen der Dragoner durchzuwieseln und in den herunterfallenden Zeltvorhang hineinzuschlüpfen.

Der Oberst Heissler war schon neugierig. „Trauttmansdorff! Was bringt Ihr mir da?" Aber ohne abzuwarten hatte sich Koltschitzky in Positur gestellt und zwirbelte die Enden seines nassen, hängenden Seehundbartes: „Melde gehorsamst, Nachricht vom Kommandanten, Feldzeugmeister Graf Starhemberg, an den Herrn Herzog. Darf ich mich vorstellen: Georg Franz Koltschitzky, Kundschafter und kaiserlicher Meldereiter, und hier neben mir, der Herr Georg Michael Michailowitz, ebenso. Wir besitzen Gleichschriften der Meldung, ich in Französisch und er in Deutsch.

„Soso! Ordonnanz! – Bringt eine Jause und Wein!", rief Heissler nach hinten. „Berichtet, wie Ihr aus der Festung herausgekommen seid."

Koltschitzky gockelte: „Wir beide sind der Freikompagnie des Hauptmanns Franckh zugeteilt. Wir sind beide kaiserliche Meldereiter auf der Orientstrecke." Das war ganz schön gelogen, denn nur Michailowitz besaß den definitiven Posten, Koltschitzky war nur Interimskurier, aber der Goschertere. „Vorgestern nachts sind wir beim kleinen Türl neben dem Schottentor herausgeschlichen, um auf getrennten Wegen das Lager zu passieren. Ich bin Richtung Kahlenberg ausgeschritten, Michailowitz ist gegen Dornbach durch das Lager. Wir haben uns dann am Kahlenberg oben getroffen, nach Klosterneuburg sind wir dann gemeinsam zurück zum Kahlenbergerdörfel. Dann sind wir auf eine Strominsel geschwommen, wo uns Nussdorfer Fährleute, die sich dorthin geflüchtet haben, weiter übersetzten. Und vor Stammersdorf haben wir den Dragonern schon von weitem gewunken." Heissler überlegte. „Gut gemacht, Herr Koltschitzky, und auch ihr, wie heißt Ihr noch einmal?"

„Michailowitz, halten zu Gnaden. Wir haben beide traurige türkische Lieder gesungen, als wir so im Morgengrauen durch die Stellungen geschlendert sind."

„Na schön, kurz und gut. Trauttmansdorff! Gebt dem Koltschitzky ein Pferd und zwei Mann Bedeckung. Er soll mit seinem Brief an die March zum Generalissimus weiterreiten. Ihr, Michailowitz bleibt hier, falls der Herr Herzog schon auf dem Wege hierher ist."

Michailowitz wollte schon protestieren, denn langsam ging ihm das Gehabe Koltschitzkys auf die Nerven. Der stellte alles fast so dar, als ob er, Georg Michailowitz, der Diener des Seehunds wäre. Seine bescheidene Grundeinstellung war nun schuld, dass er den ausgesetzten Lohn von hundert Dukaten vielleicht nicht bekommen würde.

Leider war er sprachlich nicht so gewandt wie der Raitze. „Aber, aber …"

Heissler schnitt ihm den Satz ab. „Passt schon, Ihr bekommt denselben Lohn ausbezahlt, und das früher. Der Koltschitzky muss erst das kaiserliche Lager bei Stillfried finden. Ruht Euch aus und schildert mir dafür haarklein, wie es in der Festung zugeht. Und …" Dabei fixierte er, mit gespielt strengem Blick, den Josef: „Der junge Herr da hinten, unser Regimentsschreibergehilfe, ist sicher auch neugierig, Nachrichten zu hören. Komm nur hervor, du Schlingel!"

Josef eilte zu Michailowitz, der ihm freundlich übers Haar fuhr und an sich drückte. „Ja, der Josef Schahin, der hat schon manchen Strauß im Orient hinter sich, ein tapferes Bürscherl, und so gebildet!“, lobte Michailowitz.

„Und schnell!“, meinte Heissler. „Denn Josef, du Geschoß, reitest jetzt stante pede Richtung Hagenbrunn und steigst sofort auf den Bisamberg. Die sollen oben gleich zwei Höllenfeuer mit weißem Rauch entfachen, dass der Starhemberg weiß, dass Ihr durchgekommen seid. Den Befehl an den Lieutenant dort oben kannst du sofort niederschreiben und mich unterzeichnen lassen. Und dann ab mit dir! Hehe. Die Bewegung in der Höhenluft wird dir guttun.“

Josef fertigte den kurzen Befehl eilig aus und hielt ihn Heissler entgegen. Er fühlte, dass sich seine ersehnte Chance bot.

14. Juli 1683, Passau

Eugen wähnte sich wie bei der Erstkommunion. Sie waren fünfundzwanzig junge Adelige, die da vor dem Herrscher knieten. In der ersten Reihe rechts er selbst, mindestens da wurde sein Rang anerkannt. Neben ihm sein entfernter Landsmann, der Conte Vittorio Tarino, strahlend, reich und mit allen Gaben der Natur ausgestattet, um als ein schöner Mann zu gelten. Andere Kavaliere, die auch danach strebten, ihr Leben für die Chance zu geben, Aufstieg und Ruhm zu erlangen. Ob wohl die Hälfte von ihnen den Kampf überleben würde? Hinter ihm sein Protektor, der Marchese de Borgomanero. Er hatte Wort gehalten, obwohl es nicht leicht gewesen war. Es war kein Kinderkürass in Passau aufzutreiben gewesen. Jacques hatte drei verschiede Trümmer herbeigeschleppt, aber trotz neuer Löcher in den Lederriemen waren alle zu groß gewesen. So erschien Eugen in einer notdürftig zusammengeschneiderten Hofrobe, die nur ausgeborgt und mit freundlichen Stichen des Dietrichstein'schen Haushalts kaum sichtbar eingenäht worden war. Wichtiger als das Gewand war aber das Schreiben, das Eugen von Savoyen gemeinsam mit Borgomanero aufgesetzt hatte und in dem er offen und ehrlich und ohne diplomatische Verdrehungen von seinen vergeblichen Bemühungen, in das französische Heer aufgenommen zu werden, erzählte.

In diesem Schriftstück schwor er, „in Zukunft alle Kräfte für die Kaiserliche Majestät und das hohe Erzhaus Österreich mit unerschrockenem Mut bis auf den letzten Blutstropfen anzuwenden und aufzuopfern."

Eugen verglich seinen neuen Herrn selbstverständlich mit dem, der ihn so schroff verletzt hatte. Der Unterschied konnte nicht größer sein. Im Gegensatz zu der hochfahrenden, pompösen Erscheinung Ludwigs, der weiß Gott die Inkarnation des Majestätischen war, hockte, denn von thronen konnte man da nicht reden, ein kleiner, schüchterner, fast ängstlicher Herr. Wohl schön und vielleicht etwas provinziell gekleidet und mit einer gewissen Grazie in der Bewegung. Aber trotz seiner eindrucksvollen Augen und des im Gegensatz zu Eugens gen Himmel strebendem Gesichtserker stilvollen langen Nase konnte man sich vom Anblick dieses Mundes nicht losreißen. Das war kein Maul, das war ein endloser Krater von Hässlichkeit, dessen Unterrand tief und sabbernd herabhing.

Endlich, nach einer kurzen, kaum verständlichen Ansprache des Monarchen in leisem, zögerndem Italienisch, hoben alle die Schwurhand, wurden von einem Jesuitenpater überschwänglich gesegnet und waren als Volontäre Seiner Majestät entlassen.

Eugen entzog sich diesem hohlen höfischen Getratsche, dem Austausch leerer Komplimente und gedrechselter Worthülsen durch schnellen Abgang. Eigentlich wollte er niemanden mehr sehen. Natürlich musste er Borgomanero noch danken, hatte der ihm doch noch vor der Zeremonie eine mit feinen Ziselierungen geschmückte Radschlosspistole samt allem Zubehör geschenkt. Es war ein seltenes Stück des Brescianer Büchsenmachers Carlo Rossi mit Achtkantlauf und einem Schloss mit außen liegendem Rad. Der flache Nussbaumschaft mit einem kreisrunden, eisenringbewehrten Abschluss war einfach, aber gediegen. Mehrmals legte Eugen damit an. Die Pistole lag genial in der Hand. Zusammen mit dem Lederholster und dem Schlüssel, dem Kugelgießzeug und dem Ladestock musste sie den Marchese achtzig bis hundert Dukaten gekostet haben. Nun schuldete er, nach dem Prinzen von Conti, auch dem Marchese einen gewaltigen Betrag. Ein schöner Einstieg ins Offiziersleben. Aber was soll's, Schulden gehören zum Offizier wie der Tripper zur Hure. Jacques hatte die Pferde schon gesattelt und gemeinsam ritten der frischgebackene Volontär der kaiserlichen Reiterei und sein Stallmeister am nächsten Morgen in einem leichten Frühnebel über die Ilzbrücke am linken Donauufer, in ihre ungewisse Zukunft. Nur schnell zum Heer des Herzogs von Lothringen. Der sollte angeblich irgendwo an der Donau, nordwestlich von Wien, zu finden sein.

18. Juli 1683, bei Jedlesee

Josef lag niesend, aber glücklich neben Michailowitz in der Morgensonne, die schon recht kräftig auf die dampfenden Wiesen und Weingärten Stammersdorfs schien. Neben ihnen stand eine Trommel mit trockenen Erbsen. Seit dem Erscheinen der Kundschafter und seiner Rückkehr vom Bisamberg war Josef, trotz einer Riesenverkühlung, endlich wieder optimistischer und heiterer geworden. Zuerst einmal hatte ihn die Schnelligkeit der Antwort aus Wien überrascht. Kaum waren die zwei weißen Rauchsäulen am Bisamberg aufgestiegen, schossen von der Türmerstube des Stephansturms drei helle Raketen empor. Das vereinbarte Antwortsignal des Verstandenhabens. Josef war perplex, wie fix die da drüben in Wien seine übermittelte Botschaft verstanden hatten.

Gott sei Dank war er so schnell oben auf dem Berg gewesen, denn unmittelbar nach den drei Raketen war ein Mordsgewitter über Wien niedergegangen, dass man glauben konnte, die Welt gehe unter. Es hatte geschüttet und gehagelt wie von Sinnen. Wenigstens gab es den Belagerten die Gelegenheit, ein wenig durchzuschnaufen, die Wasservorräte aufzufüllen und aufzuräumen. Bis zum nächsten Morgen hielt dieses schreckliche Wetter an. Die Schanzgräben der Türken mussten ziemlich zugeschüttet worden sein. Vielleicht hatte sich wenigstens der Stadtgraben mit mehr Wasser aufgefüllt. An einen sofortigen Abstieg vom Bisamberg war nicht zu denken gewesen. Der Abhang war eine einzige Schlammhalde und in den Hohlwegen der Kellergassen wälzten sich graubraune, murenähnliche Wasserkaskaden herab, die Bäume entwurzelten und alles verwüstet hinter sich ließen. Tagelang waren die Weinkeller noch überflutet. Erst spät am Tag darauf war Josef triefend und bibbernd wieder im Lager erschienen.

Michailowitz hatte für den verkühlten Josef um Urlaub gebeten, damit dieser sich ein wenig erholen konnte und er ihm derweil die missliche Lage in Wien darstellen konnte. Die Türken waren überraschend zielstrebig und erfolgreich an ihre Aufgabe herangegangen. Vor der Löwel- und der Burgbastei im Westen Wiens hatten sie die Vorbefestigungen, die Ravelins und die gedeckten Gänge fast schon erobert. Trotz des heißen Schusswechsels und der verschiedenen listigen Erfindungen der Verteidiger, wie Fässer mit Fußangeln, Sicheln an langen Stangen und die verzwicktesten Spanischen Reiter – nichts konnte den Eroberungsdurst stillen. Obwohl die Festung von 73 Kompagnien Fußvolk mit insgesamt 10.603 Mann und 600 Dupigny-Reitern bemannt war, konnte sie dem Druck der vielen tausenden Kämpfer nicht plangemäß standhalten. Trotz der bewährten Kommandanten, die unter Starhemberg die Verteidigung lenkten – General-Feldwachtmeister Graf Daun, der berühmte Afterliterat, sein gleichrangiger Kamerad Serényi, die Obersten Graf Souches, und Scherffenberg, der Herzog von Württemberg, Freiherr van der Beck, Graf Heister, Freiherr von Dupigny sowie Oberstwachtmeister Marchese Obizzi – die Mannschaft war für den großen Ring doch zu klein. Die Artillerie gab unter dem Stuck-Obristen Christoph von Börner ihr Bestes, aber manchmal konnte sie gar nicht zum Einsatz gebracht werden, da sich die Kämpfe schon unterhalb des Schussfeldes der so weit wie möglich abgesenkten Geschütze abspielten.

Mitten in dieser Erzählung kam Michailowitz eine Idee: „Weißt was, Schahinburli, du kommst einfach mit uns. Wenn wir die Nachrichten vom Lothringer nach Wien bringen sollen, bekommst du die chiffrierte Drittschrift und kundschaftest alles aus, was du auf deinem Weg nur in dich aufnehmen kannst. Vielleicht gibt es doch Schwachstellen, oder geheime

Verbündete, wie den kaiserlichen Residenten Kunitz. Und auch nicht alle Ungarn sind auf der Seite der Türken. Ich hab das herausbekommen. Sie haben einen Haufen christlicher Sklaven mitgeschleppt. Die Siebenbürger, die von ihrem Herrn, dem Apafi, gezwungen wurden, mitzumachen, sind nicht so osmanenbegeistert, wie sie vorgeben. Und auch die Rákóczi- und die Nádasdy-Truppen sind keine enthusiastischen Kämpfer für den Halbmond. Dort müssen wir ansetzen. Wenn wir ihre Lager kennen, wissen wir, wie die Entsatzarmee zu kanalisieren ist. Dafür müssen wir aber mehr sein und auf neuen Wegen durch das Lager streifen. Ich werde das dem Herzog von Lothringen vorschlagen. Wenn er nur schon käme, denn jeder Tag Verzögerung kann für die Wienerstadt tödlich sein. Willst du, Josef?"

„Eh, klar. Was glaubt Ihr, warum ich schon mein Türkengewand parat habe?" Der Oberst hat die Anfertigung selbst befohlen."

„Dann sind wir drei, und wer durchkommt bei dem Spaziergang, der bekommt für einen Weg hundert Dukaten. Und sowohl der Starhemberg als auch der Lothringer halten Wort."

Josef überlegte kurz. Hundert Dukaten, dass könnte leicht seine verdammten Verluste bei der schwarzen Gittel wettmachen. Nur der Smaragdring, der blieb verschwunden. Aber so ein Gang durch das türkische Lager, das konnte schon Ruhm bringen – und vielleicht auch wieder zurück? „Ich bin bereit und würde lieber gleich heute als morgen aufbrechen", prahlte er zähneklappernd und strafte damit sein zur Schau getragenes Selbstvertrauen Lügen.

„Aber den Lothringer und seine Schreiben müssen wir noch abwarten. Wichtig ist, dass wir hoffnungsvolle Nachrichten ins Lager schmuggeln, und wenn wir sie inszenieren müssen. Denn schlechte Neuigkeiten erleben die Wiener täglich mehr als genug. Das ist für den Starhemberg überlebensnotwendig. Irgendwas zum Durchhalten."

Dann hatte er die Trommel herbeigeschleppt und die Erbsen. „Weißt du, was das für ein Gerät ist?“

Josef schüttelte nur belämmert den Kopf. Der Smaragdring und sein Verlust spukten noch im Hinterstübchen. „Das ist unsere Minenhorchmaschine.“

„Bitte was?“

„Ja, da liegen wir in der Nacht in einem Keller, hinter einer Bastion. Mit der Trommel auf der Erde. Und drauf die Erbsen. Und wenn die Erbsen zum Tanzen anfangen, dann wissen wir, dass die türkischen Mineure in der Nähe einen Gang vorantreiben. Wenn dann die Erbsen zum Springen aufhören, dann beginnen sie, das Schießpulver heranzukarren. Dann wird die Mine von ihnen hinten zugemauert und nur eine kleine Öffnung mit der Zündschnur bleibt über. Und wenn die Zündschnur brennt, dann rennen die Türken wie die Wahnsinnigen davon und kawumm!, die ganze Munition geht hoch und reißt ein Riesenloch in die Gegend, unsere Leute fliegen durch die Luft mit abgerissenen Gliedmaßen und dann kannst du dich drauf verlassen, dann lauern schon die Janitscharen in der Schanze und auf geht's mit Allah-Gebrüll auf uns. Dann geht's Schlag auf Schlag. Bis jetzt haben wir sie zurückschlagen können. Aber die Mineure von den Türken sind einfach Teufelskerle. Die graben sich durch den Schotter unter den Basteien wie die Maulwürfe und wir sitzen da und horchen. Das Herz schlägt mehr, als die Erbsen hüpfen. Da geht dir der Reis. Denn von wo kommt diese Schwingung? Von rechts oder von links? Oder vor uns, oder unter uns? Mitten in einem finsteren Keller.“

Jetzt erst kam Josef darauf, was das mit den Mineuren und der riesigen Menge Schießpulver für eine Bewandtnis hatte. Wenn erst eine ganze Bastei einstürzte oder ein Gang in die Stadt gesprengt wurde und die Verteidiger schliefen, dann war's um Wien geschehen. „Das möchte ich einmal selbst erleben!“, tönte er selbstsicher.

„Wart's nur ab. Noch früh genug wirst du das Grüngekackte auswendig spüren." Michailowitz merkte, dass er vielleicht zu weit gegangen war, und lenkte ab. „Jetzt aber muss ich dich mit meiner Taktik mit den traurigen Liedern bekannt machen. Denn wenn einer singt, dann kann er ja nichts Böses im Sinn haben, verstanden? Kannst du überhaupt singen?"

„Nein, im Moment nur krächzen. Ich weiß nicht warum, aber immer wenn ich zu hoch anfange, dann hab ich so einen Frosch im Hals und der springt in den Keller und ich krächze nur."

„Ah so, der Stimmbruch!", lachte Michailowitz. „Das dauert so ein halbes Jahr und nachher hast du eine Stimm' wie der Schahinvater. Und einen Schnurrbart kriegst du ja auch schon."

Da errötete Josef aber schrecklich, denn er hatte schon bemerkt, dass er einen rotblonden Flaum an der Oberlippe bekam. War das, weil er die Gittel so oft besprungen hatte? Seither zog er immer an den Härchen, damit sie länger wurden und er auch so einen stolzen Schnurrbart bekäme wie der Zenz Blecha. An einen Knebelbart, wie der Michailowitz einen hatte, wollte er noch gar nicht denken. Aber am Kinn rührte sich noch überhaupt nichts. Also daher kippte er immer mit der Stimme über! Vielleicht weil er so viel gepudert hatte. Das wollte er dem Michailowitz nicht auf die Nase binden. Denn so ruhmreich hatte die Affaire nicht geendet. Was heißt – ein Debakel war das Ganze gewesen. Trotzdem, wenn er durch das Lager kundschaftete und wenn es gutging und er wieder zurückkam, dann hatte er sicher einen großen Schnurrbart und eine tiefe Stimme. Wegen der Gefahren, die er zu überstehen gedachte. Das musste genauso helfen wie ditschkerln. Unter Umständen war der Mayr zu den Türken übergelaufen und er konnte ihn und den Smaragd finden, samt der Gittel. Der wollte er es aber dann zeigen, dass ihr Hören und Sehen verging. Ja, wer nicht hören will, muss fühlen. No, bumm, der wollte er ein Ding verpassen, dass sie nur so ausrann. So schön. Allmählich kam sein

Selbstbewusstsein wieder auf Trab, seine Depression schlich sich in die Donauauen. Seine Stimmung schlug um. Das war die Lösung. Er konnte sich rehabilitieren, einen Haufen Dukaten gewinnen, vielleicht den Smaragd zurückbekommen und darüber hinaus einen Riesenschnurrbart und eine tiefe Stimme sein Eigen nennen.

Michailowitz war vollkommen überrumpelt, als Josef ihn auf einmal umarmte und ganz glücklich und vor Heiterkeit glucksend vor sich hin krähte: „Jetzt singen wir ein trauriges türkisches Lied, gell?" Nun gut, Michailowitz wusste zwar nicht, warum das den Josef, den Träumer, plötzlich so erregte, aber er intonierte eine komisch tremolierende Weise, in einer seltsamen Taktfolge, die auf Deutsch ungefähr so lauten würde:

Sie geht zum Wasser, den Wasserkrug in der Hand,
sie trägt ein weiß getupftes Kleid, die Säume aufgeschürzt.
Sie geht zum Wasser, sie füllt den Wasserkrug,
wenn sie nach Hause kommt, lässt sie das Rot ihrer Wange verblassen.

Josef hörte sich die Übersetzung noch einmal an. Wo war die Pointe? „Und wegen dem blöden Wasserträgermädel lassen sie euch durch das türkische Lager spazieren? Wo ist der Witz dabei? Da geht ein Mädel Wasser holen, gut, sie hat die Säume aufgeschürzt. No schön. Und – wird sie gepudert? Nein. Vielleicht ist sie deswegen vor Zorn gerötet und zu Hause ist sie wieder blass und enttäuscht."

Michailowitz schüttelte den Kopf. „Verstehst du nicht, wie schön dieses Lied ist? Da geht ein Mädchen zum Dorfbrunnen. Sie weiß, da steht ein junger Mann, der sie deppert anschaut, aber nichts sagt. Er hat noch nie mit ihr gesprochen. Das dürfte er gar nicht. Er steht nur da und schaut sie an. Sie ist wie ein Reh, das aus einer Waldlichtung heraustritt. Sie schenkt ihm keinen Blick. Aber sie fühlt sein Starren, während sie den Krug füllt. Und errötet. Dann geht sie heim. Sie verhält den Schritt, bis das verräterische Rot aus ihren Wangen verschwunden ist. Und der Bub, der türkische, der geht auch heim und singt vielleicht das Lied. So lange, bis er sie eines Tages doch anspricht, mit all seinem Mut, und sie und er, die beiden linkischen Dorfdeppen, die anatolischen, finden zusammen und werden ein Paar, kriegen einen Haufen Kinder und dann ist die Träumerei und die ganze Poesie im Oasch."

„Oasch heißt kiç, das weiß ich. Aber das kommt in dem ganzen blöden Gedicht nicht vor. Nur kuyu, der Brunnen, und kiz das Mädchen. Aber zwischen kiz und kiç ist ja nicht viel Unterschied. Alle Weiber sind im Oasch. Das weiß ich schon jetzt." Die ganze elende Enttäuschung des kleinen Josef über die Weiblichkeit konzentrierte sich in diesem dummen Satz. Er war ja auch wirklich so was von fertig, wie man ihn behandelt hatte. Am liebsten würde er im Moment das gesamte weibliche Geschlecht aus der Welt verbannen.

„Josef, ich habe immer geglaubt, dass du ein gebildetes Bürscherl bist, aber bei den Soldaten wirst du wirklich zum brutalen Trottel, du hast keine Ahnung von feiner osmanischer Poesie. Und von den schönen Frauen. Aber wurscht, jetzt lern das blöde Lied und sing es mir vor. So lange, bis du es auswendig kannst. Dann gleichst du einem netten Träumer, der durch das Lager marschiert und niemandem etwas zuleide tun kann. Verstehst? Und das mit den Frauen, das wird schon wieder, glaub mir."

Zur selben Zeit in Buda

In seiner gemütlichen Herberge am Wiener Tor, am Bécsi kapu, stand Schahin im Hof und beobachtete das Verladen von Nachschubgütern. Über Belgrad hatte er von seinem Bruder unter anderem hundertzwanzig Säcke guten Kaffees erhalten. Dreißig davon sollten in die Festung Neuhäusel zum Beğlerbeğ Arnaut Hasan Pascha, dem Hodschasohn, gehen, sechzig waren für die Truppe vor Wien bestimmt. Zwanzig Platten mit dem beliebten Opium befanden sich auch auf dem Grund der Säcke. Das Proviantamt in Buda hatte ihn schon ausbezahlt. Schahin hatte dabei zwar weniger Gewinn erzielt, aber bis der Kaffee an den Oberstzeltmeister Yaren Mehmed Ağa übermittelt war, konnte viel geschehen. Da waren ihm die Löwenthaler, die Piaster, in der Hand lieber als alle Versprechungen auf Ehrengewänder und Schmuckdolche.

Er schmunzelte: „Besser den eigenen Spatz in der Hand als eine fremde Taube im Bett!“

Vorsichtshalber hatte der Zenz auf alle seine Säcke in Arabisch und Lateinisch „Schahin“ gepinselt. Denn wer weiß, wer noch für die osmanische Armee Kaffee lieferte. Und wenn der schlecht war, konnte man den Verkäufer zur Rechenschaft ziehen. Der Rest blieb noch in Buda. Schahin hatte osmanische Triumphmeldungen aus Wien vernommen. Wie lange konnte die Stadt noch standhalten? Er würde sicher noch einen Monat hier ausharren, um den Ausgang der Ereignisse abzuwarten. Kriegsheld war er keiner. Wenn alles entschieden war, konnten Josef und Diodato mit den gehorteten Säcken gleich mit dem Kaffeehandel beginnen. Egal, wer gewonnen hatte. Ja, der Josef und seine liebe Barbara waren sicher in Nikolsburg in guter Obhut. Und wenn die Türken gewannen, dann war auch die Stadt in Mähren schnell erobert. Das Dietrichsteiner Schloss von Nikolsburg konnte sich sicher nicht länger als eine Woche halten. Da wäre es schon klüger, sich gleich zu ergeben. Und die Judengemeinde konnte unter dem Sultan genauso gut leben, vielleicht sogar besser. Der Eintrag in den Defter, quasi die Steuererklärung, war einfach und wenn man seine Abgaben leistete und nicht unter einem blutrünstigen Pascha zu leiden hatte, konnte das Leben sicher ruhig weiterlaufen. Wenn, wenn ... Dann war eben der Großwesir Kara Mustafa der Herr über das österreichisch-mährisch-böhmische Reich. Schahin war kein Fanatiker. Eher Fatalist. Einfach überleben, sich ein gewisses Ansehen erhalten und keine Qualen erleiden. Und schön war es in Buda allemal. Auch hier hatte er seine alten Freunde. Die Stadt war lieblich gelegen, schöner als Wien, das musste er eingestehen. Gut, die Häuser auf dem Burgberg waren viel einfacher, niedrig und breit. Aber bequem. Eine Provinzstadt. Jedoch eine wunderschöne. Er öffnete eine gute Flasche Egri Pikavér. Die war ihm lieber als die große Eiterbeule am Rücken des Budaer Muftis, die er anschließend, ohne Korkenzieher, zu öffnen hatte. Hinter seiner Tür jeierte der verhutzelte Alte in seinem pelzbesetzten Mantel, schon erwartungsvoll ...

Später, am Abend, bei Jedlesee

Josefs Hände flogen. Endlich hatte er durch einen Weinkutscher einen Brief von seiner Mutter erhalten. Von Barbara Schahin, im Logis des Juden Salomon Fränckl in der Gemeinde von Nikolsburg, abgesendet. Der Brief hatte leider einige widrige Stationen durchlaufen. Denn die Ankunft des Weinkutschers hatte ein großes Hallo hervorgerufen und der Brief war nicht gleich zugestellt worden. Viele durstige Kehlen hatten erst befriedigt werden müssen, bis das Papier in das Zelt des Regimentsschreibers gelangt war. So sah es jetzt auch aus. Und roch auch danach. Auch die Tinte hatte gelitten. Aber Josef war glücklich, dass ihm seine Mutter seinen patriotischen Exkurs verzieh. Natürlich sprach die Angst um ihn aus den Zeilen und die Besorgnis um seine schwächliche Gesundheit. Aber ihr und Tata ging es gut. Auch Goldkind und ihr Achill waren gesund und munter. Eveline schickte liebe Grüße. Barbara berichtete, dass sie Wagen aufgekauft hatte und mit der Hilfe Salomons auch eine Menge von Dachschindeln, zugeschnittenen Dachbalken, Sparren und Kalk für den Wiederaufbau der Stadt. Der hoffentlich bald folgen sollte. Josef war sich bei den aktuellen Nachrichten nicht ganz so sicher, aber er würde ihr sofort haarklein schreiben, wie es um die Wienerstadt stand, speziell um ihr Haus in der Leopoldstadt. Leider hatte er das große Haus am Kienmarkt nicht durch das Fernrohr erkennen können. Aber er beruhigte Barbara mit kleinen Geschichten aus dem Lagerleben und dass er Michailowitz und Koltschitzky getroffen hatte. Von seinen bevorstehenden Kundschaftergängen erwähnte er wohlweislich nichts. So, das war geschafft. Am nächsten Morgen würde er dem Helden des Tages, dem

Weinkutscher, den Brief, samt einem Dukaten mitgeben. Nun konnte man am Lagerfeuer zusammenrücken und das beliebte Heissler'sche Dragonerlied mitgrölen:

Protestanten, Katholiken,
morgen gibt es was zum Fiiicken,
Männer, die im Krieg gewesen,
zahlen nur noch halbe Spesen,
Männer mit Holzbein kommen umsonst rein …
tataraatatiiitata.

Das war ihm lieber als der blöde Text von dem errötenden Mädel am Brunnen und dem anatolischen Dodel, der ihr nur nachstarrte.

21. August 1683, Kahlenbergerdorf. Früher Morgen

Als Erster der drei war Josef ins Wasser gestiegen. Fast hätte er aufgeschrien, so kalt war es ihm vorgekommen. Trotz all seiner Schwimmübungen im Altarm und seiner Gewöhnung an das Donauwasser – im großen Strom befand er sich nun das erste Mal. Mutterseelenallein. Ein einsamer Baumstumpf strich an ihm vorüber. Zuerst hatte er den für eine feindliche Schiffspatrouille gehalten und war mit dem Kopf ganz unter Wasser getaucht. Dabei hatte er auf das Schwimmen vergessen und sich nur an die Ziegenblase angeklammert. Als er wieder auftauchte, war er schon weit Richtung Wien getrieben worden.

Zielstrebig begann er nun mit den Beinen die Schwimmtempi aufzunehmen. Aber die Abdrift war schrecklich stark. Wenn das so weiterging, würde er vielleicht erst an Nussdorf vorbei oder noch weiter Richtung Wien in die Rossau getrieben werden. Oder vielleicht mitten im türkischen Lager aus dem Wasser kriechen. Diese schauderhafte Aussicht gab ihm die Kraft, so ruhig wie möglich gegen den Strom anzuschwimmen. Fest hatte er das Parallelogramm im Auge, das ihm Michailowitz in den Auschlamm gezeichnet hatte. Strombreite gegen Abdrift. Beim Tuttendörfl waren sie auf die Donau getroffen. Drüben lag Klosterneuburg. Vielleicht streiften dort die Türken umher, da sie die Klosterstadt nicht einnehmen konnten. Daher ihre Absicht, sich beim Kahlenbergerdorf zu treffen. Sicher hatten dort die Muselmanen schon alles geplündert, samt dem guten Wein.

Endlich hatte er den dunklen Ufersaum vor sich, da geriet er in einen Strudel vor einer Bune. Wie ein Sandsack drehte es ihn unter Wasser. Das also war Ersticken. Japsend kam er doch an die Wasseroberfläche, er war am Rande der Erschöpfung, als er sich endlich daraus hochgearbeitet hatte. Rechts von ihm trieb der Kirchturm vorbei. Aber es waren nur noch ein paar Klafter zu schwimmen, dann fühlte er das Donaugeröll unter seinen tastenden Füßen. Flach legte er sich hinter einem Busch ins nasse Gras und versuchte sein Herz zu beruhigen. Sein türkisches Gewand war total durchnässt. Aus seinem kleinen Körper war die Luft heraußen wie aus der stinkenden Ziegenhaut. Wie blöd klammerte er sich noch immer daran.

Er schalt sich einen Narren, zog seinen Kinkaldolch heraus und trennte die Nähte vorsichtig auf. Dann nahm er das schlaffe Fellbündel und versteckte es schließlich hinter einem vertrockneten Fliederstrauch. Vorsichtig wartete er, nein, kein Hund schlug an, kein Türke ließ sich blicken. Mit schnellen Hüpfern überwand er die ansteigenden Gassen und jetzt bibberte er vor sich hin. Trotz der Finsternis, die wegen des wolkenverhangenen Himmels herrschte, fand er auf Anhieb die Kirche des Kahlenbergerdorfs. Den in Wachstuch eingenähten und gesiegelten Brief trug er am Rücken in einem Leinenband, das er um seine Taille gebunden hatte. Er kauerte sich bibbernd in eine Toreinfahrt, an der Ecke zum Kircheneingang. Automatisch machte er sich ganz klein und krümmte sich zu einem kleinen Kleiderbündel zusammen. Hier spürte er den Nachtwind nicht so schneidend. Und hatte trotzdem die Kirchentür im Blickfeld. Die Mama hätte ihm jetzt sicher einen heißen Kräutertee mit dem Melissenalkohol der Karmeliter verpasst. Ach, der wäre jetzt gut! Es stank erbärmlich nach Brandruinen. Hoffentlich witterte ihn nicht ein herrenloser, verwilderter Köter. Wieder packte ihn ein Schüttelanfall. Er presste die Zähne zusammen, damit ihn das Zähneklappern nicht verraten konnte.

Gestern war der Herzog von Lothringen mit seinem Stab und einem Haufen Reitern im Lager erschienen. Endlich! Mit ihm der vor Stolz strotzende Koltschitzky. So unfair hatte ihn Josef noch gar nicht kennengelernt, den deutschen Tataren. So etwas von Lugenschippel! Der musste dem Lothringer ja schöne Bären aufgebunden haben, denn der hörte am Anfang die Berichte des Michailowitz gar nicht recht an. Sicher, der Herzog hatte jetzt eine Menge um die Ohren, endlich war die Vorhut der polnischen Reiterei, haufenweise Hussaria, die Adlerreiter, an der March eingetroffen. Und tausende sollten mit ihrem König ja noch folgen. Auch aus Deutschland waren gute Nachrichten eingelangt. Die Reiterei der Verbündeten aus dem Deutschen Reich zog schon durch die Wachau. Na, langsam wurde es auch Zeit. Als aber der Heissler ihn vor sich hergeschoben und er ihm seine vollendete Aufwartung gemacht hatte, hatte der Herzog seine Diktiererei unterbrochen, eine Augenbraue bis in die Ewigkeit emporgehoben und den Oberst sogar ungnädig angeherrscht wegen der Störung. Dann aber hatte er schnell bemerkt, dass der Plan von Michailowitz nicht so schlecht war, und sich kurz auf Josef konzentriert.

Prüfend hatte er seinen Blick über die lange Adlernase hinab auf dem seltsamen schmächtigen Burschen in Türkengewändern ruhen lassen. „De la Fauxbourg de la Ville de Leopoldstadt? Hein? Marchand de l'orient? Bien!“

Das war alles gewesen. Nicht sehr charmant. Josef hatte ihm schon mehr aus seinem Leben erzählen wollen, aber Heisslers Griff auf seinen Schultern hatte ihn zu schweigen veranlasst. Dann hatte er ihm einen Stoß gegeben, dass sich Josef nur tief verbeugt und seinen turbanähnlichen Fetzen am Kopf zum Rutschen gebracht hatte. Schon hatte der Herzog begonnen, einen Brief an Starhemberg zu formulieren, der nun im Original und in zwei Abschriften auf drei verschiedenen Routen über den Strom nach Wien gebracht werden sollte. Josef hatte mit Heissler schon das Zelt verlassen, als er noch ein paar Fetzen über den hoffentlich bald beginnenden Entsatz Wiens mitbekam, der nach dem Sammeln, Ende August, in den ersten Septembertagen erfolgen sollte. Draußen hatten der gockelnde Koltschitzky, der brummelnde Michailowitz und er, der mutige Teufelkommraus Josef Schahin, ihre Instruktionen bekommen.

Koltschitzky hatte den leichtesten Weg vor sich. Er sollte direkt an der Donau entlang bei Nussdorf durch das türkische Lager. Michailowitz hatte Josef zugezischelt: „Ein entzückender Nachmittagsspaziergang, mit Heurigenbesuch.“ Denn an der linken Flanke zur Donau lagerten nur die rumänischen Walachen und Moldawier, deren Aufmerksamkeit, Kampftüchtigkeit und Engagement selbst von den Türken minder gewertet wurden. Und bei denen man höchstens aufpassen musste, dass sie einem nicht die Hosen während des Schlafens auszogen.

Michailowitz sollte über den alten Ort Döbling bis Hernals die Schanzen der Türken gegen den Bergrücken, also hinter dem Lager, auskundschaften, um festzustellen, welche Einheiten und Bollwerke gegen eine den Wienerwald herabreitende Entsatzarmee vorbereitet waren. Und für Josef hatte man einen ganz schönen Ausflug in petto. Er sollte über die sogenannte Nase direkt auf den Kahlenberg hinaufklettern. Eine Aufgabe für eine Bergziege. Vom Kahlenberg weiter bis zum dritten Gipfel und dann hinab in die Vorstadt bis zum Garten der Fürsten Trautson. Dort sollte sich das Hauptquartier des schwarzen Mustafa befinden. Vielleicht konnte er Kontakt zum Residenten Kunitz knüpfen, um den guten Mann mit seinen mündlichen Nachrichten zu beruhigen und ihm Hoffnung zu geben. Denn unweit vom Zeltlager des Großwesirs musste er zu finden sein. So viel hatte Josef schon selbst vom Bisamberg aus festgestellt. Nach drei Tagen Gang durchs Lager sollte auch er spätestens in der Nacht bei der Schottenbastei eingetroffen sein. Und dann dem Feldzeugmeister Starhemberg persönlich über seine Eindrücke berichten. Da er wohl am wenigsten einem kaiserlichen Kombattanten glich, war sein Auftrag am wichtigsten, hatte ihm der Stabsoffizier Herzog Carls, der zusammen mit Heissler die Instruktionen gegeben hatte, eingeschärft. Dann würde er sich eine Zeit lang in der Wienerstadt rekreieren, seinen Lohn abholen und auf anderem Wege, wenn er es schaffen würde, über Tulln wieder zurück in das Lager des Entsatzheeres kehren können. Das würde sich dann aber vielleicht schon stromaufwärts, Richtung Wachau, bewegt haben. Als gescheiter Bursche würde er das schon finden, hatte Heissler ihn beruhigt. Seine Siebensachen hatte Josef beim Regimentsschreiber hinterlassen, nachdem er diesem und seinen zwei Fränzen noch je eine Extraportion Schnaps spendiert hatte. Und seine Dukaten hatte er umgenäht, in sein türkisches Wämslein. Die Pistolen, die ja nutzlos waren, hatte er ebenfalls zurückgelassen, nur die Wurfmesser hatte er sich in die türkischen Stiefel gebunden und seinen Dolch, den nahm er an einer Schnur gesichert mit.

Da näherte sich etwas zu geräuschvoll ein Schemen an der unteren Ecke. Ja, es war Koltschitzky. Josef miaute etwas krächzend. Das vereinbarte Zeichen. Koltschitzky verharrte kurz, ortete die verrostete Katze und drückte sich in das Tor. Sie kuschelten sich zusammen, auch der Seehund war waschelnass. Er stank schrecklich nach Donaumoder. Eine Wildsau war dagegen eine Parfumwolke. Der Griff seines Krummsäbels stach Josef in die Seite.

Josef zischelte leise: „Wir stinken verräterisch."

Koltschitzky meinte nur kurz: „Das weiß ich selber. Wasch dich im nächsten Bach mit deinen Kleidern. Schrubbel sie fest aus, dann vergeht der Gestank schon. Du hast ja eh einen langen Weg vor dir, da findest du genug Wienerwaldbäche." Da miaute es von links hinter der Ecke. Koltschitzky antwortete wie eine rollige Katze.

Michailowitz klatschte daher. So, schön, jetzt saßen sie alle zusammen gegenüber der Kirche des Kahlenbergerdorfs im Finstern. Sie wünschten einander viel Glück, und Josef bat beide, nur ja in drei Tagen den Ravelin bei der Schottenbastei nicht zu vergessen. Falls er es nicht schaffen sollte, sollten sie später Schahin und seine Mutter grüßen lassen und sie um Verzeihung bitten und für ein gutes Andenken beten. Denn wenn einer von ihnen den Türken in die Hände fallen würde, müsste er den Brief zum Verschwinden bringen, und dann pfüat di Gott, du schöne Welt! Das war allen dreien klar. Ohne lange Worte trollte sich Koltschitzky hinab zur Donau. Michailowitz nahm den Weg an der Kirche vorbei nach Nordwesten, um durch die Weingärten nach Döbling zu kommen. Josef kauerte sich wieder zusammen. Er wollte noch abwarten, dann ein wenig donauaufwärts flitzen, um die steile Flanke des Kahlenbergs, die Nase, bei der ersten Morgendämmerung hinaufzukraxeln. In der Nacht wäre das mörderisch. So befreite er die eingenähte Knoblauchwurst, die zwar nass geworden, aber noch genießbar war, aus ihrem Hosengefängnis und kiefelte an dem harten Ende, um sich die Zeit zu vertreiben.

Gott sei Dank graute es jetzt im Sommer schon bald, und er konnte leicht die Umrisse der verbrannten Häuser erkennen. Bald schon war er am Fuß der Nase und so kroch er bald auf dem Bauch, dann wieder sich an Sträuchern hochziehend über die rutschigen Kalkplatten und den bröselnden Sand in die Höhe. Nach einer Stunde hatte er es geschafft. Vor ihm lag die Ruine der alten Babenbergerburg. Er umging sie unterhalb, denn vielleicht hatten die Türken Wachtposten aufgestellt. Aber seltsam, nichts rührte sich. Waren die so siegesgewiss, dass sie nicht einmal Spähtruppen aufgestellt hatten? Er teilte einen Busch vor sich und blickte auf die Wienerstadt und das beeindruckende Heerlager hinab. Vor der Löwelbastei gab es einen schrecklichen Krach. Die Explosion dort musste fürchterlich sein. Wahrscheinlich hatten die türkischen Mineure wieder zugeschlagen. Dann, wenige Minuten später, im Rücken des türkischen Angriffs, eine neuerliche Explosion. Das musste eine Gegenmine der Verteidiger gewesen sein. Schade, dass er kein Fernrohr hatte. Aber er durfte ja nicht den ganzen Morgen da sitzen. Er hatte ja einen Auftrag. Und so trennte er sich von dem überwältigenden Anblick und strebte dem Sauberg, oder hieß der jetzt Kahlenberg, zu. Endlich hatte er am Vormittag einen Bach gefunden, in dem er sich den Donaumoder abwaschen konnte. Seine Hände, sein Gesicht, alles war mit grauem Schleim verdreckt gewesen. Na, die Mama hätte schön geschimpft, wenn sie so ein Ferkel vor sich gesehen hätte. Wieder mampfte er ein wenig Knoblauchwurst, und wenn er sich nicht selbst am Riemen gerissen hätte, er hätte die Wurst ohne weiteres aufgegessen. Vor sich hatte er jetzt einen höheren Abhang, aber er war zu faul, um noch einen Aufstieg hinter sich zu bringen. So folgte er einem Bach hinab, ohne genau zu wissen, wo er war. Er wusste nur, dass er noch einmal bergauf steigen musste, um dann das nächste Tal zu erreichen. Aber warum sollte er dabei einen Gipfel erstürmen?

Die Wienerwaldgipfel sehen ja wie eine Säge mit sehr abgerundeten Zacken aus und in jedem Tal entspringt irgendein kleiner Bachlauf. Er musste nur abzählen, bis er den Alserbach fand, dann darüber und Richtung Osten. Scharf nach links hinunter und er würde irgendwo schon auf einen Vorort und später auf eine Vorstadt treffen. Und dort kannte er sich dann schon aus. In Ottakring und im Lerchenfeld war er schon gewesen. Auch wenn die Häuser abgebrannt waren, zum Kommandozelt des Großwesirs in den Trautsongärten würde ihn sein Glücksstern schon leiten. Und so trabte er vor sich hin. Zählte die Bäche, und dann meinte er, dass es schon genug sei, bog links ab und wenig später sah er auch schon die ersten Zelte. Sein Herz schlug ihm bis zum Hals. Was half da dagegen? Ja, richtig – singen.

Er hatte ein paar saure Weintrauben gepflückt und tat so, als würde er sich davon einige in den Mund schieben. Dazwischen intonierte er die schreckliche auf- und absteigende Melodie von dem Wasserträgertrampel. Und es half wirklich. Kein türkischer Soldat, kein Reiter drehte sich nach ihm um. Was war er denn schon, ein zerfetzter kleiner Diener irgendeines unbedeutenden Nachschubsmechmed. Bald schon hatte er die Reste Ottakrings hinter sich gelassen und strebte Richtung Lerchenfeld. Weit vor ihm donnerten Kanonen. Es wurde Abend und plötzlich verrichteten alle das Abendgebet. Auch Josef warf sich zu Boden, linste verstohlen zu einem Trupp, der sich vor dem Zelt versammelt hatte, und verrichtete die vorgeschriebenen Bewegungen. Dann machte er sich auf, um eine Bleibe für die Nacht zu finden. Schließlich schmerzten ihn seine Beine und Sehnen. Er hatte auch einen ganz schönen Wandertag hinter sich und niemand hatte ihn bisher angesprochen. Geschweige denn aufgeknüpft. Heimlich hatte er sich schon eine gescheite Erklärung zurechtgelegt. Er sei der Sohn Schahins, des Händlers und Kaffeelieferanten aus Buda, der den Erhalt der Säcke beim Oberstzeltmeister Yaren Mehmed Ağa überprüfen sollte. Sein Vater hatte ihm das einmal vor seiner überstürzten Abreise nach Buda als eines seiner Ziele mitgeteilt und dabei verschwörerisch mit den Augen gezwinkert. Also auch Opium. Das war klar. Hoffentlich war der guteste Ağa noch am Leben, denn wie er wusste, konnte man bei Kara Mustafa auch schnell in Ungnade fallen und über die Klinge springen. Hoffen wir also, dass es diesen Ağa noch gibt, Allah möge ihm barmherzig sein. Plötzlich schnupperte Josef in die Gegend und ortete die Richtung. Ja richtig, das war ein Duft, der einem auf die Füße half. Kaffee!

Plötzlich wässerte sein Mund und er folgte dem Odeur. Hinter einem prächtigen, rot verzierten Rundzelt gab es einen Regenschutz an mehreren Pflöcken. Aus diesem Verschlag drang der Duft. Es rauchte richtig heraus. Denn vermischt wurde er noch mit dem Geruch der Köfte und von gebratenen Zwiebeln. Josef konnte sich nicht mehr halten. Er verhielt seine Schritte und rutschte dann auf Knien zur hinteren Bahn dieses Kochzeltes. Ein hochgewachsener, dunkelhaariger, aber hellhäutiger Mann in Pluderhosen und mit nacktem Oberkörper hatte wahrhaftig Kaffee zubereitet und war gerade dabei, das Tablett mit den winzigen Schälchen in das vor ihm liegende Zelt zu transportieren. Josef wartete ab. Nachdem der Große verschwunden war, stahl er sich zwei angekohlte Stücke des zerkleinerten Fleisches von der heißen Platte und verbrannte sich prompt die Lippen. Mit den vier Fingern seiner Rechten vor dem Mund tanzte er einen verzweifelten, stillen Derwischtanz, setzte sich aber schnell nieder, als der Große wieder erschien. Josef grüßte, aufstehend, formvollendet und beugte dabei seinen Rücken. Auf gut Türkisch sagte er sein Sprüchlein vom Sohn des Kaffeelieferanten, des Tüccar, auf. Während er aber noch sprach, bemerkte er, dass sein Gegenüber mit dem fein geschnittenen Gesicht fast nichts verstand. Josef probierte es auf Ungarisch, dann auf Armenisch. Kopfschütteln war die Antwort.

„Si parla italiano?“, versuchte der Kaffeekoch.

Josef war wie vor den Kopf gestoßen. Er zischelte leise: „Si, si.“

Da machte der Lange große Augen und auch eine Verbeugung: „Sono il Conte de Marsigli.“

„Und i bin der Reichsgraf Tilly!“, reimte Josef und kicherte, weil ihm ein alter Witz aus seinen Schultagen unter dem Pater Mauritius einfiel. Der Tilly wurde in Wien zu „Dillo“ verballhornt, und das bedeutete so viel wie Dummkopf. Außerdem hatte der Reichsgraf Tilly den seltenen Namen Jan T'serklaes, was bei der leicht zu unterhaltenden Leopoldstädter Jugend zu Heiterkeitsstürmen führte. Aber damals lachte man auch noch stundenlang, wenn einer einen fahren ließ und dann einige Hiebe mit dem Rohrstaberl bekam.

Der sogenannte Conte gab aber mehr von sich: „Sono schiavo e Kahvedschi del Sandcakbeğ de Corum.“

Josef war stark im Zweifel, ob er einen echten Graf, einen Conte, vor sich hatte. Mein Gott, G'schichterln konnte man ja in einem solchen bunten Haufen drucken, wie man wollte. Der Conte war aber zu formvollendet. Darum machte er bei dem Spiel mit: „Sono Giuseppe Schahin, assistente del mercadante Schahin, ho perduto la direzione della tenda del Granvezir, Signor Conte. Un po' di caffè pa' la via?" Er deutete das Kaffeeschlürfen an.

„Si, si, con piacere, Messer Giuseppe." Der Conte schenkte ihm mit Eleganz einen Fingerhut des heißen Trankes ein und Josef schlürfte den schwarzen Saft in einem Zug.

„Grazie a Lei, Signor Conte, e bendizioni del Dio e tutti gli Santi." Schnell verabschiedete sich Josef mit einigen Salaams und Addios, dann machte er sich fort. Nur zu gern hätte er die Geschichte dieses interessanten Sklaven gehört. Marsigli, vielleicht würde er ihm eines Tages noch begegnen. Vielleicht bei Hof?

So schlich er sich weiter, und da es wirklich dunkel wurde und auch das Artilleriefeuer langsam abnahm, suchte er sich eine Mulde in der Nähe eines weiteren prächtigen Zeltes. Einige Pferde unter einer Zeltbahn mampften vor sich hin und ihre Wärme und das reichlich vorhandene Stroh gaukelten ihm Geborgenheit für die Nacht vor. Hier könnte er es aushalten, um Schlaf zu finden.

„Mama, lass mich den morgigen Tag überleben!" Mit diesem Stoßgebet fielen ihm seine müden Augen zu. Irgendwo in der Ferne erschien ihm auch noch die schwarzhaarige Gittel mit ihren sensationellen Verführungskünsten und zauberte ein wehmütiges Lächeln auf sein verhärmtes Gesicht. Aber für die Sünde des Onan war er heute viel zu erschlagen und gerädert. Man konnte ja auch morgen seinen Samen unter der Hand verschleudern.

22. August 1683, im Türkenlager

Es schien ihm, dass er kaum eingeschlafen war, als er schon einen harten Tritt gegen die Schulter erlitt. Vollkommen schlaftrunken versuchte er sich hochzurappeln. Es graute tatsächlich schon wieder. Alle Muskeln taten ihm weh. So ein Muskelkater!

„Lofasz a segetbe!", brüllte neben ihm ein muskulöser, braunhäutiger Bursche und trat noch einmal in seine Schulter. Ah, bekannte Töne. Die freundliche Aussicht, einen Pferdeschwanz in seinen Arsch zu bekommen, kannte er vom vorigen Jahr. Die lieben, vertrauten ungarischen Zärtlichkeiten.

Er rüttelte den letzten Rest Schlaf aus seinem Hirn: „Bocsanat, baratocskám!" Indem er sich mühsam erhob, hatte sein Hirn schon auf Ungarisch umgeschaltet. „Entschuldige, mein Bruderherz!"

Kurz folgte sein Geschichtchen von der Kaffeelieferung und dass er sich als Neuankömmling verlaufen hatte. Aus einem Assistenten hatte Josef jetzt schon einen selbstständigen Kaffeelieferanten gemacht. Und indem er sich geschwind einen Dukaten aus dem Gilet herausschnitt und ihm seinem Gegenüber darbot, heischte er auch einige Aufklärung, vielleicht auch ein Stück Brot und ein Getränk.

Sein unsanfter Erwecker und jetzt, nach Erhalt eines Goldstücks, schnell höflicher geworden, war der Laci, Rossknecht bei den Nádasdy-Reitern. Zuständig nach Szantód im Komitat Somogy.

„Geboren von freien Bauern, halten zu Gnaden, Herr Kaufmann. Vater Gyula, mein süßes Mütterlein, édesanyám, die Erzsi. Aber dienstbar bei unserem geliebten Herrn Grafen Franz IV.

von Nádasdy, Obergespan von Somogy. Sein Vater, wie Ihr wisst, hat da so einen Malkontentenaufstand gemacht, dass er den Kopf verloren hat. Aber unser Herr hat vom Kaiser alles wieder zurückbekommen. Den Mord an seinem lieben Herrn Vater hat er ihm aber nicht verziehen. Und so ist das Komitatsaufgebot nun vor der Festung Wien, wie es der Herr befahl. Und alle seine freien Reiter, die Husaren. Die schönsten und schneidigsten Herren der Welt." Laci war jetzt ganz zutraulich geworden.

Er hatte sich hingekauert und erzählte: „Hát, um zu geben ein allerliebstes Beispiel: Der Quartiermacher erklärt dem Richter, der sich für den Ersten im Dorfe hält: ‚Lasst Euch eines sagen: Der Erste auf der Welt, das ist der Herrgott. Dann kommt der gnädige Herr König. Der Thököly Imre. Dann der Husar, dann das Pferd des Husaren, dann das Hufeisen vom Pferd des Husaren. Dann kommt lange nichts. Und dann kommt ein Paar zerrissener, kotiger Stiefel. Und dann erst kommt Ihr, Richter, in Euren Stiefeln.'"

Josef unterbrach seinen Redeschwall. „Schön, ich weiß, dass der Husar das Größte auf der Welt ist. Dass Ungarland das Schönste auf der Welt ist, nach Frauenträne. Aber wie wäre es jetzt mit einem Brot und was zum Trinken? Wenn es Euch beliebt, baratocskám. Aber ohne viel Aufsehen. Diskret bittarschön. Dann helfe ich dir auch beim Pferdherrichten."

Der Laci war kein schlechter Informant, dachte er sich. Hoffentlich waren die Nádasdy-Husaren schon lang genug vor Wien, dass er ihm einige Neuigkeiten aus der Nase herausziehen konnte. Schon war Laci mit einem Brotfladen, einem Ekmek, einem dicken Rand Salami und einem Tonkrug wieder zurück. „Entschuldigt, lieber Herr Kaufmann, dass es nur türkisches Brot ist, aber wir haben hier nicht so einen guten Bäcker wie am Plattensee, das ist der Beste zwischen Siófok und Balatonszárszó."

Josef nahm den Krug an die Lippen.

„Vigyázz! Darin ist Sonne aller Marillen. Herrlicher Barack, lieber Herr!“

Josef war schon gewarnt, nach all den Sonnen der Pflaumen, die er gekostet hatte. Aber der Barack schmeckte herrlich. Laci war ein ganz umgänglicher Zeitgenosse, er war vielleicht nur um weniges älter als er. Dafür aber ein Muskelpaket.

Josef seufzte ein wenig. Dann raffte er sich auf und half wie versprochen beim Satteln. „Gibt es heute keine Kämpfe?“, fragte er geradeheraus.

„Hát, wird schon geben! Aber zuerst kommt die große Delegation des Apafi Mihály, des Herrn von Siebenbürgen, der seine riesigen Truppen dem Großwesir zuführt. Wollt Ihr Euch das anschauen? Und vorher ist Morgenexekution. Ein Schmuggler und nachlässige Lehensreiter, die schlechte Geschoßzünder gemacht haben, bekommen Bastonade.“

Josef hatte gar nicht geahnt, wie nahe er dem riesigen Zeltlager des Stellvertreters des Sultans gelandet war. Es war eine richtige Festung, die da in den Gärten des Trautsonpalais errichtet worden war. Noch dazu mit eigener Wasserleitung, denn die Trautsons waren stolz darauf, dass sie ihr Anwesen mit einer eigenen Holzröhrenleitung aus dem Wienerwald speisten. Hinter der Zeltfestung ragte der Turm der Kirche von St. Ulrich hervor, von dort oben musste man einen hervorragenden Blick auf die Belagerungsarmee und auf die Wienerstadt haben. Die Delinquenten hatte man schon herbeigeschleppt. Josef erinnerte sich an die Bastonade, die er in Bosna Saray miterlebt hatte. Der armenische Handelsmann, der türkisches Brot in die Festung Wien verkauft haben sollte, war schon zur Vollstreckung hergerichtet. Jetzt wurde er auf den Block gespannt und hob sein von Angst verzerrtes Gesicht. Josef schrie leicht auf. Es war Michailowitz.

Der ihn begleitende Laci fragt gleich: „Ein Freund von Euch?“ Josef drängte sich angstvoll näher. Er sah die verstrubbelten schwarzen Haare, den Knebelbart, das bleiche Gesicht. Aber die Augen waren viel dünkler als die von Georg Michailowitz. Ja, das war sein Vetter, der Lucas. Er hatte ihn einmal auf Besuch in der Glockengasse gesehen. Der Ärmste. Aber irgendwie war er doch erleichtert. Vier Henkersknechte mit dünnen Rohrstöckchen hatten sich schon aufgebaut. Als der Bostançi Başi nickte, begann die Exekution. Nach je 25 Schlägen wechselten sich die Schergen ab. Zwei waren Rechts-, zwei Linkshänder, sodass ihre Schläge kreuzweise auf die gemarterten Sohlen auftrafen. Nach über hundert Schlägen wurde der Vetter Lucas ohnmächtig. Ein Eimer Wasser holte ihn wieder in sein schreckliches Dasein zurück. Josef drehte sich um und bat Laci näher an das Zelt des Großwesirs, damit er den Empfang der Delegation besser sehen konnte. Denn nach Michailowitz, den man anschließend in den Stadtgraben werfen würde und der für sein ganzes Leben nun zum Krüppel gemacht worden war, kamen noch die zwei Spahis, die Lehensreiter, zur Exekution. Josef war es zuwider. Er nahm noch einen Schluck aus dem Tonkrug, um den üblen Geschmack zu beseitigen.

Laci plauderte schon wieder munter über die Vorzüge der ungarischen Reiterei, als von der Rossau her eine gewaltige Säule Kavallerie daherkam. Es waren die Fürsten der Moldau und der Walachei, in phantastischen Gewändern, Wolfspelze zierten ihre Rücken und silberne Zischäggen, diese runden Helme, die oben spitz zuliefen, einen starken Nackenschutz und vorne eine Eisenschiene als Nasenschutz hatten. Es blitzte nur so in der Morgensonne.

Die mussten schön schwitzen, erheiterte sich Josef, denn allmählich versprach es ein heißer Augustsonntag zu werden. Komisch, dass er aus Wien kein Glockenläuten hörte. Er konnte ja nicht ahnen, dass man nur mehr die Sturmglocke im Stephansturm allein zum Läuten bestimmt hatte und daher alle anderen zu schweigen hatten. Dann reihten sich die Freiwilligen, die „Gönüllü", und die fanatischen Brenner, die „Deli und Akinçi", ein und zogen dem Herrn von Siebenbürgen entgegen. Laci erklärte, dass nun der Pfortenmarschall und der Ağa der Silhidar, Ömer Ağa, den König von Siebenbürgen in Empfang nahmen. Apafi hatte ein komisches Gesicht. Im Profil sah er wie ein fahler Halbmond aus, wirklich, als hätte ein Kind die Mondsichel mit einer krummen Nase gezeichnet. Irgendwo zwischen Hunedoara und Kronstadt musste er an eine Wand gerannt sein, sonst hätte es ihm die Nase nicht so eingedepscht. Oder war er schon so verbaut auf die Welt gekommen?

Ein edles Pferd mit prächtiger Schabracke und Prunkreitzeug wurde vom Oberstsattler dem Apafi entgegengeführt. Der trat dann den Ritt zur Zeltburg des Großwesirs an. Ihm folgte ein Haufen Hauptleute, die mit kostbaren Pelzen geschmückt waren. Alle zusammen machten einen recht wilden, unbesiegbaren Eindruck. Dazu noch eine Masse Fahnen, und unter dem wirren Klang von Hörnern, Trommeln und Pauken marschierten alle zum Lager. Dahinter die Truppen, die meisten zu Ross. Alle trugen sie Zischäggen, die aufs Feinste poliert waren. Apafi Mihály ließ sich bei seinen Gastgeschenken wahrlich nicht lumpen. Eine sechsspännige Karosse wurde herbeigeführt, darin lagen Silberpokale, dann ein gezäumtes Reitpferd und vier Handpferde. Jetzt wurde es langsam fad, denn die weitere Zeremonie fand im Inneren des Zeltes statt. So erlebte Josef den Gewandsaumkuss nicht. Interessanter war für ihn, dass am Nachmittag die ungarischen Magnaten Nádasdy und Draskovich dem Großwesir ihre Aufwartung machen wollten. Sie sollten Proviant aus ihren Landesteilen für das Lager abstellen, denn im Umkreis von fünfzig Meilen hatten die Tataren und die Akinçi alle Nahrungsmitteldepots durch blinde Brandschatzung vernichtet. Soso, es gingen ihnen also auch langsam die Lebensmittel aus.

Herzlich verabschiedete er sich von Laci und suchte das Zelt des kaiserlichen Residenten Kunitz. Mit einem Trick – dass Graf Nádasdy ihm einen Krug Barack überbringen lassen wollte – konnte er den um Jahre gealterten Mann wiedersehen. Was für ein Verfall verglichen mit dem fröhlichen, klugen Diplomaten mit seinen strahlenden Knopfaugen, den Josef noch vor einem Jahr im Nemçe Han in Stambul erlebt hatte. Aber er hatte wenigstens seine zerzauste Perücke auf und versuchte sich gerade zu halten. Gott sei Dank hatte man ihm keine Fesseln angelegt.

Nach einigem Misstrauen konnte Josef ihn überzeugen, dass er der Bub des Bonaventura Schahin war. Mein Gott, so ein kaiserlicher Resident merkt sich ja wirklich nicht jede Rotznase, die ihm im Nemçe Han über den Weg gelaufen ist. So konnten sie vor das Zelt treten und Josef zischelte ihm die neuesten Nachrichten des Herzogs von Lothringen zu. So als hätte er einen Besen verschluckt, richtete sich langsam das Rückgrat des bejahrten Residenten wieder auf. Also noch vielleicht zwei Wochen. Das wäre zu überleben. Kunitz konnte Josef noch einige wichtige Details mitgeben. Er hatte schon heimlich drei Botschafter an Starhemberg abgesandt. Leider waren zwei gefangen worden, lediglich einer hatte überlebt, weil er nachweisen konnte, dass er für ihn nur Weintrauben pflücken gegangen war.

Kunitz berichtete, dass Kara Mustafa vom Gesandten des Sultans, dem Obereunuchen Ali, eine gehörige Abreibung bekommen hatte, weil er den Angriff auf die Stadt zu wenig persönlich anführte. Der Großwesir war nämlich bei der Ankunft des Gesandten gerade in Baden gewesen, um die wunderbaren warmen Quellen zu besuchen. Seither ließ er sich in einer eisenbeschlagenen Sänfte öfters zu den vorderen Stellungen tragen, um Goldstücke an die Janitscharen zu verteilen. Auch degradierte er sofort die Verantwortlichen, wenn ein Angriff nicht nach seinem Geschmack verlief. Und es gab schon einen Haufen Degradierter und Unzufriedener im Lager.

Das ganze Artilleriekorps, die Toptschis und Kumbaradschis, waren aufsässig, weil ihr verehrter Herr von seinem Posten abgezogen und durch ein unfähiges Liebkind Kara Mustafas ersetzt worden war. Die Geschoße für die Balyemezkanonen waren knapp geworden. Man verließ sich aber immer mehr auf die leider nur zu erfolgreichen Mineure. Kara Mustafa dachte gar nicht an einen Entsatz durch ein deutsch-polnisches Heer über den Wienerwald nach, den er für unpassierbar hielt. Daher gab es auch keine Wachen und Schanzen im Rücken der Belagerer. Er erwartete das Heer eher aus dem Wiental oder, nach einer Umgehung, aus dem Süden der Stadt. Trotzdem wollte er die Minen in der nächsten Woche so vorantreiben, dass er der Stadt nicht zu große bauliche Schäden zufügen würde. Schließlich sollte Wien ja seine neue Hauptstadt werden. Der Halbmond auf dem Stephansdom war für ihn ein Symbol. Es sollte die schönste Moschee, nach der Blauen in Stambul, werden. Seine Nachricht für Starhemberg hieß nur: die inneren Basteien halten, die Minen mit Gegenminen und Wassereinbrüchen bekämpfen. Keinen einzigen Osmanen in die Festung lassen. So lange es nur ging. Auszuhalten, bis der Entsatz da war. Josef wiederholte seinen Auftrag und verabschiedete sich herzlich in leisen Worten von dem guten, geplagten Mann.

Langsam wurde es wieder Abend. Vielleicht konnte er noch die Marketender finden. Auch türkische Kämpfer brauchten Frauen, Tabak und Kaffee und manche von ihnen den vom Propheten verachteten guten Wein. Schließlich nahm man es hier nicht so streng mit den Gesetzen Mohammeds und eine ganze Menge Getaufter befanden sich ja auch in der riesigen Zeltstadt. So irrte er im Hinterland der Belagerung bis fast gegenüber der Löwelbastei. Den fetten Mayr hatte er freilich nicht finden können. Wie auch, unter den Hunderttausenden. Als die Sonne über dem Kahlenberg unterging, beschleunigte er seine Schritte, dachte aber wieder an das Lied vom Wasserträgertrampel, das, wie schon das erste Mal, wirklich half. Wie sollte er beim Schottentor hineinkommen? Bei der Mölker Bastei flackerten noch nächtliche Kämpfe. Da wollte er nicht dazwischenkommen.

Er umging die türkischen Laufgräben und gelangte so zum Ravelin der Schottenbastei. Sie schien noch in Wiener Hand. Langsam, Klafter um Klafter, näherte er sich dem Glacis. Es stank nach Leichen. Was heißt, es stank. Josef bekam kaum Luft, so sehr verschlug es ihm den Atem. Er nahm sein Turbantüchlein ab und band es sich vor den Mund. Welch ein anderer, noch viel mörderischer Kampf, denn normalerweise wurden immer Pausen vereinbart, um die Toten zu bergen und auch die Pferdekadaver. Bei dieser mörderischen Schlacht aber wurde auf alles geschossen, das sich bewegte, es gab kein Pardon. So war die Luft von einem Pestilenzgestank erfüllt, wie er ihn noch nie gerochen hatte. Josef prägte sich die Geländebeschaffenheit genau ein und wartete hinter einem Haufen von Janitscharenleichen, bis es wirklich ganz finster war. Er hatte dann noch eine halbe Stunde bis Mondaufgang Zeit.

Vor ihm lag der Ravelin. Wachtposten gingen in gedämpftem Fackelschein auf und ab. Die musste er erreichen. Dazwischen aber lag ein dreieinhalb Klafter tiefer Graben, der zehn Klafter breit war. Zum Glück gab es diese Nacht keinen Angriff auf die Schottenbastei. Er hastete zum nächsten finsteren Haufen. Es war ein halbverwester Pferdekadaver. Es waren vielleicht noch fünfzig Klafter des flachen Glacis vor dem Graben zu überwinden. Wie eine Schlange kroch Josef auf dem Bauch zur nächsten Deckung. Jetzt nur nicht erkannt werden! Er sah sich um. Auch keine türkischen Truppen befanden sich auf dem Glacis. Die lauerten sicher in den nächsten Gräben zur Elendsbastei hin. Noch war es finster. Langsam robbte er Zentimeter für Zentimeter weiter. Plötzlich hob sich vor ihm eine Hand mit einem Yatağan. Josef drückte sein Gesicht ganz tief in den blutdurchtränkten Boden. Jetzt war er entdeckt. Er erwartete den Hieb der scharfen Waffe, diesem Zwischending zwischen Schwert und Dolch.

Aber nichts geschah. Josef linste ganz vorsichtig wieder nach vorn. Die Hand mit dem Yatağan hatte sich gesenkt und nur Blubbern von Blut drang aus der Kehle des schwer Verwundeten. Da, endlich, der Grabenrand. Die Brücke, die in Friedenszeiten über diesen Grabenabschnitt gespannt war, war längst abgebrochen. Dann war er da, der Graben. Hoffentlich befand sich nicht zu viel Wasser darin. Vorsichtig ließ er sich am abgerutschten Rand herab. Er stieg auf etwas Weiches. Es mussten hunderte sein, hunderte Leichen, die den Graben füllten. Plötzlich drang etwas Scharfes in seinen Unterschenkel. Es brannte entsetzlich. Schon spürte er, wie das Blut an seinem Fuß hinunterrann.

In einen spanischen Reiter, einen Baum mit vielen spitzen Eisenlanzen rundherum, musste er getreten sein. Da stak er nun zwischen den aufgespießten Leichen. Es gab kein Vorwärts, denn die Lanzen drohten unter jedem Leichnam zuzustechen. So zog er sich langsam wieder nach oben und versuchte sein Glück einige Meter weiter rechts. Da ertastete er eine Lücke zum nächsten mörderischen Baumstumpf. Er schlüpfte ganz vorsichtig hindurch, kauerte sich in den Schatten des Grabens, blieb in der Halsbeuge eines Janitscharen hängen und plumpste nach vorn. Zwischen Leichen und Schlamm, mehr war vom Grabenwasser nicht mehr übriggeblieben, tastete er sich voran und griff prompt in eine scharfe Sense.

Langsam reichte ihm sein Patriotismus. Am liebsten hätte er nach oben gebrüllt: „Geht's alle scheißen! Ihr Kaiserlichen und ihr Türken und alle anderen Hundskrippeln!“

Aber er hatte seinen Auftrag. Er musste seine Schmach wiedergutmachen. Vorwärts!, befahl er sich selbst. Der Schnitt in der Hand brannte höllisch, der Unterschenkel pulsierte. Eigentlich wollte er heimgehen und nur mehr seine Ruhe haben. Aber dann raffte er sich wieder auf. Jetzt war er am gegenüberliegenden Grabenrand angekommen. Geröll und Schutt waren durch den schweren Beschuss von der dreieckigen Ravelinkante herabgebröckelt. Jetzt war es leichter. Er keuchte und nahm seine ganze Kraft zusammen. Nur die Schutthalde hoch. Aber dann würde er sicher erschossen werden. Da warteten ein Hauptmann und hundert Mann nur drauf. Auch wenn sie vielleicht von Starhemberg instruiert waren? Macht nichts. Lieber jetzt brüllen als in den nächsten Momenten erschossen werden.

Mit aller Kraft pumpte er Luft in die Lungen und brüllte gicksend, krächzend und seine Stimme gellend überschlagend: „Kundschafter für Starhemberg! Sankt Peter und Rom! Nicht schießen! Nicht schießen! Sankt Peter und Rom!"

Dabei kraxelte er auf allen vieren die bröckelnde Ecke des Ravelins empor. Da erschien oben ein Gesicht neben einer Carthaune. Fackeln liefen wie von Geisterhand bewegt zusammen. Im Flackern der Flammen konnte er nun den Weg sehen, der noch vor ihm lag.

Wieder rief er wie von Sinnen: „Kundschafter für Starhemberg! Sankt Peter und Rom!"

Und dann streckten sich ihm Hände nach unten entgegen, die ihn die letzte Stecke über den Wall hinaufzogen.

Neben der Kanone ließ er sich fallen und japste noch einmal ebenso erschöpft wie vor sich hin blutend: „Kundschafter!" Er war fix und fertig. Dann blickte er hoch, in ein Rund von fackelbeschienenen Gesichtern.

„Ist schon recht, Schahinburli!" Michailowitz hatte sich aus der Menge gelöst und hob ihn auf. Drückte ihn, den Verdreckten, Leichenpestilenz Verbreitenden an seine Brust. Josef liefen stumm die Tränen hinunter. Es stieß und würgte ihn nur so. Die Menge teilte sich schweigsam, wie bei einem Leichenbegängnis, wenn der Sarg herankommt.

Dann stand der Graf Starhemberg vor ihm. Leichenblass, schmal, mit einem blutigen Verband um die Stirn und um den Oberarm. Ein Greis. „Folgt mir!“, bellte er kurz, drehte sich auf den Hacken um und wankte in Richtung Stadt.

Michailowitz stützte Josef, der sich zusammengerissen hatte, als er des Kommandanten ansichtig geworden war. Nur manchmal verriet ein Stoßen seiner Schultern die schreckliche Anspannung, die er hinter sich hatte. Das Türl neben dem mächtigen Schottentor schloss sich hinter ihnen.

Josef stand vor einer gewaltigen Brandstätte. Haufen von Schutt, verkohlte Balken, unbrauchbare Kanonen verzögerten das Vorwärtskommen. Dann wieder boten sich dort, wo einmal Häuser und Klöster gestanden waren, freie Durchblicke. Sie kletterten über die Häuserreste, die sich auf die Straßen ergossen hatten, nach einigen Ecken wurde es besser. Endlos schien ihm der Weg. Immer wieder brachen seine Wunden auf. Dann waren sie vor Sankt Michael. Neben dem zerschossenen Ballhaus hinein in die Hofburg. In Starhembergs provisorisches Quartier. Wachen nahmen Haltung an.

Nach ein paar Gängen ein offener Raum. Nur zwei Kerzen flackerten an einem mit Papieren übersäten Schreibtisch. Starhemberg wies mit einer knappen Handbewegung die Adjutanten hinaus. Er zeigte auf einen Stuhl, Josef ließ sich darauf fallen. Schon bei den letzten Schritten hatte er den Leinengurt um seine Taille gelockert und zog ihn jetzt heraus. Das Schreiben des Lothringers. Aber Starhemberg winkte ab. Der Inhalt war ihm durch Koltschitzky und Michailowitz schon bekannt. Er heischte mündlichen Bericht. Josef trank in gierigen Zügen sauren, gewässerten Wein, der ihm aus einer Karaffe eingeschenkt wurde. Sein Magen rebellierte wieder. Fast hätte er sich vor dem Kommandanten erbrochen. Aber die Anspannung ebbte langsam ab. Dann stieß er seinen Bericht heraus. Starhemberg unterbrach nicht, hörte schweigend, mit geschlossenen Augen, im Flackern der Kerzen zu. Manches musste für ihn langwierig und unwichtig erscheinen, aber er lauschte nur.

Draußen gab es eine riesige Explosion, dass die Luft und die Kerzen zitterten. Aber der Kommandant zuckte nicht einmal mit einem Augenlid. Nur sein langer Schatten an der Wand flackerte noch eine Weile im Kerzenlicht vor sich hin. Schließlich stockte Josef.

„So, das diktierst du jetzt meinem Schreiber noch einmal. Ohne die Geschichte mit dem Laci, oder Batzi, oder wie der heißt. Conte de Marsigli hieß der Sklave, eh. Seltsam. Kommt mir irgendwie bekannt vor. Und Kunitz ist wohlauf. Gut, dass auch die Türken ihre Probleme haben. Morgen, wenn du dich ausgeschlafen hast, werden dir dann genaue Karten gezeigt. Du wirst deinen Weg durch die Reihen der Türken genau rekonstruieren. Und alles zu Protokoll geben, was du auf dem Weg zu uns an militärisch Wichtigem gesehen hast. So, Michailowitz, lasst ihm etwas zu essen bringen, viel haben wir ja nicht mehr. Nur Wein und Schießpulver. Wenigstens etwas. Nach dem Kartenstudium findest du mich morgen oben auf dem Stephansturm, in der Türmerstube. Du hast die Erlaubnis, mich da oben zu besuchen. Dann kannst du dir mit dem Fernrohr ein eigenes Bild von deiner Wanderung machen und vielleicht fallen dir dabei noch ein paar Details ein. Bis dahin bist du der Franck'schen Freiwilligenkompagnie zugeteilt. Die lagert am Hohen Markt und in den benachbarten Häusern. Und Michailowitz! Wenn er gegessen hat, bringt ihn dorthin. Und lasst ihn vorher verbinden, der junge Held verschweint mir ja den ganzen Teppich. Aber gut gemacht, Josef Schahin."

Er zögerte plötzlich und hob seine Augenbrauen. „Wart einmal, Schahin! Da habe ich doch eine Affaire untersucht, mit einem persischen Doctor? Wie ich noch Kommandant der Stadtguardia war, als Obrist. Bist du mit dem verwandt?"

„Ja, Herr Feldzeugmeister, das ist mein Vater. Und ich war damals das Entführungsopfer. Der Hund, der mich entführt hat und dann im Stadtgraben entkommen ist, der Hans Mayr, befindet sich sicher bei den Türken als Marketender!"

„Auch den werden wir noch kriegen, aber Zufälle gibt es schon auf dieser Welt." Starhemberg schüttelte den Kopf und hatte sichtlich wieder andere Sorgen. „Und noch etwas: Wenn du vom Stephansturm wieder heruntergestiegen bist, holst du dir deine Belohnung, hier in der Kommandatur. Und ein neues Gewand. Mit deinen Fetzen wirst du nur dauernd angepöbelt werden. Klamotten und Waffen haben wir ja jetzt genug. Leider. Nein, Michailowitz, besorgt ihm die kaiserlichen Gewänder gleich. So kann er bei Gott nicht auf die Straße gehen."

Damit waren Josef und Michailowitz entlassen. Und während ein Schreiber Josef in Empfang nahm, um sein Protokoll in der danebengelegenen Schreibstube zu verfertigen, machte sich Michailowitz auf die Suche nach etwas Essbarem und Kleidsamem. Die tausenden Gefallenen hatten ja genug hinterlassen.

Der Schreiber rückte neugierig seinen Schemel, glättete das Papier, leckte sich über die Lippen und begann: „Protokoll des Kundschafterganges des Josef Schahin, gewester Regimentsschreibergehilfe beim Heissler'schen Dragonerregiment. Junger Mann! Arma virumque cano, ich singe von der Waffentat und dem Mann."

Und Josef lächelte müde. Ja, der alte Vergil, wie lange war das her! Er respondierte auswendig: „Troiae qui primus ab oris Italiam fato profugus Laviniaque venit litora, und so weiter …"

23. August 1683, Wien

Der nächste Morgen überraschte Josef mit unerhörter Aktivität. Wie gerne hätte er ein wenig ausgeschlafen. Aber nein, da wurde er schon vor den Stab in die Hofburg gezerrt. Wo Feldzeugmeister Kapliř, den er schon von seiner Unterredung mit dem Schahinvater kannte, lauerte.

Unzählige Karten hingen an den Wänden. Wirres Gezeichne, farbige Fähnchen überzogen die großen Papiere. Josef war wie vor den Kopf gestoßen. Aber als man ihm das Kahlenbergerdorf wies, mit seiner Sankt-Georgs-Kirche, da begann er mit dem Finger über die Landkarte zu fahren. Zdenko Kapliř und der Obristwachtmeister von Rosstauscher staunten, dass die Türken am Kahlenberg und an den Hängen des Wienerwaldes nicht sichtbar waren. Josef kicherte in sich hinein, als er den Namen des Obristwachtmeisters erfuhr. Rosstauscher, das waren doch sonst immer nur die Zigeuner, die Herren des Pferdehandels, aber er hatte sich schnell unter Kontrolle, und obwohl ihm der Magen krachte, weil er nirgendwo ein Morgenmahl erhaschen hatte können, schilderte er beiden ganz genau die bunten Truppen, die er ab dem alten Ort von Ottakring bemerkt hatte. Da waren so viele Türken in den färbigsten Kleidern gewesen. Josef bekam ein Stück Holzkohle in die Hand und musste jetzt auch noch die Figuren zeichnen, da er ja in Stambul schon wunderschöne türkische Einheiten bei der Parade gesehen hatte. Aber im Feld war das wieder eine ganz andere Sache. Seltsam war, dass da hinten in den Vororten nur Reiter zu finden waren. Die Spahis, die Lehensreiter, wurden wahrscheinlich nicht wirklich für die Belagerung der Stadt herangezogen. Sie hatten blaue Pluderhosen, gelbe Bauchbinden, in denen ein Haufen von Zeug steckte, rot-weiße Übermäntel und lange Lanzen. Auch ihre Turbane, blau und weiß, strotzten mit Agraffen und anderem komischem Tingeltangel, aber für die Belagerung einer Festung wurden sie wahrscheinlich nicht verwendet.

Josef erinnerte sich ganz genau, dass erst in den Vorstädten, in der Nähe der Festung, Janitscharen zu sehen gewesen waren. Im Gegensatz zu Stambul trugen sie ihre hohen roten Mützen mit dem weißen, herabhängenden Handtüchern nicht. Damals hatten sie alle diese hohen Mützen, die Börkas, mit den Auszeichnungen vorne getragen, die zeigten, wie viele Giaurenköpfe sie schon abgehauen hatten. Jetzt aber hatten sie nur ein blaues Tuch um den Kopf geschlagen, mit einem Haufen Fransen an der rechten Seite. Sie trugen gelbe Hemden mit grünen Gilets und eine rote Schärpe. Bei den Zelten hatten sie sich einen gelbfarbenen, ärmellosen Morgenmantel umgehängt und gaben sich im Abendlager recht leger.

Josef hatte keine Ahnung, wieso die Truppe so gefürchtet war. Aber Kapliř erklärte ihm, dass sie wie ein Mönchsorden lebten, die Knabenlese, die Devşirme, machte aus eingesammelten Christenbuben fanatische Kämpfer. Auntepperte Halawacheln, Bože moj. Sie hatten keine Frauen, keine Kinder. Sie kämpften bis zum Umfallen und sie würden sich auch nicht ergeben. Josef schüttelte nur den Kopf. Aber so sind sie. Anders eben und deswegen fürchterlich gefährlich. Dieses Anderssein interessierte Josef schon, denn wenn man sieht, wie etwas gemacht wird, sieht man, wie man es auch anders machen könnte. Warum gab es keine Benediktinermönche, die wie die Wahnsinnigen in die Bresche sprangen und dabei wussten, dass sie ihr Leben, das sie Gott opfern wollten, jetzt gleich verloren? Blöd nur, dass diese Fanatiker auf der anderen Seite standen. Und Josef und den Seinen das Leben schwermachten. Eigentlich besaßen die Türken viel zu viel Reiterei. Das war gut für eine offene

Feldschlacht, für eine Belagerung waren die vielen Pferde und die stolzen Reiter nur hinderlich. Das Futter und die Nahrung für die Mannschaft waren eine Last. Immer schwerer wurde es für die Osmanen, ihren Nachschub zu sichern. Denn viel zu wenig kam aus dem Hinterland. Aus Buda und aus Ödenburg. Josefs Befragung ging endlich zu Ende. Seine Beschreibung der Gräben und Quergänge war eigentlich enttäuschend gewesen. So entließ man ihn, und Kapliř belobigte ihn besonders.

„Von deinem Vater hast du nichts gehört, mein Sohn?"

Josef musste verneinen.

„Weißt du", dabei nahm er ihn zur Seite. „Seine löbliche Unterminierarbeit bei der türkischen Truppe hat ihre gute Seite, aber das dauert leider Jahre. Zu lange. Wenn man Opium nur manchmal zu sich nimmt, dann kann man im Rausch auch schrecklich wüten und über sich hinauswachsen. Und das erleben wir jetzt vor Wien." Josef hatte sich das *So ane Wieteriche* und den original böhmischen Reflexiv *erlema jetzan sich* schnell in sein gewohntes Deutsch übersetzen müssen. „Die Janitscharentruppe ist manchmal übermenschlich. Die Opiumfresser, diese Arschsassinen, oder wie die heißen, wachsen über sich hinaus. Und über unseren Kopf. Und unser Plan geht vielleicht erst in zwei, drei Jahren auf. Na, was soll's. Wir müssen mit dem Heute zurechtkommen. Jetzt geh einmal frühstücken. Im Burghof wird gerade abgekocht. Mauzta, dobro chut!"

Dann eilte Josef zum Stephansturm. Das Wahrzeichen der Wienerstadt hatte ihn schon immer angezogen, aber noch nie war er oben gewesen, wie auch? Es dauerte eine Weile, bis er das kleine Türchen gefunden hatte, von wo er den Aufstieg unternehmen konnte. Gott sei Dank hatte Starhemberg den Wächtern sein Kommen avisiert. Durch die gotischen Fenster mit ihren Fialen und Türmchen sah er immer weiter hinab und die Wendeltreppe erzeugte ein Schwindelgefühl in ihm, dessen er nicht Herr zu werden vermochte. Alles tanzte um ihn. Zum

Glück hatte er gleich automatisch begonnen, die Stufen zu zählen. So konnte er sich auf etwas Fixes konzentrieren. 343 waren es, wenn er sich nicht verzählt hatte, als er die Türmerstube, mit ihrem riesigen Feuermelderohr, aus der sonst der Feuerwächter brüllte, erreicht hatte.

Zwei bärtige Jesuitenpatres blickten konzentriert durch riesige Fernrohre auf Dreibeinen und notierten auf kleinen Papierchen jede Bewegung im türkischen Lager. Starhemberg, der ansonsten immer seinen Sitz in einer Fensternische hatte, schritt zwischen ihnen auf und ab, wie ein gereizter Tiger.

Josefs Eintreten riss ihn aus seinen Gedanken. „Ah, Josef Schahin, komm nur. Heute kannst du dir den Weg, den du gestern beendet hast, anschauen. Vielleicht fallen dir auch Veränderungen zu den vergangenen Tagen auf."

Josef schnappte sich einen Holzschemel, stieg hinauf und der Pater half ihm, das Rohr einzustellen. Draußen fiepten die Turmfalken. Josef konzentrierte sich und war von der Vergrößerungsstärke des Rohres überwältigt. Jede kleine Bewegung des Messingungetüms ließ sein Blickfeld entsetzlich verrutschen. Der Pater beruhigte ihn und bat ihn, tief und langsam zu atmen. So klein war das runde Blickfeld. Es rutschte nur so her und hin. Aber schließlich hatte er das Riesenrohr in seiner Gewalt. Josef verfolgte seinen Weg vom Ottakringer Wolfgangkircherl in das Lerchenfeld. Richtig, das Zeltgewirr, das seltsam verkürzt schien, war jetzt im Detail erkennbar. Die Vergrößerung war so stark, dass er manchmal nur einen Teil eines Zeltes zu sehen bekam. Sogar den Rossschweif vor dem Zelt des Ağa von Corum konnte er ausmachen. Er zeigte es dem Starhemberg. Da schmachtet der Conte de Marsigli.

Starhemberg wackelte mit dem verbundenen Kopf. Das wird schwer für die deutschen Truppen, dort einzugreifen. Denn wahrscheinlich würden die Polen auf dieser Seite angreifen müssen. Ihre Husaren mit den hohen Adlerfederbügeln haben es schwer, durch das Dickicht des Wienerwaldes zu reiten. Darum werden sie sicher vom rechten Flügel angreifen, wo der Wald nicht so dicht ist. Und die Polen unterscheiden weder Herren noch Sklaven. Ich werde es aber dem Herzog mitteilen. Vielleicht überschneiden sich die Reichstruppen mit den Angriffsplänen der polnischen Hussaria."

Josef spähte weiter. Das Zelt der Nádasdy-Reiter war verschwunden. Auch das meldete er.

„Vielleicht sind sie mit dem Siebenbürger zusammen nach Osten geritten, um Raab zu erobern. Die vielen Reiter stören ja nur im Lager. Auch das muss der Lothringer wissen. Vielleicht eröffnet sich eine neue Front im Osten der Stadt."

Josef erkannte auch das Zelt des Residenten Kunitz, des gedemütigten Diplomaten. Aber nichts rührte sich davor. Auch die Panzersänfte des Großwesirs erkannte er. Die wurde gerade schaukelnd zu einer großen Schanze vor die Löwelbastei getragen. Neben ihm der dicke Janitscharenaga mit einem riesigen hohen weißroten Turban und einem goldorangefarbenen Gewand. Der Mann war so breit wie die Sänfte.

Starhemberg ließ sofort einen Melder die 343 Stufen hinunterrennen, damit man das Feuer auf diesen Punkt konzentrieren solle. Zusätzlich bemannte er das Feuermelderohr und brüllte den ganzen Turm hinunter. Auch die Sturmglocke begann tief zu wummern. Josef stopfte sich die Finger in die Ohren. Wirklich, nach ungefähr zehn Minuten schlugen an der bezeichneten Stelle die Geschoße der Quartierschlangen und der kurzen 24-pfündigen Stücke mit der runden Kammer von der Burgbastei ein. Josef sah, wie sich der fette Ağa und die Sänfte des Großwesirs blitzartig aus dem Feuerbereich entfernten.

„Sakrament, das wäre ein Batzenerfolg gewesen, wenn der schwarze Mustafa da ins Gras gebissen hätte."

Josef war richtig enttäuscht. Und dann entsetzt, als er sah, wie sich auf einmal ein riesiger Feuerball über der Burgbastei hob. Da musste eine gigantische Mine in die Luft gegangen sein. Starhemberg ließ seine Befehle prasseln.

„Wart es nur ab, Josef Schahin, jetzt antworten wir."

Gleich darauf der nächste Feuerball, ungefähr hundert Klafter in Richtung der Türken. Eine Gegenmine. Freund und Feind wirbelten, wie Herbstlaub, durch die Luft. Es war ein schauriger Anblick. Starhemberg selbst hing nun am Fernrohr und tobte entsetzlich.

„Jetzt aber los. Da wird es bald mörderisch!", schrie er noch, rappelte sich auf und rannte die vielen Stufen hinunter. Josef hinter ihm. Er war noch gar nicht auf dem Erdboden angekommen, da drehte sich schon wieder alles um ihn. War es die ungewohnte Spiralbewegung, jedenfalls war ihm ganz schwummrig.

Aber er überwand seine Schwäche und erreichte den Kommandanten, der gerade von einer stämmigen, männlich wirkenden, nicht mehr ganz jungen Frau aufgehalten und in Anspruch genommen wurde. Es musste eine hochgestellte Person sein, denn Starhemberg wand sich sichtlich unbehaglich, um nicht unhöflich zu erscheinen.

„Baronesse, ich muss auf die Bastei, aber nehmt Euch des jungen Mannes an, der hinter mir da dahertaumelt. Ihm könnt Ihr alles erzählen, was auch bedrückt, und er wird Euch sicher helfen können. De Souches, kommt mit mir."

Dem gerade vorbeieilenden Kommandanten der Stadtguardia war es augenscheinlich nicht sehr recht, ins Schussfeld des Kommandanten geraten zu sein und mit ihm in die heiß umkämpfte Bresche der Burgbastei zu rennen.

Aber, *Krieg is Krieg und Befehl is, wenn muss me,* wie der Kaplíř in seinem unnachahmlichen Böhmakeln zu sagen pflegte.

Josef verhielt erleichtert seinen torkelnden Schritt und klammerte sich an einem Rest der Umfriedung des Stephansfriedhofs an. Er nahm seinen neuen, kaum gebrauchten Spangenhut ab, den er bei der Drehwurmspirale abwärts nicht verloren hatte. Der war ihm eigentlich viel zu groß und Michailowitz hatte einige Kanzleipapiere in das innere Schweißband hineingestopft. Auch trug er nun Stulpenstiefel mit dreifachen Fußlappen, um die riesigen Boote auszufüllen. Das hatte den teuflischen Abstieg noch schwieriger gemacht. Wie viel angenehmer waren doch die zarten türkischen Lederstiefelchen gewesen.

Aber jetzt zu der vierschrötigen „Baronesse", die ihm der Starhemberg überlassen hatte. Wie sollte er sich präsentieren? Als Orientalwarenassistent? Nein, als Regimentsschreibergehilfe? Das waren alles unbedeutende Titel.

Rasch, einen gescheiten Titel! Ohne den war man in Wien so gut wie Dreck. Wie gern wäre er der Gubernator der dislozierten Münze von Urbino gewesen. Oder wenigstens ein Professor. Er vertiefte sein Kompliment, während er angestrengt nachdachte. Sich erhebend, strahlte er die Dame an, die resch, wie eine frische Wurstsemmel, vor ihm stand:

„Halten zu Gnaden, Josef Nurveli Schahin, kaiserlicher Kundschafter und Dolmetsch."

Das war's, das erhob ihn über die Tausenden von Verteidiger.n „Gerade aus dem Feldlager seiner Exzellenz, des Herzogs von Lothringen eingetroffen." Fast wäre er über den Degen gestolpert, den ihm Michailowitz umgeschnallt hatte. Das fremde Gehänge wurde fast zum Derfangschnürl. Er vollendete seinen Kratzfuß, schöner hatte er ihn bei seiner Majestät nicht zusammengebracht. Chapeau!

Sein Gegenüber deutete auf unerhört feine Art ein gewisses Kompliment an. Kaum spürbar und doch, auf gewisse feminine Weise, seltsam abgerückt und hochnobel. Da spürt man halt das jahrhundertealte Von und Zu.

Sie fächelte leicht mit der Rechten: „Irmgard von Gallenfels, junger Herr Kundschafter." Und wie sie ihr rotblond umspieltes Haupt schelmisch schräg hielt, da hätte man sie doch ein bisserl schön nennen können. Aber wirklich nur fast. Eine tiefe

Traurigkeit lag in ihrem leichten Lächeln, eine Miene, die sie auch für einen Springinsfeld wie Josef interessant machte. Gleich wollte er ihr Beschützer sein. Obwohl sie eher an das Alter seiner Mutter herankam und ihre vierschrötige, amazonenhafte Statur auf wenig Schutzbedürfnis schließen ließ.

„Euer ergebener Servitore, Frau Baronin! Womit kann ich zu Diensten sein?“ Irmgard hatte ihn von Kopf bis Fuß taxiert. Mein Gott, wie die Adeligen einen anschauen können!

„Habt Ihr im Lager des Herzogs von Lothringen einen jungen Prinzen kennengelernt, den Eugen von Savoyen?“

„Nicht dass ich wüsste, gnädige Frau. Soll ich ihn für Euch ausfindig machen?“

Öha, das implizierte, dass er wieder zurückgehen sollte, die Tortur nochmals auf sich nehmen musste. Er verfluchte gleich den Kavalier, den er da im Schatten von Sankt Stephan hanswurstete. Aber was half’s, jetzt musste er die Komödie weiterspielen, um zu erfahren, welche Bewandtnis es mit dieser Ausfragerei hatte.

Irmgard berührte ihn leicht an seinem rauen Soldatenhemd. „Kommt mit mir.“

Nach einigen Schritten durch den Stephansfriedhof blieb sie vor einem frisch zugeschaufelten Grab stehen und seufzte. Sie musste sich wahrscheinlich schrecklich zusammennehmen, denn Josef sah, wie sie innerlich mit sich rang. Ihre große Nase zuckte und ihre festen, breiten Schultern bebten.

„Hier liegt mein Verlobter, der Prinz Julius Ludwig von Savoyen. Kommandant und Regimentsinhaber der Savoyen-Dragoner, der bei Petronell so schwer verwundet wurde, dass er vor einigen Wochen hier in Wien verstorben ist.“

Jetzt funkte es in Josefs Hirn und er konnte sich zwei und zwei zusammenzählen. „Mein Gott, mein Beileid, edle Dame. Der Herr Verlobte war ein ganz beliebter und berühmter Heerführer. Ja, die Savoyen-Dragoner. Ich hatte die Ehre, unter ihnen eine Zeit lang den Feldzug gegen die Taborbrücken mitzumachen."

Josef griff sich an die Nase, nein, sie hatte die gewohnte Länge. Erleichtert fuhr er fort: „Jetzt reiten sie unter dem Namen Heissler-Dragoner, denn der Obrist Donat von Heissler hat das Regiment übernommen."

Baronin Irmgard zuckte zusammen, ihre mächtigen, eckigen Kaumuskeln mahlten: „So hat der Herzog nicht gewartet, bis der Bruder Eugen eingerückt war, um Regimentskommandant zu werden!" Fast schrie sie es am Grab ihres geliebten Verlobten hinaus.

„Mon Dieu!" Josef gab sich weltmännisch. „Mon Dieu, der Herzog von Lothringen musste das Regiment schnell wieder besetzen, damit es nicht führerlos war. Aber disculpiert mich, als Bote, vom Inhalt der Nachricht, liebe Dame."

Das war ihm jetzt schön gelungen. Der Überbringer schlechter Nachrichten, so wusste er aus der Geschichte, wurde ja als Erster geköpft. „Belieben mir einen Auftrag für den Herrn Bruder unbekannterweise mitzugeben? Ich bin Euer getreuester Diener, Hohe Frau." Wieder ein schöner Satz. Josef war stolz auf sich. Das Lesen von Ritterromanen zahlt sich eben aus.

„Wenn Ihr die Liebenswürdigkeit hättet, junger Herr Kundschafter."

No, so muss sie den Altersunterschied aber nicht herauskehren, die Funzen, die nobliche, dachte Josef.

„Folgt mir, lieber Herr Schahin, es ist nicht weit zur Kirche zu den neun Chören der Engel. Dort möchte ich Euch einen heiligen Schwur abnehmen. Wenn Ihr geneigt seid."

No, und ob er geneigt war. Das war wieder ein Abenteuer, eine Aventiure, wie sie die alten Minnesänger nicht erlebt hatten. Das Burgfräulein war zwar schon ein wenig überwuzelt und etwas androgyn, aber vielleicht hatte gerade das dem Julius Ludwig von Savoyen gefallen. Geschmäcker und Watschen sind eben verschieden. Vielleicht war der ja einer, dem beim Anblick so einer Penthesilea das Wasser im Munde zusammenlief.

Die Baronin Irmgard stapfte vor ihm her wie ein Kuchldragoner, schob sich über den Graben bis zum Haus des Herrn Oppenheimer. Ganz ruhig war es darin. Dann schwenkte sie in die Bognergasse, am zerstörten Gewölb der Kameel'schen Erben vorbei. Da hatten die Plünderer keinen Stein auf dem anderen gelassen. Wie lang war es her, dass er mit Schahin hier seine Orientwaren abgeliefert hatte?

Es war ein Graus. Daneben die Nuntiatur des Heiligen Vaters, eine Brandruine. Und der Platz am Hof, ein Trümmerfeld mit zwei Galgen, an denen Leichen baumelten.

„Zu Recht verurteilte Plünderer!" Irmgard wies empört auf die schon vor sich hin verwesenden Personen. „Sie haben das Gewölb vom Herrn Kameel total zerstört. Aber unser guter Starhemberg kennt da keine Milde. Auf allen Plätzen hat er Galgen aufrichten lassen, und wenn er Zivilpersonen antrifft, die sich im Keller versteckt halten, statt die Festung zu verteidigen, dann sind sie sofort abgeurteilt. Der Rat Schuster hat ein Schnellgericht, da dauert es keine zwanzig Minuten."

Sie hatte sich richtig in Rage geredet und Zornesröte war ihr über die wuchtigen Backen und die fleischige Nase gefahren.

No, der möcht ich nicht in die Finger kommen, dachte sich Josef. Da sind ja unsere Fischweiber in der Leopoldstadt richtige Lamperln dagegen. Er schlug ein Kreuz vor der neuen Marienstatue in der Mitte des Platzes. Schon waren sie in die weite Kirche „Zu den neun Chören der Engel" eingetreten. Kühl war es drinnen. Eine schlichte Marmorplatte war ihr Ziel. Josef las: „Hier erlag der edle Prinz Julius Ludwig von Savoyen seinen schweren Wunden. 15. Julius 1683. R.I.P."

Josef dachte sich noch: Jesus Maria, da war er doch gerade bei den Taborbrücken gewesen. Bei den Savoyen-Dragonern. In einem Überschwang der Gefühle wandte er sich Irmgard zu und ohne zu denken nahm er sie in seine dünnen Arme und wiegte sie darin. Nach einer Sekunde erwartete er zwar eine feste Tetschen, aber nein, das muskulöse Mannweib drückte ihn, dass ihm jetzt, wieder einmal, Hören und Sehen verging, schluchzte an seiner Schulter und hielt ihn wahrscheinlich für den Julius Ludwig. Vielleicht war der auch so ein Zniachtl gewesen wie er. Und kam ihr daher irgendwie bekannt vor. Mein Gott, konnte die plärren. Josef war es richtig peinlich und über der Schulter der bejammernswerten Verlobtenwitwe schaute er sich heimlich um. Kein schlechter Ort, um zu sterben. Da war das pompöse Grabmal des berühmten Feldherrn Montecuccoli und seiner Gemahlin.

So ein schönes Grab, dachte er sich. Die Leut' leben! 1680, las er. Jaja, den alten Montecuccoli hatte ein Stein am Schädel derwischt, damals in Linz. Akkurat neben dem Kaiser. Komische Schicksalsfälle gibt es. Kämpft da jahrelang wie ein Berserker in allen Schlachten und dann das. Stein am Schädel. Ein schäbiger Abgang für so einen noblen Feldherrn.

Irmgard hatte ihn noch immer in ihrer eisernen Klammer und plärrte vor sich hin.

„No, ist ja gut, Frau Baronin", versuchte Josef sie zu trösten. Fast wollte er schon sagen: „Hin ist hin."

Da riss sie sich plötzlich los, verschämt wegen ihrer Gemütsaufwallung, hielt den Josef an seinen Oberarmen von sich weg und fast hätte sie ihn angeherrscht: „Herr Schahin, jetzt am Ort des Todes meines Verlobten, schwört mir, bei allem, was Euch heilig ist, dass Ihr sein Medaillon dem Bruder übergeben werdet. Dem Prinzen Eugen!"

Josef war sowas von perplex. Er hätte auch geschworen, es dem Kara Mustafa zu übergeben. So bestimmend war der verweinte vierteilige Sakristeikasten vor ihm.

„Selbstverständlich, das habe ich Euch ja schon versprochen. Und wenn Ihr wollt, dann schwöre ich es Euch auch bei allem, was mir heilig ist. Nur dem Prinzen Eugen werde ich es übergeben. Aber bitte, um Himmels Willen, wo ist denn dieses Medaillon?"

Irmgard klatschte sich mit der Hand auf die breite Stirn. „Fast hätte ich es vergessen."

Sie begann ihre Bluse zu öffnen. Danke, das genügt schon!, dachte Josef, sie wird doch jetzt nicht Ernst machen und sich aus dem Gewand schälen? Dabei erinnerte er sich blitzartig an die Gittel und peinlicherweise begann es sich in seiner Hose zu bewegen.

Irmgard nestelte an ihrem Hals, aber irgendetwas hakte. Ihr Haar hatte sich in der Kette oder im Verschluss verfangen. Josef machte sich erbötig zu helfen. Die Baronin beugte ihren Stiernacken und jetzt bemerkte Josef das rotblonde Haarbüschel im Kettenverschluss. Vorsichtig, damit es ihr nicht wehtat, klaubte er die Haare aus dem Ketterl. Dabei berührte er den zarten Flaum ihrer Halswirbel. Seltsam, ein Schauder ging durch die robuste Mannfrau.

Dann griff Josef nach vorn zu ihrem Brustansatz. No, ganz schöne Tutteln lachten ihm da entgegen. Irmgard keuchte seltsam. Er schlang seine zarten acht Finger um ihren Hals und streichelte weiter. War es ein Zauber? Als er das Medaillon löste und es zwischen seinen Fingern laufen ließ, packte ihn die noble Dame und drückte sich an ihn. Ja, jetzt war sie frei. Oder irgendwie befreit. Komisch, sie klammerte sich an Josef und spürte sein erigiertes Glied. Wusste nicht, dass der Grund dafür in weiter Ferne lag. Im Träumeland. Ihr aber war das egal. Sie dampfte wie ein Kürassierross, schnaufte, griff sich mit der Linken an ihre massive Brust und stöhnte. Josef sah sich erschrocken um, aber kein Mensch war in der Kirche zu sehen. Kein Sukkurs. Dann zerrte ihn das entmenschte Weib in einen Beichtstuhl, hob ihre Röcke und ritt Josef auf und nieder im Galopp. Seine Handwunde platzte wieder auf. Es war ein Gestöhne und Gebrüll, dass Gott erbarm. Josef entlud sich ganz unkatholisch im Beichtstuhl und gleich darauf war es auch bei Irmgard so weit. Bei Gott, die Frau war wie Wasserfall. So was von wutschnass. Noch dazu im Beichtstuhl! Der Beichtvorhang an ihrem breiten Rücken und der noch breiteren Verlängerung desselben hatte sich hochgeschoben und beide lehnten keuchend auf dem Armesünderbankerl. Auf ihm die Menge Weib. Wie war Josef plattgedrückt, so dünn wie ein Sensenblatt. Endlich erhob sich die Von und Zu und machte ein ganz strenges Gesicht. Josef erwartete wieder eine saftige Watschen. Aber nein – sie küsste seine schlanken vier Finger herzlich, hielt sie an ihre breite, dicke rechte Wange und weinte auf einmal.

No, so schlecht war die Vögelei aber nicht gewesen, dass man gleich darüber flennen müsste. Josef kannte sich wieder einmal nicht mehr aus. Er hatte eben noch eine Menge zu lernen. Ganz zerzaust ordnete sie ihre Kleider.

„Bitte, schweigt still darüber, lieber Herr Schahin. Ich bin zwar ganz allein auf dieser Welt. Mein Vater selig, der Herr Major, der Obristwachtmeister, ist vor einer Woche an seinen Wunden von einem vergifteten Pfeil dahingeschieden. Ich bin untröstlich, dass ich mich so habe gehen lassen. Wollt Ihr mit mir in die Hofburg kommen? Man hat mir dort ein provisorisches Quartier übergeben, nachdem mein Haus bei den Abensberg Traunischen zerstört ist. Auch Ihr seid ganz derangiert. Eine kleine Erfrischung wird Euch guttun."

Derangiert war gar kein Ausdruck. Josef glaubte unter eine Ganze Carthaune gefallen zu sein. Da war der Muskelkater vom Wandertag, da waren die Wunden vom Spanischen Reiter und von der Sense, die sich langsam wieder schlossen, und dann das. Ein Malheurchen eben, wie der Krieg es so mit sich brachte. Aber innerlich war er schon stolz. Was hatte der vierschrötigen Frau an ihm so gefallen? Waren es seine zarten, schlanken

Fingerchen, die an dem Geschmeide genestelt hatten, oder weil er – wie war das damals? – gut gebaut war? Ist ja egal. Nur nicht aufmüpfig werden. Die Frau Baronin war halt von der Erinnerung so überwältigt. Der Julius Ludwig war ja auch kein Herkules gewesen. Vielleicht war es das. Die Ähnlichkeit mit ihm. Quasi eine Stellvertreteraventiure. Das soll vorkommen. Auch in den feinsten Kreisen Innerösterreichs, Böhmens und Mährens. Wie sagte Descartes: Coito ergo sum.

Er bot in einer Aufwallung von Ritterlichkeit dem Sakristeischrank seinen Arm. „Belieben aus der Kirche herauszuspazieren, Euer Hochwohlgeboren?"

Irmgard sah ihn von der Seite an. Wollte er mit ihr Lazzi treiben?

Aber Josef machte sein bestes Untertanengesicht und schritt mit ihr über den Platz am Hof.

In der Hofburg ließ er sich es schmecken. Auch wenn die Menage weder gut noch reichlich war. Aber wenigstens der Wein war vorzüglich und ausgiebig. „Frau Baronin wollen mich nun exculpieren, ich muss mich bei meiner Kompagnie am Hohen Markt melden." Endlich war ihm eingefallen, dass er eigentlich fahnenflüchtig war. Saß da mit dieser Frauensperson und sollte eigentlich den Hauptmann Franck suchen. Er musste einen Vorwand finden, bevor ihn die Baronin noch einmal verwechselte. Für heute hatte er genug. Bitte nicht noch eine solche Erinnerungswandschrankaufwallung.

„Ich habe die Ehre, vor meinem heimlichen Abgang ins kaiserliche Lager noch einmal bei Frau Baronin aufzuwarten." Schön dahergesagt, und sie sollte sich ausmalen, was das bedeuten soll, die Frau breite Masse.

Irmgard tupfte sich die rotblond ummalten Schläfen. „Ist schon gut, mein Bub, Ihr habt meine Erlaubnis."

No da schau her, jetzt machen wir wieder auf ganz vornehm. Damit retirierte er sich. Sah sich im langen Gang der Hofburg um. Draußen wummerten die Geschütze, ein Lärm war das in seiner Heimatstadt! Er würde aus dem Labyrinth schon noch herausfinden. Die Linke hob den viel zu großen Degen und er hastete natürlich in die falsche Richtung. Immer mehr Gänge taten sich auf, bis er auf einmal aus einem Riesenloch ins Freie sah. No bumm, da hatte es aber eingeschlagen. Er lugte hinaus. Unter ihm lag die Burgbastei, und da wurde gerade schrecklich hin und her gekämpft. Eine Kugel schlug direkt neben ihm ein. Schnell zog er seine Neugiernase zurück. Den Gang wieder zurück. Musketiere trampelten ihm entgegen. Endlich fand er das Tor, das ihn auf den Michaelerplatz führte. Wollte zum Hohen Markt streben. Verdammt mulmige Knie hatte er. Wie Watte. Da knallte er in Michailowitz. Was wollte der gerade?

„Mitkommen, Schahinburli!"

Also sein Kommandant war der Georg aber wirklich nicht.

„Wieso denn? Ich soll doch zum Hauptmann Franck, am Hohen Markt."

„Den triffst du tief unter der Burg, mein Freund. Und dort gehörst du auch hin." Michailowitz zerrte ihn mit. Wieder hinein in den Burghof. Von dort in die Zehrgadenstiege, die hinunter in die Zehrgaden führte, in die alten Vorratsräume für die kaiserlichen Lebensmittel. Dann weitere Treppen hinunter. Der Schlund der Hölle tat sich vor Josef auf. Noch eine Wendung, noch ein Gang. Wieder Stiegen, Treppen, Stufen. Nur mehr Kienspangeflatter. Dann endlich begann Michailowitz langsamer zu werden. Schritt für Schritt, vorsichtig. Sie gelangten zu einem weiten Verließ. Josef hatte wiederum mitgezählt. Insgesamt 252 Stufen, inklusive Labyrinth. Sie mussten bald am Mittelpunkt der Erde sein.

„Was soll ich bitte hier?", krähte er in höchster Erregung. Michailowitz hielt ihm plötzlich den Mund zu.

„Psst, Schahinburli. Ganz leise. Wir brauchen so ein Zniachtl wie dich." Josef blickte auf die Treppen. Da saßen und lagen viele Soldaten. Schauten wie gebannt auf eine von einem Kienspan erleuchtete Trommel. Die Erbsen hüpften. Und Josef hörte jetzt ganz leise: „kawumm, kawumm."

Die Stadtverteidiger blickten hoch. Ein altes, zerknittertes Weißhaupt mit einem langen Bart nickte Michailowitz zu. „Hauptmann Franck, wenn ich vorstellen darf. Der Josef Schahin, Kundschafter, Euer neuer Zugang."

„Psch, pscht!", machten die anderen.

„Kawumm, kawumm!" Immer deutlicher pochte es. Josef presste sein Ohr an die rechte Wand. Und deutete: Von da kommt es. Die Türken wollten die Hofburg hochgehen lassen. Franck deutete auf die Wand, an der Josef stand.

„Graben!", zischelte er.

Mit Spaten und Hacken bearbeiteten die Soldaten die Wand im Takt des „Kawumm". Immer wenn eine Pause eintrat, hielten auch sie ein.

Die Wand war freigelegt, Schotter rieselte nach. Das war leicht. Sie gruben wie die wahnsinnig gewordenen Wildkaninchen. Hatten sich Tücher um Mund und Nase gebunden. Der Staubwirbel war entsetzlich. Kaum konnte man die Kienspäne sehen. Plötzlich war Ruhe. Schreckliche Friedhofsruhe. Dann rumpelte es. Eintönig, gleichmäßig.

„Sie rollen die Munition in Fässern nach vorn!" Michailowitz begann zu schwitzen. „Da rollt aber eine ganze Menge. Wir haben jetzt ein bisserl Zeit. Sie brauchen mindestens eine halbe Stunde, um ihre Mine vollzufüllen. Dann mauern sie den Gang zu und legen die Zündschnüre nach draußen. Die brauchen auch noch ein paar Minuten. Wenn das Rumpeln vorüber ist, beginnen wir wieder zu graben. Und wenn wir Glück haben, stoßen wir ein Loch auf, zu den Pulverfässern. Dann bist du dran, Schahinburli. Du bist der Schmalgepickteste, den ich kenn'. Und du wirst durchschlüpfen wie ein Regenwurmerl und die Zündschnüre abtöten."

Josef bekreuzigte sich. Allerweil ich, wo sind denn die anderen?, fragte er sich beleidigt. Und er hatte nicht einmal noch seine hundert Dukaten abgeholt. Die würden dann schön durch die Luft fliegen. Nicht einmal eine Erbschaft würde er der Mama hinterlassen. In der Früh hatte er seine eigenen Dukaten noch einmal umgenäht. Schon wieder. Und die Belohnung wartete noch. Also wär's besser, man überlebt.

Jetzt war das Rumpeln beendet. Schnell kratzten die Kameraden wieder in die Wand. Ein ganzer Strom von Schotter ergoss sich in den Raum. Deutlich hörte man das Klatschen des Mörtels, als die Türken ihrerseits eine Ziegelmauer errichteten. Jetzt war Ruhe. Wieder schaufelten sie wie die Wahnsinnigen. Da plötzlich gab der Schotter großflächig nach. Josef entledigte sich seines unförmigen Degens samt Wehrgehänge. Ein Mauseloch tat sich auf. Neben Schahin robbte Michailowitz nach vorn. Mit den bloßen Händen erweiterten sie die Öffnung. In einiger Entfernung sah Josef vor sich drei Zündschnüre glimmen und hörte deutlich ihr Zischen.

„Rein mit dir, Burli!" Michailowitz schob ihn bei den Knien in die Öffnung. Es war schrecklich finster, aber die Zündschnüre wiesen ihm den Weg. Scheußlich eng war es oberhalb der Pulverfässer. Und Atemluft wie heiße Krensauce. Josef streckte sich so gut es ging. Er spuckte in seine Rechte und erreichte einen der wandernden Funken. Dann den nächsten. Aus war der. Aber der dritte. Er war zu weit entfernt. Zwischen der Decke und dem nächsten Fass war kein Platz.

„Spaten her!", krähte er nach hinten. Wie ein Irrer begann er die einstürzende Decke zu bearbeiten. Der Schotter war weich, aber die Gefahr, darunter begraben zu werden, war genauso groß. Er keuchte und hustete. Staub bröselte über ihn, dann rutschte die Decke. Luft! Nur Luft! Da sah er vor sich wieder die zischelnde Flamme. Er streckte seinen Arm aus. Scheiße, zu kurz. Während er das noch dachte, war die Flamme wieder einen Fuß weitergezogen. Da zog er den Spaten nach vorn und hieb auf die Zündschnur ein. Jetzt ist es schon wurscht. Vielleicht blase ich alle in die Luft. Aber er stocherte und hieb, wie es die Enge zuließ, auf diese verdammte Flamme ein. Und endlich machte sie „Pfft" und aus war's. Wirklich ausgezischt.

Er lag auf dem Bauch und fixierte die Zündschnur. Keuchte idiotisch vor sich hin. Auf einmal fiel ihm der Bauch von seinem Schahinvater ein und der blöde Witz vom Blecha Zenz. Der mit dem Schießpulverbauch und der kurzen Zündschnur.

Und Josef begann zu lachen. Irr, total krank. Er wieherte über den abgestandenen Witz, brüllte und wälzte sich im Staub. Und plötzlich hatte er sich angeschifft. Wahrscheinlich nur vor Lachen.

Die Kameraden draußen bekreuzigten sich: „Jetzt is er deppert worden, der Kleine! Das war zu viel für ihn. Der is hirnig verschütt gangen."

Da spürte Josef auf einmal, dass man an seinen Stiefeln zog. Und weil sie ihm zu groß waren, lag er da, kichernd, angebrunzt, im feuchten Staub und hatte nicht einmal mehr Stiefel an. Dann bekam einer seine Knöchel zu fassen, und endlich, nach einer kleinen Ewigkeit, wurde er nach hinten gezogen. Sein Kinn war wund. Sein Bauch detto, denn das Hemd hatte sich nach oben geschoben. Die Ellbogen. Er kicherte noch immer, als man ihn aus dem Loch zog.

„Armer Josef, du Held, jetzt bist du ganz vertrottelt!" Michailowitz streichelte ihn, schüttelte seine Schultern.

Endlich hörte das Kichern auf. Josef war es, als würde er erwachen. Ein böser Albtraum wich von ihm. Da war es auf einmal aus. Er kippte von den Fußlappen und sank in sich zusammen, wie die nasse Ziegenhaut an der Donau.

„Raus mit ihm, Wasser oder Schnaps, irgendwas!", brüllte der Hauptmann Franck. Zwei Mann wuchteten Josef hoch und hurtelten über die endlosen Kellertreppen. Im Hof vor der

Zehrgadenstiege ließen sie ihn nieder. Aus dem Brunnen des Schweizerhofs pritschelten sie Wasser über ihn. Einer hatte Slivovitz dabei, das Allheilmittel von Wien bis Sarajevo. Wasser und Schnaps drangen in seine Kehle. Josef hustete, rang nach Luft und sein nervöser Magen stülpte sich nach außen. Er kotzte wie ein Reiher. Krampfte sich nur so zusammen. Und verfluchte seinen inneren meschuggenen Dudelsack, der nur so vor sich hin quäkte.

Starhemberg rannte gerade vorbei. „Wer speibt denn da auf die geheiligte Hofburg?", schrie er.

Hinter ihm der Daun – blutend, jämmerlich anzuschauen. „Was ist denn das für eine Bakaunersau, die des Kaisers Majestät missachtet?", schrie er wie ein Wahnsinniger. „Der wird gleich seine Speibe aufschlecken, der Kujon, der Saubartl."

Starhemberg hielt ihn aber mit mächtigem Griff zurück, bevor er Josef mit seinen Stiefeln ins Gesicht gesprungen wäre.

„Öha, Freund. Das ist doch dieser Josef Schahin."

Hauptmann Franck erhob sich wie ein uralter, staubiger Greis. Wie der Golem, der gerade seinem Kammerl entstiegen war: „Halten zu Gnaden, Herr Feldzeugmeister, das ist der Held dieser Stunde. Ohne ihn wären wir jetzt alle schon durch die Luft geflogen. Ich kenn den Burschen nicht genau, der Michailowitz hat ihn uns gebracht. Aber er hat die Zündschnüre der größten türkischen Mine unter der Burg, die ich im Leben je gesehen habe, ausgetötet. Mir ist selbst noch ganz schlecht davon."

Und damit plumpste er zurück, lehnte sich mit dem Rücken an die Mauer und rutschte daran herunter. Wie ein an die Wand geworfenes Karpfenbeuschel.

Michailowitz trat mit schlotternden Gliedern und weiß im Gesicht vor: „Melde gehorsamst, Mine vernichtet – Josef Schahin", damit deutete er auf das staubige Bündel hinter dem Erbrochenen, „hat …"

Auf einmal begann der lange, schneidige Kerl zu heulen, krümmte sich auf den Knien und plärrte, was das Zeug hielt. „Maria und Josef, wir haben es überstanden. Überstanden. Verstehst, Starhemberg? Die Bu…, die Burg, die steht noch. Verstanden?"

Starhemberg und Daun hielten sich gegenseitig. Eine solche Insubordination war ihnen noch nie untergekommen.

Daun schnauzte schon wieder: „Walachen, vertrottelte, kann denn keiner eine gescheite Meldung machen? Jede Türkenhur red't deutlicher als dieser Haufen beschissener Fußlappen."

Da rappelte sich Franck wieder auf, stellte sich, noch zitternd, in Positur, stampfte mit der Rechten auf, nahm schlotternd den Hut ab und rief: „Meine Herren! Wir sind grade dem Tode knapp entronnen." Jetzt brüllte er sich in Rage: „Der Bub da hat die größte türkische Mine entschärft, die je gelegt wurde. Und wir haben uns alle angeschissen und angebrunzt vor Angst. Und jetzt liegt er da und speibt halt, weil's zu viel für ihn war. Aber dem gehört sooo eine Medaille."

Damit formte er mit seinen Händen eine riesige Sonne. Starhemberg und Daun sahen einander kurz an. Dann beugte sich der Kommandant nieder und seine Stimme wurde ganz weich:

„Josef Schahin! Morgen meldet Ihr Euch bei mir, wenn ich noch lebe. Und wenn nicht, beim Daun. Zur Belohnung. Verstanden?"

Josef blickte nur kurz auf, versuchte sich hochzurappeln, seinen nassen Schritt mit den Händen zu bedecken, krächzte und hustete nur: „Jawohl, Herr Graf!" und kippte wieder ab.

Starhemberg tippte Daun nur mit seinem Ellbogen an: „Das ist der Bub, der einmal in der Leopoldstadt entführt worden ist, wo wir seinen Vater, den Schahin, den Orienthändler, verdächtigt haben. Seine Mutter ist so eine Gefüllte, Fesche. Erinnerst du dich noch?" Dabei machte er mit den weit gespreizten Fingern vor seiner Brust fächelnde Hin-und-her-Bewegungen.

Daun schlug sich gegen die Stirn. „Herrgottsapperment, stimmt. Da haben wir doch den dicken Orientalen, diese Mastsau, verhaftet. Und, war er es?"

„Aber nein, so ein Marketenderschwein, der uns dann entsprungen ist. Der Bub ist nämlich ein Kundschafter vom Lothringer und hat mir gestern alles haargenau berichtet. Wahrscheinlich ist sein Entführer im türkischen Lager. Aber wir werden ihn schon derwischen. Das Bürscherl aber ist sein Geld wert, das kann ich dir flüstern. Schaut zwar nach nichts aus, hat's aber faustdick hinter den Ohren. Mehr als zehn Dragoner. Merk ihn dir. Den kannst du brauchen, wenn es mich umblasen sollte. So wie den Michailowitz, das ist der Bursch, den's so zusammengepracкt hat. Ein Bombenkundschafter, schneidig wie nur einer. Dass es die ganze Truppe so erwischt hat heute, da muss schon was dahinter gewesen sein. So hab ich den Franck auch noch nie erlebt. Und dem sind schon ein paar Fetzen um die Ohren geflogen."

Sie trugen Josef ganz vorsichtig in ein Trabantenquartier. Die Flöhe freuten sich schon, rieben sich ihre zahllosen Beine, jö ein Neuer! Dem Josef aber war das ganz egal. Der schlief wie ein Toter.

Und als Michailowitz ihn auf seinen Strohsack legte, ganz langsam, da überkam es ihn noch einmal. Er beugte sich nieder und flüsterte: „Danke Burli, das darf ich deiner Mama nie erzählen, sonst haut sie mich mit nassen Fetzen aus dem Haus."

Und plötzlich, seiner Rührung Lauf lassend, küsste er den ruhig Atmenden auf beide staubigen Wangen. Ganz zart. Wie ein junges Katzerl.

„Und ich wär' schuld gewesen!" Kopfschüttelnd, schniefend, schlich er sich auf leisen Sohlen davon.

Am nächsten Morgen streckte sich Josef, wunderte sich, wo er da lag, und begann sich zu kratzen. Oh Gott, das waren aber Flöhe. Die hüpften am helllichten Tag, wie in einem

Flohzirkus. Schnell sprang er auf. Oh, oh. Seine Knie gaben ganz schön nach. Was war da nicht alles geschehen? Seine Unterschenkel jammerten, die Hand brannte, die Flohdippeln juckten, er war ganz verstaubt und musste schrecklich wischerln. Er sah sich um. Eine gewölbte Decke über ihm. Es wurde ihm ganz heiß und kalt. Wieso, wusste er nicht. Nur hinaus von da! Sein Herz klopfte auf einmal zum Zerspringen. Am liebsten hätte er geschrien vor Wahnsinn. Endlich die Tür. Nur hinaus. Auf dem Gang standen ein paar Soldaten. Josef rannte an ihnen vorbei in den Burghof. Die Soldaten klopften mit ihren Zeigefingern kopfschüttelnd an ihre Sturmhauben.

Er atmete durch, erleichtert, und brunzte dann in hohem Bogen in eine Ecke. Da war ihm auf einmal ganz leicht ums Herz. Wahrscheinlich hatte er schon so einen Blähhals und ganz gelbe Augen gehabt. Bis zum Stehkragerl. Ah, das tat gut. Schnell schlich er sich fort, bevor ihn irgendein Offizier anscheißen konnte. Langsam tastete er in seine Hosentasche. Gott sei Dank, das Medaillon von der Frau Baronin war noch da. Da hatte er ja geschworen. Und seinen Schwur auch ganz schön bekräftigt. Er kicherte leise vor sich hin.

Richtig was zum Beißen wär' jetzt gut. Wie sagte man in Wien: Ein Schisserle beißen und ein Busserle prinzen – ein bisserle scheißen und ein bisserle brunzen. Das Letztere wäre erledigt. Aber mit der Menage, da schaute es nicht so gut aus. Was sollte er da noch hinten hinausbefördern können, wenn's vorn keinen Nachschub gab? Zuerst wollte er sich auf den Weg zum Kienmarkt machen, um sich sein Haus anzusehen. Schade, dass er keine Schlüssel hatte. Die waren in Nikolsburg. Und so trollte er sich über den Kohlmarkt, die Tuchlauben, die ganzen vernagelten ehemals schönen Gewölbe entlang, bis er hinter dem Hohen Markt die Ruprechtskirche sah.

Öha, da lagerte die Kompagnie des Hauptmanns Franck. Nicht schon wieder einen Spezialauftrag! Er schlug einen Haken und kam durch die Pressgasse zu seinem Haus. Dem heiligen Josef sei Dank, es stand noch. Hoch und groß und schön. Nur die Schindeln des Dachs waren weg. Wie er gehört hatte, waren alle Schindeln heruntergerissen worden, von allen Häusern, und vor den Ravelins gelandet, um sie anzuzünden, wenn die Angriffe rollten. Gut, dass die Mama neue herankarren würde. Irgendwie musste er ihr schreiben, so viele wie möglich hauen zu lassen. Das wäre ein Batzengeschäft. Die würde man ihnen aus der Hand reißen. Er lugte noch einmal zurück, in die Pressgasse, das gegenüberliegende Haus hatte es ganz schön erwischt. Eine riesige Türkenkugel war in die Wand geklatscht.

Wie hieß es in der Leopoldstadt: „Mazzes muss man haben! Nein falsch, wie hieß es noch? „Masel muss man haben. Das ganze Jahr'. Mazzes muss man nur zu Pessach haben! So schaut's aus!" Dann machte er schmunzelnd Kehrt Euch und meldete sich in heiterer Stimmung am Hohen Markt. Beim Hauptmann Franck. Der hatte seine Heldentat schon herumerzählt. Denn alle standen auf einmal auf und ließen ihn hochleben. Sogar der Koltschitzky, der Seehund, der einen sonst nie lobte, watschelte herbei und schlug ihm anerkennend auf die Schultern. „Mein Nachbar, der Josef Schahin." Und damit ging auch ein bisschen Ruhm auf ihn über. Nachbarn übertragen eben leicht die Ehre von Haus zu Haus.

Franck war die Güte selbst. „Hast schon was gegessen?", fragte er besorgt. Als Josef verneinte, öffneten sich die Schleusen, und er konnte einwerfen, so viel er wollte. *„Acheln"* hörte er seinen Vater sagen. Nicht einmal ein Dachhase war darunter. Alle spendierten aus ihren kargen Vorräten. Und Josef stopfte und kaute, bis er zum Zerspringen voll war. Dann bat er Franck um Genehmigung zur Entfernung von der Truppe, um seine Belohnung abzuholen.

„Da geh ich mit", entschied der Hauptmann. „Bei Belohnungen ist der Verantwortliche immer dabei."

Er übergab das Kommando seinem Lieutenant und beide schritten wieder zurück zur Hofburg. Draußen vor den Mauern hämmerte wieder eine fürchterliche Kanonade. Diesmal hatten sie einen kürzeren Weg gewählt, aber einen viel schlimmeren, denn sie mussten Unmengen provisorischer Gräber überspringen.

„Die Friedhöfe packen es einfach nicht mehr. Wir hatten die rote Ruhr, und da sind mehr daran gestorben als an den Türkenkugeln. Auch der Kommandant, den hat's arg derwischt. Der hat sich die Seele aus dem Leib gekackt. Aber trotzdem, sie haben ihn in einer Sänfte, mit einem Pot de Chambre im Stuhl, auf die Basteien getragen und hinauf auf den Stephansturm. So schwach war er. Schrecklich viele sind daran zugrund gegangen. Der Bürgermeister Liebenberg. Der Festungsingenieur, der Rimpler von Rumpold. Ganz schrecklich viele."

„Kennt Ihr übrigens den ehemaligen Vormund meiner Mutter, den Hans Herkomber, den Mauteinnehmer der Schlagbrücke. Was ist mit dem?

„Jössas, der Herkomber! Der hat zuerst einen Pfeil ins Aug bekommen, dann den Brand und dann die Ruhr. Ein wackerer Mann. Wir haben ihn irgendwo bei Sankt Stephan begraben. Aber wo genau, weiß ich nicht mehr. Es sind zu viele gewesen."

Josef war betroffen. War der alte Bramarbasierer doch ein tapferer Mann gewesen? Er musste das der Mutter schreiben. Wegen einer Kerze und so. Die Gebeine würde man sicher nicht mehr finden. Die würde man später alle zusammenschmeißen und begraben.

„Jetzt haben wir nur mehr ein bisserl über fünftausend Soldaten. Und ein paar Zivilisten, so wie in meiner Kompagnie. Und kaum mehr was zum Beißen."

So kamen sie an die Mauern der Burg. „Kennt Ihr auch den Trommelotto, den Sotosek, und seinen Spezi, den Marx Augustin?"

„Die kennt ein jeder. Soviel ich weiß, sind die drüben, beim Stubentor. Ein unverwüstliches Paar. Bei der Studentenkompagnie. Fetter als die russische Erde, mehr besoffen als lebend, aber Unkraut vergeht nicht. Dem Augustin haben die Türken seinen Dudelsack durchschossen, und die Katz' vom Sotosek ist auch hin, irgendwer hat die in der Nacht gestibitzt und aufgefressen. Der Sotosek hat sich wie ein Berserker aufgeführt. Aber was nützt's. Bevor du am Hungertuch nagst, kiefelst du lieber Katzenripperln und Rattenschenkel. Für eine Katz', einen Dachhasen, zahlen sie dir heute schon mehr als einen Gulden. Aber find noch eine in Wien! Wenn ich nur einmal wieder ein Ganserl essen könnt'. Ich weiß nicht, was ich dafür gäben tät!"

Also die zwei waren noch am Leben. Schön zu hören. Dann waren sie schon wieder in der Burg. Es zog ein flottes Lüftchen durchs Burgtor, das einem fast den Hut vom Kopf wehte.

Franck sprach eine Wache an. „Wo ist der Kommandant?"

„In seinem Quartier, Herr Hauptmann!" Ein Kürassier übernahm die beiden, und gemeinsam gingen sie den bekannten Weg zum Kommandanten Starhemberg. Ihre Schritte hallten, trotz des Beschusses.

Josef dachte: Wann wird es in dieser Stadt endlich wieder ruhig werden? Wann wird wieder überall Musik gespielt werden, so wie früher?"

Nein, heute orgelten nur die Kanonen, es pfiffen statt der Flöten nur die Geschoße, es trommelten die Musketen und jenseits der Burg hörte man den Gesang des Huhu der Osmanen. Irgendwie musste es ja für die armen Teufel da draußen auch frustrierend sein. Josef hatte zwar kein Mitleid mit den Janitscharen, aber so lange, jeden Tag umsonst, sich den Arsch aufreißen für den fetten Sultan und kein Erfolg, das war für die auch nicht leicht.

Aber wahrscheinlich fanden sie ihr Glück im Tod für Allah, al Mumĭt, dem Tötenden, und waren dann im siebenten Himmel. „No schön für sie. Mögen noch viele ihr Ziel erreichen und Allah, al Dschâmi, der Versammler, sie erhalten. Und wo im Totenschein steht: Hat erhalten am ..."

Vor der Kommandantenkanzlei machten sie sich auf eine längere Wartezeit gefasst. Aber nur kurz nach der Anmeldung, sprang die Tür auf und sie wurden hereinkommandiert.

Hauptmann Franck baute sich wieder auf und versuchte seine schlechte Figur von gestern vergessen zu lassen. „Melde gehorsamst, Hauptmann Franck und Kundschafter Schahin, zu dienen."

Starhemberg erhob sich mühsam. „Habe schon auf Euch gewartet."

Er gab seiner Ordonnanz einen Wink. Die schnellte empor und holte aus einer Truhe etwas, was Josef nicht genau sehen konnte.

„Kundschafter Schahin!"

Josef nahm Haltung an, wie er es von den Soldaten gesehen hatte. „Erstens, Eure Belohnung von hundert Dukaten, wie sie Euch versprochen war. Wenn Ihr noch einmal durch das Lager zum Herzog gehen wollt, bekommt Ihr noch einmal so viel. Diesmal aber zusammen mit dem Michailowitz und hoch zu Ross. Wir probieren es jedenfalls. Denn bis zum kaiserlichen Lager wird es verdammt weit. Ihr wisst selbst, dass sich Carl von Lothringen dann irgendwo im Land unter der Enns aufhalten wird, vielleicht in der Wachau. Und zu Fuß ist die Suche allzu langwierig. Vielleicht ist dann die Wienerstadt schon entsetzt. Gott möge es geben. Ihr habt jetzt zwei Tage Urlaub, zum Erholen. Verköstigt werdet Ihr bei der Kompagnie Eures Hauptmanns. Zweitens, für Eure tapfere Tat gestern überreiche ich Euch meine persönliche goldene Kette mit dem Wappen der Starhemberg, dem Greif. Und rundherum den zwölf Aposteln. Verdammt noch mal, bei all den zwölfen! Ihr habt Euch gut gehalten. Das G'spiebene am Hofplaster wird schon jemand wegwaschen. Jedenfalls habt Ihr dem Kaiser und der Stadt einen großen Dienst erwiesen. Und auch wenn Ihr kein regulärer Soldat seid, Ihr habt mehr geleistet als eine ganze Kompagnie."

Damit griff er hinter sich und legte Josef eine schwere, blitzende goldene Kette um den Hals. Die hing Josef bis zum Bauch. Er sah ganz verschämt und unvorschriftsmäßig im Habt Acht hinunter, obwohl er dem Vorgesetzten an dessen Hals vorbei ins Unendliche hätte blicken müssen, und grinste dann, befehlswidrig strahlend, über das ganze Gesicht.

Starhemberg war aber noch nicht zu Ende: „Ich vergesse nichts. Ihr könnt Euch immer an mich wenden, wenn Ihr es nötig habt. Egal, wie und wann Ihr wieder in der Wienerstadt sein solltet. Am dritten Tag von heute an meldet Ihr euch wieder bei mir, zusammen mit dem Michailowitz. Zur Befehlsausgabe. Wir haben es verdammt notwendig, dem Lothringer Eile zum Entsatz anzumahnen. Ich weiß, dass er auch nicht zaubern kann. Ein Entsatzheer ist eine schrecklich zähe Angelegenheit. Ein Hinsichtl und Rücksichtl. Aber erscheinen sollte er endlich. Und drittens: Dank, dass Ihr mir die geweste Verlobte vom Julius Ludwig von Savoyen, die Dings, von Gallenfels, vom Hals genommen habt. Die hat sich seither nicht mehr bei mir gerührt. Sonst ist sie jede halbe Stunde vor der Kanzlei gestanden und wollte selbst durchs Türkenlager gehen, um diesen Bruder Eugen zu finden. Was habt Ihr eigentlich bei der ausgerichtet, dass ich sie nimmer sehe?"

Josef stand stramm wie eine Kerze: „Erstens, Dank, Herr Generalfeldzeugmeister! Zweitens, nochmals Dank für die große Auszeichnung mit Eurer Kette. Bitte dürfte ich sie aber, zusammen mit den Dukaten, derweil in Eurer Hut belassen, weil, wenn ich durch die osmanischen Reihen gehe, glaub ich nicht, dass ich sie gut verbergen kann. Ich hoffe doch sehr, dass wir uns wiedersehen, und dann möchte ich gerne, dass Ihr mir die Kette noch einmal überreicht. Vielleicht vor meiner Mutter und meinem Vater, dem Schahindoctor. Das würde die beiden ganz stolz machen. Man ist ja lieber stolz auf sein Kind als auf sich selbst. Und drittens: Die Frau Baronin Irmgard war äh, sehr befriedigt, dass ich das Medaillon überbringen werde. Ich habe es ihr geschworen und ich werde meinen Schwur halten. Irgendwo finde ich diesen Prinzen Eugen schon. Und vielleicht mag sie den auch so wie seinen Bruder. Tät ich ihr wünschen."

Starhemberg schmunzelte. „Keine allzu frühen Hoffnungen, Herr Kundschafter! Der Julius Ludwig war schon ein paar Jahrln älter als der Eugen. Und der soll, höre ich, erst zwanzig sein, oder so herum. Mich geht ein Altersunterschied ja nichts an, denn Ehen werden im Himmel geschlossen. Und Ehe ist sowieso nur die Abkürzung von Errare humanum est. Hauptsach', sie erinnert sich an den Julis Ludwig. Dann wird die Erinnerung nur mehr zum Selbstmitleid. Besucht sie noch einmal, ehe Ihr zum Entsatzheer geht. Es wird ihr guttun."

Josef fühlte sich auf geheime Weise ertappt und machte ein erschrockenes Gesicht.

„No so schlimm wird der Besuch doch wohl nicht sein!", höhöhte Starhemberg. „Jeden Tag eine gute Tat! Das habt Ihr ja bisher bewiesen. So, jetzt steht mir nicht mit Eurem Rat und Tat im Wege, ans Werk. Herr Hauptmann! Abtreten!"

Sie machten Kehrt Euch und trampelten aus der Tür. Draußen schlug der Franck dem Josef auf die Schulter.

„So habe ich den Starhemberg überhaupt noch nicht reden gehört. Ihr müsst mir mehr von Euch erzählen. Ihr seid mehr als Ihr scheint. Wie sagte schon der alte Niccolò Machiavelli: Ognuno vede quel che tu pari, pochi sentono quel che tu sei. Was Ihr scheint, sieht jeder, aber wer Ihr seid, erkennen wenige."

Josef sah den Hauptmann neugierig von der Seite an. Ein Philosoph im Kriegerskleid!

Vor dem Burgtor witterten sie ein wenig in der Luft, der Schlachtenlärm hatte sich gelegt.

„Da drüben im Eszterházy'schen Keller gibt's freien Wein für tapfere Kämpfer. Jeden Tag eine Kanne. Ich kenn das Losungswort."

Munter zog der Hauptmann Franck den Jüngling Richtung Haarhof.

„Sankt Peter und Rom!", antwortete Josef naseweis.

„Verd…, wieso wisst Ihr auch das?"

„Weil ich ein Kundschafter bin. Nicht kräftig, aber sooo eine Nase!", prahlte Josef übermütig und zog mit seiner Rechten eine imaginäre Riesennase von sich weg. Und dann stolperten sie die unendlich vielen ausgetretenen Stufen zum Labyrinth des Eszterházy-Kellers hinab, sagten ihr Losungswort auf und erhielten prompt zwei Kannen des herrlich würzigen, tiefroten, westungarischen Blaufränkischen.

Drei Tage später im Türkenlager. Nachts

Diesmal waren sie beim Rotenturmtor herausgeritten. Pferde gab es noch genug. Auch die Dupigny-Kürassiere hatten schwere Verluste erlitten. Zweihundert Pferde waren unnütze Fresser in der Festung. Trotzdem bewachten sie ihre Tiere wie einen Augapfel. Nur zu gern hätte die Wiener Zivilbevölkerung das eine oder andere Pferdeschnitzel zwischen die Zähne bekommen. Aber die Dupignys verteidigten ihre Rösser. Auch wenn es schwer war. Gegen einen Befehl Starhembergs allerdings war nichts zu machen. Und so ritten Michailowitz und Josef auf zwei schweren Kürassiergäulen, denen sie ein quasi türkisches Phantasiezaumzeug verpasst hatten.

Mit um die Hufe gewundenen Fetzen und Lappen schnurten sie fast unhörbar die Donau entlang, bis zum Graben, der vor der Rossau in den Stadtarm mündete. Die Hitze und die Trockenheit hatten das ihre getan, sodass das Wasser den Pferden nicht einmal bis zum Bauch reichte. Ganz langsam stakten sie durch das kühle Nass. Drüben angekommen, nahmen sie den Pferden die Fetzen von den Hufen. Jetzt sollten sie ja türkische Reiter mimen.

Vor ihnen lagen Reihen von Zelten. Langsam ließen sie die Pferde trotten und warteten auf einen scharfen Anruf. Aber nichts geschah. Da sollten doch die Walachen und die Moldauer lagern. Sie ritten weiter. Keine Menschenseele, nicht einmal ein Hund oder gar ein Pferd war zu sehen. Plötzlich begann es zu tröpfeln. Und nach wenigen Minuten schüttete es in Strömen. Schleier, Vorhänge fielen herab. Sie hatten diese Nacht gut gewählt. Wer wollte schon bei diesem Wetter sein Zelt verlassen, außer zum Brunzengehen.

Josef erinnerte sich, dass früher vor Nussdorf oft so mancher stille Zecher unterwegs war, um dann Holleri Hollero durch die Nacht zu plärren. Die stillen Zecher waren, ebenso wie die Moldauer, wie vom Erdboden verschwunden. Josef vermutete, dass sie mit den Ungarn und den Siebenbürgern nach Raab abgezogen worden waren. Vielleicht um Nachschub zu holen. Eine herrliche Entdeckung. Auch keine Tataren wimmelten umher. Sie zogen an der alten Ziegelei vorbei, bald waren sie hinter Nussdorf. Dann aber war es aus mit Jubel.

Vor ihnen lag plötzlich eine blessierte, schwer verwundete türkische Reitertruppe. Das Stöhnen und Hilfeschreien war trotz der Regengüsse laut auszumachen. Woher kam die verstörte, geschlagene Mannschaft? Michailowitz hatte noch vor ihrem Wegritt gehört, dass eine osmanische Truppe versuchen würde, die Donau zu überqueren, um die Meldestation auf dem Bisamberg niederzureiten. Aber wie sollte Kavallerie den Bisamberg erstürmen? Noch dazu von der Donauseite! Da war nichts als eine steil abfallende Klippe. Wenn ja, dann würde die armselige Truppe danach aussehen. Wenn schon kein Selbstmord-, dann doch ein Selbstzerstörungskommando.

Vorsichtig schlugen sie sich links in die Büsche, um die verwundete Truppe zu umgehen und beim Schreiberbach hochzureiten, um anschließend, über das Krapfenwaldl wieder zur Donau hin, das Kahlenbergerdorf zu erreichen. Sie wussten, dass das eine große Herausforderung war. Denn zwischen dem scharfkantigen Abhang des Kahlenbergs, oder hieß er nicht jetzt Leopoldsberg, und dem großen Strom verlief nur ein wenige Klafter breiter Streifen, um auf der matschigen Straße durchzukommen. Und wenn sie da auf eine türkische Patrouille stießen, war's um sie geschehen. Wie war die Lage vor Klosterneuburg? Alles ungewiss. Langsam ritten sie in den Regenpfützen weiter.

Jetzt war das Schwerste schon überstanden, die Engstelle des Kahlenbergs passiert und niemand hatte sie angerufen oder behindert. Bei Klosterneuburg mussten aber Belagerungstruppen stehen. Josef hatte sie mit eigenen Augen vom Bisamberg gesehen. Sie hatten schon vorher besprochen, das Weidlingtal hinaufzureiten, um in einem weiten Bogen Klosterneuburg zu umrunden und dann hinter sich zu lassen. Es regnete weiter vor sich hin und beide waren schon pitschnass. Ein Auf- und Abschaukeln in der flüssigen Finsternis. Hier mitten im Wald nach Weidling war es auf einmal entsetzlich schwer, den richtigen Weg zu finden. Sie ritten hinauf nach Kohlgrub, um anschließend ins Kierlingtal hinabzusteigen. Es war so finster, dass sie ihre Hand nicht vor den Augen sehen konnten.

Michailowitz zischte zu Josef hinüber, anzuhalten. Der Abstieg ins Kierlingtal war bei Nacht nicht zu schaffen. Es wurde immer steiler und für die Pferde war der rutschige Boden eine unerträgliche Qual. Aber auch für die Reiter, denn niemand warnte sie, wenn tiefhängende Äste ihnen wieder und wieder ins Gesicht schlugen. So lehnten sie im Regen unter zwei Bäumen, kauerten sich dann im Windschatten der Pferde zusammen und warteten. Lang konnte es ja nicht mehr dauern. Endlich begann es zu grauen, so dass man wenigstens die größten Äste vor sich sehen konnte. Vorsichtig rutschten sie den Berghang hinab. Richtig, vor ihnen lag Kierling. Aber es gab kein munteres Weiterkommen. Kleine Flammenzungen stiegen aus den paar Häusern des Ortes, der von Tataren besetzt war. Dann brannte es lichterloh. So wild, dass auch der schwache Nieselregen nichts löschen konnte. So verhielten sie wieder ihre Pferde und beobachteten das fürchterliche Treiben. Viel konnte da ja nicht zu holen sein. Die Tataren mussten irgendwann ja wieder abziehen. Aber nein, die ließen es sich in den Brandruinen gefallen und waren abgesessen, kochten ab und heulten durch den schütteren Wald. Also weiter den steilen Abhang entlang, Richtung Gugging. Es war ein scheußliches Reiten, denn die Pferde mussten den steilen Hang traversieren und waren sichtlich ausgelaugt.

Michailowitz ließ wieder anhalten. Hinter ihnen johlten noch die Tataren. Vor ihnen, unten, lag die Straße nach Gugging. Die Pferde dampften vor Anstrengung, aber sie bockten nicht. Unendlich lang dauerte die Pause. Sie waren abgestiegen und schritten nun durch den nassen, triefenden Mischwald, die Pferde am Zügel. Schritt für Schritt. Ganz vorsichtig stiegen sie den Abhang hinunter. Überquerten den Haselbach und wagten sich langsam auf die Straße. Keiner war ihnen gefolgt. Dann saßen sie auf und trabten an. Maria Gugging war verbrannt. Steil bergab ging es nach Sankt Andrä. Auch hier nur Ruinen. Die Tataren hatten ganze Arbeit geleistet. Stolz konnten sie sein. Vielleicht würde ihr Unterführer ein kleines Ehrengewand bekommen. Oder eher die Bastonade, weil er keine Vorräte heimbringen würde. Zwischen Wördern und Sankt Andrä öffnete sich das breite Tullnerfeld.

Nach dem Regen schien ein warmer Sommertag heraufzuziehen. Aus den Pfützen und den niedergeregneten Feldern stieg feuchtwarmer Dunst auf. Milchigweiße Nebelschwaden. Aber in der Ebene war leichtes Fortkommen. Entlang des Abhangs ritten sie Trab bis Königstetten. Auch das war niedergebrannt. Und dann die lange Gerade nach Tulln. Über der Donau lag noch dichter Nebel, die Hügel des Wienerwaldes hinter ihnen aber glänzten schon über den Dunstschwaden. Die Pferde waren schon mehr als erschöpft. Das lange Stehen in den Ställen der Burg hatte ihrer Ausdauer nicht gutgetan. Aber was soll's. Sie mussten einfach durchhalten. Vor Tulln gab es mehrere Sandbänke im Fluss. Dort mussten sie hin. Durch den Strom. Drei Inseln erreichen und beim Hanselhaufen das andere Ufer. Es ging zügig voran. Fast zu schön, um wahr zu sein. Schon sahen sie unscharf die Türme von Tulln und beschlossen jetzt nach rechts abzubiegen, um in den Strom einzutauchen. Die ersten kaltnassen Schritte lagen hinter ihnen, da tauchten auf einmal am Ufer hinter ihnen kehlig kreischende Tataren auf, und so mussten sie mit den Pferden um ihr Leben schwimmen. Der Strom trieb sie schnell ab, denn je enger die Donau hier vor den Inseln war, desto munterer schoss das Wasser dahin.

Josefs Pferd spürte schon festen Boden unter den Füßen, da ergoss sich ein Pfeilregen über die beiden Kundschafter. Sie waren weit auseinandergerückt, um die Trefferchancen der Tataren zu verringern. Der Rappe Josefs bäumte sich plötzlich auf. Ein Pfeil hatte sein linkes Auge durchbohrt. Er schlug um sich und Josef mühte sich, wassertretend, so schnell er konnte aus dem Bereich seiner Hufe zu kommen. Er tauchte unter, hielt den Atem an und ließ sich einfach unter Wasser, mit den Füßen strampelnd, treiben. Er fand keinen Halt am Boden. Dann aber begann seine Lunge zu hämmern. Vorsichtig tauchte er nur mit dem Mund auf, schnappte tief Luft und riskierte einen Blick. Sein Pferd lag, mit den Beinen strampelnd, im seichten Wasser des Uferschlamms und jetzt löste es sich aus dem Dreck und trieb schon halb tot an ihm vorbei. Wo war Michailowitz? Wahrscheinlich hatte er denselben Trick versucht. Sein Pferd stand noch im Wasser und ließ den Kopf sinken. Dann knickte es auf einmal in den Vorderbeinen ein.

Wieder ein Pfeilhagel. Wie von Zauberhand gezogen, plumpste es langsam, mit einem überirdischen Klagelaut, in sich zusammen. Josef ahnte nur das Schwirren und tauchte wieder unter. Dann rappelte er sich auf, als er den Schotter unter den Füßen spürte und lief, wie ein Hase Haken schlagend, in das schüttere Buschwerk der Sandbank. Zutiefst erschöpft ließ er sich fallen. Wälzte sich ein paar Mal zur Seite. Wechselte seinen Standort. Keuchend zog er den Busch vor sich auseinander. Sein gekrächzter Wehlaut hallte nicht weit. Michailowitz, der liebe Michailowitz, trieb bäuchlings, mit ausgebreiteten Armen an ihm vorüber. Ein Pfeil stak ihm im Nacken, ein zweiter zwischen den Schulterblättern. „Heilige Maria, Mutter Gottes, bitte für ihn!" Mehr brachte Josef nicht heraus. Er wollte wieder losbrüllen, aber die Angst verschloss ihm nun die Kehle. Sein Mentor, sein Lehrer, sein lieber Freund – und jetzt eine Wasserleiche, die sich irgendwo donauabwärts in einer Bune verfangen würde. Er war so verzweifelt, dass er gar nicht mehr wusste, wie lange er hinter diesem Busch gelegen war. Mit ausgetrocknetem Mund, tränenlos, bleischwer. Die Sonne begann schon zu sinken, als er langsam wieder zu Sinnen kam. Vor ihm rechts lag das Pferd seines Freundes und Lehrers und die Fliegen summten schon als dicke Wolke über der Leiche. Es war schwül nach der Regennacht. Überall Fliegen und Gelsen. Unerträglich. Josef lugte noch einmal ans andere Ufer. Die Tataren waren verschwunden. Vorsichtig schlich er sich zum toten Pferd von Michailowitz. Er nahm die nassen Pistolen an sich, die Wasserflasche und den Mundvorrat. Dann lud er sich alles auf den Buckel und machte sich daran, den nächsten kleineren Donauarm zu durchschwimmen. Es war mehr ein Waten im Schlick, dann noch eine Insel, noch ein Gewässer. Vielleicht war er nun auf sicherem Ufer, dem Hanselhaufen. Endlich richtete er sich auf, nahm einen tiefen Zug aus der Wasserflasche und machte sich auf den Fußmarsch durch den zähen, schlammigen Auwald. Hier musste vor kurzem noch Hochwasser geherrscht haben, denn die Bäume um ihn zeigten dicke, faulige Schlammspuren an der Rinde, die ihm fast bis zur Hüfte reichten.

In ihm drängte eine Stimme: „Immer von der Donau weg. Immer von der Donau weg.“ Diesem Strom seines Lebens. Diesem Mörderwasser. Seine Schienbeinwunde begann wieder zu bluten. Er hinkte eintönig vor sich her. Tief sank er in die Morastpfützen ein. Seine kurzen Kundschafterstiefel waren längst unbrauchbar geworden. Der Sumpf stank entsetzlich modrig. Kurz hielt er an, um sich die Blutegel von den Waden zu klauben. Überall die Gelsen. Er hatte es aufgegeben, um sich zu schlagen. Jetzt stolperte er wieder in eine tiefe Pfütze, die mit Wasserlinsen übersät war. Ein saugendes, quietschendes Geräusch und seine Stiefel waren im Dreck stecken geblieben. Müde rang er mit dem ekligen Morast. Monoton stapfte er weiter. Sang das Heissler'sche Dragonerlied vor sich hin. Aber es heiterte ihn nicht auf. Er stolperte über eine Schwarzpappelwurzel, es schlug ihn der Länge nach hin und er blieb einfach liegen. Die Sonne ging unter. Es war ihm sowas von egal, wo er war. Er war nur leer und verzweifelt. Wozu das Ganze? Wegen dieses Fetzens Papiers an seinem Rücken? Mein Michailowitz, lieber Georg! Mit dem Gesicht in der feuchten, fetten Erde fand er den erschöpften Schlaf des Vergessens.

Als er erwachte, stand die Sonne schon hoch am Himmel und blinzelte zwischen den Pappelblättern. Stöhnend drehte Josef sein verschmiertes Gesicht, schloss wieder seine Augen, blinzelte. Langsam dämmerte es ihm. Er lag im feuchten Matsch des Auwaldes, irgendwo auf der anderen Donauseite von Tulln. Eine Schnecke kroch ihm über den Hals. Alles schmerzte. Hätte er ein drittes Bein gehabt, hätte auch das wehgetan. Behutsam ordnete er seine Gedanken. Wälzte sich auf den Rücken. Wenigstens die alten Blätter und die verschimmelten Äste waren weich. Ein Marienkäfer krabbelte an einem großen Pilz, neben seinem Gesichtsfeld. So ein Frauenkäferl, wie man dazu in Wien sagt, das hat es halt gut. Er erinnerte sich an die Weise, die ihm seine Mama immer zum Einschlafen gesungen hatte:

Frauenkäferl, Frauenkäferl, fliag nach Mariabrunn
und schenk uns heute oder morgen recht a scheene Sunn!
Vor dem Grabe seiner Eltern steht ein junger Bursch und weint:
Könnt ich euch noch einmal sehen, ach wie wär das gut gemeint.
Plötzlich kommt ein Frauenkäferl, fliegt in' Himmel nauf,
oh weck mir meine guaten Eltern recht bald wieder auf.

Josef weinte leise vor sich hin. Ja, seine guten Eltern, seine lieben. Die fehlten ihm so. Die weiche Mama und der gescheite Schahin und über ihm sein Vater, der Aaron hoch da oben, wo das Frauenkäferl hinflog. Was für ein Trottel war er gewesen, bei den Dragonern zu bleiben. Er lag da im Dreck, jenseits von Tulln, ganz allein, und sollte den verdammten Herzog von Lothringen finden. Und den Prinzen Eugen. Noch einmal hatte es ihn die Verlobtenwitwe schwören lassen. Aber es war zu keiner zweiten Stellvertreteraventiure gekommen. Ganz vornehm war sie dagesessen, in einem richtigen Kleid, sauteuer und nobel. Breit wie eine Panzerkassa. Und seit sie ihm die Hand zum Abschied gedrückt hatte statt sie ihm zum Handkuss zu reichen, wusste Josef, was ein Schraubstock ist. Noch lange danach hatte er mit seinen schmerzenden Fingern gewachelt.

Auch das Wiedersehen mit Trommelotto und Augustin bei den Studenten auf der Stubenbastei war unvergesslich gewesen. Gemeinsam waren sie in den Eszterházykeller eingefallen, hatten dort entsetzlich viel Lärm gemacht und Augustin, der seinen Dudelsack geflickt hatte, konnte das Lied von dem Wasserträgertrampel bald nachspielen. Dann noch das Heissler'sche Dragonerlied, das sie hunderte Male, schon mehr im Suff, wiederholt und um zahlreiche obszöne Strophen bereichert hatten. Da war der Sotosek ein Jass, ein Blitzdichter. Bitteschön, nach ein paar Liter Blaufränkischem war der Blitz schon ein bisserl langsam geworden. Aber wunderschöne Formulierungen hatten sich dem alkoholisierten Gehirn Ottos entrungen. Er war ein richtiger Brigittenauer Sprechsteller. Josef konnte gar nicht glauben, dass er inmitten all dieses Elends der belagerten Festung so lustige Stunden hatte verbringen können. Die Kellnerin vom Eszterházykeller war auch nicht ohne gewesen. Sie musste diese Scheißdraufheiterkeit gewohnt gewesen sein. Dieses „Erst wann's aus wird sein, mit all der Musi und dem Wein." Wer dem Tod ins Auge sieht, oder gesehen hat, der lässt so alle Masken der Konvention fallen und nur mehr die Sau raus. Diese Möglichkeit, dass man ein Glas hat, wo noch ein Wein drinnen sein könnte. Nicht unbedingt. Aber die Möglichkeit. „Solang im Glaserl no a Tröpferl drin is!" Man muss es ja nicht trinken. Solang's nur ein Tröpferl ist, hat es ja auch keine Wirkung. Ist nur symbolisch das, was den Wiener ausmacht. Die Möglichkeit. So ist Wien die Stadt der unbegrenzten Möglichkeiten. Wenn man Möglichkeiten verwirklicht, wird es schrecklich. Nur in Wien sind Möglichkeiten unsterblich. Weil sie nie verwirklicht werden. Weil man sein Leben lang nur darüber redet. Und als Folge solcher vernebelter Philosophien und der Auslotung verschiedener Möglichkeiten am Busen der Kellnerin hatten sie sich auf einmal beim Tor des Eszterházykellers hinausgeworfen gesehen. Hatten die verdammt vielen Stufen auf allen vieren hinaufkraxeln müssen, um dann im Haarhof noch einmal eine disharmonische Katzenmusik anzustimmen, gegen die die türkische Militärmusik ein Lercherlschaas war. Die Kunst der Möglichkeit. Das war die Essenz des Wienerischen.

Zum ersten Mal lächelte Josef wieder in seinem Morastbett. Die Erinnerung zog dieses Lächeln mit sich. Feines, weit weg Liegendes, wird immer mit wehmütigem Lächeln beantwortet. Und weh war es ihm, weiß Gott, ums Herz. Sein Michailowitz fiel ihm wieder ein. Er wusste noch nicht wie, aber irgendwann würde er ihm in der Leopoldstadt ein Denkmal setzen, diesem armenischen Helden. Auch wenn ihn die Wienerstadt schon längst vergessen oder nicht einmal registriert hatte. Dann aber öffnete er den Schnappsack. Denn Möglichkeiten sind das eine, realer Hunger das andere. Er jausnete ausgiebig. Dann stellte er sich langsam auf seine schepprigen Knie. Versuchte den eingetrockneten Schlamm aus seinem Gewand zu schlagen. Und hinkte vorwärts. Die Sonne stand hoch im Osten, schräg über ihm, er musste nach Norden. Irgendwo würde er schon auf die Reichsstraße nach Krems stoßen. Alle Kraftlosigkeit und Zermürbtheit der Welt in den müden, schmerzenden Knochen. Und so hatschte er durch quatschende Auwässer, über Lichtungen, über umgefallene Waldriesen und versuchte sich vorzustellen, wie er den Herzog von Lothringen und diesen Prinzen Eugen treffen könnte.

Endlich konnte er den Auwald hinter sich lassen, vor ihm lagen Felder, und weit hinter diesen sah er einen Abhang. Das musste der von Michailowitz beschriebene Wagram sein. Wie hatte der gesagt? Eine Anhöhe, nicht mehr als dreißig Fuß hoch, in dem sich tausende Weinkeller befanden. Also nur zu, mein Josef. Er strich durch die hochragenden Ähren, die noch keiner geschnitten hatte, ließ die Grannen durch seine Hände fahren, kam an einen Ackerrain und folgte dem nach Norden. Über ihm tirilierten die Sommerlerchen.

Dann stand er auf einer Straße. Ja, das musste die Reichsstraße sein. Links ging es nach Krems, rechts nach Stockerau. Und weiter nach Korneuburg. Er witterte mit der Nase in der Luft. Konnte er die Truppen riechen? Normalerweise stank eine Truppe meilenweit gegen den Wind. Rindstalg gepaart mit Schafffellgestank, modernde Fußlappen und warmer Pferdeleiberdunst. Nein, er roch nichts, aber er entschied sich, einer blitzartigen Eingebung folgend, für links. Irgendwann musste ja irgendein Kontingent der Kaiserlichen zu sehen sein. Die würde er dann ausfragen. Und so wankte er die staubige Straße entlang in der brütenden Sonne des Sommers, an hunderten Weinkellern vorbei. Warum eigentlich vorbei? Könnte man da nicht eine kleine Rast einlegen? Da war es drunten doch viel kühler, als auf dieser die Kehle zerfressenden, graugelben Linie Richtung Krems. Wie hatte der Haas Franz das angestellt? Er nahm seinen Dolch aus dem roten Gürtelbund, stieg die vier Treppen zum nächsten Weinkeller hinab und quetschte die Klinge in das breite Torband. Nach wenigen Rüttlern hatte er es offen. Drinnen war es schön kühl. Es roch nach Lehm und Wein und lange Spinnweben hingen über den nächstgelegenen Fässern. Ein Weinheber, zwar staubig, aber brauchbar, lehnte in der Ecke. Rauf aufs Fass. Spund auf, Augen zu, schon gluckerte das kühle, goldgrüne Nass in seine Feldflasche, die er draußen entleert hatte. Ein Prost auf den Michailowitz, das war das Mindeste, das er ihm schuldig war. Ah, das labte, und ein Prost auf den Augustin. Und auf den Trommelotto. Und auf den Herkomber. Nix für Ungut, alter Couragegigl. Josef prostete noch allen Lieben in der Festung Wien zu. Dem Starhemberg und dem Franck und dem Daun. Und der Mama und dem Schahin. So schnell konnte er gar nicht prosten, war er auch schon wieder eingeschlafen. Langsam rutschte er von der Kellerbank und lag dahingestreckt im Lössboden.

Als er erwachte, war es finstere Nacht. Er kroch aus dem Weinkeller, ganz umnebelt. Draußen leuchteten die Sterne und Sternschnuppen schossen im Osten über das Firmament. Oder waren es Spiralnebel? Die klare Luft prackte ihn noch einmal zusammen und bumms, da lag er besinnungslos ausgestreckt auf der Kellerstiege.

3. September 1683, Wagram

Wieder lachte ihm die liebe Sonne in die Nasenlöcher, kitzelte ihn und sein Hatschi! hätte alle Reichstruppen zusammentrompetet, wenn sie nur in der Nähe gewesen wären. Aber hallo, von Ferne näherte sich ja wirklich eine staubige Wolke auf der Straße. Das mussten kaiserliche Reiter sein. Aber was war das für Sausen in der Luft? Richtig schauerlich. Ein Heulen und Brausen. Zusammen also ganz fremdartige Reiter kamen da daher. Die gefallenen Engel des Beelzebubs. Die gab es doch nicht wirklich?! Josef schüttelte sich seinen Rausch aus dem Gesicht. Engel, gibt's die? Und gefallene? Die schon gar nicht. Reiter waren es auf jeden Fall. Schon wieder Türken? Hinter ihren Kürassen trugen sie lange, oben gebogene Fortsätze mit Federn, die in der Luft dieses Sausen und Heulen verursachten. Ja, das war die sagenhafte Hussaria der Polen. Höh! Holla! Josef stellte sich mitten auf die Straße und winkte mit seinen Armen. Was hatten die vor, plötzlich legten die gefallenen Engel ihre Lanzen ein und sprengten noch schneller auf ihn zu.

„Ja seid's ihr teppert worden?“ Trotz seiner im Bauch spürbaren Angst hüpfte Josef vor den Lanzenreitern auf und ab.

„Ich Kundschafter!“ Um Gottes Willen, jetzt erst bemerkte er, dass er noch sein Türkengewand anhatte. Er ließ sich in den Staub fallen, um so seine Unterwerfung zu dokumentieren. Die Reiter waren auch schon über ihm. Fünf Lanzen zeigten auf seinen Rücken. Was nützten ihm alle seine Sprachkenntnisse, wenn Polnisch nicht dabei war. Alles, was ihm dazu einfiel, waren viele, viele Konsonanten.

Da fiel ihm plötzlich das lateinische Vaterunser ein. Er schrie laut: „Pater noster, qui es in caelis: sanctificetur nomen tuum“, das werden die doch verstehen, da muss doch ein Offizier dabei sein.

Und wirklich, da ritt einer nach vorn: „Este Christianus?"

Josef trieb seine Gehirnwindungen mit Gewalt zur Arbeit. Unter polnischer Lanzenbedrohung Latein zu parlieren, das hatten sie bei Pater Mauritius nicht geübt. Aber es fiel ihm ein lateinischer Briefanfang ein: Si tu vales bene est, ego valeo. Wenn's dir gut geht, ist es tulli, mir geht's auch gut.

„Christianus sum. Nuntius Caesarei Leopoldus Rex Teutonici sum. Nuntius secretus. Peteo Ducem Carlum Lotharingiae" oder so ähnlich. Hätte der Mauritius ihm doch nur ein paar Vokabel mehr beigebracht! Verlangt peteo den Akkusativ?

Eine gehobene Lanzenspitze hieß ihn aufstehen. Er hob vorsichtshalber die Hände.

„Me nomino Josefus Schahin, Cives Viennae sum. Miles Dragonii Heissleri, nuntius secretus. Verdammt noch einmal, es verblödetes Polackengesindel, es damisches. Habts ihr verstanden? Comprendrez-vous? Eclaireur impérial!"

Der Offizier war kein Sprachengenie. Aber vielleicht war ihm schon einmal etwas anderes als Polnisch zu Ohren gekommen. Irgendwo in seinen Gehirnwindungen musste ihm eine leise Stimme sagen: „Der kann das Vaterunser. Ist Nuntius, Eclaireur, Kundschafter. Schaut aber nicht so aus – ein Knabe im Türkengewand." Sein Gehirn schien fieberhaft zu arbeiten. Viele cz und szc und prcž, das dauert, dachte sich Josef.

„Eclaireur impérial, eh?"

Na Gott sei Dank, er konnte Französisch. „Oui, m'appelle Josephe. Du regiment de les dragons Heissler. Je suis de Vienne. En marche avec une lettre pour le Duc de Lorraine. Ou se trouve Monsieur le Duc?"

Der Offizier befahl seinen Berserkern, die Lanzen von Josef wegzunehmen. „Je suis le Capitaine Prcžimsky."

Josef wollte schon „Zum Wohlsein, Gesundheit!" wünschen, hielt sich dann aber doch zurück. „Ou es le Duc?"

Der Offizier begann einen Schwall polnischer Erklärungen. Josef verstand immer nur ŠTŁZSDRF. No, das ist die Hauptsach! Ich lebe noch. Mit der Zeit einigten sie sich auf die nächste Ortschaft Stettelsdorf am Wagram.

Nachdem Josef kein richtiger, ernstzunehmender Feind war, durfte er sogar hinter einem dieser Adlerreiter aufsitzen, um in den Ort geritten zu werden. Und wirklich, es wurde recht gemütlich, wenn auch die langen Adlerfedern ihn dauernd im Gesicht kitzelten. Er hatte seinem Vordermann seine noch halb gefüllte Feldflasche angeboten, und der war gar nicht faul und zwitscherte, während des Reitens, den gesamten Rest der Flasche aus.

„Dschenn kujen" oder so ähnlich war sein Kommentar. Josef nahm an, dass es sich um eine Art Danksagung handeln müsse. Jetzt konnte er also auch Polnisch.

Als er an den Adlerfedern vorbeilugte, gewahrte er zwischen hohen Bäumen eine prächtige Burganlage, deren turmgekröntes Dach weit in den Himmel ragte. Davon ein wenig entfernt strebte ein viereckiger Turm empor. Die Reiter fielen in Schritt, ritten durch einen prächtigen Park, dann passierten sie eine mächtige Toranlage. Hohl trappelte es auf der hölzernen Zugbrücke. Im Burghof, oder eher einem L-förmigen Schlosshof, angelangt, saßen sie ab und Josef bedankte sich noch einmal bei dem Rittmeister. Vor ihnen drängte sich das Völkergemisch der Crème de la Crème des Entsatzheers. Josef hatte noch nie so viele christliche Uniformen auf einem Haufen gesehen. Das war ja fast so ein Gemisch wie im Türkenlager. Mit allen deutschen, aber auch anderen Zungen wurde dahergeredet. Da mischte sich Altgewohntes wie „Sakrahaxen" mit für ihn neu Tönendem wie „Eiverbibbsch". Josef wuselte durch all dieses Babylon hin, zu dem größeren der Trakte. Wo es am größten ist, da muss das Hauptquartier sein. Nur seiner Schnelligkeit und Wendigkeit verdankte er, dass er durch das Gewurl von Reitern und Fußsoldaten durchkam. Vor ihm tauchte ein gewaltiges Tor auf, das vom Wappen der Grafen Hardegg geziert wurde. Josef kannte den Vogel über dem abgewinkelten Streitkolbenarm. Das gehörte dem Grafen Julius III. zu Hardegg, Glatz und im Machland, Obrist Erbschenk in Österreich und Erbtruchsess in Steiermark, Nicht der Ärmste in den österreichischen Landen. Und an der Schwelle dieses hohen Eingangs, wen sah er da vor sich, breit und schwer, mit einem riesigen runden Eierspeisreindlgesicht! Den Haas Franz. Als Wache.

„Franz! Ich bin's, dein ehemaliger Rossknecht, der Josef."

Das Wiedererkennen schien auf Schwierigkeiten zu stoßen.

„Ich muss sofort zum Herzog von Lothringen. Bist schwerhörig? Dearisch? Ich bin kaiserlicher Kurier!"

Der Franz war das personifizierte Nichterkennen: „Halt, halt, türkisches Bürscherl! Hiergeblieben, mahomedischer Spion!" Er zog seinen Degen und richtete die Spitze auf Josefs Brust.

„Aber bitte, mein Gewand ist noch beim Regimentsschreiber!"

Jetzt begann der Haas Franz zu denken. Mit einiger Verzögerung dämmerte es ihm dann doch. Richtig, das war doch dieser Furz, den er bei Langenzersdorf auf die Kathi gehoben hatte. „Jössas, der Josefäh. No du schaust aber ausäh. Ein richtiges Sultl!"

„No wie glaubst du, wär' ich durch die Reihen der Osmanen gekommen? Geschwind, ich habe Nachricht vom Graf Starhemberg aus Wien und mündliche Botschaft, mit allen militärischen Details. Lass mich zu ihm."

„No, schön langsamäh, zuerst übergebe ich dich dem Adjutanten."

Plötzlich zuckten beide zusammen. Überall auf der ganzen Welt machen Architekten Dummheiten. Aber der Stettelsdorfer

Schlossbaumeister hatte sich einen extra schönen Jux ausgedacht. Ein paar Fuß neben dem Haupteingang führte an der Außenwand ein viereckiger Latrinenabfluss die beiden Stockwerke herab. Und als der Haas Franz das Wort Adjutant ausgesprochen hatte, musste sich oben ein ordentlicher Vielfraß ausgiebig entleert haben. Platsch. Einige Riesenpelzärmel klatschten und spritzten auf dem Hof auf.

Die Anspannung von Josef und Haas Franz löste sich, wie die Riesenpelzärmel sich vom unbekannten Donnerbalkensitzer im zweiten Geschoß gelöst hatten. Sie johlten beide kindisch auf und umarmten sich unvorschriftsmäßig. Dann aber legten sie ihre Gesichter in untertänige Dienstfalten, und der Adjutant widmete sich Josef. Der seufzte auf. Endlich am Ziel. Und Gott sei Dank einer, der seine Sprache verstand.

Der Adjutant war zwar einer von denen, die bei sehr grünen Jalousien aufgewachsen waren. Französisch durch und durch. Der Anblick dieser grauen Schlammscheuche widerte ihn an. Aber Kundschafter vom Grafen Starhemberg, das half. Er trat in das Kommandozimmer ein. Von drinnen hörte man nur Stimmengewirr. Josef hüllte sich in sein Türkenjäckchen und in Geduld. Kauerte sich auf die schön gefugten Bodenplatten, ließ seine Blicke über die Kreuzrippen der Decke schweifen und hinterließ einen Staubhaufen, als er sich beim Nennen seines Namens erhob. Auch sein Geruch war von dem eines Rosenstrauchs just zu distinguieren. Neugierig sah er sich um, als er in den Saal mit einem Haufen hoher und höchster Offiziere eintrat. Die Nase des Lothringers wies ihm den Weg. Die kannte er noch aus Jedlesee. Er machte einen halben Diener, gerade genug, um seine Unabhängigkeit zu demonstrieren, dann nestelte er aus seiner Rückenpartie endlich das Leinentuch, mit dem in Wachstuch eingeschlagenen Brief.

Ein Duft verbreitete sich im Raum wie von gemischten Riesenpelzärmeln. Betreten rückten all die feinen Herren von ihm ab. Der Adjutant näherte sich seiner Durchlaucht und hielt mit spitzen Fingern das Schreiben von sich weg. Das reichte Josef jetzt, diese feinen Pinkeln.

Zornig bis zum Gehtnichtmehr und unaufgefordert rief er: „Meld' gehorsamst, mein Freund, der Michailowitz ist auf diesem Ritt von den Tataren massakriert worden. Wir sind durch tausend Gefahren durchgeritten. Und der Graf Starhemberg lässt melden, mündlich, es ist keine Zeit mehr zu verlieren! Das Wasser steht der Wienerstadt bis zum Hals." Dabei deutete er unmissverständlich mit der waagrechten Krüppelhand an seinen Adamsapfel. „Bitte entsetzt die Festung! Es geht nur noch um Stunden!"

So, jetzt war es heraus. Jetzt konnten die parfümierten Perückenkerle ihre Compliments machen. Es schüttelte ihn nur so vor Zorn. Dabei hinterließ er wieder ein halbes Pfund Donaudreck auf dem Parkett. Der Lothringer unter seiner Perücke und mit seiner Habichtsnase wurde puterrot wegen der Insubordination. Aber weil er ein Herzog war, hob er nur eine Augenbraue und sah Josef lange durch sein Lorgnon an. Wirklich Schönes erblickte er ja nicht. In gebrochenem Deutsch hieß er ihn niedersetzen. Josef wollte es sich schon auf dem Parkettboden bequem machen, als ihm ein mit Brokat überzogener Stuhl unter den schmalen Hintern geschoben wurde. Mit lässiger Hand entließ der Herzog die ganze Klerisei, die sich um ihn geschart hatte. Nur der Obrist Heissler, der Josef, nach mehrmaligen Hinsehem, wiedererkannt hatte, und sein Adjutant blieben zurück. Der Adjutant half dem Herzog, das Schriftstück zu übersetzen. Dann endlich durfte Josef berichten. Es war nichts Gutes, was er von sich gab. Über die Not der Wiener, den Hunger, die Leichen und den geringen Stand der Truppe. Und über die Minen. Eine halbe Woche noch, höchstens. Aber es hing davon ab, ob die Türken nicht einen Glückstreffer machten.

Plötzlich fragte er unvermutet: „Bitte, welchen Tag haben wir heute überhaupt?"

Der Adjutant flüsterte: „Den 3. September."

„Mein Gott, so lange habe ich gebraucht?", stieß Josef hervor. „Herr Herzog, oder Exzellenz: Beeilt Euch, bitte! Jeden Tag sterben hunderte, vielleicht tausende in der Festung Wien. Rückt vor, so schnell ihr könnt. Über das Kahlengebirg' und den Wienerwald. Dort werdet ihr nämlich nicht erwartet. Keine Schanzen, keine Wachen. Bei Nussdorf gibt es nicht einmal Truppen. Die sind weg. Die ganzen Moldawier und Walachen. Ich habe es selbst gesehen. Bei meinem Durchritt."

Der Herzog verzieh dem cholerischen jungen Tölpel diesen Ausbruch und Obrist Heissler stand schon hinter ihm, um ihn zu mäßigen.

„Parbleux! Das ist endlich eine gute Nachricht." Der Herzog trat zu einer Karte und suchte Nussdorf.

Josef sprang trotz des vorsorglichen Heissler auf und trommelte mit seiner dreckigen Hand auf die Stelle: „Da, keine Truppen!" Verstand der hohe Herr jetzt endlich?

Carl V. von Lothringen und Bar klatschte fein in seine Hände. Ein weiterer Adjutant erschien. „Hundert Dukaten für den tapferen Kleinen. Und ein schickliches Gewand. Schreibt es gleich nieder."

„Nein danke, ich habe meines beim Regimentsschreiber des Heissler'schen Dragonerregiments. Und noch etwas! Ich suche einen gewissen Prinzen Eugen von Savoyen. Der muss sich bei Euch befinden. Ich habe einen Schwur geleistet, vor der Verlobten des verstorbenen Julius Ludwig von Savoyen aus Wien. Könnt Ihr mir den zeigen? Ich habe ein Medaillon für ihn."

Carl von Lothringen lächelte amüsiert. „Ah – eine Affaire d'amour ..."

„Nein, Exzellenz, ich hatte nie eine Amour mit der Baronin Irmgard." Der ahnt nicht, wie sie mich begrub, dachte er und zwinkerte sich insgeheim selbst zu. „Ich habe ihr nur geschworen, das Medaillon des Obristen Julius von Savoyen dessen Bruder zu überreichen."

„Eh bien", der Lothringer war durch diese Unterbrechung entzückt. „Der Volontaire Eugène de Savoy. Er möge eintreten."

In der Antecamera gab es ein Durcheinander, als der kaiserliche Volontär, Eugen von Savoyen, aufgerufen wurde. Herein stolzierte ein kleiner, schmaler, kümmerlicher Zwerg. Kleiner noch als Josef. Seine Nase zeigte himmelwärts, die trichterförmigen Nasenlöcher waren sicher jedem Regen ausgesetzt. Eine riesige Allongeperücke machte ihn nicht gerade pompöser. Im Gegenteil. Sein schmaler Körper stak in einem lächerlichen Kinderkürass. Aber die Augen. Jössas na, diese Augen! Adleraugen. Feldherrenaugen. Hochgeworfene Brauen, lange, weiche Augenlider. Sie bewegten sich rasch und zuckend auf und nieder.

Diese Augen fixierten erst den Generallieutenant, dann Josef. Er stampfte mit der Rechten auf. Blieb mitten im Raum stehen. Steif und förmlich. Ein stocksteifes Zwergerl. Josef dämmerte es. Wenn der Bruder so gewesen war wie der, dann begriff er den Ausbruch der Baronin Irmgard. Er war der leibhaftige Stellvertreter gewesen, damals im Beichtstuhl. So viel älter als er selbst konnte der stolze Herr nicht sein.

Josef stöberte in seinen Hosentaschen. Zuerst fiel Laub heraus, dann Staub und Dreck. Heissler stöhnte laut auf. Josefs Hand bohrte sich tiefer hinein. Dann kam endlich eine mit Donauschlamm verdreckte Kette zum Vorschein. Daran ein Medaillon. Josef wischte es an seinem verstaubten Ärmel ab. Wenn nicht alle so foin und noblich dahergeschaut hätten, hätte er es noch angespuckt und glattgewischt. Dann, in einem Anfall von Selbstvertrauen, hob er die Kette hoch, schritt zu dem steifen Prinzenmanderl und legte sie diesem vorsichtig über die Perücke auf die Schultern. Dabei schrammte das Medaillon über die Luginslandnase.

„Le médaillon de votre frère. Je souhaite les meilleures compliments de la part de la Baronesse Irmgard, la fiancée de votre frère. Je suis votre serviteur.“

Schöner hätte es kein Höfling aus Versailles ausdrücken können. Josef war ganz stolz auf sich und sein Französisch. Erst war er den Tataren, dann dem Auwaldschlamm entkommen, dann den Adlerreitern mit ihren ŽŘŠŤŁ, und jetzt bewegte er sich auf hohem Parkett wie ein pomadisierter Diplomat. Die Mama hätte nur so geschaut. Und der Prinz Eugen! Dieser Haubenstock, der stand nur da. Und schaute nur so wie ein quadrierter Gartenzwerg.

Zwischen dem Lothringer und dem Prinzen kam es plötzlich zu einem schnellen französischen Disput, dem Josef überhaupt nicht folgen konnte. Auch Heissler sah aus wie der Ochs vorm Tor.

Da richtete der Prinz Eugen endlich das Wort an Josef. „Vous êtes mon serviteur, vraiment? Ihr wollt sein mon Dieneeer?“ Josef nickte verdutzt. Er hatte vorhin etwas von Serviteur von sich gegeben. Aber das war ja nur so auf Französisch dahingesagt.

Jetzt endlich lächelte der Jüngling im Blechoberteil gar.

Heissler legte schon wieder seine Hände auf Josefs Schultern. Beruhigend. Kalmierend. Er, Josef, der kaiserliche Meldereiter, der Held von Wien, sollte der Diener dieses Zwergerls sein? No bitte! Dafür hatte er sich abgekämpft, sich den Oasch aufgerissen? Er drehte sein Gesicht Hilfe suchend zum Obristen Heissler.

Der drückte schon wieder in seine Schlüsselbeine. Und zischelte ihm zu: „Eine große Aufgabe, Josef. Denn lang bist du nicht der Diener oder Rossknecht von einem Volontär. Nimm das Angebot an. Ein Prinz im kaiserlichen Heer ist kein Schmarrn. Hab nur zwei Wochen Geduld. Dann bist du obenauf! Und ein gemachter Mann!“

Josefs Gedanken rasten. Was war er nicht schon alles gewesen in den letzten Tagen. Dann trat er endlich auf den stocksteifen Prinzen zu. Langte nach unten, nahm dessen Rechte hoch und drückte sie so fest er konnte. „Mon Prince! Votre serviteur. Josephe Schahin! Compliment!“ Da legte auf einmal der kleine Prinz seine Rechte auf die verdreckte Schulter Josefs, drückte ihn seitlich an sich und verneigte sich tatsächlich ein wenig vor einem Leopoldstädter.

„Josephe! Allons!“ In einer Aufwallung von Hybris winkte Josef mit der Rechten huldvoll in Richtung des Lothringers und des Obristen Heissler und gemeinsam, Arm in Arm mit dem Prinzen, ohne Befehl des Abtretens, verließen sie den Empfangssaal. Josef hielt sich diskret hinter seinem neuen Herrn, als er aus dem Hardegg'schen Schloss schritt. Eugen überquerte den Ehrenhof und steuerte die Toranlage im Burgwall an. Dann ging es durch eine ganze Zeltstadt inmitten des Gartens. Bei einem Lusthaus in einer weit entfernten Baumgruppe in dem weitläufigen Schlosspark hielten sie an. Vor einem einfachen Dragonerzelt machten sie Halt.

Josef guckte verdutzt. Das war also die prinzliche Hofhaltung. Ein schöner Diener war er jetzt geworden. Ein Armeleuteverwalter. Aber hinter dem Zelt grasten zwei wunderschöne Rösser. Bevor er noch zu ihnen eilen konnte, trat ein betagter, etwas gebeugter Herr, O-beinig, aus dem Zelt, beugte sich vor dem Prinzen und blickte Josef neugierig aus hellen Augen an.

In einem seltsamen deutschen Dialekt stellte er sich vor: „Ich bin Jacques, der Stallmeister. Bitte nicht lachen, unser Stall besteht derzeit erst aus zwei edlen Pferden, aber nach der Schlacht um Wien werden es mehr werden. Ich komme aus dem Elsass. War vorher lange Jahre beim Prinzen von Conti, dem Schwiegersohn Ludwigs XIV., in Dienst. Und begleite nun den jungen Prinzen von Savoyen auf seinen Kriegsfahrten. Und wer seid Ihr?“

Er hatte schon gesehen, dass sein Prinz recht amikal mit dem neuen Burschen umgegangen war, und wunderte sich, dass ein Prinz aus regierendem Geblüt solch einer Vogelscheuche nur die Hand gereicht hatte.

„Ich bin der Josef Schahin aus der Leopoldstadt, Vorstadt von Wien. Kaiserlicher Meldereiter und Kurier, außer Dienst. Im Laufe dieses Kriegszugs darf ich mich vielleicht näher vorstellen. Aber, so viel sei nur gesagt, ich war früher im Dienste des Savoyer Dragonerregiments. Bin durch die feindlichen Linien, auf Befehl des Herzogs von Lothringen, durchgewandert und wieder zurück aus der Festung Wien. Als ehemaliger Orientkaufmann verstehe ich alle Sprachen des Ostens, bis auf Persisch und Chinesisch und wurde deswegen ausgesucht. Ich kann mit Pferden umgehen und möchte Euch gerne zur Hand gehen, wenn Ihr es gestattet. Ich selbst besitze zwei schöne Rösser, aber das ist eine andere Geschichte. Die stehen jetzt in Mähren, sind sicher vor den Türken. Ihr sagt mir einfach, was zu tun ist. Vorher möchte ich mir nur mein altes Gewand aus der Kanzlei des Heissler'schen, ehemals Savoyischen Regiments holen und meine Remuneration für den Kundschaftergang." Er zog das kleine Zettelchen des grüne Jalousien-Adjutanten aus seiner Pluderhose und deutete den Weg zum Hauptquartier und der Zahlmeisterei an. „Monsieur Jacques, wir sehen uns später, nach diesen Amtswegen."

Mit einem Diener in Richtung Prinzenzwergerl schlenderte er ins Weite und suchte einmal die Regimentskanzlei des Heissler'schen Dragonerregiments. Als er seine alten Klamotten übernommen und angelegt hatte, war ihm leichter. Dann nähte er geschwind, zum wievielten Mal, seine Dukaten um. Nur dreckig im Gesicht war er noch immer. Jetzt wurde er nicht mehr so scheel angesehen wie vorher. Jetzt war er nichts mehr als ein kleines Rädchen im großen Räderwerk der Entsatzarmee. Anonym, überseh- und unscheinbar.

Die Zahlmeisterei war in einem großen Zelt untergebracht. Bürokratie rechts und links. Es miefte nur so von Aktenfaszikeln. Josef hielt sein Zettelchen vor sich hin und fragte sich von Schreiberling zu Schreiberling durch. Keiner war zuständig. Immer wieder wurde er zu einem anderen verwiesen. Langsam schwoll ihm der Kropf. Da kämpfte man sich unter Einsatz seines Lebens durch alle Widrigkeiten der Landschaft und der Osmanen und dann wurde man von unzuständigen, federkielgewordenen Krokodilen immer wieder vertröstet.

Zum Glück sah er jetzt in einer der Reihen den Buttenzwerg, der sich um seinen Sold angestellt hatte und auch hier seine Schuppenbrösel verstreute.

„Eh, Meister Sporschill! Kennt Ihr mich noch?"

Der freute sich ehrlich und überschüttete ihn mit einem massiven Speichelfluss. „Altho so wath, der Jothef. Bitht du vielleicht gewachthen?"

„Lieber Bu..., Herr Sporschill, wisst Ihr, wo man sich für Extraremunerationen anstellen muss? Ich habe nämlich hundert Dukaten zu bekommen. Für meinen Ritt durch die feindlichen Linien."

„Altho tho wath! Du bitht durch die türkithe Armee durchgekommen!" Der letzte Rest des Satzes enthielt, Gott sei Dank, kein einziges S, und Josef wagte wieder näher zu treten.

„Ja wirklich, und ich habe dem Herzog von Lothringen alles erzählen können. Jetzt stehe ich im Dienst des Prinzen Eugen von Savoyen, des Bruders des ehemaligen Regimentsinhabers."

„Na tho wath! Du bitht ja ein rechter Tauthendthaththa." Das war zu viel für Josef. Beim letzten Wort sprang er geistesgegenwärtig wieder zurück.

„Thtell dich da drüben rechtth an, beim Obertthahlmeithter Derkitth."

„Wie bitte? Derkitsch?"

„No wath habe ich gethagt, bitht du dearith? Thag' ihm einen thönen Gruth vom Thporthill, dann kriegtht du gleich dein Geld. Er itht ein ehemaliger Dragoner."

Josef bedankte sich gespielt katzbuckelnd und stellte sich beim Derkitsch an. „Schön, ein wenig Kitsch muss schon sein", dachte er sich. Der Oberzahlmeister war ganz umgänglich nach den ausgerichteten Grüßen vom Buttenzwerg, denn er bekam wirklich hundert Dukaten auf die Hand gezählt. Er war jetzt ein reicher Mann. Leicht hüpfte er vor sich hin. Vierhundert Gulden. Zusammen mit dem Rest seiner Barschaft, die ihn so weit durch alle Fährnisse begleitet hatte, konnte er sich jetzt schon einige Extravaganzen leisten. Vielleicht wollten der Jacques und der Prinz ein bissel was zwitschern. Das gab es ja gegen gutes Geld. Als Einstandsgeschenk sozusagen. Aber wofür sonst den ganzen Luxus, wenn es für ihn nichts anderes galt, als Wien zu befreien. Aber im Lager rührte sich so gar nichts. Gähnendes Zeittotschlagen. Josef konnte ja nicht ahnen, dass es für eine so riesige Armee etwas schwieriger war, einen steilen Urwald wie den Wienerwald zu durchqueren, als für zwei einsame Reiter. Und er hatte keine Idee von den Diskussionen zwischen dem Lothringer und dem König Sobiesky, der jetzt offizieller Oberkommandierender des Entsatzheeres war. Sobiesky hatte anfangs von einem Ritt durch ein geschlossenes Dickicht gar nichts hören wollen. Seine Adlerreiter würden ja überall hängen bleiben. Er brauchte eine glatte schöne Ebene, am besten graswogend, in der er anrennen konnte. Also Wien von Süden oder von Osten. Ein Umgehungsmanöver, das aber viele Tage dauern würde. Vom mangelnden Nachschub und dem hängen bleibenden Tross ganz zu schweigen. Endlich hatte man sich also auf den schwierigen Aufstieg aus dem Tullnerfeld geeinigt. Dabei musste man alles zurücklassen, was das Leben einer Entsatzarmee angenehm machte, inklusive aller Sattler, Trossknechte, Schmiede und Fouragiere. Während des

Erklimmens der Höhen blieben nur der eigene Mundvorrat und die Reservepferde. Ein Unternehmen, das mehr als gewagt erschien. Aber der Herzog von Lothringen mit seiner unprätentiösen Art hatte sich durchgesetzt. Direkt an den Feind. Von dort, wo der niemanden erwartete. Die Meldung Josefs hatte den Ausschlag gegeben.

Aber diese strategischen Fragen beschäftigten unseren Buben nicht mehr. Er stand bei Jacques und folgte mit neugierigen Blicken dessen Fertigkeiten an der Longe, als er die Stute Pia und ihren Sohn, den Hengst Petit Filou, vorstellte. Welche Rassepferde! Und dann saß Jacques auf. Und eröffnete Josef eine neue Welt. Jacques war ein Anhänger des deutschen Stallmeisters Johann Christoph Pinter von der Aue. Der forderte den Sitz auf dem Gesäß und wandte sich gegen den bis dahin praktizierten Spaltsitz, der das Stehen im Steigbügel, das feste Anklammern der Knie und Oberschenkel und das Steifhalten des gesamten Körpers vorschrieb. Jacques sprach von einem Balancesitz mit gebeugtem Knie und einem mitatmenden, haarfühlenden Schenkel. Drum brauchte Jacques auch keine Pauschen am Sattel. Damit konnte der Reiter sich herumdrehen, war im Kampf beweglicher und wurde nicht mehr durch den Sattel eingezwängt.

Dann begann er die hohe Schule zu reiten. Josef war hingerissen. Die Hilfen von Jacques waren so minimal und trotzdem absolvierte Petit Filou Bewegungen, die Josef nicht einmal vom Hörensagen kannte. Die Piaffe, die Courbette, die Kapriole, all diese Bewegungen waren für ihn fremd. Das musste er erlernen. Das musste er Goldkind und Achill beibringen. Und dafür würde er alles geben. Unterwürfigkeit. Arbeit und Lernen. Das war er gewohnt. Von klein auf und durch seine Herkunft lag ihm dieses ewige Lernen und Anpassen im Blut. Und fleißig war er selber. Nach wenigen Stunden Unterricht am nächsten Tag wusste er schon, wie das Pferd fester auf der Hinterhand stand, die halbe Kruppe nur einwärts gehalten wurde. Da man die Waffen normalerweise in der rechten Hand hält, die Degenhand, oder wie Jacques sagte, la main d'épée, musste das Streitross sehr biegsam auf der rechten Hand sein. Die Volten mussten auf zwei Fußtritten und auf einem Viereck geübt werden, dessen Ecken mit der Vorhand gerundet werden.

Jacques rief: „Embrasser la volte!"

Josef hatte den Trick dieser Passaden und Pirouetten bald heraus und verstand schnell, was diese Bewegung in einer Schlacht ausmachen konnte. Aber Jacques war dann doch zu schnell. Einer Bewegung folgte die nächste. Da konnte Josef dann nicht mit. Er war sichtlich überfordert. Er bat Jacques um Geduld und übte auf der Stute Pia die Anfangsgründe der Reitkunst, wie Jacques sie ihn lehrte.

Von der Parade, der halben Parade und dem Zurückgehen angefangen bis zum „Von der Schulter einwärts", dem „Epaule en dedans", vom spanischen Schritt, der ein Pferd edel und erhaben gehen lehrt, bis zu den Schulen über der Erde, der Pesade, der Mezair, dem Galop Gaillard.

6. September 1683, gegenüber Tulln

Josef war gar nicht mehr von den Pferden wegzubekommen und nur widerwillig hörte er nach einigen Tagen die Trompeten und die Trommeln, die jetzt endlich das Sammeln zum großen Entsatz ankündigten. Und ihn wieder in die Wirklichkeit seines Daseins zurückholten. Er sollte sich ja am Entsatz von Wien beteiligen und nicht nur schöne Reitkunst erlernen. Bei Tulln hatte man eine provisorische Holzbrücke errichtet. Und über diese sollte nun die ganze Armee über die Donau reiten und sich drüben im Tullnerfeld aufstellen. Eine schwere Aufgabe, peu à peu alle Regimenter aller Nationen zeitgerecht aufzurufen, sie einzugliedern und ihnen den rechten Platz in der vorgesehenen Schlachtordnung zuzuweisen. Darüber hinaus den Proviant, das Futter für die Pferde und die Munition bereitzuhalten. Eine enorme logistische Leistung, die Sobiesky und Carl von Lothringen relativ einmütig vollbrachten. Die „Ordre de bataille" war in französischer Sprache vom oberkommandierenden Polenkönig signiert, dieser überließ aber dem Lothringer die Leitung der Schlacht, während er sich in der Mitte der polnischen Kavallerie direkt am Kampf beteiligen wollte.

Eugen von Savoyen sollte sich bei den Heissler'schen Dragonern aufhalten und die Befehle des Obersten strikt befolgen. Viel lieber wäre er bei seinem Freund, dem herrlichen Max Emanuel, Kurfürst von Bayern, angeritten, aber in einer Schlacht fragt man nicht, was einem lieber wäre. Mit den Dragonern überquerten sie auch die Donau. Josef blickte in den sprudelnden Strom und gedachte seines Freundes Michailowitz, der nur wenig stromabwärts seinen Tod gefunden hatte. Er lief neben Jacques einher, leichtfüßig, wie er war, nachdem er alle seine Siebensachen auf Pia gelassen hatte, die von dem betagten Stallmeister geritten wurde. Eugen ritt vorn bei den Volontären mit, auf Petit Filou. Aber meistens ging es nur ein paar Schritte vorwärts, das Wartenkönnen gehört auch bei der Kavallerie zu den elementaren Tugenden. So stand man meistens in der Gegend herum und hoffte, dass man wieder ein Stück vorwärtskam. Manchmal saß Josef auch bei seinem alten Freund, dem Haas Franz, auf und plauderte mit ihm, erzählte ihm von seinen Abenteuern in der Wienerstadt und dankte es ihm mit einem Krug Slivovitz.

Nach Tulln, hoffte man, würde es rasch vorwärtsgehen, es kam aber nur zum großen Stocken. Denn die einzelnen Regimenter mussten sich im Tullnerfeld präsentieren, die Eskadronen mussten ihren Platz finden. Das war ein Kommandieren und Brüllen, und nur eine Engelsgeduld ermöglichte es den Reitern, das lange Warten zu überstehen. Da zeigte sich für den mobilen Josef erst, welche europäische Welt sich diesem Entsatzheer angeschlossen hatte. Da gab es Namen, die er vorher nie gehört hatte und die ihm zeigten, wie groß dieses Deutsche Reich eigentlich war. Wo lag Reuss-Plauen? Die Grafschaft Holzapfel? Das freiherrlich kinderreiche Haus von der Leyen? Alle hatten ihre Soldaten und Reiter geschickt. Josef stellte sich in der Zwischenzeit, bei den Kameraden schon übermütig geworden, als „Schahin von der Leopoldstadt“ vor. Als ihm ein Bayer erklärt hatte, er komme vom zweibrückischen Zweig der pfalzgräflichen Linie der Wittelsbacher, hängte Josef seinem Adelsprädikat noch eine zwischenbrückische Linie an. Vom Hauptast zwischen Donau und Taborbrücke. Das brachte Stimmung in die Gemeinde.

7. September 1683, Tulln

Sobiesky ließ zuerst alle Armeen parallel entlang der Donau aufstellen. Hinter der Stadt, zwischen den Flüssen, der großen und der kleinen Tulln, paradierte am weitesten westlich die polnische Armee, anschließend die kaiserliche. Da aber zu wenig Platz bis zur kleinen Tulln war, ließ der Herzog von Lothringen seine Regimenter sich in einem Halbkarree präsentieren. Über dem Flüsschen folgten die kursächsischen und schwäbischen Linien, dann die fränkischen und am Schluss ganz im Osten die kurbayerische Armee. Die Letzteren waren bis Krems zurückgeritten und marschiert, dann über die Donau und den ganzen langen 7. September wieder ins Tullnerfeld gekommen. Das gesamte Donauufer von der großen Tulln bis Zeiselmauer war nun mit Soldaten gepflastert. Die kaiserlichen Truppen, denen auch die schweren Lubomirski-Reiter angehörten, bestanden aus 21.000 Mann. Davon waren zwanzig Kavallerie-, Dragoner- und dann noch Kroatenregimenter unter Kéry von Ipolykér mit 12.900 Reitern.

Josef hatte sich hinter den Linien ein wenig davongemacht und bewunderte neugierig die ungewohnten polnischen Truppen mit ihren fantastischen Panzerungen und Waffen. Der Krongroßfeldherr Stanislaus Jablonowski, Wojwode von Kleinrussland, allein schien nur aus Gold und Silber zu bestehen. So eine prächtige Rüstung hatte Josef noch nie gesehen. Sogar seine Armschienen waren mit Goldauflage verziert. Und um den Schmuck noch prächtiger zu machen, hatten alle teure Pelze, die mit einem violetten Innenfutter ausgestattet waren, um die Brust befestigt, die ihnen dann von der linken Schulter über den Rücken wallten. Sogar der königliche Küchenmeister Galecki, der das Dragonerregiment der Königin anführte, war prächtiger gekleidet als der Herzog von Lothringen. Josef konnte seinen Blick nicht von den Adlerreitern trennen. Seit sie ihn auf der Reichsstraße nach Krems erschreckt hatten, ließen ihn diese hohen, rot gefärbten Rückengestelle mit den langen Federn, die wie Flügel aus dem Rückenpanzer wuchsen, nicht mehr los. Die polnischen Truppen waren in Choragwien statt in Regimenter eingeteilt, hatte ihm Jacques erzählt. Wie der sich all die fremden Namen merken konnte. Besonders lustig fand Josef den Kommandanten der Infanterieregimenter, die mit langen schön verzierten Hacken ausgestattet waren, den Feldzeugmeister Martin Kacki. So etwas meldete in Wien jedes Kleinkind, wenn es auf den Topf musste. Beim Grafen Leslie im Regiment gab es dann auch noch tatsächlich einen Hauptmann Lulli, gewissermaßen das flüssige Pendant zum Kacki. Josef grinste kindisch.

Aber viele waren sie. Wenn Josef den Beginn seiner kriegswichtigen Tätigkeiten mit dem heutigen Zustand verglich, gab ihm diese riesige Menge von Infanterie und Reitern eine gewisse Zuversicht. Er zählte mit im Mundwinkel herauslugender Zunge und seinen acht Fingern zusammen 21.000 Kaiserliche, dann die Polen, sind rund 26.000, macht zusammen 47.000, dann die Sachsen unter dem Kommando ihres Kurfürsten Johann Georg III., rund 10.000, macht 57.000. Dann die Bayern – 10.500 – und die schwäbischen und fränkischen Truppen mit 9.500 Mann. Das macht alles in allem, wenn ich mich nicht verzählt habe, 77.000 Kämpfer. Und verglichen mit den Türken, die schon so viele verloren hatten, Seuchenopfer und Tote im Kampf, und deren wackligen Verbündeten, wie dem Hospodar der Walachei, Servan Cantacuzenus, den sie, wie man so hörte, auch „Kantakukuruz“, nach den Maiskolben, nannten, dem Sekim Gerej, dem Tataren Chan, Duka, Hospodar der Moldau, Thököly von Ungarn und Apafi von

Siebenbürgen, die irgendwo in der Gegend umherritten – weiß Gott, wir haben doch eine Chance.

Erst aber mussten wir die ganzen Feldschmieden, Zeltkarren, Kaleschen, Munitionswagen, die schwere Artillerie, die Sattler und Marketender in St. Andrä zurückgelassen werden. Denn mit den vielen Wagen konnte man den Wienerwald nicht überqueren. Schwierigkeiten gab es noch, die zahlreichen Prinzen, die sich dem Heer angeschlossen hatten, wie Eugen, aber auch den Fürsten von Anhalt mit seinen zwei prinzlichen Söhnen, dem kreuzbraven Prinzen Georg Ludwig und dem weniger kreuzbraven Friedrich August von Hannover, die von Pfalz-Neuburg, die Brüder der Kaiserin, zwei Prinzen von Württemberg, außer dem in Wien befindlichen, und zwei Prinzen Holstein, einen Prinzen von Eisenach, einen von Hohenzollern und zuletzt noch einen von Hessen-Kassel, auf die deutschen und kaiserlichen Regimenter aufzuteilen. Diese Volontäre waren zwar ruhmsüchtig und sicherlich tapfer, das Leben einer solchen Hoheit sollte man aber nicht gleich in das erste Treffen führen. All das gab es noch zu berücksichtigen.

Am 8. September sollte am Fuß des Wienerwaldes Aufstellung genommen, noch einmal abgekocht und gefuttert werden. Der 9. September galt als Abmarschtag hinauf in den Wald. Rationen sollten nur für vier Tage mitgenommen werden. Die Reservepferde und die Rossbuben sollten bis zum Höhenrücken von Kahlenberg und Leopoldsberg mitreiten oder hinaufsteigen, dann aber, am Tag der Schlacht, oben verbleiben. Auf den Gipfeln sollten ein linker und ein rechter Flügel sowie ein Zentrum mit vier Linien formiert werden. Am rechten Fügel sollten die Polen anreiten, am linken die Kaiserlichen und die Sachsen, in der Mitte die Bayern und die deutschen Kreisvölker.

So begann Josef wiederum, diesmal zu Fuß, den steilen Aufstieg auf die Berge des Wienerwaldes, während er, sich umdrehend, noch weit unten bei Königstetten die Polen noch einmal lagern sah. Wieder regnete es und ein scharfer Wind klatschte die feuchten Äste gegen die Reiter. Die dürftigen Wege wurden zu Brei. Aber Josef war dieses Marschieren im Matsch schon so gewohnt, dass es ihm nichts mehr ausmachte. Mit der Linken hing er am Schwanz von Pia. Das half ein wenig, das Gewicht der nassen Kleidung zu verringern.

Es musste gegen zwei Uhr früh, nach zwei Tagen, gewesen sein, als er keuchend, zusammen mit Eugen und Jacques, das Kamaldulenserkloster auf dem Kahlenberg erreichte. Oberst Heissler hatte den Auftrag, eine große rote Fahne mit einem weißen Kreuz in der Mitte am Kloster anzubringen, um den Verteidigern damit gleich im Morgengrauen zu signalisieren, dass der Entsatz beginnen würde. Dann fielen plötzlich Schüsse. Die Volontäre wollten gleich lossprengen, aber Jacques bekniete den Prinzen Eugen, nicht im Alleingang gegen den unsichtbaren Feind, noch dazu ohne Befehl, loszureiten.

Tatsächlich war Kara Mustafa jetzt aufgewacht, und da er mit einem Entsatz aus dem Wienerwald nur halbherzig gerechnet hatte, entblößte er die Gräben vor Wien von ungefähr achttausend Janitscharen und schickte sie gegen die Höhen. Auch Klosterneuburg hatte er nicht erobern können. Ein wichtiger Vorteil für die Kaiserlichen. So entstand für ihn ein misslicher Zweifrontenkrieg. Seine Hoffnung, die Wiener Festung nach vor Anrücken des Heeres in die Hand zu bekommen und sie erfolgreich gegen das Entsatzheer zu verteidigen, hatte sich nicht erfüllt.

Prinz Eugen wurde endlich befriedigt, er sollte mit einigen Eskadronen der Heissler-Dragoner in die ersten zwei Hohlwege abwärts gegen Wien steigen und den Beginn des Anritts, der für den nächsten Tag zeitig in der Früh festgesetzt war, sichern. Die Janitscharen hatten sich nach einigem Schussgeplänkel bergab verzogen und waren dann nicht mehr gesehen worden.

Eugen sollte den Anfang des Hohlweges halten, um sich dann dem Heissler'schen Gesamtregiment anzuschließen. Josef und Jacques verbrachten die Nacht aneinander gelehnt und leise vor sich hin dösend. Pia hatten sie vom Sattel befreit und an eine Föhre in ihrem Blickfeld angebunden.

12. September 1683, morgens

Langsam ahnte man, dass bald der Morgen grauen würde. Drüben auf einer Wiese sammelte man sich zu einem ökumenischen Gottesdienst, den der Kapuzinerpater Marco d'Aviano halten sollte. Für alle Christenmenschen, ob katholisch oder protestantisch. Plötzlich erschien der König von Polen, Jan Sobiesky, mit seinem Sohn. Das war aber wirklich nicht ausgemacht. Denn der polnische Feldherr sollte eigentlich mit seiner Armee zwei Bergrücken weiter südlich postiert sein. Aber Sobiesky kam nicht mit seiner Armee, sondern ganz privat, um der Heiligen Messe als Ministrant beizuwohnen und seinen Sohn im Morgengrauen dieser für Europa so bedeutungsvollen Schlacht zum Ritter zu schlagen. Der Herzog von Lothringen ging ihm entgegen und instruierte ihn über die Bewegungen der Türken unterhalb des Kahlenbergs und in der Höhe des Nussbergs.

Plötzlich sah Josef, der zum Menagefassen zurückkommandiert war, Eugen mit Petit Filou. Er winkte ihm zu. Kurz nur sprang Eugen vom Pferd, rieb sich die mageren Hände und trat von einem Bein auf das andere. Josef hatte einen Topf kalten Bohnenbreis zubereitet, und gemeinsam löffelten sie in leichtem Nieselregen des Morgens das scheußlich schmeckende Gemisch. Drüben schien gerade die Messe zu Ende gehen, denn man konnte deutlich d'Avianos tiefen Bass vernehmen, der über alle Köpfe schrie: „Wenn ihr auf Gott vertraut, werdet ihr siegen!"

Leise beschwichtigte Josef ein wenig den Schreihals Gottes, diesen Papa la papp: „Und vor den Mauern Wiens heulen die Imame den gleichen Text auf Türkisch."

Dann blickte er sich verstohlen um, ob auch niemand diese Lästerung gehört hatte. Aber sonderbar, die Kürassiere, die

Dragoner, die Infanteristen, die an der Messe teilgenommen hatten, leuchteten irgendwie seltsam aus den Augen. Ganz anders als er oder Jacques. War es Massenhysterie oder einfach das, was man allgemein Gnade nannte? Über das hätte der Herr Descartes schreiben sollen, dachte Josef. Aber der konnte diese Schlacht nicht erleben und auch nicht mehr das Phänomen Massenhysterie schildern. Der hatte damals die Schlacht am Weißen Berg, vor Prag, miterlebt.

Da waren die alten Haudegen, die sich überlegen gaben und überlaut Zoten rissen und dröhnend die Neuen verlachten, die ihre Angst und ihren Harndrang zu verbergen versuchten. Die Gottlosen, die muntere Marketenderlieder von Tod und Teufel anstimmten. Alle hatten sie noch ihr Wasser abgeschlagen, ehe sie aufsaßen. Fahl war der Morgen herangegraut. Aber auch die Rösser waren nervöser als sonst. Unruhig waren sie um die Vorderhand getänzelt. Auch unter ihnen gab es alte Schlachtrösser und viele neue, unerfahrene, nicht vollkommen ausgebildete. Der Dampf der Pferdeleiber und ihrer Exkremente, der Lederbrodem und das Rindstalgaroma mischten sich mit dem Taugeruch des Wienerwaldes und seiner breiten Lichtungen. Noch waren alle vom Tau der Nacht durchweicht. Kleine Zweige und Halme hatten sich in den wirren Haaren verfangen. Wieder wurde Schmierfett ausgegeben. Sie walkten es in die Lederteile, in die Zügel, in die Sättel. Sie strichen es über die Waffen und die Ladestöcke, die Hähne der Radschlosskarabiner. Alles, was im Morgennass so leicht und so verdammt schnell rostete. Manche schmierten den Rindstalg auch in ihre Schnurrbärte als Reservefett.

Da dröhnten Kanonenschüsse. Das Zeichen zum Abmarsch. Auch Pia wurde sicherheitshalber gesattelt. Sie war schrecklich nervös. Wahrscheinlich hatte sie noch nie den Aufbruch zu einer solchen Schlacht erlebt. Und nun ritten sie an. Zuallererst die Kürassiere unter dem General Caprara, dann der Feldmarschall

Hermann von Baden und der Feldmarschallieutenant Herzog von Croy. Und eine Reihe Pferdeärsche nach der anderen verschwand am Abhang unter dem Kloster. Drüben ritten die guten Sachsen unter ihrem Kurfürsten in den lichten Wald hinein. Dann die Lubomirskische Reiterei, der Feldzeugmeister Graf Leslie mit seiner Infanterie, die die Hänge noch schneller hinabwuselte als die Reiter. Eugen war schon ganz nervös, aber er war ja erst am Schluss eingesetzt. Viel zu früh war er wieder in den Sattel gesprungen. Josef und Jacques streichelten den sensiblen Petit Filou. Auch Eugen tätschelte immer wieder auf den Hals des jungen Hengstes. Nun bliesen die Bataillone unter Generalwachtmeister Trauttmansdorff zum Abmarsch. Und dann waren die Heissler dran, unter dem Generalwachtmeister Taafe. Die Trommel rief. Eugen schwenkte Petit Filou von der kleinen Gruppe weg, hob seine Rechte, ohne sich umzusehen. Sein erster großer Tag von tausenden unter der kaiserlichen Fahne hatte begonnen. Vom Sattelplatz waren es keine dreihundert Klafter bis zum letzten Glied der Dragoner.

Gerade als die graue Masse der Reiter im trüben Morgenlicht Farbe annahm, geschah es. Pia bäumte sich plötzlich auf, wieherte fast herzzerreißend. Der alte Jacques hängte sich mit aller Macht in die Zügel. Andere stürzten herbei, um das Tier zu bändigen. Da traf Jacques der rechte Vorderhuf krachend in seine Brust. Noch nie hatte Pia einen solchen Ausbruch versucht. Blut sickerte aus dem Mund des bewährten Stallmeisters, rasselnd ächzend ging er zu Boden. In der Hand hielt er noch die losen, abgerissenen Zügel.

Pia bäumte sich auf und trommelte mit den Vorderbeinen durch die Luft. Schrie sie ihren Abschiedsschmerz über ihren Petit Filou, der sein Leben lang an ihrer Seite verbracht hatte, in den Morgennebel? Ihre Augen waren irr aufgerissen, die rosa Nüstern zum Zerreißen gespreizt, die Adern hervorgequollen. Mit seinem ganzen Gewicht, das allerdings wie eine Feder im

Vergleich zu dem Ross war, hatte sich Josef am Sattelknauf angeklammert. Alle Lehren, wie man ein verstörtes Pferd bändigt, vergessend, hatte er nur in Panik „Pia, Pia!“ geschrien und sich an den Sattelknauf festgekrallt. Mit einem enormen Satz nach vorn war sie plötzlich losgaloppiert – zu Josefs Glück bergauf, in die falsche Richtung. Sein Gekreisch hatte sich überschlagen. Als sie plötzlich mit allen vieren springend und ausschlagend bockte, konnte er sich, hoch aus der Luft, in den Sattel ziehen. Dieser Moment des Richtungswechsels gab ihm die Möglichkeit, einen Fuß in den zu kurz gegürteten Steigbügel zu tasten. Er drückte die Knie durch, legte sich auf den Hals des Pferdes und krallte sich in die Mähne, mühte sich, das Tier mit Flüstertönen zu beruhigen. Aber Pia sprengte im Karree davon. Über einen jungen Holzschlag sprang sie unregelmäßig ausbockend, schnaubend, blieb kurz mit dem Hinterhuf im Geäst hängen und krümmte immer wieder den Rücken. Und dann jagte sie, eine sanfte Wiese entlang, bergab. Josef konnte den zweiten Stiefel in den Bügel drücken. Krämpfe begannen seinen rechten Unterarm zu quälen. Es gab kein Zurück mehr. Weit, ganz weit vor ihm lag die breite Phalanx der kaiserlichen Dragoner, so weit, dass man das Unwetter des Dröhnens der Hufe mehr spüren als hören konnte. Josef richtete sich ein wenig auf. Da lag vor ihm tief unten das verbrannte Nussdorf, die schwarzen Bohlen eines Kapellchens und den Turm von St. Michael von Heiligenstadt konnte er undeutlich im Morgennebel wiedererkennen.

Sein rötlichblondes, langes Haar klebte an seiner rechten, in den Hals Pias gedrückten Wange. Sein und ihr Schweiß waren verschmolzen. Ein schöner Pferdeknecht eines Prinzen! Er schluchzte in seiner Verzweiflung. Er, jetzt nichts anderes mehr als ein besserer Trossbub, ohne mächtige Waffe, ohne Schutz, nicht einmal mit einer Kopfbedeckung versehen, wurde von einer wildgewordenen Mutterstute in eine mörderische Schlacht geritten. Das war es dann also. Ende. Aus. Der weiche, milchduftende, immer leicht verschwitzte Leib seiner eigenen Mutter Barbara erschien ihm. Ihr zart vorwurfsvolles „Joschi, Joschi!" mit dem typischen Schütteln des schräggelegten Kopfes, das immer eine Stirnlocke gelöst hatte, begleitete ihn in das ferne Wummern von Feldkanonen jenseits der Ohren der Stute. Und dieses Wummern riss ihn gleich wieder in die Gegenwart zurück.

Das trabende Heer vor ihm musste doch jetzt langsam in den Kampf verwickelt worden sein. Wo war die fürchterliche Gegenwehr, über die alle diskutiert hatten? Wo waren die todesmutigen Janitscharen mit ihren typischen hohen Mützen, den Börkas, deren fanatische Kampfbereitschaft alle so fürchteten? Es war sicher eine Kriegslist, um unsere Reiter in Sicherheit zu wiegen.

Ein Steilhang, den er übersehen hatte, tat sich auf. Aber Pia stürzte sich hinab. So musste sie sich ja die Vorderfesseln brechen! Zwischen zwei Reihen von Weinstöcken preschte sie weiter. Der Weingarten wollte fast kein Ende nehmen. Sollte er diesen Wahnsinn überleben, wie konnte er dem Prinzen vor Augen treten? Ein Nichtkombattant. Ein fünfzehnjähriger Diener in der Schlacht. Ein unwürdiger, unbewaffneter Hosenscheißer, der er war. Gut, den Dolch und die zwei Wurfmesser durfte man nicht mitrechnen. Wieder verfluchte er seine Situation. Würde er für die Insubordination hängen müssen? Carl von Lothringen war ein strenger Herr. Ein Strick war schnell geknüpft. Und das alles nur wegen dieses Gauls. Dieser Glucke von Mutter. Wie seine. Immer angsterfüllt, immer Schutzmantelmuttergottes. Sie hatte ihn immer gerettet und behütet. Die Schläge des besoffenen Stiefvaters mit dem eigenen Körper aufgefangen. Immer die Lehrer angebettelt, seine vorlaute Naseweisheit zu verzeihen. Langsam dämmerte Josef, was in Pia vielleicht vorging, und seine Gedanken hielten inne. Was hätte Mama jetzt mit den Osmanen aufgeführt, wenn sie ihren Sohn angegriffen gefühlt hätte!

Wieder entrang sich seinem Kehlkopf ein trockenes Schluchzen. „Mama! Bitte, lieber Prinz, lass mich nicht hängen!“ Heiß durchpulste ihn ein weiterer Verlust. Sein Ring, sein Erbstück, das ihm die Mutter, mit einem Ruck des Vertrauens, vor ihrer aller Vertreibung aus der Vorstadt Leopoldstadt, ihrer Heimat, in einem Rehlederbeutel, mit einem sanften Streicheln über sein Haar, umgehängt hatte. Der Ring, das teure Stück seines Vaters Aaron, des Juden, im Lager gestohlen.

Er hatte den Vater nie kennengelernt. Und doch liebte er ihn. Und wie er ihn liebte. „Vater! Schütz mich! Wo auch immer du sein magst! Gerade jetzt. Schütz mich, mit all deinen seltsamen Gebeten, vor den Pfeilen, die mich treffen werden, schütz mich vor der Schande, ich bin doch dein Sohn!“ Tränen traten in seine brennenden, windvertrockneten, graublauen, mit gelblichen Krusten in den Winkeln verklebten Augen. „Dein Bub! Der Judenwedel, der Bastard! Der unbeschnittene Mischmasch, der Waiowai!“ Er, der immer Gehemmte, zu Kleine, zu Feige.

Wie sollte er, wenn er das überleben sollte, vor die Augen der Mutter treten? Jetzt reute ihn sein Wahnwitz, als er den Schutz der Mutter im Taumel der Flucht verloren hatte. Hätte er sie nur länger gesucht. Nein, bei dem Dragoner musste er bleiben, der ihn fast zu Tode geritten und ihm anschließend das Leben gerettet hatte. Immer war er doch zu schwach gewesen. Er, der nebbich große Held. Das kleinste Würmchen. Das schwächste. So wie ihn jetzt dieses riesige Vieh, das ihm stets treu gefolgt war, von Mutterangst getrieben, in gestrecktem Galopp in eine Schlacht zwang. Nur wegen dieses Hengstes, des stolzen Petit Filou. Sie donnerte mit ihm durch ein schütteres Wäldchen von jungen Buchen und schnaubte plötzlich angsterfüllt.

Raue Schreie von rechts ließen ihn über seine festgekrallten, blutleeren acht Finger spähen. Er wurde fast ohnmächtig vor Angst! Sein Kehlkopf hüpfte schon wieder verdächtig. Das bisschen kalter Bohnenbrei, das er in der Nacht heruntergewürgt hatte, schoss sauer hoch und matschte plötzlich ekelerregend, in die Mähne Pias.

Schräg vor ihm stürmte, wie ein sturmgetriebener, rumpelnder, erdiger Staubklumpen, ein Trupp Tataren über eine Bergkuppe auf ihn zu. Sie hatten ihre struppigen Pferde gewendet und nun, ohne Zügel zu verwenden, legten sie ihre Flitzbogen lautlos auf ihn an. Als sie die Pfeile sekundengleich abschossen, presste er sein verrotztes, verklebtes Gesicht in den nassen Hals von Pia und rutschte unwillkürlich ein wenig nach links an die Seite des Pferdes. „Mama, hilf!", wimmerte er nur, seinen baldigen Tod erwartend.

Die treffsicheren Tataren hatten den Lauf Pias mitberechnet, den Vorhalt eines Bogenschützen. Am Rand des Waldes aber hatten fleißige Holzknechte eine hohe Wand mit zerkleinerten Bäumen und Holzscheitern aufgerichtet. Einen riesigen, hohen Holzschlag. Josef ließ Pia Kopf und Hals frei, drückte die Hacken in die Seiten. Sie hielt direkt die Luft an, legte den Kopf seitwärts und ... erkannte ihre Unfähigkeit, dieses Hindernis zu überspringen. Und bremste sich ein. Und wie sie ihre Vorderhufe in den belaubten Wienerwaldboden stemmte. Sie verweigerte. Josefs schmaler Körper hob sich zuerst ganz langsam, und dann, immer schneller werdend, sauste er, sich um seine Achse drehend, wie ein Geschoß aus einem gezogenen Lauf, über den Hals Pias. Mit einem fürchterlichen Krachen landete seine rechte Schulter und kurz danach seine Seite an der Wand aus geschnittenen Buchenholzscheitern. Die kurzen Schnittstämme polterten von ihrem Stapel. Das ganze kunstvoll aufgeschichtete Holzgebilde sprühte Teile in Richtung Wienerstadt.

Josef befand sich mit seinem Kopf mitten in dem fliegenden Holzwust, als vor seiner Nase die Pfeile niedersausten. Auch die Schützen hatten nicht mit der Verweigerung Pias gerechnet. Selbst der versierteste Tatar konnte Wiener Buchenholzstapel in seinen Vorhalt einberechnen. Josef war noch mit dem Durchzählen seiner Knochen beschäftigt. Er japste, bekam kaum Luft. Er lag in dem hinteren Teil des hohen Stapels auf dem Rücken, sein ganzer Körper hieß Schmerz! Jeder, der je von einem Pferd geflogen ist, kann sich den Unterschied zwischen weichem Wiesenboden und einer Buchenholzwand ausrechnen. Und den Schmerz an der Aufprallstelle, in diesem konkreten Fall Schulter und Rippenpartie rechts, ausmalen. Da kann einem schon der Atem wegbleiben. Zwischen den Schmerzwellen und der Höllenangst vor den Tataren wechselten Josefs Gefühle. Da raufte der Rotz mit dem Elend. Denn die Hufe konnte er trappeln hören. Und er lag da, auf Buchenscheitern schmerzhaft gebettet, wie ein Maikäfer auf dem Rücken, wenn es blitzt. Aber sein Gehirn begann langsam auf Trab zu kommen. Das Trappeln kam immer näher. Was konnte er noch verlieren? Nein, nein. Da war mehr als nur sein bisschen fünfzehnjähriges Leben. Da war einmal die arme Pia. Ihm war sie zur Obhut übergeben. Die Mama und der Schahinvater würden sicher traurig sein. Sein Jäckchen mit den ungefähr hundertdreißig eingenähten Dukaten. Das war schon ein recht schöner Schatz für einen Tataren. Da konnte er dem Chan Selim Gerej schon den Stinkefinger zeigen. Was noch? Seinen Dolch. Die letzte Zuflucht. Aber seine Wurfmesser! Ja, die Wurfmesser. Stöhnend und kaum zu atmen vermögend, tastete er nach seinen Stiefeln und zog die beiden Messer aus den Schäften heraus. Mein Gott, die guten Stücke des seligen Georg Michailowitz! Dabei ertappte er sich, wie er darüber staunte, dass ihn kein unerträglicher stechender Schmerz durchbohrte. Also nichts gebrochen. Nicht einmal eine Rippe. Ganz langsam richtete er sich in seiner Holzburg auf, verlagerte sein Gewicht auf die Knie. Herrschaftsseiten, es funktionierte noch. Er blickte kurz zu Pia. Die zupfte Gräschen unter einer Buche. Als wäre nichts geschehen. Es fehlte noch und sie hätte „Diedeldumdei" geflötet. Und ich war gar nicht dabei.

Josef sandte ihr einen bösen Blick zu. Aber Pia ignorierte ihn nicht einmal. Diedeldumdei. Die Tataren hatten sich immer weiter, wie eine lausige Wollmützenwelle, vorantreiben lassen. Ihnen fehlte der kleine Reiter. Sie sahen nur den hohen Holzstoß und vermuteten dahinter das Ziel ihrer Begierden. So begannen sie die Holzburg anzugreifen. Josef konnte das Weiße in ihren Augen erkennen. Sie hatten angehalten und erregt keiften sie sich in einer seltsamen, hohen, keuchenden Sprache gegenseitig an. Wieder so eine Orientsprache, die er nicht verstand. Der Erste, vielleicht der Anführer, weil er ein besonders prächtiges Gewand mit einem Umhang aus Zobelfellen besaß, bellte einen Befehl und deutete in Richtung Josef. Eine kühle Windbö vom Kahlenberg ließ ein paar erste gelbe Blätter in seine Richtung trudeln.

Öha, dachte Josef. Windböen sind einzukalkulieren. Ganz vorsichtig nahm er die zwei Wurfmesser und griff das erste an der Spitze. Aber die Entfernung war noch zu groß. Noch zu unsicher. Die Tataren näherten sich wieder um einige Klafter. Wohin war er verschwunden? Der Obertatar breitete gerade seine Arme aus, um den Trupp zu teilen, damit sie den breiten Holzstapel umreiten sollten. Damit wäre er in der Zange. Aussichtslos. Also ganz klein machen.

Josef erinnerte sich plötzlich an die komischen Nachmittage, an denen sie Versteckerln gespielt hatten. An der Mauer des Karmeliterklosters. Und die ganz Kleinen hatten sich die Hände vor die Augen gehalten und gerufen: „Ich bin versteckt! Ich bin nicht da!" Das würde ihm jetzt auch helfen. Oder ein Schleier der Scheherezade, der, wie er es in Stambul gehört hatte, unsichtbar machen sollte.

Plötzlich ertönten Schüsse. Meiner Seel! Da fielen drei Tataren hinterrücks vom Pferd. Sofort drehten sich die übrigen von seiner Holzburg ab und kümmerten sich um den neuen Feind. Hinten am Abhang, wo sie vorhin heraufgeritten waren, erschien auf einmal eine Eskadron bayrischer Reiterei. Die mussten sich verfranzt haben. Josef linste über den Rand seiner Festung. Das war doch dieser Johann Baptist Graf Arco! Der halbe Österreicher in bayrischen Diensten. Der sollte doch schon vor Grinzing stehen – ohnehin eine weitaus bessere Adresse. Er war noch viel zu hoch oben. Vielleicht hatte er eine falsche Senke benutzt und die lief hier auch manchmal quer Richtung Nussberg. Und wenn man im Wienerwald einmal in einer Senke drin ist, sieht man die Wienerstadt erst, wenn man am Schluss feststellt, dass man sich um zwei Vororte, rechts oder links, verlaufen hat. Der Wienerwald ist eben ein tückischer Abhang. Für jeden Wanderer und Schenkenbesucher.

Aber für Josef war es die Rettung. Die Arco'schen schweren Reiter ritten ihre mächtigen Rosse an. Trotz eines Pfeilhagels der Tataren. Ein Ross an der Flanke stürzte in die Knie. Der Reiter in seiner Panzerung kippte rechts ab. Auch seine Zukunft sah nicht sehr rosig aus. Die Tataren aber zahlten mit dem Wiener Notgeld, dem Fersengeld. Das war der Moment Josefs. Noch als die Tataren ihr Abschiedsgeschenk, im Vorwärtsreiten und nach hinten gerichtet, gegen die Arco'schen Reiter abzischen ließen und er sich unbeobachtet fühlte, warf er seine zwei Messer. Eines in des Anführers Herz, das andere gleich auf den Reiter neben ihm. Der musste so etwas wie sein Stellvertreter sein. Beide ruckten wie von Seilen gezogen und fielen hintenüber. Die Pferde waren noch im Vorwärtsgalopp, und so kippten sie schon tot über deren Hinterbacken, tot noch bevor sie die Erde berührten. Josef schnappte zur Sicherheit seinen Dolch, schnellte so gut er konnte empor und rollte sich von seinem Holzstapel herab. Er krümmte sich ein wenig vor Schmerzen, denn richtig gut ging es ihm ja nicht. Während die Arco'schen Reiter noch herandröhnten, winkte er mit beiden Armen, wie die müde Fliege. Dann war er schon über dem Capo und riss ihm den Zobelpelz vom Hals. Das Messer stak etwas oberhalb des Herzens. Josef war jetzt zu einem richtigen kleinen Raser geworden. Jetzt, als die Not von ihm abfiel, als seine Todesangst sich davonschlich, überkam ihn ein Blutrausch, wie er es noch nie erlebt hatte. Bitter würde er es noch sein ganzes Leben bereuen. Wie er da die Leichen des Tataren und seines Nebenreiters mit dem Dolch massakrierte und sie anschrie und anspuckte. Die Kürassiere waren noch nicht herangekommen, da hatte Josef seine Messer schon wieder abgewischt, den Dolch in den Gürtel gesteckt, den Zobelpelz an sich genommen und den Kommandanten auch noch um seinen Krummsäbel und seine Satteltaschen erleichtert. Den Streitkolben seines Nachbarreiters in der Rechten, schäumend vor Wut, so erlebten die Arco'schen Kürassiere den jungen Vaterlandsverteidiger.

„Heh!", schrie ihn der Graf Arco an: „Schlägst du deine eigene Schlacht? Schlingel! Weißt du nicht, dass Plündern verboten ist?"

Da kehrte Josef wieder in die Welt vor Wien zurück. Er stellte sich in soldatische Positur. Jetzt hatte er den Scherben auf. Was sollte er da für eine wilde Räuberpistole von sich geben, die ihm ja doch keiner abkaufen würde?

„Melde gehorsamst. Josef Schahin, von der Leopoldstadt, Diener und Rossknecht des Volontärs, des Prinzen Eugen von Savoyen. Mein Pferd steht hinter dem Holzstoß. Bin von den Tataren überfallen worden. Ich danke Euch für den Sukkurs."

Angriff und Dank war die beste Verteidigung. Dass er kein Marodeur war, das war jetzt wichtig. Und als Josef die Pia, die sich auf einmal ganz ruhig am Steigbügel führen ließ, vorführte, ging ein Raunen durch die Reiter. Das war aber ein schönes, reisiges Pferd!

„Wie Ihr seht, ist mir der Zügel gerissen, ich besitze keine Trense, und dann ging mir das Pferd durch. Es ist das Ersatzpferd des Prinzen, den ich jetzt suchen muss. Er wird irgendwo vor oder hinter Nussdorf sein. Mit den Heissler'schen Reitern, denen ich eigentlich angehöre."

Graf Arco antwortete mit einer Gegenfrage: „Bist du aus Wien, Josef, wie ich deinem Dialekt entnehme?"

„Ja, Euer Durchlaucht! Von der Leopoldstadt. Ich kenne den Wienerwald. Ihr habt Euch zu weit nach links begeben. Wenn Ihr wollt, kann ich Euch den Weg zurück gegen Döbling oder Sievering zeigen, wo Ihr vielleicht Euer Einsatzgebiet findet."

„Das stimmt", staunte Arco. „Du bist ein kluges Bürschchen."

„Dann, Herr Graf, folgt mir. In einer halben Stunde oder weniger seid Ihr in der Schlacht. Könnt Ihr dann morgen dem Prinzen, meinem Herrn, bestätigen, dass ich Euch geholfen habe, damit man mich nicht aufknüpft wegen Insubordination?"

„Das werde ich, mein Junge." Arco lächelte ihn aus seinen hellen Augen an. Dann aber wurde seine Miene ernst, denn von weit unten hörte man kurz Geschütze bellen. Hatten die Türken es geschafft, doch Artillerie gegen das Entsatzheer aufzufahren?

„Vielleicht hat einer von Euren geschätzten Reitern einen Strick, damit ich mir ein provisorisches Halfter und Zügel basteln kann?"

Arco drehte sich im Sattel um. „Hat wer einen Strick für den Jungen?"

Von hinten brachte ihm ein vierschrötiger Kürassier einen viel zu kurzen Hanfstrick.

Josef versuchte es zwar, aber es nutzte nichts. „Euer Durchlaucht, darf ich vielleicht das Geschirr des gefallenen Kürassiers verwenden?"

„Wenn du uns den Weg weist, dann kannst du auch den Helm und seinen Brustpanzer haben. Der Jörg, der beste meiner Fechter, braucht ihn sicher nicht mehr. Nur die Pistole und seinen Degen nehme ich an mich. Zur Erinnerung. Er hat nämlich in Obermenzing Weib und Kind."

Josef war schon bei dem toten Pferd, nestelte an den Riemen und das erste Mal spürte Pia eine schwere Kürassiertrense im Maul. Das war ihr gar nicht recht. Sie ruckte mit dem Kopf, schüttelte ihn und bockte ein wenig. Aber sonst ließ sie sich auf einmal ganz lammfromm führen und gehorchte den gezischelten Lauten Josefs.

Ein großer Dicker half Josef, den für ihn viel zu großen Kürassierpanzer umzuschnallen, und auch der Helm musste mit Fetzen ausgestopft werden. Sonst wäre er ihm auf die Nase heruntergerutscht. Und der verschiebbare Bügel, der die Nase schützen sollte, war ihm bis zum Kinn heruntergefahren. Jetzt aber passte es. Bis auf den Nackenschutz. Dessen letzte Glieder ruhten auf Josefs Halsansatz und zwickten ganz schön zwischen seinen Schulterblättern, und scheuern konnten die. Wie Reibsand. Wieder versuchte er den Helm in eine brauchbare Lage zu bringen. Dieses Naseneisen störte schon schrecklich. Aber so viel Eisen auf und vor einem, das gab schon Sicherheit. Besonders gegen Pfeilbeschuss. Und wenn er sich jetzt in die Schlacht begab, wissend und nicht von einer hysterischen Mutterstute geführt, wollte er schon noch einen gewissen Schutz haben.

Dann schwang er sich wieder in den Sattel, den er vor wenigen Minuten so unfreiwillig und unsanft verlassen hatte. Jetzt war es schon egal. Warum sollte er auf den Kahlenberg zum Kamaldulenserkloster zurückkehren? Den Jacques würden die anderen schon versorgen. Vor ihm lag das abschüssige Schlachtfeld. Irgendwo nach Nussdorf befand sich sein Prinz Eugen. Aber zuerst wollte er seine Erretter, die Arco-Reiter, in ihr vorgeschriebenes Aufgabengebiet führen. Der Tag war ja noch lang und weiß der Teufel, was noch alles passieren würde. Der Arco'sche Standartenträger hatte die weiße Bayernfahne schon wieder in die Bügelhalterung geschoben. Das viergeteilte Wappen Bayerns mit der Kurfürstenkrone darüber flatterte im Morgenwind. Josef ritt zur Spitze neben den Grafen und den Standartenträger vor und witzelte: „Ja, unser Fähnelein ist weiß und blau." Die in Hellgelb gehaltenen Koller der Reiter setzten sich in Bewegung. Eine fesche Uniformierung, dachte sich Josef, und dazu diese hellblau abgesetzten, langen Manschetten! Stil hat der Max Emanuel, das muss man ihm lassen, auch wenn sich die schönste Kavallerie im Wienerwald schwer verirren kann. Sind halt Ausländer, wenn auch sympathische, die einem das Leben gerettet haben. So schöne Soldaten, und was tut man? In den Krieg führt man sie. Viel lieber tät ich die Arco-Reiter in den Eszterházykeller einladen, aber wer weiß, was die Zukunft noch bringt.

Jetzt, im Moment, fühlte sich Josef wie ein Kriegsheld. Auf dem Kopf diesen eisernen Nachttopf mit der Nasenspange, vor sich einen Riesenkürass, wie ein Weidling zum Germteigschlagen, an der linken Seite das Krummschwert eines Tatarenkommandanten und dazu noch einen Streitkolben. Wenn ihn jetzt die Mama sähe, die würde aber staunen. Sicher würde sie ihn ausschimpfen. Aber insgeheim doch stolz sein.

In die Wirklichkeit zurückgeholt wurde er von seinem Vater Aaron, er hörte ihn flüstern: *„Nebbich, haast sich a Palmachomer!"* Links von ihnen hörten sie wieder Artilleriefeuer. Der linke Flügel der Entsatzarmee war sicher auf die verzweifelt kämpfenden Osmanen gestoßen. Der Nussberg war also ein schwer umkämpftes Gebiet. Aber, Gott sei Dank, dort wollte Josef ja seine Arco-Kürassiere nicht hinführen. Er hieß sie nach rechts, einem anderen Graben folgen. Dann kurz bergauf, und da standen sie auf einer Anhöhe, die seit altersher der Himmel hieß. Arco fühlte sich aber gar nicht himmlisch. Gut, der

Ausblick war schon einmalig. Vor ihm in der Ferne die Festung Wien, hart umkämpft. Aber unterhalb von ihnen, zwischen Untersievering und Neustift am Walde, tobte eine veritable Schlacht. Dort mussten seine Bayern sein. Josef deutete nach unten. „Dort hinein gehört Ihr." Arco blickte nach links. Am Nussberg blitzte Geschützfeuer auf. Die Türken mussten ihre Kanonen gedreht haben und feuerten nun auf die Kaiserlichen und die Sächsischen. Dort war der Teufel los. Musketensalven knatterten. Rechts hinten, das musste Salmannsdorf sein, und weit dahinter der Heuberg, dort konnte man endlich die ersten polnischen Adlerreiter mit ihren Fähnchenlanzen daherpreschen sehen. Schön spät. Die ganze Front war rechts nach hinten gerutscht. Arco hob den Arm: „Attacke!", brüllte er und hinunter ging's im Schweinsgalopp. Josef dachte sich: No, der Erste muss ich ja nicht sein, und ließ sich gemächlich zurückfallen. Aber Pia folgte als Herdentier den vorderen Kollegen, und ehe er sich's versah, waren sie schon in Pötzleinsdorf.

Drüben links, hinter Heiligenstadt, hatte Carl von Lothringen gerade eine Kampfpause kommandiert. Der linke Flügel war zu schnell vorgeprescht. Er hatte Mühe, die kampflustigen Reiter zurückzuhalten. Aber er wollte eine Linie haben, und die Polen hingen zurück. Carl ritt zum Kurfürsten von Sachsen, um den sich die Generäle versammelt hatten. „Wollen Euer Gnaden heute mit der Ehre und großen Avantage zufrieden sein?"

Feldmarschall von Goltz, der berühmte sächsische Kommandant, ergriff das Wort: „Seht, der Feind ist epouvenieret. Ich halte für gut, dass man ihn verfolge und die Victorie weiter proseguire; auch bin ich ein alter Mann und wünsche noch heute Abend ein gutes Quartier in Wien zu haben!" Diese Worte fanden bei den Generälen und Prinzen jubelnde Aufnahme. „Marchons donc!", rief der Herzog von Lothringen und die ganze Bataille *begunnte zu avancieren.* Gen Wien, gegen die Basteien.

Als so die ganze Kavallerie über den Croatenbach, den Krottenbach, setzte, brach in den türkischen Stellungen das Chaos aus. Da half kein Anspornen der Unterführer mehr. Mit angstgeweiteten Augen fiel die restliche Abwehrarmee in den Rücken derer, die noch die Mauern Wiens attackierten. Der ganz linke Flügel der Kaiserlichen brach in das türkische Lager ein.

Den Bayern erging es nicht ganz so freundlich. Sie trafen auf die Sultansgarde der Janitscharen. Am Vormittag hatten die ihre Stellungen vor der Löwelbastei verlassen, um sich schnell am Rand des Wienerwaldes einzugraben. Sie hatten unmittelbar vorher, in der Früh, noch einen Sturm auf die Stadt versucht, waren aber an dem verzweifelten Widerstand Starhembergs und Kaplirs gescheitert. Die Garde war eine hervorragende, gestählte und fanatische Truppe, die nicht ans Aufgeben dachte. Ihr Imam hatte ihnen die Herrlichkeiten des siebenten Himmels vor Augen geführt. Die ultimative Verzückung. Ein Angriff der Bayern nach dem anderen scheiterte. Auch die neue Reserve, die Arco nach vorn brachte, konnte nichts ausrichten. Man musste absitzen und sich Schritt für Schritt vorwärtsbeißen. Zäh feuerten die Janitscharen ihre Musketen ab. Hauten mit ihren Krummschwertern in die bayrischen Mannschaften. Es war ein fürchterliches Gemetzel. Mann um Mann fiel. Auf beiden Seiten. Es war die blutigste Wunde der Entsatzschlacht. Erst als dem Lothringer dieses blutige Auf-der-Stelle-Ringen zur Kenntnis kam, ließ er ein Drittel des kaiserlich-sächsischen linken Flügels rechtsum machen und die Türken im Galopp von der Seite angreifen. Das war der Durchbruch. Der entscheidende Befehl der Schlacht vor Wien.

Die Janitscharen kämpften nun an zwei Fronten in einer Eckzange, tapfer, bis zum letzten Mann. Keiner überlebte. Erst dann konnte sich das Zentrum mühsam voranbewegen. Josef hielt sich hinter den Reihen bedeckt. Er hatte Graf Arco ein flottes Adieu mit der Rechten gewunken. Nun aber sprengte er nach links vor und suchte nach den Marketendern im Türkenlager. Zwischen Neustift und Dornbach sollte sich ihr Gros aufhalten. Von rechts bemerkte er, wie die Polen durch das türkische Lager brachen.

Kara Mustafa herrschte seine Untertanen an, die grüne Fahne des Propheten zu hissen. Kein Gläubiger konnte diese Fahne ohne Verlust seines Lebens verlassen. Die letzte Wunderwaffe in einer Schlacht. Ein Ruck ging durch die osmanischen Kämpfer, als würden sie von unsichtbaren Fäden gezogen. Die Zeltburg des Großwesirs wurde durch die Polen schon schwer bedrängt. Das Schatzzelt fiel, sein Geheimschreiber Ali Effendi, der Kroate, wurde massakriert. Dann folgte das Scharfrichterzelt. Die arnautische Leibwache Kara Mustafas, die wilden Skipetaren in ihren roten Jacken, stand wie eine Mauer. Eine langsam dahinbröckelnde. Zu mächtig war der Ansturm der wilden Polen. Osman Ağa, der Ağa der Sipah, der Spahis, drängte Kara Mustafa zur Flucht, ergriff die Fahne des Islam und zog sich mit allen Befehlsträgern, den Großwesir mit sich ziehend, Richtung Wienfluss zurück.

Der schwarze Mustafa übergab schließlich den Oberbefehl an den greisen Ibrahim Pascha von Buda und hieß ihn, auszuharren und die im Lager verbliebenen zwanzigtausend Christensklaven über die Klinge springen zu lassen. Dann kehrte er dem Schlachtfeld mit der grünen Fahne, dem Siegel des Großherrn und den Schlüsseln der heiligen Kaaba den Rücken. Fort galoppierte er Richtung Osten. Er befahl, sich bei der früheren Zeltburg des Sultans Süleyman von der ersten Belagerung Wiens 1529, dem kaiserlichen Neugebäude in Simmering, zu sammeln, um Rat zu halten. Ein ganz schön weiter Ritt. Aber auch die Todesangst verleiht Flügel.

Die polnischen Reiter waren wie geblendet. Sie fielen über die Schätze Kara Mustafas her, sodass den türkischen Generälen die Möglichkeit geboten war, sich unverletzt zurückzuziehen.

Josef war in die Marketenderstellungen eingedrungen. Da sah er, wie die Polen von rechts auch dahin einfielen. Ein riesiger, unbeweglicher Adlerreiter hatte sich vom Pferd fallen lassen und hieb mit seinem Streitkolben auf einen fetten, glatzköpfigen Schwoischädel ein. Da war er, das war doch der Hans Mayr. Endlich. Josef verlor fast den Verstand. Auch er sprang von Pia ab. Gegen die zwei hatte er zwar keine Chance. Darüber hinaus rutschte ihm der Nasenbügel seines Nachttopfs schon wieder bis zum Kinn. Er legte sich flach auf seinen Eisenkürass. Und rutschte auf dem, wie auf einem Barbierbecken, in die Nähe der zäh Kämpfenden. Er linste nach rechts und nach links. Auf alles hieben die Polen ein. Stopften sich Seidengewänder, Juwelen und Perlen, kostbare Waffen und Geldbeutel in ihre Satteltaschen. Sie ruckten und wackelten beim Bücken wie Maschinenmenschen. Josef spielte einen Mausetoten, rutschte aber zentimeterweise zu den zwei erbittert Ringenden. Denn Hans Mayr hatte mit seinem Totschläger ausgeholt und dem Adlerreiter ins Gesicht gedroschen, dass nur so die Knochen splitterten und das Blut spritzte. Der war durch sein hohes Rückengestell behindert. Lag nun auf dem Rücken. Auf seinem Federschlitten. Mayr schien die Oberhand zu gewinnen und drückte seinen Stiefel schwer auf die Gurgel des Polen. Das war die Chance des herangerutschten Josef. Wie ein Pfitschipfeil sprang er auf und hieb dem Mayr seinen Streitkolben auf den Hinterkopf. Das krachte so richtig. Wenn er nur ein bisschen mehr Muckis, Muskelschmalz, gehabt hätte! Mayr drehte sich im Zeitlupentempo um, blutüberströmt. Glotzte Josef stieräugig an. Rieb sich den nackten Schädel. Und wankte mit blutunterlaufenen Augen auf ihn zu. Mit bloßen Händen wollte er diesen Zwerg erwürgen. Auf einmal öffnete er sein riesiges Maul, ließ einen fürchterlichen Schrei los. Josef sah kurz zurück, damit er nicht, wie so oft, stolpern würde. Der blöde Helm machte aber seine Kopfdrehung nicht mit und Josef guckte nur in dessen finstere

Innenseite. Dann machte er einen Satz nach hinten und zog den Säbel. Hielt ihn nur fest vor sich her, wie einen Besenstiel. Mayr torkelte auf ihn zu, mächtig wie ein Monster aus einer gruseligen Sage. Ohne sich umzublicken, nur vorwärts stierend. Und dann fuhr ihm der Säbel des Tatarenanführers, ganz von selbst, in die linken Rippen, ohne dass Josef nur einen Hieb gewagt hätte. Er zog das scharfe Tatarenunding wieder heraus. Mayr drehte sich auf seinen Riesenstiefeln und knallte dann rücklings auf die Erde. Flugs grapschte Josef den Ziegenlederbeutel an seinem Hals. Sein einziges Ziel. Und trat schnell zurück. Denn jetzt war der Pole wieder obenauf und wollte Josef erschlagen. Was galt schon so eine halbe Portion an diesem Tag? Aber ein rüstungsstarrender Adlerflügelreiter ohne Pferd war eine lahme Ente gegen einen Leopoldstädter, der als Störenfried nur einen Kürass vor dem Bauch hängen hatte.

„Dschenn kujen!“, rief Josef dem Hussariareiter seine neu erworbenen polnischen Sprachkenntnisse zu und sprang leichtfüßig zu Pia. Es stand ihm nicht mehr der Sinn danach, nach der Gittel, diesem Weibstier, zu suchen. Das war ihm bei Gott zu gefährlich. Der Hussariareiter warf sich wieder auf Mayr und sackelte ihn kunstgerecht aus. Stierte ihn ab. „Sollst alles nehmen, was du willst, wenn ich nur meinen Ring wiederhab.“ Mit seinen gequälten, zerschundenen Fingern strich Josef über das kleine Säckchen, öffnete es, und zitternd zog er ihn heraus, den Samaragdring seines Vaters. Aarons Ring. Und daneben noch drei weitere Ringe, die er nicht kannte. Die beachtete er aber kaum, knüpfte sich das Kleinodiensäckchen um den Hals und schwang sich auf Pia. Wo war er eigentlich? Er musste sich jetzt zwischen Neuwaldegg und Gersthof befinden. Jetzt nichts wie hin zu den Heissler'schen Dragonern. Sein Glück war gemacht. Seine Ehre wiederhergestellt. Seine Schmach getilgt. Nur jetzt bald den Prinzen finden. Sonst würde es neue Zores geben.

12. September 1683, Nachmittag

Es war Nachmittag geworden. Josef ritt durch einen Vorhof der Hölle. Nein, so musste die Hölle selbst sein. Die Gräben der türkischen Belagerer waren mit Leichen überfüllt. Sterbende, Verletzte und dazu noch ein Haufen kleiner Kinder, die plärrend über die Leichen taumelten. Darüber hinaus kreischende, verschleierte türkische Frauen. Er ließ das Elend hinter sich und konzentrierte seinen Ritt auf das Schottentor. Wie lang war es her, dass er dort in der Nacht versucht hatte, den Graben zu überwinden? Josef verschloss seine Augen und seine Seele. Nur seinen Prinzen finden! Da fiel ihm sein Descartes ein. Wo war der bon sens geblieben? Die Kraft der Vernunft, die über das lumen supernaturale siegt. 1620, bei der Schlacht am Weißen Berg, mussten ihm diese wunderbaren Gedanken gekommen sein. Und was hatte es geholfen? Der Glaube versetzt nun einmal Berge. Leichenberge. Waren überhaupt noch Lebende übriggeblieben? Als Antwort knatterte vorn, knapp an der Stadt, wiederum Gewehrfeuer auf. Also hatten die Osmanen dort noch nicht aufgegeben. Pia trottete, vorsichtig zwischen den Leibern der Gefallenen ihren Weg suchend, weiter.

Sächsische Infanterie zog an ihm vorüber. Jetzt musste er den linken Flügel bald erreicht haben. Er stellte sich im Sattel auf, um besser sehen zu können. Da vorn war der Baron Mercy, der Generalfeldwachtmeister, mit einem Haufen sächsischer Dragoner. Josef beschleunigte Pia, schnalzte mit der Zunge und die Gute preschte los, an den Sachsen, an Palisaden und Schanzen vorbei, über gefüllte Gräben, und da vorn, ja richtig, da waren die Heissler-Dragoner. An ihren besonders schmutzstarrenden, ehedem blauen Wämsern konnte Josef sie erkennen. Sie waren abgesessen und feuerten aus allen Rohren in die Reihen der verzweifelt kämpfenden Janitscharen, die sich in der Contreescarpe, dem gedeckten Gang, zwischen Schottentor und Elendsbastei, zum letzten Gefecht verschanzt hatten. Sie bezahlten diesen verzweifelten, ausweglosen Kampf mit einem hohen Blutzoll. Das halbe Fußregiment Württemberg hatte sich den Heisslern angeschlossen und zwischen den zwei Regimentern sah er seinen kleinen Herrn. Soeben schoss der seine Reiterpistole, seitlich, aus einer Levade, kaltblütig in den Graben ab. Josef preschte vor, um sich bei ihm zu melden. Da bemerkte er aus dem Augenwinkel eine gefährliche Bewegung.

Oft weiß man ja nicht bewusst, was gefährlich oder bedrohlich ist. Da muss das menschliche Gehirn noch einen eigenen Reflex aus dem Tierreich besitzen, um so etwas zu ahnen. So wie die Mongolendrüse der Wiener, die jeden sofort erkennt, der von östlich der Ostseite seines eigenen Schlafzimmers, also aus dem Orient, daherkommt. Und den Bewohner der Haupt- und Residenzstadt sirenenartig vor Vertrauensseligkeit warnt. So ein Organ ließ jetzt in Josef alle Alarmglocken schrillen. Er schrie „Höö!“ und riss Pia am rechten Zügel. Aus der Drehung auf der Hinterhand stieg sie steil in die Höhe, vollzog eine makellose Pesade, ihr Leib ragte steil in die Luft, ihre Vorderbeine fast an den Leib anpressend, warf sie den Kopf in die Senkrechte, streckte die Hinterhand aus und man meinte, sie würde jetzt eine Courbette vollziehen. Bruchteile einer Sekunde stand sie wie eine Säule. Josef meinte jetzt und jetzt nach hinten abzurutschen und klammerte sich im Sattel fest.

Aber beim folgenden Wiederabsinken sah Josef genau in dieses kleine schwarze Loch, in die Mündung eines Musketenrohrs, das noch vor wenigen Augenblicken aus der Contreescarpe auf seinen Prinzen gerichtet gewesen war. Der Prinz Eugen hatte gerade seine Pistole sinken lassen, aus der es noch rauchte, und starrte auf dieses Zerrbild eines Kürassiers, das da neben ihm

Hohe Schule ritt. Noch dazu auf seiner Pia. Dann aber vollzog sich alles zeitgleich. Josef ahnte, dass er den Schuss nicht würde verhindern können. Das Pferd hatte mit seinen Vorderhufen noch nicht die Erde berührt, da hörte er noch den Knall des Geschoßes, das eigentlich seinem Prinzen gegolten hatte. Josefs Waschschüssel von Kürass wölbte sich an der rechten Seite ein, die Kugel durchschlug das Metall, sägte ein unscharfes, gezacktes Loch und drang in das darunter befindliche Röcklein ein. Staute den Stoff vor sich her. Genau ins rechte Revers. Josef stockte der Atem, sein Hirn war sekundenlang luftleer.

Bleich wie Topfen sank er hintüber, auf die linke Seite Pias. Noch im Herabsinken wehte durch sein Hirn absurderweise die griechische Grammatik. Wie man aus dem Wort „siegen" – „nikao, nikan" – durch Reduplikation die einmalige Formel „nenikekamen", „Wir haben gesiegt!" konjugieren kann. Dieser Ruf des Pheidippides, nach der Schlacht von Marathon. Wahrscheinlich hatte diese Konjugationsleistung dem Marathonläufer den Rest gegeben. Josef brach genauso zusammen wie der weitaus berühmtere Läufer auf dem alten Marktplatz von Athen. Nur halt vor der Schottenbastei.

Mit einem Aufschrei sprang der Prinz von seinem Petit Filou, schlug zwei Haken im feindlichen Feuer und warf sich auf Josef. Ganz seelenruhig trotteten Mutter und Sohn Schlachtross im wilden Grabenfeuer zueinander. Senkten und hoben ihre Köpfe und standen schließlich nebeneinander. Der Prinz hatte durch seine Aktion das Feuer auf sich gezogen. Der Oberst Heissler hatte die Szene kurz beobachtet und dirigierte seine Mannen mit blankem Degen in den vor ihnen liegenden Graben, um das Feuer abzulenken. Wie die wildgewordenen Teufel fielen sie jetzt endlich in den gedeckten Gang ein.

Eugen tätschelte die weiße Wange Josefs. Da war doch ein Atemhauch! Er schüttelte den Buben. Der schlug endlich die Augen auf. Und sah, langsam erkennend, in die besorgten

Nasenlöcher, die vor Schreck noch einmal so groß erschienen, so dass man fast hätte in sie hineinkriechen können. Er lallte kaum verständlich: „Nenikekamen". Seine rechte Seite schmerzte unanständig.

Aber er versuchte Luft zu holen: „Danke, mein Prinz! Wir haben gesiegt!", hauchte er. Eugen nestelte eigenhändig an den Riemen am Rücken seines Dieners und Rossknechts.

„Avec plaisir, mon Pheidippides!" Aber seine nervösen, fiebrigen Finger konnten die Verschlüsse nicht aufbekommen. Da senkte sich ein breiter Schatten über beide und Franz Haas beugte sich über seinen Schützling.

„Gestatten, Eminenzäh, oder was Ihr seids. Nur net hudeln. Vom Hudeln kommen nur die kleinen Kinder." Und weil Eugen nicht vom Kürass Josefs lassen wollte, wurde das Flehen eindringlicher.

„Bitte, Eure französischen Gnaden, reißt bitte ja nicht an den Ösen. Da gehören Fachleute her. Wie nemmen ma'n denn?" Und langsamer, laut, zum Mitschreiben, wiederholte er: „Wiäh nehmenäh wiräh ihnäh dennäh? Mit dem Untergriffäh! Und nur ... bitte ... mit dem Untergriff!"

Eugen verstand nichts von dem, was der Haas Franz da von sich gab. Aber er wiederholte anerkennend das letzte Wort, in dem die fachmännischen Anleitungen kulminierten: „Ah, avec le Üntergrive!"

Der Franz hatte Josef jetzt auf den Bauch gerollt. Eine Kugel touchierte die Haas'sche Sturmhaube. Die mit einem lauten „Going" zur Seite prellte und sinnlos vor sich hin kullerte. Dann hatte er endlich die Ledergurte gelöst, rollte seinen stöhnenden gewesten Rossknecht wieder auf den Bauch. Vor der Gruppe gab es ein Hurrageschrei. Die Janitscharen, oder was von ihnen noch am Leben war, hatten sich ergeben. Der Oberst Heissler wischte sich das Blut vom Säbel und trampelte sorgenerfüllt zum Prinzen. Nein, dem war nichts passiert. Der kauerte nur über einem Häuflein Elend. Das war doch dieser ehemalige Kundschafter, wie hieß er noch? Der lag gerade auf dem Rücken unter einem viel zu großen Kürass. Gerade richtete er sich auf. Sein Dragoner, der Haas Franz, der war auch dabei, statt die Türken zusammenzutreiben. Sapperment noch einmal. Durfte in seiner Gauklertruppe ein jeder machen, was er wollte? Da sollte doch der Teuxel dreinfahren. Er holte schon tief Luft, um ein berechtigtes Donnerwetter von sich zu geben, als er sah, dass der Haas, wie ein Zaubermeister, aus dem Röckerl unter dem durchlöcherten Kürass des kleinen Mannes einen total verbeulten Dukaten herausholte und ihn dem Prinzen Eugen vor die Nase hielt.

„Schönäh muss man nicht seinäh, aber Glückäh muss man habmäh!" Franz war richtig stolz auf sein Zauberkunststück und verbeugte sich gerade nach allen Seiten, weil auch das Schuppenmonster, der Buttenzwerg, aus dem Graben gekraxelt war und mit seiner noch gezogenen polnischen Karabela, diesem Riesending von blutigem Säbel, fuchtelte.

„Unther Jothef! Theith mich an!" Prinz Eugen zuckte unnobel vor dem Sprühregen des verwunderten Dragoners zusammen. Hob eigenhändig seinen Rossknecht an und klopfte ihm auf die Schulter.

„Merci, mon cher! Aber warum bist du eigentlich hier?" Dann, in einer plötzlichen Aufwallung von Knabenliebe, küsste er den noch ganz Damischen erleichtert auf beide Wangen. Endlich rappelte sich Josef auf. Salutierte taumelnd, aber fast militärisch vor seinem Prinzen.

„Bitte, melde gehorsamst, die Pia ist oben beim Kloster einfach durchgegangen und ich hab Euch nicht mehr erreicht, und dann haben die Tataren auf mich geschossen und die Arco-Dragoner haben sich verirrt und ich hab sie nach Sievering begleitet und die Polen haben mir schrecklich zu schaffen gemacht und ... und ..." und jetzt ging ihm vor Stottern die Luft aus.

Schief hing ihm die Kürassierzischägge mit dem langen Nasenschutz, der ihm wieder bis auf das Kinn reichte, auf dem kleinen Kopf. „Und überhaupt, es war fürchterlich!"

Da überreichte ihm der Haas Franz den verbeulten Dukaten. „Wer immer dir den mitgegeben hat, der war dein Schutzengerläh, du Wahnsinniger vom Ölbergäh!"

„Das bitteschön, war eigentlich die Idee von meiner Mama! Wenn sie nach Wien kommt, und das wird bald sein, dann werde ich sie euch vorstellen, auch dem Herrn Prince, wenn es konveniert."

Der verstand nur „Prince, konveniert" und nickte huldvoll.

Oberst Heissler ließ seine angestaute Luft teilweise wieder ab. „Sind wir da beim Kirtag, oder wo? Hopphopp, mon Prince, aufsitzewuh! Und ihr drei Jammergestalten! Haut's euch über die Häuser und erobert's Wien! Sonst werdet ihr mich kennenlernen!"

Aber so ernst konnte das nicht mehr gemeint sein. Denn er schmunzelte anerkennend. Und mit dem Erobern war es auch nicht mehr so eilig, denn oben auf den Wällen waren eine Menge Soldaten erschienen, die sich mit der Zivilbevölkerung vermischt hatten, und ein lautes „Hurra" tönte über den Graben. Irgendein Dragoner tremolierte von unten den stadtbekannten, weinerlichen Singsang des Bänkelsängers Bazant: „*Mama, den Schlüssel hau oba!*" Die Wiener grölten dazu.

Die Ersten kletterten schon die Basteien herab, um sich in den stinkenden Graben zu werfen. Nicht um die Befreier zu begrüßen, nein, um endlich herauszukommen, nach fast sechzig Tagen der Belagerung, und zu plündern, was die Polen übergelassen hatten. Carl von Lothringen hatte seinen Truppen streng verboten, auch nur einen feindlichen Knopf anzurühren. Aber erlaubt ist in Wien, was verboten ist. Und so mischten sich Wiener Pöbel und kaiserliches, sächsisches, bayrisches, Oldenburger, nassauisches und Braunschweiger Volk, um sich ein berechtigtes Souvenir von den toten Osmanen herauszupicken.

Die meisten Schätze waren schon, wie durch Zauberhand, Jan Sobiesky im Prunkzelt des Großwesirs in die Hände gefallen. Einfach zappzerapp. Aber auch der Badener Louis und der Max Emanuel von Bayern hatten schon ihre adeligen Pratzen auf schöne Zelte, türkischen Zierrat und Prunkwaffen ausgebreitet, die sie in ihren Schlössern präsentieren wollten. Nur stinken tat das ganze Zeug, dass es Gott erbarm. Die Leichen zergingen in der warmen Luft wie Brei, und Sobiesky zog mit all seiner Türkenbeute ein Stück nach Osten, um dem bestialischen Gestank zu entkommen.

Jetzt wurde endlich auch das Neutor geöffnet und ein endloser Haufen Wiener und Wienerinnen ergoss sich auf das Schlachtfeld. Alle zuckten zusammen, als die Kanonen noch einmal schossen. Dreihundert Salven. Jetzt war es schon egal. Die Schüsse ließen bis Stockerau und nach Wiener Neustadt alles erzittern, sodass man dort irrenderweise glaubte, die Wienerstadt sei endgültig gefallen.

Eugen und Josef hatten wieder die Pferde bestiegen. Aber an ein Hineinreiten in die Stadt war momentan nicht zu denken. Noch immer quollen Menschen aus der Festung. So viele konnten doch gar nicht überlebt haben. Von den Soldaten waren es wirklich nur mehr dreitausend. Starhemberg war aus dem Neutor herausgekommen. Er sah jetzt noch verwundeter aus als vor wenigen Tagen. Kaum konnte sich das Gespenst aufrecht halten, als es den Herzog von Lothringen herzlich umarmte, oder eher sich an ihm festklammerte.

„Es war nur noch eine Sache von Stunden, und es wäre um uns geschehen gewesen."

Josef zeigte Prinz Eugen den verschmuddelten Kommandanten der Verteidigung und auch die wichtigsten Kämpfer, die er kannte. Den Böhmen Kaplíř, mit einem turbanartigen

Kopfverband, den de Souches, aus drei Wunden blutend, den Mannsfeld, den Obersten Württemberg. Und am Schluss hinkte noch der Daun heraus, der sich, in Linnen gehüllt wie eine Mumie, vom ebenso verwundeten Oberstwachtmeister Rosstauscher stützen ließ. Jetzt war es aber Zeit, endlich hineinzukommen.

Die Heissler-Dragoner sollten hinter der Elendsbastei lagern, und das traf sich gut, denn Josef entschied sich dafür, seine ganzen Freunde, samt dem Prinzen, in sein Haus am Kienmarkt einzuladen. Gemeinsam machten sie sich auf den Weg. Der Haas Franz konnte mit seinem Bajonetttrick auch die schwere Eingangstür des Hauses bald knacken. Die Pferde wurden in den Innenhof geführt. Doch kein Stroh, kein Heu gab es hier. Nichts zu beißen. Auch die magere Menage vom Wienerwald war schon aufgezehrt. Aber der Buttenzwerg und der Haas Franz machten sich erbötig, etwas zu „organisieren“, draußen vor dem Tore.

Und siehe da, da zogen die Wiener in die Stadt herein, mit Büffeln, Kamelen und Ochsen, Pferden, Schafen und Ziegen. Das reine Paradies für die hungrige Bevölkerung. Josef ließ volle zwei Dukaten für zwei Schafe und einen Eimer Wein springen. Das war zwar viellecht ein bisschen voreilig, denn innerhalb weniger Minuten fielen die Fleischpreise in der Stadt, besonders für Kamelfleisch, ins Bodenlose, aber was tat's. Fladenbrot gab es jede Menge. Noch in den Backöfen hatten die Beutegierigen halbgares Ekmek gefunden. Fünfundzwanzigtausend Zelte galt es zu durchkämmen. Aber wie es halt so ist nach geschlagener Schlacht, erwiesen sich die Wiener als begabte Grapscher und Schwarzhändler. Alle Schätze, die noch übriggeblieben waren – Fahnen, Standarten, Rossschweife, Zaumzeug, Waffen aller Art –, fanden neue Besitzer. Ja sogar aus den toten Pferden wurden die besten Stücke geschnitten, bevor sie vermoderten.

Der Buttenzwerg bestäubte schon die gehäuteten Hammel mit seinen Schuppen. Josef zeigte inzwischen dem Prinzen sein Zimmer im ersten Stock. Und Eugen staunte über den eigentlichen und immer mehr steigenden Wert seines Rossknechts. In der Küche des Erdgeschoßes brieten die Hammel. Zu schnell geröstet. Außen verbrannt, innen noch roh. Aber Hunger ist der beste Koch.

12. September 1683, nachts

Nachdem sie sich die Bäuche vollgeschlagen hatten, machten sie sich mit Kienspanfackeln auf den Weg zur Burg. Dort war die Hölle los. Man ließ die Befreier hochleben, und wo die Besoffenen noch so viele Eimer Wein aufgetrieben hatten, war ein Rätsel. Nur mit Mühe konnten sich Josef und Eugen einen Weg in das Innere der Hofburg bahnen, denn eisern blickende Torhüter verschlossen den Eingang. Aber „Rom und Sankt Peter" und „Monsieur le Prince" waren noch immer Zauberworte, um beim Kommandanten vorgelassen zu werden. Auch im Burghof stapelte sich die Türkenbeute. Der Herzog von Lothringen und Graf Starhemberg hielten gemeinsam Hof und genossen sichtlich die Freude, überlebt zu haben, aber auch, als Sieger gefeiert zu werden. Überleben. Allein dieses Wort hatte einen Zauberklang. Siebentausend Verteidiger waren gefallen, dreitausend Personen aus der Zivilbevölkerung. Aber durch die mit Schutt und Trümmern verstopften Straßen zogen jetzt die wildgewordenen Befreier und witterten jeden Weinkeller, der noch etwas zu bieten hatte.

In der Menge, die im Zeremoniensaal den beiden Siegern ihre Aufwartung machte, in dem Geschiebe und Gedränge, gingen unsere beiden Schmalbrüstigen ganz unter. Aber das erwachte Selbstbewusstsein Eugens war beeindruckend. Ohne auf seine Nachbarschaft zu achten, rempelte und stieß er die Umstehenden an und dokumentierte augenfällig seine Hoheit. Hinter ihm Josef, der endlich seinen blöden Nachttopfhelm abgenommen hatte. Der Herzog von Lothringen wusste sofort, was er schuldig war, erhob sich und geleitete den Prinzen vor den Grafen Starhemberg. Nach einigen gespreizten französischen Floskeln wurde es dem Grafen ein bisserl langweilig und so leuchtete sein fadisiertes Auge, als er den dahinter stehenden Josef ausnahm.

„Holla, junger Kundschafter des Kaisers“, er winkte gnädig und rief Josef herbei. „So sehen wir uns wieder! Habt Ihr also Euren Kundschaftergang gut absolviert?“

„Ja, Euer Gnaden, nur leider ist der Michailowitz unter den Pfeilen der Tataren gestorben!“

„Das tut mir aufrichtig leid, Friede seiner armen Seele! Hat er Verwandtschaft gehabt?“

„Soviel ich weiß, hat er einen Cousin Lucas, aber ich habe gesehen, wie den die Türken mit der Bastonade verkrüppelt haben. Vielleicht hat er diese Kujonierung überlebt? Aber ich bitt um eine Gnade, Herr Graf.“

„Nur zu, lieber Josef!“

„Irgendwo da draußen liegen eine Menge Säcke mit grünen Kaffeebohnen, die die Firma Schahin natürlich auch den Türken geliefert hat.“

„Natürlich“, dehnte Starhemberg das „ü“ ein wenig süffisant. „Aber schließlich vertretet Ihr eine Orientalwarenhandlung. Wenn Ihr sie auftreibt, dann sind sie Euer, das Versprechen kann ich Euch geben. Wenn ich mir auch nicht vorstellen kann, dass unsere lieben Wiener mit diesen Bohnen etwas anfangen können. Noch etwas?“

„Bittschön, ich hab bei Euch noch die hundert Dukaten und die schöne Kette, die Ihr mir geschenkt habt, in Verwahrung.“

„Bei allen zwölf Aposteln, vernagelten, das habe ich ganz vergessen!“ Er winkte einem Adjutanten. Diktierte einen kurzen Befehl. Gab den Zettel Josef und kommandierte: „Geleite den Herrn Kurier, oder was er jetzt gerade ist, in meine Kanzlei. Die Ordonnanz wird ihm sein Hab und Gut aushändigen!“

Eugen hatte sich mit dem Herzog ausgiebig in Französisch unterhalten. Beide waren froh, ihre elegante Muttersprache zu hören, nach all diesen groben, ohrenbeleidigenden deutschen

Tönen. Aber schon warteten hinter dem Prinzen zahllose andere, die ihre Aufwartung machen wollten und sich nach vorn schoben und drängten. Jeder wollte sich ein wenig an der Siegersonne wärmen. Und Eugen verstand schon die unruhigen Blicke seines Kommandanten. Gemeinsam mit Josef zog er sich zurück, und sie schlugen den Weg zur gräflichen Kanzlei ein. Der Prinz machte nur solche Stielaugen, als er sah, welche Schätze sein Rossknecht da einheimste. Den hatte er aber viel zu gering geachtet. Sie waren in der Zwischenzeit an der Ecke Hoher Markt und Kienmarkt angelangt und näherten sich Josefs Haus. Im ersten Stockwerk, vor der provisorischen Residenz des Prinzen, verabschiedete sich Josef total erschöpft: „Damit wünsche ich Euch, edler Prinz, nach diesem für uns alle so entscheidenden Tag eine angenehme Nacht. Ihr nehmt es mir nicht übel, dass ich Euch fürs Erste nur ein so schlechtes Bett verfüglich gemacht habe, aber es ist im Moment das beste, über das ich kommandiere."

Im Schlaf kämpfte Josef noch immer mit Tataren und Türken, raufte sich mit Hans Mayr und polnischen Soldaten, es war ganz fürchterlich. Er hatte einen Heidendurst, weil der Hammel versalzen gewesen war, und er musste dauernd hinaus in den Hof, denn nirgends war ein Pot de chambre aufzutreiben gewesen. Seine Rippen rechts taten bei jeder Bewegung weh. Die Stichwunde im Unterschenkel zerrte an seinen Sehnen. Eine schreckliche Nacht. Trotz seiner bleiernen Müdigkeit. Seiner vollkommenen Erschöpfung. Schließlich legte er sich gar nicht mehr nieder und erwartete, unruhig auf und ab gehend, den Morgen.

13. September 1683

Josef war schon komplett angekleidet, als der Prinz ihn rief. „Euer Diener meldet sich zur Stelle, es wird ein schöner Morgen, mein Prinz. Wir haben einen langen Kalender vor uns. Es wird schon abgekocht. Ich würde Euch nur allzu gerne den Türkentrunk, den Kaffee servieren lassen. Aber leider fehlt es mir noch an den Bohnen und am Geschirr. Bis dahin gibt es nur Wasser und altes Ekmek mit Lammfleischauflage."

Eugen lächelte über die neue gespreizte Art Josefs, sich auszudrücken. Er wollte vor allem seinen Freund Max Emanuel sehen, diesen prächtigen Streiter im blauen Waffenrock, um zu erfahren, wie es mit dem Feldzug weiterging. Dafür musste er sich zuvorderst bei Oberst Heissler melden. Und für Jacques und seinen Gesundheitszustand war auch Sorge zu tragen. All diese Dinge gingen ihm durch den Kopf, als er sein kleines Stückchen altes Brot hinunterschlang. „Mon cher!", rief er tatendurstig dem eilfertigen Josef zu: „Zuerst Meldung beim Oberst. Dann Vorstellung in der Hofburg. Ein Prinz gehört zum Feldherrn. Dann erkundigst du dich in der Zwischenzeit, was mit Jacques passiert ist. Und am Nachmittag besuchen wir die – wie heißt sie? – Baronin von Gallenfels, oder so. „Marchons donc!" Dieses Wort des Herzogs von Lothringen im entscheidenden Moment, bei Heiligenstadt, hatte ihm gut gefallen. Es sollte sein Lieblingsspruch werden.

Er nahm die Perücke neben dem Bett auf, zauste sie mit den Fingern und stülpte sie sich über den kurz geschorenen Kopf. Josef schnürte ihm die Rückengurte seines Kürasses. In der Stadt war der zwar nicht notwendig, aber er sah deutlich, dass der helle Lederrock Eugens so betrenzt war, dass ihm der

Panzer darüber schon besser stand. Dann das Degengehäng, der Mann war wieder perfekt. Und stapfte schon in seinen kleinen Stiefeln aus dem Haus. Josef dachte sich: Lassen wir den Tag langsam angehen. Ich brauch keinen Herzog und keinen Kaiser. Ich höre mich einmal um.

In der Stadt ging es schon wieder hoch her. Die ersten Aufräumungsarbeiten wurden schon begonnen. Zeitig in der Früh waren die Magistratsfunktionäre empfangen worden. Hoch belohnt und belobigt gingen sie mit neuer Tatkraft ans Werk. Der Richter Schuster war jetzt, nach dem Tod Liebenbergs, neuer Bürgermeister. Überhaupt waren unzählige Posten neu zu besetzen, und die Nachrückungsspirale drehte sich schwindelerregend schnell. Auch in der Armee. Aber da musste der Lothringer noch auf die Bestätigung seiner Majestät warten. Draußen vor den Wällen wurde ein langer Zug türkischer Gefangener gezwungen, die Leichen ihrer Mitstreiter in die Donau zu werfen. Ein anderer Trupp Türken stapelte die sechzehntausend Gefallenen des Entsatzheeres zu schrecklichen Leichenbergen. Würde man alle Toten der Länge nach in eine Reihe legen, dreißig Meilen würden nicht ausreichen.

In der Hofburg erlebte Carl von Lothringen eine Enttäuschung nach der anderen. Schon in aller Herrgottsfrüh war der König Sobiesky mit seinem Sohn in die Stadt hineingeritten, mit Fahnen und Katzenmusik und einem Haufen türkischer Trophäen. Ohne ein Wort zu sagen, ohne seine Verbündeten zu informieren. Und er ließ sich als Befreier von den Wienern nur so feiern. Überall hin winkte er, besuchte alle möglichen Kirchen. Sang ein Te Deum nach dem anderen. Und er, Carl von Lothringen, hatte zuerst gar nichts davon gewusst. So ein Ärger fraß schon früh am Morgen an der Magenwand, daher war seine Stimmung auch nicht die beste. Er hatte zwar vernommen, dass seine Obersten es rundweg abgelehnt hatten, sich mit dem polnischen König zusammen huldigen zu lassen, dazu war nur der Kaiser persönlich berechtigt, der war aber noch auf seinem Schiff auf dem Wege nach Klosterneuburg, wie man hörte. Aber die Wiener hatten wenigstens jemanden, dem sie „Hurra und Heil!“ zuschreien konnten, ob es ihnen im Nachhinein peinlich sein mochte oder nicht. So küssten sie dem Polenkönig den Saum des Gewandes, die Stiefel und alle möglichen Körperteile, auch die seines Pferdes. Endlich zwang sich aber der Herzog, zusammen mit den Kurfürsten von Bayern und Sachsen, den versammelten Feldzeugmeistern und hohen Offizieren an einem gemeinsamen Mittagessen mit dem König in der Hofburg teilzunehmen. Auch befahl er, die Brücken über die Donau provisorisch instandzusetzen und alles für den Empfang Seiner Majestät vorzubereiten.

Josef indes suchte die langsam den Kahlenberg herabtrudelnde Reserve der Trossbuben und der Handpferde und fand endlich auch Jacques, den man zwischen zwei Maultieren in eine provisorische Trage gepackt hatte. Um den Alten stand es schlecht. Er spuckte Blut. Josef kannte das von Rodolfo Dane und wertete es als kein gutes Zeichen. Ganz vorsichtig ließ er ihn in sein Haus am Kienmarkt bringen und versuchte, so gut es ging, für seine Pflege zu sorgen. Der gute Mann sollte ihm doch noch so viel beibringen. Er durfte einfach nicht sterben. Aber er hatte keine Medizinen, nur immerzu Wein. So gab er ihm Glühwein zu trinken, den der Alte aber postwendend erbrach. Dann versorgte er kurz Pia und Petit Filou. Obwohl der Prinz jetzt sowieso kein Pferd brauchte. Durch Wien musste man über Trümmer klettern. Per pedes.

Zu Mittag war die kleine Ungeduld aus Paris schon wieder zurück. Natürlich hatte man ihn nicht zum Dejeuner eingeladen. Da war er aber wieder sauer. Josef schlug vor, in den Eszterházykeller zu gehen. Dort ging es hoch her. Woher die Leute all das Geld hatten, mit dem sie um sich schmissen, war ihm schleierhaft. Und der Prinz war noch immer schlechtester

Laune. Wegen des Affronts und weil es hier so viele gewöhnliche Menschen gab. Pauvritäten! Und der Blaufränkische schmeckte ihm auch nicht, als sie endlich ein gutes Quantum von der reschen Kellnerin bekamen. Josef langte gut zu. Es gab irgendein gesottenes Büffelfleisch. Aber wählerisch durfte man nicht sein. Nach so einem Krieg.

Der Prinz zappelte schon wieder. Also machten sie sich auf den Weg in die Hofburg, zur Baronin Irmgard. Richtig, die war daheim. Josef machte den Grüßer und stellte vor. Die Baronin schwebte auch im siebenten Himmel, als sie Eugen vor sich stehen sah. Er wies ihr das Medaillon vor. Dankte ihr geziemend, aber schrecklich steif und sogar entsetzt, als die Baronin ihn an sich drückte und augenscheinlich wieder die Stellvertreternummer abziehen wollte. Aber Eugen war wie ein Haubenstock. Was da seinem Bruder wohl eingefallen war? Der musste an geistiger Umnachtung gelitten haben, so ein baronisches Mordstrumm zu verehren. Que dégradant! Und taufrisch war sie auch nicht mehr. Eugen machte Josef verzweifelte Zeichen: Absetzen. Die Rückzugslinie begradigen. Aber Josef war vielleicht ein wenig stur und sadistisch. Er genoss die Qualen seines Herrn Prinzen. Leider war kein Beichtstuhl vorrätig. Die Baronin schwärmte schon von gemeinsamen Stunden auf ihrem steirischen Anwesen. Eugen jedoch war sichtlich abwesend. Endlich bequemte sich Josef zu einer Erwähnung des prinzlichen Terminkalenders, das Grab des Bruders würde man später besuchen, er wisse ja, wo es sich befinde. Hüstel. Man retirierte sich und empfahl sich herzlichst. Auf bald, auf sehr bald, Teuerste. Draußen rollte Eugen mit den Augen. Josef verschwieg seine Rencontre mit der Baronesse tunlichst. Einmal ist keinmal. Und überhaupt, er war ja gar nicht gemeint gewesen. Das war ja nur eine gute Tat für den selig Entschlafenen.

Sie streunten durch die Stadt. Unterwegs trafen sie Trommelotto, aber der Prinz schien sehr ungnädig und nervös, sodass

Josef dem Otto nur einen späteren Zeitpunkt für ein Treffen avisieren konnte. Der Prinz Eugen entwickelte sich zu einer richtigen Nervensäge. Hyperaktiv. Dauernd wollte er weiterreiten und weiterkämpfen, um endlich seine Offiziersstelle zu erhalten. Na, das war ja nur zu verständlich. Aber zuerst musste man die Ankunft seiner Majestät abwarten, dann das Zusammentreffen beider Majestäten, dann die Beratungen der Stäbe, und in der Zwischenzeit war die türkische Armee wahrscheinlich schon weit weg.

Josef schlenderte mit Eugen wieder über den Michaelerplatz, dieses Trümmerfeld, da sah er Koltschitzky mit vier Burschen und mehreren Handwagerln eine Menge Säcke Kaffee daherschleppen. Jetzt ging es aber ans Eingemachte. Er ließ Prinz Zappelphilipp Prinz sein und rannte auf Koltschitzky zu.

„Gott zum Gruße, Herr Koltschitzky, wohin des Weges?" Der krümmte sich ein wenig und wünschte Josef gleich einen guten Tag, ja, und auf wiedersehen. Da hatte Josef aber schon die Säcke inspiziert. Groß und fett stand auf denen: Schahin. In Arabisch und Lateinisch. Jetzt musste er schnell handeln.

„Mein Prinz, zu Hilfe!" Der zog gleich vom Leder und ein ausgestreckter Degen war allemal ein gutes Argument, bei dem der Hundling von Koltschitzky nicht nein sagen konnte. Eugen verstand zwar nur … Poststation, aber er hielt den Degen ganz nobel an die Kehle Koltschitzkys, weil er merkte, dass Josef fuchtig war und überhaupt gleich explodieren würde.

„Sofort gehen wir stante pede zum Starhemberg!", schrie Josef. So etwas. Die Säcke der Firma Schahin für sich requirieren zu wollen. So eine Frechheit! Die Burschen, die Koltschitzky begleiteten, lümmelten sich gleich auf die Säcke. Aber Josef machte ihnen Beine. Hinein mit dem Zeug in die Hofburg. Sein Prinz hielt den Degen noch immer auf Koltschitzky gerichtet, Josef stürmte in die Kommandatur. Der arme Feldzeugmeister hatte hunderte von Befehlen auszustoßen, und jetzt noch das.

Er trug einen dunkelblauen Paraderock mit goldgestickten Verzierungen und Bordüren.

Aber diesmal kannte Josef kein Pardon. Er habe ihm versprochen, er könne immer zu ihm kommen, um sich eine Gnade auszubitten. Jetzt war es so weit. Schnell schilderte er ihm den Fall. Und Starhemberg ging persönlich hinunter, sah den Kundschafter Koltschitzky, den er für seinen Kundschaftergang belohnt hatte, und dann zu Josef. Ein Hin und Her. Dann entschied er salomonisch. Der Koltschitzky sollte wegen seiner unbestreitbaren Verdienste das erste kleine Handwagerl behalten dürfen oder an Josef zurückverkaufen. Alle anderen gehörten gebührlicherweise dem Josef Schahin. „Und jetzt ab mit Euch!"

So kam es, dass der Georg Koltschitzky sein eigenes Handwägelchen wegziehen durfte. Josef versprach den Burschen ein Trinkgeld, wenn sie den Rest in sein Haus bringen würden. Und in der Tat. Im Triumph führte er die ersten Schätze seines Geschäftes in sein Haus. Jetzt brauchte er nur den Diodato und ein kaiserliches Patent. Dann würde es losgehen mit dem Kaffeekochen. Und Ausschenken. So ein falscher Hund, dieser Koltschitzky. Wollte der ihn doch glatt um seine Säcke begaunern. Betrügen. Josef war die Entrüstung selbst.

Das wiederum konnte der Prinz nicht ganz verstehen. Aber Josef würde es ihm schon beibringen. Ohne Geschäft kein Gewinn und ohne Gewinn kein Geld zum Kriegführen. So schaut's aus. Jetzt erst, nach dieser Rencontre, kam ihm etwas Entscheidendes in den Sinn. Er intonierte heimlich und leise für sich das Heissler'sche Dragonerlied. Dann sang er es noch einmal lauter. Der Prinz schaute ihn ganz entsetzt von der Seite an. Aber Josef sang das Lied, einwandfrei in tiefem Bass. Aus voller Brust! Lachend. Strahlend! Das war für ihn so ein neues Gefühl. Er hatte eine Bassstimme bekommen. Ohne zu gicksen. Er war ein Mann geworden. Noch einmal intonierte er: „Tataraatatiitataa.“ Und noch eine Oktave tiefer, ganz im Keller. Es funktionierte. Josef hätte am liebsten auf der Stelle einen Derwischtanz aufgeführt. Das war der Kundschaftergang gewesen, die Stellvertreteraventiure im Beichtstuhl, der Kampf um Wien, alles ganz ohne die Gittel. Da würde die Mama aber aufhorchen. Ihr Josef, ein ganzer Mann, mit einem Schahinbass: „Tataraa-tatiitataa.“

Dann, am Abend, gellte es durch die Stadt: „Der Kaiser ist im Anmarsch!“ Er sei in Klosterneuburg mit seinem Schiff gelandet. Der wiedereingesetzte städtische Feuermelder vom Stephansdom, der glatzköpfige Harald mit der Riesenbassstimme, durfte endlich wieder hinauf und seine Feuertröte besetzen und die freudige Nachricht vom Turm herabtrompeten. Und die Glocken ließ er läuten. seine Majestät war wieder da. Die Wiener hörten es und freuten sich. Alle Kienspäne der Stadt brannten, um die gesalbte Majestät in dem Trümmerhaufen zu begrüßen. Der zog zwar ein rechtes Schnoferl, als er den Zustand seiner Hofburg sah, aber er war ja nur provisorisch hier. Damit er dem König Sobiesky nicht allein das Feld überließ. Der Pestilenzhauch von den Gräben im Glacis draußen war schrecklich. Das parfümierte kaiserliche Fazolett war dauernd in Verwendung.

Josef und der Prinz saßen endlich zusammen gegenüber im Haus am Kienmarkt. Nur zwei jämmerliche Kerzen beleuchteten diese Hell-Dunkel-Szene. Irgendetwas bedrückte Eugen. Nach einigem Herumdrucksen und Räuspern kam er auf etwas zu sprechen, das ihm tonnenschwer auf der Seele lag.

Seine prekäre pekuniäre Situation. Es war ihm zwar mehr als peinlich. Und eines Hochadeligen unwürdig. Aber wer so gar nichts hat, muss sein Rückgrat flexibel machen. Er wusste zwar mit Bestimmtheit, dass auch er seinen Weg im kaiserlichen Heer machen würde und eine Oberstenstelle, wenn schon nicht morgen, so doch in absehbarer Zeit absolut einforderbar wäre. Aber bis dahin … bis dahin war er nicht einmal Lieutenant.

Sondern nur Volontär, ein Schlachtenbummler, seit gestern auch mit einiger Kriegserfahrung. Wie konnte er aber mit zwölf Louisdor ein angemessenes Leben am Kaiserhof führen?

Er räusperte sich noch einmal. „Eh bien, mon cher." Er versuchte ganz langsam Französisch zu sprechen. Denn er hatte schon gemerkt, dass Josef darin nicht ganz geläufig parlierte.

„Mein Gönner, der Marchese Borgomanero, der spanische Gesandte am Kaiserhof, befindet sich vielleicht noch in Passau. Ich weiß, dass sich Seine Majestät nicht lange Zeit in Wien aufhalten wird, gerade nur, um sich mit Sobiesky zu zeigen. Und um, wie sagt man, nicht das Gesicht zu verlieren. Bis er wirklich wieder in Wien residieren wird und damit auch alle Gesandten, Botschafter und Geschäftsträger sich in Wien niederlassen, wird es noch einige Zeit dauern. Und da plagt mich der Gedanke, dass ich, bis Borgomanero wieder in Wien ist, oder ich in Passau oder in Linz gewesen bin, über keine Barschaft, noch dazu in Wiener Conventionsmünze, verfüge."

Josef roch den Braten sofort und wollte seinem Prinzen schnell die Peinlichkeit ersparen. „Verfügt über mich, Hoheit. Im Moment bin ich sehr liquid. Ich besitze derzeit", dabei überschlug er wieder seine Habe, „so rund zweihundertdreißig Dukaten Reichsmünze." Falsch, dachte er und lächelte. Es sind weniger.

„Nein, Zweihundertfünfundzwanzig, denn den einen Dukaten, den mit dem glücklichen Einschuss, den gebe ich nicht mehr her." Damit griff er sich auf die noch immer schmerzende Rippe mit dem schrecklich blauen Fleck. „Und vier habe ich schon ausgegeben. Das sind summa summarum, äh, neunhundert Gulden Wiener Währung. Wenn Ihr Euch darüber hinaus noch ein wenig gedulden könnt, meine liebe Mutter ist sicher schon auf dem Wege vom mährischen Nikolsburg hierher. Sie bringt lebensnotwendige Güter mit. Die hier gut verkauft werden können. Ihr werdet sie kennenlernen und

Ihr werdet sie lieben, so wie ich. Sie ist die beste Mutter auf der Welt."

Er strahlte irgendwie von innen heraus. Eugens Stirn umwölkte sich. Seine Mutter hatte sich für ihn auch bemüht und eingesetzt, wegen ihrer Fehltritte und Machenschaften am französischen Hof war er aber jetzt in dieser „situation „désagréable". Tapfer zwang er sich zu lächeln.

Er griff nach dem Unterarm Josefs und hielt ein: „Nein, mein Bester!" Dieser gegenseitige Unterarm-Handgriff sollte eine lebenslange Männerfreundschaft besiegeln. Sie sahen einander in ihre schmalen, ausgemergelten Gesichter, in die das Kerzenflackern tiefe, schwarze Furchen warf. Und so etwas wie ein Funke sprang zwischen beiden über. Der frauenenttäuschte Josef und der junge, einsame Prinz, aufgewachsen und erzogen von Frauen. Ohne ein Wort zu sagen, verstanden sie einander.

Dann beendete Eugen den Regenbogen von Gefühlen und begann noch einmal, mit einer ganz veränderten Stimme und mit einem noch viel weicheren Blick: „Es geht ja nur um die nächste Zukunft. Bis Borgomanero in Wien ist. Dann kann ich auch in der spanischen Botschaft übernachten. Das hat mir der Marchese angeboten."

„In der spanischen Botschaft? Im Basteigassl hinter der Löwelbastei? Mein Prinz, dort wird auch der Botschafter in der nächsten Zeit nicht übernachten können. Die lag im Hauptschussgebiet der türkischen Kanonen. Oder ist überhaupt schon explodiert. Es wird einige Monate dauern, bis man dort ein Bett aufschlagen kann."

„Mein teuerster Josef, leiht mir für die nächsten Tage hundert Dukaten. Es ist nicht einfach für einen Volontär, in einer Kaiserstadt zu überleben. Denn der Nachschub an ärarischem Proviant für uns und die Pferde kann dauern. Ich habe schon gemerkt, dass Ihr viel mehr seid als nur ein Rossknecht. Mit Eurem Hintergrund und Eurer Bildung und Eurer Erfahrung.

Zu welchem Zinssatz leiht Ihr mir das Geld? Ich besitze nur mehr den Ring des Prinzen Conti, meines Pariser Freundes, den ich Euch als Sicherheit bieten kann."

Jetzt wurde Josef in eine Stimmung versetzt, die zwischen Ärger und Sorglosigkeit, zwischen Verehrung und Untertanendenken schwankte.

„Mein Prinz, von Sicherheit kann keine Rede sein. Ich gebe Euch sofort die hundert Dukaten. Und wenn Ihr irgendwann einmal etwas überzählig habt, Dann gebt sie mir zurück. Ohne Zinsen."

Er wollte schon sagen: „Bin ich ein Jud?" Dann hätte er sich aber selbst antworten müssen: „Und ob, ja bin ich ein Jud! Oder wenigstens ein halber." Und hielt seinen Mund. Presste die Lippen fest zusammen.

Eugen bemerkte, dass da irgendetwas nicht stimmte, dass Josef mit sich selbst innerlich haderte. „Also gut, Ihr wollt keine Zinsen."

Jetzt schwankte der Prinz zwischen nobler Großzügigkeit und Sorglosigkeit. „Dann werde ich Euch befördern. Denn Ihr habt mir außerdem mein Leben gerettet. Ohne Euch und Eure mutige Tat gäbe es heute nicht einmal einen kaiserlichen Volontär Eugen in der kaiserlichen Armee. Ihr seid nun nicht mehr mein Rossknecht." Josef sah ihn plötzlich betroffen und zugleich tieftraurig an.

„Mit dem Geld, das ich nun habe, kann ich einen anderen bezahlen. Schlagt ein, Ihr seid ab nun mein privater Sekretär. Und mein lieber Vertrauter. Und Vermögensverwalter. Wollt Ihr?"

Josef strahlte wie ein frisch lackiertes Hutschpferd. „Oh, welche Ehre für mich! Der Orientalwarenhändlerassistent, der Kundschafter, der Dolmetsch, der Rossknecht und jetzt Sekretär und Vetrauter eines lebendigen und so verehrungswürdigen Prinzen." So schnell ging das. Hopp oder tropp, wie man so sagte. Da fiel ihm das Gespräch mit seinem Tata wieder ein.

Hopp oder tropp. Jetzt hatte der Herr Kaiser gesiegt. Seine Einlage beim Bankhaus Oppenheimer. Und er nahm sich einen neuerlichen Anlauf.

„Mein Prinz! Wenn Ihr ein Offizier sein werdet, und Ihr werdet bald ein hoher Offizier und Kommandant sein, dann werdet Ihr bald sehr viel Geld brauchen. Ich bin nur ein geringer Wiener Bürger. Und Orientalwarenhändler. Der aber wahrscheinlich bald auch über sehr viel mehr Geld verfügen wird. Das kann ich Euch fast alles zur Verfügung stellen. Ein bisserl brauche ich auch für mich selbst und vielleicht für meine Familie. Aber wenn Ihr sehr viel mehr brauchen werdet, mehr als meine Barschaft liefern kann, dann habe ich gute Beziehungen zu einem der besten Bankhäuser Europas. Selbst seine Majestät der Herr Kaiser bedient sich dieses Hauses. Es ist das Bankhaus Oppenheimer. Es hat heute und morgen wahrscheinlich noch geschlossen, aber in Bälde wird es seine Pforten öffnen und ich kann Euch mit meinen Referenzen dienlich sein und für guten Kredit bürgen. Das ist ein Dienst, den ich nicht gering schätzen würde. Ich bin nur ein kleines Rädchen in der Kommerzienwelt, aber meine Verwandten sind nicht die schlechtesten. Bedient Euch dieser Möglichkeiten. Wollt Ihr? Ihr werdet ein Regiment munieren müssen! Ihr müsst repräsentieren! Dann werdet Ihr das Geld nicht ablehnen. Und darf ich noch um eine Gnade bitten? Ich besitze zwei schöne Pferde. Keine Riesenschlachtrösser, aber wenn Ihr sie einmal gesehen habt, dann werdet Ihr wissen, dass ich nicht lüge. Ich suche für meine Stute Goldkind einen herrlichen Deckhengst. Und ich denke, dass Petit Filou eine gute Wahl wäre. Ihr seht, Eure Zinsen sind nicht notwendig. Ich biete Euch dafür meinen derzeit noch zu kleinen, aber hoffnungsvollen Achill. Wie gesagt, seht sie Euch erst an und urteilt dann selbst. Sie kommen aus dem Orient, vielleicht aus Turkmenien, und schimmern auf eigenartige Weise golden. Es wäre der Beginn einer wunderschönen Zucht. Und noch eins: Ich bitte Euch um Geduld. Ihr müsst nämlich wissen, ich war noch nie in meinem Leben ein Sekretär. Schon gar nicht von einem Prinzen."

Dabei stieß er ganz unadelig seinen Prinzen mit dem Ellbogen in die Seite. Und lachte laut heraus. Auch Eugen lächelte ein wenig gezwungen.

„Oh, pardon, das war nur, weil es keiner gesehen hat. Glaubt mir, ich kann mich schon benehmen. Ich bin auch in einigen Höfen auf der Welt zugange gewesen."

„Das ist aber interessant! Wo zum Beispiel?"

„Also, das war im Serail des Paschas von Buda, des Ibrahim Arnaut Pascha, oder in Bosna Saray."

„Na, das waren ja hervorragende Höfe, an denen Ihr schon wart."

„Und natürlich in Stambul, beim Sultan. Dem Herrn über alle Menschenhälse. Heute natürlich über ein paar weniger."

Da sprang Eugen plötzlich auf. Er sah Josef tief und ernst in dessen Heiterkeit versprühende Augen: „Ihr werdet es noch erleben, der Sultan und sein Verbündeter, der Louis XIV. von Frankreich, die beiden werden einst durch mich, Eugen von Savoyen, über noch eine ganze Menge weniger Menschenhälse verfügen. Viel weniger, als ihnen lieb sein wird."

Jetzt wurde auch Josef ernst, und irgendwie war ihm sein Prinz auf einmal unheimlich. Das klang so nach heiligem Schwur, dass ihn schauderte. In dieser zarten Figur musste eine unerhörte Portion Wut und Energie stecken, so dass man schier überzeugt war, dass dieser schmächtige junge Mann vor ihm einmal die Welt verändern würde. Und von diesem kleinen Titanen war er jetzt Sekretär und Vertrauter.

Epilog

Am 14. Dezember 1683 unterzeichnete Kaiser Leopold in Linz eine Urkunde, die den Prinzen Eugen von Savoyen endlich zum Obersten und Inhaber eines Dragonerregiments ernannte, dessen früherer Oberst, Graf Johann Heinrich von Kuefstein, in Ungarn plötzlich verstorben war:

In gnädigster Anseh- und Erwägung Deroselben uns bekannter fürtrefflicher Qualitäten, Geschicklichkeiten, auch erwiesener Valor und Tapferkeit ...

So war das nächste Ziel des Prinzen erreicht. Er war Inhaber und Kommandant eines eigenen Regiments. Konnte endlich seine Schulden zurückzahlen. Zwölftausend Gulden Jahresgehalt. Viel blieb ihm allerdings nicht davon übrig. Denn einen nicht geringen Anteil davon musste er an den Hofkriegsrat abliefern und Geschenke für den General kaufen, der ihn bei der Truppe einführen würde. Dafür konnte er für die neu zu vergebenden Offiziersstellen wiederum Präsente verlangen. Seine Tapferkeit bei der Eroberung von Gran, heute Esztergom, dem ehrwürdigen Sitz des ungarischen Primas, das am 25. Oktober 1683 kapitulierte, hatte ihn zweifellos befördert. Auch die Unterstützung seines Freundes, Max Emanuel II. von Bayern und die Bemühungen des spanischen Botschafters Borgomanero hatten zusätzlich zu dieser Oberstenstelle beigetragen.

Josef jedenfalls hatte alle seine bisherigen Vorleistungen zurückerhalten. Schon wenige Tage nach dem Entsatz von Wien war seine Mama angekommen. Das war ein Wiedersehen, ein Umarmen und eine närrische Freude. Und wie schön der große, dunkelbraune Zobelpelz mit den goldenen Flecken war, den ihr Josef geschenkt hatte. Nur einen komischen Geruch besaß er, den hat er nie ganz verloren ... Und Goldkind und Achill trabten schon bald wieder auf ihrer Koppel. Denn kaum hatte Barbara vom kaiserlichen Sieg erfahren, hatte sie sich zusammen mit Salomon Fränckl und vier turmhoch bepackten Wagen voll Bauholz und Schindeln auf den Weg gemacht. In Nikolsburg hatte sie neue Hilfskräfte angeheuert, darunter zwei Bauernsöhne aus Troppau, die Brüder Hula, die sich in Wien nach Arbeit umschauen wollten. Emil und Vojtech. Breite, stiernackige Mährer. Just zum Wiederaufbau gut geeignet. Und mit Hilfe der beiden waren die Dächer des Hauses am Kienmarkt und hinter dem kaiserlichen Schiffamt bald wieder erneuert und schöner denn je. Der Schatz aus dem Fränckl'schen Gewölb war bald gehoben und zierte die zahlreichen Räume, über die Barbara nun verfügte. Josef strich mit Stolz über die Buchrücken in seiner Bibliothek. Darüber prangte ein Kürassierharnisch mit zackigem Musketenloch, eine Zischägge, ein Tatarensäbel und ein etwas fleckiger Streitkolben. *Haast sich a Palmachomer!*

Und dann war auf einmal auch Boneventura Nurveli Schahin wieder da. Ein Erfolgsmensch. Immer zur rechten Zeit am richtigen Ort. Rund und gesund und Energie versprühend. Mit seinen listigen Äuglein, der rutschenden Brille. Und um einiges reicher. Nachdem Kara Mustafa dem Pascha von Buda, Ibrahim, die Schuld an der Niederlage von Wien in die Schuhe geschoben hatte, hatte er diesen sowie die Paschas von Esseg und Požega wegen Feigheit und Untreue im Angesicht des murrenden Heeres erdrosseln lassen. Da hatte es für Schahin kein Halten mehr gegeben. In Buda hatte er durch diese Exekution viele seiner alten Freunde verloren. Sein Bruder Vardan würde den Opiumhandel im Osmanischen Reich weiterbetreiben. In der Kaiserstadt Wien, auch wenn sie voller Ruinen und Brandstätten war, war es ja doch am schönsten. Mit seiner runden, herrlichen Barbara. Dem lieben Knuddelweib, das so gschmackig kochen konnte. Und genussvoll essen! Wie stolz waren er und – noch viel mehr – Mutter Barbara, als sie mit eigenen Augen erleben durften, wie der gestrenge Kommandant Starhemberg ihren Josef persönlich mit der goldenen Kette seiner Familie noch einmal auszeichnete.

Da war auch Diodato wieder, der langbärtige, mandeläugige Patriarch der armenischen Gemeinde, der tatsächlich innerhalb eines Monats mit dem Vorrat Josefs einen hofbefreiten, daher der städtischen Steuer entzogenen Kaffeeschank im Hachenbergischen Haus am Haarmarkt eröffnete. Auf Fürsprache des Kanzlers Stratmann erhielt er kurz darauf ein kaiserliches Privileg, das ihm und seinem stillen Teilhaber Schahin gestattete:

Solch orientalisches Getränkh auf 20 Jahre allein zu verkauffen und sich dessen niemandt, er seye, wehr er wolle, bey Straff der confiscation, und 5 Marckh Goldes anmaßen sollte.

Das Hachenbergische Haus, nahe beim Haarmarkt, war ein idealer Standort. Hier konzentrierte sich der gesamte Warenverkehr mit dem Südosten, es wurde zum Informationszentrum und zum natürlichen Sammelplatz der potenziellen Kundschaft. Ein gemalter Türke und ein Kohlenfeuerchen an der Eingangstür warben für das noch recht primitiv ausgestattete Kaffeehaus. Rohe gezimmerte Tische. Einfache Holzbänke liefen um die rohen Ziegelmauern. Aber es verfügte über eine zischende Kaffeeküche. Die tüchtige Eveline avancierte zur resoluten Kaffeeausschenkerin, in ihrer feschen Leinentracht mit dem kecken Ausschnitt. Nebenbei betrieb sie noch für die Familie Schahin den schwungvollen Handel mit Wachsbosseleien von Wickelkindern und Andenkenbildchen mit den zahlreichen Reliquien der heiligen Anna. Denn Frauen, die einen Kindswunsch haben, die wird es immer geben. Und die werden nur zu gern der heiligen Anna ihre Sorgen anvertrauen. Besonders am Annerlkirtag, am 26. Juli. Eine bissiges Wiener Sprichwort sagt: „Annentag ist aller Hände Kirtag.“ Aber vielleicht bezog sich dieses Wort nicht nur auf die vielen überlieferten Annahände, sondern eher auf die Myriaden von karezierenden Streicheleinheiten, die die Wiener Annerln an diesem Tag genossen. „Zu Anna sind wir zu zweit hingegangen und zu dritt nach Hause gekommen." Eveline selbst brauchte den Segen der Reliquien nicht, denn bald schon steckte ein kleiner Zenz Blecha in ihr, vorläufig noch ganz ohne Schurrbart.

Der Trommelotto avancierte zum Werbeträger und trommelte die Wiener zusammen, den neuen Türkentrunk zu probieren. „Die erste Tasse gratis! Die zweite nicht umsonst! Eine gute Idee – Diodato Kaffee!" Er selbst wurde zum besten Gast und schüttete den Kaffee in sich hinein, dass ihm sein Herzbeutel nur so krachte.

Nur Marx Augustin war davon nicht zu überzeugen. Der hielt sich an das Motto: „Es wird fortgesoffen!" Bald darauf ist er übrigens im Rausch gestorben.

Auch der gute, arme Jacques überlebte den Huftritt nicht. In der Krypta der Michaelerkirche liegt er, friedlich begraben.

Noch einen Toten gab es bald darauf. Am 25. Dezember 1683 wurde Großwesir Kara Mustafa, nachdem er das Reichssiegel, die heilige Fahne und die Schlüssel zur heiligen Kaaba abgegeben hatte, vom Henker von Belgrad mit der seidenen Schnur erdrosselt. Seine letzten Worte, nachdem er seinen Vollbart hochgehoben hatte, waren: „Legt mir die Schlinge auch richtig an ...!"

Der Luigi Fernando, Conte de Marsigli, wurde von seinem Besitzer während der Entsatzschlacht angekettet und den ganzen Weg, den Balkan hinunter, hinter dem Pferd nachgeschleift.

Irmgard von Gallenfels starb nach einem abenteuerlichen, rätselhaften und kurzen Leben unter dem Schwert des Paschas von Smyrna, dem heutigen Izmir.

Georg Franz Koltschitzky wurde auch später kein kaiserlicher Meldereiter. Aber er ließ bei Johann Martin Lerch zu Wien ein abenteuerliches Flugblatt drucken:

„Wahrhaffte Erzehlung welcher Gestalt in der ängstlichen türckischen Belagerung der Kayserl. Haupt- und Residentz-Stadt Wien in Oesterreich durch das feindliche Lager gedrungen und die erste Kundschaft zur Kayserlichen Haupt Armee wie auch von dar wieder zurück gebracht worden."

Eine gute journalistische Arbeit, reißerisch genug, Heldentum und Legende zu vereinen. Und ein Riesenerfolg. Die Triumphnachricht und die Tat Koltschitzkys verbreiteten sich in Windeseile bis Straßburg. Koltschitzky galt daher auch jahrhundertelang als der einzige Kundschafter im kaiserlichen Heer und fälschlicherweise als Begründer des Wiener Kaffeehauses.

Hans Mayr hat die Schlacht um Wien überlebt. Schwer verwundet. Er wurde von den Kaiserlichen nie gefasst. Und setzte weiter auf seine abscheulichen Fähigkeiten und das noch immer riesige Reich des Sultans.

Und Josef Schahin? Seine Barschaft war nach diesem Feldzug gewaltig angewachsen. Er besaß nun so an die achtzehntausend Gulden, die für ihn weiterarbeiteten. Den Ring Aarons und seine Beutegüter, die er im Haus hinter dem Schiffamt stapelte, nicht einberechnet. Ein gemachter Mann, der ehemalige Rossknecht und nunmehrige Herr Sekretär des Prinzen Eugen von Savoyen. Aber das Wichtigste für die historischen Entscheidungen und die Weltgeschichte war: Er stellte tatsächlich die Verbindung des frischgebackenen Obersten mit dem Hause Oppenheimer her. Sein Tata hatte dazu einiges beigetragen.

Und der Oppenheimer war es auch, der dem jungen Obristen Eugen später tatkräftig unter die Arme griff. Der beitrug, dass für die künftigen glänzenden militärischen Erfolge des späteren „Edlen Ritters" auch das Geprägte nicht ausging … Denn wie steht es auf der alten kk. Militärbäckerei im Goldenen Prag: *Die Kunst zu siegen ist vernichtet ohne die Kunst, Subsistenzmittel zu schaffen!*

Aber das wäre eine andere Geschichte.

Was blieb von den Personen und Schauplätzen?

Die historischen Ereignisse sind der Quellenlage getreu wiedergegeben, auch z. B. was die historische lokale Geografie, biografische Daten oder Rechnungen der kaiserlichen Hofkammer betrifft. Die Lücken sind mit frei erfundenen Personen und Handlungen aufgefüllt, weitgehend so, wie es sich tatsächlich zugetragen haben könnte, mitunter derb und – nach heutigen Maßstäben – politisch unkorrekt.

Zugegeben seien drei kleine Anpassungen: Zur Straffung der Handlung wurde die Auffindung der Leiche der Audorferin zeitlich mit dem Brand der Hofburg zusammengelegt. Dem Grafen Nádasdy wird auch die Ermordung seiner Ehegattin nachgesagt (nicht restlos bewiesen), die entsprechende Szene ist eine freie Interpretation. Und der schillernde Kalust Nurveli Schahin, Spion und Opiumhändler, kam erst in den 1670ern nach Wien. Die Bekanntschaft mit Barbara ist also vorverlegt.

Die Schreibung von Namen und Begriffen kann von der heute gängigen geringfügig abweichen (Koltschitzky, Soffa, Eszterházy, Beğlerbeğ, …).

Das Haus der Fränckls in der Judenstadt steht heute noch in der Leopoldstadt, dem zweiten Wiener Gemeindebezirk. Es befindet sich Ecke Haidgasse, Große Sperlgasse und heißt heute das Papsthaus, nach der Bäckerfamilie Papst, die dieses Haus über 175 Jahre lang besaß. Es ist heute das älteste Haus der Leopoldstadt. Auf dem alten jüdischen Friedhof von Nikolsburg, heute Mikulov, kann man nach längerer Suche auch das Grab von Salomon Fränckl finden.

Auch die antisemitische Tafel prangt noch immer über dem Tor der Leopoldskirche.

Das Spital der Barmherzigen Brüder ist heute ein hochmodernes Krankenhaus. Die Kirche, in der später Joseph Haydn oft gespielt hat, steht noch. Man kann dort auch ein barockes Bild des heiligen Gregorios, des Erleuchters, besichtigen – links, an der zweiten Seitenkapelle.

So wie die Karmeliterkirche, renoviert und im schönsten Barock strahlend. Auch das Engerl mit dem Gesicht der Mutter Barbaras findet man sofort. Und die Ventilanlage hinter dem Hauptaltar.

In der Kirche „Zu den neun Chören der Engel“ Am Hof in der Innenstadt wird man vergeblich das Monument Montecuccolis und die Gedenktafel für den Prinzen Ludwig Julius von Savoyen suchen. Eine Fliegerbombe hat im Zweiten Weltkrieg alles zerstört.

Dafür findet man schnell das Bankerl, auf dem Graf Starhemberg mit seinem Fernrohr auf den Entsatz von Wien wartete – im Stephansturm unterhalb der Türmerstube. Steigen Sie munter die 343 Stufen hinauf. Im Stephansdom befindet sich auch das Grab Prinz Eugens, das Grab Starhembergs ist in der Schottenkirche auf der Freyung zu finden. Die Figur Starhembergs finden Sie oft in Wien: Auf der Ankeruhr um 9 Uhr (Prinz Eugen folgt um 10 Uhr), im Festsaal des Rathauses neben Bürgermeister Liebenberg und auf dem Rathausplatz neben Bischof Kollonitsch. Bürgermeister Liebenberg hat ein eigenes Denkmal vor der Mölker Bastei.

Im Gemeinderatssitzungssaal das Rathauses erinnert ein Deckenfresko an Kaiser Leopold und den Prinzen Eugen. Der Autor wunderte sich während manch langer Sitzung, wie man die beiden so schön malen konnte.

Die alte Schlagbrücke steht natürlich nicht mehr, an ihrer Stelle steht heute die Schwedenbrücke.

Unter der Michaelerkirche im ersten Wiener Gemeindebezirk existiert heute noch eine mystische Krypta. Jacques, der

Stallmeister, liegt dort begraben, gleich in der Nähe des offenen Sargs der Barbara Schahin, deren draller Körper wunderbarerweise noch immer, ohne jegliche Verwesungserscheinungen, dem staunenden Besucher gezeigt wird.

An der Stelle des Hauses hinter dem Schiffamt, dem heutigen Bundesamt für Eich- und Vermessungswesen, steht heute in der Leopoldstadt, in der Franz-Hochedlinger-Gasse, Ecke Schiffamtsgasse, ein großes Mietshaus mit der Filiale einer Supermarktkette.

Wer sich die Arbeit antun will, kann im Archiv der Stadt und des Landes Wien, in den Gewährsbüchern, die Daten der Steuerträger Barbara Danner, verwitwete Luckham und ihres Sohnes Josef nachlesen.

Eine Figur Koltschitzkys steht heute in der Kolschitzkygasse 2–4. Das Haus Koltschitzkys in der Haidgasse 8 beherbergt heute noch ein altes Wiener Beisl, das Gasthaus zum Sieg.

Die Luckham-Töchter haben die Pest überlebt. Anders als im Roman besaß die ältere der beiden, die einen Arzt geheiratet hatte, das Haus viele Jahre, ihre Nachkommen sind bis 1780 nachzuweisen.

Das Haus des Georg Michailowitz in der Glockengasse 4 musste im 20. Jahrhundert einem Neubau weichen. An der Stelle des Hauses von Diodato, Ecke Ankergasse, heute Hollandstraße, und Donaustraße, steht heute der Pick-Hof, ein Neubau aus den 60er Jahren des vorigen Jahrhunderts.

Das Haus der Herkombers wurde immer wieder umgebaut. Es befindet sich an der Ecke Hollandstraße und Im Werd, in der Leopoldstadt.

Das Haus am Kienmarkt, heute Judengasse in Wien 1, Ecke Pressgasse, heute Sterngasse, existiert noch in etwas modifizierter Gestalt. In der Sterngasse 3, dem Neustädter Hof, prangt noch heute eine schwere Türkenkugel, die von der Leopoldstadt aus abgeschossen wurde.

Die ramponierte Mauer zur Alten Favorita, an der Josef gerettet wurde, befindet sich noch immer vor dem Schloss Augarten, der heutigen Porzellanmanufaktur Augarten.

Auch die Schwedenhöhlen im Rohrwald kann man heute noch, mit einigem Spürsinn, finden und besuchen. So wie die Burg Kreuzenstein und das Goldene Brünndl.

Die Burg Pottendorf, in der Graf Nádasdy seinen Aufstand plante, ist leider zur Ruine verkommen. Trotzdem ist sie ein Besuch wert, ebenso wie die tausendjährige Linde.

Wer noch ein baufälliges Zeugnis suchen möchte, besuche die Juliusburg in Stettelsdorf am Wagram, wo der Lothringer sich mit dem König von Polen Jan Sobiesky getroffen hat. Und Josef seinen Prinzen. Das Gebäude ist heute eine Ruine und nur von außen zugänglich, befindet sich aber in Restaurierung.

Von der Schlacht um Wien in den beliebten Heurigenorten Nussdorf, Heiligenstadt, Grinzing, Sievering, Neustift, Pötzleinsdorf bis nach Dornbach und Ottakring ist im modernen Wien nicht mehr viel zu bemerken, lediglich der Türkenschanzpark mit dem Yunus-Emre-Brunnen. Und in der Hernalser Hauptstraße der Türkenritthof, ein Gemeindebau. Aber die Weinschenken, die vielen Heurigenwirte, die gibt es, und alle sind sie idyllisch und laden zu einem Besuch und zum Verweilen ein. So wie der Esterházykeller im Haarhof mit seinem nach wie vor ausgezeichneten Blaufränkischen. Und der Tafel, dass jeder Kämpfer gegen die Türken eine Kanne Wein bekommt. Auch die Kellergassen in Stammersdorf, jenseits der Donau, gilt es zu entdecken. Hoch hinauf, bis zum schönen Bisamberg.

Im Heeresmuseum im Arsenal kann man die bescheidene Türkenbeute bewundern. In Krakau und Warschau, aber auch im bayrischen Ingolstadt, finden sich weitaus größere Schätze.

Das Cranium Kara Mustafas war noch viele Jahre im Wiener Rathaus ausgestellt.

Der Kahlenberg heißt heute Leopoldsberg. Der Sauberg erhielt später den Namen Kahlenberg. Etwas verwirrend, aber warum soll es in Wien einfach zugehen? Die Kirche, die an das Kamaldulenserkloster erinnert, ist heute eine Gedenkstätte für die Entsatzschlacht, besonders für die polnischen Besucher. Das Memento, das den Wienern am meisten ans Herz gewachsen ist, ist wohl die größte Glocke Österreichs, die 21 Tonnen schwere Pummerin. Sie wurden aus den türkischen Beutekanonen gegossen, und wenn sie einmal ertönt, was nur zu Neujahr und zu ganz seltenen, hohen kirchlichen Ereignissen passiert, dann bekommen alle Wiener Gänsehaut. Der Ton dieser zweitgrößten Glocke Europas ist derart durchdringend und tief vibrierend, dass man noch immer das urtümliche Brüllen der türkischen Geschütze zu spüren vermeint.

Am 12. September jedes Jahres wird zum Dank für die Befreiung Wiens das katholische Kirchenfest Mariä Namen gefeiert. Dieser Gedenktag (heute ein nicht gebotener Feiertag) wurde noch im Jahre 1683 von Papst Innozenz XI. eingeführt.

Auch vom Mauerring und den Basteien rings um Wien gibt es nur mehr kleine Reste, wie einen Teil der Mölker Bastei, gegenüber der Neuen Universität.

Die Spezereiwarenhandlung „Zum Schwarzen Kameel“ gibt es nach wie vor. Und sie erfreut sich seit Jahrhunderten großer Beliebtheit.

Das Hachenbergische Haus, in dem Diodato den ersten Kaffee ausschenkte, steht heute leider nicht mehr. An seiner Stelle, Wien 1, Rotenturmstraße 14, befindet sich aber noch immer ein – wenn auch modernes – Kaffeehaus, und eine Gedenktafel im Lokal erinnert an diese Sternstunde Wiens und seiner Kultur, die diese Stadt von allen anderen Städten auf der Welt unterscheidet. Wien ist eben anders.

Dank

Neben dem echo medienhaus und seinem Chef Christian Pöttler, Dr. Helmut Schneider von Wien*live* und meinem geduldigen Lektor Thomas Hazdra für die Unterstützung möchte ich im Besonderen allen jenen Personen und Institutionen danken, die mit ihrem Wissen und ihren Ideen diesen Roman ermöglicht und bereichert haben:

Congregation der Mechitaristen, Wien, Pater Vahan
Orden der Barmherzigen Brüder Wien
Pfarre St. Leopold: Frau Brigitta Zeiler, Herr Leopold Kremser
Min.Rat a. D. GR und LAbg. a. D. Mag. Herbert Zima und seiner Gattin Gudrun
Der Gesellschaft „1683"
Mag. Harald Seyrl, Kriminalmuseum Wien
Dipl.-Ing. Ferdinand Bartl, Gebietsbetreuung Leopoldstadt
HR Dr. Johannes Georg Kugler, Heraldisch-Genealogische Gesellschaft „Der Adler"
Fahrettin Petzel
Slobodan Stanković
Stanislav Stojsin
Eva Kiss und Ingo Harder, München
Christine Irene und Ferdinand Graf
Claudia Ham und Bertl Köppel, Pottendorf
Franz Kaupe, Korneuburg
MA 8 – Archiv der Stadt und des Landes Wien
Verein für Geschichte der Stadt Wien
Hofkammerarchiv Wien

sowie meinen verehrten Lehrern:

Prof. OStr. Dr. Karl Teply, Wasa-Gymnasium, Wien 9 +
Prof. Dr. Hugo Ellenberger +
HR Dr. Karl Foltinek, Kulturamt der Stadt Wien +
Prof. Dr. Leopold Mazakarini +
Univ.-Prof. Dr. Felix Czeike, MA 8 +
Univ.-Prof. Dr. Herwig Wolfram
Univ.-Prof. Dr. Kurt Schubert +

und nicht zuletzt meiner Gattin Anita für ihre hilfreiche Recherche und aufmunternde Geduld im Zusammenleben mit einem schrulligen Autor und meinem Vater, Prof. Josef König, dem langjährigen Leiter des Bezirksmuseums Leopoldstadt, als dem primären Initiator und eigentlichen Helden dieses Buches.

Hans König

GLOSSAR

abstieren	ausplündern
Ağa	hoch angesehene Männer („älterer Bruder"), in der osmanischen Armee, Offiziersrang
Aigrette	büschelförmiges Diadem, auch Tapferkeitsabzeichen
Alma Mater Rudolfina	Wiener Universität
angyalom	ungarisch: Mein Engel
anstellig	gelehrig
Antereu	armenischer Mantel mit Stehkragen
Anzug	ehemaliger Donauarm in Wien Leopoldstadt
Aya	Kinderfrau in einem spanischen adeligen Haus
Bácsi (Bonibácsi)	ungarisch: Onkel, wienerisch auch: Namensanhang für liebe, vertraute Personen
Bakauner	Schwein aus dem Bakonywald
Bastonade	Schläge, meist mit Rohr auf die Fußsohlen
Beğ	auch Bey, Statthalter einer osmanischen Unterprovinz (Sandschak oder Beylik), militärisch im Rang eines Majors bis Obersten
Beğlerbeğs	auch Beglerbey, Großgouverneur, Statthalter einer osmanischen Großprovinz
Beletage	der „schöne", noble erste Stock eines Hauses
Bemmerln	eigentlich Hasenkot
beschickert	betrunken
betakeln	beschwindeln, übervorteilen
betrenzt	befleckt
Binkerl	Tuch, das, zusammengeschnürt, zum Transport von Gegenständen verwendet wird
blutscheln	feucht lispeln
Börka	hohe Mütze der Janitscharen

Bostanji Baschi	Henker
Bräunl	braunes Pferd
Broche (die Broche sagen)	segnen
Budel	Theke, Schank eines Gasthauses
buserieren	heftig drängen
Butzenscheiben	runde Glasscheibe, die, in Bleifassung zusammengefügt, als Fensterglas diente
çanim	Meine Seele
Chochem	Gescheiter, von Chacham, Weiser, in Wien auch überspitzt: „Obergescheiter“
Chonte	jüd. Hure
Culebrine	leichtes Geschütz, Feldschlange
damisch	dumm, hier: benommen
deigetzen	tratschen
Derfangschnürl	Waffengehänge, das zum Stolpern einlädt
Diener	Verbeugung
Dippel	Beule oder Hauterhebung
ditschkerln	zärtlich koitieren
Dolman	ungarischer Männerrock, hier mit Schnüren versehener Husarenmantel
Dotschen	eine sich gehen lassende Frau (weich, wie der Teig, aus dem die Dotschen sind)
Douceur	Trinkgeld
Durchlauff	nordwestlicher Inselteil der Leopoldstadt zwischen zwei Donauarmen
Eimer (Wiener)	Hohlmaß (ca. 57 Liter). Der Eimer Wein wurde in 40 Achtering – das Wiener Maß – geteilt (= 2 Halbe = 1,4 Liter), die Wiener Halbe (0,7 Liter) wiederum in 2 Seitel und ein Seitel (0,35 Liter) in 2 Pfiff zu je 0,175 Liter. Beim Bier dominierte das Wiener Krügel (zu 3 Pfiff, also 0,525 Liter).

Eindibbler	Einbrecher
eingedepscht	eingedellt
Fähndl	Unterabteilung einer Kompagnie
Fasanenfedertschapka	polnische Ulanenkopfbedeckung, die aber schon im späten Mittelalter als runde Mütze mit quadratischem Oberteil bis in den Wiener Raum geläufig war
Fazolett	Taschentuch
Fischkäufel	Fischgroß- oder -zwischenhändler
Fofr	Fotz, grimmiger Gesichtsausdruck
fouragieren	Futter, Nachschub holen
Freimann	Henker
Fürtuch	eigentlich Arbeitsschürze, übertragen auch jegliches vor dem Leib geschnürte Tuch
futschicato	weg, für immer entschwunden
Galeerentschajke	von Galeerensklaven stehend, mit dem Gesicht nach vorn, gerudertes Donauschiff
Gelsen	Stechmücken
Germteig	Hefeteig
Gespan, Obergespan	Vorsteher einer Gespanschaft (kleinräumige Territorialeinheit), ab dem 15. Jahrhundert Adeliger – in Kroatisch Župan.
gewest	gewesen, ehemalig
Gewure!	Ausruf des ungläubigen Staunens
G'frieß	hässliches Gesicht
Giauren	türkisch für Christen
g'magerlt	geärgert
Gojte	von hebräisch goja, nichtjüdische Frau
Goldener Apfel	Der Goldene Apfel, Kizil Elma, die Stadt Wien als Sitz des Kaiserhauses, symbolisiert durch die Sphaira der Antike, den

	Reichsapfel, war ein altes Ziel des Osmanischen Reiches. Wien musste unter allen Umständen erobert werden, um Europa zwischen dem Sultan und dem französischen König aufteilen zu können.
goschert	frech
Graffelwerk	Krempel
Grammeln	Grieben
Grammelpogatscherln	salziges Hefegebäck mit Schweinegrieben (aus dem Ungarischen)
Großwesir	Der vom Sultan eingesetzte oberste Wesir, zweiter Mann im Staate, „Regierungschef“
Guadel	Zuckerl, Pille
Hadern	aus Tuch hergestellte Bücher
Hadschi Bekir	osmanischer Schriftsteller, auf den mehrere Lokum-Rezepte zurückgehen
Halawachel	schlitzohriger Schlingel
Hansgraf	Leiter der landesherrlichen Steuerbehörde
Hatschier	von Arciere (Bogenschütze), Hofgarde, ohne militärische Bedeutung
herrich	„höre ich“ mit tschechischem Akzent ausgesprochen
Hohe Pforte Babiali	Eingangstor zum Sultanspalast, später auch Sitz des Großwesirs
Hudriwudri	Hansdampf, schusseliger Mensch, auch nachlässig, schlampig
Huzulen	Volk in den nördlichen Karpaten
ins Pendel hauen	auch: an Hänfling machen, (sich) erhängen
Internuntius	nicht akkreditierter diplomatischer Vertreter
Jabot	(Spitzenjabot) gefälteltes Lätzchen am Männerhemd, ab 1650

Jeshiwe	Torah-Schule
Kaddisch-Gebet	Totengebet
Kalpak	aus Pelz gefertigte Husarenmützen
Kaschrut	jüdische Reinheitsgesetze
Kiliç	einschneidiges osmanisches Schwert mit geschwungener Klinge (fälschlich „Krummsäbel“)
Kinkaldolch	türkischer Dolch mit relativ breitem Rücken, im Schluss doppelschneidig
knotzen	hocken, lümmeln
Konak	türkisch: Regierungsgebäude, Residenz
Kontagium	Ansteckung mit Krankheitserregern durch Berührung
Kotze	Decke
Krampen	Spitzhacke
Kremsier	Kroměříž (Mähren), Münzstätte der Markgrafschaft Mähren
Krispindel	dürrer Mensch, vielleicht nach dem heiligen Krispinian
Kuchldragoner	vierschrötige weibliche Person
Kuluktschi	Torwächter
Kummet	steifer, gepolsterter Ring für Zugpferde
Kurtine	Verbindungsgang zwischen zwei Bastionen
Lamperl	Lämmchen
Landstörzerin	vazierende Marketenderin im Dreißigjährigen Krieg
Lazzi treiben	verarschen
Lejmach	jüdisch: unbedeutender, ungeschickter Kerl
Löberhütten	altwienerisch für Laubhütte zur Abhaltung des Laubhüttenfestes
Löwenthaler	ehemalige Brabanter Goldmünze, die im Osmanenreich als Piaster Verwendung fand
Lurch	zusammengeballter Staub

Machpele	Die Höhle Machpela, 37 km südlich von Jerusalem, ist die Grabstätte der jüdischen Stammväter Abraham, Isaak und Jakob und ihrer Frauen Sara, Rifka und Lea.
Matschkerer	einer, der matschkert, der gegen alles räsoniert, dem nichts recht ist.
meschugge	verrückt, von hebräisch meschuggo
Mesuse	am Türpfosten befestigte kleine Schriftkapsel, die Pergamentstreifen mit zwei Abschnitten des 5. Buches Mose enthält
Metze	altes Hohlmaß für Getreide
metzenweise	unerhört viel
miese Meschinne	jüdischer Fluch à la „Der Schlag soll ihn treffen!“
Miesnik	miese (schlechte) Person
Minjan	Quorum von mindestens zehn Männern, das für einen vollständigen jüdischen Gottesdienst erforderlich ist
Mizwot	Gesetze, hier speziell Barmherzigkeit, Guttun
Mugelrausch	sehr schwerer Rausch, an der Grenze zum Kollabieren
Nash-Schrift	besonders kleine arabische Zierschrift
Nassade	lange und schmale Barke mit geringem Tiefgang, die auch bei günstigem Wind gesegelt werden konnte.
nebbochantisch	Eigenschaft eines Nebbochanten, eines unbeholfenen, ungeschickten, in der Rangordnung zuunterst befindlichen Menschen: Der Lejmach lässt alles fallen, der Nebbochant muss es aufheben.
Nemçe Han	Sitz der österreichischen Diplomaten (Residenten) in Istanbul in Pera, auch Karawanserei und Hotel

Niederläger	Besitzer einer Niederlage (Warenlager)
Nöbet	Musikparade nach dem Gebet
Obderennsische	das heutige Oberösterreich
Offizin	Praxis, Werkstatt
Orofangen	Ehrentitel für um den Sultan besonders verdiente Ağas
Orta	Abteilung der Janitscharen
Palmachomer	wienerisch-jüdisch für Kämpfer, Soldat, Wächter
Pas de Charge	mit der Trommel geschlagener Sturmmarsch
Patschen strecken	den Löffel abgeben, dahinscheiden
patschert	ungelenk, ungeschickt
Pawlatschen	offener Umgang in einem Hof, der den Zugang zu den Räumlichkeiten im Obergeschoß ermöglicht
Penunse	Rotwelsch für Geld, vom deutschen Pfennig
Peterswache	Wachlokal der Wiener Stadtguardia nächst der Peterskirche
Pfitschipfeil	von Kindern gern benutzter primitiver Ast, zum Abschießen mit einem Bogen
Pikenier	Schwere Infanterie mit Verteidigungscharakter, bes. gegen Angriffe der Kavallerie
Pilav	türkisches Reisgericht, auf vielfältige Weise mit anderen Zutaten zu verfeinern
Pilpul	dialektische Methode des Talmudstudiums, „einerseits – andererseits“
Plutzer (Wein)	Hohlmaß, so viel, wie ein getrockneter Kürbis fassen kann
Ponem	Gesicht
Pyrschenkin	Bierwirtin
Raaber Mautner Dreissiger	Herr Dreissiger war Steuereinnehmer der Grenzfestung Raab (heute Györ, Ungarn)

Rahat Lokum	weich-klebrige türkische Süßigkeit aus gelierter Stärke und Zucker
Raitze, Raitzin	in Wien verallgemeinernde Bezeichnung für christliche BewohnerInnen der von den Osmanen am Balkan besetzten Städte
Reffbändsel	ins Segel eingearbeitete Seile, die zur Verkleinerung der Segelfläche dienen
Riesenpelzärmel	Muglkrapfn, Riesenfäkalie
Rippenkramer	der Tod
Rossschweife nach Ungarn ausstrecken	symbolische Kriegserklärung der Osmanen gegen das Deutsche Reich
Ruabnzuzler	„Rübensauger", Dummkopf, Einfaltspinsel
Schaastrommel	Schimpfwort; wienerisch eigentlich für aufgeblähte, bissige Frau, hier besonders despektierlich für einen Mann gebraucht
Schabracke	türkisch Caprak, Pferdedecke, hat sich bei den Dragonern durchgesetzt
Schammes	Synagogendiener, in Wien auch abwertend als „Laufbursche" verwendet
Schanz(e)l	Wiener Ausdruck für einen den Basteien vorgelagerten Ravelin
Scherbet	ursprünglich gekühlte Speise aus Fruchtsirup, Früchten und Zucker
Scherzl	Anschnitt, Endstück von Brot und veschiedenen Backwaren
Schickse	Christenmädchen (im 17. Jahrhundert noch ohne Negativbedeutung)
schlempern	saufen, trinken
Schmähtandlerin	Aufschneiderin
schmalgepickt	zart gebaut
Schnipfer	wienerisch allgemein: Lausbub
Schnoferl	Schnute

schwummrig	schwindlig
Slivovitz	bosnischer Pflaumenschnaps
Soffa	klassische sechsbeinige Form des Sofas
solchane	wienerisch: „solch eine“, im Wiener Dialekt oft gebrauchte Dehnung für zu kurz erscheinende Eigenschafts- oder Umstandsworte (lilane, nobliche, rosane)
Spahis	feudale Reitertruppe der Osmanen
Spezi	besonderer Freund
Startin	Steirisches Hohlmaß, ca. 525 Liter
Startin Cillischen Maßes	Maß aus Celje (Slowenien), damals Untersteiermark 18,4 Wiener Eimer (d. s. 1048 Liter)
stierln	suchen, wühlen (negativ konnotiert)
Strawanzer	liederlicher Herumtreiber
Suderanten	jeiernde Nörgler, die sich aber auch bei Höhergestellten einschleimen wollen
Tallitot	jüdischer Gebetsschal
Taxamtsgegenhandler	Kontrollbeamter der Steuerbehörde
Tefillim	Gebetsriemen
Tobdschibaschi	Kommandant der Artillerie
Toches	Hintern
togerzen	intensiv spürbares Wallen des Blutes
Türbe	türkisch: Grabdenkmal
trefe	jüdisch: unrein
Trummbär	große Kasse
Tschecherant	Säufer
Ulmer Schachtel	zuerst Spottname für die Wiener Zille, ein Einwegboot, das nach Erreichen seines Bestimmungsortes zerlegt und verkauft wurde

Umgang	in Kirchen Rundweg hinter dem Hauptaltar, wobei Reliquien und Heiligenfiguren besonders verehrt und geküsst werden
Unterderennsische	das heutige Niederösterreich
verscherbeln	verhökern
verwordakelt	irgendwie krumm geformt oder einherschreitend, verunstaltet; als Adverb: nicht lupenrein; Komparativ: krallawatschert
wacheln	wedeln, winken
Wedel	unehelich Geborener
Weidling	runde Schüssel, speziell zum Schlagen von Germteig
Wiener Geserah	qualvolle Ausrottung der Wiener Juden im Jahr 1421
wischerln	urinieren
Wittib, Wittiber	veraltet österreichisch für Witwe, Witwer
Yatağane	einschneidiger, 60–80 cm langer, S-förmig gekrümmter Säbel
Yeni çeri	„Neue Truppe“, Janitscharen, die Elitetruppe der Osmanen, zwischen dem 14. Jahrhundert und ihrer Auflösung 1826
Zez’n	(Cäcilie) Mimose, angerührte, nicht leicht zufrieden zu stellende Person
Z’nepfte	Zerfetzte, hier: vernachlässigbares Kleingeld
Zniachterl, Zniachtl	kleine, schwächliche Person

Mit freundlicher Unterstützung von